16	3	2	13
5	10	11	8
9	6	7	12
4	15	14	1

Virgílio

ENEIDA

Edição bilíngue
Tradução de Carlos Alberto Nunes
Organização, apresentação e notas de João Angelo Oliva Neto

editora■34

EDITORA 34

Editora 34 Ltda.
Rua Hungria, 592 Jardim Europa CEP 01455-000
São Paulo - SP Brasil Tel/Fax (11) 3811-6777 www.editora34.com.br

Copyright © Editora 34 Ltda., 2014
Tradução © Herdeiros de Carlos Alberto Nunes, 2014
Organização, apresentação e notas © João Angelo Oliva Neto, 2014

A FOTOCÓPIA DE QUALQUER FOLHA DESTE LIVRO É ILEGAL E CONFIGURA UMA
APROPRIAÇÃO INDEVIDA DOS DIREITOS INTELECTUAIS E PATRIMONIAIS DO AUTOR.

Título original:
Aeneis

Capa, projeto gráfico e editoração eletrônica:
Bracher & Malta Produção Gráfica

Revisão:
Alberto Martins
Iuri Pereira
Lucas Simone
Beatriz de Freitas Moreira
Silvana Melati Cintra

1ª Edição - 2014, 2ª Edição - 2016 (2 Reimpressões), 3ª Edição - 2021

CIP - Brasil. Catalogação-na-Fonte
(Sindicato Nacional dos Editores de Livros, RJ, Brasil)

Virgílio (Publius Vergilius Maro), 70-19 a.C.

V819e   Eneida / Virgílio; edição bilíngue;
tradução de Carlos Alberto Nunes; organização,
apresentação e notas de João Angelo Oliva Neto
— São Paulo: Editora 34, 2021 (3ª Edição).
896 p.

ISBN 978-85-7326-550-7

Texto bilíngue, português e latim

1. Épica latina (Poesia). I. Nunes,
Carlos Alberto, 1897-1990. II. Oliva Neto,
João Angelo. III. Título.

CDD - 873

ENEIDA

Nota do organizador	7
Apresentação, *João Angelo Oliva Neto*	9

ENEIDA

Livro I	70
Livro II	132
Livro III	190
Livro IV	246
Livro V	302
Livro VI	369
Livro VII	442
Livro VIII	510
Livro IX	573
Livro X	643
Livro XI	721
Livro XII	794

Índice dos principais nomes	869
Genealogia de Eneias	881
Itinerário de Eneias	882
Referências bibliográficas	885
Sobre o autor	889
Sobre o tradutor	891
Sobre o organizador	893

Nota do organizador

Para os leitores que preferem iniciar a leitura deste livro diretamente pelo poema de Virgílio, saltando o ensaio de apresentação, esclarecemos que o texto da tradução de Carlos Alberto Nunes, publicado em 1981 por A Montanha Edições, e republicado em 1983 pela Editora da Universidade de Brasília, foi minuciosamente cotejado com os manuscritos do tradutor, obtidos graças ao intermédio de Jorge Henrique Bastos. No cotejo procuramos corrigir os erros de diagramação, a troca de palavras, a supressão de versos, a duplicidade de grafia de certos nomes e alguns lapsos do próprio tradutor.

O texto latino da *Eneida* aqui adotado é basicamente aquele estabelecido por Frédéric Plessis e Paul Lejay para a editora Hachette em 1919, com algumas modificações que levam em conta as variantes adotadas por Carlos Alberto Nunes (para mais informações, remeto o leitor ao ensaio introdutório).

Todas as notas são de autoria do organizador. Visam tão somente a esclarecer termos ou passagens obscuras e indicar, quando necessário, a correta leitura do verso, mas não desejam de modo algum travar a fluência da leitura. Na abertura de cada um dos doze livros que compõem a obra, o leitor encontrará um breve roteiro das ações ali cantadas por Virgílio; sua única função é auxiliar o leitor a ter em mente o desenvolvimento das ações neste magnífico poema. Ao final do volume, incluímos uma lista dos principais nomes próprios, com remissão a todas as ocorrências no poema, e uma bibliografia que pode ser útil para quem queira se aprofundar nas questões que cercam a *Eneida* e sua transposição para o português.

João Angelo Oliva Neto

Breve anatomia de um clássico

João Angelo Oliva Neto

UM LIVRO (IN)ESPERADO

Virgílio nasceu perto de Mântua em 15 de outubro de 70 a.C. e morreu em 21 de setembro de 19 a.C. em Bríndisi, aos 51 anos de idade. Foi sepultado em Nápoles.

A *Eneida* é o terceiro grande trabalho de Virgílio, depois das *Bucólicas* (publicadas como as conhecemos em 39 a.C.) e das *Geórgicas* (concluídas em 29 a.C.), em cujo livro III, vv. 46-8, Virgílio prometia compor épica guerreira:

> Presto haverei findado; e então, antes de tudo
> nas cesáreas ações empenharei meus cantos.
> Esse ardente guerrear, fá-lo-ei por evos tantos
> lembrado das nações, quantos enumeramos
> de Titão ao seu neto, a César, que adoramos.[1]

Grande expectativa cercava a *Eneida*, porque antes mesmo de vir a público, foi também anunciada em 25 a.C. pelo poeta Sexto Propércio, que decerto conhecia excertos e o plano do poema:

> E que Virgílio cante o mar Áccio de Febo,
> o guardião, e as fortes naus de César,

2

---

[1] Tradução de Antônio Feliciano de Castilho. Titão, ou Titono, é um príncipe troiano, esposo de Aurora; "de Titão ao seu neto" tem o sentido de "desde a origem dos tempos até seu descendente", César, no caso Otaviano Augusto. Quando não indicadas, as traduções são de minha autoria.

ele recorda as armas do troiano Eneias
e os muros feitos em Lavínias praias.   4
Escritores Romanos, cedei, cedei Gregos!
Pois nasce um não sei quê maior que a Ilíada.[2]   6

"Eneida" quer dizer "gestas de Eneias", o mítico herói troiano que após a derrota para os gregos navega a ocidente para estabelecer na Itália as bases de Roma, a Troia renascida. Em doze livros narram-se os últimos dias da cidade, invadida com o expediente do cavalo de madeira e logo incendiada; narram-se a fuga de Eneias, conduzindo o pai, Anquises, e Ascânio, o filho, as errâncias por mar até chegar à Itália, a guerra contra os povos itálicos e a vitória final. Começou a ser escrita em 29 a.C. — logo após Otaviano Augusto derrotar Marco Antônio na batalha naval de Áccio na Grécia, tornando-se único senhor do Império — e foi publicada pelo imperador dez anos mais tarde, logo após a morte de Virgílio (aliás, contra sua vontade, porque considerava o poema inacabado; com efeito, entre outras evidências, há 58 versos só esboçados, como se poderá ver).

Desde o tempo de Catulo (84-54 a.C.), poeta da geração anterior à de Virgílio, poetas e críticos consideravam a épica guerreira gênero obsoleto. Fora implicitamente assim considerada na Atenas do século V a.C., que não produziu nenhuma epopeia de relevo, assim como haveria de ser no período helenístico, não fosse o empreendimento de Apolônio de Rodes, que compôs as *Argonáuticas* no século III a.C. à contracorrente de preceitos muito coativos sobre a questão. Mesmo em mudados tempos, é possível ter alguma ideia do problema quando lemos hoje que a epopeia "desde então [segunda metade do século XVIII], apesar de algumas tentativas românticas de revivê-la nos séculos XIX e XX, é um gênero morto".[3] A epopeia, como em tese qualquer outro

---

[2] Sexto Propércio, *Elegias*, II, 34, vv. 61-6, tradução de Guilherme Gontijo Flores (Belo Horizonte, Autêntica, 2014). No original: *Actia Vergilio custodis litora Phoebi,/ Caesaris et fortis dicere posse rates,/ qui nunc Aeneae Troiani suscitat arma/ iactaque Lavinis moenia litoribus./ Cedite, Romani scriptores, cedite, Grai!/ nescio quid maius nascitur Iliade.*

[3] Ver João Adolfo Hansen, "Notas sobre o gênero épico", em Ivan Teixeira (org.), *Prosopopeia. O Uraguai. Caramuru. Vila Rica. A Confederação dos Tamoios. I-Juca Pirama* (São Paulo, Edusp/Imprensa Oficial do Estado, 2008, p. 11). A passagem é: "Enquanto duraram as instituições do mundo antigo, a epopeia narrou a ação he-

gênero, obsolescentes que sejam, estará "morta" não porque o crítico assim decrete, já que a poesia, malgrado ele, prescinde dele, mas por não haver naquele tempo e lugar poeta cujos colhões poéticos, vale dizer, *engenho* e *arte*, a façam vigorar. Azar da época e lugar que confiam a poesia só aos críticos. Nem Ezra Pound e T. S. Eliot pensavam que épica era gênero morto, nem críticos desses autores, como, por exemplo, Ira Nadel e George Bornstein, que cito a seguir, pensam que não tenham feito épica:[4]

> "Épica é o poema que inclui história", escreveu Pound no "Make it New" e quanto a isso os *Cantares* excelem.

> Parecia que a relação entre os dois poetas não poderia ser mais cooperativa do que já era, e no entanto logo eles trabalhariam juntos, ainda mais unidos, primeiro em poemas curtos e em seguida na modelagem da epopeia de Eliot, "The Waste Land".

Apolônio de Rodes e Virgílio tiveram a valentia de compor epopeia, quando esta era, sim, obsoleta, mas nunca morta.

---

roica de tipos ilustres, fundamentando-a em princípios absolutos. Desde a segunda metade do século XVIII, a universalização do princípio da livre concorrência burguesa que impôs a mais-valia objetiva a todos e contra todos foi mortal também para ela, pois o heroísmo é improvável e inverossímil quando o dinheiro é o equivalente universal de todos os valores. Desde então, apesar de algumas tentativas românticas de revivê-la nos séculos XIX e XX, é um gênero morto". Veremos adiante que não é necessária a maldade capitalista para que o heroísmo homérico seja inverossímil ainda na Antiguidade e que o conceito de "absoluto" como fundamento da épica não dá conta da transformação do gênero no âmbito mesmo da Antiguidade desde Homero, ou, em outras palavras, não reconhece que a epopeia tem história. A julgar pelo que se diz dos românticos, o caráter absoluto, formulado primeiro por Goethe e Schiller, aqui parece provir da reciclagem que lhes faz Mikhail Bakhtin; ver "Epos e romance", em Mikhail Bakhtin, *Questões de literatura e de estética: a teoria do romance*, tradução de Aurora Fornoni Bernardini *et al.* (São Paulo, Hucitec, 2010, pp. 405-6).

[4] Ira B. Nadel, "Introduction: Understanding Pound", e George Bornstein, "Pound and the Making of Modernism", em Ira B. Nadel (org.), *The Cambridge Companion to Ezra Pound* (Cambridge, Cambridge University Press, 1999, pp. 5 e 33, respectivamente).

Um poema multiclássico

De tudo que importa dizer aqui sobre Virgílio, e em particular sobre a *Eneida*, é oportuno antes de mais nada lembrar que o poeta e este poema são "clássicos" na acepção daquilo que é, em primeiro lugar, escolhido para leitura e audição e, depois, como *modelo* a imitar. Mesmo antes da morte do poeta, excertos da *Eneida* eram lidos no âmbito privado e recitados em bibliotecas para um público de adultos; e, assim que publicada, a *Eneida* passou a ser ensinada ao jovens nas escolas — o que implica dizer que o poema era preferido, era "clássico" para *todos os estratos* do público do tempo.[5] A *Eneida*, com perdão do anacronismo, era então um *hit*. Talvez seja preciso hoje o esforço de contemplar o fenômeno como se vivêssemos nos anos subsequentes a seu aparecimento para compreender a grandeza que ela tem, não porque se tratasse da predominância de um gênero sobre outros (o que não ocorreu, a julgar pela grande aceitação dos poetas elegíacos Propércio, Tibulo e Ovídio, contemporâneos de Virgílio), mas sim pela quase onipresença da *Eneida* nas várias esferas da vida romana do tempo — éticas, religiosas, políticas, históricas — além da poesia, o que curiosamente preserva espaço para a concomitância de vários gêneros poéticos no apreço do público. Em outras palavras — mercê dos valores que Eneias encarna e do engenho com que o poeta sintetiza mito e história de Roma para inseri-los politicamente nos dramáticos eventos contemporâneos —, a *Eneida* torna-se referência ética para os romanos, à semelhança do que Homero fora para os gregos: já não apenas deleitava, como qualquer poeta, mas também educava. Quando menos, era repertório comum a toda gente, como demonstram, nos estratos elevados,

---

[5] Ver Henri-Irénée Marrou, *História da educação na Antiguidade*, tradução de Mário Leônidas Casanova (São Paulo, EPU, 1990, pp. 428-9): "Em Roma, com efeito, todo poeta de sucesso é, já em vida, estudado nas aulas: este foi o caso de Ovídio, Nero, Estácio; Lucano será estudado uma geração apenas depois de sua morte. Mas pelo fim do século I começou uma reação cujo intérprete é, para nós, particularmente Quintiliano; reação arcaizante: volta-se aos velhos poetas, *veteres Latini*, como Ênio; reação, porém, sobretudo clássica: tende-se a estabelecer *ne varietur* [sem variação] os programas em torno de alguns grandes nomes de indiscutível prestígio. No primeiro plano, Virgílio, que é, para os latinos, o que Homero é para os gregos, o poeta por excelência, o Poeta, simplesmente, aquele cujo estudo está na base de toda a cultura liberal".

a paródia inserida no *Satíricon*, de Petrônio, e, nos menos elevados, um sem-número de inscrições parietais em Pompeia que aludem ou também parodiam versos do poema.[6] É bem verdade, todavia, que o poema e a defesa que faz de Otaviano Augusto despertaram reação de quem, cerca de noventa anos após o fim da república, acreditava ainda na antiga liberdade republicana, como o poeta Lucano, cuja *Farsália* (ou *Guerra civil*), epopeia histórica sobre as guerras entre César (tio de Otaviano Augusto) e Pompeu, é adrede contra a perspectiva mitológica e política da *Eneida*, ainda que, como poema, não se resuma a isso. Além de semelhante motivo, houve críticos que indicavam as fontes de Virgílio, apontando as passagens que ele "furtara" a outros autores.[7] Como quer que seja, todas as menções, favoráveis ou desfavoráveis, só fazem confirmar o caráter paradigmático do poema, que acabou por tornar-se em âmbito pedagógico já não só livro de escola, senão objeto, com as *Bucólicas* e as *Geórgicas*, de extensos comentários interpretativos,[8] e, no âmbito superior da própria poesia, o modelo de composição de outras epopeias latinas, como as *Púnicas*, de Sílio Itálico (26-101 d.C.), e a *Aquileida*, de Estácio (*c.* 40-*c.* 96 d.C.). A *Eneida*, portanto, que já fora eleita pelo público, é, em parte por causa disso mesmo, erigida a paradigma poético digno de imitação por outros poetas, que é o sentido mais importante de "clássico".

A *Eneida* é clássica porque a imitaram poetas da própria latinidade, é certo, mas também porque a imitaram poetas que se tornaram, eles mesmos, clássicos em alguns dos principais idiomas do Ocidente. Por mais que ela pressuponha a *Ilíada* e a *Odisseia* homéricas, que lhe

---

[6] James L. Franklin Jr. (1996-97), depois de discutir mais de vinte inscrições pompeianas alusivas à *Eneida*, afirma: "esses grafitos, escritos todos antes da destruição de Pompeia em 79 d.C., indicam a rapidez com que a obra de Virgílio se tornou 'clássica'. Com efeito, o primeiro verso da *Eneida* era tão conhecido, que foi até adaptado para homenagear alguns fulões (lavadores de roupa) e sua deusa tutelar, Minerva, sob o aspecto de coruja". *Corpus Inscriptionum Latinarum*, IV, v. 9.131: *Fullones ululamque cano, non arma virumque*, "Canto fulões e a coruja, não armas e o varão".

[7] Macróbio arrola no livro V das *Saturnais* o que Virgílio tomou de Homero e, no VI, o que tomou a outros autores.

[8] Elucidando os poemas verso a verso, os comentários sobre Virgílio começaram a surgir no século I d.C. e inserem-se na tradição dos gramáticos gregos. Do século IV d.C. provém a maioria dos textos supérstites dos gramáticos latinos, entre os quais Mauro Sérvio Honorato e Tibério Donato, comentadores de Virgílio.

foram os modelos mais notórios, por quanto também dependa das menos conhecidas *Argonáuticas*, de Apolônio de Rodes (século III a.C.), que lhe foram, porém, como veremos, modelo mais próximo, é no poema de Virgílio que se miraram Dante Alighieri, que faz de Virgílio guia do poeta na *Divina Comédia*; Ludovico Ariosto, no *Orlando furioso*; Torquato Tasso, na *Jerusalém libertada*; John Milton duplamente, no *Paraíso perdido* e no *Paraíso reconquistado*, e enfim este Camões, também nosso porque não menos nos pertence a língua d'*Os Lusíadas*. Entretanto, ao mesmo tempo que abalizava a composição de outros clássicos, a *Eneida* continuou a ser apreciada como poesia e continuou mantendo o estatuto de exemplar ético quando já não existiam nem o Império Romano nem a língua latina. Se bem que isto se possa dizer de outros poemas da Antiguidade, singulariza, porém, a epopeia de Virgílio o nela compenetrarem-se mito, história e política contemporânea na particular circunstância, como apenas mencionei, em que um povo cansado de guerra civil, nada obstante a mudança de regime, enquanto testemunhava as derradeiras etapas da pacificação interna do império, ia percebendo no poema o espelhamento delas. O tempo de Augusto, "seguindo-se ao prolongado pesadelo da guerra civil, foi daquelas épocas da história do mundo em que ordem pareceu importar mais que liberdade, e a façanha de Augusto ao obter a paz foi, aos olhos de Virgílio, o maior legado que poderia deixar ao país, e a maioria dos seus contemporâneos estava de acordo".[9] Não seria ocioso lembrar que a *pax Augusta* era muito menos a disposição de espírito avessa e anterior à guerra, do que, como o étimo indica,[10] o fato de que o poderio de Augusto foi a tal ponto superior, que logrou afinal vencer e paralisar a cizânia. Na linhagem dos épicos romanos, coube a Virgílio a tarefa de cantar a grandeza de Roma decorrente da pacificação de Otaviano Augusto, que estava no poder, e por mais que a nós possa repugnar como crime de lesa-poesia a ideia de um poeta que celebra quem está no poder, Virgílio não lesou a poesia, e a principal razão foi que "cantou o imperador" de modo oblíquo, embora não dissimulado. O público da *Eneida* percebia no poema as derradeiras etapas da pacificação

---

[9] Em Michael Grant, *History of Rome* (Nova York, Charles Scribner's Sons, 1978, p. 269).

[10] *Pax* é cognato de *pangere*, "fixar", e de *pactum*, o acordo cujas regras são fixadas.

do império por Augusto nem tanto porque Virgílio *trate* delas, como faria se fosse superficialmente encomiástico, mas porque as *significa*, isto é, dá-lhes significado na trama fazendo-as decorrer da primeira origem de Roma como consequência necessária, dado que a personagem principal não é Augusto, mas Eneias, que, porém, no poema é ancestral do imperador. Vejamos como o poeta engendra a linhagem. No livro I, depois que Vênus se queixa a Júpiter do padecimento interminável de Eneias mesmo após a destruição de Troia, o deus, por sossegá-la, responde (vv. 267-8):

> Seu filho Ascânio — cognome de Iulo lhe foi acrescido
> (foi Ilo enquanto sabia-se de Ílio e da sua presença) —
> governará por trinta anos [...].

E em seguida (v. 288):

> Do claro nome de Iulo provém o cognome de Júlio.

Ascânio é filho de Eneias e tem aqui, digamos, a alcunha de "Ilo". Enquanto durou a cidade de Ílion, que é outro nome de Troia, perdurou a alcunha "Ilo"; destruída Ílion, o apelido passou a ser "Iulo". De Iulo o poeta faz provir o nome da *gens Iulia*, a família Júlia, a que pertencem Júlio César, como o cognome indica, e o filho que adotou, que é o próprio imperador Otaviano Augusto. O público percebia tratar-se de artifício etimológico, mas o artifício não o impedia de comprazer-se quando percebia prospectivamente que toda gesta de Eneias, que é figura mítica, culminava em Augusto, e que retrospectivamente toda gestão de Augusto, que é figura histórica, radicava em Eneias. Se Eneias é assim percebido no que tange a Augusto, as gestas de Eneias, a "Eneida", é a narrativa etiológica das causas remotas do principado de Augusto: o público lê ou ouve as origens da paz que ele usufrui no presente. Esta é a estratégica obliquidade de Virgílio: os feitos de Augusto estão por força no futuro de Eneias e um dos recursos narrativos para mostrá-los é a profecia. Analisando melhor a fala de Júpiter (vv. 257-96), percebemos que o deus assegura sim dias melhores ao filho de Vênus (a Citereia, v. 257), mas revela que é na descendência longínqua de Eneias que seu futuro glorioso se concretizará (vv. 257-77):

"Acalma-te, Citereia; imutáveis encontram-se os Fados.
Ainda verás a cidade e as muralhas da forte Lavínio,
como te disse, e até aos astros o nome elevar-se de Eneias
de alma sublime. Mudança não houve no meu pensamento.   260
Mas, uma vez que tais cuidos te agitam, tomando de longe
vou revolver o futuro e os arcanos do Fado mostrar-te.
Guerras terríveis ele há de enfrentar, povos de ânimo fero
domar no jugo, a seus homens dar leis e cidades muradas,
quando, três anos corridos, estios e invernos gelados,   265
reinar no Lácio e abater a fereza dos rútulos fortes.
Seu filho Ascânio — cognome de Iulo lhe foi acrescido
(foi Ilo enquanto sabia-se de Ílio e da sua presença) —
governará por trinta anos, um mês depois do outro, a cidade,
e a capital de Lavínio, seu reino, aumentado de muito,   270
para Alba alfim mudará, guarnecida de grandes muralhas.
Nestes domínios a gente de Heitor manterá o comando
trezentos anos, até que a princesa Ília, sacerdotisa,
de Marte grávida, à luz há de dar os dois gêmeos preditos.
Rômulo, então, mui vaidoso da pele fulgente da loba,   275
dominará nestes povos e, o burgo mavórcio erigindo
de fortes muros, seu nome dará aos romanos ditosos."

É de notar o verso "vou revolver o futuro e os arcanos do Fado
mostrar-te" (*fabor enim longius et uoluens factorum arcana mouebo*)
com que Virgílio está a dizer que revelará o que por decreto do destino
há de ocorrer. O remate do discurso é esclarecedor:

César de Troia, de origem tão clara, até as águas do Oceano
vai estender-se; sua fama há de aos astros chegar dentro em pouco.
Do claro nome de Iulo provém o cognome de Júlio.
Livre do medo infundado, hás de um dia no Olimpo acolhê-lo,
rico de espólios do Oriente. Invocado vai ser pelos homens.   290
Então, suspensas as guerras, aquietam-se os ásperos sec'los.
A boa Fé, Vesta e Remo, de par com o irmão seu, Quirino,
ditarão leis; os terríveis portões do Castelo da Guerra
serão trancados com traves e ferros ingentes e, dentro,
o ímpio Furor, assentado sobre armas fatais, amarradas   295
as mãos nas costas, a boca a espumar só de sangue, esbraveja.

"César de Troia" (*Caesar Troianus*) é ostensivo anacronismo, que o público identificava: a ação da *Eneida* transcorre nos tempos míticos logo após a guerra de Troia, em que não havia Roma, cujas bases Eneias fundará, nem a *gens Iulia*, nem este César de Troia, que não é senão Augusto. Em *Caesar Troianus* o poeta funde Troia e Roma, isto é, mundo grego e mundo latino, e confunde Eneias e Augusto, isto é, início e fim, passado e presente, na persuasiva circunstância da *pax Augusta*. Para os romanos a *Eneida* celebra assim o pertencimento de Roma ao glorioso passado grego.

No livro VI, o expediente para narrar eventos vindouros agora é engenhosamente revestido de elementos órfico-pitagóricos, a saber, a teoria da transmigração das almas: utilizada por Platão no livro X da *República* e no *Fédon*,[11] o público culto identificava-a e comprazia-se pela surpresa de reconhecê-la fora do discurso filosófico e religioso. Falo aqui da descida de Eneias aos Infernos para encontrar o pai, Anquises, que então lhe mostra (vv. 687-885), no tempo presente da narrativa, as almas das grandes personalidades romanas, míticas e históricas, desde os primeiros reis até Augusto, que na devida ocasião haveriam de encarnar. O público, crente ou descrente daquelas ideias, sabia que, segundo os órficos e talvez segundo Platão, que delas se utilizou, a alma é a essência mesma das pessoas, de maneira que contemplar as almas ali seria (quase) mais verdadeiro do que vê-las encarnadas: outra vez, o que para Eneias é futuro para o público da *Eneida* é o presente:

> Volta a atenção para aqui; teus romanos contempla de perto,
> gente da tua prosápia. Este é o César, da estirpe de Iulo,
> sem faltar um, que há de um dia exaltar-se até ao polo celeste.   790
> Este aqui... sim, este mesmo, é o herói prometido mil vezes,
> César Augusto, de origem divina, que o século de ouro
> restaurará nas campinas do reino do antigo Saturno
> e alargará seus domínios às fontes longínquas dos índios
> e os garamantes, às terras situadas além de mil astros,   795
> longe da rota do sol e do tempo, onde o Atlante celífero
> sobre as espáduas sustenta esta esfera tauxiada de estrelas.

---

[11] Fragmentos 614b-621d e 81a-82c, respectivamente.

O "César da estirpe de Iulo" (v. 789) é Júlio César e o outro César (v. 792) é Otaviano Augusto, o filho que adotou. O poeta aqui sublinha que o imperador, sendo, como vimos, o termo de Eneias, é também sua culminância. Canta-se o grande Eneias, cuja grandeza também reside no rebento que produzirá, Augusto, e canta-se a paz, que já não vem designada em viés político pela mera ausência de guerras, mas é equiparada em perspectiva mítica, supratemporal, à era de Saturno, ao Século de Ouro, anterior a todo mal, inclusive a guerra. Para mostrar o significado da equiparação, cito os versos com que Hesíodo descreve a Idade de Ouro em *Os trabalhos e os dias* (vv. 109-19):

> Primeiro de ouro a raça dos homens mortais
> criaram os imortais, que mantêm olímpicas moradas.
> Eram do tempo de Cronos, quando no céu este reinava;
> como deuses viviam, tendo despreocupado coração,
> apartados, longe de penas e misérias; nem temível
> velhice lhes pesava, sempre iguais nos pés e nas mãos,
> alegravam-se em festins, os males todos afastados,
> morriam como por sono tomados; todos os bens eram
> para eles: espontânea a terra nutriz fruto
> trazia abundante e generoso e eles, contentes,
> tranquilos nutriam-se de seus pródigos bens.[12]

A tal bonança o público da *Eneida*, que não ignorava Hesíodo, gostava de ver assimilado seu próprio tempo. Hesíodo canta a Idade de Ouro, a era de Cronos (Saturno), depois da qual veio a Idade de Prata, seguida da Idade de Bronze: esta é que enfim conheceu a guerra, que, porém, não é ainda assim chamada, senão "trabalhos de Ares [Marte] dolorosos e violências". À Idade de Bronze segue a dos Heróis, quando já não só existe guerra, mas, pior ainda, "a guerra má",[13] que podemos

---

[12] Hesíodo, *Os trabalhos e os dias (Primeira parte)*, tradução de Mary de Camargo Neves Lafer (São Paulo, Iluminuras, 1990).

[13] No original, vv. 161-5: καὶ τοὺς μὲν πόλεμός τε κακὸς καὶ φύλοπις αἰνὴ/ τοὺς μὲν ὑφ' ἑπταπύλῳ Θήβῃ, Καδμηίδι γαίῃ,/ ὤλεσε μαρναμένους μήλων ἕνεκ' Οἰδιπόδαο,/ τοὺς δὲ καὶ ἐν νήεσσιν ὑπὲρ μέγα λαῖτμα θαλάσσης/ ἐς Τροίην ἀγαγὼν Ἑλένης ἕνεκ' ἠυκόμοιο. Na minha tradução: "a uns destruiu a guerra má e o grito terrível,/ enquanto em Tebas de sete portas na terra de Cadmo combatiam pelo rebanho, rique-

entender como luta fratricida, pois que Hesíodo a exemplifica com o conflito em Tebas, entre os irmãos Eteócles e Polinices, e com a própria guerra de Troia, cujos antagonistas eram todos helenos. Ora, a discórdia civil a que Otaviano pôs fim era entendida como luta fratricida, e a guerra de Troia é sempre o motivo pelo qual Eneias, derrotado e em desterro, vai à Itália fundar Roma, a nova Troia. A Roma cujas bases Eneias estabelece na *Eneida* é presentemente capitaneada por Augusto, cuja presença se faz sentir aos leitores e ouvintes do poema pela pacífica prosperidade que desfrutam. O círculo se fecha: o século de Augusto, como Século de Ouro retornado, era como que condição, um estado em que o flagelo da guerra intestina é total impossibilidade, e o público leitor ou ouvinte da *Eneida*, partícipe desta condição, já se percebe incluído e representado naquilo que lê no poema. Aquilo em que se vê incluído passa a dizer-lhe respeito porque de certa maneira é também seu. Por dizer-lhe respeito, interessa-lhe e, além disso, agrada-lhe.[14]

O terceiro expediente que o poeta usa para mostrar a grandeza futura de Eneias integra o que hoje é designado "écfrase", que é, em princípio, a descrição de um objeto. Afamada por ocorrer na *Ilíada* de Homero,[15] em que se descreve o escudo de Aquiles, a écfrase foi imitada por praticamente todo poeta épico da Antiguidade e até por poetas de outros gêneros. A écfrase difere da mera descrição, porque, primeiro, sempre incide num artefato (uma pintura parietal, um escudo, um portão etc.), e, segundo, porque o caráter estático da imagem no objeto maravilhosamente se transforma em movimento, em ação que pare-

---

za de Édipo;/ a outros destruiu-os ao conduzi-los em navios/ a Troia, além do mar abissal, por Helena de belos cabelos".

[14] Ver Aristóteles, respectivamente, *Política*, livro II, 1262a ("cada um preocupa-se sobretudo com o que é seu") e *Poética*, IV, 1448b ("O imitar é congênito no homem [...] e os homens se comprazem no imitado. Sinal disto é o que acontece na experiência: nós contemplamos com prazer as imagens mais exatas daquelas mesmas coisas que olhamos com repugnância, por exemplo, as representações de animais ferozes e de cadáveres. Causa é que o aprender não só muito apraz aos filósofos, mas também, igualmente, aos demais homens, se bem que menos participem dele. Aprendem e discorrem sobre o que seria cada uma delas, e dirão, por exemplo: 'este é tal'. Porque, se suceder que alguém não tenha visto o original, nenhum prazer lhe advirá da imagem, como imitada, mas tão somente da execução, da cor ou qualquer outra causa da mesma espécie"), em tradução de Eudoro de Souza (1966).

[15] *Ilíada*, XVIII, vv. 478-608.

ce transbordar os limites do objeto: a écfrase são assim os "efeitos especiais" de um poema. Na *Eneida* "descreve-se" o escudo de Eneias (vv. 626-728), em que Vulcano, deus da forja ("ignipotente senhor"), insculpiu, para Eneias, seu glorioso futuro, e para o público, toda a história de Roma. Destaco o que se refere a Augusto:

> O ignipotente senhor, sabedor dos eventos futuros,   626
> os grandes feitos da Itália e os triunfos do povo romano
> pintado havia a viril descendência de Ascânio guerreiro,
> a longa série de suas conquistas, das grandes batalhas.
> [...]
> César também, no seu tríplice triunfo é levado até aos muros
> da grande Roma, a cumprir os seus votos, sagrando trezentos   715
> templos aos deuses da Itália, de bela e imponente estrutura.
> Vibram as ruas com tanta alegria, folguedos e aplausos,
> coros das nobres matronas nos templos, por todas as aras;
> ante os altares novilhos jaziam, de fresco imolados.
> E o próprio César, no umbral assentado do templo marmóreo   720
> de Febo Apolo, examina os presentes dos povos vencidos
> e os dependura nas portas soberbas. Desfilam cem povos,
> intermináveis, de vestes e línguas e de armas estranhas.

O César dos vv. 714 e 720 é Augusto, e a paz vem significada agora pelo consequente desfile dos povos vencidos, os despojos e o festejo. Na écfrase, o público assiste à festa ali desenhada, que lhe é contemporânea, cuja alegria provavelmente é também sua. Admitindo que lhe cause deleite poético ver a festa e ver-se nela, seu deleite integra-se, ativo, à mesma alegria a que talvez só passivamente assistisse se não fosse sua. Na paz, a *Eneida* incluía até quem discordasse de Augusto, significando poeticamente a mesma política de clemência que ele adotou para adversários vencidos, que eram todos, enfim, romanos.

Eneias, o herói fundador

Como a *Eneida*, entre outros procedimentos, sintetiza a *Odisseia* e a *Ilíada*, muitos leitores esperavam que Eneias sintetizasse igualmente a esperteza de Ulisses e a intrepidez de Aquiles, o que não ocorre, razão por que Eneias mais de uma vez cai em desgraça, como se lê na velha anedota de Yeats endossada por Ezra Pound no *ABC da literatura*:[16]

> W. B. Yeats é já suficientemente venerado para ser citado num livro escolar. O abismo entre Homero e Virgílio pode ser ilustrado profanamente por uma das anedotas favoritas de Yeats. Um marinheiro resolveu tomar umas lições de latim. O professor começou a dar-lhe Virgílio e depois de muitas lições perguntou-lhe alguma coisa a respeito do herói.
>
> — Que herói? — disse o marinheiro.
>
> — Ora, que herói? Eneias, o herói — disse o professor.
>
> — Quê, um herói, ele, um herói? Poxa! Eu 'tava certo que ele era um padre.

É de Kafka o adágio: "contra piadas não há argumentos".[17] Então não é caso de argumentar com o marinheiro que, a bem dizer, tinha alguma razão, como logo veremos, mas sim advertir o atual leitor de que Eneias não é precipuamente herói-guerreiro, mas herói-fundador. O ensinamento do velho Fustel de Coulanges em pleno século XIX deveria ter bastado:

> O fundador era o homem que cumpria o ato religioso sem o qual uma cidade não podia existir. Era ele que assentava o Larário onde devia arder eternamente o fogo sagrado; era ele que, com suas preces e ritos, invocava os deuses, estabelecendo-os para sempre na nova cidade. Podemos entender o respeito que tinham por esse homem sagrado. Enquanto vivia, os homens viam nele o autor do culto e o pai da cidade; morto, tornava-se ancestral comum a todas as gerações seguintes; o fundador era para a cidade o que o primeiro ancestral era para a família, um deus *Lar Familiaris*. Sua lembrança perpetuava-se como o fogo que acendera no Larário. Re-

---

[16] Ezra Pound, *ABC da literatura*, tradução de Augusto de Campos e José Paulo Paes (São Paulo, Cultrix, 1986, pp. 46-7).

[17] Em *O castelo*, segundo informa José Paulo Paes em *Resíduo* (São Paulo, Cultrix, 1980).

cebia culto, era considerado deus e a cidade adorava-o como sua Providência. Sacrifícios e festas renovavam-se a cada ano sobre seu túmulo.[18]

É o próprio historiador francês que responde a Yeats e Pound antes mesmo da piada:

> É a chegada de Eneias, ou antes, a transferência dos deuses de Troia para a Itália, o tema da *Eneida*. O poeta canta esse homem que atravessou os mares para fundar uma cidade e levar seus deuses para o Lácio:
>
> *dum conderet urbem*
> *inferretque deos Latio*
> [para as bases lançar da cidade
> e ao Lácio os deuses trazer].[19]
>
> Não devemos julgar a *Eneida* com nossas ideias modernas. Muito se queixa de não haver audácia, arrojo, paixão em Eneias. Cansa-se do epíteto de "piedoso", que recorre continuamente. Espanta-nos ver esse guerreiro consultar seus Penates com tão escrupuloso cuidado, invocar uma divindade por qualquer motivo, levantar os braços para o céu quando deve combater, deixar que os oráculos o agitem por todos os mares e derramar lágrimas ao ver o perigo. Nem falta quem lhe critique a frieza para com Dido, e chega-se a ficar tentado a dizer, ecoando a desditosa rainha:
>
> *nullis ille mouetur*
> *fletibus aut voces ullas tractabilis audit*

---

[18] Fustel de Coulanges, *La Cité Antique*, The Project Gutenberg E-Book. Registre-se, como apontou Maria Helena Rocha Pereira (*Estudos de História da Cultura Clássica*, Volume II: Cultura Romana, Lisboa, Fundação Calouste Gulbenkian, 1984, p. 252, nota 28), que a "'reabilitação' de Eneias principiou com um livro que fez época, *La Cité Antique*, de Fustel de Coulanges". Ainda em 1966, Meyer Reinhold escrevia "The Unhero Aeneas" (*Classica et Mediaevalia*, 26).

[19] I, vv. 5-6. A tradução dos excertos da *Eneida* é de Carlos Alberto Nunes.

[porém nada as preces o abalam;
inteiramente insensível se mostra a pedidos e queixas].[20]

Aqui não se trata de guerreiro ou herói de romance. O poeta quer mostrar-nos um sacerdote. Eneias é o chefe do culto, o homem sagrado, o fundador divino cuja missão é salvar os Penates da Cidade:

sum pius Aeneas raptos qui ex hoste Penates
classe ueho mecum
[O pio Eneias eu sou; ora levo comigo os Penates
salvos do imigo implacável].[21]

Sua qualidade dominante deve ser a piedade, e o epíteto que o poeta lhe aplica com mais frequência é também o que melhor lhe convém. Sua virtude deve ser uma fria e altiva impersonalidade que faça dele não um homem, mas um instrumento dos deuses. Por que buscar paixões em Eneias? Ele não tem direito a elas ou então deve recalcá-las no fundo do coração.

Por mais que seja verdadeiro que a *Eneida* assume a narrativa praticamente onde a *Ilíada* terminara, por quanto a épica guerreira venha a cobrar façanhas — tributo que Virgílio paga —, exigir que Eneias tenha o caráter dos heróis homéricos é desentender a *Eneida*, assim como buscá-lo em Jasão é querer ignorar as *Argonáuticas* de Apolônio de Rodes, importante modelo épico de Virgílio. Por muito tempo, considerou-se Jasão um herói fraco e indeciso, comparado a Aquiles e Ulisses.[22] Na verdade, foi assim avaliado porque o critério era o individualismo do herói homérico, quando a intenção de Apolônio

---

[20] IV, vv. 438-9.

[21] I, vv. 378-9.

[22] Ver, por exemplo, André Bonnard (*A civilização grega*, tradução de José Saramago, São Paulo, Martins Fontes, 1984): "Qualquer desgraça imprevista o desconcerta [a Jasão]. Apolônio repete mais de uma vez a mesma fórmula para o caracterizar. Sobrevém uma dificuldade, e eis 'Jasão impotente'. O que caracteriza Jasão é a ausência de caráter. De um extremo a outro do poema, ou quase, ele é puro nada. Todo o poema épico é despedaçado por esta 'impotência' do herói, igual à do poeta para criar personagens".

tinha sido justamente criar novo tipo de herói, deliberadamente contrário aos de Homero: enquanto Ulisses é *polymékhanos* ("cheio de recursos", "engenhoso"), Jasão é *amékhanos* ("sem recursos", "impotente").[23] Quando os poemas gregos helenísticos passaram a ser considerados pelo que positivamente eram em vez de ser indigitados pelo que jamais tinham sido pensados para ser, não apenas suas qualidades começaram a revelar-se, como se percebeu que elas eram a difícil resposta às exigências que novas condições históricas impunham aos velhos gêneros poéticos. As *Argonáuticas* apareceram no século III a.C., quando, entre outras diferenças, à guisa de exemplo, primeiro, os "estados" gregos já não se articulavam em torno da pólis, a cidade-estado, mas se estendiam pelos vastos reinos em que se repartira o império de Alexandre, e, segundo, o combatente na infantaria já não era o guerreiro individualista, senão o hoplita, o guerreiro pesadamente armado. O sucesso do hoplita na batalha dependia da boa formação da falange, o grupo de guerreiros, e da posição que cada um nela ocupava, de modo que, no plano maior, nem o país era uma pequena cidade-estado, que é possível conhecer inteira e nela ser reconhecido, nem tampouco, no plano menor, a façanha era singular, atribuível a uma só pessoa. Ainda que o público pudesse aceitar a extranaturalidade das ações individuais como injunção do gênero épico, mesmo que na desigualdade do texto homérico já ocorram vestígios da falange hoplítica, era o poeta helenístico que se constrangia a si mesmo a adaptar a épica homérica à percepção contemporânea. Os poemas homéricos continuavam amados, o que não significava que o épico que o poeta helenístico queria compor no século III a.C. devesse ser como os de Homero: não podia por inverossimilhança, muito antes daquela mais-valia. O feito de Jasão, que se preocupa antes que tudo com a segurança e a solidariedade do grupo, pode ser considerado superior ao de Ulisses, que retorna à pátria sem seus marujos, e ao de Aquiles, que subordina os camaradas à glória individual dele. Jasão regressa da Cólquida trazendo salvos os compa-

---

[23] *Ilíada*, I, v. 173, διογενὲς Λαερτιάδη <u>πολυμήχαν'</u> Ὀδυσσεῦ, "Filho de Laertes, de origem divina, Odisseu *engenhoso*". *Argonáuticas*, I, vv. 460-1: ἔνθ' αὐτ' Αἰσονίδης μὲν <u>ἀμήχανος</u> εἰν ἑοῖ αὐτῷ/ πορφύρεσκεν ἕκαστα, "Entrementes, Jasão, filho de Éson, meditava tudo consigo, *sem saber o que fazer*". Tradução de Carlos Alberto Nunes e minha, respectivamente (grifos meus). Bonnard recrimina em Apolônio o que de fato é precisamente seu projeto de personagem.

nheiros. "Qualquer que seja o veredicto, Jasão — num modo que antecipa o Eneias de Virgílio — parece ser o herói diminuído a seu próprio tamanho, um homem oprimido pelo mundo épico em que se encontra, constrangido pelas circunstâncias a cumprir tarefas que lhe parecem impossíveis e misteriosas."[24]

Não eram diversas as condições históricas e poéticas de Virgílio. Gian Biagio Conte, ele mesmo responsável pela mais recente edição da *Eneida*, já percebera grande transformação no gênero épico desde Homero, o que implica que nem a amplitude e diversificação da Antiguidade cabem no mero adjetivo "antigo", a aplainar todas as saliências, nem aqueles "princípios absolutos" como fundamento da épica se aplicam à *Eneida*:

> Doravante, o mundo será visto por mais do que um só par de olhos. Quando Virgílio remodela assim o campo de significação da *norma épica*, perturba seu caráter absoluto inflexível e introduz a relatividade. Esta "dialética da contaminação" se estabelece quando o texto acha espaço para um *ponto de vista* que desloca seu eixo do centro imposto pelo dogmatismo da norma. Assim, Virgílio permite que potencialidades do código épico cuja expressão tinha sido negada emerjam das profundezas da História. Essas possibilidades tácitas reclamam o direito de falar e revelar suas próprias perspectivas semânticas no texto.[25]

Veremos logo adiante tais potencialidades.

ENEIAS ANTES DA *ENEIDA*

Eneias, antes de protagonizar a *Eneida*, fez ponta no *Hino homérico a Afrodite* e foi coadjuvante na *Ilíada*, nos quais já se dizia estar

---

[24] Nita Krevans e Alexander Sens, "Language and Literature", em Glenn R. Bugh (org.), *The Cambridge Companion to The Hellenistic World* (Cambridge, Cambridge University Press, 2007, p. 202).

[25] Gian Biagio Conte, "Virgil's *Aeneid*: Towards an Interpretation", em *The Rhetoric of Imitation: Genre and Poetic Memory in Virgil and Other Latin Poets* (Ithaca, Cornell University Press, 1986, p. 152). Itálicos do original, tradução minha.

destinado a governar os troianos (ou "teucros", v. 196 do *Hino*) mesmo após a destruição de Troia. No hino, Afrodite (Vênus) tranquiliza o pai de Eneias, Anquises, a quem, mortal, era interdito unir-se a uma deusa:

> "Ó Anquises, tu mais glorioso entre os homens da terra!
> Confiança, e que nada tu temas demais em tua alma,
> pois nenhum mal tu deves temer que de mim se origine
> nem dos outros beatos: tu és dos eternos querido.   195
> Caro filho terás, que entre os teucros será soberano,
> e chamado de 'Eneias' será, pela dor tão terrível[26]
> de imortal ter subido no leito de um homem mortal.
> Dentre os homens mortais semelhantes aos deuses mais foram
> pela forma e natura os da estirpe preclara que é tua".[27]   200

Parafraseio os dois versos finais do excerto: "dentre todos os seres humanos, aqueles que, pela beleza e nascimento, mais se assemelharam aos deuses foram os pertencentes à tua ilustre descendência". Para os gregos, a quem o poema era primeiro destinado, era tópico elogio de alguém dizer que seus descendentes se assemelhariam aos deuses. Mas para os romanos, que, como vimos, se inseriram na tradição grega e se apropriaram deste mito, os descendentes de Anquises e Eneias eram eles mesmos, os próprios romanos, que se viam assim comparados aos deuses já não só por Virgílio, mas, quem diria!, por Homero!

No canto XX da *Ilíada*, assistimos a Eneias enfrentar, temerário, ninguém menos que Aquiles, o mais forte dos gregos, por cuja mão tombaria se Posídon (Netuno) não interviesse:

> "Como me causa pesar o destino de Eneias magnânimo
> que, por Aquiles vencido, para o Hades baixar vai depressa,
> só por ter dado atenção às palavras de Apolo frecheiro!   295
> Tolo!, que o deus não lhe serve de amparo no instante funesto.
> Mas, por que causa, inocente como é, padecer ele deve
> pelos gemidos dos outros? É fato que foram seus mimos
> sempre acolhidos por todos os deuses do Olimpo vastíssimo.

---

[26] O nome Αἰνείας, "Eneias", foi tomado como cognato de αἰνός, "terrível".

[27] Tradução de Jair Gramacho, em *Hinos homéricos* (Brasília, UnB, 2003).

Vamos fazer que ele possa ficar ao abrigo da morte,   300
para não vir a agastar-se o alto filho de Cronos, se Aquiles
da alma o privar, que o Destino ordenou que ele seja poupado,
para que não desapareça sem rasto nenhum a progênie
nobre de Dárdano, o filho que Zeus tempestuoso prezava
mais do que quantos nasceram do amor de mulheres terrenas.   305
Já os descendentes de Príamo são pelo Crônida odiados;
mas há-de o mando exercer nos Troianos Eneias, o forte,
e quantos filhos depois de seus filhos a luz contemplarem".[28]

Percebe-se que dentre as elites de Troia, prestes a ser destruída, Zeus (Júpiter) desamava a linhagem de Príamo, rei da cidade durante a guerra, mas prezava a de Dárdano, ancestral de Anquises e Eneias: desde a *Ilíada*, vemos que Eneias é eleito dos deuses por causa da piedade ("seus mimos/ sempre acolhidos por todos os deuses"), e é também destinado ("o Destino ordenou que ele seja poupado"). Poupado, Eneias leva consigo a condição de preservador e continuador de uma estirpe ("mas há-de o mando exercer nos Troianos Eneias, o forte,/ e quantos filhos depois de seus filhos a luz contemplarem"): conforme tal caráter, não desdoura secundar Aquiles (o Pelida, v. 332), ser o mais forte depois dele, como afirma Posídon (Netuno) ao concluir a fala:

"Ínclito Eneias, que deus te levou a fazer tão patente
insensatez de querer enfrentar o Pelida animoso?
É ele mais forte que tu, sobre ser predileto dos deuses.
Deves recuar quantas vezes o vires no campo de luta,
se não quiseres baixar, contra o Fado, para o Hades escuro.   335
Mas, quando Aquiles morrer, por haver o Destino cumprido,
podes, confiado, passar a lutar nas fileiras da frente,
que nada tens a temer dos demais combatentes aquivos".

"Eleito", "destinado", "piedoso": os traços principais do caráter de Eneias estavam delineados no *Hino homérico a Afrodite* e na *Ilíada*, na qual também amiúde se lê que é *boulefóros*, "conselheiro", razão

---

[28] Estes e os demais versos da *Ilíada* são citados na tradução de Carlos Alberto Nunes.

por que a ele "como a um deus os do povo acatavam" (*Ilíada*, canto V, v. 180, e canto XI, v. 58).

ENEIAS NA *ENEIDA*: O HERÓI ÉTICO

Delineado que estivesse, a *Eneida*, porém, consuma o caráter de Eneias porque dramatiza a hombridade com que ele resiste a todo revés, a despeito das lágrimas que derrama, humaníssimas (I, vv. 94-101 e 198-207), como se vê na clemência que tem para com os vencidos, quando não despoja Lauso das armas após matá-lo e ainda apressa os troianos a que devolvam logo o corpo aos companheiros dele (X, vv. 822-33); na justiça e comiseração para com os comandados, quando a alguns deles, já exaustos da viagem, concede que permaneçam na Sicília, onde lhes funda uma cidade (V, vv. 700-56); e na piedade para com os deuses, a pátria, o pai (II, vv. 650-70, e VI, vv. 695-901). Esta "piedade" (*pietas*) não é beatice que Yeats e Pound projetaram nele, mas por implicar estrita observância ao mandado divino é, numa palavra, a mãe de todas as outras virtudes de Eneias e, em particular, o que o faz fiel, o homem que deve cumprir sua missão a todo custo, malgrado a própria vontade. É tão breve quão significativa a frase com que Eneias encerra a resposta a Dido, que o ofendera por decidir zarpar (IV, v. 361):

Não busco a Itália *por gosto,*

argumento que ratifica quando reencontra Dido nos subterrâneos (VI, vv. 458-64):

> Mas, pelas estrelas o juro,
> pelas deidades celestes, as forças sagradas do Inferno:
> *contra o meu próprio querer* afastei-me da tua presença.   460
> *Pela vontade dos deuses* é que eu nestas sombras me arrasto,
> a percorrer tão estranhas paragens na noite profunda.
> *Ordens de cima, imperiosas.* Jamais admiti que com a minha
> resolução, sofrimento tão grande pudesse causar-te.

Os termos destacados "não por gosto" (*non sponte*), "contra o meu próprio querer" (*inuitus*), "pela vontade dos deuses" (*iussa deum*), "ordens de cima, imperiosas" (*imperiis*) evidenciam que Eneias não faz o que deseja nem o que lhe daria contentamento, senão o que deve ser feito. Pode-se entrever nas passagens que, por ele, permaneceria em Cartago ao lado de Dido. Tanto é assim que, depois de vermos que a paixão erótica de Dido estorva os deveres civis que tem como rainha (IV, vv. 83-9) —

na ausência do amado ainda o vê, ainda o escuta,
retém a Ascânio no colo, na imagem paterna se embebe,
por esse modo pensando iludir a paixão absorvente.   85
Inacabadas, as torres pararam; não mais se exercitam
moços esbeltos nos jogos da guerra, na faina dos portos;
interrompidas as obras, o céu das ameaças descansa;
por acabar as ameias, merlões, toda a fábrica altiva

—, contemplamos Eneias, trajado à moda cartaginesa, fazendo o que faz melhor, que é fundar cidadelas (IV, vv. 260-4):

a Eneias viu a fundar fortalezas e erguer novas casas   260
na sede augusta. Uma espada cingia com jaspe esverdeado
na empunhadura; dos ombros pendia-lhe manto da Tíria,
de cor purpúrea, presente valioso de Dido, com a própria
mão adornado, todo ele, de quadros de traço esquisito.

Justo neste instante aparece Mercúrio, que a mando de Júpiter lhe diz não sem rispidez que deve abandonar Cartago para cumprir seu destino. A reação de Eneias não é de quem é leviano com as consequências dos próprios atos (IV, vv. 279-86) —

Estarrecido a tais vozes Eneias ficou, hirta a coma;
presas na boca as palavras; nenhuma do encerro lhe escapa.   280
O inesperado do aviso, do expresso mandado do nume,
deixa-o sem tino e disposto a fugir das paragens amenas.
Ah! que fazer? De que jeito sondar a rainha alarmada
com tal suspeita? Que exórdio usará para alfim convencê-la?

> Veloz divide ora aqui ora ali o pensamento indeciso,
> por várias partes detendo-se, sem decidir coisa alguma

—, mas antes é reação própria de quem, humano, não é imune à comoção, bem entendido, ao abalo. É bem no modo como Virgílio poeticamente refere o abalo, que logramos a um só tempo perceber sutilezas em Eneias, que não tencionava partir, e a consequente transformação do gênero épico nas mãos de Virgílio: o terror pela inesperada ordem de Júpiter para que Eneias cumpra seu destino o narrador nos relata a partir da antiga perspectiva central, objetiva e absoluta da epopeia, mas a hesitação sobre o que fazer nos é descortinada a partir da perspectiva do próprio Eneias, perspectiva que já é, como mostrou Conte, o descolamento da outra, e hoje é chamada "discurso indireto livre". A bem dizer, o atributo "amenas" (*dulces*) para "paragens" (*terras*) — juízo do próprio Eneias, que estava feliz com Dido em Cartago — já começa a instaurar na narração objetiva o viés parcial da personagem, que se vê abalada. A serena passividade que o conceito de destino pode sugerir não condiz com o peso moral que toda ordem superior impõe, mormente quando justa: Eneias cumpre o destino como quem cumpre uma ordem maior e superior. Tendo a possibilidade material de permanecer com Dido em Cartago, não tinha a possibilidade ética de fazê-lo, o que equivale a dizer que Eneias sacrifica a felicidade pessoal em prol da Roma cujos fundamentos há de assentar mas que jamais verá: o bem de um só, que é ele, pelo bem comum dos comandados e descendentes, esta é a fidelidade, a piedade de Eneias. O público romano, impregnado talvez dos mesmos valores estoicos que Virgílio teria projetado em Eneias, sentia-o mais próximo de si do que os heróis homéricos, pois que, mal saído de uma guerra em Troia, em que foi perdedor, sacrifica o conforto cartaginês por outra guerra em solo itálico, e o faz com hombridade, que é o preço que a nascitura Roma lhe cobra. Se é trágica a condição de Dido, que morre dilacerada entre a paixão e o dever cívico, não é menos dramática e patética a de Eneias, que nada tem de seu, a não ser deveres e mais deveres, como filho, pai, chefe, sacerdote e cidadão. Eneias é, assim, aquele que sobrevive e resiste. Muito nos comove, como prova de amor, o pai ou a mãe que perde a vida de desgosto pela morte do filho pequeno — mas de que modo nos tocam os pais anônimos que sobrevivem para cuidar dos filhos vivos? Aquiles, Heitor, Dido têm a luminosa valentia dos que tombam cedo, jovens e belos, sendo assim perenizados na bela morte, enquanto Eneias tem aquele silencioso valor ético dos que, resistindo diariamente, sobrevivem e são diuturno esteio de outros que deles necessitam para continuar a viver.

A *ENEIDA* E VIRGÍLIO DEPOIS DE ROMA

Poetas grandiosos merecem comentadores grandiosos, e a Virgílio coube nada menos do que autores como Erich Auerbach e T. S. Eliot, entre outros. Como já dissemos, o heroísmo ético de Eneias fez com que a *Eneida* permanecesse luminar muito depois da queda de Roma, já em plena Idade Média, quando Virgílio se torna algo mais do que um poeta. Desde o fim do século XIX discutem-se as condições pelas quais o renome de Virgílio perdurou naquele período, mas as reflexões de Erich Auerbach aproveitam-nos muito especialmente porque põem em xeque a ideia de que houve ruptura entre o mundo romano e o medievo, e determinam como a figura de Virgílio colaborou para esta continuidade:

> Ninguém afirmaria hoje que a tradição antiga entrou em decadência com as migrações bárbaras e só se reergueu por obra dos humanistas: a latinidade clássica do final da República e da era de Augusto já não esgota para nós a Antiguidade, e esforçamo-nos por encontrar outros traços de sua sobrevivência além do latim ciceroniano e do ecletismo filosófico. Ao contrário, a história e a vida espiritual da primeira Idade Média parecem confirmar a influência muitas vezes difusa, mas por fim vitoriosa, de ideias e instituições antigas, sua reelaboração muitas vezes disparatada, mas por isso mesmo profundamente histórica e orgânica. Quanto mais nos damos conta de que a história das línguas românicas constitui a verdadeira história do latim, de que o latim clássico é uma construção artificiosa e de que sua imitação é uma empresa estética e historicista, à medida que vemos claramente a arte medieval como continuação, reelaboração e transformação incessantes da tradição antiga e mediterrânea, maior é a tendência em todos os campos da medievalística a interpretar esses fenômenos como signos de uma tradição antiga ininterrupta, ora tênue, ora desfigurada, mas afinal de contas

dominante, isto é, de uma espécie de *Antiguidade vulgar*, se o termo for aceitável. Tal como a noção polêmica de *latim vulgar*, o termo não tem nenhuma conotação sociologicamente pejorativa e não se refere apenas à tradição ou ao latim da gente mais pobre, mas meramente ao elemento inconsciente, histórico e orgânico, em contraste com o consciente, historicista e erudito.

É evidente que, na Antiguidade vulgar, os autores clássicos e seus textos são de significado menor, uma vez que essa sobrevivência do antigo não se dá por meio da leitura e do estudo, mas sim de instituições, de hábitos e da tradição oral; sua característica decisiva, ao contrário da fidelidade textual e da rememoração historicista, é a reelaboração incessante do material herdado e o esquecimento de suas origens. O que de fato se interrompeu foi a educação e erudição letrada; dos grandes autores antigos conservou-se, quando muito, uma imagem incoerente e cada vez mais pálida. Virgílio constitui a única exceção; é bem verdade que as informações sobre sua vida e sua obra são confusas e imprecisas, e ambas sofrem reelaborações estranhas e inesperadas, como de resto acontece com toda a massa da tradição antiga; mas alguns de seus elementos essenciais permanecem vivos: Virgílio converte-se num personagem de lendas populares que, apesar de toda a distância, jamais se desliga totalmente da figura original e que finalmente, nas feições que adquire na obra de Dante, reaparece com uma verdade mais profunda e uma fidelidade mais integral do que a pesquisa erudita e minuciosa teria logrado alcançar.[29]

Noutro texto Auerbach explica melhor "as feições que Virgílio adquire no poema de Dante" ou, em outras palavras, o papel do mantuano na *Divina Comédia*. É de notar como o heroísmo ético de Eneias é transferido para o poeta, que se torna, assim, maior que o próprio herói e adquire o estatuto de profeta e guia:

> Aos olhos de Dante, o Virgílio histórico é ao mesmo tempo poeta e guia. Ele é poeta e guia porque, na descida aos infernos do

---

[29] Ver Erich Auerbach, "Dante e Virgílio", em *Ensaios de literatura ocidental*, tradução de Samuel Titan Jr. e José Marcos Mariani de Macedo (São Paulo, Duas Cidades/Editora 34, 2007, pp. 97-8).

justo Eneias, profetiza e glorifica a paz universal sob o Império Romano, a ordem política que Dante considera exemplar, a *terrena Jerusalém*; e porque, em seu poema, a fundação de Roma, sítio predestinado do poder secular e espiritual, é celebrada à luz de sua futura missão. Acima de tudo ele é poeta e guia porque todos os grandes poetas que vieram depois dele foram inflamados e influenciados por sua obra. [...] Virgílio, o poeta, era um guia porque havia descrito o reino dos mortos — portanto conhecia bem o caminho. Mas também como homem e como romano ele estava destinado a ser um guia, não apenas porque era um mestre do discurso eloquente e da sabedoria elevada, mas porque também possuía as qualidades que tornam o homem capaz de guiar e liderar, as qualidades que caracterizam seu herói Eneias e Roma em geral: *iustitia* e *pietas*. Para Dante, o Virgílio histórico encarnava esta plenitude de perfeição terrena e era capaz, portanto, de guiá-lo até o limiar da visão da perfeição eterna e divina; o Virgílio histórico era, para ele, uma *figura* do poeta-profeta-guia, agora preenchido no outro mundo. O Virgílio histórico é "preenchido" pelo habitante do limbo, o companheiro dos grandes poetas da Antiguidade, que, ao chamado de Beatriz, assume a tarefa de guiar Dante. Como romano e como poeta, Virgílio enviou Eneias ao mundo subterrâneo à procura do conselho divino para conhecer o destino do mundo romano; e agora Virgílio é convocado pelos poderes celestiais para ser o guia de uma missão não menos importante; pois não há dúvida que Dante via a si próprio como encarregado de uma missão não menos importante que a de Eneias: eleito para anunciar a um mundo desajustado a ordem justa, que lhe é revelada durante a sua caminhada.[30]

Dante escrevia em latim, mas a *Divina Comédia* marcou a etapa derradeira da introdução das línguas vulgares na poesia. Destronado o antigo idioma, perdida a familiaridade com que se liam os poemas latinos, acorrem por contraparte outras práticas poéticas que garantiram sua permanência, das quais duas têm especial interesse aqui: uma, já citada, é a imitação. Se Dante, de maneira singularíssima, integrou o

---

[30] Ver Erich Auerbach, *Figura*, tradução de Duda Machado (São Paulo, Ática, 1997, pp. 58-9).

significado ético de Virgílio à sua *Comédia*, transformando-o em personagem, é todavia na imitação em todas as línguas europeias dos poemas, ou melhor, dos gêneros em que Virgílio compôs, que está implicado o caráter paradigmático, técnico, que tem como poeta. Sob este aspecto, é evidente o protagonismo não só da épica, mas também do gênero bucólico. Outra prática é bem a tradução, que complementarmente explicita a importância de um autor e de uma obra específica nas várias épocas em que foi traduzida: tradução é a profissão de fé poética no autor traduzido. Imitar e traduzir patenteiam a tradição de vários gêneros poéticos desde a Antiguidade até as letras de cada país e, sobretudo, o poeta que é considerado o principal agenciador desses gêneros, o seu *auctor* por excelência, aquele de quem emana toda autoridade, o clássico consumado. T. S. Eliot afirma:

> Tal como Eneias está para Roma, assim a antiga Roma está para a Europa. Virgílio adquire, pois, a centralidade do clássico único; ele está no centro da civilização europeia numa posição que nenhum outro poeta pode compartilhar ou usurpar. O Império Romano e a língua latina não eram um império qualquer e uma língua qualquer, mas um império e uma língua com um destino único em relação a nós mesmos; e o poeta no qual aquele império e aquela língua vieram à consciência e à expressão é um poeta com um destino único.[31]

Carlos Alberto Nunes, incansável tradutor

Carlos Alberto da Costa Nunes nasceu em São Luís do Maranhão, em 19 de janeiro de 1897, e formou-se médico em 1920 pela Faculdade de Medicina da Bahia, exercendo a profissão em cidades do interior paulista até fixar-se na capital, onde trabalhou como médico-legista. Compôs em decassílabos a epopeia *Os Brasileidas* (1938), os dramas *Moema* (1950), *Estácio* (1971) e *Beckmann ou A tragédia do general Gomes Freire de Andrade* (1975); a comédia *Adamastor ou O naufrágio de Sepúlveda* (1972). Do alemão traduziu as tragédias *Estela* (1949)

---

[31] T. S. Eliot, "What is a Classic", em *On Poetry and Poets* (Londres, Faber & Faber, 1957, p. 68).

e *Ifigênia em Táuride* (1964) de Goethe, e de Friedrich Hebbel, *Judite, Giges e o seu anel* e *Os Nibelungos* (1964, todas num só volume). Do espanhol traduziu *A Amazônia: tragiepopeia em quatro jornadas*, do uruguaio Edgardo Ubaldo Genta (1968). Traduziu o teatro completo de Shakespeare, publicado em 21 volumes (1955). Do grego traduziu todos os *Diálogos* de Platão, publicados em quatorze volumes entre 1973 e 1980, a *Odisseia* (1941) e a *Ilíada* (após 1945).[32] Do latim traduziu a *Eneida*, publicada em 1981, bimilenário da morte de Virgílio. A partir de 1956 foi membro da Academia Paulista de Letras. Era tio do filósofo, poeta e ensaísta Benedito Nunes (1929-2011), e faleceu em Sorocaba em 9 de outubro de 1990. A avaliação crítica e histórica de sua vasta obra, original e traduzida, está ainda por ser feita. Tratarei aqui da tradução que fez das três epopeias.

A *Ilíada* e a *Odisseia* de Carlos Alberto Nunes foram as únicas traduções poéticas integrais em português de Homero feitas e publicadas no século XX no Brasil, e até muito recentemente eram ainda as últimas, até Haroldo de Campos publicar a tradução integral da *Ilíada* (2002); Donaldo Schüler e Trajano Vieira, a da *Odisseia* (2007 e 2011); e, em Portugal, Frederico Lourenço publicar ambas (2005 e 2003). Na linhagem de traduções das epopeias gregas e latinas em nossa língua o que singulariza as de Nunes é precisamente o metro utilizado. Ao contrário do que ocorreu nas reedições subsequentes, as edições iniciais da *Ilíada* e da *Odisseia* por ele vertidas, que datam da década de 1940, trazem na capa os dizeres "traduzidas do grego, no metro original por

---

[32] Muito tenho pelejado para determinar a data da primeira edição da *Ilíada* e a da *Odisseia*, de Carlos Alberto Nunes: na edição sem data da *Ilíada* da editora Atena diz o tradutor em "Nota" (p. 445): "Esta tradução da *Ilíada* foi escrita de acordo com a reforma ortográfica luso-brasileira consubstanciada nas normas do *Vocabulário* da Academia das Ciências de Lisboa. [...] Eis por que se corrigiram, agora, alguns nomes que figuram com diferente grafia na tradução da *Odisseia*, publicada em 1941, nesta mesma coleção, e que, para uniformidade dos textos, serão também alterados nas edições subsequentes daquela obra". Estabelece-se, assim, o ano de 1941 para a primeira edição da *Odisseia*. A "reforma" a que se refere Carlos Alberto Nunes deve ser o Acordo Ortográfico de 1945, convenção ortográfica assinada em Lisboa em 6 de outubro daquele ano entre a Academia das Ciências de Lisboa e a Academia Brasileira de Letras, e não o Formulário Ortográfico de 1943, da Academia Brasileira de Letras, que fundamentou seu *Vocabulário Ortográfico*. O acordo de 1945 não foi ratificado pelo Congresso brasileiro, o que parece explicar que Carlos Alberto mencione o *Vocabulário Ortográfico* da Academia das Ciências de Lisboa.

Carlos Alberto Nunes". Assim também a *Eneida*, de 1981: "Tradução portuguesa de Carlos Alberto Nunes no metro original". Se é do tradutor o encarecimento da escolha métrica, vale a pena tratar da questão, mesmo que sumariamente. "O metro original" das epopeias gregas e latinas é o chamado "hexâmetro datílico", que é uma sequência de seis dátilos, isto é, seis células compostas por uma sílaba longa e duas breves. A rigor, a última célula tem uma sílaba a menos. Como se vê, a antiga métrica grega e latina, *diferente da portuguesa*, articulava-se na *duração* das vogais de cada sílaba: uma sílaba longa durava o dobro do tempo de uma sílaba breve. Simbolizando a sílaba longa por um traço — ; a sílaba breve por uma cunha ᴗ ; a separação das células por uma barra | ; e a cesura (que é pequena pausa no interior do verso) por duas barras oblíquas // , pode-se fazer esquema inicial da sequência de sílabas longas e breves do hexâmetro datílico:

$$— \; \underset{1}{\text{ᴗᴗ}} \; | — \; \underset{2}{\text{ᴗᴗ}} \; | — \; \underset{3}{//\text{ᴗᴗ}} \; | — \; \underset{4}{\text{ᴗᴗ}} \; | — \; \underset{5}{\text{ᴗᴗ}} \; | — \; \underset{6}{\text{x}}$$

O símbolo x para a última sílaba significa que ali a duração da vogal é indiferente: pode ser longa ou breve. Tomando-se por facilidade a sílaba longa como critério, pode-se dizer que o hexâmetro datílico admite doze sílabas longas. O hexâmetro datílico é, pois, um verso que tem doze tempos. Como uma sílaba longa equivale a duas breves, podem-se substituir então as duas breves ᴗᴗ por uma longa — sem que se altere a soma total dos tempos, de maneira que o esquema do hexâmetro, admitindo as possíveis substituições, é o seguinte:

$$— \; \underline{\text{ᴗᴗ}} \; | — \; \underline{\text{ᴗᴗ}} \; | — \; // \underline{\text{ᴗᴗ}} \; | — \; \underline{\text{ᴗᴗ}} \; | — \; \underline{\text{ᴗᴗ}} \; | — \; \text{x}$$

Para concluir, basta informar que cada sílaba longa inicial do dátilo era também tônica:

$$\overset{/}{—} \; \underline{\text{ᴗᴗ}} \; | \overset{/}{—} \; \underline{\text{ᴗᴗ}} \; | \overset{/}{—} \; // \underline{\text{ᴗᴗ}} \; | \overset{/}{—} \; \underline{\text{ᴗᴗ}} \; | \overset{/}{—} \; \underline{\text{ᴗᴗ}} \; | \overset{/}{—} \; \text{x}$$

Exemplifico com um verso do primeiro livro da *Eneida*:

impulerit. Tantaene animis caelestibus irae?,

que, escandido, é o seguinte (notar a sinalefa entre *tantaene* e *animis*):

$$— \cup \cup\ \overset{/}{—}\ \overset{/}{—}\ \overset{/}{—}\ \cup\ \cup\ \overset{/}{—} \cup \cup\ \overset{/}{—} \cup\ \cup\ \overset{/}{—}—$$

im-pu-le-l-rit. Tan-l-tae-//-ne a-ni-l-mis ca-e-l-les-ti-bus | i-rae?,
  1   2   3   4   5   6

Houve substituição de duas sílabas breves por uma longa apenas na segunda célula. Reconhecendo a dificuldade que o leitor não especializado tem de reproduzir longas e breves, pois que a língua portuguesa não possui sistemicamente duração, podemos ao menos respeitar aqui as sílabas tônicas, sublinhadas, e também a cesura:

> ímpulerít. Tantáe // ne animís caelêstibus írae?

Pois bem, o "metro original" da tradução de Carlos Alberto Nunes consiste em respeitar: a) as seis sílabas tônicas do verso *sem substituições*, precisamente porque o português, repito, não possui duração, e b) a cesura.

> Cabe tão fero rancor // no' imo peito dos deuses eternos?

A cada sílaba tônica seguem-se duas átonas nas primeiras cinco células e à última célula falta uma sílaba, como em latim. Para efeito prático, mas não rigoroso, pode dizer-se que é um verso de dezesseis sílabas poéticas com acento na 1ª, 4ª, 7ª, 10ª, 13ª e 16ª sílabas, mas na verdade o que impera para o ouvido é o ritmo datílico descendente, marcado por uma tônica seguida de duas átonas.[33] O acolhimento deste verso longo permite que se mantenham, além do ritmo datílico, o mesmo número de versos dos originais, alguns termos compostos e os epítetos, isto é, os atributos recorrentes das personagens, sem que haja aquela concisão excessiva que amiúde trunca a fluência e a clareza da narrativa nas traduções decassilábicas e dodecassilábicas quando pretendem manter igual, ou até menor, o número de versos. Fique claro que truncamento e obscuridade não são necessária e universalmente defeito, já que podem ser inerentes a outros gêneros de poesia, como o

---

[33] A bem da verdade, o tradutor com frequência permite-se acentuar na segunda sílaba em vez de na primeira.

epigrama antigo, por exemplo. Ocorre que, como os poemas homéricos e a *Eneida* não são nem truncados, nem obscuros, nem concisos, é lícito que o tradutor deseje manter a clareza da elocução. A extensão do hexâmetro permite ainda que se preserve numa cena a ordem, não isenta de significado, em que se seguem imagens e epítetos, como adiante exemplifico.

Nenhuma outra tradução integral em português da épica greco--latina se assemelha às de Nunes, pois que nenhuma se propõe a reproduzir o hexâmetro em nossa língua, pelo que não procede a crítica que Haroldo de Campos, quando começava a divulgar sua tradução da *Ilíada*, fez das traduções de Carlos Alberto Nunes:[34]

> No que respeita à tradução de Carlos Alberto Nunes, embora não se possa enquadrar na categoria da "transcriação" (termo que é lícito aplicar, sem exagero, a Odorico [Mendes], não obstante os eventuais "desníveis" que possam afetar o resultado estético de seu projeto tradutório), estamos diante de uma empreitada incomum, que merece, como tal, respeito e admiração. Desde logo pelo fôlego do tradutor, que levou a cabo a transposição integral, em versos, para o português, de ambos os extensos poemas [*Ilíada* e *Odisseia*]. Num outro plano, o prosódico, pela interessante solução (louvada por Mário Faustino, se bem me lembro)[35] de buscar num verso de dezesseis sílabas o equivalente, em métrica vernácula, do hexâmetro (verso de seis pés) homérico. O resultado, para o nosso ouvido, embora relente um pouco o passo do verso, aproximando-o da prosa ritmada, é uma boa demonstração de que não assistia razão a Mattoso Câmara Jr., quando impugnava a aclimatação do verso de medida longa em português, considerando-o "inteiramente anôma-

---

[34] Haroldo de Campos, "Para transcriar a *Ilíada*", *Revista USP*, 12 (dez.-jan.-fev. 1991-92, p. 144).

[35] Haroldo de Campos refere-se à resenha intitulada "Victor Hugo brasileiro", que Mário Faustino publicou em 7 de abril de 1957 no "Suplemento Dominical" do *Jornal do Brasil* acerca da edição das *Poesias completas* de Cassiano Ricardo. A bem da verdade, Faustino não chega a louvar o hexâmetro, apenas informa que Cassiano Ricardo o empregou no poema "Eu no barco de Ulisses". O texto foi republicado no livro *De Anchieta aos concretos*, de Mário Faustino, organizado por Maria Eugênia Boaventura (São Paulo, Companhia das Letras, 2003).

lo" em nossa língua (Mattoso referia-se à adoção de um verso de quinze sílabas por Fernando Pessoa, em sua tradução de *The Raven*, de E. A. Poe).[36] A prática de Carlos Alberto Nunes, sustentando com brio, por centenas de versos, essa medida, contesta eloquentemente aquela restrição normativa. No que se refere à linguagem, todavia, não é um empreendimento voltado para soluções novas, com a estampa da modernidade. Trata-se, antes, de uma tradução acadêmica, de pendor "classicizante", que retroage estilisticamente no tempo.

Não se trata de negar que haja problemas na tradução de Carlos Alberto Nunes, mas, antes, de produzir conhecimento positivo sobre a matéria para identificar problemas e defeitos, porém sempre segundo a estratégia escolhida pelo tradutor. Haroldo de Campos de início assim faz, ao recolocar em discussão textos importantes sobre poética, chegando até a reconhecer qualidades métricas na *Ilíada* de Nunes, mas acaba por afirmar que não se pode enquadrá-la na categoria da "transcriação", o que admite para Odorico Mendes, não obstante alguns defeitos.[37] Ora, "transcriação" é categoria inventada pelo próprio Haroldo de Campos e ninguém há de negar a autoridade com que decreta quem nela cabe, quem não cabe. No entanto, é também uma dentre

---

[36] Trata-se do artigo de Joaquim Mattoso Câmara Jr., "Machado de Assis e o corvo de Edgar Allan Poe", *Revista do Livro*, III, 11 (setembro de 1958, pp. 101-9).

[37] Haroldo de Campos, "Da tradução como criação e como crítica", em *Metalinguagem* (São Paulo, Cultrix, 1976, p. 27): "Mas [a Sílvio Romero e outros detratores] difícil seria reconhecer que Odorico Mendes, admirável humanista, soube desenvolver um sistema de tradução coerente e consistente, onde os seus vícios (numerosos, sem dúvida) são justamente os vícios de suas qualidades, quando não de sua época". Em 1992 ("Para transcriar a *Ilíada*", pp. 142-3), exibindo critérios desta tradução, afirma: "De minha parte, em lugar do decassílabo de molde camoniano, que mais de uma vez obrigou Odorico Mendes a prodígios de compressão semântica e contorção sintática, recorri ao metro dodecassilábico (acentuado na sexta sílaba, ou, mais raramente, na quarta, oitava e décima segunda). Evitei assim o risco do prosaísmo, decorrente de um verso mais alongado, e sua contrapartida, a constrição derivada de um metro demasiadamente curto". Entenda-se: "prodígios de compressão semântica" é a obscuridade; "prodígios de contorção sintática" é o arrevesamento; "contrição" é a excessiva concisão, o truncamento. Esses são defeitos (das qualidades) da tradução de Odorico Mendes. "Prosaísmo" é o defeito da tradução de Carlos Alberto Nunes.

muitas possibilidades de traduzir; por conseguinte, o fato de as traduções de Nunes não caberem na "transcriação" não significa que não possuam, além daquelas mesmas virtudes que Haroldo de Campos lhes concede, outras tantas, como se verá, decorrentes da estratégia, isto é, decorrentes de princípios e critérios não menos sistemáticos e coerentes, mas distintos dos que definem a "transcriação". Julgar que o hexâmetro de Carlos Alberto Nunes se aproxima da prosa ritmada ou que é prosaico advém do desconhecimento de como o metro deve ser lido: ignora-se a cesura, aquela pequena pausa no interior do verso que, incidindo diferentemente na longa série de hexâmetros, impõe variação na igualdade e evita monotonia. Negligenciar esta pausa suprime ao verso um elemento rítmico muito importante. Tomo o mesmo passo já citado, marcando de novo sílabas tônicas e átonas (I, 11):

Cabe tão fero rancor // no' imo peito dos deuses eternos?

Já sabemos que a cesura divide o verso em duas partes. Mas a existência dela não foi notada por Haroldo de Campos nem pelos poucos que trataram do hexâmetro, de forma que não se percebeu tampouco outro efeito importante que produz. Lida corretamente, ela divide aqui o hexâmetro datílico em duas partes, das quais a primeira é um verso de sete sílabas:

Cabe tão fero rancor,

e a segunda é um verso de nove sílabas:

no' imo peito dos deuses eternos?

Um verso pode, porém, conter duas cesuras, que o dividem em três partes:

No meu cortejo // se encontram quatorze // belíssimas ninfas.

O efeito agora é uma sequência de outros ritmos igualmente familiares; um verso de quatro sílabas:

No meu cortejo;

seguido de dois versos de cinco sílabas:

se encontram quatorze
belíssimas ninfas.

A correta leitura tem resultado extraordinário porque, soando como hexâmetros datílicos (uma tônica seguida de duas átonas), que são estranhos à métrica tradicional portuguesa, os versos não deixam de ter ritmo muito conhecido para nós, lusófonos. Assim, o alheio inocula-se no que é costumeiro e produz como que uma dissonância sedutora entre algo familiar e uma coisa diferente: isso não é prosa ritmada nem exemplo de prosaísmo.

Quanto ao pendor classicizante imputado a Nunes, lembro que em si mesmo não é defeito: na verdade, produz *efeito*, muito importante e análogo, a meu ver, ao que, por exemplo, produzem os compostos classicizantes que o próprio Haroldo de Campos usa bem ao verter a *Ilíada*, como entre muitos, "arcoargênteo" (I, v. 37) e "flechicerteiro" (I, v. 21), calcados em Odorico Mendes ("arci-argênteo", *Ilíada*, I, v. 381; "longe-vibrador", *Ilíada*, I, v. 20, entre tantos), que por seu turno os imitou dos poetas árcades, isto é, "neoclássicos", portugueses e italianos. Ainda que Odorico tenha cunhado alguns, a fórmula já era conhecida desde o século XVIII. Pois bem, o efeito poético dos compostos e do pendor classicizante é como que referência à mimetização do latim e do grego na história das letras lusófonas e é, assim, um elemento semiótico, porque aponta para o valor de tais palavras, como palavras, como signo, já não apenas ao sentido delas. Compostos e arcaísmos não foram meramente repetidos por Odorico Mendes, Haroldo de Campos e Carlos Alberto Nunes. Palavras compostas e arcaicas num poeta árcade revelavam a intenção de imitar os clássicos e de parecer clássico na poesia que compunha, mas quando manipuladas por quem já não vivia em época neoclássica, caso de Odorico, Haroldo e Nunes, demonstram, segundo penso, o conhecimento que eles, como poetas, têm do modo como essas mesmas palavras foram utilizadas antes na poesia lusófona original e traduzida. Se é que reutilizá-las é maneirismo, nem assim seria defeito, como muito bem aponta o próprio Haroldo de Campos em ensaio decisivo.[38] Antes, a reutilização é irônica, bem entendido, não ingênua, porque os três tradutores não estavam a compor poesia original parecida com a clássica, como faziam os neoclássicos, mas, já não sendo neoclássicos, estavam a traduzir as próprias obras clássicas.

Afirmar, porém, que a tradução de Nunes é "acadêmica", que retroage "estilisticamente no tempo" e que não é "empreendimento voltado para soluções novas" é injusto, primeiro, porque, como foi dito, quando Nunes substitui o hexâmetro grego pelo hexâmetro português, introduz ritmo que nenhuma outra tradução em português da épica grega e latina tem: as versões de Nunes são singulares. A lentidão que Haroldo de Campos lhes indigita é em parte do hexâmetro e, não obstante a diferente repercussão desse metro nas línguas antigas e no português, já em grego era verso longo. Em segundo lugar, a versão hexamétrica de Nunes é virtuosa até segundo um critério fundamental de Rudolf Pannwitz que o próprio Campos acolhe:

> Nossas versões, mesmo as melhores, partem de um princípio falso. Pretendem germanizar o sânscrito, o grego, o inglês, em lugar de sanscritizar o alemão, grecizá-lo, anglizá-lo. Têm muito maior respeito pelos usos de sua própria língua do que pelo espírito da obra estrangeira [...]. O erro fundamental do tradutor é fixar-se no estágio em que, por acaso, se encontra sua língua, em lugar de submetê-la ao impulso violento que vem da língua estrangeira.[39]

Ora, tendo em vista a importância que metro e ritmo tem na linguagem poética e tomando-os como critério para criticar tradução, é Nunes quem heleniza, nos termos de Pannwitz, metricamente o português ao aproximar nossa língua do hexâmetro grego, e não Campos, que, usando um metro convencional como o dodecassílabo, ritmicamente aportuguesa o grego, o que parecia ter condenado. Apontou virtudes éticas em Nunes, como esforço e brio, que não concernem à poesia nem à tradução, quando teria sido importante para produzir conhecimento sobre ritmo que alguém com o cabedal de Haroldo de

---

[38] Haroldo de Campos, "Da tradução como criação e como crítica", cit., p. 28.

[39] Haroldo de Campos, "Para transcriar a *Ilíada*", cit., p. 144.

Campos informasse que Carlos Alberto Nunes retrouxe à baila nos anos 1940 no Brasil antigo debate poético sobre o uso de metros gregos, em particular o hexâmetro. Muito se discutiu na Itália, Alemanha, Inglaterra, Portugal e Espanha se era possível e se convinha reproduzir nas línguas modernas a métrica antiga. Ocorre, todavia, que os procedimentos formais de natureza métrica, rítmica e sonora, quando não são negligenciados em pró de análise sociológica e enquadramento ideológico, são preteridos pela maior parte de nossas histórias da literatura e de seus estudiosos em favor da periodização e do estabelecimento de temas dominantes, mui necessários ambos, mas insuficientes. Os procedimentos formais da poesia traduzida em cada época são os mesmos da poesia original então produzida, do que se conclui que muito se fala em tradução sem que se conheça a história das teorias e das práticas poéticas acolhidas pelos tradutores.

METRO ANTIGO EM LÍNGUA MODERNA:
O CASO DO HEXÂMETRO DATÍLICO

O debate sobre utilização da métrica antiga tinha por horizonte a poesia vernácula de cada país, mas tornou-se crucial para a tradução de poetas como Homero e Virgílio. Empregado primeiramente pelos autores do Renascimento italiano, o hexâmetro datílico foi também utilizado por longa e numerosa linhagem de poetas alemães, ingleses, espanhóis e franceses, que não é o caso de aqui citar. Coube a Giosuè Carducci (1835-1907) dar talvez o maior e até pouco tempo o mais recente impulso à discussão sobre esse e outros metros antigos ao publicar as *Odi barbare* (*Odes bárbaras*) entre 1877 e 1889. Pode ter sido Carducci o modelo de Nunes, ou podem quiçá ter sido poetas tradutores italianos mais novos. Menos provável, mas não excluível, é a possibilidade de que Nunes tenha lido os poucos poetas portugueses e brasileiros que produziram hexâmetros datílicos, pois nós também os temos.

Como compositor de hexâmetros datílicos em nossa língua, Carlos Alberto Nunes reavivou tradição recente e pouco frequentada, que começa apenas no século XVIII com o matemático português, militar, poeta e tradutor de poesia José Anastácio da Cunha (1744-1787). Seguem-se os portugueses Vicente Pedro Nolasco da Cunha (1773-1844), José Maria da Costa e Silva (1788-1854) e Júlio de Castilho (1840-

1919), de que falo logo adiante. Depois foi a vez dos brasileiros Carlos Magalhães de Azeredo (1872-1963) e Carlos Alberto Nunes. Por causa das traduções de Carlos Alberto Nunes, jovens tradutores, e excelentes, já utilizam hexâmetros portugueses.[40]

Júlio de Castilho, a bem dizer, tem apenas dois excertos, um em versos hexâmetros, outro em dísticos de hexâmetros e pentâmetros, citados por seu pai, o poeta Antônio Feliciano de Castilho, que, como tratadista de métrica, queria ilustrar parecer sobre emprego de metros antigos em nosso idioma. Veja-se, nas duas passagens abaixo, como Castilho pai mudou de opinião acerca do problema:[41]

> Nas onze espécies que deixamos exemplificadas, temos quantos metros se podem usar em português; pelo menos nenhum outro se poderá talvez inventar que não seja composto de algumas das medidas supraindicadas e que por sobejo longo [leia-se: por razões de sobra] se não deva condenar. A tentativa não já moderna, mas em que tanto insistiu modernamente o nosso, aliás bom engenho, Vicente Pedro Nolasco, de fazer versos portugueses hexâmetros e pentâmetros, é uma quimera sem o mínimo vislumbre de possibilidade. Carecendo de quantidades,[42] condição indispensável para os onze pés do dístico, o português nada mais pode que arremedá-lo, como um João de las Vinhas[43] mexido por arames imitaria os pas-

---

[40] Rodrigo Gonçalves, professor de literatura latina na Universidade Federal do Paraná, liderou dez estudantes para traduzir coletivamente excerto das *Metamorfoses* (canto X, vv. 1-297), de Ovídio, e Leonardo Antunes utilizou esse metro ao verter elegia arcaica grega em dissertação de mestrado já publicada (Tirteu, fr. 12; Arquíloco, frs. 3, 4, 5; Mimnermo, frs. 1, 2, 5, 12, 14; Sólon, frs. 5, 9, 16, 24; Teógnis, *Teognídea*, vv. 217-78, em C. Leonardo B. Antunes, *Ritmo e sonoridade na poesia grega antiga: uma tradução comentada de 23 poemas*, São Paulo, Humanitas, 2011). Érico Nogueira usou verso de seis tônicas para verter os idílios hexamétricos de Teócrito de Siracusa (*Verdade, contenda e poesia nos* Idílios *de Teócrito*, São Paulo, Humanitas, 2013).

[41] Antônio Feliciano de Castilho, *Tratado de metrificação portuguesa seguido de considerações sobre a declamação e a poética* (Porto, Livraria Moré-Editora, 1874, pp. 29-32).

[42] Castilho designa por *quantidades* as diferentes durações das sílabas, longas e breves, no latim.

[43] Juan de las Viñas, personagem da comédia homônima do poeta romântico espanhol Juan Eugenio Hartzenbusch (1806-1880), estreada em 1844.

sos, gestos e ações de um ator vivo e excelente; mas insistir em tão evidente matéria, e que de mais a mais ninguém hoje contraria, fora malbaratar o tempo que as sãs doutrinas estão pedindo.[44]

*

Entretanto, agora, quatro anos depois da quarta edição, refletindo novamente na matéria, confessamos que a exclusão absoluta que fazíamos da metrificação latina para o português já não nos parece tão bem fundada. Subsiste, sim, a objeção de não haver em nossa língua as *quantidades* como havia no latim, mas a essa pode-se responder que os entendedores desse belo idioma, dado [leia-se: embora] o não saibam pronunciar, nem por consequência lhe possam conhecer as longas e breves, não deixam, contudo, de reconhecer a harmonia dos versos de Virgílio ou de Ovídio; tanto assim, que na leitura, embora rápida, estremam [leia-se: percebem] logo, como quer que seja, um metro que porventura escapasse mal medido. Esta só ponderação já persuade que o nosso ouvido, que assim aprecia esses metros pronunciados sem a respectiva prosódia antiga, e à portuguesa, bem pode, por analogia, achar música aceitável nos que em português se lhes assemelharem.

Uma vantagem grande, e grandíssima, poderia ter esta introdução, se, por uma parte, os hexâmetros e pentâmetros não fossem feitos senão por quem andasse bem enfrascado [leia-se: informado] na língua do Lácio e possuísse assaz de engenho para os imitar com facilidade, e, por outra parte, os leitores não tivessem negação ou completa falta de conhecimentos para os apreciarem. A vantagem, repetimo-lo, seria o muito maior âmbito que assim adquiriria a emissão do pensamento poético.

O alexandrino, tão guerreado, já afinal pegou e está generalizadíssimo. E por quê? Não tanto pela sua muita música, como pela

---

[44] O trecho que se inicia a seguir e vai até o fim, como Castilho adverte, passou a integrar o livro a partir da quinta edição. Deve-se notar que Castilho não só mudou de ideia quanto à viabilidade rítmica do hexâmetro e do pentâmetro como, refletindo sobre o ofício de traduzir, constatou a conveniência de empregar os dois metros na tradução dos poetas romanos e, ainda, considerou que os poemas traduzidos passam a integrar a literatura vernácula ("quem empreendesse dar à *nossa Literatura* os grandiosos poetas romanos", grifos meus).

sua extensão. Logo, a medição latina, por inda mais extensa, muito melhor se acomodaria à ambição de espaço em que os poetas tantas vezes laboram.

Outra consideração não despicienda: ao mesmo tempo que todos os nossos outros metros são obrigados a número invariável de sílabas, estes novos, pela liberdade de entremear *ad libitum* arremedos de dátilos e espondeus, são suscetíveis de muito maior fôlego. O hexâmetro pode constar de treze, quatorze, quinze, dezasseis ou dezassete sílabas, isto é, quatro sílabas mais que o opulento alexandrino; e o pentâmetro, de doze, até treze ou quatorze sílabas.

Após exemplificar com os dois excertos de seu filho Júlio de Castilho, afirma:

> Se as amostras que deixamos transcritas lograrem a fortuna de persuadir aos espíritos não hóspedes no latim que a novidade pode ser prestadia, a esses rogamos que ponderem que imensa facilitação não encontraria para o seu trabalho, nessas amplas formas, quem empreendesse dar à nossa Literatura os grandiosos poetas romanos. É ponto que vale a pena ser meditado.

Tudo que se segue ao asterisco não constava nas primeiras edições. Castilho explicitou o que José Anastácio da Cunha deixara implícito. Anastácio não compusera poesia original em hexâmetros, como os posteriores; só os utilizara para traduzir um poema que era hexamétrico em latim e outro que, sendo embora em prosa alemã, pertence ao idílio, que em grego e latim sempre vem em hexâmetros. Nolasco e Costa e Silva, porém, quiseram o verso em poemas originais vernáculos, como fará depois o brasileiro Carlos Magalhães de Azeredo em *Odes e elegias*, publicadas em 1904. Castilho, por seu turno, aceita hexâmetros na poesia original e, percebendo que a medida muito convém à tradução dos poemas antigos, chega a aconselhar que seja assim utilizada.

Foi o que na década de 1940 fez Nunes, que decerto, como poeta, conhecia o *Tratado de metrificação* de Castilho, o que não exclui que tivesse lido hexâmetros em nossa língua, como disse, ou em algumas outras que dominava. O fato é que foi o primeiro tradutor a fazer em português o que em outras línguas já se fizera: traduzir integral e hexametricamente as epopeias homéricas mais a *Eneida* de Virgílio, feito que não recebeu, se não o apreço, que não se obriga, ao menos a aprofundada apreciação crítica que na Universidade é obrigatória. Nunes foi pioneiro, e já não se trata de considerar muito tardias as traduções hexamétricas da épica antiga em português, mas lembrando que a *Eneida* foi publicada em 1981, quando as tendências poéticas já se haviam muito transformado desde que o hexâmetro foi primeiro utilizado na Europa para verter poesia antiga, trata-se de perceber que Nunes talvez se tenha antecipado em sessenta anos ao ressurgimento hoje da tendência de assim traduzir as epopeias da Antiguidade. Com efeito, sempre em hexâmetros, na Espanha, Agustín García Calvo traduziu a *Ilíada* (1995); nos Estados Unidos, Rodney Merrill, a *Odisseia* (2002) e a *Ilíada* (2007); na França, Philippe Brunet, a *Odisseia* (1999) e a *Ilíada* (2010); na Itália, Daniele Ventre, a *Ilíada* em 2010. Da *Eneida*, Frederick Ahl publicou, na Inglaterra, tradução hexamétrica em 2007.

Tradutor: humano, demasiadamente humano

O poeta latino Horácio, comentando lapsos de poetas, dizia indignar-se toda vez que percebia que Homero cochilava, mas relevava-os em vista das mais numerosas virtudes.[45] Ora, se o próprio Homero pode cochilar, por que não poderiam os tradutores de Homero? Não é o caso, portanto, de fechar os olhos a problemas que qualquer tradução tenha, inclusive as de Nunes, em particular a da *Eneida*, em que ele correu contra o relógio. O ano de 1981, marcando o bimilenário da morte de Virgílio, constituiu-se numa efeméride poética e editorial, ocasião propícia para publicar as obras do poeta, como consta nas *Bucólicas*, traduzidas por Péricles Eugênio da Silva Ramos, lançadas logo no ano seguinte, e nesta *Eneida*, traduzida desde 1980 para ser lançada no próprio ano de 1981. O manuscrito datilografado a que tivemos acesso mostra, com uma só exceção, o dia em que Carlos Alberto Nunes terminou de traduzir cada um dos doze livros:

---

[45] *Arte poética*, vv. 347-60.

Por ordem cronológica

4 de junho de 1980: livro IV
27 de junho de 1980: livro VI
21 de julho de 1980: livro I
8 de agosto de 1980: livro II
19 de setembro de 1980: livro V
26 de outubro de 1980: livro VII
4 de dezembro de 1980: livro VIII
8 de janeiro de 1981: livro IX
8 de fevereiro de 1981: livro X
12 de março de 1981: livro XI
11 de abril de 1981: livro XII
Data incerta: livro III

Por livro

Livro I: 21 de julho de 1980
Livro II: 8 de agosto de 1980
Livro III: nada consta
Livro IV: 4 de junho de 1980
Livro V: 19 de setembro de 1980
Livro VI: 27 de junho de 1980
Livro VII: 26 de outubro de 1980
Livro VIII: 4 de dezembro de 1980
Livro IX: 8 de janeiro de 1981
Livro X: 8 de fevereiro de 1981
Livro XI: 12 de março de 1981
Livro XII: 11 de abril de 1981

Não traduzir o poema na ordem dos livros concorreu talvez a que Nunes encontrasse soluções diferentes para verter o mesmo nome em latim, como indicamos nas respectivas passagens, mas a premência do prazo pode ter respondido por lapso maior, como a troca de "Juno" por "Vênus" no livro X, v. 611, e de "Vênus" por "Juno" no XII, v. 793, que tivemos que emendar, mas sem dano ao ritmo. A julgar por lapso semelhante de Haroldo de Campos, que no canto I, v. 400, da *Ilíada*, troca "Atena" por "Apolo", cabe conjecturar, ainda com Horácio, que se deva à amplitude mesma da epopeia, já não só quando é composta, mas também, eu acrescentaria, quando é traduzida: "é inevitável que em obra tão longa se insinue algum descuido". Mas nesta *Eneida*, parece-me problema recorrente que o tradutor omita lugares e personagens, se bem que menores, e careça de precisão no descrever afetos, combates e ambientes, quando não era pequeno o espaço que o hexâmetro lhe disponibilizava. Diferentemente do que ocorre ao traduzir a épica homérica quarenta anos antes, é como se aqui, na concomitância de detalhes de uma cena, a pressurosa câmera do tradutor focalizasse apenas o primeiro plano, o que nos convidou a indicar na anotação aquilo que omitiu. Por outro lado, o largo espaço do hexâmetro, que Castilho por duas vezes chama "âmbito", também acaba por agravar o problema inverso (bem menos comum, mas não de todo ausente), que é acrescentar na tradução elemento inexistente no texto latino. Em ambos os casos, registramos em nota a tradução literal do texto original.

Mínimo florilégio

Todavia, não são poucos os momentos em que o texto de Carlos Alberto Nunes brilha. Para não dizer que não se falou das flores, segue pequena guirlanda de versos da *Eneida* de Nunes, notáveis pelo emprego de certos tropos, como aliteração, assonância e quiasmo, entre outros. É o caso do aliteramento em *v/f* e em *z/s*, cuja sibilação, encarecida aqui por outra aliteração em *l*, serviu bem para mimetizar os ventos a enfunar as velas e a azáfama na hora de zarpar (IV, v. 471):

corre de todos *o*s *l*ados; as *v*elas *a*os *v*entos *a*pe*l*am.

Ou o zumbido do chicote (VII, v. 451):

*Zu*ne o *azo*rrague. Da*s* fau*ce*s *ar*dentes tais *vo*zes *se* ou*v*iram.

E o zum-zum-zum, o diz que diz (IV, v. 461):

julga ou*v*ir *vo*zes *ou* *m*esmo pala*v*ras do *e*spo*s*o de*f*unto.

É o que sucede também ao aliteramento de fonemas oclusivos, principalmente seguidos de *r*, que reproduziram bem a trovoada (IV, v. 122):

*cre*b*ro*s *t*rovões em *tro*pel re*tu*m*ba*ndo lá ao longe, *p*or *tu*do.

Ou a própria cavalgada (XI, v. 875):

Qua*dru*pedante *tro*pel *ba*te os campos *c*om os *ca*scos ferrados.

E ainda o estrépito de um barco batendo contra as pedras (V, vv. 204-5):

Com o *ba*que a rocha es*tr*emece; que*bra*ram-se os remos de a*be*to, de en*co*n*tro* às *p*ed*ra*s; a *p*roa amassa*da de* longe se enxerga.

No mais das vezes, entretanto, a aliteração, mesmo sem onomatopeia, dá particular relevância à informação da sentença, como no belo verso 338 do livro VI, a que se soma assonância em *i*:

N*i*sso, *p*ercebe al*i* *p*erto o *p*il*o*to da nau, Pal*i*nuro.

Outros versos são belos pela disposição das palavras. No livro IX, v. 439, um guerreiro é tomado pelo desejo de vingar o amigo recém-morto por certo Volscente. Virgílio diz:

Volscentem petit: in solo Volscente moratur.

Manter a palavra "Volscente" na mesma posição nas duas orações foi o expediente do poeta para significar, além de dizer, que matar esse Volscente era ideia fixa, imutável. Carlos Alberto Nunes traduz:

Volscente apenas procura; só pode deter-se em Volscente.

Para o mesmo fim, o meio é outro: a palavra "Volscente", ocupando mediante quiasmo as extremidades do verso, implica, além do que o verso diz, que esse Volscente e o desejo que o vingador tinha de matá-lo ocupam, sozinhos, todo seu espírito.

A amplitude do hexâmetro latino e vernáculo permite na própria unidade do poema, que é o verso, maior variedade no andamento da cena. Seguem-se dois exemplos diferentes quanto ao tempo. Em IV, v. 594, lemos:

> *ferte citi flammas, date uela, impellite remos!*
> Ide, voai, trazei fogo, dai velas, os remos empunhem!

A sucessão de ordens e a rapidez no cumpri-las nos são comunicadas em português pela radicalização do mesmo procedimento observado no latim, que é o acúmulo de várias palavras curtas. Em I, v. 496, o tempo é outro e já não se observa acúmulo, mas culminância. O verso é belíssimo por causa da ordem "cinematográfica" dos elementos em movimento e da relação com o olhar:

> *regina ad templum, forma pulcherrima Dido.*
> Entra a rainha no templo, de forma belíssima, Dido.

A escolha do metro permitiu ao tradutor manter praticamente intacta a cena impressionista de Virgílio. Antes mesmo de qualquer substância, afetam os olhos do observador a magnificência régia dos trajes, não mencionados: vê-se a condição de rainha, vê-se a realeza. Em seguida, concentricamente do exterior para o interior, vemos a beleza pessoal, superlativa, e ainda amplificada pela palavra *forma*, que também significa "beleza". Só então vemos a mulher, a pessoa, plena, única, individualizada pelo nome: "Dido".

Trato por fim de tropos devidos exclusivamente ao tradutor, que dizem respeito à língua portuguesa, como certos latinismos (III, vv. 291-3):

> Logo perdemos de vista os merlões altanados dos feácios,
> e, pelas costas do Epiro seguindo, chegamos ao belo
> porto Caônio e dali sem demora à *cidade Butroto*,

em que por "cidade de Butroto" lemos a construção latina "cidade Butroto". No trecho a seguir a atmosfera é incrementada pelo hipérbato, isto é, o deslocamento arcaizante do pronome "te", muito útil à sinalefa com o "o" seguinte (XI, vv. 373-5):

> Se tens brio
> e algo possuis de teus bravos avós, corre, voa a bater-te
> com quem *te o repto lançou*.

A prática é consolidada por ocorrências do tipo (VIII, vv. 532-3):

> "Não me perguntes", lhe disse, *caro hóspede*, o que significam
> tão evidentes sinais",

em que *hóspede*, em vez de "convidado", significa "hospedeiro", "anfitrião". É consolidada também pelo acúmulo de ocorrências, como na seguinte passagem (VII, vv. 346-8):

> Solta da *grenha* a *deidade* uma *serpe* e no peito *lha* atira,
> té não cravar-se no fundo das vísceras, para que Amata
> espicaçada por ela *alvorote* de fúrias o *paço*.

Na cena, Alecto, uma das Fúrias, está a inflamar Amata para que se revolte e não permita que a filha, Lavínia, despose Eneias. Aqui o estranhamento que causam os arcaísmos *grenha* ("cabeleira"), *deidade* ("divindade"), *serpe* ("serpente"), *alvorote* ("alvoroce"), *paço* ("palácio"), a forma contrata culta *lha* ("lhe" + "a") e a construção *té não cravar-se* ("até cravar-se"), que não deixa de ser popular, não visa a produzir elevação do discurso e do falante, como o arcaísmo costuma fazer, mas estranhamento, realçando a transformação de Amata, que passará a agir como bacante enfurecida. Ademais, incluir arcaísmos possibilitou que Nunes inserisse termos já utilizados por dois tradutores importantíssimos da *Eneida*, o também maranhense Manuel Odorico Mendes (1799-1864), em sua *Eneida brasileira* (1854), e, por meio de Odorico Mendes (provavelmente), o português João Franco Barreto (1600-*c.* 1680), autor da *Eneida portuguesa*, publicada em duas etapas, 1664 e 1670. Exemplifico com a palavra "prática" e o verbo "praticar", que significam o ato e a ação de conversar: esse termo ou um derivado ocorre nas três traduções, na mesmíssima passagem do livro VIII, em que Eneias, o rei Evandro e seu filho Palante caminham juntos, conversando:

João Franco Barreto, *Eneida portuguesa* (VIII, 73, vv. 2-5):

> Levava o velho Rei junto a seu lado,
> andando a Eneias, e também Palante.
> Do caminho a moléstia e o enfado
> enganava com *prática* elegante.

Manuel Odorico Mendes, *Eneida brasileira* (VIII, vv. 307-9):

> El-rei de anos cercado ia adiante,
> entre Eneias e o filho, em vários modos
> *praticando* o caminho aligeirava.

Carlos Alberto Nunes, *Eneida* (VIII, vv. 307-9):

> Com o peso dos anos, à frente de todos
> ia o monarca entre Eneias troiano e seu filho Palante,
> suavizando o caminho com *prática* leve e variada.

O arcaísmo permite explorar nichos recônditos da língua portuguesa no léxico e na sintaxe e, quando lhe são justapostos termos e locuções que, ao contrário, são muito coloquiais, como os que seguem, produz-se no texto uma espécie de dissonância que, desvelando virtualidades da língua, revela virtuosismo do tradutor (IV, vv. 356-7):

> O mensageiro dos deuses da parte de Jove *agorinha*
> *mesmo* me trouxe um *recado* pelo ar.

(IV, v. 424):

> Vai, *mana*, e fala a esse tipo, estrangeiro de tanta soberba,

(VI, vv. 531-2):

> Porém a ti, que sucessos em vida te trazem *por estas*
> *bandas*?

Os diminutivos coloquiais que Nunes emprega ressaltam o patético de uma cena principalmente quando inclui idosos, como na fala de Hécuba a Príamo, prestes a ser morto (II, vv. 522-5):

> "Nem a presença do meu caro Heitor poderia salvar-nos
> neste momento. Acomoda-te aqui; este altar nos ampara.
> Ou vem conosco morrer". Assim disse. E tomando o *velhinho*
> pela mão trêmula, fê-lo sentar no recinto sagrado.

Ou quando Anquises fala a Eneias, que acaba de encontrá-lo nos Infernos (VI, vv. 687-9):

> "Enfim chegaste! Venceste o caminho com a tua piedade
> de filho amado, e me dás a ventura de ver-te de perto,
> ouvir-te a voz, e em colóquios passarmos alguns *momentinhos*."

Destaco, por fim, emprego de regionalismos (VIII, vv. 86-9):

> Durante todo o transcurso da noite aplacou o sagrado
> Tibre a empolada e impetuosa corrente, tornando-se calmo
> no defluir invisível do plácido espelho, tal como
> *tanque* sereno que os remos dos nautas de leve percutem,

em que *tanque*, regionalismo do Nordeste brasileiro, significa "lago".

Trata-se de admitir que vários são os meios de estender os limites da linguagem. Cunhar compostos neológicos, interessantes que sejam, não é o único meio de nela intervir para demovê-la do rame-rame; não é só no plano mais visível da palavra que se pode aguçar a linguagem. A estratégia de Carlos Alberto Nunes foi equiparar todos os dizeres do idioma — eruditos e populares, da fala e da escrita, antigos e contemporâneos, brasileiros e portugueses — e dispor deles sob a unidade do hexâmetro, muito semelhantemente ao que ocorre nos poemas homéricos e ao que fez o próprio Virgílio com os vários registros do latim presentes na *Eneida*. Assim como se pode criar nova palavra pela combinação de elementos mórficos preexistentes, assim também é possível produzir novidade e multiplicar efeitos pela combinação em outro nível, porém análogo, de todos os dizeres que o tradutor coloca a sua disposição. Isso não é, de modo algum, classicizante.

É antes plural diversidade, é miscigenação muito moderna, e talvez muito brasileira, de estratos, recantos e compartimentos de linguagem que, no entanto, pertencem, todos eles, ao mesmo universo da língua portuguesa.

DIGRESSÃO: O TRADUTOR E SUA LINHAGEM

Como tradutor da *Eneida* em português Carlos Alberto Nunes insere-se em tradição longa, porém não numerosa se comparada às principais línguas europeias. Tendo em vista um panorama histórico da leitura de uma *Eneida* poética em nossa língua, restrinjo-me aqui às versões integrais compostas em verso e publicadas, com duas exceções, porque, embora inéditas, tiveram leitores importantes. Nestes termos, em ordem cronológica são as seguintes as traduções integrais em verso:

1ª: *A Eneida de P. Vergílio Marão traduzida do latim em verso solto portuguez* por Leonel da Costa Lusitano, datada de 1638. Composta em decassílabos não rimados, nunca foi impressa nem publicada. O manuscrito autógrafo está hoje na Biblioteca Nacional de Portugal, mas pertenceu ao poeta árcade e excelente tradutor de poesia grega e latina Antônio Ribeiro dos Santos (o árcade "Elpino Duriense").

2ª: a *Eneida portuguesa*, de João Franco Barreto, composta em oitava-rima, primeira a ser publicada: os seis primeiros livros em 1664, os seis restantes em 1670 na Officina de Antonio Vicente da Silva. Ser em oitava-rima denuncia o repto d'*Os Lusíadas*, de Camões, cujo modelo poético é a própria *Eneida* de Virgílio. A oitava-rima produz efeito notável pois faz soar lusíada a épica latina no tipo de estrofe e rima que Camões consagrou em português. E as dívidas se pagaram, porque, se é de Virgílio a *Eneida*, que Camões imitou, é de Camões a forma de que a *Eneida* se revestiu ao visitar a língua portuguesa na tradução de Franco Barreto. Com introdução, notas, atualização e estabelecimento de texto de Justino Mendes de Almeida, foi republicada em Lisboa em 1981 numa coedição da Imprensa Nacional e a Casa da Moeda.

3ª: a *Eneida de Publio Virgílio Maram traduzida e ilustrada por Candido Lusitano* (alcunha árcade de Francisco José Freire). Composta entre 1669 e 1770 em decassílabos não rimados, até hoje está inédita e pode ser consultada na Academia das Ciências de Lisboa.

4ª: as chamadas *Eneidas de Virgílio em verso livre*,[46] de Luís Ferraz de Novais, publicadas em Lisboa em 1790 pela Officina de Fillipe José de França e Liz. É a segunda tradução publicada.

5ª: a de Antônio José de Lima Leitão, que integra os dois volumes finais do *Monumento à elevação da Colônia do Brazil a Reino e o estabelecimento do Tríplice Império Luso*. *As obras de Publio Virgilio Maro*, em três volumes impressos e publicados no Rio de Janeiro pela Typographia Real em 1818. Composta em decassílabos não rimados, é a terceira publicada e a primeira impressa no Brasil.

6ª: *Eneida*, de Públio Virgílio Marão, traduzida pelo baiano João Gualberto Ferreira dos Santos Reis, em decassílabos brancos não rimados. É esta tradução de João Gualberto, e não a de Manuel Odorico Mendes, que aliás a menciona, a primeira integral feita em versos por um brasileiro. Inocêncio Francisco da Silva e Pedro Wenceslau de Brito Aranha no monumental *Diccionario bibliographico portuguez* (vol. X, 1883, p. 268) consignam a existência de apenas *dois* volumes, respectivos aos livros I-IV e V-VIII: devem ter tido acesso precisamente aos dois volumes que até hoje constam na Biblioteca Nacional de Lisboa. Inocêncio e Brito Aranha nada afirmam sobre a tradução ser ou não ser completa. Mas o fato é que a publicação tem *três* volumes (o terceiro contendo os livros IX-XII), impressos na Bahia entre 1845 (volume I, pela Typographia de Galdino José Bizerra e Companhia) e 1846 (volumes II e III pela Typographia do Correio Mercantil de Reis e Lessa), todos constantes do acervo da Biblioteca Nacional do Rio de Janeiro. Dedicada a D. Pedro II, a edição é bilíngue e dotada no fim de cada volume de um "Dicionário mitológico, histórico e geográfico, para melhor entender-se o poeta e apreciar-se este poema". Por ser a primeira tradução completa em verso feita no Brasil por um brasileiro, as eventuais qualidades mas sobretudo a recepção que teve ficam, creio, a merecer estudo da Universidade, acompanhado, quem sabe, de reedição comentada.

7ª: a *Eneida*, traduzida por José Victorino Barreto Feio (os oito primeiros livros) e o já mencionado José Maria da Costa e Silva (os quatro restantes). Como bem lembra Justino Mendes de Almeida, "Costa e Silva completou a tradução a partir do livro IX, aproveitando

---

[46] "Eneidas" estão aqui por "livros da *Eneida*", e "verso livre" significa "verso sem rima", não "verso sem metro".

todos os fragmentos do espólio de Barreto Feio e acrescentando o que faltava; são dele na totalidade os livros X, XI e XII". Composta em decassílabos não rimados, foi impressa entre 1845 e 1857 pela Imprensa Nacional de Lisboa, e só os quatro livros finais pela Tipografia do Panorama. É a quinta tradução publicada. Organizada por Paulo Sérgio de Vasconcellos, foi republicada no Brasil em 2004 pela editora Martins Fontes, de São Paulo.

8ª: a de Manuel Odorico Mendes, em decassílabos não rimados, de 1854, sexta publicada e, como sabemos agora, a segunda feita por um brasileiro. O próprio tradutor intitulou-a *Eneida brasileira*, assim como chamou *Virgílio brasileiro* a tradução completa dos três grandes poemas do poeta reunidos num só volume publicado em 1858. É possível conjecturar que o "brasileira" do título responda ao "portuguesa", de João Franco Barreto, mormente em duas circunstâncias: o nacionalismo romântico na política e nas letras, e a recente proclamação da Independência. Na versão da *Eneida* que integra o *Virgílio brasileiro*, Odorico Mendes fez alterações, das quais a principal são os 96 versos a menos.[47] As duas versões da *Eneida* foram republicadas no Brasil: a de 1854, com estabelecimento de texto de Luiz Alberto Machado Cabral, pela Editora da Unicamp e Ateliê Editorial em 2005; e a de 1858, com organização de Paulo Sérgio de Vasconcellos, pela Editora da Unicamp em 2008.

9ª: a *Eneida*, vertida pelo médico português João Félix Pereira, em decassílabos não rimados. Vinda a lume em 1879 pela Typographia da Bibliotheca Universal, de Lisboa, é a sétima tradução publicada. João Félix Pereira traduziu integralmente várias obras gregas e latinas, entre as quais as de Homero e de Hesíodo (*Trabalhos e dias*).

10ª: a *Eneida de Vergilio lida hoje*, do português Coelho de Carvalho, impressa pela Livraria Ferreira Editora, de Lisboa, em 1908, sendo assim a oitava a ser publicada e a primeira no século XX. Não obstante o "lida hoje" do título, a sugerir nos umbrais do novo século, quiçá, alguma ruptura formal no costumeiro decassílabo, a tradução, surpreendentemente, é decassilábica, composta na oitava-rima camoniana, que duzentos anos antes João Franco Barreto utilizara, o que

---

[47] Para outras alterações, ver Antonio Medina Rodrigues, *Odorico Mendes: tradução da épica de Virgílio e Homero* (Tese de doutorado orientada por José Carlos Garbuglio na FFLCH da Universidade de São Paulo, 1980, pp. 50-1).

não impediu a Justino Mendes de Almeida reservar-lhe não pequeno louvor: "a versão de Coelho de Carvalho não é uma versão, é uma paráfrase poética, mas um belo monumento literário. Será de todas as existentes a que se lê hoje com mais agrado".

11ª: a de Carlos Alberto Nunes, lançada em 1981 por ocasião do bimilenário da morte de Virgílio, por A Montanha Edições, nona a ser publicada, a primeira e única em hexâmetros.

12ª: a do português Agostinho da Silva. Integra as *Obras de Virgílio*, que incluem *Bucólicas* e *Geórgicas*, todas em decassílabos não rimados. A edição é de 1993, publicada pelo Círculo de Leitores em Lisboa, de modo que Agostinho da Silva é, até o momento, o último tradutor integral da *Eneida* em versos vernáculos.[48]

Sobre a edição da *Eneida*

A tradução de Carlos Alberto Nunes foi publicada em 1981 em São Paulo por A Montanha Edições, depois republicada em 1983 em coedição com a Editora Universidade de Brasília. Ao ser republicada, não foi revista, e não há absolutamente nenhuma diferença de tipologia, diagramação e paginação, o que dá a entender que foram utilizados inclusive os mesmos fotolitos. Acrescentaram-se apenas uma página contendo o rol dos funcionários da Fundação Universidade de Brasília, e outra contendo a ficha catalográfica e o rol, só perfunctório, da equipe técnica da editora universitária. Não se trata a rigor de reedição mas tão somente de reimpressão, pois reproduzem-se os muitos lapsos do texto de 1981, que são de variada natureza. Na presente edição, todos são indicados nas notas.

Durante a preparação deste volume, além das edições precedentes, dispusemos de cópia do manuscrito datilografado (ao que parece, pelo próprio tradutor, com suas emendas datilografadas e manuscritas em inúmeras passagens), obtida por intermédio de Jorge Henrique Bastos, a quem muito agradecemos. Mais de uma vez a versão final das edições difere da versão datilografada e da emenda manual superposta, o que

---

[48] Pela informação deixo lavrado meu agradecimento ao professor Amon Santos Pinho, da Universidade Federal de Uberlândia, grande conhecedor da obra filosófica de Agostinho da Silva.

indica ter havido no próprio ano da publicação, em 1981, pelo menos uma prova entre a entrega dos originais e o lançamento do livro. Não tivemos acesso à prova, mas ter em mãos o manuscrito foi crucial para mais de uma vez recobrar versos que as edições por lapso suprimiram, destruindo a rigorosa e desejada paridade entre o número de versos do original e da tradução. Vez ou outra, uma ou mais palavras do fim de um verso foram por lapso de diagramação transferidas, nas mencionadas edições, para o verso seguinte, arruinando o metro de ambos. Neste caso, corrigimos o texto impresso, retornando-o à intenção original do tradutor.

Para esta edição, pois, após cotejo com o manuscrito e leitura rítmica da tradução, restabelecemos os versos suprimidos e repusemos no devido lugar as palavras que haviam sido deslocadas, com o que a tradução mantém agora o mesmo número de versos do original e cada um deles contém o número exato de sílabas que o hexâmetro de Carlos Alberto Nunes prevê. Atualizamos a ortografia segundo o Novo Acordo Ortográfico e, quanto à pontuação, exceto quando houve lapso a dificultar o entendimento, mantivemos a do tradutor, que adotara o critério hoje vigente. Respeitamos o uso das minúsculas no início do verso e o emprego particular que ele faz de letras maiúsculas até para substantivos comuns e palavras substantivadas (como "Troiano" designando Eneias), com pouquíssimas exceções que mais estorvavam que expediam a leitura. Uniformizamos grafias diferentes que por lapso o tradutor adotou para o mesmo nome próprio, acolhendo a que é filologicamente melhor. Além disso, corrigimos os muitos erros ortográficos e tipográficos, e inserimos notas explicativas de vocabulário, de figuras históricas, de personagens mitológicas e de lugares. As notas ainda elucidam passagens sintaticamente difíceis e indicam a correta leitura rítmica quando o acento tônico do verso não coincide com o acento normal das palavras na prosa. Antepusemos a cada livro o resumo da ação e acrescentamos, depois do poema, um índice dos principais nomes próprios citados, com remissão a todas as ocorrências na tradução.

Não se sabe que edição do texto latino Carlos Alberto Nunes usou nem mesmo se consultou apenas uma edição. O cotejo da pontuação e das passagens que apresentam variante textual revelam que Nunes provavelmente se serviu do texto estabelecido por Frédéric Plessis e Paul Lejay para a editora Hachette em 1919, e dos textos latinos que acompanham algumas edições da *Eneida* de Odorico Mendes (pois, como se viu, Nunes leu a tradução de Odorico e, se o fez em publicação bilíngue, não terá deixado de consultar o original ali ao lado). Assim sendo, o texto latino aqui adotado é basicamente o da edição Plessis e Lejay, a que impusemos a grafia relativa à pronúncia restaurada[49] e o emprego de maiúsculas conforme a tradução.

Modo de usar

A *fusão de mitos*

O enredo da *Eneida* possui certas características que o leitor habituado às narrativas modernas pode estranhar. Não é falso dizer que a *Eneida* conta "a origem troiana de Roma", mas não é tampouco exato, pois, segundo a versão bastante difundida do mito, o fundador de Roma seria Rômulo. Virgílio, na esteira de outros autores,[50] funde o

---

[49] A pronúncia e a grafia restaurada consiste do emprego de *i* semivocálico em vez de todo *j*, que é sempre consonantal: *iudex* e não *judex* ("juiz"), e de *u* semivocálico em vez de *v* consonantal minúsculo: *uates* e não *vates* ("vate"), mas *Vates*.

[50] São eles os historiógrafos Timeu de Tauromênio e Dionísio de Halicarnasso (ver Sergio Casali, "The Development of the Aeneas Legend", em Joseph Farrell e Michael Putnam, orgs., *A Companion to Vergil's Aeneid and its Tradition*, Oxford, Blackwell Publishing/John Wiley & Sons, 2010, p. 46). Além deles, há Lícofron, poeta do começo do século III a.C., autor do poema épico *Alexandra*. A passagem a que chamam "seção romana" (vv. 1.226-80) seria notável precedente poético da fusão de mitos se não estivesse hoje sob a suspeita de ser interpolação pós-virgiliana, realizada justamente na época de Augusto: em vez de imitada *por* Virgílio, teria sido imitada *de* Virgílio. Seja como for, o passo é interessante, como se vê pelos versos iniciais: Γένους δὲ πάππων τῶν ἐμῶν αὖθις κλέος/ μέγιστον αὐξήσουσιν ἄμναμοί ποτε/ αἰχμαῖς τὸ πρωτόλειον ἄραντες στέφος,/ γῆς καὶ θαλάσσης σκῆπτρα καὶ μοναρχίαν/ λαβόντες. οὐδ' ἄμνηστον, ἀθλία πατρίς, κῦδος μαρανθὲν ἐγκατακρύψεις ζόφῳ./ τοιούσδ' ἐμός τις σύγγονος λείψει διπλοῦς/ σκύμνους λέοντας, ἔξοχον ῥώμῃ γένος, ὁ Καστνίας τε τῆς τε Χειράδος γόνος,/ βουλαῖς ἄριστος οὐδ' ὀνοστὸς ἐν μάχαις, "E então dos meus avós o renome da raça/ um dia os descendentes alçarão ao máximo;/ nas lanças levarão os lauréis — suas primícias,/ e da terra e do mar, cetro e supremacia/ tomarão. Triste pátria, deslembrada e extinta/ tu não encobrirás tua glória nas trevas!/ Tal dupla deixará um conterrâneo meu,/ leões filhotes ramo de preclaro mando,/ de Quírade, a Cástnia, prole pujante/ em conselho o melhor e não vil em combate" (tradução dodecassílaba de Rafael Brunhara). Quem fala é a profetisa Cassandra, filha de Príamo, quando Troia já está destruída. "Leões filhotes" são Rômulo e Remo, que aqui são filhos diretos ou descendentes de Eneias. "Um conterrâneo meu" é Eneias, cunhado de

mito de Eneias com o da loba e os gêmeos, mitos que na origem não guardavam nenhuma relação. Eneias, conforme se tem dito, além de personificar a origem troiana de Roma, é um herói fundador de cidades, mas ele afinal *não* funda Roma: Eneias funda Lavínio, seu último trabalho antes de morrer, que, de resto, não é narrado na *Eneida*. Virgílio enxerta o mito dos gêmeos na linhagem troiana ao relacionar as cidades que Eneias e Ascânio fundarão, como se lê na passagem do livro I, já transcrita acima (vv. 255-72), em que Júpiter tranquiliza Vênus quanto ao futuro glorioso de Eneias. Lemos ali:

1) que surgirá a cidade de Lavínio (v. 258), fundada por Eneias, como informa o v. 5 do livro I;

2) que Ascânio (Iulo) governará Lavínio por trinta anos, depois do quê então fundará a cidade de Alba Longa (vv. 267-71);

3) que os descendentes de Eneias governarão Alba Longa por trezentos anos, após os quais Ília, sacerdotisa de Vesta, grávida do deus Marte, dará à luz Remo e Rômulo, que enfim fundará a cidade chamada "Roma" a partir de seu nome (vv. 272-77).

É no último item que ocorre a fusão dos mitos. A se pautar pelos números e datas referidos por Virgílio, a *Eneida* termina mais de trezentos anos antes da fundação de Roma! Talvez só agora entendamos a contento a introdução do poema, que a bem dizer é muito sintética (vv. 1-7):

> As armas canto e o varão que, fugindo das plagas de Troia
> por injunções do Destino, instalou-se na Itália primeiro
> e de Lavínio nas praias. A impulso dos deuses por muito
> tempo nos mares e em terras vagou sob as iras de Juno,
> guerras sem fim sustentou para as bases lançar da cidade
> e ao Lácio os deuses trazer — o começo da gente latina,
> dos pais albanos primevos e os muros de Roma altanados.

A "cidade" (v. 5) cujas bases Eneias lança é Lavínio, não Roma. "Os pais albanos" (v. 7) referem-se a Alba Longa, que será fundada por Ascânio, e só então, como culminância do processo, "os muros de Roma altanados" (v. 7).

Cassandra. E Cástnia é epíteto de Afrodite/Vênus, mãe do herói. Notar que a palavra grega para "força" é ῥώμη, homógrafa de Ῥώμη, "Roma".

Versões diferentes do mesmo mito

Fundir mitos distintos talvez não seja tão insólito quanto manter no poema diferentes versões do mesmo mito, ainda quando mostrá-las juntas implique "contradição". Tais contradições existem na *Eneida* e podem causar certo embaraço, mas não eram naquele tempo o defeito indesculpável que são para o atual leitor de contos e romances, por exemplo. Significavam então que o poeta era a tal ponto instruído, que, sem omitir nenhuma variante, evidenciava aquela a que, por algum motivo, dava preferência. Ilustremos com excertos da mesma fala de Júpiter a Vênus no livro I. Virgílio por meio de Ascânio/Iulo vincula Eneias à dinastia Júlia em duas passagens; nos vv. 267-8:

> Seu filho Ascânio — cognome de Iulo lhe foi acrescido
> (foi Ilo enquanto sabia-se de Ílio e da sua presença) —

e nos vv. 286-8, em que une Troia a Otaviano ao chamar-lhe "César de Troia" (*Caesar Troianus*):

> César de Troia, de origem tão clara, até as águas do Oceano
> vai estender-se; sua fama há de aos astros chegar dentro em pouco.
> Do claro nome de Iulo provém o cognome de Júlio.

"César de Troia", como vimos, sintetiza a totalidade da *Eneida* como louvor da era de Augusto: desde a origem, quando Eneias abandona a cidade em chamas, até o fim, entenda-se, até o ápice, na Roma deste "César" que é o imperador Augusto. Tanto é assim, que num passo do livro VI também já mencionado, o poeta ratifica pela fala de Anquises que a dinastia Júlia começa em Iulo:

> Este é o Cesar, da estirpe de Iulo,
> sem faltar um, que há de um dia exaltar-se até ao polo celeste.
> Este aqui... sim, este mesmo, é o herói prometido mil vezes,
> César Augusto, de origem divina, que o século de ouro
> restaurará nas campinas do reino do antigo Saturno.

Virgílio patenteara com suficiência o serviço ao imperador, nada mais parecia faltar. Entretanto, poucos versos antes, ainda no livro VI, lê-se um excerto extraordinário, que até agora não citamos, no qual o mesmo Anquises diz a Eneias (vv. 760-6):

> Vês ali perto um mancebo apoiado no cetro nitente;
> próximo está mais que todos da luz, o primeiro do nosso
> sangue, mesclado ao dos ítalos, que há de subir para a vida:
> eis Sílvio albano, teu filho postremo gerado aqui mesmo,
> de tua esposa Lavínia, nascido na tua velhice
> e para rei educado nas selvas espessas, origem
> também de reis, de Alba Longa o senhor, chefe egrégio dos nossos.

Tratando precisamente daquele período de mais de trezentos anos entre a fundação de Lavínio e a de Roma, que é o ponto em que o poeta funde os mitos, Virgílio pela voz de Anquises afirma agora que os romanos *não* descendem de Ascânio/Iulo, filho de Eneias e da troiana Creúsa, mas do filho de Eneias já idoso com a itálica Lavínia — Sílvio Albano —, que nem sequer havia sido mencionado. Virgílio assim exclui justamente Iulo, de quem dissera provir Júlio César e Otaviano! Por que contradizer-se em passagens tão próximas? Como conciliar as versões? Ou antes, como explicar *hoje* o modo como o poeta conciliava para seu público as diferenças? Para tanto, primeiro, é preciso ter em mente que diferentes versões da lenda, isto é, "verdades" divergentes sobre o mesmo assunto, produziam opiniões dissensuais no público, que, acolhendo uma ou outra, com toda probabilidade as debatia. Segundo, pensemos que o poeta quisesse intervir no debate e opinar. Se Virgílio optasse por uma versão sem mencionar a outra, o posicionamento, categórico que fosse na exclusão, correria o risco de ser refutado com o argumento sempre poderoso de que omitir o outro lado mais denuncia parcialidade, ou pior, ignorância, do que sensata opinião. Dessa forma, tal como num discurso com fins precisos — o que, afinal, a *Eneida* não deixa de ser —, o poeta expõe as versões como um orador que, confrontando-se com outro, segundo a mentalidade agonística do mundo grego e romano, argumentasse: "meu adversário afirma que a verdade é aquela; eu, porém, discordo e afirmo que é esta". Tanto é assim, que, adiante, no livro VIII, Virgílio confirma Ascânio/Iulo como fundador de Alba Longa (vv. 46-8):

> Este é o local da cidade, o remate de tantas fadigas.
> Mas, decorridos três vezes dez anos, Ascânio há de uma outra
> bela cidade fundar, a que o nome porá de Alba Longa.

A "cidade" do v. 46 é Lavínio, remate das fadigas de Eneias, e a "bela cidade" do v. 48 é Alba Longa. Deixando num honroso segundo plano a outra versão do mito, Virgílio não só escolhe a que enaltece Otaviano, mas ainda reproduz na *Eneida* a mesma política de clemência do imperador para com aqueles que derrotou na guerra civil: acolhe-os sem eliminá-los. Em vez de causar espécie no público antigo, a divergência causava sim muito deleite. Mais uma vez, como dissemos, o poema não trata da pacificação de Roma, mas *significa-a*, de forma que as versões dissensuais, que são, por certo prisma, *contradições*, passam a ser, no prisma do poema, velhas divergências resolvidas, jamais, porém, inconsistência.

Gregos e troianos

Dizemos hoje que a guerra de Troia foi a que houve entre "gregos" e "troianos" e, a bem da verdade, os antigos romanos já o diziam. Mas é preciso logo informar que "gregos" e "troianos" são todos *gregos*: ou seja, tinham a mesma origem étnica, falavam variantes dialetais da mesma língua e cultuavam os mesmos deuses. Homero, na *Ilíada* e na *Odisseia*, não designa os povos em luta como fazemos, e Virgílio, acolhendo o modo homérico de designar, acresce-lhe, porém, a imprecisão que veio a se tornar comum, de sorte que:

a) a *gregos*, bem entendido, os inimigos dos troianos, equivale dizer "acaios", "aqueus", "aquivos", "argivos", "dânaos", "dórios", "graios" e "pelasgos";

b) a *troianos* equivale dizer "dardânidas", "dardânios", "frígios", "teucros" e "troas".

Do mesmo modo, os termos "Dardânia", "Ílion", "Têucria" e "Pérgamo" são todos sinônimos de "Troia". No mito, certo Teucro acolheu em seu país um homem de nome Dárdano, que construiu a praça-forte (chamada "Dardânia") que viria a ser anexada por Troia. Neto de Dárdano era Tros, pai de Ilo. Ilo fundou Ílion (assim nomeada a partir do próprio apelativo), mas também denominada "Troia", em homenagem a Tros, pai de Ilo (veja-se o quadro genealógico na p. 881

deste volume). Troia cresceu e veio a incluir a antiga praça-forte de Dárdano, pelo que Troia foi também chamada "Dardânia", e ainda "Têucria", por causa do velho Teucro. Não fosse isto bastante, na *Ilíada*, no que parece ser acolhimento de versão variante do mito, "Pérgamo" é outro nome da praça-forte de Troia e, por extensão, de toda a cidade.

Aviar a viagem:
leitura em voz alta, argumento e notas

Se vale uma sugestão de leitura, diríamos que é bastante desejável que o leitor leia em voz alta o poema ou, antes, que ouça alguém a ler ao menos algumas passagens, para que perceba melhor a efetivação do ritmo hexamétrico datílico.

Com o resumo da trama antes de cada livro, o leitor poderá, imitando os antigos, conhecer de antemão o argumento para verificar melhor como o poeta vai enredá-lo. Poderá também, como hoje é mais comum, conhecer a história à medida que o poeta canta, deixando a leitura do argumento para alguma necessária recapitulação.

As notas de vocabulário e de esclarecimento visam apenas à fluência na leitura. Deve o leitor recorrer a elas só se tiver embaraço, sem se deixar deter, ao menos na primeira vez, pela chamada de nota em passagens que já compreendera — o que importa, antes de mais nada, é deixar correr o barco e seguir viagem na companhia de Eneias e seus companheiros.

O de li altri poeti onore e lume,
vagliami 'l lungo studio e 'l grande amore
che m'ha fatto cercar lo tuo volume.

DANTE[1]

---

[1] Epígrafe escolhida por Carlos Alberto Nunes para sua tradução da *Eneida*: "Ó dos outros poetas honra e lume,/ valha-me o longo estudo e o grande amor/ que me fez procurar o teu volume" (versos 82-4 do canto I do "Inferno", de Dante Alighieri, nos quais o poeta da *Divina Comédia* se dirige a Virgílio).

Aeneis

Eneida

Argumento do Livro I

O poeta apresenta-se em primeira pessoa, dizendo que, depois de modular canções na flauta suave (aludindo às *Bucólicas*) e depois de cantar os trabalhos da terra (aludindo às *Geórgicas*), agora canta guerras, os padecimentos que a deusa Juno, esposa de Júpiter, infligiu a Eneias — o guerreiro fugido de Troia arrasada —, e o quanto este vagou e combateu até fundar as bases de Roma, senhora dos povos. O poeta invoca as Musas, para que lhe informem a causa de tudo: a ira da deusa contra os troianos e o amor por Cartago, futura inimiga de Roma (vv. 1-33).

A narrativa começa no meio da ação ou, como os romanos diziam, *in medias res*: os troianos, destruída a cidade, já erravam navegando pelo Mediterrâneo e a certa altura, mal haviam deixado a Sicília, a frota é acossada pela tempestade erguida por Éolo, rei dos ventos, a mando de Juno, que se queixa de não ver satisfeitos seus desejos (vv. 34-80); mesmo após a destruição de Troia, continuava a odiar os troianos e ademais soubera que os descendentes deles (que são os romanos) um dia destruiriam Cartago. Com isso o poeta insere no mito a menção a eventos históricos importantes, as Guerras Púnicas entre Roma e Cartago (264-246 a.C.), o que despertava interesse na audiência. Chega a tempestade, a frota se dispersa e um navio vai a pique. Eneias lamenta a sorte: é sua primeira fala, mas a situação piora (vv. 81-123). Netuno, senhor dos mares, percebendo a desordem em seu domínio, adverte Euro e Zéfiro e restabelece a bonança. Com sete navios os troianos aportam justamente em Cartago, na costa africana, onde desembarcam. Eneias serena os companheiros, sacrifica sete cervos e todos ceiam, após o que choram a perda dos companheiros (vv. 124-223). É então que Vênus, mãe de Eneias, se queixa a Júpiter do infindo sofrer do filho, ao que Júpiter a acalma, ratificando-lhe a profecia de futuro grandioso para o herói e para Roma: aquilo que na narrativa é o *futuro* para o público da *Eneida* é o passado, seja mítico, seja histórico, motivo, outra vez, de grande deleite. Em seguida, Júpiter envia Mercúrio a Cartago para garantir que os troianos sejam lá bem acolhidos (vv. 224-304). Enquanto Eneias faz reconhecimento do lugar, Vênus aparece-lhe na figura de caçadora, assossega o filho quanto ao país e a sua rainha, Dido, e num breve *flashback* explica a Eneias (e aos leitores) a situação política do novo reino, que Dido fundou ao fugir da cidade fenícia de Tiro, depois de Pigmalião, irmão dela, ter assassinado seu marido, Siqueu, para usurpar o trono (vv. 305-68). Após Eneias dizer a que viera, a deusa informa-o de que o restante da frota está a salvo, e então parte, depois de envolver, porém, os troianos em névoa que os faz invisíveis, a fim de que cheguem seguros a Cartago, onde podem admirar a faina do povo a construir a nova cidade. Num bosque descobrem o templo de Juno (vv. 369-465). Ali os leitores, ao lado de Eneias, podem contemplar uma das mais belas passagens da poesia antiga porque veem no templo a descrição de pinturas que retratam cenas da ainda recente guerra de Troia, expediente com que o poeta revela ao próprio Eneias que ele já pertence à lenda: Eneias, chorando, vê os companheiros, vê os inimigos, vê a luta e, enfim, vê-se a si mesmo (vv. 466-93).

Eis que a rainha e seu séquito chegam ao templo, onde ela preside os trabalhos de erigir Cartago, descritos pelo poeta com a mesma simultaneidade que se vê nos quadros de Bruegel, o Velho: como num largo panorama contempla-se toda a Cartago ser erguida. Eneias, invisível, vê chegar também seus companheiros, entre os quais Ilioneu, que, após relatar à rainha a fuga de Troia e a tempestade, pede-lhe acolhida. Esta lhes concede e convida-os até a compartilhar do reino que surge. Quando ela afirma desejar que Eneias ali estivesse, espetacularmente ele se revela, com a divinal beleza de que Vênus o ornara, e apresenta-se a Dido. Ela, espantada, após recebê-lo, leva-o ao palácio, onde lhe oferece um banquete (vv. 494-630).

No palácio, enquanto se prepara régio banquete, Eneias, pai cuidadoso, manda buscar o menino Ascânio aos navios, quando Vênus, não menos inquieta, ordena a Cupido, também seu filho, que assuma o feitio e o posto de Ascânio para que o Amor-menino no banquete contagie a rainha de paixão por Eneias. Enquanto se bebe à farta, o cantador canta os astros, depois do que Dido, já tocada, pede a Eneias que relate, ele mesmo, todos os infortúnios desde o último dia de Troia (vv. 631-756).

Liber I

[*Ille ego qui quondam gracili modulatus auena*
carmen et egressus siluis, uicina coegi
ut quamuis avido parerent arua colono,
gratum opus agricolis, at nunc horrentia Martis]

Arma uirumque cano, Troiae qui primus ab oris   1
Italiam, Fato profugus, Lauiniaque uenit
litora, multum ille et terris iactatus et alto
ui superum saeuae memorem Iunonis ob iram,
multa quoque et bello passus, dum conderet urbem,   5
inferretque deos Latio, genus unde Latinum
Albanique patres, atque altae moenia Romae.
Musa, mihi causas memora, quo numine laeso,
quidue dolens regina deum tot uoluere casus

Livro I

*[Eu sou aquele que outrora canções modulei ao compasso
da doce avena e, saindo das selvas, os campos vizinhos
a obedecer obriguei à avidez do colono remisso,
nas gratas fainas da terra: ora os feitos horrendos de Marte]*[1]

As armas canto e o varão que, fugindo das plagas de Troia[2]
por injunções do Destino, instalou-se na Itália primeiro
e de Lavínio nas praias. A impulso dos deuses por muito
tempo nos mares e em terras vagou sob as iras de Juno,
guerras sem fim sustentou para as bases lançar da cidade[3]
e ao Lácio os deuses trazer — o começo da gente latina,
dos pais albanos primevos e os muros de Roma altanados.[4]
Musa!, recorda-me as causas da guerra, a deidade agravada;
por qual ofensa a rainha dos deuses levou um guerreiro[5]

---

[1] Os quatro versos assinalados em itálico foram conservados pelos gramáticos Donato e Sérvio, do século IV. Autênticos, mas supostamente supérfluos, teriam sido eliminados dos códices. A tradução constava nos originais do tradutor, mas foi suprimida das edições de 1981 e 1983. *Avena* designa a flauta rústica dos pastores bucólicos, numa alusão às *Bucólicas*, a primeira obra poética notória de Virgílio. O sentido do segundo e terceiro versos é "fiz germinar a terra fecundada pelo colono não indolente e ambicioso". No quarto verso, entenda-se "compensadores trabalhos da terra", alusão às *Geórgicas*, o segundo poema célebre de Virgílio, que trata da agricultura; já *feitos horrendos de Marte* alude à guerra, atividade que o deus preside.

[2] *O varão*: Eneias, filho da deusa Vênus e do mortal Anquises.

[3] *Cidade*: Lavínio.

[4] *Albanos primevos*: os primeiros habitantes de Alba Longa, fundada por Ascânio. São chamados "pais" (*patres*) por serem ancestrais dos romanos.

[5] Vertendo *uir* por "guerreiro", como é possível, em vez de "varão", como no v. 1, o tradutor ressalta o que Virgílio apenas sugere no singular heroísmo de Eneias.

insignem pietate uirum, tot adire labores 10
impulerit. Tantaene animis caelestibus irae?
Urbs antiqua fuit (Tyrii tenuere coloni)
Carthago, Italiam contra Tiberinaque longe
ostia, diues opum studiisque asperrima belli,
quam Iuno fertur terris magis omnibus unam 15
posthabita coluisse Samo; hic illius arma,
hic currus fuit; hoc regnum dea gentibus esse,
si qua Fata sinant, iam tum tenditque fouetque.
Progeniem sed enim Troiano a sanguine duci
audierat Tyrias olim quae uerteret arces; 20
hinc populum late regem belloque superbum
uenturum excidio Libyae: sic uoluere Parcas.
Id metuens ueterisque memor Saturnia belli
prima quod ad Troiam pro caris gesserat Argis
necdum etiam causae irarum saeuique dolores 25
exciderant animo, manet alta mente repostum

tão religioso a enfrentar sem descanso esses duros trabalhos?[6]
Cabe tão fero rancor no imo peito dos deuses eternos?
Cidade antiga existiu, dos colonos de Tiro povoada,[7]
forte Cartago, distante da Itália e das bocas do Tibre,
rica de todo comércio, de grande maldade na guerra.
Contam que Juno a habitava e por ela especial preferência
manifestara, até mesmo em confronto com Samos dileta.
Lá teve as armas, o carro guardava, e o projeto ambicioso
de fazer dela a senhora dos povos, se os Fados anuíssem.[8]
Porém ouvira falar numa raça provinda dos troas[9]
que, andando o tempo, as muralhas dos tírios ao chão lançariam,[10]
da qual um povo haveria nascer, belicoso e arrogante,
para desgraça da Líbia. Isso as Parcas já haviam tecido.[11]
De medo, então, e lembrada a Satúrnia da guerra primeira
que contra Troia movera a favor dos seus caros argivos,[12]
ainda guardada no peito bem viva a lembrança das causas
do seu rancor, sofrimento indizível de ofensas passadas,

---

[6] *Tão religioso*: no original, *insignem pietate*, "notável pela piedade". A piedade, entendida como estrita observância religiosa, não só comiseração, é o traço principal de Eneias.

[7] *Tiro*: cidade da Fenícia, norte da África, cujos habitantes, segundo Virgílio, fundaram *Cartago*. Sídon (*Sidão* para Carlos Alberto Nunes, XI, v. 74) é outra cidade fenícia. Assim *fenício* (v. 343), *peno* (v. 303), *púnico* (v. 338), *sidônio* (v. 446) e *tírio* (v. 20) são equivalentes.

[8] *Fados*: ou Fado (*Fatum*), no singular, é o deus dos destinos humanos. O termo liga-se ao verbo *fari*, "falar", que designa a palavra decisiva e irrevogável da divindade.

[9] *Troas*: os troianos, de quem os romanos descendem; também chamados *dardânidas*, *dardânios*, *frígios* e *teucros*.

[10] *As muralhas dos tírios*: Cartago.

[11] *Líbia* é termo genérico para norte da África; no contexto, designa *Cartago*. As *Parcas* são as três deusas irmãs (Átropo, Cloto e Láquesis), fiandeiras que controlavam a vida dos homens: uma fiava, outra enrolava e a última cortava o fio da vida humana. Correspondem às Moiras gregas.

[12] *Argivos*: os inimigos dos troianos. "Gregos", embora consagrada, é designação imprópria, pois os troianos também eram gregos. Assim *argivo* equivale a *acaio*, *aqueu*, *aquivo*, *dânao*, *dório*, *graio*, *grego*, *pelasgo*. Para *pelasgo*, ver adiante, v. 624, *cabos da Grécia*.

iudicium Paridis spretaeque iniuria formae,
et genus inuisum, et rapti Ganymedis honores;
his accensa super iactatos aequore toto
Troas, reliquias Danaum atque immitis Achilli,   30
arcebat longe Latio, multosque per annos
errabant acti Fatis, maria omnia circum.
Tantae molis erat Romanam condere gentem!
Vix e conspectu Siculae telluris in altum
uela dabant laeti, et spumas salis aere ruebant,   35
cum Iuno aeternum seruans sub pectore uulnus
haec secum: "Mene incepto desistere uictam,
nec posse Italia Teucrorum auertere regem?
Quippe uetor Fatis. Pallasne exurere classem
Argiuum atque ipsos potuit submergere ponto,   40
unius ob noxam et furias Aiacis Oilei?
Ipsa Iouis rapidum iaculata e nubibus ignem
disiecitque rates euertitque aequora uentis,
illum exspirantem transfixo pectore flammas
turbine corripuit scopuloque infixit acuto;   45
ast ego, quae diuum incedo regina, Iouisque
et soror et coniunx, una cum gente tot annos
bella gero! Et quisquam numen Iunonis adoret
praeterea, aut supplex aris imponet honorem?"
Talia flammato secum dea corde uolutans   50

o julgamento de Páris, a injúria à sua forma impecável,[13]
o ódio aos troianos e as honras ao belo escanção Ganimedes:[14]
por isso tudo exaltada, mantinha afastados do Lácio
como joguete das ondas os teucros escapos dos gregos[15]
e do terrível Aquiles, os quais, acossados dos Fados,
vinham cortando sem rumo desde anos o mar infinito.
Tão grande empresa era as bases lançar da progênie romana!
Mal a Sicília perderam de vista e contentes rumavam
para o alto mar, apartando com as quilhas as ondas salobres,
Juno potente, a sangrar-lhe no peito a ferida, conversa
consigo mesma: "Aceitar o fracasso no início da empresa,
sem conseguir afastar dessa Itália o caudilho troiano?[16]
Os Fados o obstam. Mas Palas não pôde queimar os navios
desarvorados dos gregos, por culpa tão só de um aquivo,
Ajaz Oileu, e os sacrílegos atos da sua demência?[17]
Ela, em pessoa, arrojou desde as nuvens o rápido fogo
de Jove, as naus destroçou, revolvendo com os ventos as ondas;
ao infeliz, na agonia final, todo o peito abrasado,
um torvelinho o apanhou, espetando-o em agudo penedo:
ao passo que eu, soberana dos deuses, irmã e consorte
do próprio Júpiter, há tantos anos guerreio um só povo,
sem resultado. E ainda haverá quem ao nume de Juno
preste homenagens ou grata oferenda no altar lhe deponha?"
Tais pensamentos volvendo no peito inflamado, a deidade

---

[13] Páris julgou Vênus mais bela que Minerva e Juno, esposa de Júpiter e deusa da união conjugal, que passou a odiar todos os troianos.

[14] *Ganimedes*: jovem troiano muito belo que, raptado por Júpiter, dele enamorado, servia o néctar à mesa dos deuses.

[15] *Teucros escapos*: troianos que escaparam. Os troianos descendem de Teucro, que, originário da ilha de Creta, emigrou para a Tróade, planície onde estabeleceu as bases do que seria Troia.

[16] *Caudilho troiano*: Eneias.

[17] *Ajaz Oileu*: ou Ájax Oileu, guerreiro grego que desonrou Minerva quando, ao tentar violar Cassandra, arrastou a estátua da deusa a que a jovem se agarrava. Minerva matou-o com uma tempestade.

nimborum in patriam, loca feta furentibus Austris,
Aeoliam uenit. Hic uasto rex Aeolus antro
luctantes uentos tempestatesque sonoras
imperio premit ac uinclis et carcere frenat.
Illi indignantes magno cum murmure montis   55
circum claustra fremunt; celsa sedet Aeolus arce
sceptra tenens, mollitque animos et temperat iras;
ni faciat, maria ac terras caelumque profundum
quippe ferant rapidi secum uerrantque per auras.
Sed pater omnipotens speluncis abdidit atris   60
hoc metuens molemque et montes insuper altos
imposuit, regemque dedit qui foedere certo
et premere et laxas sciret dare iussus habenas.
Ad quem tum Iuno supplex his uocibus usa est:
"Aeole, namque tibi diuum pater atque hominum rex   65
et mulcere dedit fluctus et tollere uento,
gens inimica mihi Tyrrhenum nauigat aequor
Ilium in Italiam portans uictosque Penates:
incute uim uentis submersasque obrue puppes,
aut age diuersos et disiice corpora ponto.   70
Sunt mihi bis septem praestanti corpore nymphae,
quarum quae forma pulcherrima Deiopea,
conubio iungam stabili propriamque dicabo,
omnes ut tecum meritis pro talibus annos
exigat et pulchra faciat te prole parentem".   75
Aeolus haec contra: "Tuus, o regina, quid optes
explorare labor; mihi iussa capessere fas est.
Tu mihi quodcumque hoc regni, tu sceptra Iouemque

baixa até a pátria dos ventos furiosos, a Eólia chamada,
dos Austros feros. Aqui, numa furna espaçosa o rei Éolo
as tempestades sonoras domina, os impávidos ventos,
com duros ferros e cárcere, a todos impondo o seu jugo.
Bramam os ventos em torno à prisão, e a montanha retumba
com a turbulência dos presos. Sentado na rocha altaneira
Éolo se acha com o cetro, seus brios aplaca e os tempera.
Se o não fizesse, consigo levaram as terras e os mares,
e o próprio céu, pelo espaço varrendo-os sem rumo nem nada.
O Onipotente, porém, cauteloso os comprime em profundas[18]
escuridões de caverna, com montes enormes por cima;
como também um monarca lhes deu, obediente ao seu mando,[19]
para encurtar ou soltar mais as rédeas, conforme o ordenasse.
Súplice, Juno lhe fala, enunciando as seguintes palavras:
"Éolo, a quem deu o pai e monarca dos deuses e do homem
as ondas bravas deter e acalmar a insolência dos ventos,
gente inimiga me sulca o Tirreno, levando consigo
Troia e os vencidos Penates em busca da Itália distante.[20]
Força nos ventos insufla; submerge essas naus alquebradas
ou as dispersa no mar infinito e os seus corpos afunda.
No meu cortejo se encontram quatorze belíssimas ninfas;
a mais gentil, Deiopeia, dar-te-ei como esposa extremada,
preço do grande favor que me prestas, a fim de que more
perpetuamente contigo no mais harmonioso consórcio,
e pai te tornes de prole sadia e invejada de todos".
Éolo, então, respondeu: "A ti cabe, rainha, dizer-me
quanto desejas; a mim, logo logo cumprir o que ordenas.
O meu reinar a ti devo, este cetro e a aquiescência de Jove.

---

[18] *O Onipotente*: Júpiter, senhor de todos os deuses.

[19] Note-se que o *monarca* do v. 62 refere-se a Éolo, senhor dos ventos, mas o do v. 65 a Júpiter.

[20] *Penates*: divindades romanas protetoras do lar e da pátria. Trata-se de anacronismo, pois Eneias é troiano e Roma ainda não fora fundada; empregado como substantivo comum, o termo designa as pequenas imagens que Eneias levava consigo.

concilias, tu das epulis accumbere diuum
nimborumque facis tempestatumque potentem". 80
Haec ubi dicta, cauum conuersa cuspide montem
impulit in latus: ac uenti, uelut agmine facto,
qua data porta, ruunt et terras turbine perflant.
Incubuere mari totumque a sedibus imis
una Eurusque Notusque ruunt creberque procellis 85
Africus, et uastos uoluunt ad litora fluctus.
Insequitur clamorque uirum stridorque rudentum.
Eripiunt subito nubes caelumque diemque
Teucrorum ex oculis; ponto nox incubat atra.
Intonuere poli et crebris micat ignibus aether 90
praesentemque uiris intentant omnia mortem.
Extemplo Aeneae soluuntur frigore membra;
ingemit et duplices tendens ad sidera palmas
talia uoce refert: "O terque quaterque beati,
quis ante ora patrum Troiae sub moenibus altis 95
contigit oppetere! O Danaum fortissime gentis
Tydide! Mene Iliacis occumbere campis
non potuisse, tuaque animam hanc effundere dextra,
saeuus ubi Aeacidae telo iacet Hector, ubi ingens
Sarpedon, ubi tot Simois correpta sub undis 100
scuta uirum galeasque et fortia corpora uoluit!"
Talia iactanti stridens Aquilone procella

Dás-me também frequentar os festins das deidades eternas,
e árbitro ser todo o tempo das chuvas no mar tempestuoso".
Assim falando, empurrou para o lado com a ponta do cetro
monte escavado. No jeito de tropas, os ventos, formados
em turbilhões, dada a porta, irromperam por essa abertura.
Jogam-se ao mar, em tropel, abalando-o até ao fundo sem luzes
Noto mais Euro potentes e, fértil em grandes procelas,
Áfrico. Em rolos seguidos as ondas às praias investem.[21]
Eis se levanta a celeuma dos nautas; enxárcias sibilam.
Num pronto, as nuvens retiram da vista dos teucros a bela
luz da manhã, o alto céu. Negra noite o mar todo recobre.
Troam os polos; aos raios frequentes o mar se ilumina.
Tudo à visão dos troianos são formas variadas da morte.
Súbito, o frio percorre de Eneias os membros, deixando-os
paralisados; aos astros as mãos elevando, por entre
fundos suspiros, bradou: "Oh, três vezes e quatro felizes[22]
os que morreram à vista dos pais, sob os muros de Troia!
Ó tu, valente Tidida, o mais forte dos filhos de Dânao![23]
Não ter eu tido a ventura, ao lutar nas campinas de Troia,
de perecer sob os golpes dos teus fulminantes ataques,
no mesmo ponto em que Heitor sucumbiu sob a lança de Aquiles,[24]
onde Sarpédone ingente, onde tantos escudos lascados[25]
e capacetes e corpos de heróis o Simoente carrega!"[26]
Não acabara, e o violento Aquilão em reforço à tormenta[27]

---

[21] *Noto, Euro* e *Áfrico*: respectivamente, os ventos sul, oriental e sudoeste.

[22] Aqui se inicia a primeira fala de Eneias, que se estende até o v. 101.

[23] *Tidida*: epíteto do herói grego Diomedes, o "filho de Tideu". *Filhos de Dânao*: os gregos, inimigos dos troianos.

[24] *Heitor* e *Aquiles*: respectivamente, o mais forte guerreiro troiano e o mais forte grego.

[25] *Sarpédone* (ou Sarpédon): herói troiano, morto por Pátroclo.

[26] *Simoente*: rio da planície de Troia, mencionado amiúde na *Ilíada* juntamente com o rio Xanto.

[27] *Aquilão*: vento nordeste.

uelum aduersa ferit, fluctusque ad sidera tollit;
franguntur remi; tum prora auertit et undis
dat latus; insequitur cumulo praeruptus aquae mons.   105
Hi summo in flucta pendent, his unda dehiscens
terram inter fluctus aperit, furit aestus harenis.
Tres Notus abreptas in saxa latentia torquet,
saxa uocant Itali mediis quae in fluctibus Aras,
dorsum immane mari summo, tres Eurus ab alto   110
in breuia et syrtes urguet, miserabile uisu,
illiditque uadis atque aggere cingit harenae.
Unam, quae Lycios fidumque uehebat Oronten,
ipsius ante oculos ingens a uertice pontus
in puppim ferit; excutitur pronusque magister   115
uoluitur in caput; ast illam ter fluctus ibidem
torquet agens circum et rapidus uorat aequore uortex.
Apparent rari nantes in gurgite uasto,
arma uirum, tabulaeque et Troia gaza per undas.
Iam ualidam Ilionei nauem, iam fortis Achati,   120
et qua uectus Abas, et qua grandaeuus Aletes,
uicit hiems; laxis laterum compagibus omnes
accipiunt inimicum imbrem rimisque fatiscunt.
Interea magno misceri murmure pontum
emissamque hiemem sensit Neptunus et imis   125
stagna refusa uadis, grauiter commotus et alto
prospiciens summa placidum caput extulit unda.
Disiectam Aeneae toto uidet aequore classem,
fluctibus oppressos Troas caelique ruina.

bate de frente na vela maior e até aos astros a atira;
quebram-se os remos; a proa se volta, deixando os costados
à mercê d'água. Montanha escarpada desfaz-se nos mastros.
Uns marinheiros se agarram na crista das ondas; o fundo
outros enxergam do mar, cuja areia sem pausa referve.
Noto a três barcos impele de encontro a uns rochedos ocultos,
dura meseta a que os ítalos deram o nome de Altares,
quase submersos; três outros arrasta do mar encrespado
Euro aos estreitos e sirtes do fundo — espetáculo triste! —,
nesses baixios os prende e os circunda de bancos de areia.
À vista mesmo de Eneias uma onda o navio surpreende
do fido Oronte e seus lícios, caindo de cheio na popa.[28]
Parte-se a nau; de cabeça o piloto mergulha no oceano;
as ondas brabas três vezes o casco anegrado volteiam,
té ser tragado num ápice por um voraz torvelinho.
Vários ainda a nadar aparecem no pélago imenso,
armas e quadros, despojos salvados da teucra opulência.
A nau de Abante, a de Aletes, a mais do que todas possante,
de Ilioneu, a esquipada com os homens de Acates robusto,[29]
a tempestade as domou; entram nelas furiosas as águas
por quantas rimas encontrem nas frouxas junturas dos lenhos.[30]
Nesse entrementes, Netuno sentiu pelos surdos mugidos
do mar profundo que no alto a tormenta a campear se encontrava,
do imo cachões a brotar. Comovido, a serena cabeça
põe fora d'água e, surpreso, observou o que então ocorria:
no equóreo campo, dispersa, observou toda a esquadra de Eneias,[31]
assoberbados das ondas os teucros, o céu arruinado.

---

[28] *Oronte*: ou Orontes, companheiro de Eneias, capitão de uma das naus, que naufraga. *Lícios*: oriundos da Lícia, província da Ásia Menor, combateram pelo lado de Troia.

[29] *Abante*, *Aletes* e *Ilioneu* são capitães das naus da frota. Este Abante é troiano; o do livro III, v. 287, é grego, e o do X, v. 170, é etrusco, aliado de Eneias. *Acates*, durante a primeira metade da *Eneida*, será o mais importante companheiro do herói.

[30] *Rimas*: aqui, fendas.

[31] *Equóreo campo*: a planície marinha.

Nec latuere doli fratrem Iunonis et irae. 130
Eurum ad se Zephyrumque uocat, dehinc talia fatur:
"Tantane uos generis tenuit fiducia uestri?
Iam caelum terramque meo sine numine, uenti,
miscere et tantas audetis tollere moles?
Quos ego...! Sed motos praestat componere fluctus. 135
Post mihi non simili poena commissa luetis.
Maturate fugam regique haec dicite uestro:
non illi imperium pelagi saeuumque tridentem,
sed mihi sorte datum. Tenet ille immania saxa,
uestras, Eure, domos; illa se iactet in aula 140
Aeolus et clauso uentorum carcere regnet".
Sic ait et dicto citius tumida aequora placat
collectasque fugat nubes, solemque reducit.
Cymothoe simul et Triton adnixus acuto
detrudunt naues scopulo; leuat ipse tridenti 145
et uastas aperit syrtes et temperat aequor
atque rotis summas leuibus perlabitur undas.
Ac ueluti magno in populo cum saepe coorta est
seditio, saeuitque animis ignobile uulgus,
iamque faces et saxa uolant, furor arma ministrat; 150
tum, pietate grauem ac meritis si forte uirum quem
conspexere, silent arrectisque auribus adstant;
ille regit dictis animos et pectora mulcet:
sic cunctus pelagi cecidit fragor, aequora postquam
prospiciens genitor caeloque inuectus aperto 155
flectit equos, curruque uolans dat lora secundo.

Logo percebe tratar-se dos dolos da irmã rancorosa,
Juno potente. Euro e Zéfiro chama e destarte lhes fala:
"De tanto orgulho vos incha a confiança na própria linhagem,
ventos audazes? Sem me consultardes, a terra e o céu vasto
num todo informe arrolais, tantas serras ergueis nos meus reinos?[32]
Sem mais conversas... Porém o que importa é compor a tormenta.
Mais para diante tereis o castigo de tanta ousadia.
Fora daqui, sem demora!, e ao rei vosso levai o recado
de que o domínio do mar e o tridente não são propriedade
dele; pertencem-me. Impere naqueles penhascos imensos,
Euro, mansões de vós todos. Orgulhe-se dos seus domínios[33]
Éolo e mande no cárcere em que vos sentis como servos".
Antes do fim do discurso o mar bravo ficara sereno;
em fuga os negros bulcões; a luz bela do sol resplandece.
Juntos, Tritão e Cimótoe as naves libertam das pedras:
os perigosos abrolhos com o próprio tridente remove,[34]
sirtes acalma. O mar vasto se torna de súbito manso.
Lambem as ondas as rodas ligeiras do carro marinho.
Como por vezes ocorre em cidades de muitos vizinhos,[35]
quando rebenta revolta e dispara o povinho sem brio,
já voam pedras e fachos, as armas a luta improvisa;
mas, se de súbito surge um varão de aparência tranquila
e comprovado valor, todos calam e atentos escutam;
com seu discurso as vontades compõe, o furor dulcifica:
da mesma forma cessou o barulho das vagas, a um gesto
da divindade, ao olhar para as ondas; com o céu já sereno,
tenteia a rédea e completa uma volta na extensa planície.

---

[32] *Serras* designa aqui as ondas altas.

[33] O sentido dos vv. 139-40 é "que Éolo, ó Euro, impere naqueles penhascos imensos".

[34] Entenda-se: das naus cuidam *Tritão* (deus marinho, filho de Netuno) e *Cimótoe* (uma ninfa), mas dos perigosos abrolhos é Netuno sozinho (*o próprio tridente*) quem cuida.

[35] Neste verso, um exemplo de símile virgiliano, que, contrariamente ao uso homérico, compara evento natural a feito humano.

Defessi Aeneadae quae proxima litora cursu
contendunt petere et Libyae uertuntur ad oras.
Est in secessu longo locus; insula portum
efficit obiectu laterum, quibus omnis ab alto   160
frangitur inque sinus scindit sese unda reductos.
Hinc atque hinc uastae rupes geminique minantur
in caelum scopuli, quorum sub uertice late
aequora tuta silent. Tum siluis scaena coruscis
desuper horrentique atrum nemus imminet umbra;   165
fronte sub aduersa scopulis pendentibus antrum,
intus aquae dulces uiuoque sedilia saxo,
Nympharum domus. Hic fessas non uincula naues
ulla tenent, unco non alligat ancora morsu.
Huc septem Aeneas collectis nauibus omni   170
ex numero subit, ac magno telluris amore
egressi optata potiuntur Troes harena,
et sale tabentes artus in litore ponunt.
Ac primum silici scintillam excudit Achates,
succepitque ignem foliis, atque arida circum   175
nutrimenta dedit, rapuitque in fomite flammam.
Tum Cererem corruptam undis Cerealiaque arma
expediunt fessi rerum, frugesque receptas
et torrere parant flammis et frangere saxo.
Aeneas scopulum interea conscendit, et omnem   180
prospectum late pelago petit, Anthea si quem
iactatum uento uideat Phrygiasque biremes,
aut Capyn, aut celsis in puppibus arma Caici.
Nauem in conspectu nullam, tres litore ceruos
prospicit errantes; hos tota armenta sequuntur   185
a tergo et longum per ualles pascitur agmen.
Constitit hic arcumque manu celeresque sagittas
corripuit, fidus quae tela gerebat Achates,
ductoresque ipsos primum, capita alta ferentes

Lassos, os sócios de Eneias à praia mais próxima tendem;
as proas viram no rumo da costa da Líbia, ali perto,
onde uma enseada discreta e profunda bom porto oferece,
pelos dois flancos formado de uma ilha em que as ondas se quebram,
do mar distante provindas, dois golfos distintos e certos.
De um lado e do outro, dois picos irmãos ante o céu se levantam,
ameaçadores; na base, até grande distância, repousa
sem movimento o mar fundo. Lá no alto, uma esplêndida selva
com negro bosque em que os ramos inquietos o medo suscitam.
Ao fundo, sob uma abóboda toda de pedra, uma grota
se abre, com fontes amenas e assentos talhados na rocha;
é a moradia das Ninfas. Ali, os cansados navios
não necessitam de amarras nem de âncoras para prendê-los.
Nessa caverna o Troiano penetra com sete navios,
restos da grande flotilha. Impacientes de o solo pisarem,
sofregamente os troianos na areia das praias os membros
entumecidos distendem, dos grandes trabalhos da viagem.
De um pedernal tira Acates, primeiro de todos, centelhas,
que em folhas secas recolhe e, amparando-as com áridos ramos,
um fogaréu logo apronta com chamas vivazes por tudo.
Logo, os troianos, conquanto alquebrados da viagem, retiram
o úmido trigo e os aprestos de Ceres, no intuito de a parte
sã triturar com pedrinhas e ao fogo tostar alguns deles.
Sobe o caudilho troiano a um rochedo, e na vasta campina
líquida o olhar alongou para ver se alcançava o navio
do forte Anteu, trabalhado dos ventos, as frígias birremes[36]
ou mesmo Cápis ou as armas na popa do nobre Caíco.
Naves à vista, nenhuma; três cervos errantes na praia
somente enxerga, mui longe, a que toda a manada acompanha,
alegremente a pastar pelo prado, em tropel buliçoso.
Para ali mesmo; e, lançando a mão do arco e das setas velozes,
várias escolhe; trazia-as Acates, seu fiel companheiro.
Antes de todos, os guieiros abate, que os ramos vistosos

---

[36] *Birremes*: embarcações que possuem duas fileiras de remadores de cada lado.

cornibus arboreis sternit, tum uulgus et omnem   190
miscet agens telis nemora inter frondea turbam;
nec prius absistit, quam septem ingentia uictor
corpora fundat humi et numerum cum nauibus aequet.
Hinc portum petit, et socios partitur in omnes.
Vina bonus quae deinde cadis onerarat Acestes   195
litore Trinacrio dederatque abeuntibus heros,
diuidit, et dictis maerentia pectora mulcet:
"O socii, neque enim ignari sumus ante malorum,
o passi grauiora, dabit deus his quoque finem.
Vos et Scyllaeam rabiem penitusque sonantes   200
accestis scopulos, uos et Cyclopea saxa
experti: reuocate animos, maestumque timorem
mittite; forsan et haec olim meminisse iuuabit.
Per uarios casus, per tot discrimina rerum
tendimus in Latium; sedes ubi Fata quietas   205
ostendunt; illic fas regna resurgere Troiae.
Durate, et uosmet rebus seruate secundis".
Talia uoce refert curisque ingentibus aeger
spem uultu simulat, premit altum corde dolorem.
Illi se praedae accingunt, dapibusque futuris;   210
tergora deripiunt costis et uiscera nudant;
pars in frusta secant ueribusque trementia figunt,
litore aena locant alii flammasque ministrant.
Tum uictu reuocant uires, fusique per herbam

no alto agitavam; depois, a miuçalha, dispersos a tiros,
que logo à sombra se acolhem dos bosques de frondes inquietas.
Mas não desiste o Troiano, até ver atiradas por terra
vítimas sete, igualando com isso os navios recurvos.
Ao porto, então, se encaminha e entre os sócios a caça divide.
Do melhor vinho que Acestes lhe dera ao partir da Trinácria,[37]
cheios os vastos porões dos navios, com todos reparte,
amenizar procurando os trabalhos com termos afáveis:
"Ó companheiros!", lhes fala; "trabalhos mais árduos do que estes
já suportastes! Deus há de pôr fim a tão grandes canseiras.[38]
Vós os atroantes escolhos de Cila enfrentar já soubestes[39]
e o seu furor desmedido; escapastes também dos ciclópeos[40]
antros sem dano maior. Criai ânimo; o pálido medo
deixai de lado. Tudo isso há de ser recordado algum dia.[41]
Por entre casos variados, perigos sem conta, avançamos
na direção prometida do Lácio, onde os Fados nos mostram
o ambicionado descanso nos reinos futuros de Troia.[42]
Voltai a ser o que sois, e aguardai um futuro risonho".
Assim falou, oprimido de tantos cuidados; na fronte
luze a esperança; no peito concentra-se dor indizível.
Todos atiram-se às presas da caça e ao festim dão começo.
Estes o couro das costas retiram, as carnes desnudam,
em bons pedaços as cortam, trementes no espeto as enfiam.
Outros dispõem caldeiras na praia e as fogueiras despertam.
Refeitos todos com a boa pitança, na relva se espalham,

---

[37] *Trinácria* designa a Sicília, cujo rei Acestes, também chamado Segestes, lutou por Troia e depois voltou à Sicília.

[38] Por *Deus*, entenda-se aqui um dos deuses.

[39] *Cila*: monstro marinho, com corpo de mulher e seis cabeças de cães nas virilhas, que habitava a margem continental do estreito de Messina, que separa a península itálica da Sicília.

[40] *Ciclópeos antros*: as cavernas de Ciclope, o monstro gigantesco de um só olho, que Ulisses cegou na *Odisseia*.

[41] Ou seja, será um dia assunto de poemas, como é na *Eneida*.

[42] Isto é, em Roma, a Troia renascida.

implentur ueteris Bacchi pinguisque ferinae.   215
Postquam exempta fames epulis mensaeque remotae,
amissos longo socios sermone requirunt,
spemque metumque inter dubii, seu uiuere credant,
siue extrema pati nec iam exaudire uocatos.
Praecipue pius Aeneas nunc acris Oronti,   220
nunc Amyci casum gemit et crudelia secum
fata Lyci fortemque Gyan fortemque Cloanthum.
Et iam finis erat, cum Iuppiter aethere summo
despiciens mare ueliuolum terrasque iacentes
litoraque et latos populos, sic uertice caeli   225
constitit et Libyae defixit lumina regnis.
Atque illum tales iactantem pectore curas
tristior et lacrimis oculos suffusa nitentes
alloquitur Venus: "O qui res hominumque deumque
aeternis regis imperiis et fulmine terres,   230
quid meus Aeneas in te committere tantum,
quid Troes potuere, quibus, tot funera passis,
cunctus ob Italiam terrarum clauditur orbis?
Certe hinc Romanos olim uoluentibus annis,
hinc fore ductores, reuocato a sanguine Teucri,   235
qui mare, qui terras omni dicione tenerent,
pollicitus: quae te, Genitor, sententia uertit?
Hoc equidem occasum Troiae tristesque ruinas
solabar Fatis contraria Fata rependens;
nunc eadem Fortuna uiros tot casibus actos   240
insequitur. Quem das finem, rex magne, laborum?
Antenor potuit mediis elapsus Achiuis

fartos do vinho precioso, da carne sucosa dos cervos.
Saciada a fome e desfeitos os últimos toques da mesa,
em longas práticas choram a perda dos sócios ausentes.
Entre esperança e temor, se perguntam se acaso ainda vivem,
ou se na extrema agonia não ouvem a voz dos que os chamam;
máxime Eneias, o pio, a desgraça de Oronte lamenta;[43]
chora o destino de Amico, o desastre de Lico indizível,
do incontrastável Cloanto e também o de Gias valente.[44]
Claro ainda estava, e do ponto mais alto do céu contemplava
Jove o mar vasto cruzado de velas, as terras jacentes,
praias e povos remotos, até se deter no espetac'lo
visto do Olimpo, dos plainos ferazes do reino da Líbia.
Quando na mente volvia cuidados de tal magnitude,
Vênus, o peito angustiado e de lágrimas cheios os olhos,
disse: "Ó tu, que o destino dos homens, dos deuses diriges
do alto do teu poderio, e os espantas com raios atroantes:
em quê te pôde ofender meu Eneias, em quê meus troianos,
para, depois de vencerem trabalhos sem conta, os caminhos
de acesso à Itália por mares e terras lhes sejam vedados?
Foi muito clara a promessa: volvidos os anos, haviam
de originar-se dos filhos de Teucro os romanos robustos,
que no mar vasto e na terra o comando teriam das gentes.
Qual a razão, Genitor, de te haveres mudado a esse ponto?[45]
Essa esperança, em verdade, das tristes ruínas de Troia
me consolava, equilíbrio buscando nos Fados opostos.
Mas a Fortuna até agora aos varões incansável avexa.
Quando, senhor, porás término a seus infindáveis trabalhos?
Pôde Antenor, escapando das forças argivas, no golfo[46]

---

[43] *Eneias, o pio*: primeira ocorrência do principal atributo do herói.

[44] *Amico* (ou Âmico), *Lico*, *Cloanto* e *Gias* são capitães da frota de Eneias.

[45] *Genitor*: pai. Em algumas variantes do mito, Júpiter e Díone são os pais de Vênus.

[46] *Antenor*: ancião, conselheiro de Príamo.

Illyricos penetrare sinus atque intima tutus
regna Liburnorum et fontem superare Timaui,
unde per ora nouem uasto cum murmure montis   245
it mare proruptum et pelago premit arua sonanti.
Hic tamen ille urbem Pataui sedesque locauit
Teucrorum, et genti nomen dedit, armaque fixit
Troia, nunc placida compostus pace quiescit:
nos, tua progenies, caeli quibus adnuis arcem,   250
nauibus (infandum!) amissis unius ob iram
prodimur atque Italis longe disiungimur oris.
Hic pietatis honos? Sic nos in sceptra reponis?"
Olli subridens hominum sator atque deorum,
uultu quo caelum tempestatesque serenat,   255
oscula libauit natae, dehinc talia fatur:
"Parce metu, Cytherea: manent immota tuorum
Fata tibi; cernes urbem et promissa Lauini
moenia, sublimemque feres ad sidera caeli
magnanimum Aenean; neque me sententia uertit.   260
Hic tibi (fabor enim, quando haec te cura remordet,
longius et uoluens Fatorum arcana mouebo)
bellum ingens geret Italia populosque feroces
contundet, moresque uiris et moenia ponet,
tertia dum Latio regnantem uiderit aestas,   265
ternaque transierint Rutulis hiberna subactis.
At puer Ascanius, cui nunc cognomen Iulo
additur (Ilus erat, dum res stetit Ilia regno),

da Ilíria entrar e, seguro, cortar pelos reinos libúrnios,[47]
para, afinal, avançar até as fontes do rio Timavo,[48]
de onde, caindo de penhas altivas, por nove bocarras
ele se atira no mar, oprimindo com as ondas o campo.
Ali também a cidade de Pádua fundou, e a morada
dos seus troianos; deu nome à colônia e os troféus de Ílio forte[49]
no alto fixou. Ora dorme no seio da paz almejada.
Enquanto nós, tua gente, a quem dás ter assento no Olimpo,
tantos navios perdemos — oh dor! — por capricho somente
de uma das deusas, e sempre afastados das costas da Itália.
Esse é o penhor da piedade? A promessa de reinos futuros?"
Sorrindo, o pai dos mortais e dos deuses a filha aconchega
com o mesmo gesto sereno com que tranquiliza as tormentas
do céu revolto e dos mares. Depois, deste modo falou-lhe:
"Acalma-te, Citereia; imutáveis encontram-se os Fados.[50]
Ainda verás a cidade e as muralhas da forte Lavínio,
como te disse, e até aos astros o nome elevar-se de Eneias
de alma sublime. Mudança não houve no meu pensamento.
Mas, uma vez que tais cuidos te agitam, tomando de longe
vou revolver o futuro e os arcanos do Fado mostrar-te.
Guerras terríveis ele há de enfrentar, povos de ânimo fero
domar no jugo, a seus homens dar leis e cidades muradas,
quando, três anos corridos, estios e invernos gelados,
reinar no Lácio e abater a fereza dos rútulos fortes.[51]
Seu filho Ascânio — cognome de Iulo lhe foi acrescido
(foi Ilo enquanto sabia-se de Ílio e da sua presença) —[52]

---

[47] A *Ilíria* designa a parte ocidental da península balcânica e a *Libúrnia*, o nordeste da costa adriática, atual Croácia.

[48] O *Timavo* deságua no Adriático, no golfo de Trieste.

[49] *Ílio* (ou Ílion), assim como *Dardânia* (II, v. 618), *Pérgamo* (v. 467) e *Têucria* (II, v. 26), é outro nome de Troia. De Ílio provém o termo *Ilíada*.

[50] *Citereia*: a deusa Vênus, cultuada na ilha de Citera, no Mediterrâneo.

[51] *Rútulos*: um dos povos do Lácio, que Eneias enfrentará.

[52] *Foi Ilo enquanto*: a Ilo e Ílio, o poeta associa Iulo, personagem que inventou,

triginta magnos uoluendis mensibus orbes
imperio explebit, regnumque ab sede Lauini 270
transferet, et longam multa ui muniet Albam.
Hic iam ter centum totos regnabitur annos
gente sub Hectorea, donec regina sacerdos,
Marte grauis geminam partu dabit Ilia prolem.
Inde lupae fuluo nutricis tegmine laetus 275
Romulus excipiet gentem, et Mauortia condet
moenia Romanosque suo de nomine dicet.
His ego nec metas rerum nec tempora pono:
imperium sine fine dedi. Quin aspera Iuno,
quae mare nunc terrasque metu caelumque fatigat, 280
consilia in melius referet, mecumque fouebit
Romanos rerum dominos gentemque togatam.
Sic placitum. Veniet lustris labentibus aetas,
cum domus Assaraci Phthiam clarasque Mycenas
seruitio premet ac uictis dominabitur Argis. 285
Nascetur pulchra Troianus origine Caesar,
imperium Oceano, famam qui terminet astris
Iulius, a magno demissum nomen Iulo.
Hunc tu olim caelo spoliis Orientis onustum

governará por trinta anos, um mês depois do outro, a cidade,
e a capital de Lavínio, seu reino, aumentado de muito,
para Alba alfim mudará, guarnecida de grandes muralhas.[53]
Nestes domínios a gente de Heitor manterá o comando
trezentos anos, até que a princesa Ília, sacerdotisa,
de Marte grávida, à luz há de dar os dois gêmeos preditos.[54]
Rômulo, então, mui vaidoso da pele fulgente da loba,
dominará nestes povos e, o burgo mavórcio erigindo[55]
de fortes muros, seu nome dará aos romanos ditosos.
Prazo nem metas imponho às conquistas do povo escolhido.
Dou-lhes Império sem fim. Até Juno, a deidade ofendida,
que à terra, ao céu e ao mar bravo trabalhos sem pausa ocasiona
com seus temores, mudada em melhor, há de em breve os romanos
favorecer, os senhores do mundo, esse povo togado.
Assim me apraz. Há de a idade chegar, na carreira dos lustros,
em que a família de Assáraco à ilustre Micenas e Ftia[56]
dominará, e sobre Argos vencida há de impor o seu jugo.[57]
César de Troia, de origem tão clara, até as águas do Oceano[58]
vai estender-se; sua fama há de aos astros chegar dentro em pouco.
Do claro nome de Iulo provém o cognome de Júlio.
Livre do medo infundado, hás de um dia no Olimpo acolhê-lo,

e deste Iulo faz provir a *gens Iulia*, a família Júlia, a que pertencem Júlio César e Augusto.

[53] Alba Longa é a cidade do Lácio fundada por Ascânio. Entenda-se: "de Lavínio mudará para Alba a capital de seu reino".

[54] Os *gêmeos preditos* são aqui Rômulo e Remo.

[55] *Burgo mavórcio*: Roma, fundada por Rômulo, filho de Marte, também chamado Mavorte.

[56] *Assáraco* foi um antigo rei de Troia e *família de Assáraco* designa, portanto, os troianos.

[57] *Micenas* e *Argos* são cidades da Argólida, em que reinou Agamêmnon; *Ftia*, por sua vez, é a cidade de Aquiles. Esses dois são os principais chefes que lutaram contra os troianos. No poema, Troia, isto é, Roma, dominará as cidades que a tinham vencido.

[58] *César de Troia* designa o imperador Otaviano Augusto, da família Júlia, que alegava descender de Eneias.

accipies secura; uocabitur hic quoque uotis. 290
Aspera tum positis mitescent saecula bellis;
cana Fides et Vesta, Remo cum fratre Quirinus
iura dabunt; dirae ferro et compagibus artis
claudentur Belli portae; Furor impius intus,
saeua sedens super arma, et centum uinctus aenis 295
post tergum nodis fremet horridus ore cruento".
Haec ait et Maia genitum demittit ab alto,
ut terrae, utque nouae pateant Carthaginis arces
hospitio Teucris, ne Fati nescia Dido
finibus arceret. Volat ille per aera magnum 300
remigio alarum ac Libyae citus adstitit oris.
Et iam iussa facit, ponuntque ferocia Poeni
corda uolente deo; in primis regina quietum
accipit in Teucros animum mentemque benignam.
At pius Aeneas per noctem plurima uoluens, 305
ut primum lux alma data est, exire locosque
explorare nouos, quas uento accesserit oras,
qui teneant (nam inculta uidet), hominesne feraene,
quaerere constituit sociisque exacta referre.
Classem in conuexo nemorum sub rupe cauata 310
arboribus clausam circum atque horrentibus umbris
occulit; ipse uno graditur comitatus Achate
bina manu lato crispans hastilia ferro.
Cui mater media sese tulit obuia silua

rico de espólios do Oriente. Invocado vai ser pelos homens.
Então, suspensas as guerras, aquietam-se os ásperos sec'los.
A boa Fé, Vesta e Remo, de par com o irmão seu, Quirino,[59]
ditarão leis; os terríveis portões do Castelo da Guerra[60]
serão trancados com traves e ferros ingentes, e dentro
o ímpio Furor, assentado sobre armas fatais, amarradas
as mãos nas costas, a boca a espumar só de sangue, esbraveja".
Tendo assim dito, ao nascido de Maia deu ordens precisas[61]
para que os vastos domínios da nova Cartago acolhessem
os trabalhados troianos. Não fosse impedir-lhes a entrada
Dido em seus reinos, insciente dos Fados. Levado das asas
lestes, Mercúrio desliza e detém-se nos lindes da Líbia.[62]
Cumpre de pronto o mandado. Obedientes às ordens de cima,
despem-se os penos do gênio feroz, predispondo-se Dido[63]
a receber os troianos com mostras de muita amizade.
Durante a noite, volvendo na mente cuidados e planos,
o pio Eneias, mal surge a alma luz, resolveu pessoalmente[64]
inspecionar os contornos, as praias adonde arribara,
para saber se eram de homens ou feras as terras incultas
em que se achava e, de volta aos seus homens, contar o que vira.
A frota esconde no cavo de um bosque situado na base
de grande pedra que as sombras horrentes da mata encobriam.
Parte, seguido somente de Acates, seu fiel ajudante,
com duas hastes na destra, munidas de pontas de ferro.
Subitamente, no meio da mata ao encontro saiu-lhe

---

[59] *Fé*: ou Fides, deusa anciã que personifica a palavra dada; *Vesta*: deusa que velava o fogo do lar, eternamente aceso; *Quirino*: nome de Rômulo divinizado após a morte.

[60] *Castelo da Guerra*: no original *Belli portae*, literalmente "Portas da Guerra", pertencentes ao templo de Jano e fechadas em tempo de paz. Trata-se de um louvor à Paz de Augusto.

[61] *Nascido de Maia*: Mercúrio, o deus mensageiro.

[62] *Lestes*: "ligeiras", "rápidas". *Lindes*: territórios.

[63] *Penos*: o mesmo que *púnicos*, *fenícios* e *tírios*.

[64] *Alma luz* refere o sol, sendo *alma* um adjetivo, "que alimenta".

uirginis os habitumque gerens et uirginis arma 315
Spartanae, uel qualis equos Threissa fatigat
Harpalyce, uolucremque fuga praeuertitur Hebrum.
Namque umeris de more habilem suspenderat arcum
uenatrix, dederatque comam diffundere uentis,
nuda genu, nodoque sinus collecta fluentes. 320
Ac prior, "Heus", inquit, "iuuenes, monstrate mearum
uidistis si quam hic errantem forte sororum,
succinctam pharetra et maculosae tegmine lyncis,
aut spumantis apri cursum clamore prementem".
Sic Venus et Veneris contra sic filius orsus: 325
"Nulla tuarum audita mihi neque uisa sororum,
o quam te memorem, uirgo? Namque haud tibi uultus
mortalis, nec uox hominem sonat; o, dea certe,
an Phoebi soror? An Nympharum sanguinis una?
Sis felix nostrumque leues, quaecumque, laborem 330
et quo sub caelo tandem, quibus orbis in oris
iactemur doceas. Ignari hominumque locorumque
erramus, uento huc uastis et fluctibus acti:
multa tibi ante aras nostra cadet hostia dextra".
Tum Venus: "Haud equidem tali me dignor honore; 335
uirginibus Tyriis mos est gestare pharetram
purpureoque alte suras uincire cothurno.
Punica regna uides, Tyrios et Agenoris urbem;
sed fines Libyci, genus intractabile bello.

a genitora; no gesto e nas armas, em tudo lembrava
virgem de Esparta ou Harpálice trácia, veloz a cavalo[65]
em disparada mais que Euro ao passar no seu rápido curso,[66]
pois arco e flecha dos ombros pendiam-lhe qual caçadora,
soltas aos ventos as belas madeixas, os joelhos à mostra;
um nó bem-posto segura-lhe no alto o vestido flutuante.
Foi a primeira a falar: "Olá, jovens! Não vistes, acaso,
uma das minhas irmãs a vagar nestes ermos, aljava
a tiracolo, com pele de lince manchado nos ombros,
ou na carreira a acossar com seus gritos javardo espumante?"
Falara Vênus; e o filho lhe disse o seguinte, em resposta:
"Nenhuma, virgem, de tuas irmãs encontrei nestas matas,
oh! quem direi? Pois não tens de mortal nem o fino semblante,[67]
nem mesmo a voz. Certamente és da corte celeste, uma deusa,
irmã de Febo, talvez; ou provéns da linhagem das Ninfas?
Quem quer que sejas, a nós sê propícia; minora os trabalhos
de nossa gente e nos dize a que céu arribamos, as praias
a que o Destino nos trouxe. À aventura, nos mares vagamos,
sem ter notícias agora de nada: os lugares, os homens.[68]
Em teus altares viremos depor muito gratas of'rendas".
Vênus falou: "Não sou digna, em verdade, de tanta honraria.
Uso é das tírias donzelas aljava trazer sempre ao lado,
bem protegidos os pés por coturnos de púrpura fina.
Nos reinos púnicos te achas, dos tírios, cidade erigida[69]
por Agenor: fim dos líbios, um povo intratável na guerra.[70]

---

[65] *Harpálice*: órfã de mãe, o pai a criou como menino; adulta, era veloz na corrida e nas cavalgadas.

[66] No original, *uolucremque fuga praeuertitur Hebrum*: o tradutor omitiu "ultrapassa o [rio] Hebro alado".

[67] *Quem direi?*: entenda-se, "como te chamarei?".

[68] *Agora*: o termo consta no manuscrito do tradutor, mas fora omitido nas edições anteriores, o que arruinava o ritmo do verso.

[69] *Púnicos*: os fenícios; a cidade mencionada é Tiro (ver v. 12), fundada por *Agenor*, ancestral de Dido.

[70] *Fim*: aqui, território.

Imperium Dido Tyria regit urbe profecta, 340
germanum fugiens. Longa est iniuria, longae
ambages; sed summa sequar fastigia rerum.
Huic coniunx Sychaeus erat, ditissimus agri
Phoenicum, et magno miserae dilectus amore,
cui pater intactam dederat, primisque iugarat 345
ominibus. Sed regna Tyri germanus habebat
Pygmalion, scelere ante alios immanior omnes.
Quos inter medius uenit furor. Ille Sychaeum
impius ante aras atque auri caecus amore
clam ferro incautum superat, securus amorum 350
germanae; factumque diu celauit et aegram
multa malus simulans uana spe lusit amantem.
Ipsa sed in somnis inhumati uenit imago
coniugis, ora modis attollens pallida miris;
crudeles aras traiectaque pectora ferro 355
nudauit, caecumque domus scelus omne retexit.
Tum celerare fugam patriaque excedere suadet
auxiliumque uiae ueteres tellure recludit
thesauros, ignotum argenti pondus et auri.
His commota fugam Dido sociosque parabat. 360
Conueniunt quibus aut odium crudele tyranni
aut metus acer erat; naues, quae forte paratae,
corripiunt onerantque auro. Portantur auari
Pygmalionis opes pelago; dux femina facti.
Deuenere locos ubi nunc ingentia cernes 365
moenia surgentemque nouae Carthaginis arcem,
mercatique solum, facti de nomine Byrsam,
taurino quantum possent circumdare tergo.

A Dido o império pertence, exilada de Tiro potente,
para livrar-se do irmão. Longa é a injúria; variados os fatos.
Recordarei tão somente por cima o que mais interessa.
Casada foi com Siqueu, opulento fenício em domínios,[71]
a quem amor dedicava entranhável a bela consorte.
Virgem o pai a entregara ao marido e os unira felizes
sob os primeiros auspícios. Em Tiro reinava entretanto
Pigmalião, irmão dela, dos homens o mais celerado.
Entre eles dois reina a Fúria; e o tirano, cegado da sede
do ouro, imolou a Siqueu desarmado, ante os próprios altares,
sem a menor reverência à dor grande da irmã sofredora.
Por muito tempo escondeu o seu crime, e com mil subterfúgios
soube iludir com fingidas histórias a esposa inocente.
Porém em sonhos a sombra do esposo ela viu, insepulto,
de palidez aflitiva, que as aras sangrentas lhe mostra,
bem como a marca do ferro deixado no peito desnudo,
e revelou toda a trama do que no palácio ocorrera.
Aconselhou-a a fugir, a exilar-se da pátria querida,
sobre tesouros antigos mostrar-lhe, que havia escondido,[72]
de incalculável valor, ouro e prata aos montões para a viagem.
Dido, alarmada, prepara a saída e alicia mais gente
para o seu plano, movidos de horror ao tirano ou até mesmo
de puro medo levados. Tomadas de assalto umas naves
acaso prestes, carregam-nas de ouro, as famosas riquezas
de Pigmalião. A aventura por uma mulher é chefiada.
Os fugitivos ao ponto chegaram da costa em que logo
verás os muros ingentes da nova Cartago e o castelo.
Compram dos donos o solo que um couro taurino cercasse,
donde lhe veio o cognome de Birsa, de origem fenícia.[73]

---

[71] *Siqueu*: marido de Dido, foi assassinado por Pigmalião, irmão dela, mencionado a seguir.

[72] *Sobre*: no sentido de "além de" ou "depois de".

[73] Virgílio alude à lenda inventada pelos gregos de que o nome de *Birsa*, cidadela de Cartago (em fenício *Bosra*, "escarpa"), proviria do termo *byrsa*, "couro". Com

Sed uos qui tandem? Quibus aut uenistis ab oris?
Quoue tenetis iter?" Quaerenti talibus ille 370
suspirans imoque trahens a pectore uocem:
"O dea, si prima repetens ab origine pergam
et uacet annales nostrorum audire laborum,
ante diem clauso componat Vesper Olympo.
Nos Troia antiqua, si uestras forte per aures 375
Troiae nomen iit, diuersa per aequora uectos
forte sua Libycis tempestas appulit oris.
Sum pius Aeneas, raptos qui ex hoste Penates
classe ueho mecum, fama super aethera notus.
Italiam quaero patriam et genus ab Ioue summo. 380
Bis denis Phrygium conscendi nauibus aequor,
matre dea monstrante uiam, data Fata secutus;
uix septem conuulsae undis Euroque supersunt.
Ipse ignotus, egens, Libyae deserta peragro,
Europa atque Asia pulsus". Nec plura querentem 385
passa Venus medio sic interfata dolore est:
"Quisquis es, haud, credo, inuisus caelestibus auras
uitales carpis, Tyriam qui adueneris urbem.
Perge modo atque hinc te reginae ad limina perfer.

Porém vós outros, quem sois? De que terra partistes? Adonde
vos dirigis? E o caminho?" A tais vozes, Eneias suspira
profundamente, e responde às perguntas nos termos seguintes:
"Ó deusa! se do princípio eu contasse os trabalhos passados,
e vos sobrasse vagar para ouvir os anais dessas lidas,
Vésper o dia encerrara no Olimpo bem antes do termo.[74]
Da antiga Troia partidos — se acaso aos ouvidos chegou-vos
o nome ao menos de Troia — depois de vagar pelos mares
uma terrível borrasca nas costas da Líbia jogou-nos.
O pio Eneias eu sou; ora levo comigo os Penates
salvos do imigo implacável. Meu nome até aos astros se evola.
Procuro a Itália nativa; os avós do alto Jove provieram.[75]
Com vinte naus percorri grandes mares da Frígia, guiado
pela deidade materna, obediente aos decretos de cima.
Apenas sete nos restam, das ondas e de Euro batidas.
Eu próprio, ignoto, carente de tudo, esta Líbia percorro,
da Europa e da Ásia excluído...". Não mais pôde Vênus as queixas
do filho ouvir. Interrompe-o no meio da dor e lhe fala:
"Quem quer que sejas, não creio que os deuses de ti se apartassem,
uma vez que eles te guiaram para esta cidade dos tírios.[76]
No teu caminho prossegue. Daqui já distingues os paços

---

base nisso elaborou-se a crença de que a cidade de Cartago foi fundada com a compra
de um terreno que a pele de um touro cobrisse — cortada em tiras bastante finas, ela
recobriu uma área bem ampla.

[74] *Vésper*: o planeta Vênus, a "estrela da tarde", "vespertina". Eneias diz que se
fosse contar todas as aventuras por que passou a noite chegaria bem antes do fim do
seu relato.

[75] *Os avós do alto Jove provieram*: isto é, "meus ancestrais descendem de Jove
supremo". Dárdano, filho de Júpiter, fundou a epônima Dárdano e também a cidadela
de Troia. Teria nascido em Córito, atual Cortona, na Itália, designada, pois, como
"nativa".

[76] Para respeitar o verso de dezesseis sílabas, utilizado pelo tradutor, leia-se "uma
vez qu' eles te guiaram par' esta cidade dos tírios". Para uma discussão mais aprofundada sobre métrica e tradução, ver os itens "Carlos Alberto Nunes, incansável tradutor" e "Metro antigo em língua moderna: o caso do hexâmetro datílico", na apresentação deste volume.

Namque tibi reduces socios classemque relatam 390
nuntio, et in tutum uersis aquilonibus actam,
ni frustra augurium uani docuere parentes.
Aspice bis senos laetantes agmine cycnos,
aetheria quos lapsa plaga Iouis ales aperto
turbabat caelo; nunc terras ordine longo 395
aut capere aut captas iam despectare uidentur:
ut reduces illi ludunt stridentibus alis
et coetu cinxere polum cantusque dedere,
haud aliter puppesque tuae pubesque tuorum
aut portum tenet aut pleno subit ostia uelo. 400
Perge modo et, qua te ducit uia, dirige gressum".
Dixit et auertens rosea ceruice refulsit,
ambrosiaeque comae diuinum uertice odorem
spirauere; pedes uestis defluxit ad imos
et uera incessu patuit dea. Ille ubi matrem 405
agnouit, tali fugientem est uoce secutus:
"Quid natum totiens, crudelis tu quoque, falsis
ludis imaginibus? Cur dextrae iungere dextram
non datur, ac ueras audire et reddere uoces?"
Talibus incusat gressumque ad moenia tendit. 410
At Venus obscuro gradientes aere saepsit,
et multo nebulae circum dea fudit amictu,
cernere ne quis eos neu quis contingere posset
moliriue moram, aut ueniendi poscere causas.
Ipsa Paphum sublimis abit, sedesque reuisit 415
laeta suas, ubi templum illi, centumque Sabaeo
ture calent arae sertisque recentibus halant.
Corripuere uiam interea, qua semita monstrat.

da rainha Dido. A notícia te dou de que os sócios e a esquadra
salvos se encontram, trazidos dos ventos agora propícios,
a menos que seja vão tudo quanto aprendi sobre augúrios
na arte paterna. Ali vês doze cisnes em álacre voo,[77]
que a ave de Júpiter no éter sereno encalçava até há pouco,[78]
nos vastos plainos de cima; dispostos em fila, parece
que já alcançaram o pouso escolhido ou para isso se aprestam.
Ora reunidos, as asas agitam sonoras, e o canto
soltam joviais, completando seus giros em torno do polo.
Não de outro modo teus barcos, a nata especiosa dos teucros,
ou já no porto se encontram ou, velas tufadas, avançam.
Em frente, pois, e dirige teus passos por este caminho".
Disse; e ao virar-se, transfulge-lhe o colo de rosa e perfume.
Cheiro de ambrósia divina espalharam no ambiente os cabelos
soltos da diva. Até aos pés, desatadas, as vestes lhe descem,
Deusa no porte, perfeita. Nessa hora, o guerreiro troiano
reconheceu-a, e a fuginte persegue, em voz alta a gritar-lhe:
"Por que me iludes assim, tantas vezes, ao teu próprio filho,
com enganosas imagens? Por que não trocarmos apertos
de mão, e ouvir-te não posso, em colóquio amistoso contigo?"
Dessa maneira, queixoso, dirige-se para a cidade.
Vênus, porém, envolveu os viandantes de espessa neblina,
à volta deles mais névoa adensando, porque ninguém viesse
embaraçá-los ou neles tocar ou fazer-lhes perguntas
sobre o motivo da sua presença naquelas paragens.
Ela, enquanto isso, pelo éter librando-se atira-se a Pafos,[79]
onde a morada revê, jubilosa com um cento de altares
a que o perfume sabeu e festões variegados enfeitam.[80]
Por esse tempo, seguindo o caminho indicado, os dois galgam

---

[77] *Arte paterna*: aqui Vênus se passa por uma mortal que aprendeu com o pai a vaticinar.

[78] *Ave de Júpiter*: a águia, rainha das aves.

[79] *Pafos*: cidade da ilha de Chipre onde Vênus nasceu e era venerada.

[80] *Sabeu*: árabe; *festões*: aqui, grinaldas de flores.

Iamque ascendebant collem, qui plurimus urbi
imminet aduersasque aspectat desuper arces. 420
Miratur molem Aeneas, magalia quondam,
miratur portas strepitumque et strata uiarum.
Instant ardentes Tyrii: pars ducere muros
molirique arcem et manibus subuoluere saxa,
pars optare locum tecto et concludere sulco; 425
Iura magistratusque legunt sanctumque senatum.
Hic portus alii effodiunt; hic alta theatris
fundamenta locant alii, immanesque columnas
rupibus excidunt, scaenis decora alta futuris.
Qualis apes aestate noua per florea rura 430
exercet sub sole labor, cum gentis adultos
educunt fetus, aut cum liquentia mella
stipant et dulci distendunt nectare cellas,
aut onera accipiunt uenientum, aut agmine facto
ignauum fucos pecus a praesepibus arcent; 435
feruet opus redolentque thymo fragrantia mella.
"O fortunati, quorum iam moenia surgunt!"
Aeneas ait et fastigia suspicit urbis.
Infert se saeptus nebula (mirabile dictu)
per medios, miscetque uiris, neque cernitur ulli. 440
Lucus in urbe fuit media, laetissimus umbra,
quo primum iactati undis et turbine Poeni
effodere loco signum, quod regia Iuno
monstrarat, caput acris equi; sic nam fore bello
egregiam et facilem uictu per saecula gentem. 445
Hic templum Iunoni ingens Sidonia Dido
condebat, donis opulentum et numine diuae,
aerea cui gradibus surgebant limina nexaeque

um teso próximo, de onde a paisagem dominam, e, nela[81]
sobressaindo-se aos mais, as muralhas contemplam de frente.
De tudo admira-se Eneias, das toscas choupanas de outrora,
com belas portas, bulício de gente, o traçado das ruas.
Os fortes tírios agitam-se; muros ciclópeos levantam,
a sobranceira almedina; à mão tente penedos removem.[82]
Outros, com sulcos demarcam as suas futuras moradas.
Leis, magistrados, elegem, e os graves e fiéis senadores.
Cava-se um porto acolá; mais adiante outros cuidam das bases
de um grande teatro, colunas enormes nas duras canteiras
talham em série, ornamento soberbo de cenas futuras:
tal como abelhas que na primavera o trabalho exercitam,
ao sol, nos campos floridos, no instante de novas colônias
fundar com a prole crescida, ou na faina de o mel derretido
deixar mais denso, e de néctar os favos encher perfumados,
ou receber das que chegam a carga, ou em densas colunas
longe do asilo atirar a indolente cambada de zângãos;
ferve o trabalho por tudo; a tomilho a colmeia recende.
"Afortunados aqueles que veem seus muros erguerem-se!",
exclama Eneias, a olhar os trabalhos do burgo nascente.
E, sem deter-se, mistura-se — coisa admirável! — com o povo
de derredor, sem nenhum dos presentes notar o que passa.
Um bosquezinho de sombra agradável havia no centro
da cidadela, onde os penos primeiro, depois de vencidos
os temporais e trabalhos nas ondas, sinal encontraram
por Juno amiga indicado: a cabeça de um belo cavalo,
prova do gênio guerreiro dos penos, de sua pujança.
Nesse lugar construíra a rainha sidônia um grandioso[83]
templo de Juno, de dons opulento, com a efígie da deusa.
A escadaria, de bronze; de bronze, os portais reluzentes;

---

[81] *Teso*: monte ou elevação íngreme.

[82] *Almedina*: parte alta de uma cidade; *à mão tente*: entenda-se, com mão firme.

[83] *A rainha sidônia*: Dido.

aere trabes, foribus cardo stridebat aenis.
Hoc primum in luco noua res oblata timorem 450
leniit, hic primum Aeneas sperare salutem
ausus et afflictis melius confidere rebus.
Namque sub ingenti lustrat dum singula templo,
reginam opperiens, dum quae fortuna sit urbi
artificumque manus inter se operumque laborem 455
miratur, uidet Iliacas ex ordine pugnas,
bellaque iam fama totum uulgata per orbem,
Atridas Priamumque et saeuum ambobus Achillem.
Constitit, et lacrimans, "Quis iam locus", inquit, "Achate,
quae regio in terris nostri non plena laboris? 460
En Priamus! Sunt hic etiam sua praemia laudi;
sunt lacrimae rerum et mentem mortalia tangunt.
Solue metus; feret haec aliquam tibi fama salutem".
Sic ait atque animum pictura pascit inani
multa gemens, largoque umectat flumine uultum. 465
Namque uidebat uti bellantes Pergama circum
hac fugerent Graii, premeret Troiana iuuentus,
hac Phryges, instaret curru cristatus Achilles.
Nec procul hinc Rhesi niueis tentoria uelis
agnoscit lacrimans, primo quae prodita somno 470
Tydides multa uastabat caede cruentus,
ardentesque auertit equos in castra, prius quam

vigas do mesmo metal; ringem quícios nas portas de bronze.[84]
Foi nesse bosque que Eneias sinais encontrou de certeza
de que seus males estavam no fim e que lícito lhe era
alimentar esperanças de sorte melhor no futuro;
pois, quando a máquina ingente do templo de perto admirava,
coisa por coisa, a esperar pela nobre rainha, a fortuna
rara daquela cidade, o primor dos trabalhos já feitos
e a agilidade dos hábeis artífices, nota as batalhas
já divulgadas pelo orbe, da guerra de Troia destruída.[85]
Os dois Atridas admira; olha a Príamo e a Aquiles, flagelo
de ambos em Troia; e, detendo-se, "Acates", pergunta, "a que ponto
da terra extensa não foi a notícia da nossa desdita?
Príamo vês; até aqui a virtude recebe seu prêmio:
lágrimas, para os desastres; e, para o infortúnio, piedade.[86]
Bane o terror; estas cenas te servem também de consolo".
Dessa maneira falou; e enquanto a alma apascenta com a vista
de vãs pinturas, soluça, de prantos o rosto banhando.
Vê neste lance, a fugir, os aquivos, na luta travada
junto dos muros de Pérgamo, instados os jovens dardânios;
e os próprios frígios adiante, premidos do carro de Aquiles.[87]
Perto dali, a chorar reconhece os cavalos de Reso[88]
em brancas tendas, de pronto assoladas no sono primeiro
pelo Tidida feroz, salpicado até aos pés da sangueira
do morticínio. Os cavalos levou para o campo dos gregos,

---

[84] *Quícios*: as dobradiças.

[85] Eneias vê pinturas das batalhas ocorridas durante a guerra de Troia e nelas enxerga os dois *Atridas*, Agamêmnone (ou Agamêmnon) e Menelau, filhos de Atreu.

[86] *Para o infortúnio, piedade*: no original, *mentem mortalia tangunt*, literalmente, "os destinos humanos tocam o coração".

[87] *Pérgamo* é Troia; *dardânios* e *frígios*, os troianos. O sentido desta passagem é: Eneias "aqui vê os gregos a fugir, tendo sido exortados os troianos; acolá vê os troianos atacados por Aquiles".

[88] *Reso*: herói trácio, cujos cavalos eram brancos como neve e rápidos como vento, que lutou por Troia. Matou-o Diomedes, o Tidida, filho de Tideu.

pabula gustassent Troiae Xanthumque bibissent.
Parte alia fugiens amissis Troilus armis,
infelix puer atque impar congressus Achilli, 475
fertur equis curruque haeret resupinus inani,
lora tenens tamen; huic ceruixque comaeque trahuntur
per terram, et uersa puluis inscribitur hasta.
Interea ad templum non aequae Palladis ibant
crinibus Iliades passis peplumque ferebant, 480
suppliciter, tristes et tunsae pectora palmis;
diua solo fixos oculos auersa tenebat.
Ter circum Iliacos raptauerat Hectora muros
exanimumque auro corpus uendebat Achilles.
Tum uero ingentem gemitum dat pectore ab imo, 485
ut spolia, ut currus, utque ipsum corpus amici,
tendentemque manus Priamum conspexit inermes.
Se quoque principibus permixtum agnouit Achiuis,
Eoasque acies et nigri Memnonis arma.
Ducit Amazonidum lunatis agmina peltis 490
Penthesilea furens mediisque in milibus ardet,
aurea subnectens exsertae cingula mammae
bellatrix, audetque uiris concurrere uirgo.
Haec dum Dardanio Aeneae miranda uidentur,
dum stupet obtutuque haeret defixus in uno, 495
regina ad templum, forma pulcherrima Dido,

antes de o pasto provarem de Troia e beberem do Xanto.[89]
Em outra parte a Troílo revê despojado das armas.[90]
Competição infeliz com Aquiles, herói sem entranhas:
pelo chão duro arrastado, seus próprios cavalos o levam;
pende do carro vazio; nas mãos ainda as rédeas segura;
com a cabeleira o chão varre; a hasta um sulco na poeira ainda escreve.
Nisso, as ilíadas se dirigiam ao templo de Palas,[91]
infensa a Troia. Cabelos ao vento, de aspecto tristonho,
um belo manto lhe ofertam; no peito com as mãos percutiam.
Torva, a deidade, olhos fixos no chão, não dá mostras de vê-las.
Depois de haver por três vezes Aquiles à volta dos muros
de Troia o corpo de Heitor arrastado, mui caro o vendia.[92]
Geme o caudilho troiano do fundo do peito dorido,
ao perceber os espólios, o carro, o cadáver do amigo.
Príamo, além, para o céu levantava as mãos brancas, inermes.
A si também reconhece a lutar contra os fortes aquivos;
do negro Mêmnon as armas distingue, e esquadrões orientais.
As Amazonas, armadas de escudos lunados, dirige-as[93]
Pentesileia terrível; na pugna entre as mais se distingue.
Áureo boldrié traz por baixo da mama desnuda, elegante.[94]
Virgem guerreira, atrevia-se agora a lutar contra os homens.
Enquanto Eneias dardânio admirava esses quadros sublimes,
sem conseguir desfazer o estupor de que fora tomado,
entra a rainha no templo, de forma belíssima, Dido,

---

[89] *Xanto*: rio que cruza a Tróade, planície de Troia, tal como o Simoente.

[90] *Troílo*: o filho mais novo de Príamo, rei de Troia, e de Hécuba. Foi morto por Aquiles.

[91] *Ilíadas*: as mulheres troianas, de Ílio. *Palas*: epíteto de Atena, a Minerva dos romanos.

[92] *Mui caro o vendia*: no original, *auro uendebat*, "vendia a peso de ouro". Pelo corpo de Heitor, o rei Príamo, seu pai, ofereceu imenso resgate, que Aquiles aceitou.

[93] *Escudos lunados*: pequenos escudos em forma de meia-lua, que portam as *Amazonas*.

[94] *Boldrié*: tira passada de um ombro ao quadril oposto, que pode sustentar uma espada ou outra arma.

incessit magna iuuenum stipante caterua.
Qualis in Eurotae ripis aut per iuga Cynthi
exercet Diana choros, quam mille secutae
hinc atque hinc glomerantur oreades; illa pharetram   500
fert umero, gradiensque deas supereminet omnes,
Latonae tacitum pertemptant gaudia pectus:
talis erat Dido, talem se laeta ferebat
per medios instans operi regnisque futuris.
Tum foribus diuae, media testudine templi,   505
saepta armis, solioque alte subnixa resedit.
Iura dabat legesque uiris, operumque laborem
partibus aequabat iustis, aut sorte trahebat:
cum subito Aeneas concursu accedere magno
Anthea Sergestumque uidet fortemque Cloanthum   510
Teucrorumque alios, ater quos aequore turbo
dispulerat penitusque alias auexerat oras.
Obstipuit simul ipse simul perculsus Achates
laetitiaque metuque; auidi coniungere dextras
ardebant, sed res animos incognita turbat.   515
Dissimulant et nube caua speculantur amicti
quae fortuna uiris, classem quo litore linquant,
quid ueniant; cunctis nam lecti nauibus ibant
orantes ueniam et templum clamore petebant.
Postquam introgressi et coram data copia fandi,   520
maximus Ilioneus placido sic pectore coepit:
"O regina, nouam cui condere Iuppiter urbem
iustitiaque dedit gentes frenare superbas,
Troes te miseri, uentis maria omnia uecti,
oramus: prohibe infandos a nauibus ignes,   525
parce pio generi et propius res aspice nostras.
Non nos aut ferro Libycos populare penates

acompanhada de enorme cortejo de moços da terra.
Como nas margens do Eurotas ou cume do Cinto vistoso
os coros Diana dirige na dança, seguida de turba
indescritível de Oréadas; pende-lhe a aljava dos ombros,
ao avançar; às demais divindades no garbo se exalta;
indescritível prazer no imo peito a Latona animava:[95]
tal era Dido no meio dos seus, a ativar o trabalho
dos operários, ditosa a cuidar do futuro do reino.
Logo na entrada do templo, debaixo da abóbada grande,
senta-se no sólio excelso, rodeada do corpo da guarda,
os pleitos julga, sentenças prescreve e também compartilha
da atividade geral; as tarefas indica ou sorteia.
Foi quando Eneias notou que no meio daquele concurso
vinha Sergesto de par com Anteu, mais o forte Cloanto
e os demais teucros que a força dos ventos durante a tormenta
no mar revolto açoitara, jogando-os para outras paragens.
Emudeceu de estupor; com Acates o mesmo acontece.
Medo e alegria a um só tempo; desejam falar-lhes, apertos
de mão trocar; mas a própria estranheza do caso os conteve.
Dessa maneira, e amparados da névoa, esperar decidiram
para saber do destino dos seus e da esquadra; presentes
ali se encontram seletos caudilhos de cada unidade.
Qual o destino daquela consulta? O que esperam no ensejo?
Quando admitido no templo, depois de alcançada licença
para falar, Ilioneu com serena postura expressou-se:
"Nobre rainha, a quem Júpiter deu construir uma nova
comunidade e com leis refrear a insolência dos povos!
Míseros teucros, dos ventos jogados por todos os mares,
te suplicamos. As naves nos poupa das chamas vorazes;
homens piedosos acolhe; sê branda no teu julgamento.
Nem devastar intentamos com ferro os penates da Líbia,

---

[95] *Latona*: ou Leto, deusa que, de Júpiter, gerou Diana e Apolo.

uenimus, aut raptas ad litora uertere praedas;
non ea uis animo nec tanta superbia uictis.
Est locus, Hesperiam Grai cognomine dicunt,   530
terra antiqua, potens armis atque ubere glaebae;
Oenotri coluere uiri; nunc fama minores
Italiam dixisse ducis de nomine gentem.
Hic cursus fuit,
cum subito assurgens fluctu nimbosus Orion   535
in uada caeca tulit penitusque procacibus Austris
perque undas superante salo perque inuia saxa
dispulit; huc pauci uestris adnauimus oris.
Quod genus hoc hominum? Quaeue hunc tam barbara morem
permittit patria? Hospitio prohibemur harenae;   540
bella cient primaque uetant consistere terra.
Si genus humanum et mortalia temnitis arma
at sperate deos memores fandi atque nefandi.
Rex erat Aeneas nobis, quo iustior alter,
nec pietate fuit, nec bello maior et armis.   545
Quem si Fata uirum seruant, si uescitur aura
aetheria neque adhuc crudelibus occubat umbris,
non metus, officio nec te certasse priorem

nem para os barcos nas praias levamos as presas roubadas.[96]
Outro é nosso ânimo; em peitos vencidos não mora a soberba.
Região existe, dos gregos vetustos Hespéria chamada,[97]
terra antiquíssima, forte nas armas, de solo ubertoso,
pelos enótrios povoada, ora a Itália dos seus descendentes
denominada, do nome de um rei dessa gente famosa.
Para ela vínhamos.[98]
Mas, de repente, Orião borrascosa nas ondas se abate[99]
e nuns baixios ocultos os Austros protervos nos jogam,
por ondas mil dispersando-nos, pedras ingentes, sem rumo.
Poucos, a nado alcançamos com muito trabalho estas praias.
Que geração aqui mora ou que pátria tais usos admite?
Pois nem sequer nos permitem saltar em paragens desertas;
guerra declaram de início; adentrar um pouquinho nos vedam.
Se desprezais os mortais e seus fracos engenhos de morte,
honrai ao menos os numes, atentos ao bem e à impiedade.[100]
Eneias foi nosso rei, o mais justo e piedoso dos homens,
de comprovado valor nos combates; em tudo, o primeiro.
Se os Fados ainda o conservam e as auras vitais ele aspira,
sem para as trevas terríveis haver até agora baixado,[101]
medo não temos de nada nem tu de nos teres salvado.

---

[96] *Nas praias*: os termos constam no manuscrito do tradutor, mas foram omitidos nas edições anteriores, o que sonegava informação e arruinava o ritmo do verso.

[97] *Hespéria*: "a terra do ocidente", aqui é o nome antigo da Itália, já habitada pelos *enótrios*, de cujo rei, Ítalo, proveio o nome Itália. Os *enótrios* eram um dos vários povos itálicos antigos, mas neste caso designa os itálicos em geral.

[98] Este é o primeiro dos 58 versos da *Eneida* que Virgílio deixou metricamente incompletos. O tradutor foi fiel ao original.

[99] *Orião*: ou Oríon, gigante caçador representado com espada e boldrié, filho de Netuno, que lhe deu o poder de andar sobre as águas (ver III, v. 517, e X, vv. 763-6); aqui, entretanto, designa a constelação (por isso, feminino) cuja aparição traz tempestades.

[100] *Bem e impiedade*: no original, *fandi atque nefandi*, a rigor, "o que se pode e o que não se pode dizer".

[101] *As trevas terríveis*: o Orco, reino infernal para onde vão as almas dos mortos (Manes), que Eneias visitará no livro VI.

poeniteat. Sunt et Siculis regionibus urbes
armaque, Troianoque a sanguine clarus Acestes.   550
Quassatam uentis liceat subducere classem
et siluis aptare trabes et stringere remos:
si datur Italiam sociis et rege recepto
tendere, ut Italiam laeti Latiumque petamus;
sin absumpta salus, et te, pater optume Teucrum,   555
pontus habet Lybiae nec spes iam restat Iuli,
at freta Sicaniae saltem sedesque paratas,
unde huc aduecti, regemque petamus Acesten".
Talibus Ilioneus; cuncti simul ore fremebant
Dardanidae.   560
Tum breuiter Dido, uultum demissa, profatur:
"Soluite corde metum, Teucri, secludite curas.
Res dura et regni nouitas me talia cogunt
moliri et late fines custode tueri.
Quis genus Aeneadum, quis Troiae nesciat urbem,   565
uirtutesque uirosque aut tanti incendia belli?
Non obtusa adeo gestamus pectora Poeni,
nec tam auersus equos Tyria Sol iungit ab urbe.
Seu uos Hesperiam magnam Saturniaque arua
siue Erycis fines regemque optatis Acesten,   570

Sim, na Sicília deixamos cidades e aliados de monta,
campos de lavras e o ínclito Acestes de sangue troiano.
Seja-nos, pois, permitido os navios esparsos reunirmos,
mastros falcar nos teus bosques, de remos e antenas provê-los.[102]
Se nos for dado ir à Itália com os sócios e o rei prestigioso,
ledos busquemos aquelas regiões e no Lácio saltemos.
Mas, se nas ondas ficaste e esperança de Iulo não temos,[103]
ó pai excelso dos teucros!, sem nada no mundo a amparar-nos,
ao menos seja-nos dado voltar à Sicília troiana,[104]
de onde partimos faz pouco e de Acestes busquemos o amparo".
Dessa maneira Ilioneu se expressou. Com sussurro de apoio
manifestaram-se os troas.
Com os olhos baixos, em termos concisos lhe fala a rainha:
"Bani, troianos, do peito o temor; expulsai os cuidados.[105]
As duras leis do começo de um reino, senão mesmo a própria
necessidade, me impõem rigor na patrulha da costa.
Quem desconhece a ascendência de Eneias, a queda de Troia,
a proverbial resistência dos teucros, horrores da guerra?
Nós, os fenícios, não somos tão bárbaros como pensastes,
nem junge o Sol seus cavalos mui longe da nossa cidade.
Se aos largos campos visais de Saturno ou da Hespéria grandiosa,[106]
ou mesmo aos reinos de Acestes nos términos do monte de Érix,[107]

---

[102] *Falcar*: falquear, falquejar, desbastar madeira. Consignada só por Laudelino Freire, que abona tradução de Odorico Mendes para o mesmo passo: "A lassa frota/ ensecar nos permite e consertá-la/ falcar na selva e nos prover de remos" (*Eneida brasileira*, I, vv. 579-80).

[103] Neste verso Ilioneu passa a dirigir-se a Eneias, chamado de "pai excelso dos teucros".

[104] *Sicília troiana*: no original, *freta Sicaniae sedesque paratas*, "nossos mares e moradas da Sicânia". Não porque os troianos mal deixaram a Sicília (v. 34), mas porque o rei siciliano Acestes é filho da troiana Segesta (V, v. 38).

[105] Aqui principia a primeira fala de Dido.

[106] *Campos de Saturno*: no mito, a Itália, para onde se dirige Saturno depois de destronado pelo filho, Júpiter.

[107] Monte no extremo oeste da Sicília, em cujo topo havia um templo dedicado a Vênus.

auxilio tutos dimittam, opibusque iuuabo.
Vultis et his mecum pariter considere regnis?
Urbem quam statuo uestra est; subducite naues;
Tros Tyriusque mihi nullo discrimine agetur.
Atque utinam rex ipse Noto compulsus eodem   575
afforet Aeneas! Equidem per litora certos
dimittam et Libyae lustrare extrema iubebo,
si quibus eiectus siluis aut urbibus errat".
His animum arrecti dictis et fortis Achates
et pater Aeneas iamdudum erumpere nubem   580
ardebant. Prior Aenean compellat Achates:
"Nate dea, quae nunc animo sententia surgit?
Omnia tuta uides, classem sociosque receptos.
Unus abest, medio in fluctu quem uidimus ipsi
submersum; dictis respondent cetera matris".   585
Vix ea fatus erat, cum circumfusa repente
scindit se nubes et in aethera purgat apertum.
Restitit Aeneas claraque in luce refulsit
os umerosque deo similis; namque ipsa decoram
caesariem nato genetrix lumenque iuuentae   590
purpureum et laetos oculis afflarat honores:
quale manus addunt ebori decus, aut ubi flauo
argentum Pariusue lapis circumdatur auro.
Tum sic reginam alloquitur cunctisque repente
improuisus ait: "Coram, quem quaeritis, adsum,   595
Troius Aeneas, Lybicis ereptus ab undis.
O sola infandos Troiae miserata labores,
quae nos, reliquias Danaum, terraeque marisque

com a minha ajuda e o recurso dos penos segui confortados.
Em igualdade quereis compartir do meu reino nascente?
Esta cidade pertence-vos; ponde os navios em terra.
Não haverá distinção entre os penos antigos e os teucros.
Prouvera aos céus que chegasse a este porto trazido dos ventos
o próprio Eneias! Já já mandarei explorar toda a costa
por nossos homens, até nos confins mais esconsos da Líbia,
caso ele se ache nalguma floresta ou povoado distante".
Com tal discurso animados, Acates e o forte caudilho
dos altos troas, Eneias, de muito romper desejavam
a densa nuvem. Primeiro dos dois disse a Eneias Acates:
"Filho da deusa, depois de tudo isto, que pensas do caso?
Tudo foi salvo, é o que vemos; os sócios, a armada segura.
Falta um, apenas, que as ondas tragaram na nossa presença.[108]
Tudo o mais se acha de acordo com o que nos predisse a deidade".
Mal terminara, e a neblina desfez-se de pronto no espaço,
subitamente, ficando os dois homens visíveis a todos.
Resplandecente na luz repentina apresenta-se Eneias
como um dos deuses na forma e no gesto, pois Vênus ornara[109]
seu filho amado, emprestando-lhe aos olhos, aos belos cabelos
um resplendor purpurino, a vivaz louçania dos moços.
Tal como infunde mais brilho ao marfim a mão sábia do artista,
e o ouro flavo encastoa na prata ou no mármor de Paros:[110]
de igual maneira aparece o Troiano aos demais, de improviso,
para dizer-lhes: "Eu sou quem buscais, até agora perdido,
o teucro Eneias, já livre das ondas bravias da Líbia.
Ó tu, que a dor compartilhas dos grandes trabalhos de Troia,
dos tristes restos escapos dos dânaos, e dás acolhida,

---

[108] *Falta um*: Oronte, cujo naufrágio é descrito nos vv. 113-7. Todos os demais capitães, companheiros de Eneias, Abante, Aletes, Ilioneu, Acates, Âmico, Lico, Clonto e Gias naufragaram, mas não pereceram.

[109] *Forma*: no original, *umeros*, a rigor, "ombros"; *gesto*: aqui, no sentido de "rosto".

[110] *Paros*: ilha do Mediterrâneo, cujo mármore era muito apreciado.

omnibus exhaustos iam casibus, omnium egenos,
urbe, domo, socias, grates persoluere dignas 600
non opis est nostrae, Dido, nec quidquid ubique est
gentis Dardaniae, magnum quae sparsa per orbem.
Di tibi, si qua pios respectant numina, si quid
usquam iustitia est et mens sibi conscia recti,
praemia digna ferant. Quae te tam laeta tulerunt 605
saecula? Qui tanti talem genuere parentes?
In freta dum fluuii current, dum montibus umbrae
lustrabunt conuexa, polus dum sidera pascet,
semper honos nomenque tuum laudesque manebunt,
quae me cumque uocant terrae". Sic fatus, amicum 610
Ilionea petit dextra laeuaque Serestum,
post alios, fortemque Gyan fortemque Cloanthum.
Obstipuit primo aspectu Sidonia Dido,
casu deinde uiri tanto, et sic ore locuta est:
"Quis te, nate dea, per tanta pericula casus 615
insequitur? Quae uis immanibus applicat oris?
Tune ille Aeneas, quem Dardanio Anchisae
alma Venus Phrygii genuit Simoentis ad undam?
Atque equidem Teucrum memini Sidona uenire
finibus expulsum patriis, noua regna petentem 620
auxilio Beli; genitor tum Belus opimam
uastabat Cyprum et uictor dicione tenebat.
Tempore iam ex illo casus mihi cognitus urbis
Troianae nomenque tuum regesque Pelasgi.

lar próprio e muros a quem já perdeu tudo quanto possuía,
no nosso triste fadário! Impossível, ó Dido, é dizer-te
quanto nos vai no imo peito, ainda mesmo que aqui se encontrassem
todos os teucros dispersos nos longos caminhos do mundo.
Deem-te os deuses — se houver divindade que os bons recompensem,
se ainda há justiça no mundo e consciência do próprio respeito —
prêmio para esta vitória. Que século viu o teu berço?
Os pais ilustres que o teu nascimento ditoso abençoaram?
Enquanto os rios o mar procurarem, as sombras dos montes
descerem para a planície e pascer as estrelas o polo,[111]
teu nome e fama hão de sempre durar onde quer que eu me veja
pelo Destino jogado". Depois de falar, a direita
dá ao amigo Ilioneu, a Seresto a sinistra, e em seguida
ao forte Gias, a Cloanto valente e aos demais companheiros.
À aparição subitânea do herói, a rainha espantou-se,
da sua grande desdita. Serena, no entanto, falou-lhe:
"Filho de Vênus, que fado inditoso por tantos perigos
te urge a esse ponto? Que força te trouxe a paragens tão duras?
És, pois, Eneias aquele, de Vênus divina, nascido
nas margens claras do belo Simoente, e de Anquises troiano?
Lembro-me bem que uma vez Teucro foi à cidade de Tiro;[112]
dos lindes pátrios expulso, a intenção ele tinha de um novo
reino fundar com a ajuda de Belo, meu pai, que então Chipre
vastado havia e o domínio dessa ilha obtivera de pouco.[113]
Desde esse tempo me são conhecidos teu nome aureolado,
gestas dos cabos da Grécia, infortúnios de Troia vencida.[114]

---

[111] Aqui o tradutor acompanha Odorico Mendes, "enquanto o polo pascer os astros" (I, vv. 639-40), no sentido de "enquanto o céu alimentar as estrelas". Acreditava-se que o éter, parte sublime do ar junto ao céu, alimentava o fogo das estrelas. Presente no manuscrito do tradutor, este verso foi omitido nas edições anteriores.

[112] *Teucro*: não o antepassado dos troianos, mas o guerreiro que lutou ao lado dos gregos contra Troia apesar de ter raízes ali. *Tiro*: no original, Virgílio menciona outra cidade fenícia, *Sidona* ou Sídon.

[113] *Vastado*: devastado.

[114] *Cabos da Grécia*: os chefes gregos; no original, *reges Pelasgi*. A rigor, "reis

Ipse hostis Teucros insigni laude ferebat,   625
seque ortum antiqua Teucrorum ab stirpe uolebat.
Quare agite, o tectis, iuuenes, succedite nostris.
Me quoque per multos similis Fortuna labores
iactatam hac demum uoluit consistere terra.
Non ignara mali miseris succurrere disco".   630
Sic memorat; simul Aenean in regia ducit
tecta, simul diuum templis indicit honorem.
Nec minus interea sociis ad litora mittit
uiginti tauros, magnorum horrentia centum
terga suum, pingues centum cum matribus agnos,   635
munera laetitiamque dii.
At domus interior regali splendida luxu
instruitur, mediisque parant conuiuia tectis:
arte laboratae uestes ostroque superbo,
ingens argentum mensis, caelataque in auro   640
fortia facta patrum, series longissima rerum
per tot ducta uiros antiqua ab origine gentis.
Aeneas (neque enim patrius consistere mentem
passus amor) rapidum ad naues praemittit Achaten,
Ascanio ferat haec, ipsumque ad moenia ducat;   645
omnis in Ascanio cari stat cura parentis.
Munera praeterea Iliacis erepta ruinis
ferre iubet, pallam signis auroque rigentem,
et circumtextum croceo uelamen acantho,
ornatus Argiuae Helenae, quos illa Mycenis,   650
Pergama cum peteret inconcessosque hymenaeos,
extulerat, matris Ledae mirabile donum;
praeterea sceptrum, Ilione quod gesserat olim,
maxima natarum Priami, colloque monile
bacatum, et duplicem gemmis auroque coronam.   655

Conquanto imigo dos troas, realçava-lhes Teucro o prestígio,
e se dizia oriundo da raça de antigos troianos.
Por isso, jovens, entrai sem detença no nosso palácio.
Por Fado igual perseguida, depois de trabalhos sem conta
me concedeu a Fortuna fixar-me afinal nestas plagas.
Por ter passado por isso, aprendi a ser boa com todos".
Tendo o discurso acabado, conduz o Troiano ao palácio,
e ordens transmite por que sacrifícios aos deuses se façam,
ao mesmo tempo que envia bois vinte aos consócios de Eneias,
no litoral, javalis corpulentos um cento, e cordeiros
com suas mães outros tantos, e mais a alegria das festas:
muitos pichéis de bom vinho.
Nesse entrementes, preparam-se as salas do régio palácio
para o festim; nas do centro o banquete com ricos aprestos,
belas alfombras de púrpura, raros tecidos de preço.
A prataria resplende na mesa; em baixelas douradas,
pelo cinzel trabalhadas, os feitos reluzem dos nobres
antepassados, subindo até a origem de antiga linhagem.
O amor de pai não consente que Eneias tranquilo ficasse
momento algum. Sem demora, aos navios Acates envia,
para que a Ascânio apanhasse e o trouxesse direito à cidade,
pois em Ascânio cifrava-se todo o desvelo paterno.
Ao mesmo tempo trazer recomenda presentes valiosos,
salvos das ruínas de Troia, a saber: rico manto bordado
de ouro, e também fino véu contornado de folhas de acanto,
da argiva Helena trazidos aquando saiu de Micenas,
pelo proibido himeneu atraída até ao burgo de Troia,
inestimável presente de Leda, lembrança materna.
Um cetro traz, além disso, que Ilíone outrora empunhara,
filha a mais velha de Príamo; belo colar de alvas perlas
e áurea coroa com duas fileiras de gemas preciosas.

---

pelasgos" era como os gregos antigos chamavam os povos pré-helênicos da Grécia e
da Itália (ver VIII, vv. 600-1).

Haec celerans ita ad naues tendebat Achates.
At Cytherea nouas artes, noua pectore uersat
consilia, ut faciem mutatus et ora Cupido
pro dulci Ascanio ueniat, donisque furentem
incendat reginam atque ossibus implicet ignem. 660
Quippe domum timet ambiguam Tyriosque bilingues,
urit atrox Iuno et sub noctem cura recursat.
Ergo his aligerum dictis affatur Amorem:
"Nate, meae uires, mea magna potentia, solus,
nate, patris summi qui tela Typhoia temnis, 665
ad te confugio et supplex tua numina posco.
Frater ut Aeneas pelago tuus omnia circum
litora iactetur odiis Iunonis iniquae,
nota tibi, et nostro doluisti saepe dolore.
Hunc Phoenissa tenet Dido blandisque moratur 670
uocibus, et uereor quo se Iunonia uertant
hospitia: haud tanto cessabit cardine rerum.
Quocirca capere ante dolis et cingere flamma
reginam meditor, ne quo se numine mutet,
sed magno Aeneae mecum teneatur amore. 675
Qua facere id possis nostram nunc accipe mentem.
Regius accitu cari genitoris ad urbem
Sidoniam puer ire parat, mea maxima cura,

Passo estugado, dirige-se Acates às naves na praia.[115]
A Citereia no entanto revolve na mente conselhos
e novos planos, no afã de Cupido trocar de aparência
com o doce Ascânio, no rosto e no gesto, porque se insinue[116]
na alma incendiada de Dido e até aos ossos seu fogo alimente.
Da falsidade se teme dos tírios, do paço inconstante.[117]
Juno implacável lhe queima as entranhas de noite e de dia.[118]
Cedo, ao alígero Amor se dirige e lhe diz o seguinte:[119]
"Filho, em quem cifro minha única força, minha alta potência,
pois não te temes dos dardos paternos, mortais a Tifeu;[120]
recorro a ti nesta agrura e teu nume depreco insistente.[121]
Como já sabes, errante nos mares por ordem de Juno,
teu pobre irmão não descansa, atirado de um lado para outro.
Sempre nas minhas agruras te doeste do que eu padecesse.
Ora ele se acha com Dido fenícia, que o prende em colóquios
intermináveis. Porém tenho dúvidas sobre a acolhida,
obra de Juno. Decerto esta pensa nalguma vantagem.
Quero vencê-la em seu próprio arraial e inflamar a rainha
de ardente amor, sem que nume nenhum transmudá-la consiga,
e a mim se prenda por meio do afeto que a Eneias eu voto.
Quanto ao que espero de ti, ouve atento o que passo a dizer-te.
O infante régio, que mais do que todos me é caro, se apresta[122]
para ir à grande cidade sidônia levando presentes

---

[115] *Passo estugado*: com passo apressado.

[116] *Gesto*: neste caso, "postura", "atitude".

[117] *Paço inconstante*: entenda-se, o palácio, isto é, o reino, instável.

[118] Entenda-se: Juno causa preocupações a Vênus (Citereia).

[119] *Amor*: outro nome de Cupido, representado como um menino com asas, portanto, *alígero*, "ligeiro", "veloz".

[120] *Não te temes dos dardos paternos*: Cupido não teme Júpiter.

[121] *Teu nume depreco*: isto é, imploro à tua divindade.

[122] *O infante régio*: "criança real", Ascânio, filho de Eneias.

dona ferens, pelago et flammis restantia Troiae;
hunc ego sopitum somno super alta Cythera 680
aut super Idalium sacrata sede recondam,
ne qua scire dolos mediusue occurrere possit.
Tu faciem illius noctem non amplius unam
falle dolo, et notos pueri puer indue uultus,
ut, cum te gremio accipiet laetissima Dido 685
regales inter mensas laticemque Lyaeum,
cum dabit amplexus atque oscula dulcia figet,
occultum inspires ignem fallasque ueneno".
Paret Amor dictis carae genetricis, et alas
exuit et gressu gaudens incedit Iuli. 690
At Venus Ascanio placidam per membra quietem
irrigat et fotum gremio dea tollit in altos
Idaliae lucos, ubi mollis amaracus illum
floribus et dulci aspirans complectitur umbra.
Iamque ibat dicto parens et dona Cupido 695
regia portabat Tyriis duce laetus Achate.
Cum uenit, aulaeis iam se regina superbis
aurea composuit sponda mediamque locauit.
Iam pater Aeneas et iam Troiana iuuentus
conueniunt, stratoque super discumbitur ostro. 700
Dant famuli manibus lymphas Cereremque canistris
expediunt tonsisque ferunt mantelia uillis.
Quinquaginta intus famulae, quibus ordine longam
cura penum struere et flammis adolere Penates;
centum aliae totidemque pares aetate ministri, 705
qui dapibus mensas onerent et pocula ponant.
Nec non et Tyrii per limina laeta frequentes

salvos do mar e das chamas, conforme seu pai ordenara.[123]
Vou sepultá-lo num sono profundo e levá-lo a Citera
ou ao bosque idálio, onde oculto o conserve em lugar consagrado[124]
para que nada lhe ocorra de mal nem ninguém o descubra.
Por uma noite somente, não mais, a figura de Ascânio
para isso assume; menino como ele, seu todo assimila.
Pois, quando Dido, alegríssima, contra o seu peito apertar-te
durante o régio festim, o inebriante perfume do néctar,
e te cobrir de dulcíssimos beijos e ternos amplexos,
fogo invisível lhe inspires com teus enganosos venenos".
No mesmo ponto Cupido obedece aos conselhos maternos;
das asas despe-se e os passos imita contente de Iulo.
Calmo sopor pelos membros de Ascânio infundiu a deidade,
e em seu regaço abrigado o levou para os bosques idálios,
onde o rodeia de sombras e flores o suave perfume
da manjerona, e num sono tranquilo o conserva, quietinho.
Nesse entrementes, Cupido, obediente aos preceitos maternos,
para Cartago levava os presentes; Acates o guia.
Chega no instante em que Dido assumira o seu posto, num leito
de esplendoroso dossel, aprestado no meio dos outros.
O pai Eneias também seu lugar ocupara, seguido
da mocidade troiana, inclinados em leitos purpúreos.
Água nas mãos deitam fâmulos; belas toalhas dispõem
de fino pelo; de cestas as dádivas tiram de Ceres.
No interior do palácio, cinquenta donzelas em filas
cuidam dos finos manjares e a chama do lar alimentam.[125]
Mais cem mocinhas e número igual de rapazes se ocupam
de carregar as travessas e as mesas de copos proverem.
Os próprios tírios, de pé pelas portas, também são chamados

---

[123] *Seu pai*: as edições anteriores traziam, de forma equivocada, "meu pai"; aqui corrigido conforme o manuscrito do tradutor.

[124] *Idálio*: da cidade de Idálio, na ilha de Chipre, santuário de Vênus.

[125] *Chama do lar*: provavelmente, o fogo dos fogareiros do banquete, mais do que a lareira em que se cultuam os Penates.

conuenere, toris iussi discumbere pictis.
Mirantur dona Aeneae, mirantur Iulum
flagrantesque dei uultus simulataque uerba, 710
pallamque et pictum croceo uelamen acantho.
Praecipue infelix, pesti deuota futurae,
expleri mentem nequit ardescitque tuendo
Phoenissa, et pariter puero donisque mouetur.
Ille ubi complexu Aeneae colloque pependit 715
et magnum falsi impleuit genitoris amorem,
reginam petit. Haec oculis, haec pectore toto
haeret et interdum gremio fouet inscia Dido
insidat quantus miserae deus. At memor ille
matris Acidaliae paulatim abolere Sychaeum 720
incipit, et uiuo temptat praeuertere amore
iam pridem resides animos desuetaque corda.
Postquam prima quies epulis mensaeque remotae,
crateras magnos statuunt et uina coronant.
Fit strepitus tectis uocemque per ampla uolutant 725
atria; dependent lychni laquearibus aureis
incensi et noctem flammis funalia uincunt.
Hic regina grauem gemmis auroque poposcit
impleuitque mero pateram, quam Belus et omnes
a Belo soliti; tum facta silentia tectis: 730
"Iuppiter, hospitibus nam te dare iura loquuntur,
hunc laetum Tyriisque diem Troiaque profectis
esse uelis, nostrosque huius meminisse minores.
Adsit laetitiae Bacchus dator et bona Iuno;

para tomarem assento nos leitos de finos lavores.
Pasmam dos raros presentes de Eneias, dos toques do belo
rosto de Ascânio, seu brilho divino, as palavras fingidas,[126]
e o manto e o véu enfeitado de folhas de acanto amarelo.
Principalmente a rainha infeliz, já tocada da peste[127]
que há de abrasá-la, não cansa de olhá-lo, a um só tempo abalada
pela influição do menino e os presentes então recebidos.
Este, depois de pender algum tempo do colo de Eneias,
e de inundar de ternura o imo peito do pai presuntivo,
vai para Dido, que nele se embebe e o devora com os olhos,
de quando em quando apertando-o no peito — coitada! — inconsciente
da divindade que a abrasa. Aos pouquinhos o aluno de Vênus
procura a imagem riscar de Siqueu e vivaz labareda
numa alma fria acender, esquecida de tais sentimentos,
num coração desafeito a bater de concerto com outro.
Quando concluído o serviço e a primeira coberta afastada,[128]
belas crateras ali são trazidas; com vinho as coroam.[129]
Estrepitosa algazarra pelo átrio espaçoso se eleva.
Das arquitraves douradas os lustres acesos esplendem
e a noite escura transmudam num ápice em luz e alegria.
Dido ordenou que trouxessem a copa de gemas e de ouro
por onde Belo bebia e seus filhos e mais descendentes,
e a encheu de vinho. Pedido silêncio geral, começou:
"Júpiter! já que presides à hospitalidade, conforme
dizem, que seja esta festa lembrada de tírios e teucros
aqui chegados, e que nossos netos com ela se ocupem.
Baco, fautor de alegria, nos seja propício e a grã Juno.[130]

---

[126] *Fingidas*: porque não são de Ascânio, mas de Cupido.

[127] Neste verso, os termos *infeliz* e *peste* já prenunciam o infortúnio amoroso de Dido.

[128] Entenda-se: "quando tirada a mesa após a primeira parte do banquete".

[129] *Crateras*: jarros de vinho.

[130] *Grã Juno*: por lapso do tradutor, no seu manuscrito e nas edições anteriores constava "alma Vênus"; a emenda não fere o metro.

et uos, o, coetum, Tyrii, celebrate fauentes". 735
Dixit et in mensam laticum libauit honorem
primaque, libato, summo tenus attigit ore;
tum Bitiae dedit increpitans; ille impiger hausit
spumantem pateram et pleno se proluit auro;
post alii proceres. Cithara crinitus Iopas 740
personat aurata, docuit quem maximus Atlas.
Hic canit errantem lunam solisque labores,
unde hominum genus et pecudes, unde imber et ignes,
Arcturum pluuiasque Hyadas geminosque Triones,
quid tantum Oceano properent se tinguere soles 745
hiberni, uel quae tardis mora noctibus obstet.
Ingeminant plausu Tyrii, Troesque sequuntur.
Nec non et uario noctem sermone trahebat
infelix Dido longumque bibebat amorem,
multa super Priamo rogitans, super Hectore multa; 750
nunc quibus Aurorae uenisset filius armis,
nunc quales Diomedis equi, nunc quantus Achilles.
"Immo age et a prima dic, hospes, origine nobis
insidias", inquit, "Danaum, casusque tuorum
erroresque tuos; nam te iam septima portat 755
omnibus errantem terris et fluctibus aestas".

E vós, ó tírios, uni-vos comigo em louvor desta festa".
Assim dizendo, derrama na mesa a usual libação,
levando aos lábios a copa ao de leve, como era de praxe,
e a gracejar a passou para Bícias, que, nada remisso,
logo a espumante cratera esgotou e do vinho banhou-se.
Outros magnatas beberam. Na cítara de ouro o crinito[131]
Iopas dedilha e descanta o que Atlante a tocar lhe ensinara.[132]
Canta os eclipses do sol, as mudanças constantes da lua,
a geração dos mortais e dos brutos, as chuvas e o fogo,
as duas Ursas, as Híadas de águas perenes, e Arcturo,
qual a razão de no inverno banharem-se os sóis no Oceano
e de tão longas então se mostrarem nessa época as noites.[133]
Batem-lhe as palmas os tírios; os teucros o exemplo lhes seguem.
Por sua vez a rainha infeliz todo o tempo gastava
em longas práticas, fonte instancável de amor insidioso,
muito inquirindo a respeito de Príamo, muito de Heitor,
qual o feitio das armas do filho da Aurora divina,[134]
e de Diomedes os belos cavalos, a força de Aquiles.
"Hóspede", fala-lhe, "conta-nos tudo por ordem, do início,
as artimanhas dos dânaos, desditas dos teus companheiros,
este vagar sem descanso nem termo por mais de sete anos
em toda a terra infinita, nas ondas inquietas, por tudo".

---

[131] *Magnatas*: aqui, nobres ou generais; *crinito*: que tem muitos pelos ou cabelos.

[132] *Atlante*: ou Atlas, um dos Gigantes que lutaram contra os deuses; vencido, foi condenado a suster nos ombros o céu, cujas leis aprende e ensina, como ocorre aqui.

[133] Assim como Homero (*Odisseia*, I, vv. 235-44), Virgílio mostra o cantor da corte que, aqui, em vez de matéria heroica (as gestas guerreiras ou o retorno dos heróis), entoa um epos astronômico, como que deixando a Eneias a honra de cantar as próprias façanhas logo a seguir.

[134] *Filho da Aurora*: o etíope Mêmnon, que levou os conterrâneos a combater por Troia (ver v. 489).

Argumento do Livro II

É na *Eneida*, de Virgílio — não na *Ilíada*, de Homero —, que se leem o famoso episódio do cavalo de Troia, as derradeiras horas da cidade e a morte de Príamo. Como é Eneias quem narra em primeira pessoa, seus olhos são como que a câmera em movimento a registrar os catastróficos acontecimentos e seus protagonistas: Príamo, Hécuba, a sombra de Heitor, Cassandra, a própria Helena. Malgrado seu, Eneias relata no palácio de Dido, em Cartago, o fim de Troia: na manhã do último dia, os troianos percebem que o exército grego partira, deixando diante da cidade imenso cavalo de madeira como voto a Netuno pelo próspero regresso à pátria, mas na verdade frota e exército haviam se escondido na ilha de Tênedo, ali vizinha.

Todos saem muralha afora (vv. 1-30), mas o cavalo, que ardilosamente estava prenhe de guerreiros gregos, desperta admiração e receio: uns já querem derrubar o muro para acolher o cavalo, outros percebem a armadilha, como o sacerdote de Apolo, Laocoonte, que, favorável a destruir o artefato, acerta-lhe uma lança no ventre (vv. 31-56). Os gregos também haviam ali deixado certo Sinão, cuja fala mentirosa, mas verossímil, sobre ser contrário à guerra e sobre o porquê do cavalo começa a persuadir os troianos a introduzi-lo na cidade (vv. 57-198). Nesse momento, surgem do mar duas enormes serpentes, que envolvem Laocoonte e seus filhinhos, matam-nos e dirigem-se ao templo de Minerva (vv. 199-227), prodígio que, interpretado como castigo pelo que o sacerdote fizera, acaba por persuadir os troianos a levar o cavalo porta adentro.

Certos de que os gregos haviam partido, Troia festeja: ébrios de vinho e alegria, todos caem no sono, mas de madrugada a frota retorna. Sinão solta os guerreiros ocultos no cavalo (vv. 228-59), que abrem as portas da cidade aos companheiros retornados, e o massacre tem início. Entrementes, durante o sono, Eneias é visitado pela sombra de Heitor, que lhe garante que Troia está perdida, que lhe cabe proteger os Penates e fugir (vv. 259-97), mas o herói e alguns companheiros decidem resistir. É quando encontra Panto, o segundo a garantir-lhe que Troia caíra (vv. 298-335). O pequeno batalhão de guerreiros gregos, encorajado pelo êxito inicial, avança ao palácio, de onde Cassandra é arrastada pelos cabelos (vv. 336-406). Enfurecidos de vê-la assim, os troianos atacam os gregos, mas, em menor número, morrem lutando, ao passo que Eneias, por uma porta secreta, alcança o palácio de Príamo (vv. 407-57). O palácio real é só destruição: ali o herói resiste até que os gregos, enfim, irrompem, entre os quais o filho de Aquiles, o cruel Pirro, que encontra Príamo, o velho rei, vestido com as armas que mal sustenta. O ancião desfere-lhe débil lançada, ao que Pirro lhe enterra no peito a espada (vv. 458-558). Eneias então vê Helena, causa de tudo, logo vai matá-la, mas Vênus o impede, assegura-lhe que Troia estava fadada pelos deuses a cair e ordena-lhe fugir (vv. 559-623).

Eneias, então, torna a casa em busca do pai já idoso; apanha-o nas costas e pela mão conduz Ascânio, o filho pequeno, seguidos de Creúsa, a mulher, pouco atrás, que se perde deles (vv. 624-745). Eneias volta sozinho para procurá-la em casa, quando lhe aparece a sombra de Creúsa (vv. 746-74), que o consola: tudo fora por vontade divina (vv. 775-89). Amanhece, e Eneias junta-se aos seus no monte Ida (vv. 790-804).

Liber II

Conticuere omnes intentique ora tenebant.
Inde toro pater Aeneas sic orsus ab alto:
"Infandum, regina, iubes renouare dolorem,
Troianas ut opes et lamentabile regnum
eruerint Danai, quaeque ipse miserrima uidi   5
et quorum pars magna fui. Quis talia fando
Myrmidonum Dolopumue aut duri miles Ulixi
temperet a lacrimis? Et iam nox umida caelo
praecipitat, suadentque cadentia sidera somnos.
Sed si tantus amor casus cognoscere nostros   10
et breuiter Troiae supremum audire laborem,
quamquam animus meminisse horret, luctuque refugit,
incipiam. Fracti bello Fatisque repulsi
ductores Danaum tot iam labentibus annis
instar montis equum diuina Palladis arte   15
aedificant, sectaque intexunt abiete costas;
uotum pro reditu simulant; ea fama uagatur.

Livro II

Prontos à escuta calaram-se todos, dispostos a ouvi-lo.
O pai Eneias, então, exordiou do seu leito elevado:[1]
"Mandas, rainha, contar-te o sofrer indizível dos nossos,
como os aquivos a grande potência dos teucros destruíram,
reino infeliz, espantosa catástrofe que eu vi de perto,
e de que fui grande parte. Quem fora capaz de conter-se
sem chorar muito, mirmídone ou dólope ou cabo de Ulisses?[2]
A úmida noite do céu já descamba, e as estrelas, caindo
devagarinho no poente, os mortais ao repouso convidam.
Mas, se realmente desejas ouvir esses tristes eventos,
breve relato do lance postremo da guerra de Troia,
bem que a lembrança de tantos horrores me deixe angustiado,
principiarei. Pela guerra alquebrados, dos Fados repulsos[3]
em tantos anos corridos, os cabos de guerra da Grécia[4]
com a ajuda da arte de Palas construíram na praia um cavalo[5]
alto como uma montanha, de bojo com tábuas de abeto.
Voto de pronto regresso era a máquina, todos diziam.

---

[1] *Exordiou*: "iniciou a narração", a qual se estenderá até III, v. 715. Ela principia com o verso célebre, *Infandum, regina, iubes renouare dolorem*, "obrigas-me, rainha, a reviver uma dor indizível".

[2] *Mirmídone*: ou mírmidon, povo do sul da Tessália, que lutou sob Aquiles; *dólope*: povo da Tessália. *Ulisses*: por lapso do tradutor, no seu manuscrito e nas edições anteriores constava "Aquiles"; a emenda não fere o metro.

[3] *Dos Fados repulsos*: perseguidos pelo Destino.

[4] *Os cabos de guerra*: os chefes de guerreiros.

[5] *Com a ajuda da arte de Palas*: o Cavalo de Madeira, diz Homero (*Odisseia*, VIII, v. 493), foi construído por Epeu com a ajuda de Palas Atena (Minerva). Epeu é mencionado aqui no v. 264, *fabricante ardiloso do engenho*.

Huc delecta uirum sortiti corpora furtim
includunt caeco lateri, penitusque cauernas
ingentes uterumque armato milite complent.   20
Est in conspectu Tenedos, notissima fama
insula, diues opum Priami dum regna manebant,
nunc tantum sinus et statio male fida carinis:
huc se prouecti deserto in litore condunt.
Nos abiisse rati et uento petiisse Mycenas   25
Ergo omnis longo soluit se Teucria luctu;
panduntur portae, iuuat ire et Dorica castra
desertosque uidere locos litusque relictum:
hic Dolopum manus, hic saeuus tendebat Achilles;
classibus hic locus, hic acie certare solebant.   30
Pars stupet innuptae donum exitiale Mineruae,
et molem mirantur equi; primusque Thymoetes
duci intra muros hortatur et arce locari,
siue dolo seu iam Troiae sic Fata ferebant.
At Capys, et quorum melior sententia menti,   35
aut pelago Danaum insidias suspectaque dona
praecipitare iubent subiectisque urere flammis,
aut terebrare cauas uteri et temptare latebras.
Scinditur incertum studia in contraria uulgus.
Primus ibi ante omnes, magna comitante caterua   40
Laocoon ardens summa decurrit ab arce,
et procul: 'O miseri, quae tanta insania, ciues?
Creditis auectos hostes? Aut ulla putatis
dona carere dolis Danaum? Sic notus Ulixes?
Aut hoc inclusi ligno occultantur Achiui,   45
aut haec in nostros fabricata est machina muros,

Nessa medonha caverna, tirados por sorte, os guerreiros
de mais valor ingressaram, num ápice enchendo as entranhas
daquele monstro, com armas e gente escolhida de guerra.
Tênedo, ilha famosa se encontra defronte de Troia,
rica no tempo em que o império de Príamo ainda existia,
ora uma enseada de pouco valor ou nenhum para as naves.
Prestes mudaram-se os dânaos; na praia deserta se ocultam.
Nós os supúnhamos longe, a caminho da rica Micenas.
Com isso a Têucria respira mais leve no luto penoso.[6]
Abrem-se as portas; alegram-se os troas de ver mais de espaço[7]
acampamento dos dórios, as praias desertas agora:
ponto era este dos dólopes; eis onde Aquiles se achava;
surtos na terra, os navios; o campo em que as hostes lutavam.
Muitos pasmavam de ver o presente ominoso da deusa,[8]
a imensidão do cavalo. Timetes, primeiro de todos,
aconselhou derrubarmos o muro e direto o postarmos
na cidadela, ou por dolo isso fosse ou dos Fados previsto.
Cápis, porém, e outros mais de melhor parecer insistiam
para que ao mar atirássemos logo a armadilha dos dânaos,
fogo deitássemos nela ou que ao menos o ventre do monstro
fosse explorado ou sondadas as vísceras sem mais reservas.
Assim, o vulgo inconstante oscilava entre vários alvitres.
Nisso, Laocoonte ardoroso, seguido de enorme cortejo,
da sobranceira almedina desceu para a praia, e de longe
mesmo gritou: 'Cidadãos infelizes, que insânia vos cega?
Imaginais porventura que os gregos já foram de volta,
ou que seus dons sejam limpos? A Ulisses, então, a tal ponto
desconheceis? Ou esconde esta máquina muitos guerreiros,
ou fabricada ela foi para dano de nossas muralhas,

---

[6] *Têucria*: outro nome de Troia. Por *troas* entenda-se "troianos" (como em I, v. 248) e por *dórios*, a seguir, os gregos, inimigos dos troianos.

[7] *Mais de espaço*: mais detidamente.

[8] *Presente da deusa*: embora construído por Epeu, o cavalo de Troia foi ideia de Minerva; *ominoso*: funesto.

inspectura domos uenturaque desuper urbi,
aut aliquis latet error; equo ne credite, Teucri.
Quidquid id est, timeo Danaos et dona ferentes'.
Sic fatus ualidis ingentem uiribus hastam   50
in latus inque feri curuam compagibus aluum
contorsit. Stetit illa tremens, uteroque recusso
insonuere cauae gemitumque dedere cauernae.
Et, si Fata deum, si mens non laeua fuisset,
impulerat ferro Argolicas foedare latebras,   55
Troiaque, nunc stares, Priamique arx alta, maneres.
Ecce manus iuuenem interea post terga reuinctum
pastores magno ad regem clamore trahebant
Dardanidae, qui se ignotum uenientibus ultro,
hoc ipsum ut strueret Troiamque aperiret Achiuis,   60
obtulerat, fidens animi atque in utrumque paratus,
seu uersare dolos seu certae occumbere morti.
Undique uisendi studio Troiana iuuentus
circumfusa ruit, certantque illudere capto.
Accipe nunc Danaum insidias et crimine ab uno   65
disce omnes.
Namque ut conspectu in medio turbatus, inermis
constitit atque oculis Phrygia agmina circumspexit:
'Heu, quae nunc tellus', inquit, 'quae me aequora possunt
accipere? Aut quid iam misero mihi denique restat,   70
cui neque apud Danaos usquam locus, et super ipsi
Dardanidae infensi poenas cum sanguine poscunt?'
Quo gemitu conuersi animi compressus et omnis
impetus. Hortamur fari quo sanguine cretus,
quidue ferat; memoret quae sit fiducia capto.   75

e devassar nossas casas ou do alto cair na cidade.
Qualquer insídia contém. Não confieis no cavalo, troianos!
Seja o que for, temo os dânaos, até quando trazem presentes'.[9]
Disse, e arrojou com pujança viril um venab'lo dos grandes[10]
contra os costados e o ventre abaulado do monstro da praia
no qual se encrava a tremer; sacudida com o baque, a caverna
solta um gemido, abaladas no fundo as entranhas do monstro.
Oh! se não fosse a vontade dos deuses e a nossa cegueira,
com o ferro, então, deixaríamos frustra a malícia dos gregos,
e em pé, ó Troia, estarias, o paço luxuoso de Príamo.
Nesse entretanto, uns pastores troianos com grande alarido
trazem ao rei um mancebo com as mãos amarradas nas costas;
desconhecido, entregara-se aos nossos, a fim de seus planos
levar a cabo e franquear os portões da cidade aos aquivos,
no valor próprio confiado e igualmente disposto a valer-se
das artimanhas nativas ou a morte enfrentar decidido.
A mocidade troiana curiosa de vê-lo converge
de toda parte; à porfia doestos no preso atiravam.[11]
A conhecer ora aprende as insídias dos dânaos e julga[12]
por este os outros.
Torvo, sem armas, parando algum tempo no meio dos nossos,
da multidão que o cercava, contempla as colunas dos frígios.
'Ah!', exclamou; 'em que terra, a que mar poderia acolher-me,
ou o que mais resta a um coitado como eu, sem ventura nenhuma?
Pois, se entre os gregos não tenho acolhida, os troianos em peso
me são contrários, a morte me votam, meu sangue reclamam'.
A esses gemidos mudaram-se os ânimos; logo se acalmam.
A que se explique o incitamos, declare-nos sua ascendência,
em que confia, os motivos da sua prisão voluntária.

---

[9] No original, *timeo Danaos et dona ferentes*, verso que se tornou célebre e deu origem à expressão "presente de grego".

[10] *Venábulo*: lança, dardo.

[11] *Doesto*: injúria, afronta, ofensa.

[12] *Aprende*: no imperativo, dirigido a Dido.

Ille haec deposita tandem formidine fatur:
'Cuncta equidem tibi, rex, fuerit quodcumque, fatebor
uera', inquit; 'neque me Argolica de gente negabo;
hoc primum; nec, si miserum Fortuna Sinonem
finxit, uanum etiam mendacemque improba finget.   80
Fando aliquod si forte tuas peruenit ad aures
Belidae nomen Palamedis et incluta fama
gloria, quem falsa sub proditione Pelasgi
insontem infando indicio, quia bella uetabat,
demisere neci, nunc cassum lumine lugent.   85
Illi me comitem et consanguinitate propinquum
pauper in arma pater primis huc misit ab annis.
Dum stabat regno incolumis regumque uigebat
consiliis, et nos aliquod nomenque decusque
gessimus. Inuidia postquam pellacis Ulixi   90
(haud ignota loquor) superis concessit ab oris,
afflictus uitam in tenebris luctuque trahebam,
et casum insontis mecum indignabar amici.
Nec tacui demens et me, fors si qua tulisset,
si patrios umquam remeassem uictor ad Argos,   95
promisi ultorem et uerbis odia aspera moui.
Hinc mihi prima mali labes, hinc semper Ulixes
criminibus terrere nouis, hinc spargere uoces
in uulgum ambiguas et quaerere conscius arma.
Nec requieuit enim, donec Calchante ministro...   100
Sed quid ego haec autem nequiquam ingrata reuoluo?
Quidue moror? Si omnes uno ordine habetis Achiuos,

Deposto, enfim, o temor, da seguinte maneira falou-nos:
'Seja o que for que me espera, senhor, contar-te-ei a verdade.
Não negarei que sou de Argos; de lá minha estirpe descende.[13]
Esse, o princípio. A Fortuna criou a Sinão sem ventura,
porém jamais o fará pusilânime e rico em mentiras.
Talvez já tenhas ouvido falar do alto nome, da fama
de Palamedes, nascido de Belo, que os próprios aquivos[14]
à morte infame votaram, levados por falsos indícios,
por ser contrário — eis o crime! — a esta guerra infeliz desde cedo.
Ora o lastimam, depois de jogado nas trevas sem nome.[15]
A esse guerreiro entregou-me meu pai, muito jovem, por sermos
aparentados, a fim de adestrar-me no ofício das armas.
Enquanto vivo ele esteve e gozou de bom crédito junto
dos governantes, alguma vantagem do seu grande nome
me aproveitava. Porém, quando a inveja de Ulisses, o falso —[16]
só o que é notório vos digo —, o tirou do convívio dos homens,
principiou para mim esta vida de prantos e luto,
exacerbada com a dor da desgraça do amigo inocente.
Louco! Não soube calar; e firmei o propósito, caso
voltasse à pátria algum dia, entre os próprios argivos vingá-lo
da morte infame. Com isso chamei sobre mim ódio imenso.
Tal foi a origem da minha desgraça, de novas calúnias
Ulisses sempre assacar-me, e entre o vulgo espalhar umas vozes
um tanto ambíguas, a fim de aprestar-me um futuro ominoso.
E não parou senão quando, por meio do sábio Calcante...[17]
Mas para que revolver na memória um passado tão triste?
Por que deter-vos a ouvir-me? Se a todos os gregos na mesma

---

[13] *Argos*: cidade da Argólida, no Peloponeso, em que reinou Agamêmnon.

[14] *Belo*: trata-se aqui de um homônimo do pai de Dido.

[15] Este verso constava do manuscrito do tradutor, mas fora omitido nas edições anteriores.

[16] *Ulisses, o falso*: no original, *pellacis Vlixi*, "Ulisses enganador", sendo essa a sua qualidade notória.

[17] *Calcante*: ou Calcas, o adivinho dos gregos.

idque audire sat est, iamdudum sumite poenas:
hoc Ithacus uelit et magno mercentur Atridae'.
Tum uero ardemus scitari et quaerere causas,   105
ignari scelerum tantorum artisque Pelasgae.
Prosequitur pauitans et ficto pectore fatur:
'Saepe fugam Danai Troia cupiere relicta
moliri et longo fessi discedere bello;
fecissentque utinam! Saepe illos aspera ponti   110
interclusit hiems et terruit Auster euntes.
Praecipue cum iam hic trabibus contextus acernis
staret equus, toto sonuerunt aethere nimbi.
Suspensi Eurypylum scitantem oracula Phoebi
mittimus, isque adytis haec tristia dicta reportat: 115
«Sanguine placastis uentos et uirgine caesa,
cum primum Iliacas, Danai, uenistis ad oras:
sanguine quaerendi reditus animaque litandum
Argolica». Vulgi quae uox ut uenit ad aures,
obstipuere animi gelidusque per ima cucurrit   120
ossa tremor, cui Fata parent, quem poscat Apollo.
Hic Ithacus uatem magno Calchanta tumultu
protrahit in medios; quae sint ea numina diuum,
flagitat. Et mihi iam multi crudele canebant
artificis scelus, et taciti uentura uidebant.   125
Bis quinos silet ille dies tectusque recusat
prodere uoce sua quemquam aut opponere morti.
Vix tandem, magnis Ithaci clamoribus actus,

conta tiverdes, basta isso que eu disse; o castigo aplicai-me.
É o que o Itacense deseja; bom preço obtereis dos Atridas'.[18]
Isso ainda mais nos desperta o desejo de tudo sabermos,
sem suspeitar até onde ia a perfídia e a maldade de um grego.
Medo fingindo de nós, continuou no seu falso relato:
'Mais uma vez, os argivos, cansados de guerra tão longa,
ao cerco intentam pôr fim, velejar para a Grécia longínqua.[19]
Ah! Oxalá que o fizessem! Borrascas frequentes as vias
do mar lhes cortam, e os Austros de medo a voltar os obrigam.
Máxime quando, concluído o cavalo de fortes madeiros,
mais espantosos trovões retumbaram pelo éter sombrio.
Em tal aperto, mandamos Eurípilo ao templo de Apolo,
que sem demora as sinistras palavras nos trouxe, em resposta:
«Com sangue, ó dânaos, de vítima nobre aplacastes os ventos[20]
para ir a Troia; com sangue outra vez obtereis o retorno:
precisareis imolar um dos gregos das vossas fileiras».
Quando essa voz se espalhou pelo povo, geral foi o espanto,
consternação, que no peito de todos o brio congela,
tremor nos ossos. Apolo a quem chama e o Destino sorteia?[21]
Nisso, o Itacense com grande tumulto arrastou para o meio
da multidão o adivinho Calcante, e lhe manda dizer-nos
quem a deidade apontara. Diversos já tinham sabido
da trama cruel e em silêncio previam meu fado inditoso.
Por cinco sóis e mais cinco, indeciso, Calcante emudece,
sem declarar nenhum nome e ao silêncio da morte entregá-lo.
Mas, acossado por fim dos ingentes clamores de Ulisses,

---

[18] *Itacense*: Ulisses, rei de Ítaca. *Bom preço obtereis dos Atridas*: os Atridas, isto é, os gregos, pagariam bom preço por ver Sinão castigado.

[19] No original, *Troia relicta, moliri*, a rigor, "partir, deixando Troia".

[20] *Sangue de vítima nobre*: trata-se de Ifigênia, entregue pelo próprio pai, Agamêmnon, para ser sacrificada a Ártemis (Diana), que negava ventos à frota grega. O episódio é tema da tragédia *Ifigênia em Áulis*, de Eurípides. A vingança de Clitemnestra, mãe de Ifigênia, contra o marido é tema da tragédia *Agamêmnon*, de Ésquilo.

[21] *Apolo a quem chama e o Destino sorteia?*: entenda-se, "quem será o infeliz sorteado pelo Destino para ser sacrificado a Apolo?".

composito rumpit uocem, et me destinat arae.
Assensere omnes, et quae sibi quisque timebat, 130
unius in miseri exitium conuersa tulere.
Iamque dies infanda aderat; mihi sacra parari,
et salsae fruges et circum tempora uittae.
Eripui, fateor, leto me et uincula rupi,
limosoque lacu per noctem obscurus in ulua 135
delitui dum uela darent, si forte dedissent.
Nec mihi iam patriam antiquam spes ulla uidendi,
nec dulces natos exoptatumque parentem,
quos illi fors et poenas ob nostra reposcent
effugia, et culpam hanc miserorum morte piabunt. 140
Quod te per superos et conscia numina ueri,
per si qua est quae restet adhuc mortalibus usquam
intemerata fides, oro, miserere laborum
tantorum, miserere animi non digna ferentis'.
His lacrimis uitam damus et miserescimus ultro. 145
Ipse uiro primus manicas atque arta leuari
uincla iubet Priamus, dictisque ita fatur amicis:
'Quisquis es, amissos hinc iam obliuiscere Graios;
noster eris, mihique haec edissere uera roganti:
quo molem hanc immanis equi statuere? Quis auctor? 150
Quidue petunt? Quae religio aut quae machina belli?'
Dixerat. Ille dolis instructus et arte Pelasga
sustulit exutas uinclis ad sidera palmas:
'Vos, aeterni ignes, et non uiolabile uestrum
testor numen', ait, 'uos arae ensesque nefandi, 155
quos fugi, uittaeque deum, quas hostia gessi:
fas mihi Graiorum sacrata resoluere iura,
fas odisse uiros, atque omnia ferre sub auras,

o combinado com ele contou e aos altares me vota.
Todos de pronto o aplaudiram; pois quem tinha medo de ver-se
fadado à morte de acordo se mostra com a minha desdita.
O dia infando chegou, já na fase final os aprestos
do sacrifício, o frumento salgado, nos olhos a venda.[22]
Sim, não o oculto: da morte esquivei-me. Rompendo meus laços,
as ligaduras, durante uma noite entre os juncos do charco
pude esconder-me, enquanto eles se foram, se é que partiram.
Ora esperanças não tenho de a pátria rever, os queridos
filhos, o pai extremoso, nem nunca jamais abraçá-los,
nos quais talvez os argivos se vinguem da minha fugida,
para cobrar dos coitados a pena do meu grande crime.
Por isso, rei, pelos numes conscientes de toda a verdade,[23]
se intemerata confiança ainda existe entre os homens pequenos,
simples resquícios, apiada-te do meu sofrer indizível,
deste infeliz apanhado sem culpa nas malhas da sorte'.
Compadecidos da sua desdita, lhe demos a vida.
O próprio Príamo logo ordenou que as algemas, as cordas
lhe retirassem. Depois, em tom brando e amigável lhe fala:
'Quem quer que sejas, dos gregos esquece-te; longe já se acham.
Nosso és agora. Sincero responde ao que vou perguntar-te:
Por que construíram tamanho cavalo? E o inventor, quem seria?
A quê o destinam? Será religião ou artifício de guerra?'
Disse. Sinão, grande sábio em tramoias, nas artes pelasgas,[24]
para o alto céu levantando as mãos livres, despidas dos ferros:
'Eternos fogos', exclama, 'a invioláveis deidades dicados;[25]
e vós, altares sagrados, algemas nefandas, que longe
de mim joguei; vendas sacras, que a fronte me havíeis ornado!
Seja-me lícito os laços romper sacrossantos dos gregos,
a todos eles odiar, divulgar suas tramas ocultas.

---

[22] *Frumento*: aqui a farinha de trigo empregada nos sacrifícios.

[23] *Rei*: Sinão dirigia suas palavras a Príamo, rei de Troia.

[24] *Artes pelasgas*: artes gregas, entendidas como trapaças e tramoias.

[25] *Dicados*: dedicados.

si qua tegunt, teneor patriae nec legibus ullis.
Tu modo promissis maneas, seruataque serues   160
Troia, fidem, si uera feram, si magna rependam.
Omnis spes Danaum et coepti fiducia belli
Palladis auxiliis semper stetit. Impius ex quo
Tydides sed enim scelerumque inuentor Ulixes,
fatale aggressi sacrato auellere templo   165
Palladium, caesis summae custodibus arcis,
corripuere sacram effigiem, manibusque cruentis
uirgineas ausi diuae contingere uittas,
ex illo fluere ac retro sublapsa referri
spes Danaum, fractae uires, auersa deae mens.   170
Nec dubiis ea signa dedit Tritonia monstris.
Vix positum castris simulacrum, arsere coruscae
luminibus flammae arrectis, salsusque per artus
sudor iit, terque ipsa solo (mirabile dictu)
emicuit, parmamque ferens hastamque trementem.   175
Extemplo temptanda fuga canit aequora Calchas,
nec posse Argolicis exscindi Pergama telis,
omina ni repetant Argis, numenque reducant
quod pelago et curuis secum auexere carinis.
Et nunc quod patrias uento petiere Mycenas,   180
arma deosque parant comites pelagoque remenso
improuisi aderunt. Ita digerit omina Calchas.
Hanc pro Palladio moniti, pro numine laeso
effigiem statuere, nefas quae triste piaret.

Obrigações já não tenho com a pátria, contanto que cumpras,
rei, a promessa, e tu, Troia, servida por mim, me protejas
neste perigo e me pagues o grande serviço de agora.
Toda a esperança dos dânaos e a grande confiança na guerra
firmou-se sempre no auxílio de Palas. Porém, dês que Ulisses,[26]
de todo mal o inventor, e o ímpio filho do velho Tideu
imaginaram roubar o sagrado Paládio do templo,[27]
as sentinelas matando primeiro da excelsa almedina,
e a sacra efígie levaram, tocando, ademais, com mãos sujas
de sangue as faixas virgíneas da deusa — impiedade sem nome! —,
a decair começou pouco a pouco a esperança até o ponto
de esvaecer-se o vigor para a luta; e, contra eles, Minerva.
Logo a Tritônia nos deu manifestos sinais da mudança.[28]
Mal colocaram a estátua no campo, dos olhos abertos
chispas saíram, salgados humores banhando-lhe as faces,
e por três vezes ao solo saltou — coisa incrível! —, nas duas
mãos segurando a tremer o broquel e a hasta longa de bronze.
Pronto Calcante anunciou que se tente o implacável Oceano;
Pérgamo não tombará sob o impacto violento dos gregos,[29]
sem renovarem em Argos os votos e o nume de novo
reconduzirmos nos belos navios de proas recurvas.
E ora que os ventos a todos levaram à pátria Micenas,[30]
armas e sócios aprestam, porque, recruzando o mar alto,
surjam aqui de improviso. Esse, o voto do sábio Calcante.
E mais: em vez do Paládio, lhes disse, do nume ofendido,
um simulacro levantem, à guisa de pia oferenda.

---

[26] *Dês*: desde.

[27] *Paládio*: estátua da deusa Palas, isto é, Atena (Minerva), que os troianos adoravam como protetora da cidade.

[28] *Tritônia*: Minerva, nascida às margens do lago Tritão, na Líbia.

[29] *Pérgamo*: outro nome de Troia; ver I, v. 248. Neste verso se inicia discurso indireto de Calcante, inserido na narração de Sinão, por sua vez inserida na narração de Eneias, e que termina no v. 182 ("improviso").

[30] *A todos*: Ulisses, Diomedes e os guerreiros deles.

Hanc tamen immensam Calchas attollere molem   185
roboribus textis caeloque educere iussit,
ne recipi portis aut duci in moenia possit,
neu populum antiqua sub religione tueri.
Nam si uestra manus uiolasset dona Mineruae,
tum magnum exitium (quod di prius omen in ipsum   190
conuertant!) Priami imperio Phrygibusque futurum;
sin manibus uestris uestram ascendisset in urbem,
ultro Asiam magno Pelopea ad moenia bello
uenturam et nostros ea fata manere nepotes'.
Talibus insidiis periurique arte Sinonis   195
credita res, captique dolis lacrimisque coactis,
quos neque Tydides nec Larisaeus Achilles,
non anni domuere decem, non mille carinae.
Hic aliud maius miseris multoque tremendum
obicitur magis, atque improuida pectora turbat.   200
Laocoon, ductus Neptuno sorte sacerdos,
sollemnes taurum ingentem mactabat ad aras.
Ecce autem gemini a Tenedo tranquilla per alta
(horresco referens) immensis orbibus angues
incumbunt pelago pariterque ad litora tendunt;   205
pectora quorum inter fluctus arrecta iubaeque
sanguineae superant undas; pars cetera pontum
pone legit sinuatque immensa uolumine terga.
Fit sonitus spumante salo; iamque arua tenebant
ardentesque oculos suffecti sanguine et igni   210
sibila lambebant linguis uibrantibus ora.

Em desagravo da deusa, Calcante esta máquina imensa
mandou alçar até as nuvens, porque não passasse nas portas,
nem conseguísseis jamais para dentro dos muros levá-la,
e desse modo alcançásseis o amparo perdido dos deuses.
Pois, se violásseis com as mãos o presente fatal de Minerva,
praga iminente cairia — que os deuses o triste presságio
contra ele próprio convertam! — no império de Príamo e os teucros.
Mas, se essas mãos a pusessem sem dano no centro de Troia,
a Ásia todinha baixara, a arrasar a cidade de Pélope,[31]
triste fadário que iria cair sobre os nossos bisnetos'.
Tais juramentos do falso Sinão, as insídias e manhas,
mui facilmente a confiança venceram, com dolos e prantos,
dos que não foram dobrados nem mesmo pelo alto Tidida,[32]
dez longos anos, Aquiles feroz e mil barcos de guerra.[33]
Mas um prodígio maior, mais tremendo que tudo, aparece
para toldar e abalar as impróvidas mentes dos teucros.
O sacerdote sorteado, Laocoonte, no altar de Netuno[34]
solenemente imolava o mais belo dos touros; eis quando —
só de contar me horrorizo! — à flor d'água de Tênedo nadam
duas serpentes de voltas imensas por baixo do espelho;
emparelhadas, no rumo da costa depressa avançavam.
Peitos erguidos, a crista sanguínea por cima das ondas
as ultrapassam; o resto do corpo com roscas tamanhas
barafustava no fundo, a avançar pelas águas furiosas.
Troa o mar bravo e espumoso; já já se aproximam da praia;
de fogo e sangue injetados os olhos medonhos, a língua
silva e sibila na goela disforme, a lamber-lhe os contornos.

---

[31] *Pélope*: ou Pélops, pai de Atreu, avô de Agamêmnon e Menelau; aqui, *moenia Pelopea*, "muralhas de Pélops", designa, por extensão, as cidades do Peloponeso, a Grécia, inimiga de Troia.

[32] *Tidida*: "filho de Tideu", Diomedes; ver I, v. 96.

[33] *Aquiles feroz*: no original, *Larisaeus Achilles*, a rigor, Aquiles de Larissa, cidade da Tessália, na Grécia continental.

[34] Laocoonte fora sorteado para substituir o falecido sacerdote de Apolo.

Diffugimus uisu exsangues. Illi agmine certo
Laocoonta petunt; et primum parua duorum
corpora natorum serpens amplexus uterque
implicat et miseros morsu depascitur artus;   215
post ipsum auxilio subeuntem ac tela ferentem
corripiunt spirisque ligant ingentibus; et iam
bis medium amplexi, bis collo squamea circum
terga dati, superant capite et ceruicibus altis.
Ille simul manibus tendit diuellere nodos   220
perfusus sanie uittas atroque ueneno,
clamores simul horrendos ad sidera tollit:
quales mugitus, fugit cum saucius aram
taurus et incertam excussit ceruice securim.
At gemini lapsu delubra ad summa dracones   225
effugiunt saeuaeque petunt Tritonidis arcem,
sub pedibusque deae clipeique sub orbe teguntur.
Tum uero tremefacta nouus per pectora cunctis
insinuat pauor, et scelus expendisse merentem
Laocoonta ferunt, sacrum qui cuspide robur   230
laeserit, et tergo sceleratam intorserit hastam.
Ducendum ad sedes simulacrum orandaque diuae
numina conclamant.
Diuidimus muros et moenia pandimus urbis.
Accingunt omnes operi pedibusque rotarum   235
subiciunt lapsus, et stuppea uincula collo
intendunt; scandit fatalis machina muros,
feta armis. Pueri circum innuptaeque puellae

Diante de tal espetac'lo fugimos, de medo; os dois monstros
por próprio impulso a Laocoonte se atiram. Primeiro, os corpinhos
dos dois meninos enredam no abraço das rodas gigantes[35]
e os tenros membros retalham com suas dentadas sinistras.
Logo, a ele investem, no ponto em que, armado de frechas, corria
no auxílio de ambos; nas dobras enormes o apertam e, havendo
por duas vezes o corpo cingido, o pescoço outras duas,
muito por cima as cabeças lhes sobram, os colos altivos.
Tenta Laocoonte os fatídicos nós desmanchar, sem proveito,
sangue a escorrer e veneno anegrado das vendas da fronte,[36]
ao mesmo tempo que aos astros atira clamores horrendos,
tal como o touro, do altar a fugir, o cutelo sacode
que o sacerdote imperito na dura cerviz assestara.
Nesse entrementes, a par os dragões escaparam, rastreando
na direção do santuário de Palas severa, e se acolhem
aos pés da deusa, no asilo eficaz do broquel abaulado.[37]
Novo temor e pavor indizível a todos gelaram
o coração. A uma voz declararam ter sido Laocoonte
mui justamente punido; ultrajara o sagrado madeiro,
por disparar contra o grande cavalo sua lança impiedosa.
Em coro clamam que ao templo de Palas o bruto removam[38]
e a divindade com preces se aplaque.
Muros deitamos por terra; o recinto do burgo franqueamos.
À faina todos concorrem; debaixo dos pés lhes põem rodas;
cordas de cânhamo forte ao redor do pescoço lhe passam.
Assim transpôs as muralhas de Troia o fatal maquinismo,
prenhe de fortes guerreiros. Meninos à volta, donzelas

---

[35] *Dois meninos*: filhos de Laocoonte; *rodas*: os anéis da serpente. Encontra-se nesta passagem da *Eneida* a fonte literária para a iconografia do Laocoonte, tema tantas vezes figurado, sobretudo na escultura.

[36] *Vendas da fronte*: faixas na testa, insígnias do sacerdote.

[37] *Broquel*: pequeno escudo.

[38] *O bruto*: entenda-se, o cavalo. Virgílio diz *simulacrum*, aludindo a "simulacro", "estátua".

sacra canunt funemque manu contingere gaudent.
Illa subit mediaeque minans illabitur urbi.   240
O patria, o diuum domus Ilium et incluta bello
moenia Dardanidum! Quater ipso in limine portae
substitit atque utero sonitum quater arma dedere;
instamus tamen immemores caecique furore
et monstrum infelix sacrata sistimus arce.   245
Tunc etiam fatis aperit Cassandra futuris
ora, dei iussu non umquam credita Teucris.
Nos delubra deum miseri, quibus ultimus esset
ille dies, festa uelamus fronde per urbem.
Vertitur interea caelum et ruit oceano nox,   250
inuoluens umbra magna terramque polumque
Myrmidonumque dolos; fusi per moenia Teucri
conticuere; sopor fessos complectitur artus.
Et iam Argiua phalanx instructis nauibus ibat
a Tenedo tacitae per amica silentia lunae   255
litora nota petens, flammas cum regia puppis
extulerat, Fatisque deum defensus iniquis
inclusos utero Danaos et pinea furtim
laxat claustra Sinon, illos patefactus ad auras
reddit equus, laetique cauo se robore promunt   260
Thessandrus Sthenelusque duces et dirus Ulixes,
demissum lapsi per funem, Acamasque Thoasque,
Pelidesque Neoptolemus primusque Machaon
et Menelaus et ipse doli fabricator Epeos.
Inuadunt urbem somno uinoque sepultam;   265

hinos cantavam, folgando de as mãos encostar no cabresto.
Ameaçador, avançava até ao centro da bela cidade.
Ó pátria! Ó Ílio, morada dos deuses, famosa na guerra,
forte baluarte dos dárdanos! Por quatro vezes o monstro
para na entrada, por quatro no ventre se ouviu tinir armas.[39]
Mas, esquecidos de tudo, o levamos — cegueira incurável! —
e colocamos o monstro no próprio sacrário de Troia!
Abriu a boca nessa hora Cassandra e falou sobre os fatos[40]
ainda por vir; mas Apolo impediu que lhe déssemos crédito.
Enquanto nós, infelizes, chegados ao último dia,
pela cidade enfeitávamos arcos e templos com flores.
Nesse entremeio virou o alto céu; cai a noite no oceano,
o firmamento recobre de trevas espessas a terra,
e dos mirmídones toda a maldade. Espalhados nas casas,
calam-se os teucros; dos corpos cansados o sono se apossa.
Na melhor ordem de Tênedo a argiva falange partira,
favorecida da ausência da lua silente, no rumo
das conhecidas ribeiras. E apenas brilhou na alta popa
da capitânia o fanal, pelo Fado amparado dos deuses[41]
e a nós infenso, Sinão abre a furto a prisão de madeira
dos feros dânaos. Franqueada a saída, o cavalo devolve
para o ar os homens. Alegres, escapam do cavo escond'rijo
Tessandro e Estênelo, cabos de guerra, e o temível Ulisses,
por uma corda; Acamante e Toante valentes os seguem,
mais o Pelida Neoptólemo, filho de Aquiles, Macáone[42]
e Menelau com Epeu, fabricante ardiloso do engenho.
Todos, à uma, a cidade invadiram, no sono e no vinho

---

[39] *Ouviu*: nas edições anteriores, "ouviram", que arruinava o ritmo; aqui corrigido conforme o manuscrito do tradutor.

[40] *Cassandra*: filha de Príamo e Hécuba, que, belíssima, recebeu de Apolo o dom da profecia, mas, recusando-se a entregar-se ao deus, não recebeu o dom da persuasão.

[41] *Pelo Fado amparado dos deuses*: entenda-se, protegido pelo destino fixado pelos deuses.

[42] *Pelida Neoptólemo*: Neoptólemo é filho de Aquiles e neto de Peleu.

caeduntur uigiles, portisque patentibus omnes
accipiunt socios atque agmina conscia iungunt.
Tempus erat quo prima quies mortalibus aegris
incipit et dono diuum gratissima serpit.
In somnis, ecce, ante oculos maestissimus Hector   270
uisus adesse mihi, largosque effundere fletus;
raptatus bigis ut quondam, aterque cruento
puluere perque pedes traiectus lora tumentes.
Ei mihi, qualis erat, quantum mutatus ab illo
Hectore qui redit exuuias indutus Achilli,   275
uel Danaum Phrygios iaculatus puppibus ignes,
squalentem barbam et concretos sanguine crines
uulneraque illa gerens, quae circum plurima muros
accepit patrios. Ultro flens ipse uidebar
compellare uirum et maestas expromere uoces: 280
'O lux Dardaniae, spes o fidissima Teucrum,
quae tantae tenuere morae? Quibus Hector ab oris
exspectate uenis? Ut te post multa tuorum
funera, post uarios hominumque urbisque labores
defessi aspicimus! Quae causa indigna serenos   285
foedauit uultus? Aut cur haec uulnera cerno?'
Ille nihil, nec me quaerentem uana moratur,
sed grauiter gemitus imo de pectore ducens,
'Heu fuge, nate dea, teque his', ait, 'eripe flammis.
Hostis habet muros; ruit alto a culmine Troia.   290
Sat patriae Priamoque datum: si Pergama dextra
defendi possent, etiam hac defensa fuissent.
Sacra suosque tibi commendat Troia Penates;
hos cape fatorum comites, his moenia quaere
magna, pererrato statues quae denique ponto'.   295

como que imersos, os guardas massacram, as portas arrombam,
todas, e os sócios acolhem, de muito ali postos à espera.
Precisamente na hora em que para os mortais estafados
coa nos membros o grato sopor, doce prêmio dos deuses,
vi, pareceu-me, ante os olhos a sombra de Heitor, desolada,
a derramar quentes lágrimas pelo semblante tristonho,
tal como esteve antes disso, na biga arrastado à matroca,[43]
pelos dois pés, arroxeados por forte e inamável correia.
Quão diferente, ai de mim!, era então do outro Heitor que eu corria
sempre a encontrar, quando entrava vestido do espólio de Aquiles,[44]
ou quando o fogo dos frígios jogava nas naus dos acaios,
a barba esquálida, o sangue a empastar os cabelos, feridas
e cicatrizes sem conta, da guerra em defesa da pátria,
em torno aos muros. Assim como o vi, a chorar, pareceu-me[45]
que o interroguei por primeiro com estas palavras doridas:
'Ó luz dardânia!, fortíssimo esteio dos homens de Troia!
Por que voltaste tão tarde? A razão, caro Heitor, de ficares
por tanto tempo naquelas regiões, para agora te vermos
em tal estado, depois dos trabalhos da pátria, indizíveis,
de massacrados os seus defensores? Que mão criminosa
desfigurou-te? E as feridas do corpo, onde e quando as sofreste?'
Nada falou em resposta a essas fúteis perguntas do amigo.
Mas, do imo peito emitindo um gemido profundo, me disse:
'Foge daqui, filho de uma deidade; do incêndio te livra.
Dentro dos muros campeia o inimigo; hoje Troia extinguiu-se.
Muito já demos a Príamo e à pátria. Se a Pérgamo a destra
de algo valesse, estas mãos se imporiam na sua defesa.
Troia te entrega os seus deuses e os sacros objetos do culto.
Leva contigo esses sócios; procura morada para eles,
grande cidade, depois de cortares o mar tormentoso'.

---

[43] *À matroca*: sem rumo. Nunes deve ter acompanhado Odorico Mendes (*Eneida brasileira*, V, v. 873, e X, v. 305) ao empregar a locução; ver V, v. 867.

[44] *Espólio*: as armas tomadas ao inimigo.

[45] *A chorar*: é Eneias quem chora.

Sic ait et manibus uittas Vestamque potentem
aeternumque adytis effert penetralibus ignem.
Diuerso interea miscentur moenia luctu,
et magis atque magis, quamquam secreta parentis
Anchisae domus arboribusque obtecta recessit,   300
clarescunt sonitus armorumque ingruit horror.
Excutior somno et summi fastigia tecti
ascensu supero atque arrectis auribus adsto;
in segetem ueluti cum flamma furentibus Austris
incidit, aut rapidus montano flumine torrens   305
sternit agros, sternit sata laeta boumque labores,
praecipitesque trahit siluas; stupet inscius alto
accipiens sonitum saxi de uertice pastor.
Tum uero manifesta fides, Danaumque patescunt
insidiae. Iam Deiphobi dedit ampla ruinam   310
Vulcano superante domus; iam proximus ardet
Ucalegon; Sigea igni freta lata relucent.
Exoritur clamorque uirum clangorque tubarum.
Arma amens capio; nec sat rationis in armis,
sed glomerare manum bello et concurrere in arcem   315
cum sociis ardent animi; furor iraque mentem
praecipitant, pulchrumque mori succurrit in armis.
Ecce autem telis Panthus elapsus Achiuum,
Panthus Othryades, arcis Phoebique sacerdos,
sacra manu uictosque deos paruumque nepotem   320
ipse trahit, cursuque amens ad limina tendit.
'Quo res summa loco, Panthu? Quam prendimus arcem?'
Vix ea fatus eram, gemitu cum talia reddit:

Disse, e entregou-me as sagradas insígnias e Vesta potente,[46]
e o fogo eterno que ardia no lar, no santuário profundo.
Pela cidade, entretanto, ressoavam lamentos confusos,
cada vez mais acentuados; e embora a morada de Anquises,
meu terno pai, fosse longe e cercada por denso arvoredo,
cada vez mais o ruído das vozes, das armas se ouvia.
Sacudo o sono; e o mirante galgando do belo palácio,
de ouças atentas me pus a escutar, sem mexer-me um tantinho.[47]
Não de outra forma, quando Austro furioso nas searas o fogo
por tudo espalha, ou a torrente aumentada com as águas dos montes
arrasa os campos, a bela colheita, dos bois o trabalho,
e as próprias matas carrega: perplexo, no cimo de um monte,
sem compreender o que passa, o pastor se admira do que ouve.
Era patente a traição; sem rebuços, a grega perfídia.
Já se encontrava por terra o palácio do forte Deífobo,[48]
pelo furor de Vulcano arruinado; bem próximo ardia
Ucalegonte. O Sigeu com o reflexo do fogo esplendia.[49]
Ouvem-se gritos dos homens, o toque atroador das trombetas.
Fora de mim, logo as armas procuro; de nada nos servem.
Um pensamento a nós todos anima: voar para os pontos
onde a batalha mais forte estrondava. Uma ideia somente
nos exaltava: era belo morrer em defesa da pátria.
Panto nessa hora ao encontro me sai, sacerdote de Febo,
nascido de Ótris possante; seguiam-no rente os aquivos.
Numa das mãos traz os deuses vencidos, ornatos do culto;
noutra, um netinho; atordoado, corria até casa a buscar-me.
'Panto, onde a luta é mais forte? Ainda temos alguma defesa?'
Mal lhe falara, arrancou do mais fundo um gemido abafado:

---

[46] *Vesta*: entenda-se, a imagem da deusa Vesta, que vela o fogo do lar.

[47] *Ouças amigas*: ouvidos acessíveis.

[48] *Deífobo*: um dos filhos de Príamo; *furor de Vulcano*: um incêndio.

[49] *Ucalegonte*: ou Ucalegão, era um ancião do conselho de Príamo. Note-se o emprego da sinédoque: em vez da propriedade, usa-se o nome do proprietário. *Sigeu*: um morro na Tróade, a planície de Troia.

'Venit summa dies et ineluctabile tempus
Dardaniae: fuimus Troes, fuit Ilium et ingens   325
gloria Teucrorum; ferus omnia Iuppiter Argos
transtulit. Incensa Danai dominantur in urbe.
Arduus armatos mediis in moenibus adstans
fundit equus uictorque Sinon incendia miscet
insultans. Portis alii bipatentibus adsunt,   330
milia quot magnis umquam uenere Mycenis;
obsedere alii telis angusta uiarum
oppositi; stat ferri acies mucrone corusco
stricta, parata neci; uix primi proelia temptant
portarum uigiles et caeco Marte resistunt'.   335
Talibus Othryadae dictis et numine diuum
in flammas et in arma feror, quo tristis Erinys,
ullo fremitus uocat et sublatus ad aethera clamor.
Addunt se socios Rhipeus et maximus armis
Epytus, oblati per lunam, Hypanisque Dymasque,   340
et lateri agglomerant nostro, iuuenisque Coroebus,
Mygdonides: illis ad Troiam forte diebus
uenerat, insano Cassandrae incensus amore,
et gener auxilium Priamo Phrygibusque ferebat,
infelix, qui non sponsae praecepta furentis   345
audierit!
Quos ubi confertos audere in proelia uidi,
incipio super his: 'Iuuenes, fortissima frustra
pectora, si uobis audentem extrema cupido
certa sequi, quae sit rebus Fortuna uidetis: 350
excessere omnes adytis arisque relictis
di quibus imperium hoc steterat; succurritis urbi

'O último dia chegou da fatal extinção dos troianos.
Troia caiu, Ílio santa deixou de existir, a alta glória
dos descendentes de Dárdano. Júpiter fero aos aquivos
transferiu tudo. No burgo abrasado ora os gregos imperam.
O desmedido cavalo, do centro vital da cidade
lança esquadrões sobre nós, e o insultante Sinão onde passa
semeia incêndios; inúmeros dânaos, nas portas abertas;
tal multidão como nunca mandou-nos a forte Micenas.
Outros, as ruas estreitas entopem de flechas sangrentas.
O gume do aço brilhante e eriçado de pontas, a morte
de toda parte nos manda. Com muito trabalho, os primeiros
guardas, nas trevas envoltos, à força de Marte se opõem'.
A essas palavras do Otríada e aos próprios ditames dos deuses[50]
corro ao encontro das armas, do fogo, das tristes Erínias,[51]
ao grande estrondo dos ferros, clamor que até aos astros ecoa.
A mim se agrega Rifeu juntamente com Épito, o grande
e venerável guerreiro, do luar amparados, mais Hípanis,
o alto Dimante, seguido do jovem Corebo Migdônida,
que a Troia viera de pouco, do amor desvairado trazido
da profetisa Cassandra, a auxiliar como genro a defesa
da fortaleza de Príamo e seus contingentes da Frígia.
Infeliz moço, que ouvidos não teve de ouvir os prenúncios
da sua amada!
Vendo-os dispostos a entrar na peleja, tomados de brio,
disse-lhes: 'Jovens de inútil esforço e ousadia! No caso
de me acolherdes o apelo para uma entrepresa arriscada,[52]
quase loucura, bem vedes para onde a Fortuna bandeou-se:
todos os deuses, esteios da pátria, os santuários e altares
já abandonaram. Correis em defesa de ruínas e escombros

---

[50] *Otríada*: patronímico, filho de Otrias; designa Panto.

[51] *Erínias*: filhas de Noite e Saturno, são as deusas gregas da vingança, identificadas com as Fúrias dos romanos. São três: em geral chamadas Alecto, Tisífone e Megera — ou Erínis, a única que Virgílio mencionou no original.

[52] *Entrepresa*: empreendimento, façanha.

incensae; moriamur et in media arma ruamus.
Una salus uictis nullam sperare salutem'.
Sic animis iuuenum furor additus. Inde, lupi ceu   355
raptores atra in nebula, quos improba uentris
exegit caecos rabies, catulique relicti
faucibus exspectant siccis, per tela, per hostes
uadimus haud dubiam in mortem mediaeque tenemus
urbis iter; nox atra caua circumuolat umbra.   360
Quis cladem illius noctis, quis funera fando
explicet, aut possit lacrimis aequare labores?
Urbs antiqua ruit, multos dominata per annos;
plurima perque uias sternuntur inertia passim
corpora, perque domos et religiosa deorum   365
limina. Nec soli poenas dant sanguine Teucri;
quondam etiam uictis redit in praecordia uirtus
uictoresque cadunt Danai. Crudelis ubique
luctus, ubique pauor, et plurima mortis imago.
Primus se Danaum magna comitante caterua   370
Androgeos offert nobis, socia agmina credens
inscius, atque ultro uerbis compellat amicis:
'Festinate, uiri! Nam quae tam sera moratur
segnities? Alii rapiunt incensa feruntque
Pergama; uos celsis nunc primum a nauibus itis'.   375
Dixit, et extemplo (neque enim responsa dabantur
fida satis) sensit medios delapsus in hostes.
Obstipuit retroque pedem cum uoce repressit.
Improuisum aspris ueluti qui sentibus anguem
pressit humi nitens trepidusque repente refugit   380
attollentem iras et caerula colla tumentem:
haud secus Androgeos uisu tremefactus abibat.
Irruimus densis et circumfundimur armis,

em labaredas. Morramos, então! Avancemos sem medo!
Para os vencidos só há salvação na esperança perdida'.[53]
Com essas palavras inflamo até ao máximo o peito dos jovens.
Tal como lobos rapaces que cegos de fome imperiosa
saem de noite à procura de presa e da cova se afastam,
onde os filhinhos o aguardam com fauces sedentas: por dardos,[54]
por hostes densas rompemos no rumo da morte, até ao centro
da grande Troia. Atra noite por cima de nós circunvoa.
Quem poderia narrar os horrores, o atroz morticínio
daquela noite, ou com o pranto igualar o trabalho dos teucros?
Caiu por terra uma antiga cidade, rainha das outras.
Corpos sem vida aos montões se acumulam por todos os lados,
nas casas amplas, nas ruas, no sólio dos templos sagrados,
pois nos vencidos, por vezes, renasce o vigor primitivo,
e os vencedores também pereciam. Por tudo, desgraças,
luto, lamentos, a imagem da morte em diversas posturas.
Foi o primeiro a of'recer-se a nosso ímpeto Andrógeo valente,
que vinha à frente de muitos guerreiros e nos confundira
com combatentes argivos. Em tom amigável falou-nos:
'Mais pressa nisso, rapazes! Por que a sair demorastes
do esconderijo? Por que essa preguiça, quando outros argivos
já estão saqueando os palácios em chamas de Pérgamo altiva?
Somente agora deixastes as naves de proas recurvas?'
Apenas isso. Mas, tendo notado no que lhe dissemos
algo suspeito, calou-se de pronto e recuou para o grupo,
interrompendo de medo, a um só tempo, a investida e o discurso.
Como o viandante que o pé, de improviso, assentou numa cobra
quase escondida entre as pedras e salta a tremer quando a enxerga
meio enrolada, de colo cerúleo, com o bote já prestes:
assim Andrógeo ao nos ver se dispõe a fugir, cauteloso.
Arremetemos contra ele, de espadas, e o cerco apertamos.

---

[53] Verso célebre: *Una salus uictis nullam sperare salutem*. Eneias exorta os companheiros a não temer a morte iminente e lutar até o fim.

[54] *Fauces*: gargantas.

ignarosque loci passim et formidine captos
sternimus; aspirat primo Fortuna labori.   385
Atque hic successu exsultans animisque Coroebus,
'O socii, qua prima', inquit, 'Fortuna salutis
monstrat iter, quaque ostendit se dextra, sequamur.
Mutemus clipeos Danaumque insignia nobis
aptemus. Dolus an uirtus, quis in hoste requirat?   390
Arma dabunt ipsi'. Sic fatus, deinde comantem
Androgei galeam clipeique insigne decorum
induitur laterique Argiuum accommodat ensem.
Hoc Rhipeus, hoc ipse Dymas omnisque iuuentus
laeta facit; spoliis se quisque recentibus armat.   395
Vadimus immixti Danais haud numine nostro
multaque per caecam congressi proelia noctem
conserimus, multos Danaum demittimus Orco.
Diffugiunt alii ad naues et litora cursu
fida petunt; pars ingentem formidine turpi   400
scandunt rursus equum et nota conduntur in aluo.
Heu nihil inuitis fas quemquam fidere diuis!
Ecce trahebatur passis Priameia uirgo
crinibus a templo Cassandra adytisque Mineruae
ad caelum tendens ardentia lumina frustra,   405
lumina, nam teneras arcebant uincula palmas.
Non tulit hanc speciem furiata mente Coroebus
et sese medium iniecit periturus in agmen.
Consequimur cuncti et densis incurrimus armis.
Hic primum ex alto delubri culmine telis   410
nostrorum obruimur oriturque miserrima caedes
armorum facie et Graiarum errore iubarum.
Tum Danai gemitu atque ereptae uirginis ira

Em terra estranha, tomados de susto, colheu-os a morte.[55]
Favoreceu-nos a deusa Fortuna no nosso improviso.
Com tal sucesso exultando, Corebo se anima e nos grita:
'Caros amigos, adiante! Sigamos o próprio caminho
da salvação que os benévolos Fados agora mostraram.
Nossos escudos troquemos; vistamos as gregas insígnias.
Ou por astúcia ou valor, tudo vale no trato de imigos.
Eles as armas nos dão'. Disse; e logo enfiou na cabeça
o capacete de belo penacho de Andrógeo, o riquíssimo
escudo embraça, e de lado ajustou linda espada da Grécia.
Rifeu, Dimante e outros mais logo o mesmo fizeram, o grupo
da mocidade jovial. Todos se armam de espólios recentes.
Sem numes pátrios, então, misturamo-nos com os próprios dânaos,
e quase às cegas de noite em sangrentos recontros mandamos
récuas e récuas de aquivos para o Orco ainda mais tenebroso.
Muitos às naves se acolhem, buscando refúgio na praia;
outros, tomados de baixos temores, de novo ao cavalo
sobem, a fim de abrigarem-se no conhecido reduto.
Ah! sem a ajuda dos deuses de nada nos vale a Fortuna.[56]
Eis que de súbito vemos a virgem Cassandra, de Príamo
filha dileta, arrastada do templo, cabelos esparsos;[57]
os belos olhos para o alto estendia, à procura de amparo;
olhos, apenas, que as mãos delicadas os laços prendiam.
Cheio de dor ante a vista do quadro, Corebo não pôde
conter a fúria e, disposto a morrer, entre os dânaos jogou-se.
Acompanhamo-lo; num batalhão bem formado investimos.
Nisso, a cair sobre nós do telhado do templo começam
dardos sem conta que no alvo acertavam, movidos do engano
das armaduras dos gregos, com cascos de belos penachos.
Cegos de dor e de raiva por terem perdido Cassandra,

---

[55] *Tomados de susto*: entenda-se, Andrógeo e seu grupo.

[56] Virgílio não menciona Fortuna: no original, *Heu nihil inuitis fas quemquam fidere diuis*, "ninguém deve confiar em deuses contrários".

[57] *Cassandra* é arrastada por *Ajaz*, ou Ájax; ver I, v. 41.

undique collecti inuadunt, acerrimus Aiax,
et gemini Atridae Dolopumque exercitus omnis;   415
aduersi rupto ceu quondam turbine uenti
confligunt, Zephyrusque Notusque et laetus Eois
Eurus equis; stridunt siluae, saeuitque tridenti
spumeus atque imo Nereus ciet aequora fundo.
Illi etiam, si quos obscura Nocte per umbram   420
fudimus insidiis totaque agitauimus urbe,
apparent; primi clipeos mentitaque tela
agnoscunt, atque ora sono discordia signant.
Ilicet obruimur numero, primusque Coroebus
Penelei dextra diuae armipotentis ad aram   425
procumbit, cadit et Rhipeus, iustissimus unus
qui fuit in Teucris et seruantissimus aequi.
Dis aliter uisum; pereunt Hypanisque Dymasque
confixi a sociis; nec te tua plurima, Panthu,
labentem pietas nec Apollinis infula texit.   430
Iliaci cineres et flamma extrema meorum,
testor in occasu uestro nec tela nec ullas
uitauisse uices Danaum et, si Fata fuissent
ut caderem, meruisse manu. Diuellimur inde,
Iphitus et Pelias mecum (quorum Iphitus aeuo   435
iam grauior, Pelias et uulnere tardus Ulixi),
protinus ad sedes Priami clamore uocati.
Hic uero ingentem pugnam, ceu cetera nusquam
bella forent, nulli tota morerentur in urbe.
Sic Martem indomitum Danaosque ad tecta ruentes   440
cernimus obsessumque acta testudine limen.

a gente graia acomete: o terrível Ajaz, os Atridas[58]
como dois gêmeos, e o exército inteiro dos dólopes feros.
Não de outra forma engalfinham-se ventos contrários em luta,
Zéfiro e Noto e mais Euro galhardo, vaidoso com a posse
dos corredores da Aurora. A floresta estrondeia; empunhando[59]
belo tridente, Nereu espumoso o mar fundo remexe.[60]
Vem atacar-nos os mesmos que nós antes disso espalhamos
pela cidade, escondidos nas dobras do manto da Noite.
Brigam deveras; primeiro de todos o engano percebem,
troca de escudos e glaivos, a fala de acentos estranhos.
Dada a superioridade do número, retrocedemos.
Logo Corebo caiu, pela mão do viril Peneleu,
junto do altar de Minerva potente; Rifeu, o homem justo,
também tombou, dos troianos o mais acatado e virtuoso.
Mas os eternos assim não pensavam. Dimante mais Hípanis
tombam às mãos dos seus próprios amigos; nem tua piedade,
Panto ilustríssimo, e as ínfulas sacras puderam salvar-te.[61]
Cinzas ilíacas, chamas da última pira dos teucros!
sois testemunhas de como jamais me esquivei de perigos,
das duras armas dos dânaos, e que se o Destino me impunha
morrer na guerra, com sobra o meu braço tal prêmio exigia.
Dali me afasto, seguido de Pélias e de Ífito. Era Ífito
bastante idoso; ferido foi Pélias de um dardo de Ulisses.
Logo a atenção nos chamou grande estrondo nos paços de Príamo,
onde a batalha se trava com tanto furor, qual se noutras
partes a calma reinasse, sem vítima alguma nem perdas.
Marte indomável por tudo seu grande furor espalhava.
Com tartarugas formadas de escudos os gregos as portas[62]

---

[58] *Gente graia*: os gregos.

[59] *Corredores*: cavalos, que aqui puxam o carro da Aurora.

[60] *Nereu*: deus marinho, pai das Nereidas.

[61] *Ínfulas*: faixas presas na cabeça, como insígnias dos sacerdotes.

[62] *Tartarugas*: indica a formação em que soldados, alinhados um ao lado do outro, formavam carapaça protetora com os escudos.

Haerent parietibus scalae, postesque sub ipsos
nituntur gradibus, clipeosque ad tela sinistris
protecti obiciunt, prensant fastigia dextris.
Dardanidae contra turres ac tota domorum   445
culmina conuellunt; his se, quando ultima cernunt,
extrema iam in morte parant defendere telis,
auratasque trabes, ueterum decora alta parentum,
deuoluunt; alii strictis mucronibus imas
obsedere fores, has seruant agmine denso.   450
Instaurati animi regis succurrere tectis
auxilioque leuare uiros uimque addere uictis.
Limen erat caecaeque fores et peruius usus
tectorum inter se Priami, postesque relicti
a tergo, infelix qua se, dum regna manebant,   455
saepius Andromache ferre incomitata solebat
ad soceros et auo puerum Astyanacta trahebat.
Euado ad summi fastigia culminis, unde
tela manu miseri iactabant irrita Teucri.
Turrim in praecipiti stantem summisque sub astra   460
eductam tectis, unde omnis Troia uideri
et Danaum solitae naues et Achaia castra,
aggressi ferro circum, qua summa labantes
iuncturas tabulata dabant, conuellimus altis
sedibus, impulimusque; ea lapsa repente ruinam   465
cum sonitu trahit et Danaum super agmina late
incidit. Ast alii subeunt, nec saxa nec ullum
telorum interea cessat genus.
Vestibulum ante ipsum primoque in limine Pyrrhus
exsultat, telis et luce coruscus aena;   470
qualis ubi in lucem coluber mala gramina pastus
frigida sub terra tumidum quem bruma tegebat,

assediavam, no afã de ganhar o telhado das casas.
Fortes escadas nos muros engancham; degraus sobem lestes;
firmes na esquerda os broquéis, contra os dardos amparo eficiente,
no peitoril com a direita seguros, aos poucos avançam.
Por outro lado, os troianos de cima as cumeeiras e as torres
jogam abaixo, projéteis descobrem com que defender-se:
são vigamentos dourados, insígnias dos priscos monarcas;
tudo lhes serve. Outros, gládios na destra, postados nas portas,
em formações adensadas a entrada aos estranhos impedem.
Mais animados, ajuda assentamos levar ao palácio,
reforço aos vivos trazer, duplicar o vigor dos vencidos.
Porta secreta existia por trás do palácio de Príamo,
comunicante com as outras moradas, oculta aos argivos,
por onde Andrômaca, ao tempo em que Troia ao fastígio ascendera,[63]
vir costumava sem guarda nenhuma trazendo o filhinho,
Astianacte infeliz, em visita ao avô carinhoso.[64]
Por essa porta subi ao ponto alto da casa, onde os pobres
teucros seus írritos dardos jogavam no campo inimigo.
Torre construída na borda do teto e elevada às estrelas
lá se encontrava, lugar de onde os troas olhar costumavam
o acampamento dos gregos, as naves de proas recurvas.
Na sua base assentando alavancas nos pontos mais fracos,
onde as junturas cediam, com esforço conjunto a impelimos
e da alta sede a arrancamos. Num ápice, com grande estrondo
cai para a frente, assolando até longe as falanges dos gregos.
Logo esses claros preenchem com gente mais fresca. Não para
de chover dardos e pedras.
Desde o portal do vestíbulo Pirro exultante campeava,[65]
resplandecente com o brilho invulgar de sua bela armadura,
do mesmo modo que à luz aparece do dia uma cobra,
de ervas daninhas nutrida no inverno debaixo da terra,

---

[63] *Andrômaca*: a esposa de Heitor.

[64] *Astianacte*: ou Astíanax, filho de Heitor e Andrômaca.

[65] *Pirro*: filho de Aquiles. É também chamado "Neoptólemo", ver v. 263.

nunc, positis nouus exuuiis nitidusque iuuenta,
lubrica conuoluit sublato pectore terga
arduus ad solem, et linguis micat ore trisulcis. 475
Una ingens Periphas et equorum agitator Achillis,
armiger Automedon, una omnis Scyria pubes
succedunt tecto et flammas ad culmina iactant.
Ipse inter primos correpta dura bipenni
limina perrumpit postesque a cardine uellit 480
aeratos; iamque excisa trabe firma cauauit
robora, et ingentem lato dedit ore fenestram.
Apparet domus intus, et atria longa patescunt;
apparent Priami et ueterum penetralia regum,
armatosque uident stantes in limine primo. 485
At domus interior gemitu miseroque tumultu
miscetur, penitusque cauae plangoribus aedes
femineis ululant; ferit aurea sidera clamor.
Tum pauidae tectis matres ingentibus errant
amplexaeque tenent postes atque oscula figunt. 490
Instat ui patria Pyrrhus; nec claustra, neque ipsi
custodes sufferre ualent; labat ariete crebro
ianua, et emoti procumbunt cardine postes.
Fit uia ui; rumpunt aditus primosque trucidant
immissi Danai et late loca milite complent. 495
Non sic, aggeribus ruptis cum spumeus amnis
exiit, oppositasque euicit gurgite moles,
fertur in arua furens cumulo, camposque per omnes
cum stabulis armenta trahit. Vidi ipse furentem
caede Neoptolemum geminosque in limine Atridas; 500
uidi Hecubam centumque nurus Priamumque per aras
sanguine foedantem quos ipse sacrauerat ignes.

e ora, de pele mudada, já livre do frio enervante,
com aparência de jovem o colo e a cabeça exaltasse,
o dardo tríplice agita e sibila na boca ardorosa.[66]
Ao lado seu, Perifante se encontra e o escudeiro de Aquiles,
Automedonte, cocheiro também, mais os fortes mancebos
da bela Escíria, que fachos acesos nos tetos jogavam.[67]
Pirro, na frente dos outros, armado de dura bipene,[68]
deixa em pedaços os fortes umbrais; abalados os quícios
e as bronzeadas couceiras e roto um dos fortes batentes,
brecha primeiro, depois larga entrada aos aquivos apresta.
Eis que aparece o interior do palácio, seus pórticos amplos,
os aposentos de Príamo e nossos antigos monarcas,
gente da guarda também, apostados naquela defesa.
Tudo são ais, miserável tumulto nas salas internas,
quadros de dor e de angústia, o ululado femíneo, lamentos
dilacerantes por tudo, até ao céu estrelado se elevam.
Pelos salões as matronas de pávido aspecto vagueiam,
nas belas portas se encostam, de beijos sentidos as cobrem.
Com a mesma fúria do pai, Pirro a ação predatória dirige,
sem que barreiras nem guardas consigam detê-lo; às batidas
crebras do aríete as portas já cedem, dos gonzos escapam.[69]
À força estradas alargam; batentes se quebram; sem vida
tombam os guardas, os dânaos avançam e as salas inundam.
Com menos fúria a represa espumante seus diques estoura,
e, arrebentando as barreiras que o passo impedir lhe tentavam,
longe os terrenos alaga e os currais alinhados, e o próprio
gado carrega no bojo das águas. O filho de Aquiles,
os dois Atridas irmãos na soleira do paço postados,
Hécuba, suas cem noras e Príamo junto das aras
com sangue fresco a irrigar as fogueiras por ele apagadas.

---

[66] *Dardo tríplice*: a língua da serpente cindida em três.

[67] *Escíria*: a ilha de Ciros, no mar Egeu.

[68] *Bipene*: machadinha de dois gumes.

[69] *Crebras*: frequentes, repetidas.

Quinquaginta illi thalami, spes tanta nepotum,
barbarico postes auro spoliisque superbi
procubuere; tenent Danai, qua deficit ignes.   505
Forsitan et Priami fuerint quae fata requiras.
Urbis uti captae casum conuulsaque uidit
limina tectorum et medium in penetralibus hostem,
arma diu senior desueta trementibus aeuo
circumdat nequiquam umeris et inutile ferrum   510
cingitur, ac densos fertur moriturus in hostes.
Aedibus in mediis nudoque sub aetheris axe
ingens ara fuit iuxtaque ueterrima laurus,
incumbens arae atque umbra complexa Penates.
Hic Hecuba et natae nequiquam altaria circum,   515
praecipites atra ceu tempestate columbae,
condensae et diuum amplexae simulacra sedebant.
Ipsum autem sumptis Priamum iuuenalibus armis
ut uidit, 'Quae mens tam dira, miserrime coniunx,
impulit his cingi telis? Aut quo ruis?', inquit,   520
'Non tali auxilio nec defensoribus istis
tempus eget; non, si ipse meus nunc afforet Hector.
Huc tandem concede; haec ara tuebitur omnes,
aut moriere simul'. Sic ore effata recepit
ad sese et sacra longaeuum in sede locauit.   525
Ecce autem elapsus Pyrrhi de caede Polites,
unus natorum Priami, per tela, per hostes
porticibus longis fugit et uacua atria lustrat
saucius. Illum ardens infesto uulnere Pyrrhus
insequitur, iam iamque manu tenet et premit hasta.   530
Ut tandem ante oculos euasit et ora parentum,
concidit ac multo uitam cum sanguine fudit.
Hic Priamus, quamquam in media iam morte tenetur,
non tamen abstinuit nec uoci iraeque pepercit:
'At tibi pro scelere', exclamat, 'pro talibus ausis,   535
di, si qua est caelo pietas quae talia curet,
persoluant grates dignas et praemia reddant

Cinquenta leitos de núpcias, promessa de bela colheita,
pórticos de ouro luzente, despojos dos bárbaros, tudo
lama e ruínas. O ferro dos dânaos o incêndio alimenta.
Provavelmente desejas saber o destino de Príamo.
Vendo a cidade tomada, destruídas as portas soberbas,
o próprio lar profanado e desfeito por gente inimiga,
o venerável monarca nos trêmulos ombros enverga
sua armadura antiquada, da espada sem gume se apossa,
e, decidido a morrer, se dirige ao encontro do imigo.
No centro mesmo do belo palácio, ao ar livre no pátio,
um grande altar se encontrava ladeado de antigo loureiro,
que as divindades do lar abrigava com a fronde vetusta.
Hécuba com suas noras em torno do altar se apertavam
inutilmente, no jeito de um bando de pombas em fuga
de ameaçadora tormenta, abraçadas à efígie da deusa.
Ao perceber o marido vestido com as armas de moço:
'Mísero esposo', exclamou; 'que delírio insensato te obriga
a usar a velha armadura? Para onde te arrastas sem forças?
A situação ora pede outras armas, defesa mais forte.
Nem a presença do meu caro Heitor poderia salvar-nos
neste momento. Acomoda-te aqui; este altar nos ampara.
Ou vem conosco morrer'. Assim disse. E tomando o velhinho
pela mão trêmula, fê-lo sentar no recinto sagrado.
Nesse momento, fugindo do gládio de Pirro, Polites,
um dos rebentos de Príamo, corre por meio dos dardos,
dos inimigos, os átrios desertos perpassa na fuga,
a perder sangue. No encalço do moço Polites vai Pirro,
louco de fúria, hasta no alto, e por último o alcança de cheio.
E quando alfim chega à vista de Príamo e Hécuba, tomba,
em frente mesmo dos pais, esvaído de sangue, às golfadas.
Príamo, então — meio morto já estava — não pôde conter-se;
desabafou com palavras de cólera e dor represadas:
'Por este crime', exclamou, 'tais extremos de inútil crueldade,
punam-te os deuses — se houver mesmo deuses para esses abusos —,
a recompensa te deem merecida, o castigo devido,

debita, qui nati coram me cernere letum
fecisti et patrios foedasti funere uultus.
At non ille, satum quo te mentiris, Achilles   540
talis in hoste fuit Priamo; sed iura fidemque
supplicis erubuit, corpusque exsangue sepulcro
reddidit Hectoreum meque in mea regna remisit'.
Sic fatus senior telumque imbelle sine ictu
coniecit, rauco quod protinus aere repulsum   545
et summo clipei nequiquam umbone pependit.
Cui Pyrrhus: 'Referes ergo haec et nuntius ibis
Pelidae genitori; illi mea tristia facta
degeneremque Neoptolemum narrare memento.
Nunc morere'. Hoc dicens altaria ad ipsa trementem   550
traxit et in multo lapsantem sanguine nati,
implicuitque comam laeua, dextraque coruscum
extulit, ac lateri capulo tenus abdidit ensem.
Haec finis Priami fatorum; hic exitus illum
sorte tulit, Troiam incensam et prolapsa uidentem   555
Pergama, tot quondam populis terrisque superbum
regnatorem Asiae. Iacet ingens litore truncus,
auulsumque umeris caput, et sine nomine corpus.
At me tum primum saeuus circumstetit horror.
Obstipui; subiit cari genitoris imago,   560
ut regem aequaeuum crudeli uulnere uidi
uitam exhalantem; subiit deserta Creusa,
et direpta domus et parui casus Iuli.
Respicio et quae sit me circum copia lustro.
Deseruere omnes defessi et corpora saltu   565
ad terram misere aut ignibus aegra dedere.
Iamque adeo super unus eram, cum limina Vestae
seruantem et tacitam secreta in sede latentem

pois presenciar me fizeste o trespasso de um filho inocente;
com o sangue limpo do filho as feições de um pai velho manchaste.
O próprio Aquiles, de quem falsamente te dizem nascido,
não se portou desse modo com Príamo imigo; mostrou-se
pio, e acatou os direitos de um velho pedinte, deixando
que para Troia eu voltasse; o cadáver de Heitor entregou-me'.
Ao dizer isso, o velhinho arrojou com a mão débil o dardo
que pelo rouco metal repelido foi logo, ficando
inutilmente suspenso no forro do escudo abaulado.
Pirro falou: 'Pois então vai tu mesmo contar ao Pelida,
meu nobre pai, as proezas sem glória do filho pequeno,
degenerado, Neoptólemo. Mas, antes disso, aqui morre'.
Assim falando, arrastou para junto do altar o tremente
velho, que os pés resvalava no sangue empapado do filho.
Com a mão esquerda segura os cabelos do ancião, e, com a espada
firme na destra a luzir, enterrou-a até os copos no peito.[70]
O fim foi este de Príamo, o fado trazido do berço,
à vista mesmo do incêndio de Troia, da queda de Pérgamo,
governador inconteste de tantas regiões florescentes,
dos povos d'Ásia. Hoje, um corpo sem nome jogado na praia,
e separadas dos ombros as cãs venerandas de um velho.
A vez primeira foi essa em que horror indizível do peito
se me apodera. A imagem do pai queridíssimo, Anquises,
me ocorre à mente, com os traços de um rei tão idoso quanto ele,
que ali morrera ultrajado. Pensei outrossim em Creúsa
ao desamparo, na casa incendiada, em Iulo sozinho.
Olho ao redor para ver com que gente eu contava; morrido
já haviam todos; ou fosse cansaço ou desânimo, atiram-se
dos altos muros alguns ou na imensa fogueira, ainda vivos.
Sozinho estava, portanto; mas nisso diviso na entrada
do belo templo a Tindárida em busca de um canto discreto[71]

---

[70] *Copos*: parte da espada que protege a mão, entre a lâmina e a empunhadura. Odorico Mendes também usa a locução (*Eneida brasileira*, II, v. 576).

[71] *Tindárida*: Helena, filha de Tíndaro.

Tyndarida aspicio; dant clara incendia lucem
erranti passimque oculos per cuncta ferenti.   570
Illa sibi infestos euersa ob Pergama Teucros
et poenas Danaum et deserti coniugis iras
praemetuens, Troiae et patriae communis Erinys,
abdiderat sese atque aris inuisa sedebat.
Exarsere ignes animo; subit ira cadentem   575
ulcisci patriam et sceleratas sumere poenas.
'Scilicet haec Spartam incolumis patriasque Mycenas
aspiciet, partoque ibit regina triumpho,
coniugiumque domumque, patres natosque uidebit
Iliadum turba et Phrygiis comitata ministris?   580
Occiderit ferro Priamus, Troia arserit igni?
Dardanium totiens sudarit sanguine litus?
Non ita. Namque etsi nullum memorabile nomen
feminea in poena est, nec habet uictoria laudem,
exstinxisse nefas tamen et sumpsisse merentes   585
laudabor poenas, animumque explesse iuuabit
ultricis flammae, et cineres satiasse meorum'.
Talia iactabam et furiata mente ferebar,
cum mihi se, non ante oculis tam clara, uidendam
obtulit et pura per noctem in luce refulsit   590
alma parens, confessa deam qualisque uideri
caelicolis et quanta solet, dextraque prehensum
continuit, roseoque haec insuper addidit ore:
'Nate, quis indomitas tantus dolor excitat iras?
Quid furis aut quonam nostri tibi cura recessit?   595

para esconder-se. Por entre os clarões da fogueira, com mostras
de muito medo e calada, passeava com a vista por tudo.
Calamidade comum para os gregos e para os troianos,[72]
o ódio dos teucros temia, em vingança do incêndio de Troia;
dos seus patrícios também se arreceava, do esposo ultrajado;[73]
aborrecida de todos, no altar a abrigar-se correra.[74]
Minha alma em fúria se inflama; uma ideia somente me ocorre:
vingar a pátria destruída, punir de uma vez tantos crimes.
'Como!', exclamei; 'há de a pátria Micenas rever sem castigo
na qualidade de esposa de um rei, num triunfo insolente?
Reconciliada reentrar no palácio, abraçar pais e filhos?
A seu esposo reunir-se, à família e os filhinhos, seguida
de turba imensa de escravos da Frígia e de teucros, enquanto
Príamo aqui trucidaram, no fogo arrasada foi Troia?
E tantas vezes banhadas de sangue estas praias ficaram?
Não, não será. Se é desdouro punir uma vil criminosa,
ação inglória, não digna de aplausos, sequer de contar-se,
apoio ao menos terei por haver dado à morte este monstro
de iniquidade e a vergonha vingado dos Manes queridos'.[75]
Assim me achando, tomado de fúria, com planos terríveis
quando, a brilhar como nunca e a inundar toda a Noite divina
de claridade celeste, tal como jamais a enxergara
vi minha mãe com estes olhos, com seus atavios de deusa,
deusa veraz. Pela destra me toma. Contive-me logo.
E com o seu hálito róseo me disse as palavras aladas:
'Filho, por que te exasperas e a cólera assim te domina,
sem te lembrares de mim para nada, dos entes queridos?

---

[72] *Calamidade comum*: *communis Erynis*, "Erínis comum". Entenda-se: Helena
é perdição e motivo de vingança para gregos e troianos. Erínis é uma das três Erínias,
ver v. 337 acima.

[73] *Esposo ultrajado*: Menelau, que Helena traiu ao fugir com Páris.

[74] *Aborrecida de todos*: odiada por todos.

[75] *Vergonha*: no original, *famam*, o sentimento da própria honra. *Manes*: no
original, *cineres*, a rigor, "cinzas". O termo sempre no plural designa coletivamente o
espírito dos mortos, tomados como divindades.

Non prius aspicies ubi fessum aetate parentem
liqueris Anchisen, superet coniunxne Creusa,
Ascaniusque puer? Quos omnes undique Graiae
circum errant acies et, ni mea cura resistat,
iam flammae tulerint inimicus et hauserit ensis.   600
Non tibi Tyndaridis facies inuisa Lacaenae
culpatusue Paris, diuum inclementia, diuum,
has euertit opes sternitque a culmine Troiam.
Aspice (namque omnem, quae nunc obducta tuenti
mortales hebetat uisus tibi et umida circum   605
caligat, nubem eripiam; tu ne qua parentis
iussa time neu praeceptis parere recusa):
hic, ubi disiectas moles auulsaque saxis
saxa uides mixtoque undantem puluere fumum.
Neptunus muros magnoque emota tridenti   610
fundamenta quatit totamque a sedibus urbem
eruit. Hic Iuno Scaeas saeuissima portas
prima tenet sociumque furens a nauibus agmen
ferro accincta uocat.
Iam summas arces Tritonia, respice, Pallas   615
insedit, nimbo effulgens et Gorgone saeua.
Ipse pater Danais animos uiresque secundas
sufficit, ipse deos in Dardana suscitat arma.
Eripe, nate, fugam, finemque impone labori.
Nusquam abero et tutum patrio te limine sistam'.   620
Dixerat et spissis noctis se condidit umbris.

Cuida primeiro em saber onde se acha teu pai venerando,
o velho Anquises, se Creusa ainda vive ou o teu filho pequeno.[76]
Por toda parte os rodeiam as hostes furiosas dos gregos.
Vagam sem tino. Não fosse a afeição que a eles todos dedico,
já pelo fogo teriam morrido ou nos glaivos argivos.
Não! Essa filha de Tíndaro não é culpada, nem Páris,
a quem odeias e increpas; a diva inclemência, a divina!,
digo, dos deuses odientos, subverte a grandeza de Troia.
Presta atenção, vou tirar a cortina que de úmidas sombras
teus mortais olhos empana. Sem medo nenhum cumpre as ordens
de tua mãe; não vaciles um nada em seguir-lhe os conselhos.
Aqueles blocos não vês sotopostos a blocos maiores,
grandes penhascos envoltos em nuvens de poeira e de fumo?
Pois nesse ponto Netuno com o forte tridente percute
os alicerces de Troia, de seus fundamentos arranca
a incomparável cidade. Sevíssima, Juno, de guarda[77]
nas Portas Ceias, a lança a girar grita às hostes amigas,[78]
aos feros dânaos, que venham depressa das naves recurvas
para ajudá-la.
Olha para o alto: no cimo da torre já vês a tritônia
Palas em nuvem brilhante, e no escudo a ameaçar-nos a Górgona
terribilíssima. Jove também aos acaios anima,
os demais deuses concita a alistarem-se contra Dardânia.[79]
Foge, meu filho; arremata esse esforço improfícuo e sem glória.
Sempre estarei ao teu lado; ao paterno solar vou levar-te'.[80]
Logo deixou de falar e ocultou-se nas trevas da noite.

---

[76] *Creusa*: a esposa de Eneias, aqui grafada sem acento porque ocorre sinérese.
"Creusa" deve ser dissílabo para perfeição do hexâmetro.

[77] *Sevíssima*: crudelíssima.

[78] *Portas Ceias*: assim chamavam-se os portões ocidentais de Troia.

[79] *Dardânia*: outro nome de Troia; ver nota a I, v. 248.

[80] *Ao paterno solar vou levar-te*: imediatamente, à própria casa, onde está Anquises, seu pai; mediatamente, à Itália, país de Dárdano, ancestral de Eneias.

Apparent dirae facies inimicaque Troiae
numina magna deum.
Tum uero omne mihi uisum considere in ignes
Ilium et ex imo uerti Neptunia Troia;   625
ac ueluti summis antiquam in montibus ornum
cum ferro accisam crebrisque bipennibus instant
eruere agricolae certatim, illa usque minatur
et tremefacta comam concusso uertice nutat,
uulneribus donec paulatim euicta, supremum   630
congemuit traxitque iugis auulsa ruinam.
Descendo ac ducente deo flammam inter et hostes
expedior; dant tela locum, flammaeque recedunt.
Atque ubi iam patriae peruentum ad limina sedis
antiquasque domos, genitor, quem tollere in altos   635
optabam primum montes primumque petebam,
abnegat excisa uitam producere Troia
exsiliumque pati. 'Vos o, quibus integer aeui
sanguis', ait, 'solidaeque suo stant robore uires,
uos agitate fugam.   640
Me si caelicolae uoluissent ducere uitam,
has mihi seruassent sedes. Satis una superque
uidimus excidia et captae superauimus urbi.
Sic o, sic positum affati discedite corpus.
Ipse manu mortem inueniam; miserebitur hostis   645
exuuiasque petet; facilis iactura sepulcri.
Iam pridem inuisus diuis et inutilis annos
demoror, ex quo me diuum pater atque hominum rex
fulminis afflauit uentis et contigit igni'.
Talia perstabat memorans fixusque manebat.   650

A distinguir comecei as terríveis feições das deidades
a Troia infensas.
Ílio então vi devorada das chamas vivazes e desde
seus fundamentos a Troia netúnia cair aos pedaços,[81]
tal como o roble nos cumes altivos que os fortes campônios
de machadinhas armados golpeiam de rijo, à porfia,
sem tomar fôlego quase; algum tempo ele ainda resiste;
com as batidas no tronco, incessantes, a fronde vacila,
té que, vencido aos pouquinhos de tanto sofrer, derradeiro
gemido solta e desaba, arrastando na queda o que encontra.
Desço; e com o amparo divino, do ferro e das chamas escapo.
Diante de mim apartavam-se as lanças; as chamas recuavam.
Logo que o pátrio solar alcancei, a morada sabida
dos meus maiores, meu pai, que eu pensava em levar para os montes[82]
da redondeza, a primeira pessoa que em busca eu partira,
se recusou a seguir-me no exílio e à ruína de Troia
sobreviver. 'A vós outros', exclama, 'que em toda a pujança
da mocidade ainda estais, é que cumpre no meio dos riscos
pensar na fuga.
Se os imortais resolvessem premiar-me com vida mais longa,
minha morada teriam guardado. Já basta, com sobras,
sobreviver à tomada da minha cidade nativa.
Acabarei aqui mesmo; o adeus último agora nos demos.
Eu próprio a morte hei de achar ou o inimigo de mim apiedado,
que belo espólio imagine. Insepulto ficar é o de menos.
Odioso aos deuses, há muito a existência inamável arrasto,
desde que o rei dos eternos, senhor dos mortais pequeninos,
soprou-me a pele e tocou-me de leve com o fogo do raio'.[83]
Nisso teimava, prazer encontrando nas suas lembranças.

---

[81] *Troia netúnia*: no mito, os muros de Troia foram construídos por Netuno.

[82] *Maiores*: ancestrais.

[83] *Tocou-me com o fogo do raio*: como castigo de Júpiter ("o rei dos eternos", no verso acima) por Anquises haver divulgado os amores que ele, Anquises, manteve com Vênus (ver *Hino homérico a Afrodite*, vv. 286-90).

Nos contra effusi lacrimis coniunxque Creusa
Ascaniusque omnisque domus, ne uertere secum
cuncta pater Fatoque urguenti incumbere uellet.
Abnegat inceptoque et sedibus haeret in isdem.
Rursus in arma feror mortemque miserrimus opto. 655
Nam quod consilium aut quae iam Fortuna dabatur?
'Mene efferre pedem, genitor, te posse relicto
sperasti tantumque nefas patrio excidit ore?
Si nihil ex tanta superis placet urbe relinqui,
et sedet hoc animo perituraeque addere Troiae 660
teque tuosque iuuat, patet isti ianua leto,
iamque aderit multo Priami de sanguine Pyrrhus,
natum ante ora patris, patrem qui obtruncat ad aras.
Hoc erat, alma parens, quod me per tela, per ignes
eripis, ut mediis hostem in penetralibus, utque 665
Ascanium patremque meum iuxtaque Creusam
alterum in alterius mactatos sanguine cernam?
Arma, uiri, ferte arma; uocat lux ultima uictos.
Reddite me Danais; sinite instaurata reuisam
proelia. Numquam omnes hodie moriemur inulti'. 670
Hinc ferro accingor rursus clipeoque sinistram
insertabam aptans, meque extra tecta ferebam.
Ecce autem complexa pedes in limine coniunx
haerebat, paruumque patri tendebat Iulum:
'Si periturus abis, et nos rape in omnia tecum; 675
sin aliquam expertus sumptis spem ponis in armis,
hanc primum tutare domum. Cui paruus Iulus,
cui pater et coniunx quondam tua dicta relinquor?'
Talia uociferans gemitu tectum omne replebat,
cum subitum dictuque oritur mirabile monstrum. 680
Namque manus inter maestorumque ora parentum
ecce leuis summo de uertice uisus Iuli
fundere lumen apex, tactuque innoxia molles
lambere flamma comas et circum tempora pasci.
Nos pauidi trepidare metu crinemque flagrantem 685

Da nossa parte, banhados em lágrimas, eu e Creúsa
com o filho Ascânio e as pessoas de casa pedimos-lhe para
não trabalhar contra nós ou agravar o pesado destino.
Nada o arredava daquilo; no intento primeiro insistia.
Volto a lançar mão das armas, disposto a morrer ali mesmo.
Que mais podia esperar da fereza do Fado tão duro?
'Como, meu pai!, supuseste que eu fosse capaz de deixar-te
desamparado? Palavras tão feias um pai proferi-las?
Se os imortais decidiram que nada de Troia perdure,
e à destruição da cidade acrescentas a tua e a dos teucros
e nisso estás: bem abertos os nossos portões ora se acham;
Pirro vem perto, manchado do sangue de Príamo, o mesmo
que mata o filho ante os olhos do pai e ao pai velho nas aras.
Mãe generosa! Livraste-me de tantos dardos, das chamas,
para encontrar minha casa invadida, e sem dó nem piedade
assassinados achar minha esposa Creúsa, o pai velho,
meu filho Ascânio, a nadarem no sangue anegrado uns dos outros?
Trazei-me as armas! A luz derradeira já chama aos vencidos.
Reconduzi-me aos aquivos, deixai-me rever os combates
enrubecidos; a morte apressemos, vinguemo-nos deles.'
Com isso, a espada de novo seguro, o broquel na sinistra,
bem adaptado. E já ia transpor a soleira de casa,
quando se me atravessou justamente no umbral minha esposa,
os pés me abraça, o filhinho querido ao seu pai apresenta:
'Se à morte corres, não partas sozinho; contigo nos leva.
Mas, se ainda tens esperança na força e nos braços, nas armas,
cuida primeiro da casa; a quem deixas Iulo pequeno,
teu velho pai e a que um dia chamaste de esposa extremosa?'
Com tais queixumes enchia de dor até ao teto o aposento,
quando, tomados de espanto, a um prodígio assombroso assistimos.
Enquanto Ascânio se achava nos braços dos pais, todo prantos,
vimos de súbito alçar-se de sua cabeça uma chama
que mui por cima os cabelos lambia, sem dano fazer-lhes,
e parecia adensar-se um pouquinho na fronte pequena.
Apavorados, corremos a fim de salvá-lo, e jogamos

excutere et sanctos restinguere fontibus ignes.
At pater Anchises oculos ad sidera laetus
extulit et caelo palmas cum uoce tetendit:
'Iuppiter omnipotens, precibus si flecteris ullis,
aspice nos, hoc tantum, et, si pietate meremur,   690
da deinde auxilium, pater, atque haec omina firma'.
Vix ea fatus erat senior, subitoque fragore
intonuit laeuum, et de caelo lapsa per umbras
stella facem ducens multa cum luce cucurrit.
Illam summa super labentem culmina tecti,   695
cernimus Idaea claram se condere silua
signantemque uias; tum longo limite sulcus
dat lucem et late circum loca sulphure fumant.
Hic uero uictus genitor se tollit ad auras
affaturque deos et sanctum sidus adorat.   700
'Iam iam nulla mora est; sequor et qua ducitis adsum.
Di patrii, seruate domum, seruate nepotem.
Vestrum hoc augurium, uestroque in numine Troia est.
Cedo equidem nec, nate, tibi comes ire recuso'.
Dixerat ille; et iam per moenia clarior ignis   705
auditur, propiusque aestus incendia uoluunt.
'Ergo age, care pater, ceruici imponere nostrae;
ipse subibo umeris nec me labor iste grauabit;
quo res cumque cadent, unum et commune periclum,
una salus ambobus erit. Mihi paruus Iulus   710
sit comes, et longe seruet uestigia coniunx.
Vos, famuli, quae dicam, animis aduertite uestris.
Est urbe egressis tumulus templumque uetustum

água nas chamas sagradas, em falta de novos recursos.
O pai Anquises, então, transbordante de júbilo os olhos
volve para o alto e, elevando as mãos ambas, alegre falou-nos:
'Júpiter onipotente! Se as preces dos homens te abalam,
vê nossa angústia premente, não mais; e se acaso piedade
te merecemos, confirma este augúrio feliz e nos salva!'
Mal de falar acabara, e um trovão retumbou pelos vales
do lado esquerdo, no tempo em que as trevas da noite uma estrela[84]
de claridade inefável cortava, jamais contemplada.
Vimo-la, sim, deslizar pelos tetos das casas bem-feitas
e no Ida augusto apagar-se, na espessa floresta do monte,[85]
para mostrar o caminho a seguirmos. O sulco rebrilha
por algum tempo. Na sala percebe-se cheiro de enxofre.[86]
Pelo prodígio vencido, meu pai se levanta, as deidades
invoca do alto e lhes fala, e se inclina ante a estrela sagrada.
'Pronto! Partamos! Agora! Depressa! Para onde quiserdes!
Pátrios deuses, guardai esta casa, salvai meu netinho.[87]
O agoiro é vosso; sob vossa potência esta Troia segura.
Não mais resisto, meu filho, nem faço objeção em seguir-te.'
Disse, no tempo em que as fortes muralhas aos poucos cediam
e os turbilhões da fogueira até perto de nós rodopiavam.
'Vamos, paizinho! Segura-te no meu pescoço e não caias.
Vou carregar-te nos ombros; brinquedo de criança é o teu peso.
Venha o que vier, correremos perigos iguais, pois para ambos
a salvação será a mesma. Ao meu lado acompanhe-me Ascânio,
e pouco atrás a consorte me siga de perto, sem medo.
E quanto a vós, servidores, ouvi quanto passo a dizer-vos.
Numa colina ao sair da cidade há um templo de Ceres

---

[84] *Lado esquerdo*: na arte de interpretar sinais, os romanos consideravam favoráveis certas manifestações, como o raio, quando ocorriam à esquerda do observador.

[85] *Ida*: o monte Ida, próximo de Troia, santuário de Cibele, com quem Eneias e os troianos têm especial proximidade, como se verá no livro IX, vv. 77-103.

[86] Princípio gerador masculino, o *enxofre* simboliza aqui a vontade celeste.

[87] Para efeitos de ritmo, *pátrios* aqui é trissilábico.

desertae Cereris, iuxtaque antiqua cupressus
religione patrum multos seruata per annos. 715
Hanc ex diuerso sedem ueniemus in unam.
Tu, genitor, cape sacra manu patriosque Penates;
me, bello e tanto digressum et caede recenti
attrectare nefas, donec me flumine uiuo
abluero'. 720
Haec fatus, latos umeros subiectaque colla
ueste super fuluique insternor pelle leonis,
succedoque oneri; dextrae se paruus Iulus
implicuit sequiturque patrem non passibus aequis;
pone subit coniunx. Ferimur per opaca locorum; 725
et me, quem dudum non ulla iniecta mouebant
tela neque aduerso glomerati ex agmine Grai,
nunc omnes terrent aurae, sonus excitat omnis
suspensum et pariter comitique onerique timentem.
Iamque propinquabam portis omnemque uidebar 730
euasisse uiam, subito cum creber ad aures
uisus adesse pedum sonitus, genitorque per umbram
prospiciens, 'Nate', exclamat, 'fuge nate, propinquant.
Ardentes clipeos atque aera micantia cerno!'
Hic mihi nescio quod trepido male numen amicum 735
confusam eripuit mentem. Namque auia cursu
dum sequor, et nota excedo regione uiarum,
heu, misero coniunx Fatone erepta Creusa
substitit, errauitne uia, seu lassa resedit,
incertum; nec post oculis est reddita nostris. 740
Nec prius amissam respexi animumque reflexi,
quam tumulum antiquae Cereris sedemque sacratam
uenimus; hic demum collectis omnibus una
defuit, et comites natumque uirumque fefellit.
Quem non incusaui amens hominumque deorumque, 745
aut quid in euersa uidi crudelius urbe?
Ascanium Anchisenque patrem Teucrosque Penates
commendo sociis et curua ualle recondo;

abandonado, e ali junto um cipreste de muitos invernos,
que a devoção dos troianos conserva com todo o respeito.
Por diferentes caminhos devemos reunir-nos lá mesmo.
Tu, caro pai, leva os pátrios Penates e objetos do culto.
Desta matança terrível havendo eu saído de pouco,
não poderei tocar neles enquanto nas águas de um rio
não me lavar.'
Assim falando, passei no pescoço e nas largas espáduas
o manto e a pele de um fulvo leão e, abaixando-me um pouco,
recebo a carga. Da mão me tomando do lado direito,
Iulo procura igualar-me na marcha, amiudando os passinhos.
Atrás a esposa me segue. Destarte marchamos no escuro.
E eu, que até há pouco enfrentava sem medo os projéteis dos gregos
e os batalhões de inimigos, de fortes e densas colunas,
atemorizo-me agora com o mais leve sopro, e me espanto
com um barulhinho, por causa da carga e dos meus companheiros.
À vista já me encontrava da porta, mui crente de havermos
ultrapassado os perigos, e eis que ouço, parece-me, passos
precipitados. Meu pai, esforçando-se para ver claro
na escuridão, me gritou: 'Foge, filho! Depressa! Estão perto!
Vejo brilhar os broquéis, as espadas reluzem no escuro!'
Desde esse instante não sei que deidade inimiga turvou-me
o entendimento. Passando os caminhos sabidos sem vê-los,
e por vielas esconsas tomando, à matroca, sem tino,
mísero! minha mulher extraviou-se, Creúsa querida,
por injunção do Destino ou rendida talvez de cansaço.
Não sei dizer. Nunca mais estes olhos puderam revê-la.
O pensamento ou o olhar não volvi para trás um momento,
té não chegarmos ao teso indicado e o sacrário de Ceres.
Ali reunidos, por fim, somente ela entre todos faltava
aos companheiros de fuga, ao marido, ao filhinho querido.
Fora de mim, a que deus não culpei, a quem mais entre os homens?
Calamidade maior onde eu vira nas ruínas de Troia?
O pai Anquises, Ascânio, os troianos Penates aos sócios
logo encomendo e os abrigo na curva de um vale sombrio,

ipse urbem repeto et cingor fulgentibus armis.
Stat casus renouare omnes omnemque reuerti 750
per Troiam et rursus caput obiectare periclis.
Principio muros obscuraque limina portae,
qua gressum extuleram, repeto, et uestigia retro
obseruata sequor per noctem et lumine lustro.
Horror ubique animo, simul ipsa silentia terrent. 755
Inde domum, si forte pedem, si forte tulisset,
me refero; irruerant Danai, et tectum omne tenebant.
Ilicet ignis edax summa ad fastigia uento
uoluitur; exsuperant flammae, furit aestus ad auras.
Procedo et Priami sedes arcemque reuiso. 760
Et iam porticibus uacuis Iunonis asylo
custodes lecti Phoenix et dirus Ulixes
praedam asseruabant. Huc undique Troia gaza
incensis erepta adytis, mensaeque deorum,
crateresque auro solidi, captiuaque uestis 765
congeritur. Pueri et pauidae longo ordine matres
stant circum.
Ausus quin etiam uoces iactare per umbram
impleui clamore uias, maestusque Creusam
nequiquam ingeminans iterumque iterumque uocaui. 770
Quaerenti et tectis urbis sine fine furenti
infelix simulacrum atque ipsius umbra Creusae
uisa mihi ante oculos et nota maior imago.
Obstipui, steteruntque comae et uox faucibus haesit.
Tum sic affari et curas his demere dictis: 775
'Quid tantum insano iuuat indulgere dolori,
o dulcis coniunx? Non haec sine numine diuum
eueniunt; nec te hinc comitem asportare Creusam

e, a fulgurante armadura vestindo, retorno à cidade,
disposto a os riscos de novo enfrentar, percorrer toda Troia,
e sobre a minha cabeça chamar novamente os perigos.
Primeiramente, às muralhas retorno e à passagem secreta
por nós usada à saída, e no escuro procuro vestígios
de nossos passos, a vista alongando por todos os lados.
Horror é tudo; o silêncio geral nos aterra e deprime.
A minha casa, depois; quem nos diz que ela não se tivesse
lá refugiado? Tomada dos gregos, os quartos vazios.
As labaredas, agora tocadas dos ventos, subiam
até a cumeeira; ultrapassam-na; somem no céu escampado.
Vou mais além e revejo o palácio e o castelo de Príamo.
Logo na entrada, no asilo de Juno e nos pórticos ermos,
Fênix e Ulisses, o mau, como guardas ali se encontravam[88]
do espólio opimo. Amontoada, a riqueza de Troia se via,
templos saqueados, as mesas dos deuses, as mais belas copas
de ouro existentes, e vestes e adornos dos pobres cativos.
Ao derredor, em fileiras, morrendo de medo, os meninos,
mães desoladas.
Aventurei-me até mesmo a gritar no deserto sombrio;
naquelas ruas vazias, tomado de angústia indizível
chamei, chamei muitas vezes Creúsa, a bradar por Creúsa!
E enquanto assim me excedia, a rever os palácios e as casas,
um simulacro infeliz ante os olhos me surge, a inefável
sombra da minha Creúsa, de muito maior estatura.[89]
Tolhe-me o susto, os cabelos se eriçam, a voz se me embarga.
Ela, afinal, me falou, procurando alentar-me com isso:
'Por que te entregas, esposo querido, a essa dor excessiva?
Tudo o que agora acontece se passa de acordo com os planos
das divindades. Levar não podias de Troia a Creúsa

---

[88] *Fênix*: aqui, um conselheiro de Aquiles.

[89] *Maior estatura*: Creúsa, levada por Cibele — a Grande Mãe, deusa protetora de Troia, adorada no monte Ida — é como que divinizada; daí sua maior estatura, pois os deuses são maiores que os homens.

fas, aut ille sinit superi regnator Olympi.
Longa tibi exsilia et uastum maris aequor arandum, 780
et terram Hesperiam uenies, ubi Lydius arua
inter opima uirum leni fluit agmine Thybris;
illic res laetae regnumque et regia coniunx
parta tibi. Lacrimas dilectae pelle Creusae.
Non ego Myrmidonum sedes Dolopumue superbas 785
aspiciam, aut Graiis seruitum matribus ibo,
Dardanis et diuae Veneris nurus.
Sed me Magna deum Genetrix his detinet oris.
Iamque uale et nati serua communis amorem'.
Haec ubi dicta dedit, lacrimantem et multa uolentem 790
dicere deseruit, tenuesque recessit in auras.
Ter conatus ibi collo dare bracchia circum;
ter frustra comprensa manus effugit imago,
par leuibus uentis uolucrique simillima somno.
Sic demum socios consumpta nocte reuiso. 795
Atque hic ingentem comitum affluxisse nouorum
inuenio admirans numerum, matresque uirosque,
collectam exsilio pubem, miserabile uulgus.
Undique conuenere animis opibusque parati,
in quascumque uelim pelago deducere terras. 800
Iamque iugis summae surgebat Lucifer Idae
ducebatque diem, Danaique obsessa tenebant
limina portarum, nec spes opis ulla dabatur;
cessi, et sublato montes genitore petiui.

por companheira. Isso impede o senhor poderoso do Olimpo.
Longos exílios te estão reservados, o mar infinito.
À terra Hespéria porém chegarás, onde o Tibre da Lídia[90]
corre sinuoso em campinas povoadas por fortes guerreiros.
Ali te aguardam sucessos felizes, um reino e uma esposa
de régia estirpe. Consola-te, pois, de perderes Creúsa.
Não entrarei nas soberbas moradas dos dólopes feros,
na dos mirmídones, nem servirei às matronas argivas,
pois, natural de Dardânia, sou nora de Vênus augusta.
A Grande Mãe das deidades do Olimpo aqui mesmo me guarda.[91]
É tempo; adeus! O filhinho comum, guarda-o bem no imo peito'.
Tendo assim dito, deixou-me choroso e querendo dizer-lhe
quanto no peito abrigava. Nas auras sumiu de repente.
Três vezes quis apertá-la no peito, cingi-la nos braços;
três me escapou dentre os dedos, no instante em que a tinha bem presa,
tal como a brisa sutil ou imagem vazia dos sonhos.
A noite ao fim já chegara quando eu retornei para os sócios,
tendo observado que o número deles crescera por modo
extraordinário, de espanto causar: mães idosas, guerreiros,
gente mais nova, infeliz multidão para o exílio dispostos.
De toda parte acorriam com os restos salvados da guerra,
todos dispostos a irem comigo para onde os levasse.
O matutino luzeiro já do Ida alcançara as alturas[92]
e conduzira a manhã. As estradas os gregos guardavam.
De resistência já não nos restava nenhuma esperança.
Cedi à sorte; e, a meu pai carregando, subi para o monte.

---

[90] *Da Lídia*: etrusco. Acreditava-se que os etruscos descendiam dos lídios, povo da Ásia Menor. Os etruscos habitavam a margem direita do Tibre.

[91] *A Grande Mãe*: Cibele (*Magna Mater*); ver acima, v. 696, e adiante, v. 801.

[92] *Matutino luzeiro*: no original, *Lucifer*, "que traz a luz". É a estrela da manhã, o planeta Vênus.

Argumento do Livro III

Eneias continua a narrar: arrasada Troia, ele faz construir uma esquadra e parte levando os Penates. Assim começa a odisseia do herói, análogo virgiliano da *Odisseia* de Ulisses (e de Homero): errâncias, perigos, prodígios. Chega à Trácia, onde contempla o primeiro deles: os ramos de uma planta, arrancados, vertem sangue e uma voz sobe desde as entranhas da terra. É a sombra de Polidoro (um dos filhos de Príamo), que fora assassinado por Licurgo, rei da Trácia, e aconselha Eneias a deixar aquela terra maldita (vv. 1-46). Cumpridas as exéquias de Polidoro, o herói abandona a Trácia e aporta na ilha de Delos, santuário de Apolo, que, notório pelos oráculos obscuros, aconselha os troianos a buscar "a mãe primitiva". Anquises pensa tratar-se de Creta (vv. 47-117) porque Teucro, ancestral dos troianos, nascera na ilha. Assim, Eneias funda ali outra Pérgamo, isto é, nova Troia, para alegria dos antigos troianos, que nela trabalham contentes, até sobrevir-lhes peste e calor terríveis, a assolar colheita, rebanho e povo (vv. 118-42). Anquises exorta o filho a consultar novamente Apolo em Delos e, antes mesmo de partir, os Penates, em nome do deus, em sonho lhe revelam que o destino não era aportar em Creta nem ali fundar cidade, mas ir à Itália, donde proviera Dárdano, ancestral dos troianos por outra linhagem (vv. 143-71) — a propósito, ver quadro genealógico na p. 881 deste volume. Eneias narra o sonho a Anquises, que, lembrado de que descendiam não só de Teucro, mas também de Dárdano, percebe o engano e ordena partirem. Zarpam rumo ao norte e após tempestade aportam numa das ilhas Estrófades, morada das Harpias, aves fétidas que contaminam e roubam o alimento dos troianos. Estes lutam com as aves e uma delas, Celeno, confirma que Eneias chegará à Itália, mas lança pragas, predizendo que os troianos hão de lá passar fome (vv. 172-257). Fogem dali e chegam à praia de Áccio, onde disputam jogos para celebrar o fato de terem escapado dos gregos, após o que partem para a cidade de Butroto, no Epiro, onde Eneias conhece outro filho de Príamo, Heleno, o adivinho, que ali reina, tendo por esposa a cunhada Andrômaca, viúva de Heitor.

Primeiro, Andrômaca relata a Eneias os infortúnios e as vicissitudes que padeceu até chegar àquela condição (vv. 258-345). Em seguida, Heleno vai ao encontro de Eneias, que percebe que Heleno construiu ali uma réplica de Troia, dando os mesmos nomes aos rios e a tudo. O herói interroga Heleno sobre o futuro, porém o adivinho pode dizer-lhe apenas que a Itália almejada não é a parte ali vizinha, do outro lado do mar Jônio, mas uma região mais distante, ao poente, além da Sicília, no litoral tirreno. Aconselha-o a evitar o canal entre a península e a Sicília (o estreito de Messina), em cujas margens residem Cila e Caribde, monstros que tragam as naus (vv. 346-462), como vemos também no canto XII (vv. 80-259) da *Odisseia*.

Após ganhar presentes de hospitalidade, Eneias faz-se à vela e de manhã chega a Castrum Minervae, primeira vez que pisa em terra italiana, e onde vê quatro cavalos, sinal de futuras batalhas, segundo Anquises. Ali fundeiam apenas para prestar honra a Minerva e Juno, e logo levantam âncora (vv. 463-547). Passam ao largo de cidades da Calábria, contornam o golfo de Tarento, vislumbram o Etna e enfrentam os turbilhões de Cila e Caribde, até que ao pôr do sol, sem saber, lançam ferro no país dos Ciclopes, perto do vulcão em plena atividade: tudo são tremores de terra, pedras a voar, fogo e densa fumaça que oculta o luar. Na manhã seguinte, deparam com um tipo que, esquálido e maltrapilho, era também só pavor: trata-se de um grego, Aquemênides, guerreiro de Ulisses, abandonado ali pelos companheiros; embora grego, pede acolhida aos troianos e a obtém. Ele narra como o ciclope Polifemo estraçalhou dois companheiros e devorou outro, os pedaços humanos ainda nos dentes, sangue e resto cru das carnes espalhados na caverna em que morava o monstro (vv. 548-653). Mal tinha relatado como Ulisses vazou o único olho de Polifemo, o monstro irrompe a berrar, chamando outros ciclopes. Os troianos zarpam. Evitam, prudentes, Cila e Caribde, contornam toda a Sicília no rumo do poente e depois ao norte até chegar a Drépano, onde Anquises vem a falecer, deixando o filho entregue a si e a seu destino. Eneias termina a narração e se recolhe (vv. 654-718).

Liber III

Postquam res Asiae Priamique euertere gentem
immeritam uisum superis, ceciditque superbum
Ilium et omnis humo fumat Neptunia Troia,
diuersa exsilia et desertas quaerere terras
auguriis agimur diuum, classemque sub ipsa   5
Antandro et Phrygiae molimur montibus Idae,
incerti quo Fata ferant, ubi sistere detur,
contrahimusque uiros. Vix prima inceperat aestas,
et pater Anchises dare Fatis uela iubebat,
litora cum patriae lacrimans portusque relinquo   10
et campos ubi Troia fuit. Feror exsul in altum
cum sociis natoque Penatibus et magnis dis.
Terra procul uastis colitur Mauortia campis,
(Thraces arant) acri quondam regnata Lycurgo,
hospitium antiquum Troiae sociique Penates,   15
dum Fortuna fuit. Feror huc et litore curuo
moenia prima loco Fatis ingressus iniquis
Aeneadasque meo nomen de nomine fingo.
Sacra Dionaeae matri diuisque ferebam
auspicibus coeptorum operum, superoque nitentem   20
caelicolum regi mactabam in litore taurum.
Forte fuit iuxta tumulus, quo cornea summo
uirgulta et densis hastilibus horrida myrtus.

Livro III

Quando aos eternos aprouve destruir sem motivo o invejável
império d'Ásia e a progênie de Príamo, em terra a soberba
Ílio, e em ruínas ardentes a Troia Netúnia mudada,
por injunção dos agouros nos vimos lançados no exílio,
para buscar novas terras. Ao pé justamente de Antandro[1]
e do Ida augusto da Frígia navios bastantes construímos,
nada sabendo dos Fados, da terra por todos ansiada.
Reunimos gente; e ao notarmos sinais de certeza de início
da primavera, e meu pai insistir para os panos soltarmos,
sem rumo certo, a chorar, deixo os portos, as praias e os campos
onde foi Troia, e ao mar alto me entrego, exilado, com os sócios,
o filho amado, os Penates e os deuses maiores de Troia.
Defronte, ao longe, se encontra uma terra dicada a Mavorte,[2]
que os trácios aram, regida, faz tempo, do fero Licurgo,
grato agasalho dos nossos nos lares amigos, enquanto
boa a Fortuna nos foi. Para lá me dirijo e na praia
curva o traçado risquei de um povoado, sem próspero auspício,
e aos habitantes Enéadas chamo, conforme o meu nome.
À mãe Dioneia e às demais divindades do início das obras[3]
fiz sacrifícios na praia sonora e imolei à deidade
máxima dos moradores do céu um belíssimo touro.
Um combro havia ali junto, de moitas variadas coberto,[4]
com cerejeiras silvestres e mirto de ramos trançados.

---

[1] *Antandro*: cidade próxima a Troia, do outro lado do monte Ida.

[2] *Dicada a Mavorte*: dedicada a Marte.

[3] *Dioneia*: Vênus, filha de Dione.

[4] *Combro*: corruptela de *cômoro*, elevação, monte.

Accessi uiridemque ab humo conuellere siluam
conatus, ramis tegerem ut frondentibus aras, 25
horrendum et dictu uideo mirabile monstrum.
Nam quae prima solo ruptis radicibus arbos
uellitur, huic atro liquuntur sanguine guttae
et terram tabo maculant. Mihi frigidus horror
membra quatit gelidusque coit formidine sanguis. 30
Rursus et alterius lentum conuellere uimen
insequor, et causas penitus temptare latentes:
ater et alterius sequitur de cortice sanguis.
Multa mouens animo nymphas uenerabar agrestes
Gradiuumque patrem, Geticis qui praesidet aruis, 35
rite secundarent uisus omenque leuarent.
Tertia sed postquam maiore hastilia nisu
aggredior genibusque aduersae obluctor harenae,
(eloquar an sileam?) gemitus lacrimabilis imo
auditur tumulo, et uox reddita fertur ad aures: 40
'Quid miserum, Aenea, laceras? Iam parce sepulto;
parce pias scelerare manus. Non me tibi Troia
externum tulit aut cruor hic de stipite manat.
Heu, fuge crudeles terras, fuge litus auarum:
nam Polydorus ego. Hic confixum ferrea texit 45
telorum seges et iaculis increuit acutis'.
Tum uero ancipiti mentem formidine pressus
obstipui steteruntque comae et uox faucibus haesit.
Hunc Polydorum auri quondam cum pondere magno
infelix Priamus furtim mandarat alendum 50
Threicio regi, cum iam diffideret armis
Dardaniae cingique urbem obsidione uideret.
Ille, ut opes fractae Teucrum et Fortuna recessit,

Nele me achei certa vez; porém quando tentava alguns ramos
do solo pingue arrancar para as aras cobrir de folhagem,[5]
prodígio horrendo me surge ante os olhos, tolhendo-me a fala:
ao fazer força e arrancar do chão duro o primeiro raminho,
gotas de sangue anegrado escorreram, manchando de pronto
todo o terreno de pingos escuros. Horror tiritante
gela-me os braços; o sangue sem vida coagula nas veias.
Mais uma vez tento um ramo puxar de outro arbusto ali perto,
para auscultar o segredo latente daquele prodígio:
gotas mais negras escorrem do galho sacado com força.
Mil pensamentos me ocorrem; às ninfas agrestes suplico,
ao pai Gradivo, que os campos fecundos dos getas protege,[6]
para que aquele presságio trocassem em próspero evento.
Mas, na terceira investida, ao forçar o raminho mais firme,
na areia branca os joelhos fincando, apoio seguro —
di-lo-ei ou não? —, do mais fundo da terra saiu um gemido
lacrimejante, e aos ouvidos me chegam palavras sentidas:
'Por que laceras, Eneias, um ser infeliz? A um sepulcro
poupa; não manches com um crime essas mãos abençoadas. Em Troia
também nascido, não somos estranhos. As plantas não sangram.
Ai! Foge destas paragens malditas, da terra mesquinha.
Sou Polidoro; caí neste ponto crivado de dardos,
que no meu corpo cresceram demais, para meu sofrimento'.
De horror tomado indizível, e o peito oprimido, de espanto
não me mexi; os cabelos em pé, não dizia palavra.
Foi este filho de Príamo aquele infeliz Polidoro
que, havia tempo, com um grande tesouro o monarca mandara
para o rei trácio educar, quando o cerco de Troia apertava
cada vez mais e ele o fim desastrado bem perto sentia.
O rei, tão logo os sinais percebeu da mudança dos Fados,

---

[5] *Pingue*: oleoso, fecundo, farto.

[6] *Pai Gradivo*: Marte, deus da guerra. *Getas*: povo que habita as margens do
Danúbio.

res Agamemnonias uictriciaque arma secutus,
fas omne abrumpit: Polydorum obtruncat et auro 55
ui potitur. Quid non mortalia pectora cogis,
auri sacra fames? Postquam pauor ossa reliquit,
delectos populi ad proceres primumque parentem
monstra deum refero et quae sit sententia posco.
Omnibus idem animus, scelerata excedere terra, 60
linqui pollutum hospitium et dare classibus Austros.
Ergo instauramus Polydoro funus et ingens
aggeritur tumulo tellus; stant Manibus arae,
caeruleis maestae uittis atraque cupresso,
et circum Iliades crinem de more solutae; 65
inferimus tepido spumantia cymbia lacte
sanguinis et sacri pateras, animamque sepulcro
condimus, et magna supremum uoce ciemus.
Inde, ubi prima fides pelago placataque uenti
dant maria et lenis crepitans uocat Auster in altum, 70
deducunt socii naues et litora complent;
prouehimur portu terraeque urbesque recedunt.
Sacra mari colitur medio gratissima tellus
Nereidum matri et Neptuno Aegaeo,
quam pius arquitenens oras et litora circum 75
errantem Mycono e celsa Gyaroque reuinxit
immotamque coli dedit et contemnere uentos.
Huc feror; haec fessos tuto placidissima portu
accipit; egressi ueneramur Apollinis urbem.

às vencedoras falanges aquivas aliando-se, as hostes[7]
agamemnônias, os pactos quebranta, degola o menino
e do tesouro se apossa. A que extremos não forças os homens,
fome execrável do ouro! Refeito algum tanto do susto,
procuro os chefes eleitos do povo, a meu pai antes deles,
e lhes relato o prodígio, pedindo um conselho para isso.
A uma voz dizem todos que o solo poluído deixemos,
o santo hospício manchado, e que as naves de novo se empeguem.[8]
A Polidoro, primeiro, prestamos as honras funéreas.
Monte elevado de terra erigimos, altares aos Manes,
ínfulas de cor azul para o luto, e ciprestes escuros;
ao derredor, as ilíadas, soltos os belos cabelos,
como de praxe; crateras de tépido leite vertemos,
sangue das vítimas sacrificadas. Na tumba encerramos
a alma do amigo, e em voz alta lhe demos o adeus derradeiro.
Mal adquirimos confiança no mar, quando os ventos às ondas
deram sossego, e o sussurro dos Austros a todos chamava,
os companheiros as praias encheram e as naves soltaram.
Ao longe o porto nos fica; deixamos a terra e as cidades.
Ilha graciosa se eleva no meio do mar, dedicada[9]
à mãe das belas Nereidas, ao divo Netuno do Egeu.[10]
Antes, errava por costas e praias, até que o potente
Asseteador a fixou entre Giaro aprazível e Mícono,[11]
para que, imóvel ficando, aprendesse a enfrentar as tormentas.
Desembarcados ali, recebeu no seu porto tranquilo
os navegantes cansados. Saudamos o burgo de Apolo.

---

[7] *Falanges aquivas*: as tropas gregas. *As hostes agamemnônias*: os exércitos de Agamêmnon, chefe da expedição contra Troia.

[8] *O santo hospício manchado*: entenda-se, onde se maculou o sagrado dever de hospitalidade. *Empegar*: lançar-se à parte mais funda de rio ou mar.

[9] *Ilha graciosa*: a ilha de Delos, notória pelo culto a Apolo.

[10] A *mãe das belas Nereidas* é Dóris. As Nereidas, ou Nereides, são divindades marinhas, filhas de Nereu.

[11] *Asseteador*: Apolo, deus do arco. *Giaro* e *Mícone* são ilhas do arquipélago das Cícladas ("circulares"), assim chamadas porque circundam a ilha de Delos.

Rex Anius, rex idem hominum Phoebique sacerdos,   80
uittis et sacra redimitus tempora lauro
occurrit; ueterem Anchisen agnouit amicum.
Iungimus hospitio dextras et tecta subimus.
Templa dei saxo uenerabar structa uetusto:
'Da propriam, Thymbraee, domum; da moenia fessis   85
et genus et mansuram urbem; serua altera Troiae
Pergama, reliquias Danaum atque immitis Achilli.
Quem sequimur? Quoue ire iubes? Ubi ponere sedes?
Da, pater, augurium atque animis illabere nostris'.
Vix ea fatus eram, tremere omnia uisa repente,   90
liminaque laurusque dei, totusque moueri
mons circum et mugire adytis cortina reclusis.
Submissi petimus terram et uox fertur ad aures:
'Dardanidae duri, quae uos a stirpe parentum
prima tulit tellus, eadem uos ubere laeto   95
accipiet reduces. Antiquam exquirite matrem.
Hic domus Aeneae cunctis dominabitur oris
et nati natorum, et qui nascentur ab illis'.
Haec Phoebus; mixtoque ingens exorta tumultu
laetitia, et cuncti quae sint ea moenia quaerunt,   100
quo Phoebus uocet errantes iubeatque reuerti.
Tum genitor, ueterum uoluens monumenta uirorum,
'Audite, o proceres', ait, 'et spes discite uestras.
Creta Iouis magni medio iacet insula ponto,
mons Idaeus ubi et gentis cunabula nostrae.   105
Centum urbes habitant magnas, uberrima regna,

Ânio, de Delos o rei, sacerdote de Febo ali mesmo,
fronte cingida do régio diadema, do louro sagrado,
veio encontrar-nos, e a Anquises de pronto, seu velho comparsa
reconheceu. Apertamos as mãos, ao palácio subimos.
Adoro Apolo em seu templo vetusto e esta prece lhe envio:
'Morada própria, Timbreu, nos concede, socorro aos feridos,[12]
às gerações pouso estável. Em nós, outra Pérgamo salva,[13]
restos roubados aos gregos, à cólera imana de Aquiles.[14]
A quem seguimos? Aonde ir aconselhas? A sede assentarmos?
Dá-nos agouro, senhor! Ilumina estas mentes cansadas'.
Mal concluíra, e de súbito quis parecer-me que tudo
tremia à volta, a porta do templo, o loureiro divino,
o próprio monte em redor, a mugir a cortina lá dentro.[15]
Tontos, prostramo-nos; estas palavras, então, percebemos:
'Valentes filhos de Dárdano! A terra primeira que a estirpe
de vossos pais engendrou há de em breve ao seu seio acolher-vos,
quando voltardes para ela. Buscai, pois, a mãe primitiva.
Ali, a casa de Eneias o mundo de um polo a outro polo
dominará, de seus filhos os netos e seus descendentes'.
Essas palavras a todos reanimam'. A uma voz perguntamos
para onde fosse preciso guiar nossos passos errantes,
a fim de a terra alcançarmos da origem dos nossos maiores.
Então, meu pai, evocando memórias da própria família:
'Chefes troianos', nos diz, 'conhecei vossas íntimas vozes!
A ilha de Creta se encontra no meio do mar, do alto Jove
pátria sagrada; no centro, o monte Ida, dos nossos o berço,
por cem cidades formosas povoada e de solo ubertoso.

---

[12] *Timbreu*: epíteto que se dá a Apolo, cultuado em Timbra (ou Timbre), cidade
da Tróade.

[13] *Em nós, outra Pérgamo salva*: entenda-se, "salvando-nos, salva Pérgamo",
lembrando que Pérgamo é outro nome para Troia.

[14] *Imana*: má, cruel.

[15] *Cortina*: peça de três pés usada pela pitonisa como apoio ao proferir os oráculos.

maximus unde pater, si rite audita recordor,
Teucrus Rhoeteas primum est aduectus in oras
optauitque locum regno. Nondum Ilium et arces
Pergameae steterant; habitabant uallibus imis. 110
Hinc mater cultrix Cybeli Corybantiaque aera
Idaeumque nemus; hinc fida silentia sacris
et iuncti currum dominae subiere leones.
Ergo agite, et, diuum ducunt qua iussa, sequamur;
placemus uentos et Gnosia regna petamus. 115
Nec longo distant cursu; modo Iuppiter adsit,
tertia lux classem Cretaeis sistet in oris'.
Sic fatus, meritos aris mactauit honores,
taurum Neptuno, taurum tibi, pulcher Apollo
nigram Hiemi pecudem, Zephyris felicibus albam. 120
Fama uolat pulsum regnis cessisse paternis
Idomenea ducem desertaque litora Cretae
hoste uacare domos sedesque adstare relictas.
Linquimus Ortygiae portus pelagoque uolamus
bacchatamque iugis Naxon uiridemque Donysam, 125
Olearon, niueamque Paron, sparsasque per aequor
Cycladas et crebris legimus freta consita terris.
Nauticus exoritur uario certamine clamor;
hortantur socii Cretam proauosque petamus.
Prosequitur surgens a puppi uentus euntes 130

Teucro, o mais velho dos nossos avós, caso ainda me lembre
de quanto ouvi, foi quem viu antes de outro as paragens reteias[16]
e os fundamentos lançou do seu reino. Nem Ílio nem Pérgamo
ainda existiam; os homens moravam nos vales profundos.
Daí nos veio de Cíbele o culto, os timbales sonoros[17]
dos coribantes, mistérios do Ideu, o silêncio sagrado,[18]
e a bela junta de leões atrelados ao carro da deusa.
Adiante, pois!, e cumpramos confiantes as ordens divinas.
Propiciemos os ventos, e os reinos de Creta busquemos.
Não distam muito; contanto que Júpiter nos favoreça,
na luz terceira estarão nossos barcos nas praias cretenses'.[19]
Disse; e nas aras imola o holocausto devido às deidades:
touro a Netuno do mar; para ti, belo Apolo, mais outro;
à tempestade uma negra cordeira, e uma branca aos bons ventos.
Corre a notícia recente que, expulso dos reinos paternos,
Idomeneu se ausentara, deixando desertas as praias[20]
da ilha de Creta, vazias as casas, o imigo distante.
Do porto ortígio saímos, e o mar perigoso cortando,[21]
Naxo deixamos com suas bacantes, a verde Donisa,[22]
a nívea Paros, Oléaro e o mar salpicado das Cícladas,
e multidão de outras ilhas e estreitos, que ao longe se perdem.
Os marinheiros, no seu entusiasmo à porfia conclamam
para chegarmos à Creta dos nossos avós, sem demora.
Com vento à popa, reforço abençoado, emissário celeste,

---

[16] *Reteias*: equivale a troianas, pois Reteu é cidade e promontório da Tróade.

[17] *Cíbele*: ou Cibele, a Grande Mãe, *Magna Mater*, divindade frígia cujos sacerdotes são os *coribantes*. A variante é empregada por causa da métrica.

[18] *Mistérios do Ideu*: rituais do monte Ida, o monte "ideu", onde Cibele era cultuada ao som de *timbales*, pequenos sinos de metal.

[19] *Luz terceira*: terceiro dia.

[20] *Idomeneu*: rei de Creta, que exilado fundou Salento na região que é hoje o extremo sul da Apúlia.

[21] *Ortígia*: outro nome de Delos.

[22] *Bacantes*: sacerdotisas de Baco, cultuado em Naxos, que, como *Donisa* (ou Donusa), *Oléaro* e *Paros*, citadas a seguir, são ilhas do arquipélago das Cícladas.

et tandem antiquis Curetum allabimur oris.
Ergo auidus muros optatae molior urbis,
Pergameamque uoco, et laetam cognomine gentem
hortor amare focos arcemque attollere tectis.
Iamque fere sicco subductae litore puppes, 135
conubiis aruisque nouis operata iuuentus,
iura domosque dabam, subito cum tabida membris,
corrupto caeli tractu, miserandaque uenit
arboribusque satisque lues et letifer annus.
Linquebant dulces animas, aut aegra trahebant 140
corpora; tum steriles exurere Sirius agros,
arebant herbae et uictum seges aegra negabat.
Rursus ad oraclum Ortygiae Phoebumque remenso
hortatur pater ire mari ueniamque precari,
quam fessis finem rebus ferat, unde laborum 145
temptare auxilium iubeat, quo uertere cursus.
Nox erat et terris animalia somnus habebat;
effigies sacrae diuum Phrygiique Penates,
quos mecum a Troia mediisque ex ignibus urbis
extuleram, uisi ante oculos adstare iacentis 150
in somnis, multo manifesti lumine, qua se
plena per insertas fundebat luna fenestras;
tum sic affari et curas his demere dictis:
'Quod tibi delato Ortygiam dicturus Apollo est,
hic canit, et tua nos en ultro ad limina mittit. 155
Nos te, Dardania incensa, tuaque arma secuti,
nos tumidum sub te permensi classibus aequor,
idem uenturos tollemus in astra nepotes
imperiumque urbi dabimus. Tu moenia magnis
magna para longumque fugae ne linque laborem. 160
Mutandae sedes. Non haec tibi litora suasit
Delius aut Cretae iussit considere Apollo.

202

prosperamente chegamos às praias dos fortes Curetas.[23]
Sem perder tempo, assentamos as bases do burgo auspicioso,
de nome Pérgamo. Alegres os moços com o nome escolhido,
exorto todos a um belo castelo construir ali mesmo.
A maior parte dos nossos navios já estava no seco,
e a mocidade, nas lidas do campo e do amor ocupada,
dando-lhes eu casa e leis, quando em cima de nós, de inopino,
nos cai um ano pestífero, os ares corruptos, nocivos
aos seres vivos, às árvores, às sementeiras mofinas.
Os que ainda vivem, minados de doenças, mal podem mover-se.
O ardente Sírio com os raios os campos estéreis arrasa;[24]
secam-se as ervas; queimadas, as searas seus frutos nos negam.
Nessa aflição, exortou-me meu pai a que os mares de novo
corte e consulte na Ortígia os oráculos de Febo Apolo,
clemência implore, o remate nos diga de tantos trabalhos,
como alcançarmos remédio, a que praia, afinal, abordarmos.
Noite serena; os mortais se entregavam ao sono agradável.
Nisso, os Penates dos frígios, os sacros Penates dos deuses
que eu carregara de Troia através da cidade incendiada,
me apareceram em sonhos, bem nítidos, sim, por efeito
da claridade da lua então cheia, que pela janela
dos aposentos entrava; com ternas palavras, segundo
me parecera, aliviar procuravam meus grandes cuidados:
'Tudo o que Apolo frecheiro queria dizer-te, ora manda
que te anunciemos. Para isso enviou-nos à tua morada.
Nós, a Dardânia incendiada, os trabalhos das armas contigo
participamos e o risco enfrentamos das ondas revoltas.
Por isso mesmo, teus netos poremos acima dos astros
e à sua pátria daremos o império do mundo. Levanta
novas muralhas; não cedas jamais ao cansaço do exílio.
Força é mudares de assento; nem Febo indicou-te estas plagas
para a cidade fundares, nem disse que fosses a Creta.

---

[23] *Curetas*: ou Curetes, sacerdotes de Cibele em Creta.

[24] *Sírio*: estrela da Canícula, constelação do Cão Maior, que traz calor.

Est locus, Hesperiam Grai cognomine dicunt,
terra antiqua, potens armis atque ubere glaebae:
Oenotri coluere uiri; nunc fama minores   165
Italiam dixisse ducis de nomine gentem:
hae nobis propriae sedes; hinc Dardanus ortus,
Iasiusque pater, genus a quo principe nostrum.
Surge age et haec laetus longaeuo dicta parenti
haud dubitanda refer: Corythum terrasque requirat   170
Ausonias; Dictaea negat tibi Iuppiter arua'.
Talibus attonitus uisis et uoce deorum
(nec sopor illud erat, sed coram agnoscere uultus
uelatasque comas praesentiaque ora uidebar;
tum gelidus toto manabat corpore sudor)   175
corripio e stratis corpus tendoque supinas
ad caelum cum uoce manus, et munera libo
intemerata focis. Perfecto laetus honore
Anchisen facio certum remque ordine pando.
Agnouit prolem ambiguam geminosque parentes,   180
seque nouo ueterum deceptum errore locorum.
Tum memorat: 'Nate, Iliacis exercite Fatis,
sola mihi tales casus Cassandra canebat.
Nunc repeto haec generi portendere debita nostro,
et saepe Hesperiam, saepe Itala regna uocare.   185
Sed quis ad Hesperiae uenturos litora Teucros
crederet? Aut quem tum uates Cassandra moueret?
Cedamus Phoebo et moniti meliora sequamur'.
Sic ait, et cuncti dicto paremus ouantes.
Hanc quoque deserimus sedem paucisque relictis   190

Há uma região muito fértil, dos gregos Hespéria chamada,
terra antiquíssima, forte nas armas, de frutos opimos,
pelos enótrios outrora povoada e que seus descendentes[25]
o nome Itália puseram, de um forte caudilho primevo.
Eis nossa pátria; de lá saiu Dárdano e nosso ascendente
Iásio, progênie mui certa dos fortes maiores de antanho.[26]
Vamos, acorda!, e ao pai velho transmite sem mora a notícia
alvissareira, que tudo confirma: dirija-se a Córito,[27]
na bela Ausônia, pois Jove te nega as campinas de Creta'.
Atarantado com aquela visão e as palavras dos deuses —
não se tratava de sonho, porém de figuras verazes
diante de mim, conhecidas feições, sacras vendas na fronte;
gélido suor me banhava nessa hora dos pés à cabeça —,
salto do leito, as mãos ambas levanto, meus votos ardentes,
para o alto céu, e no lar sacrossanto dons puros derramo,
como de praxe. Cumprido esse grato dever, corro a Anquises,
para contar-lhe por ordem dos fatos o que se passara.
A ambígua prole de pronto assinala, os dois troncos da casa,[28]
seu novo engano, ao fundir numa só duas terras diversas.[29]
Mas, recompondo-se, presto falou: 'Filho, os fados adversos
de Ílio te oprimem. Somente Cassandra tais coisas me disse,
lembro-me bem, ao falar destes reinos devidos aos nossos,
que ela por vezes chamava de Hespéria, por vezes de Itália.
Mas quem diria que um dia os troianos à Hespéria chegassem?
E acreditar quem podia nas falas da pobre Cassandra?
Obedeçamos. Com Febo por guia, outro rumo tomemos'.
Assim falou. Todos nós o aplaudimos. Ao Fado obedientes,
abandonamos depressa tais sítios; uns poucos ficaram.

---

[25] *Enótrios*: os itálicos; ver I, vv. 530-3, em passagem muito semelhante a esta.

[26] *Iásio*: filho de Júpiter, irmão de Dárdano.

[27] *Córito*: cidade etrusca, atual Cortona. No verso seguinte, *Ausônia* designa a Itália.

[28] *Os dois troncos da casa*: a linhagem da dinastia de Dárdano e a de Teucro.

[29] *Novo engano*: o primeiro engano foi aportar na Trácia; o novo, vir a Creta.

Livro III

uela damus uastumque caua trabe currimus aequor.
Postquam altum tenuere rates, nec iam amplius ullae
apparent terrae, caelum undique et undique pontus,
tum mihi caeruleus supra caput adstitit imber,
noctem hiememque ferens et inhorruit unda tenebris. 195
Continuo uenti uoluunt mare magnaque surgunt
aequora; dispersi iactamur gurgite uasto;
inuoluere diem nimbi et nox umida caelum
abstulit; ingeminant abruptis nubibus ignes.
Excutimur cursu et caecis erramus in undis. 200
Ipse diem noctemque negat discernere caelo
nec meminisse uiae media Palinurus in unda.
Tres adeo incertos caeca caligine soles
erramus pelago, totidem sine sidere noctes.
Quarto terra die primum se attollere tandem 205
uisa, aperire procul montes ac uoluere fumum.
Vela cadunt, remis insurgimus; haud mora nautae
adnixi torquent spumas et caerula uerrunt.
Seruatum ex undis Strophadum me litora primum
accipiunt; Strophades Graio stant nomine dictae, 210
insulae Ionio in magno, quas dira Celaeno
Harpyiaeque colunt aliae, Phineia postquam
clausa domus mensasque metu liquere priores.
Tristius haud illis monstrum nec saeuior ulla
pestis et ira deum Stygiis sese extulit undis. 215
Virginei uolucrum uultus, foedissima uentris
proluuies uncaeque manus et pallida semper
ora fame.

Velas soltamos; com os lenhos cavados varremos as ondas.
Quando já estávamos longe, no pélago, sem mais indícios
de terra alguma — por tudo em redor, o amplo céu e água funda —,
surge por cima de minha cabeça uma nuvem cerúlea,
com a noite escura e tormentas. As trevas as ondas cobriram;
o vento as águas agita, para o alto atirando ondas grandes.
Dispersa a armada, jogados nos vimos de um lado para outro.
A cerração cobre o dia; do céu nos afasta o aguaceiro;
ininterruptos relâmpagos traçam seus riscos nas nuvens.
Deixando o rumo sabido, no mar tenebroso vogamos.
Nem Palinuro consegue saber quando é dia ou se é noite,[30]
nem do roteiro podia lembrar-se no meio das ondas.
Assim, três dias sem sol, meio às tontas, vogamos nos mares,
três noites feias erramos, sem uso fazermos dos astros.
No quarto dia, porém, acertamos de ver no horizonte
sinais de terra: mui longe, alguns montes e nuvens de fumo.
Os marinheiros as velas amainam, dos remos se apossam,
espumas batem com força, varrendo a cerúlea campina.
Salvo das ondas, primeiro as Estrófadas me receberam,
duas ao todo, no Jônio vastíssimo, assim pelos gregos
denominadas, por serem morada da crua Celeno[31]
e outras Harpias funestas, depois de se verem privadas
da mesa farta do velho Fineu; só de medo, fugiram.[32]
Jamais saíra das águas do Estige, por ordem dos deuses
na sua cólera, monstro mais triste nem peste execrável:
cara de virgem em corpo de pássaro, fétido fluxo
lhes sai do ventre; as mãos têm como garras, o rosto denota
fome canina.

---

[30] *Palinuro*: o piloto da esquadra.

[31] *Celeno* ("Sombria"): uma das três Harpias, gênios alados em forma de ave de rapina, que habitam as *Estrófadas* (ou Estrófades), duas ilhas do mar Jônio.

[32] *Fineu*: adivinho que, por castigo, tinha a refeição roubada pelas Harpias ou conspurcada por suas fezes.

Huc ubi delati portus intrauimus, ecce
laeta boum passim campis armenta uidemus,   220
caprigenumque pecus, nullo custode, per herbas.
Irruimus ferro et diuos ipsumque uocamus
in partem praedamque Iouem; tum litore curuo
exstruimusque toros, dapibusque epulamur opimis.
At subitae horrifico lapsu de montibus adsunt   225
Harpyiae et magnis quatiunt clangoribus alas,
diripiuntque dapes, contactuque omnia foedant
immundo; tum uox taetrum dira inter odorem.
Rursum in secessu longo sub rupe cauata,
arboribus clausi circum atque horrentibus umbris,   230
instruimus mensas arisque reponimus ignem;
rursum ex diuerso caeli caecisque latebris
turba sonans praedam pedibus circumuolat uncis,
polluit ore dapes. Sociis tunc, arma capessant,
edico et dira bellum cum gente gerendum.   235
Haud secus ac iussi faciunt tectosque per herbam
disponunt enses et scuta latentia condunt.
Ergo ubi delapsae sonitum per curua dedere
litora, dat signum specula Misenus ab alta
aere cauo. Inuadunt socii, et noua proelia temptant,   240
obscenas pelagi ferro foedare uolucres.
Sed neque uim plumis ullam nec uulnera tergo
accipiunt, celerique fuga sub sidera lapsae
semesam praedam et uestigia foeda relinquunt.
Una in praecelsa consedit rupe Celaeno,   245
infelix uates, rumpitque hanc pectore uocem:
'Bellum etiam pro caede boum stratisque iuuencis,

Mal nos pegamos em terra, avistamos nas belas campinas
gratas manadas de boi sem nenhum pegureiro, espalhados
por toda a parte, e rebanhos de cabras nos pastos virentes.[33]
De espada em punho investimos, e aos deuses — a Jove primeiro —
parte da presa ofertamos. Depois, pela praia recurva
leitos pusemos e alegres o opimo manjar devoramos.
Mas de repente dos montes nos baixam, com voo estridente
de um bater de asas medonho, as Harpias, que tudo desmancham,
as iguarias nos roubam, com seu repulsivo contacto[34]
tudo corrompem, fedor espalhando ao redor, e grasnidos.
Mais uma vez, bem distante dali, refizemos a mesa,
conjuntamente com o fogo e os altares em gruta profunda
de árvores grossas fechada, com sombra discreta lá dentro.
Mas, quando menos cuidávamos, surge o bulhento cardume
de seus buracos e, voando por cima da nossa comida,[35]
tudo emporcalha com as unhas. Aos sócios, então, determino
pegar em armas e guerra sem tréguas levar a esses monstros.
Tal como eu disse, fizeram; no meio das ervas rasteiras
ocultam suas espadas, broquéis ajeitados para isso.
E, mal ouviu do seu posto de escuta Miseno o barulho
tão conhecido, na praia a rolar, da trombeta recurva
solta o sinal. Os troianos investem e luta iniciam
jamais sabida: com ferro ferir umas aves nojentas.
Porém a espessa plumage' as livrava dos golpes certeiros;
rapidamente se esquivam, galgando as alturas celestes,
e a presa já desfalcada abandonam, de todo poluída.
Restou Celeno, que foi assentar-se no pico da rocha,
donde, infeliz profetisa, com ódio e amargura externou-se:
'Guerras? Depois de matardes meus bois e vistosas ovelhas,

---

[33] *Virentes*: verdejantes.

[34] Constante do manuscrito do tradutor, este verso foi suprimido por lapso das edições anteriores.

[35] *Buracos*: *caecis latebris*, literalmente "recantos ocultos" da gruta.

Laomedontiadae, bellumne inferre paratis
et patrio Harpyias insontes pellere regno?
Accipite ergo animis atque haec mea figite dicta,   250
quae Phoebo pater omnipotens, mihi Phoebus Apollo
praedixit, uobis Furiarum ego maxima pando.
Italiam cursu petitis uentisque uocatis
ibitis Italiam portusque intrare licebit;
sed non ante datam cingetis moenibus urbem,   255
quam uos dira fames nostraeque iniuria caedis
ambesas subigat malis absumere mensas'.
Dixit et in siluam pennis ablata refugit.
At sociis subita gelidus formidine sanguis
deriguit; cecidere animi, nec iam amplius armis,   260
sed uotis precibusque iubent exposcere pacem,
siue deae, seu sint dirae obscenaeque uolucres.
Et pater Anchises passis de litore palmis
numina magna uocat meritosque indicit honores:
'Di, prohibete minas; di, talem auertite casum   265
et placidi seruate pios!' Tum litore funem
deripere excussosque iubet laxare rudentes.
Tendunt uela Noti; fugimus spumantibus undis
qua cursum uentusque gubernatorque uocabat.
Iam medio apparet fluctu nemorosa Zacynthos   270
Dulichiumque Sameque et Neritos ardua saxis.
Effugimus scopulos Ithacae, Laertia regna,

progênie de Laomedonte? E, por cima, quereis expulsar-nos,[36]
as inocentes Harpias, do reino dos seus genitores?
Ouvi, então, o que tenho a dizer-vos, sem nada ocultar-vos.
Tudo o que Apolo aprendeu com o mais forte dos deuses, e logo
me revelou, eu, das Fúrias a mais poderosa, vos conto.[37]
Vossos anseios à Itália vos levam. Com prósperos ventos
heis de alcançar por sem dúvida a Itália e adentrar os seus portos.
Mas, antes mesmo de vossa cidade, querida dos deuses
de muros altos cingirdes, haveis de sofrer dura fome
por este crime: forçados sereis a roer até as mesas'.[38]
Mal acabou de falar, alça o voo e à floresta se acolhe.
Meus companheiros, de medo sentiram gelar-se-lhe o sangue.
O ânimo lhes faleceu; de lutar com suas armas desistem,
para com votos e preces pedir paz condigna, quer sejam
deusas aquelas criaturas ou aves nocivas e imundas.
Meu pai Anquises, do meio da praia levanta as mãos ambas,
invoca os numes e as honras prescreve que o caso exigia:
'Deuses do céu, apartai esta ameaça! De tal desventura,
deuses, livrai-nos! Salvai nossos filhos!' E logo dá ordem
para as amarras de terra colher e soltar o velame.
Noto enfunou logo as velas; ferimos as ondas espúmeas,
na direção prosseguindo que o vento e o piloto indicaram.
Já pelas ondas banhada aparece a selvosa Zacintos,
Dulíquio e Samos e Nérito toda cercada de rochas.[39]
De Ítaca, reino de Laertes, fugimos, de seus arrecifes,[40]

---

[36] *Laomedonte*: rei de Troia, pai de Príamo, que não cumpria o que pactuava com os deuses.

[37] Aqui Virgílio assimilou as Harpias às Fúrias, também chamadas Eumênides e Erínias; ver nota a II, v. 337.

[38] Por lapso as edições anteriores omitiram a passagem "haveis de sofrer dura fome/ por este crime: forçados sereis a".

[39] *Zacintos* (ou Zacinto), *Dulíquio* e *Nérito* são ilhas do mar Jônio; *Samos*, do Egeu.

[40] *Laertes*, o pai de Ulisses. Para efeito de ritmo, deve-se fazer sinérese, isto é, ler em duas sílabas: *Laer-tes*.

et terram altricem saeui exsecramur Ulixi.
Mox et Leucatae nimbosa cacumina montis
et formidatus nautis aperitur Apollo.   275
Hunc petimus fessi et paruae succedimus urbi;
ancora de prora iacitur, stant litore puppes.
Ergo insperata tandem tellure potiti,
lustramurque Ioui uotisque incendimus aras,
Actiaque Iliacis celebramus litora ludis.   280
Exercent patrias oleo labente palaestras
nudati socii; iuuat euasisse tot urbes
Argolicas mediosque fugam tenuisse per hostes.
Interea magnum sol circumuoluitur annum,
et glacialis hiems Aquilonibus asperat undas.   285
Aere cauo clipeum, magni gestamen Abantis,
postibus aduersis figo et rem carmine signo:
Aeneas haec de Danais victoribus arma.
Linquere tum portus iubeo et considere transtris.
Certatim socii feriunt mare et aequora uerrunt.   290
Protinus aerias Phaeacum abscondimus arces
litoraque Epiri legimus portuque subimus
Chaonio et celsam Buthroti accedimus urbem.
Hic incredibilis rerum fama occupat aures,

amaldiçoada por todos, a pátria de Ulisses nefando.
Logo da linha nos surge Leucate de cumes nimbosos[41]
e o promontório de Apolo, temido dos nossos marujos.
Lassos, a praia abicamos; ao burgo modesto subimos.
Soltas as âncoras, proas enfeitam as praias sonoras.[42]
Ledos de em terra pisar contra toda a esperança, of'recemos
votos a Jove e acendemos as chamas lustrais nos altares.
Na praia de Áccio os desportos troianos então celebramos:[43]
os companheiros, desnudos os corpos e untados de azeite,
travam-se, alegres de terem passado por tantas cidades
gregas, sem risco, e escapado da fúria dos fortes argivos.
Nesse entrementes, o sol concluíra seu círculo grande,
e o negro inverno com ventos furiosos o mar encrespava.
Nas portas cravo do templo um escudo de côncavo bronze,
que Abante apenas usara, o gigante, e um só verso lhe aponho:[44]
ESTE TROFÉU POR ENEIAS FOI GANHO NA GUERRA DOS GREGOS.
Mando os remeiros o porto deixar e ocupar os seus bancos.
Batem os sócios o mar à porfia; a planície varreram.
Logo perdemos de vista os merlões altanados dos feácios,[45]
e, pelas costas do Epiro seguindo, chegamos ao belo
porto Caônio e dali sem demora à cidade Butroto.[46]
Mais do que estranhos rumores então os ouvidos nos ferem:

---

[41] *Da linha*: entenda-se, da extremidade das ondas. *Leucate* (ou Leucates) é monte da ilha Leucádia, no mar Jônio.

[42] *Praias sonoras*: traduz *litore*, "praia". "Sonoras" foi inserida provavelmente por necessidade métrica, formando, porém, locução análoga a *polýphloisbos thálassa*, "o mar que ressoa profundo", frequentíssima na *Ilíada* (I, v. 34 etc.) e na *Odisseia* (XIII, v. 85 etc.) que o próprio Carlos Alberto Nunes traduziu.

[43] *Áccio*: cidade e monte da Acarnânia, na costa ocidental da Grécia. Ali Otaviano venceu a batalha naval contra Marco Antônio e Cleópatra em 31 a.C. É sutil homenagem de Virgílio a Augusto.

[44] *Abante*: guerreiro grego, homônimo do capitão troiano de I, v. 120, e do etrusco aliado de Eneias de X, v. 170.

[45] Os *feácios* habitavam a ilha de Córcira, no Egeu.

[46] *Butroto* é cidade do *Epiro*, província grega a sudoeste da península balcânica (atual Albânia), da qual a *Caônia* é parte.

Priamiden Helenum Graias regnare per urbes,   295
coniugio Aeacidae Pyrrhi sceptrisque potitum,
et patrio Andromachen iterum cessisse marito.
Obstipui miroque incensum pectus amore
compellare uirum et casus cognoscere tantos.
Progredior portu, classes et litora linquens,   300
sollemnes cum forte dapes et tristia dona
ante urbem in luco falsi Simoentis ad undam
libabat cineri Andromache Manesque uocabat
Hectoreum ad tumulum, uiridi quem caespite inanem
et geminas, causam lacrimis, sacrauerat aras.   305
Ut me conspexit uenientem et Troia circum
arma amens uidit, magnis exterrita monstris
deriguit uisu in medio, calor ossa reliquit;
labitur et longo uix tandem tempore fatur:
'Verane te facies, uerus mihi nuntius affers,   310
nate dea? Viuisne? Aut, si lux alma recessit,
Hector ubi est?' Dixit, lacrimasque effudit et omnem
impleuit clamore locum. Vix pauca furenti
subicio et raris turbatus uocibus hisco:
'uiuo equidem uitamque extrema per omnia duco;   315
ne dubita, nam uera uides.
Heu! Quis te casus deiectam coniuge tanto
excipit? Aut quae digna satis fortuna reuisit
Hectoris Andromachen? Pyrrhin conubia seruas?'
Deiecit uultum et demissa uoce locuta est: 320
'O felix una ante alias Priameia uirgo,
hostilem ad tumulum Troiae sub moenibus altis

que Heleno, filho de Príamo, em gregas cidades reinava.
Com desposar a viúva do eácida Pirro, ele o cetro[47]
também ganhara; a outro esposo troiano ligara-se Andrômaca.
Fiquei pasmado, e senti no imo peito desejo veemente
de com Heleno falar e saber a verdade daquilo.
Subo à cidade, deixando na praia os navios recurvos.
Por belo acaso, não longe do burgo, nas margens de um falso
rio Simoente, encontrava-se Andrômaca, votos solenes[48]
a oferecer e presentes funéreos às cinzas de Heitor,
sobre o seu túmulo inane, formado de céspede verde,[49]
com dois altares a par, permanente motivo de choro.
Quando me viu a avançar, e de pronto a armadura troiana
reconheceu, aterrada com a vista daquele fantasma,
estuporada caiu. O calor abandona-lhe os membros.
Só muito tempo depois, recobrada do susto, me disse:
'É tua, mesmo, a figura? Notícias verídicas trazes,
filho da deusa? Ainda vives? Se morto já estás, que é de Heitor?'
Assim dizendo, num pranto incontido explodiu, e o vizinho
bosque inundou de clamores. Confuso com o seu sofrimento,
mal consegui formular as seguintes palavras sem nexo:
'Ainda e sempre amarrado a uma vida de dor e trabalhos.
Sim, podes crer-me, sou eu.
Ah!, de que modo caíste da altura a que havias chegado
com teu marido? Ou que acaso feliz te premiou novamente?
Dize-me, Andrômaca: Heitor já não tendo, pertences a Pirro?'
Rosto abatido, em voz baixa me deu a seguinte resposta:
'Mais do que todas feliz foi a virgem nascida de Príamo,
pois, condenada a morrer sobre um túmulo imigo, debaixo

---

[47] *Eácida Pirro*: entenda-se Pirro, que é descendente de Éaco, pois filho de Aquiles, que é filho de Peleu, que é filho de Éaco.

[48] O rio *Simoente* é dito *falso* porque Heleno e Andrômaca reconstruíram um simulacro de Troia; ver adiante v. 350.

[49] *Inane*: vazio, pois Heitor não está sepultado ali. O túmulo serve apenas ao culto.

iussa mori, quae sortitus non pertulit ullos,
nec uictoris eri tetigit captiua cubile!
Nos, patria incensa, diuersa per aequora uectae,   325
stirpis Achilleae fastus iuuenemque superbum,
seruitio enixae, tulimus; qui deinde, secutus
Ledaeam Hermionen Lacedaemoniosque hymenaeos,
me famulo famulamque Heleno transmisit habendam.
Ast illum, ereptae magno inflammatus amore   330
coniugis et scelerum Furiis agitatus, Orestes
excipit incautum patriasque obtruncat ad aras.
Morte Neoptolemi regnorum reddita cessit
pars Heleno, qui Chaonios cognomine campos
Chaoniamque omnem Troiano a Chaone dixit,   335
Pergamaque Iliacamque iugis hanc addidit arcem.
Sed tibi qui cursum uenti, quae Fata dedere?
Aut quisnam ignarum nostris deus appulit oris?
Quid puer Ascanius? Superatne et uescitur aura,
quem tibi iam Troia...   340
Ecqua tamen puero est amissae cura parentis?
Ecquid in antiquam uirtutem animosque uiriles
et pater Aeneas et auunculus excitat Hector?'
Talia fundebat lacrimans longosque ciebat
incassum fletus, cum sese a moenibus heros   345
Priamides multis Helenus comitantibus affert,
agnoscitque suos laetusque ad limina ducit

dos altos muros de Troia, nem foi sorteada nem nunca
na qualidade de escrava subiu para o leito de um dânao.
Perdida a pátria nas chamas, levada por mares sem conta,
a dor sofri de parir como escrava, a serviço da imensa
brutalidade do filho de Aquiles, que, havendo corrido
atrás de Hermíone, neta de Leda, elegeu uma esposa[50]
lacedemônia e a Heleno seu servo me deu como escrava.
Porém, furioso por ver que lhe roubam a noiva extremada,
e pelas Fúrias Orestes tomado, caiu de inopino
sobre o ímpio filho de Aquiles; ao lado das aras o mata.
Morto Neoptólemo, seus territórios em parte couberam
ao próprio Heleno, que o nome de Caônia impôs logo a esta terra,
do varão Cáone, filho de Príamo, forte troiano,
sobre construir neste cerro outra Pérgamo, ilíacos muros.
Porém, que ventos, que Fados amigos aqui te trouxeram?
Ou que deidade atirou-te a estas plagas, sem mesmo o saberes?
O que foi feito de Ascânio? Ainda vive? Ares puros respira?
Nasceu no tempo em que Troia...
Recordações dolorosas conserva da mãe falecida?[51]
O nobre exemplo de Eneias, seu pai, e o de Heitor também, tio,[52]
o esforço antigo e a hombridade a imitar porventura o estimula?'
Dessa maneira a coitada, a chorar sem parada e proveito,
se desfazia. Mas nisso saiu das muralhas Heleno,
filho de Príamo, é certo, seguido de séquito grande.
De pronto, aos seus reconhece e com júbilo ao paço os dirige,

---

[50] *Hermíone, neta de Leda*: Hermíone é filha do *lacedemônio* Menelau e de Helena, que é filha de Zeus (Júpiter) e Leda. Noiva de Orestes, Hermíone casou-se, porém, com o *filho de Aquiles*, *Neoptólemo*, assassinado então por *Orestes*.

[51] *Mãe falecida*: Andrômaca não poderia saber que Creúsa morrera, já o observara Sérvio, o comentador de Virgílio do início do século V. Ele informa que, para alguns, Heleno, como adivinho, teria condições de saber, ou que o próprio Eneias o divulgara, quando a buscava por Troia ("chamei muitas vezes Creúsa, a bradar por Creúsa!"; ver II, v. 770), mas pondera que os dois argumentos carecem de força.

[52] *Heitor tio*: Creúsa, mãe de Ascânio, era irmã de Heitor e filha de Príamo. Eneias é cunhado de Heitor.

et multum lacrimas uerba inter singula fundit.
Procedo et paruam Troiam simulataque magnis
Pergama et arentem Xanthi cognomine riuum 350
agnosco Scaeaeque amplector limina portae.
Nec non et Teucri socia simul urbe fruuntur;
illos porticibus rex accipiebat in amplis;
aulai medio libabant pocula Bacchi,
impositis auro dapibus paterasque tenebant. 355
Iamque dies alterque dies processit, et aurae
uela uocant tumidoque inflatur carbasus Austro.
His uatem aggredior dictis ac talia quaeso:
'Troiugena, interpres diuum, qui numina Phoebi,
qui tripodas, Clarii laurus, qui sidera sentis, 360
et uolucrum linguas et praepetis omina pennae,
fare age (namque omnem cursum mihi prospera dixit
religio et cuncti suaserunt numine diui
Italiam petere et terras temptare repostas;
sola nouum dictuque nefas Harpyia Celaeno 365
prodigium canit et tristes denuntiat iras
obscenamque famem), quae prima pericula uito?
Quidue sequens tantos possim superare labores?'
Hic Helenus, caesis primum de more iuuencis,
exorat pacem diuum uittasque resoluit 370
sacrati capitis, meque ad tua limina, Phoebe,

entrecortando com lágrimas as expressões de amizade.[53]
Perto dali uma Troia modesta revejo e muralhas
baixas de Pérgamo e o leito arenoso de um riacho, o outro Xanto.
As Portas Ceias abraço. Da mesma maneira, os troianos[54]
se regozijam com a vista daquela cidade tão nossa.
O rei a todos recebe num pórtico de ampla acolhida.
Taças em punho libavam a Baco no meio da sala.
Em pratos de ouro é servido aos troianos um lauto banquete.
Passa-se um dia e outro dia; silentes, as auras convidam[55]
a navegar; com mais força no cárbaso sopra-nos Austro.[56]
Então, dirijo-me ao vate e lhe faço as seguintes perguntas:[57]
'Filho de Troia, dos deuses intérprete, que nos revelas[58]
o pensamento de Febo nos lauros de Claros e a trípode,[59]
nas cintilantes estrelas, no voo e no canto das aves!
Fala e me instrui. Os oráculos boa viagem me auguram;
todos os numes concitam-me a ir em demanda da Itália,
para encontrar em paragens remotas a pátria dos sonhos.
Somente a harpia Celeno, com sua linguagem nefasta,
me prenunciou um prodígio inaudito, impossível de crer-se:
a abominável ameaça da fome que nunca se farta.
Como fazer para alfim sobrepor-me a tão grandes trabalhos?'
Heleno, então, pós haver imolado de acordo com o rito
algumas reses, a ajuda dos deuses deprecа, da fronte
desata as ínfulas e, pela mão me tomando, conduz-me

---

[53] Para efeitos de ritmo, o artigo *as* deve ser tônico.

[54] *Portas Ceias*: assim chamavam-se os portões ocidentais de Troia.

[55] *As auras*: as brisas. A leve brisa antecipa o sopro forte de *Austro*, no verso seguinte.

[56] *Cárbaso*: tecido, por sinédoque, a vela dos barcos.

[57] *Vate*: adivinho; é Heleno.

[58] Para efeitos de ritmo, o pronome relativo *que* deve ser tônico.

[59] *Claros*: cidade da Jônia, famosa pelo templo de Apolo, cuja árvore é o loureiro ou *lauro*.

ipse manu multo suspensum numine ducit
atque haec deinde canit diuino ex ore sacerdos:
'Nate dea (nam te maioribus ire per altum
auspiciis manifesta fides; sic Fata deum rex   375
sortitur, uoluitque uices; is uertitur ordo),
pauca tibi e multis, quo tutior hospita lustres
aequora et Ausonio possis considere portu,
expediam dictis; prohibent nam cetera Parcae
scire Helenum farique uetat Saturnia Iuno.   380
Principio Italiam, quam tu iam rere propinquam
uicinosque, ignare, paras inuadere portus,
longa procul longis uia diuidit inuia terris.
Ante et Trinacria lentandus remus in unda
et salis Ausonii lustrandum nauibus aequor   385
infernique lacus, Aeaeaeque insula Circae
quam tuta possis urbem componere terra.
Signa tibi dicam, tu condita mente teneto:
cum tibi sollicito secreti ad fluminis undam
litoreis ingens inuenta sub ilicibus sus   390
triginta capitum fetus enixa iacebit,
alba, solo recubans, albi circum ubera nati,
is locus urbis erit, requies ea certa laborum.
Nec tu mensarum morsus horresce futuros:

ao limiar, Febo Apolo, do teu santuário, ante cuja[60]
solenidade senti-me acanhado. E, inspirado, falou-me:[61]
'Filho da deusa, os auspícios mais altos me dão a certeza
de que amparado o mar fundo navegas. Assim seus desígnios
o pai dos deuses dispõe e sorteia. Essa é a ordem das coisas.
Pouco direi dentre o muito que fora preciso saberes,
para que mares amigos e certos encontres nas tuas
divagações e consigas fundear num dos portos da Ausônia.
Pouco há de ser, pois as Parcas e Juno satúrnia mo impedem.[62]
Para contar do começo, essa Itália almejada e tão perto,
e os vários portos que entrar imaginas, por serem vizinhos,
longos caminhos e mares impérvios de ti os separam.
Antes, teus remos terão de dobrar-se nas ondas trinácrias[63]
e teus navios riscar as salgadas planícies da Ausônia,
do Inferno os lagos passar e também a ilha eeia de Circe,[64]
para que alfim a cidade consigas fundar no chão firme.
Dou-te os sinais; na memória os retém, como é justo fazeres.
Quando apreensivo estiveres nas margens de um rio sem nome,
e deparares deitada na sombra de bela azinheira
uma alva porca com trinta leitões ao seu lado, da mesma
cor da mãe branca, deitados no chão a mamar com sossego:
esse será o local da cidade, o descanso almejado.
Não te preocupes por causa da fome de roer até as mesas.

---

[60] *Teu*: dirigido a Apolo, que por um instante passa de terceira à segunda pessoa. Trata-se de apóstrofe.

[61] A fala de Heleno se insere no interior da fala de Eneias a Dido.

[62] *Parcas*: as três deusas irmãs que, fiandeiras, controlavam a duração da vida humana. *Mo impedem*: Virgílio diz *prohibent cetera Parcae scire Helenum farique uetat Saturnia Iuno*, "as Parcas impedem que Heleno saiba o resto e Juno proíbe-o de contar". Eneias saberá tudo a seu tempo.

[63] *Trinácrias*: sicilianas. Eneias deverá circum-navegar a Sicília e atingir o Tirreno na costa ocidental da Itália.

[64] *Eeia*: ense, habitante de Eeia, ilha na costa de Cartago onde vivia a feiticeira *Circe*.

Fata uiam inuenient, aderitque uocatus Apollo. 395
Has autem terras, Italique hanc litoris oram,
proxima quae nostri perfunditur aequoris aestu,
effuge; cuncta malis habitantur moenia Grais.
Hic et Narycii posuerunt moenia Locri
et Sallentinos obsedit milite campos 400
Lyctius Idomeneus; hic illa ducis Meliboei
parua Philoctetae subnixa Petelia muro.
Quin, ubi transmissae steterint trans aequora classes,
et positis aris iam uota in litore solues,
purpureo uelare comas adopertus amictu, 405
ne qua inter sanctos ignes in honore deorum
hostilis facies occurrat et omina turbet.
Hunc socii morem sacrorum, hunc ipse teneto;
hac casti maneant in religione nepotes.
Ast ubi digressum Siculae te admouerit orae 410
uentus et angusti rarescent claustra Pelori,
laeua tibi tellus et longo laeua petantur
aequora circuitu; dextrum fuge litus et undas.
Haec loca ui quondam et uasta conuulsa ruina
(tantum aeui longinqua ualet mutare uetustas) 415
dissiluisse ferunt, cum protinus utraque tellus
una foret; uenit medio ui pontus et undis
Hesperium Siculo latus abscidit aruaque et urbes

Contigo Apolo, hão de os Fados achar o remédio adequado.[65]
Contudo, evita estas plagas, as terras da Itália aqui perto,
por nossos mares banhadas no seu balanceio diuturno.
Foge daqui; habitadas estão por acaios maldosos.[66]
Ali, os locros Narícia fundaram, de fortes muralhas,
e as salentinas planícies ocupam os homens do líctio[67]
Idomeneu. Mais além, Filoctetes, caudilho extremado[68]
de Melibeia, Petília fundou de vizinhos distante.
Quando os navios, porém, terminado já houverem seu curso,
e para os votos cumprir te aprestares, já salvo, na praia,
cobre os cabelos, na forma ritual, com um véu purpurino,
para evitar que entre as chamas sagradas em honra dos deuses
se te apresente algum rosto inimigo e o agouro perturbe.
Teus companheiros e tu observai essa prática sempre,
e com fervor religioso o costume os vindoiros preservem.
Quando, ao deixares o Epiro, levarem-te os ventos às plagas
sicilianas e à estreita abertura do cabo Peloro,[69]
grande circuito farás, sempre à esquerda, singrando nos mares
do lado esquerdo; da costa acautela-te à tua direita.
Dizem que outrora estes dois continentes um todo faziam,
mas separaram-se súbito num rompimento espantoso —
tão poderosa é a passagem dos anos para essas mudanças! —,
da costa Hespéria ficando a Sicília ali mesmo apartada
por um canal, cujas ondas agora as campinas açoitam

[65] *Contigo Apolo*: entenda-se, "estando Apolo contigo".

[66] *Daqui*: com o sentido de "dali", isto é, as terras do extremo sul da Itália, habitadas por gregos.

[67] *Líctio*: cretense, pois Licto é cidade de Creta. *Salentinas* refere-se à antiga Calábria (atual Apúlia), habitada pelos salentinos. *Locros*: povo de Locros, no extremo sul do Brútio, na Calábria.

[68] *Filoctetes*: exímio arqueiro grego, oriundo de *Melibeia*, na Tessália, fundou *Petília*, na Calábria. Segundo o mito, a caminho da guerra de Troia, em razão do mau cheiro que exalava uma ferida em seu pé, Ulisses o abandonou na ilha de Lemnos. É tema da tragédia homônima de Sófocles.

[69] *Peloro*: um dos três cabos da Sicília.

litore diductas angusto interluit aestu.
Dextrum Scylla latus, laeuum implacata Charybdis   420
obsidet, atque imo barathri ter gurgite uastos
sorbet in abruptum fluctus, rursusque sub auras
erigit alternos et sidera uerberat unda.
At Scyllam caecis cohibet spelunca latebris,
ora exsertantem et naues in saxa trahentem.   425
Prima hominis facies et pulchro pectore uirgo
pube tenus, postrema immani corpore pistrix,
delphinum caudas utero commissa luporum.
Praestat Trinacrii metas lustrare Pachyni
cessantem, longos et circumflectere cursus,   430
quam semel informem uasto uidisse sub antro
Scyllam et caeruleis canibus resonantia saxa.
Praeterea, si qua est Heleno prudentia, uati
si qua fides, animum si ueris implet Apollo,
unum illud tibi, nate dea, proque omnibus unum   435
praedicam et repetens iterumque iterumque monebo:
Iunonis magnae primum prece numen adora;
Iunoni cane uota libens, dominamque potentem
supplicibus supera donis: sic denique uictor
Trinacria fines Italos mittere relicta.   440
Huc ubi delatus Cumaeam accesseris urbem
diuinosque lacus et Auerna sonantia siluis,

de ambos os lados, cidades da Hespéria, da bela Sicília.
Cila domina à direita; na esquerda a implacável Caribde.
Esta, três vezes as ondas atrai para o báratro escuro,[70]
abruptamente a chupá-las; três vezes para o alto as atira,
sem descansar, açoitando com elas os astros distantes,
enquanto Cila, escondida no bojo de negra espelunca,[71]
bota a cabeça de fora e os navios às pedras atira.[72]
Tem a primeira feições quase humanas, e até meio corpo,
busto de virgem donosa; por baixo, cetáceo disforme,
com cauda dupla de lobo em barriga de imano golfinho.
Aconselhável será, muito embora isso alongue o percurso,
ir até ao cabo Paquino e estender à Sicília o roteiro,[73]
a ver de longe uma vez a terrível caverna de Cila
com seus cachorros marinhos e os ladros difíceis de ouvires.[74]
Além do mais, se concedes a Heleno saber e prudência,
sendo que Apolo, em verdade, me inspira e na mente me infunde
seus vaticínios, apenas dir-te-ei uma coisa, dileto
filho de Vênus, que importa explicar-te com muita insistência.
Antes de todas, teus votos dirige ferventes a Juno.
Com tua súplica e dons numerosos, a boa vontade
daquela deusa angaria, porque finalmente consigas,
deixando atrás a Sicília, na Itália saltar sem trabalhos.
Em terra firme de novo, a cidade de Cumas procura,
lagos divinos, os bosques do Averno de sons agradáveis,

---

[70] *Báratro*: voragem das águas; aqui, o estreito de Messina, entre a Calábria, em que está Cila, e a Sicília, em que está Caribde.

[71] *Espelunca*: o tradutor emprega o termo no seu sentido original de "cova", "caverna", "cavidade profunda no solo".

[72] Para o metro, *navios* aqui é trissilábico, fora do padrão do tradutor.

[73] *Paquino* é outro dos três cabos da Sicília. Nesses versos, entenda-se "será melhor dar a volta e alongar o percurso do que ver, mesmo de longe e uma só vez", *a terrível caverna de Cila*.

[74] *Cachorros marinhos*: a cintura de Cila era formada por uma fileira de cães. *Difíceis de ouvires*: terríveis aos ouvidos.

insanam uatem aspicies, quae rupe sub ima
fata canit foliisque notas et nomina mandat.
Quaecumque in foliis descripsit carmina uirgo,   445
digerit in numerum atque antro seclusa relinquit.
Illa manent immota locis, neque ab ordine cedunt;
uerum eadem, uerso tenuis cum cardine uentus
impulit et teneras turbauit ianua frondes,
numquam deinde cauo uolitantia prendere saxo,   450
nec reuocare situs aut iungere carmina curat:
inconsulti abeunt sedemque odere Sibyllae.
Hic tibi ne qua morae fuerint dispendia tanti,
quamuis increpitent socii, et ui cursus in altum
uela uocet, possisque sinus implere secundos,   455
quin adeas uatem precibusque oracula poscas
ipsa canat uocemque uolens atque ora resoluat.
Illa tibi Italiae populos uenturaque bella
et quo quemque modo fugiasque ferasque laborem
expediet, cursusque dabit uenerata secundos.   460
Haec sunt quae nostra liceat te uoce moneri.
Vade age et ingentem factis fer ad aethera Troiam'
Quae postquam uates sic ore effatus amico est,
dona dehinc auro grauia sectoque elephanto
imperat ad naues ferri, stipatque carinis   465
ingens argentum Dodonaeosque lebetas,
loricam consertam hamis auroque trilicem,

e a profetisa inspirada que as coisas futuras conhece,[75]
sob uma rocha e os orac'los transcreve em folhinhas delgadas.[76]
Os vaticínios guardados assim pela virgem nas folhas,
ela os coordena, deixando-os depois arrumados na cova,
sem se moverem dali; na mesma ordem do início persistem.
Mas, quando a porta se entreabre e algum vento essas folhas remove
do lugar certo e as dispersa por tudo no vasto aposento,
não mais se importa a Sibila de as folhas repor na mesma ordem
de antes, e senso emprestar aceitável aos seus vaticínios.
Os consulentes retiram-se, pragas jogando à Sibila.
Nunca lastimes o tempo exigido para esses rodeios,
ainda que teus companheiros murmurem e os ventos convidem
a soltar velas, moção favorável por tudo soprando.
Antes de ouvir a Sibila não partas, os seus vaticínios,
té que resolva a falar-te e sem peias te mostre o futuro.
Os povos todos da Itália, as batalhas em que hás de medir-te,
como evitar os trabalhos ou o meio melhor de sofrê-los,
te contará. Se souberes falar-lhe, terás boa viagem.
Eis tudo quanto me é lícito neste momento dizer-te.
Vai; com teus atos eleva até os astros o nome de Troia'.
Pós ter falado as palavras amigas, Heleno a seus homens
manda levar para as naves de proas recurvas muito ouro,
belo marfim trabalhado, variados objetos de prata,
uma loriga de tríplice malha dourada, dodônios[77]
vasos do lauro metal, no convés amontoados a rodo,

---

[75] *Profetisa inspirada*: a Sibila, em transe, proferia oráculos em Cumas, cidade da Campânia, próxima do lago Averno, que era a entrada dos Infernos, o mundo subterrâneo.

[76] *Em folhinhas delgadas*: provável referência ao fato de que a Sibila, além de proferir e desenhar, podia registrar as profecias por escrito em hexâmetros datílicos sobre folhas de palmeira. Depois transcritas, as profecias formaram os chamados *Livros Sibilinos* (*Sibyllini Libri* ou *Fata Sibyllina* ou ainda *Libri Fatales*) mencionados por autores latinos.

[77] *Loriga*: parte da armadura que protege as pernas. *Dodônios*: de Dodona, cidade do Epiro, onde havia um oráculo de Zeus. Lá amarravam-se objetos de bronze nas árvores para interpretar o som produzido.

et conum insignis galeae cristasque comantes,
arma Neoptolemi; sunt et sua dona parenti.
Addit equos, additque duces;   470
remigium supplet; socios simul instruit armis.
Interea classem uelis aptare iubebat
Anchises, fieret uento mora ne qua ferenti.
Quem Phoebi interpres multo compellat honore:
'Coniugio, Anchise, Veneris dignate superbo,   475
cura deum, bis Pergameis erepte ruinis,
ecce tibi Ausoniae tellus; hanc arripe uelis.
Et tamen hanc pelago praeterlabare necesse est;
Ausoniae pars illa procul, quam pandit Apollo.
Vade', ait, 'o felix nati pietate! Quid ultra   480
prouehor et fando surgentes demoror Austros?'
Nec minus Andromache digressu maesta supremo
fert picturatas auri subtemine uestes
et Phrygiam Ascanio chlamydem (nec cedit honore)
textilibusque onerat donis, ac talia fatur: 485
'Accipe et haec, manuum tibi quae monumenta mearum
sint, puer, et longum Andromachae testentur amorem,
coniugis Hectoreae. Cape dona extrema tuorum,
o milli sola mei super Astyanactis imago!
Sic oculos, sic ille manus, sic ora ferebat;   490
et nunc aequali tecum pubesceret aeuo'.
Hos ego digrediens lacrimis affabar obortis:
'Viuite felices, quibus est fortuna peracta
iam sua; nos alia ex aliis in fata uocamur.
Vobis parta quies; nullum maris aequor arandum,   495

um capacete de insigne cimeira com crista de crina,
armas de Pirro tudo isso. Meu pai ganhou prêmios valiosos.
E mais: cavalos, pilotos.
Dá-nos remeiros também; supre os sócios das armas precisas.
Era no tempo em que Anquises mandava aprestar os navios,
para que os ventos de bem navegar em ação logo entrassem.
O sacerdote de Febo com vozes corteses lhe fala:[78]
'Ó tu, Anquises, esposo acatado de Vênus, querido
das divindades, que já foste salvo das ruínas de Pérgamo
por duas vezes: a Ausônia está ali; vai tomá-la nas naves.[79]
Mas, antes disso, terás de cortar muitas águas bravias;
longe ainda se acha a paragem da Itália que Apolo indicou-te.
Adiante, pai venturoso de um filho de tanta piedade!
Por que me ponho a falar-te, impedindo que os ventos te ajudem?'
Acabrunhada, também, de saudades, Andrômaca trouxe
não menos ricos presentes; vestidos com áureos bordados,
e para Ascânio uma clâmide frígia, delícia dos olhos,[80]
telas de fino lavor. E para ele voltando-se, disse:
'Caro menino, recebe estas prendas por mim trabalhadas,
como lembrança de Andrômaca, esposa de Heitor, e de sua
sempre lembrada amizade. São dons dos teus últimos primos.
Só tu a imagem me lembras do meu falecido Astianacte:[81]
assim, as mãos; desse modo falava; esse rosto era o dele.
Na adolescência risonha de agora contigo entraria'.
Sem me conter, despedi-me de todos com estas palavras:
'Vivei felizes, ó vós que alcançastes a paz almejada.
Nosso destino nos leva a vogar por paragens ignotas.
Tranquilidade já tendes; não mais navegar longos mares

---

[78] *O sacerdote de Febo*: Heleno.

[79] *Duas vezes*: antes do ataque dos gregos, chefiados por Agamêmnon, Troia tinha sido destruída por Hércules, como canta Homero na *Ilíada* (V, vv. 638-51).

[80] *Clâmide*: manto preso ao pescoço ou aos ombros por um broche.

[81] *Astianacte*: ou Astianax, filho de Heitor e Andrômaca, que ainda bebê foi morto pelos gregos.

arua neque Ausoniae semper cedentia retro
quaerenda. Effigiem Xanthi Troiamque uidetis
quam uestrae fecere manus, melioribus, opto,
auspiciis, et quae fuerit minus obuia Graiis.
Si quando Thybrim uicinaque Thybridis arua   500
intraro gentique meae data moenia cernam,
cognatas urbes olim populosque propinquos,
Epiro, Hesperia (quibus idem Dardanus auctor
atque idem casus), unam faciemus utramque
Troiam animis; maneat nostros ea cura nepotes'.   505
Prouehimur pelago uicina Ceraunia iuxta,
unde iter Italiam cursusque breuissimus undis.
Sol ruit interea et montes umbrantur opaci;
sternimur optatae gremio telluris ad undam,
sortiti remos, passimque in litore sicco   510
corpora curamus; fessos sopor irrigat artus.
Necdum orbem medium Nox Horis acta subibat:
haud segnis strato surgit Palinurus et omnes
explorat uentos atque auribus aera captat;
sidera cuncta notat tacito labentia caelo,   515
Arcturum pluuiasque Hyadas geminosque Triones,
armatumque auro circumspicit Oriona.
Postquam cuncta uidet caelo constare sereno,
dat clarum e puppi signum; nos castra mouemus
temptamusque uiam et uelorum pandimus alas.   520
Iamque rubescebat stellis Aurora fugatis,
cum procul obscuros colles humilemque uidemus
Italiam. 'Italiam', primus conclamat Achates,
'Italiam', laeto socii clamore salutant.
Tum pater Anchises magnum cratera corona   525
induit, impleuitque mero, diuosque uocauit
stans celsa in puppi:

precisareis, nem buscar essa Ausônia que sempre nos foge.
Tendes à vista uma imagem do Xanto, as muralhas da Troia
por vós aqui construída com muitos e belos auspícios,
e sem perigo de um dia cair sob o assalto dos gregos.
Se me for dado alcançar algum dia as paragens do Tibre,
e ver os campos que os Fados prometem aos meus descendentes,
quero que nossas cidades, com seus moradores, o Epiro
conjuntamente com a Hespéria, pois ambas de Dárdano vieram,
de iguais reveses provados, uma única Troia construam,
em tudo unânimes. Fique mais isso aos cuidados dos netos'.
Soltamos velas, costeando de perto os Penhascos Ceráunios,[82]
caminho curto por mar para a Itália almejada alcançarmos.
Nesse entretanto o sol baixa, sombreando as montanhas da costa.
Desembarcados por fim, os remeiros da guarda sorteamos
para velar, e no grêmio da terra querida ao repouso
nos entregamos. A todos o sono cuidoso restaura.
Nem bem a Noite, levada das Horas, ao meio chegara
do seu percurso, o sutil Palinuro, saltando da cama,
todos os ventos explora, o murmúrio das auras escuta,
o curso observa no céu silencioso dos astros errantes:
Arcturo, as Híadas, núncias das chuvas, as Ursas unidas,
sem descuidar-se de Orião a brandir sua espada fulgente.[83]
Vendo tão certos sinais de que o céu se mostrava sereno,
soltou da popa o seu toque sonoro. Animaram-se as tendas;
de novo alegres, os mares tentamos, infladas as velas.
Escorraçados os astros com a vinda do carro da Aurora,
eis que avistamos ao longe os oiteiros modestos da Itália.
Antes de todos, Itália!, gritou para os sócios Acates.
Seus companheiros, Itália!, a uma voz, despertados, exclamam.
Meu pai Anquises, então, uma copa de grande formato
engrinaldou e, de vinho repleta, chamou pelos deuses
do alto da popa:

---

[82] *Penhascos Ceráunios* (ou Acroceráunios): montanhas do Epiro.

[83] A constelação de *Orião* anuncia tempestades; ver nota a I, 535.

'Di maris et terrae tempestatumque potentes,
ferte uiam uento facilem et spirate secundi'.
Crebrescunt optatae aurae portusque patescit 530
iam propior templumque apparet in arce Mineruae.
Vela legunt socii et proras ad litora torquent.
Portus ab Euroo fluctu curuatus in arcum,
obiectae salsa spumant aspargine cautes;
ipse latet; gemino demittunt bracchia muro 535
turriti scopuli refugitque ab litore templum.
Quattuor hic, primum omen, equos in gramine uidi
tondentes campum late, candore niuali.
Et pater Anchises: 'Bellum, o terra hospita, portas
bello armantur equi, bellum haec armenta minantur. 540
Sed tamen idem olim curru succedere sueti
quadrupedes et frena iugo concordia ferre;
spes et pacis', ait. Tum numina sancta precamur
Palladis armisonae, quae prima accepit ouantes,
et capita ante aras Phrygio uelamur amictu; 545
praeceptisque Heleni, dederat quae maxima, rite
Iunoni Argiuae iussos adolemus honores.
Haud mora, continuo perfectis ordine uotis,
cornua uelatarum obuertimus antemnarum,
Graiugenumque domos suspectaque linquimus arua. 550
Hinc sinus Herculei (si uera est fama) Tarenti
cernitur; attollit se diua Lacinia contra,
Caulonisque arces et nauifragum Scylaceum.
Tum procul e fluctu Trinacria cernitur Aetna,
et gemitum ingentem pelagi pulsataque saxa 555

'Deuses do mar e da terra, senhor dos tufões, das procelas!
Próspera viagem cedei-nos; bons ventos soprai-nos agora!'
A viração nesse em meio cresceu; patenteia-se o porto
perto dali. No alto vê-se o santuário da deusa Minerva.[84]
Os marinheiros as velas recolhem, abicam na praia.
Um belo porto ao nascente se arqueia, batido das ondas,
diante do qual dois escolhos banhados de espuma se opõem,
que como torres se alongam, no jeito de duplas muralhas,
só parecendo que o templo se afasta da praia sonora.
Como primeiro presságio vi quatro cavalos pascendo
num prado próximo, brancos de neve, soberba aparência.
E o pai Anquises: 'A guerra anuncias, ó terra bendita!
Guerra os cavalos inculcam; para isso é que os brutos se prestam.
Porém talvez estes mesmos acabem com o tempo a habituar-se,
no jugo unidos, ao freio, e puxar na lavoura a carroça,
bela esperança de paz'. Na mesma hora invocamos o nume
da divindade potente, Minerva, a primeira a escutar-nos.
Com o véu da Frígia, defronte do altar, a cabeça cobrimos,
tal como Heleno o indicara e, adotando seu máximo alvitre,
a Juno argiva prestamos as honras em tudo devidas.
Sem perder tempo, uma vez concluídos os votos solenes,
como o ordenara, viramos as velas nas suas antenas,
e atrás deixamos as ribas, de medo de haver ali gregos.
O golfo, então, de Tarento avistamos e a bela cidade[85]
de Hércules, segundo dizem, e o templo de Juno Lacínia,[86]
o Cilaceu de passagem difícil e os muros de Cáulone.
O Etna avista-se ao longe da praia, na bela Trinácria.
Bramidos fortes do mar enraivado à distância se escutam,

---

[84] *O santuário da deusa Minerva*: a cidade de Castrum Minervae (atual Castro).

[85] Para os vv. 550-3: *Tarento* é cidade fundada por Héracles (Hércules) e também golfo na Apúlia, dominado pelo Lacínio, promontório onde existe um templo de *Juno Lacínia*. *Cilaceu* é um promontório em cujo golfo ocorriam muitos naufrágios; situa-se na Calábria, assim como a cidade de *Cáulone* (também Cáulon ou Caolônia).

[86] Neste verso, para efeitos de ritmo, a sílaba *se* de *segundo* é tônica.

audimus longe fractasque ad litora uoces,
exsultantque uada atque aestu miscentur harenae.
Et pater Anchises: 'Nimirum haec illa Charybdis;
hos Helenus scopulos, haec saxa horrenda canebat.
Eripite, o socii, pariterque insurgite remis!'   560
Haud minus ac iussi faciunt, primusque rudentem
contorsit laeuas proram Palinurus ad undas;
laeuam cuncta cohors remis uentisque petiuit.
Tollimur in caelum curuato gurgite, et idem
subducta ad Manes imos desedimus unda.   565
Ter scopuli clamorem inter caua saxa dedere,
ter spumam elisam et rorantia uidimus astra.
Interea fessos uentus cum sole reliquit,
ignarique uiae Cyclopum allabimur oris.
Portus ab accessu uentorum immotus et ingens   570
ipse; sed horrificis iuxta tonat Aetna ruinis
interdumque atram prorumpit ad aethera nubem
turbine fumantem piceo et candente fauilla
attollitque globos flammarum et sidera lambit;
interdum scopulos auulsaque uiscera montis   575
erigit eructans liquefactaque saxa sub auras
cum gemitu glomerat fundoque exaestuat imo.
Fama est Enceladi semustum fulmine corpus
urgueri mole hac ingentemque insuper Aetnam
impositam ruptis flammam exspirare caminis;   580
et, fessum quotiens mutet latus, intremere omnem
murmure Trinacriam et caelum subtexere fumo.
Noctem illam tecti siluis immania monstra
perferimus, nec quae sonitum det causa uidemus.

vozes das penhas batidas das ondas em luta perene.
Ferve o mar fundo; as areias sem pausa a girar turbilhonam.
Meu pai Anquises, então: 'Certamente esta é aquela Caribde,
estas as rochas, o escolho terrível que Heleno predisse.
Sus, companheiros! Aos remos agora apliquemo-nos todos'.
Obedecemos-lhe pronto. Sem mais, Palinuro se apresta
para cortar o mar bravo à sinistra da proa recurva;
todos, à esquerda, com remos e vela à porfia se esforçam.
Uma onda grande até aos astros nos leva; depois, rebaixada,
faz-nos descer num momento às moradas dos mares profundos.
Três vezes soa nas pedras de baixo o clamor das cavernas,
três, milpartiram-se as ondas, rociados de pingos os astros.
Ao pôr do sol, finalmente, acalmaram-se os ventos inquietos.
Do mar, ignaros, saltamos nas praias dos feros Ciclopes.
Porto sereno e espaçoso, e abrigado dos ventos, é certo;
mas o Etna troa ali perto, no meio de enormes ruínas.
Por vezes lança para o alto uma nuvem de pez e de fumo,
de envolta sempre com brancas fagulhas em giro contínuo,
cinzas ardentes e chamas, que os astros mui longe incendeiam;
outras, vomita penhascos, as vísceras brutas dos montes,[87]
do fundo escuro arrancadas, ou os lança para o ar, liquefeitos,
com grande estrondo, gemendo sem pausa as entranhas do abismo.
Contam que o corpo de Encélado, meio queimado de um raio,[88]
sob o Etna se acha oprimido, caído de chofre sobre ele.
Rota a cratera, a fornalha gigante tais flamas expira.
E, quantas vezes, cansado, pretenda virar-se de ilharga,
toda a Trinácria murmura, cobrindo-se o céu de fumaça.
Durante a noite, escondidos na mata observamos aqueles
inenarráveis prodígios, sem nunca atinarmos-lhe a causa,[89]

---

[87] *Vomita*: nas edições anteriores "vomitam", aqui corrigido conforme o manuscrito do tradutor.

[88] *Encélado*: um dos Gigantes fulminados por Júpiter por tentar escalar o céu.

[89] *Lhe*: lhes. O tradutor segue aqui prática comum a Camões (ver *Lusíadas*, 1, v. 40 etc.).

Nam neque erant astrorum ignes nec lucidus aethra 585
siderea polus, obscuro sed nubila caelo,
et lunam in nimbo nox intempesta tenebat.
Postera iamque dies primo surgebat Eoo
umentemque Aurora polo dimouerat umbram,
cum subito e siluis, macie confecta suprema, 590
ignoti noua forma uiri miserandaque cultu
procedit supplexque manus ad litora tendit.
Respicimus: dira illuuies immissaque barba,
consertum tegumen spinis; at cetera Graius,
et quondam patriis ad Troiam missus in armis. 595
Isque ubi Dardanios habitus et Troia uidit
arma procul, paulum aspectu conterritus haesit
continuitque gradum; mox sese ad litora praeceps
cum fletu precibusque tulit: 'Per sidera testor,
per superos atque hoc caeli spirabile lumen, 600
tollite me, Teucri; quascumque abducite terras:
hoc sat erit. Scio me Danais e classibus unum,
et bello Iliacos fateor petiisse Penates;
pro quo, si sceleris tanta est iniuria nostri,
spargite me in fluctus, uastoque immergite ponto. 605
Si pereo, hominum manibus periisse iuuabit'.
Dixerat et genua amplexus genibusque uolutans
haerebat. Qui sit fari, quo sanguine cretus,
hortamur; quae deinde agitet Fortuna, fateri.
Ipse pater dextram Anchises, haud multa moratus, 610
dat iuueni atque animum praesenti pignore firmat.
Ille haec, deposita tandem formidine, fatur:
'Sum patria ex Ithaca, comes infelicis Ulixi,
nomine Achaemenides, Troiam genitore Adamasto

pois nem os ventos se viam, nem mesmo a menor claridade
o firmamento enfeitava; por tudo espalhavam-se as trevas.
Noite importuna envolvia de sombras a lua distante.
Mal despontara no Oriente a manhã com a luz nova do dia
e a bela Aurora expulsara do céu a umidade das sombras,
quando de súbito surge das selvas espessas um vulto
desconhecido, de extrema magreza e exterior repulsivo,
súplice as mãos dirigindo a nós outros na praia sonora.
Vemo-lo: imundo até ao cerne; sem trato, cabelos e barba;
manto seguro com espinha de peixe. No mais, era grego,
dos que saíram da pátria empenhados no cerco de Troia.
Mas, ao notar nossas armas de longe, atavios dardânios,
despavorido deteve-se um pouco, ficando a mirar-nos,
sem dar um passo. Depois, para a praia correu, desfazendo-se
em pranto amargo, e de joelhos falou-nos: 'Por todos os astros,
pelas deidades celestes e este ar que a nós todos anima,
teucros, tirai-me daqui e levai-me para onde quiserdes.
Isso me basta. Não nego que fui marinheiro da armada
grega, na justa marcial contra os sacros Penates de Troia.[90]
Se vos parece tão grande o meu crime, dos meus companheiros,
jogai meu corpo, depois de picado, no abismo insondável.
Dar-me-ei por pago se vier a morrer pela ação de outros homens'.
Assim falando, rolava no chão, abraçava-me os joelhos,
como no solo encravado. Insistimos a que nos dissesse
de onde provinha, seu nome, que Fados adversos o oprimem.
O próprio Anquises, meu pai, sem maiores delongas a destra
dá ao mancebo, e com esse penhor de confiança o reanima.
Passado o medo inicial, nos falou da seguinte maneira:
'Sou natural da ilha de Ítaca e um dos soldados de Ulisses,[91]
o desgraçado. Aquemênides chamo-me. Vim para Troia

---

[90] *Justa marcial*: guerra.

[91] Para efeitos do ritmo: a) não há sinalefa entre o *a* final de Ítaca e a conjunção *e*; b) a sinalefa deste *e* com *um* é tônica: "Sou natural da ilha de Ítaca e um dos soldados de Ulisses".

paupere (mansissetque utinam fortuna!) profectus. 615
Hic me, dum trepidi crudelia limina linquunt,
immemores socii uasto Cyclopis in antro
deseruere. Domus sanie dapibusque cruentis,
intus opaca, ingens; ipse arduus, altaque pulsat
sidera (di, talem terris auertite pestem!) 620
nec uisu facilis nec dictu affabilis ulli.
Visceribus miserorum et sanguine uescitur atro.
Vidi egomet duo de numero cum corpora nostro
prensa manu magna, medio resupinus in antro,
frangeret ad saxum, sanieque aspersa natarent 625
limina; uidi atro cum membra fluentia tabo
manderet et tepidi tremerent sub dentibus artus.
Haud impune quidem; nec talia passus Ulixes
oblitusue sui est Ithacus discrimine tanto.
Nam simul expletus dapibus uinoque sepultus 630
ceruicem inflexam posuit iacuitque per antrum
immensus, saniem eructans et frusta cruento
per somnum commixta mero, nos magna precati
numina sortitique uices una undique circum
fundimur, et telo lumen terebramus acuto 635
ingens quod torua solum sub fronte latebat,
Argolici clipei aut Phoebeae lampadis instar,
et tandem laeti sociorum ulciscimur umbras.
Sed fugite, o miseri, fugite atque ab litore funem
rumpite. 640

com meu pai, pobre de bens. Oxalá continuasse assim sempre!
No açodamento da fuga, na cova do imano Ciclope[92]
meus companheiros deixaram-me, negra espelunca e espaçosa,
suja de sangue e com postas de carne por todos os cantos.
De tal altura é o seu dono, brutesco animal, sem medida,
que o céu alcança. Poderes celestes, livrai nossa terra
desse flagelo! Ninguém o conversa nem pode encará-lo.
Só se alimenta de entranhas das vítimas, sangue anegrado.
Eu mesmo o vi ressupino na furna medonha, quando ele
com a mão enorme apanhou dois dos nossos mais fortes guerreiros
e na parede os jogou, inundando de sangue o chão duro.
Vi palpitar-lhe entre os dentes a carne ainda quente de vida,
ao devorar ele os membros sangrentos dos meus companheiros.
Mas não ficou sem castigo, nem pôde o Itacense tão grande
barbaridade aguentar. Ainda sabe que Ulisses se chama.[93]
Logo que o bruto, repleto de carne e do vinho atordoado,
dobra no chão a cerviz, estendido na imensa caverna,
desmesurado, a expelir pela boca, em atroz pesadelo
sujos despojos de envolta com vinho, nós outros, aos numes
depois de orar e sorteados os postos, de todos os lados
nos arrojamos sobre ele e com uma haste aguçada furamos-lhe
o olho gigante, que então recoberto da pálpebra estava,
tal como o disco do sol ou escudo redondo dos gregos.[94]
E assim vingamos alegres os Manes dos nossos amigos.[95]
Porém fugi, pobre gente, e cortai sem demora as amarras
dos vossos barcos.

---

[92] A personagem de Aquemênides é estratégia do poeta para inserir a história de Polifemo na narrativa.

[93] *Ainda sabe que Ulisses se chama*: no original, *nec Vlixes oblitusue sui discrimine*, "Ulisses não se esqueceu de si mesmo"; entenda-se: "ainda conhece o próprio valor".

[94] Entenda-se: o olho é gigantesco tal como o disco do sol ou o escudo dos gregos.

[95] *Manes*: no original, *umbras*, a rigor, "sombras". A opção do tradutor é válida, pois um dos sentidos de *umbra* é a alma dos mortos.

Nam qualis quantusque cauo Polyphemus in antro
lanigeras claudit pecudes atque ubera pressat,
centum alii curua haec habitant ad litora uulgo
infandi Cyclopes et altis montibus errant.
Tertia iam lunae se cornua lumine complent,   645
cum uitam in siluis inter deserta ferarum
lustra domosque traho, uastosque ab rupe Cyclopas
prospicio sonitumque pedum uocemque tremesco.
Victum infelicem, bacas lapidosaque corna,
dant rami et uulsis pascunt radicibus herbae.   650
Omnia collustrans hanc primum ad litora classem
conspexi uenientem. Huic me, quaecumque fuisset,
addixi: satis est gentem effugisse nefandam.
Vos animam hanc potius quocumque absumite leto'.
Vix ea fatus erat, summo cum monte uidemus   655
ipsum inter pecudes uasta se mole mouentem
pastorem Polyphemum et litora nota petentem,
monstrum horrendum, informe, ingens, cui lumen ademptum.
Trunca manu pinus regit et uestigia firmat;
lanigerae comitantur oues; ea sola uoluptas   660
solamenque mali. (De collo fistula pendet).
Postquam altos tetigit fluctus et ad aequora uenit,
luminis effossi fluidum lauit inde cruorem,
dentibus infrendens gemitu, graditurque per aequor
iam medium, necdum fluctus latera ardua tinxit.   665
Nos procul inde fugam trepidi celerare, recepto
supplice sic merito, tacitique incidere funem;
uertimus et proni certantibus aequora remis.
Sensit et ad sonitum uocis uestigia torsit.
Verum ubi nulla datur dextra affectare potestas   670
nec potis Ionios fluctus aequare sequendo,

Como o feroz Polifemo com suas ovelhas lanzudas
munge na escura caverna e enche os tarros de leite, centenas[96]
de outros Ciclopes ferozes como ele vagueiam por estas
praias recurvas e têm seus refúgios nos montes de entorno.
Já por três vezes a lua seus cornos encheu de luz nova,[97]
desde que arrasto a existência nas selvas, por entre as desertas
tocas de feras, e observo, de um monte aqui perto, a saída
desses gigantes, tremendo de vê-los e ouvir-lhes os passos.
Bagas, cerejas de duros caroços são meu alimento.
Ervas também, arrancadas do chão com raízes, me servem.
Sempre a escrutar o horizonte, avistei vossa armada no rumo
da costa próxima, e logo assentei para ela passar-me,
sem perguntar quem seríeis. Deixar este inferno era tudo.
Nas vossas mãos é vantagem morrer; pouco importa a maneira'.
Mal terminara, avistamos mover-se no cimo de um monte
com seu rebanho de ovelhas a ingente e intratável figura
de Polifemo pastor, a baixar para as notas ribeiras,
monstro horroroso, disforme gigante privado da vista.
Num desbastado pinheiro se apoia; com ele se orienta.
Cercam-no as rudes ovelhas, seu único alívio, consolo
na desventura. (Do colo lhe pende uma flauta campestre.)
Quando se achava adentrado no mar e tocava nas ondas,
lavou a sânie que do olho escorria, vazado de pouco.[98]
Rangem-lhe os dentes, de dor. Avançou até ao meio das ondas
d'água profunda, e mal chega-lhe o mar a banhar a cintura.
Apavorados, a fuga apressamos depois de acolhermos
o suplicante. Em silêncio cortamos as fortes amarras
e, sobre os remos dobrados, varremos o mar à porfia.
Algo ele ouviu; para o lado das vozes os passos dirige.
Mas, percebendo que lhe era impossível chegar até aos barcos
rapidamente levados nas ondas velozes do Jônio,

---

[96] *Munge*: ordenha.

[97] Entenda-se: o período de três luas cheias, isto é, três meses.

[98] *Sânie*: secreção remelenta.

clamorem immensum tollit, quo pontus et omnes
contremuere undae penitusque exterrita tellus
Italiae curuisque immugiit Aetna cauernis.
At genus e siluis Cyclopum et montibus altis   675
excitum ruit ad portus et litora complent.
Cernimus adstantes nequiquam lumine toruo
Aetnaeos fratres, caelo capita alta ferentes,
concilium horrendum: quales cum uertice celso
aeriae quercus aut coniferae cyparissi   680
constiterunt, silua alta Iouis lucusue Dianae.
Praecipites metus acer agit quocumque rudentes
excutere et uentis intendere uela secundis.
Contra iussa monent Heleni Scyllam atque Charybdin
inter, utramque uiam leti discrimine paruo,   685
ni teneant cursus; certum est dare lintea retro.
Ecce autem Boreas angusta ab sede Pelori
missus adest. Viuo praeteruehor ostia saxo
Pantagiae Megarosque sinus Thapsumque iacentem.
Talia monstrabat relegens errata retrorsus   690
litora Achaemenides, comes infelicis Ulixi.
Sicanio praetenta sinu iacet insula contra
Plemyrium undosum; nomen dixere priores
Ortygiam. Alpheum fama est huc Elidis amnem
occultas egisse uias subter mare; qui nunc   695
ore, Arethusa, tuo Siculis confunditur undis.

soltou um berro tão forte por cima das águas revoltas,
de estarrecer até as bases medrosas da bela Trinácria
e de obrigar a mugir o próprio Etna nas suas cavernas.
A esse barulho, das matas acorre, dos montes mais altos,[99]
a geração dos Ciclopes, que as praias e o porto logo enchem.
Vimos nessa hora os irmãos, filhos do Etna, com olhos ferozes
a contemplar-nos de longe. No céu lhes entesta a cabeça:
concílio horrendo quais aéreos carvalhos, ciprestes coníferos
que nas florestas de Jove cresceram, nos lucos de Diana,[100]
quando na sua elegância as mais belas alturas atingem.
Inenarrável pavor nos levou a soltar vela aos ventos,
desimpedidos os cabos, a fim de apressarmos a fuga.
Mas nesse instante ocorreu-nos o sábio conselho de Heleno,
para o caminho entre Cila e Caribde evitar perigoso.
Perda fatal aguardava-nos. Outro roteiro escolhemos,
quando de súbito Bóreas começa a soprar do Peloro,
para levar-nos além do Pantágias de rochas abruptas,[101]
da humilde Tapso, do golfo de Mégara, vista imponente.
Essas particularidades nos foram contadas *in loco*[102]
por Aquemênides, o companheiro do mísero Ulisses.
Fronteira ao rio Plemírio, na entrada da bela baía
de Siracusa, há uma ilha a que o nome de Ortígia puseram[103]
seus moradores. É fama que o Alfeu, rio da Élide grega
vias subtérreas percorre até vir afinal a reunir-se
na tua boca, Aretusa, com as ondas do mar da Sicília.[104]

---

[99] *Acorre*: nas edições anteriores "ocorre", aqui corrigido conforme o manuscrito do tradutor.

[100] *Lucos*: bosques.

[101] *Pantágias*: ou Pantácia, é rio e, no verso seguinte, *Tapso* é península; ambos próximos de Siracusa, que, tal como *Mégara*, é cidade da Sicília.

[102] Para efeito de ritmo, deve haver síncope do *u* de *particularidades*: "Essas partic'laridades nos foram contadas *in loco*", como na pronúncia lusitana.

[103] *Ortígia* aqui não é a ilha de Delos, mas outra que se situa diante de Siracusa. *Élide* é província do Peloponeso, na Grécia.

[104] *Aretusa*: fonte situada em Siracusa.

Iussi numina magna loci ueneramur, et inde
exsupero praepingue solum stagnantis Helori.
Hinc altas cautes proiectaque saxa Pachyni
radimus, et Fatis numquam concessa moueri   700
apparet Camerina procul campique Geloi
immanisque Gela fluuii cognomine dicta.
Arduus inde Acragas ostentat maxima longe
moenia, magnanimum quondam generator equorum;
teque datis linquo uentis, palmosa Selinus,   705
et uada dura lego saxis Lilybeia caecis.
Hinc Drepani me portus et illaetabilis ora
accipit. Hic, pelagi tot tempestatibus actis,
heu genitorem, omnis curae casusque leuamen,
amitto Anchisen. Hic me, pater optime, fessum   710
deseris, heu, tantis nequiquam erepte periclis!
Nec uates Helenus, cum multa horrenda moneret,
hos mihi praedixit luctus, non dira Celaeno.
Hic labor extremus, longarum haec meta uiarum.
Hinc me digressum uestris deus appulit oris”.   715
Sic pater Aeneas, intentis omnibus unus,
Fata renarrabat diuum cursusque docebat.
Conticuit tandem factoque hic fine quieuit.

Fiéis a Heleno, adoramos os deuses da terra, e as campinas
das margens baixas passamos do Heloro, por ele inundadas,[105]
mais os rochedos do cabo Paquino com suas salientes
pedras. Ao longe também Camarina avistamos, fadada[106]
pelo Destino a ficar sempre fixa, e as planícies do Gela,
bem como Gela, cidade mui grande, com o nome do rio.[107]
Ácragas alcantilada mais longe seus muros ostenta,
a geradora de antanho de belos e fortes cavalos.
Por Selinunte palmosa transportam-nos ventos ponteiros,
e a Lilibeia de muitos perigos com cegos penedos.[108]
Drépano aqui me acolheu no seu porto e funestas ribeiras.
Nesse lugar, açoitado por tantas e tais tempestades,
perdi meu pai, sim, Anquises, meu único amparo e consolo
na adversidade. Sozinho deixaste-me, pai extremoso,
salvo de tantos perigos, sem norte na vida escabrosa.
O próprio Heleno, o adivinho que tantos horrores predisse,
não me falou desse luto, nem mesmo a funesta Celeno.
Esta, a mais cruel desventura, o remate da minha penosa[109]
navegação. Um dos deuses, então, me jogou nestas praias".
O pai Eneias assim revelava a uma atenta assembleia
suas andanças, o Fado a que os deuses o haviam cingido.
Pondo remate na história animada, ao repouso acolheu-se.

---

[105] *Heloro*: ou Eloro, rio e cidade a leste da Sicília.

[106] *Camarina*: cidade no sudoeste da ilha.

[107] Nos vv. 702-5, *Gela*, *Ácragas* (atual Agrigento) e *Selinunte* são cidades ao sul da ilha. Gela é também nome de rio. *Palmosa* é neologismo calcado no original, com o sentido de "rica em palmas".

[108] *Lilibeia*: ou Lilibeu, é promontório e cidade; no verso seguinte, *Drépano* (atual Trapani) é cidade no sopé do monte Érix (atual Erice), todos no extremo oeste da ilha da Sicília.

[109] Para o ritmo, *cruel* é monossilábico, por sinérese, e *mais* é átono: "Esta, a mais cruel desventura, o remate da minha penosa".

Argumento do Livro IV

Exemplo do refinamento da poética helenístico-romana, o livro dedicado à malfadada paixão de Dido é interlúdio amoroso em meio aos feitos heroicos de Eneias. Na épica, que é o gênero dominante, Virgílio insere passagens líricas, elegíacas, iâmbicas e trágicas, e, por meio da perspectiva específica com que cada um destes gêneros trata de matéria erótica — deslumbramento, queixume, ira e loucura —, vai descrevendo a evolução do amor de Dido por Eneias, desde o arrebatamento inicial, que se torna lamento pela partida do amante, se degrada em ira vingativa, até transformar-se em loucura suicida.

O ardil de Vênus tem êxito, pois, quando Eneias termina a narrativa, a rainha já está apaixonada e sente reacender-se o amor, afeto esquecido desde que se tornou viúva de Siqueu (vv. 1-23). Nesse instante, tem a ideia, que lhe será fatal, de conciliar no casamento com Eneias a condição de mulher e a de rainha, o desfrute do amor e o exercício do poder. Sempre apaixonada (e encorajada por Ana, sua irmã), Dido faz sacrifícios propiciatórios e se distrai do governo da cidade (vv. 24-89). Juno percebe a trama e, não menos ardilosa, tenta enredar Vênus, propondo-lhe a paz a ser selada com o casamento, mas de fato seu objetivo era que Eneias se detivesse em Cartago em vez de fundar novo reino na Itália. Vênus simula aceitar, e Juno trata de aviar a união amorosa: durante uma caçada, faz cair forte tempestade, de modo que Dido e Eneias consumam o encontro na gruta onde buscavam proteção (vv. 90-171). A Fama, personificação do mexerico, leva até Jarbas, pretendente que Dido recusara, a notícia do encontro. Irado, ele protesta a Júpiter, que, receoso quanto à segurança de Eneias, manda Mercúrio transmitir-lhe a ordem de deixar Cartago e erigir os reinos na Itália, que é seu destino. Tornando o que virá ainda mais trágico, o deus encontra Eneias ao lado de Dido, vestido à cartaginesa, empenhado em fundar novas casas e cidadelas (vv. 172-278). Estarrecido com a aparição de Mercúrio e com a ordem recebida, Eneias não sabe como desembaraçar-

-se de Dido sem magoá-la. Até que saiba, decide aprontar as naus em segredo, mas Dido percebe o intento e, quando encontra Eneias, indignada e ao mesmo tempo terna e triste, censura-o, pois considerava que haviam se casado (vv. 279-330). Eneias responde que jamais cogitara fugir às ocultas nem tampouco desposá-la e alega que cumpria desígnios dos deuses. Dido, depois de maldizê-lo e imprecá-lo, desfalece. Eneias a consola mas não descuida dos preparativos da partida (vv. 331-408).

Ao ver os troianos empenhar-se em prover as naus, Dido pede à irmã que tente fazer Eneias adiar a partida e, como ele não cede, deprime-se e começa a pensar em suicídio, que certos presságios encorajam. Para isso faz erguer uma pira, mas dissimula o intento alegando ser ritual mágico para curar-se do amor. A sós, no alto da pira, invoca divindades infernais da vingança e amaldiçoa Eneias; à noite, refletindo sobre a vergonhosa situação, conclui que deve morrer, enquanto Eneias nessa mesma noite em sonho é visitado outra vez por Mercúrio, que, prevenindo-o sobre a instabilidade de Dido, exorta-o a partir de imediato, ao que o herói anui (vv. 408-578). Pela manhã, ao ver as naus dos troianos ao longe, Dido de novo em fúria suplica vingança a deuses infernais, a outros deuses também, e impreca Eneias com a praga de que será vingada no futuro. Decidida a dar cabo da vida, livra-se da irmã, sobe na pira e, após a última fala diante dos presentes recebidos de Eneias, atira-se sobre sua espada (vv. 578-665). A Fama espalha a notícia, há tumulto entre as mulheres, Ana encontra-a moribunda e tenta em vão reanimá-la. Apiedada da agonia, Juno envia Íris, para que do peso do corpo liberte a alma de Dido (vv. 666-705).

Liber IV

At regina graui iamdudum saucia cura
uulnus alit uenis et caeco carpitur igni.
Multa uiri uirtus animo multusque recursat
gentis honos; haerent infixi pectore uultus
uerbaque, nec placidam membris dat cura quietem.   5
Postera Phoebea lustrabat lampade terras
umentemque Aurora polo dimouerat umbram,
cum sic unanimam alloquitur male sana sororem:
"Anna soror, quae me suspensam insomnia terrent!
Quis nouus hic nostris successit sedibus hospes,   10
quem sese ore ferens, quam forti pectore et armis!
Credo equidem, nec uana fides, genus esse deorum.
Degeneres animos timor arguit. Heu, quibus ille
iactatus fatis! Quae bella exhausta canebat!
Si mihi non animo fixum immotumque sederet,   15
ne cui me uinclo uellem sociare iugali,
postquam primus amor deceptam morte fefellit;
si non pertaesum thalami taedaeque fuisset,
huic uni forsan potui succumbere culpae.
Anna, fatebor enim, miseri post fata Sychaei   20

Livro IV

Quanto à rainha, ferida de cega paixão desde muito,
nutre nas veias a chaga e no oculto braseiro se fina,
a revolver de contínuo na mente o valor do guerreiro,
a alta linhagem do herói; no imo peito gravadas conserva
suas palavras, o gesto. De tantos cuidados não dorme.[1]
A nova Aurora com a tocha de Febo alumiava o horizonte,
a úmida sombra do polo com a sua presença esfazendo.
Fala a rainha, ferida de morte, à irmã, de almas gêmeas:
"Ana querida, suspensa me encontro por sonhos horríveis.
Que hóspede novo transpôs de inopino a soleira da porta?
Como é galhardo! Quão forte guerreiro, em verdade, e que braço!
Creio — e bem certa estou disso — ser ele de origem divina.[2]
Baixa extração logo o medo revela; mas este, por quantos
golpes do Fado não foi agitado! E as batalhas de há pouco?
Se dentro d'alma já não mantivesse bem fixa a imutável
resolução de não mais me prender com ninguém nas cadeias
matrimoniais, dês que a morte frustrou meu amor inocente;
se ao toro e aos fachos jugais não sentisse indizível repulsa,[3]
a esta primeira fraqueza talvez sucumbir eu pudesse.
Ana, confesso-o; depois de Siqueu me ter sido roubado,

---

[1] Os sintomas físicos da doença amorosa são afetos característicos da lírica desde os poetas arcaicos gregos, como Safo de Lesbos (século VII a.C.), até os romanos, como Catulo e Horácio. Os termos *ferida*, *veias*, *chaga*, *braseiro*, *peito*, *cuidados*, aliados à insônia de Dido, marcam a primeira inserção lírica no livro.

[2] O deslumbramento com a beleza do amado e sua comparação com os deuses são igualmente tópicos da lírica, desde os poetas arcaicos.

[3] *Toro*: tronco de madeira; designa aqui o leito matrimonial; *fachos jugais*: tochas conjugais carregadas na cerimônia nupcial.

coniugis et sparsos fraterna caede Penates,
solus hic inflexit sensus animumque labantem
impulit. Agnosco ueteris uestigia flammae.
Sed mihi uel tellus optem prius ima dehiscat,
uel pater omnipotens adigat me fulmine ad umbras, 25
pallentes umbras Erebi noctemque profundam,
ante, pudor, quam te uiolo, aut tua iura resoluo.
Ille meos, primus qui me sibi iunxit, amores
abstulit; ille habeat secum seruetque sepulcro".
Sic effata sinum lacrimis impleuit obortis. 30
Anna refert: "O luce magis dilecta sorori,
solane perpetua maerens carpere iuuenta
nec dulces natos Veneris nec praemia noris?
Id cinerem aut Manes credis curare sepultos?
Esto: aegram nulli quondam flexere mariti, 35
non Libyae, non ante Tyro; despectus Iarbas
ductoresque alii, quos Africa terra triumphis
diues alit; placitone etiam pugnabis amori?
Nec uenit in mentem quorum consederis aruis?
Hinc Gaetulae urbes, genus insuperabile bello, 40
et Numidae infreni cingunt et inhospita Syrtis;
hinc deserta siti regio lateque furentes
Barcaei. Quid bella Tyro surgentia dicam
germanique minas?
Dis equidem auspicibus reor et Iunone secunda 45

meu caro esposo, e os Penates manchados de cruel fratricídio,
este, somente, os sentidos tocou-me e a vontade oscilante
venceu de todo. O calor sinto agora da chama primeira.
Antes, porém, escancare-se a terra e no abismo eu mergulhe,
ou o padre sumo com um raio me atire no reino das sombras[4]
pálidas, no Érebo logo eu baixando, até a noite profunda,[5]
do que, pudor, eu violar-te e infringir teus preceitos sagrados.
Quem contra o peito achegou-me e colheu minhas caras primícias
na mocidade, consigo as conserve, no túmulo as guarde".
Disse; e de súbito banha de lágrimas ternas o peito.
Ana responde: "Ó irmã, mais querida que a luz tão preciosa!
Na solidão e em perpétua viuvez murcharás tanto viço,
sem conheceres doçuras maternas e os dons da alma Vênus?[6]
Crês que isso importa aos sepulcros e às cinzas dos Manes dos mortos?
Em tua dor enjeitaste pedidos de muitos esposos,
na própria Tiro e na Líbia depois, isso mesmo com Jarbas[7]
acontecendo e com tantos caudilhos que esta África, fértil
em triunfos, nutre. E ora queres opor-te a um desejo tão grato?
Não consideras a terra a que vieste bater de pouquinho?
De um lado, cerca-te a forte Getúlia, temida na guerra,
númidas feros que montam sem freios, e a indômita Sirtes;[8]
do outro, os ferozes barceus, na região mais deserta por falta[9]
d'água, terror dos vizinhos. E a guerra com Tiro, iminente?[10]
E as tropelias do irmão?
Creio em verdade que o vento impeliu a estas costas os teucros,

---

[4] *Padre sumo*: Júpiter.

[5] *Érebo*: deus infernal da escuridão; aqui, o Orco, local onde habita.

[6] *Alma* aqui é adjetivo, "que alimenta".

[7] *Jarbas*: pretendente rejeitado por Dido, rei da *Getúlia* (v. 40), país dos gétulos.

[8] *Sirtes*: a cidade de Cirene, estrangeira e vizinha de Cartago. "Sirte" significa "banco de areia", comum na costa da Líbia.

[9] *Barceus*: habitantes de Barce, colônia de Cirene.

[10] *Tiro*: cidade em que reinava Pigmalião, irmão de Dido e assassino de Siqueu, marido dela.

hunc cursum Iliacas uento tenuisse carinas.
Quam tu urbem, soror, hanc cernes, quae surgere regna
coniugio tali! Teucrum comitantibus armis
Punica se quantis attollet gloria rebus!
Tu modo posce deos ueniam, sacrisque litatis   50
indulge hospitio, causasque innecte morandi,
dum pelago desaeuit hiems et aquosus Orion,
quassataeque rates, dum non tractabile caelum".
His dictis incensum animum inflammauit amore
spemque dedit dubiae menti soluitque pudorem.   55
Principio delubra adeunt pacemque per aras
exquirunt; mactant lectas de more bidentes
legiferae Cereri Phoeboque patrique Lyaeo,
Iunoni ante omnes, cui uincla iugalia curae.
Ipsa tenens dextra pateram pulcherrima Dido   60
candentis uaccae media inter cornua fundit,
aut ante ora deum pingues spatiatur ad aras,
instauratque diem donis, pecudumque reclusis
pectoribus inhians spirantia consulit exta.
Heu uatum ignarae mentes! Quid uota furentem,   65
quid delubra iuuant? Est molles flamma medullas
interea et tacitum uiuit sub pectore uulnus.
Uritur infelix Dido totaque uagatur
urbe furens, qualis coniecta cerua sagitta,
quam procul incautam nemora inter Cresia fixit   70

sob os auspícios dos deuses e o amparo ostensivo de Juno.
Como verás a cidade crescer, cara irmã, quanto o reino,
com tal consórcio! A que altura insondável a glória dos penos[11]
se elevaria, se a ajuda alcançasses das armas troianas?
Cuida de os deuses propícios deixar; sacrifícios completa;
prima na hospitalidade, pretextos inventa de tê-los
junto de nós todo o tempo em que Orião nossos mares encrespa,
o céu hostil permanece e partidos os barcos se encontram".
Esse discurso o braseiro ainda mais avivou-lhe no peito,
deu esperanças à mente indecisa, o pudor desatou-lhe.
Inicialmente, os delubros visitam, os deuses imploram[12]
nos seus altares, imolam bidentes ovelhas do rito,[13]
a Febo, ao padre Lieu e a legífera Ceres, e, ainda,[14]
Juno, eficaz protetora dos vínculos do matrimônio.
A formosíssima Dido tomando na destra uma copa,
verte-a de pronto entre os cornos de branca novilha sem mancha,
ou majestosa passeia na frente dos pingues altares,
dias designa de tais sacrifícios, as reses abertas
e as palpitantes entranhas, ansiosa, de espaço examina.[15]
Ó ciência vã dos agouros! Que somam delubros e votos
para os delírios do amor? Enquanto isso, a medula enlanguesce[16]
e no imo peito a ferida se alastra sem ser pressentida.
Arde a rainha infeliz, vaga insana por toda a cidade,
sem rumo certo, tal como veadinha nos bosques de Creta
que o caçador transfixou com uma flecha, sem que ele consciência

---

[11] *Penos*: cartagineses.

[12] *Delubros*: templos. Com o arcaísmo, o tradutor segue de perto o original *delubrum*.

[13] *Bidentes ovelhas*: ovelhas jovens, que têm apenas dois dentes.

[14] *Padre Lieu*: o divino Baco; *legífera*: legisladora, pois Ceres ensinou os homens a cultivar os campos e instituiu as leis básicas da sociedade civil.

[15] *De espaço*: devagar.

[16] Além daqueles mencionados na nota ao v. 5, insanidade, langor, *ferida no peito* (v. 67) e ardor (v. 68) configuram outra série de sintomas da doença amorosa.

pastor agens telis liquitque uolatile ferrum
nescius; illa fuga siluas saltusque peragrat
Dictaeos; haeret lateri letalis harundo.
Nunc media Aenean secum per moenia ducit
Sidoniasque ostentat opes urbemque paratam,   75
incipit effari mediaque in uoce resistit;
nunc eadem labente die conuiuia quaerit,
Iliacosque iterum demens audire labores
exposcit pendetque iterum narrantis ab ore.
Post ubi digressi lumenque obscura uicissim   80
luna premit suadentque cadentia sidera somnos,
sola domo maeret uacua, stratisque relictis
incubat: illum absens absentem auditque uidetque
aut gremio Ascanium, genitoris imagine capta,
detinet, infandum si fallere possit amorem.   85
Non coeptae assurgunt turres, non arma iuuentus
exercet portusue aut propugnacula bello
tuta parant; pendent opera interrupta, minaeque
murorum ingentes aequataque machina caelo.
Quam simul ac tali persensit peste teneri   90
cara Iouis coniunx nec famam obstare furori,
talibus aggreditur Venerem Saturnia dictis:
"Egregiam uero laudem et spolia ampla refertis
tuque puerque tuus, magnum et memorabile nomen,
una dolo diuum si femina uicta duorum est!   95
Nec me adeo fallit ueritam te moenia nostra

então tivesse do fato. O volátil caniço ali fica;
corre a coitada, vencendo florestas do Dicte e arvoredos,[17]
mas, sempre ao lado encravada, sentindo a fatal mensageira.
Ora percorre as muralhas com o cabo de guerra troiano,
mostra-lhe o burgo nascente, a famosa opulência dos tírios,
ora começa a falar e interrompe no meio o discurso;[18]
novos banquetes lhe apresta no fim da jornada, à noitinha.
No seu delírio, outra vez quer ouvir os desastres de Troia;
pende da boca outra vez do orador eloquente e bem-posto.
Pouco depois, separados no ponto em que a lua nos priva
do claro lume e ao repouso as cadentes estrelas convidam,
geme por ver-se sozinha na sala; no leito se deita
que ele ocupara; na ausência do amado ainda o vê, ainda o escuta,
retém a Ascânio no colo, na imagem paterna se embebe,
por esse modo pensando iludir a paixão absorvente.
Inacabadas, as torres pararam; não mais se exercitam
moços esbeltos nos jogos da guerra, na faina dos portos;
interrompidas as obras, o céu das ameaças descansa;[19]
por acabar as ameias, merlões, toda a fábrica altiva.[20]
Tanto que a viu pela peste atacada a consorte de Jove,
sem que pudesse até a fama eloquente antepor-se-lhe à fúria,[21]
logo a Satúrnia dirige-se a Vênus com estas palavras:
"Alto louvor alcançais, grande espólio, tu própria e teu filho,
nome sem par, memorável façanha nos tempos vindoiros,
ser uma fraca mulher por dois numes agora vencida!
Não me escapou todo o medo que nossas muralhas te inspiram,

---

[17] *Dicte*: montanha de Creta, onde há um templo de Júpiter.

[18] Emudecimento e gemido (v. 82) são outros sintomas da enfermidade erótica, e o descaso com o dever cívico (vv. 86-8), sua principal consequência.

[19] *Das ameaças descansa*: o céu despreocupa-se das obras que pela grandeza o ameaçariam.

[20] *Fábrica*: aqui, obras.

[21] Entenda-se: tomada de furor amoroso, Dido não considera a própria reputação, como rainha e como viúva.

suspectas habuisse domos Carthaginis altae.
Sed quis erit modus, aut quo nunc certamine tanto?
Quin potius pacem aeternam pactosque hymenaeos
exercemus? Habes tota quod mente petisti: 100
ardet amans Dido traxitque per ossa furorem.
Communem hunc ergo populum paribusque regamus
auspiciis; liceat Phrygio seruire marito,
dotalesque tuae Tyrios permittere dextrae".
Olli (sensit enim simulata mente locutam, 105
quo regnum Italiae Libycas auerteret oras)
sic contra est ingressa Venus: "Quis talia demens
abnuat aut tecum malit contendere bello,
si modo quod memoras factum fortuna sequatur.
Sed fatis incerta feror, si Iuppiter unam 110
esse uelit Tyriis urbem Troiaque profectis,
misceriue probet populos aut foedera iungi.
Tu coniunx tibi fas animum temptare precando.
Perge, sequar". Tum sic excepit regia Iuno:
"Mecum erit iste labor; nunc qua ratione, quod instat 115
confieri possit, paucis (aduerte) docebo.
Venatum Aeneas unaque miserrima Dido
in nemus ire parant, ubi primos crastinus ortus
extulerit Titan radiisque retexerit orbem.
His ego nigrantem commixta grandine nimbum, 120
dum trepidant alae, saltusque indagine cingunt,
desuper infundam et tonitru caelum omne ciebo.
Diffugient comites et nocte tegentur opaca:
speluncam Dido dux et Troianus eandem
deuenient. Adero et, tua si mihi certa uoluntas, 125
conubio iungam stabili propriamque dicabo.
Hic hymenaeus erit". Non aduersata petenti
adnuit atque dolis risit Cytherea repertis.

quanto receio já sentes dos paços da nobre Cartago!
Aonde tudo isto vai dar? Qual o fim do conflito iminente?
Por que razão não firmar paz eterna, o himeneu realizarmos?
Já conseguiste o que tanto querias, o fim desejado:
Dido até aos ossos se abrasa de intensa paixão, irrefreável.
Ambas, então, com auspícios iguais os dois povos rejamos;
permite a Dido servir a um marido da Frígia; a este o dote
com tua destra em mão própria darás: os guerreiros de Tiro".
Vênus, sentindo de longe a malícia daquele discurso,
para que os reinos da Itália transfira às paragens da Líbia,
desta maneira lhe fala: "Quem fora demente a esse ponto,
para negar-te um pedido ou enfrentar-te no campo da luta?
Resta saber se a Fortuna estará também nisso de acordo.
Porém duvido que os Fados ou Jove concorde em reunirmos
numa cidade os de Tiro e os de Troia exilados de pouco,
nessa mistura de etnias distintas por ti sugerida.
És sua esposa; a ti cumpre sondá-lo do modo mais hábil.
Anda; eu te sigo". Responde-lhe Juno, a real divindade:
"Tomo isso a mim. Ora presta atenção ao que vou explicar-te
sucintamente, porque alcancemos o fim cobiçado.
Para a caçada prepara-se Eneias e a mísera Dido,
por esses montes, na crástina Aurora, mal surja no Oriente[22]
o esplendoroso Titã com seus raios, e o mundo ilumine.[23]
Enquanto as alas se afanam e o mato circundam com as redes,
negra tormenta farei desabar, de granizo e de chuva,
crebros trovões em tropel retumbando lá ao longe, por tudo.
A comitiva se perde, no manto da noite envolvidos.
Dido e o caudilho troiano na mesma caverna se abrigam,
atarantados. Presente estarei; e, se a ideia me aceitas,
em resistentes liames os dois atarei para sempre,
no consumado himeneu". Ao projeto acedeu Citereia,
dissimulando um sorriso, por ter aventado a artimanha.

---

[22] *Crástina*: matutina.

[23] *Titã*: o Sol.

Oceanum interea surgens Aurora reliquit.
It portis iubare exorto delecta iuuentus,   130
retia rara, plagae, lato uenabula ferro,
Massylique ruunt equites et odora canum uis.
Reginam thalamo cunctantem ad limina primi
Poenorum exspectant, ostroque insignis et auro
stat sonipes, ac frena ferox spumantia mandit.   135
Tandem progreditur, magna stipante caterua,
Sidoniam picto chlamydem circumdata limbo.
Cui pharetra ex auro, crines nodantur in aurum,
aurea purpuream subnectit fibula uestem.
Nec non et Phrygii comites et laetus Iulus   140
incedunt. Ipse ante alios pulcherrimus omnes
infert se socium Aeneas atque agmina iungit.
Qualis ubi hibernam Lyciam Xanthique fluenta
deserit ac Delum maternam inuisit Apollo
instauratque choros, mixtique altaria circum   145
Cretesque Dryopesque fremunt pictique Agathyrsi;
ipse iugis Cynthi graditur mollique fluentem
fronde premit crinem fingens atque implicat auro;
tela sonant umeris: haud illo segnior ibat

Nesse entrementes, a Aurora saía do leito do Oceano.
A juventude seleta nos largos portões se apinhava,
com redes raras e cordas, venab'los de ponta de ferro,
os afamados ginetes massílios e cães de bom faro.[24]
Pela demora da nobre rainha no tálamo odoro,
os principais a aguardavam. De púrpura e ouro ajaezado,
seu palafrém generoso, espumando, o bocal mastigava.[25]
Sai finalmente a rainha na frente de séquito grande;
sidônia clâmide a cobre, de vária e sutil bordadura,[26]
áurea faretra de lado, nos louros cabelos a coifa;[27]
fivela de ouro sustenta-lhe no ombro o vestido purpúreo.
Seguem-na os frígios da terra; exultante, acompanha-os Iulo.
Porém, mais belo de todos, aos sócios agrega-se Eneias,
para, afinal, os dois bandos se unirem num grande cortejo.
Tal como Apolo, ao deixar Lícia hiberna e a corrente do Xanto,[28]
para ir a Delos, a terra sagrada do seu nascimento,
coros instaura de turba mesclada, cretenses e dríopes,[29]
e de agatirsos plantados, em torno das aras fremindo,[30]
pelas cumeadas do Cinto se adianta e, ajeitando os cabelos[31]
soltos ao vento, os sujeita com áurea grinalda de folhas:
de não menor formosura esplendia o semblante de Eneias

---

[24] Com frequência Carlos Alberto Nunes traduz *equus* (cavalo) e *equites* (cavaleiro), por *ginete*, que em português comporta os dois significados. Via de regra, o sentido do termo se depreende do contexto. *Ginetes massílios*: aqui, cavaleiros massílios, povo da Numídia, ao norte da África.

[25] *Palafrém*: cavalo; *generoso*: aqui, adornado.

[26] *Sidônia clâmide*: manto fenício.

[27] *Faretra*: estojo de flechas, aljava; é paroxítona. *Coifa*: aqui, espécie de fita ou presilha de cabelo. Virgílio diz *crines nodantur in aurum*, "cabelos presos com nó de ouro", sem menção a sua cor.

[28] No inverno, Apolo permanecia na *Lícia* (Ásia Menor), onde tinha santuário; *Xanto*: rio que atravessa a Tróade.

[29] *Dríopes*: povo do Epiro, anterior aos helênicos.

[30] *Agatirsos*: povo da Cítia, ao norte e nordeste do mar Negro.

[31] *Cinto*: monte em Delos.

Aeneas; tantum egregio decus enitet ore.   150
Postquam altos uentum in montes atque inuia lustra,
ecce ferae, saxi deiectae uertice, caprae
decurrere iugis; alia de parte patentes
transmittunt cursu campos atque agmina cerui
puluerulenta fuga glomerant montesque relinquunt.   155
At puer Ascanius mediis in uallibus acri
gaudet equo iamque hos cursu, iam praeterit illos,
spumantemque dari pecora inter inertia uotis
optat aprum, aut fuluum descendere monte leonem.
Interea magno misceri murmure caelum   160
incipit, insequitur commixta grandine nimbus,
et Tyrii comites passim et Troiana iuuentus
Dardaniusque nepos Veneris diuersa per agros
tecta metu petiere; ruunt de montibus amnes.
Speluncam Dido dux et Troianus eandem   165
deueniunt. Prima et Tellus et pronuba Iuno
dant signum; fulsere ignes et conscius aether
conubiis, summoque ululatunt uertice nymphae.
Ille dies primus leti primusque malorum
causa fuit; neque enim specie famaue mouetur,   170
nec iam furtiuum Dido meditatur amorem:
coniugium uocat, hoc praetexit nomine culpam.
Extemplo Libyae magnas it Fama per urbes,
Fama, malum qua non aliud uelocius ullum;
mobilitate uiget uiresque acquirit eundo,   175
parua metu primo, mox sese attollit in auras,
ingrediturque solo et caput inter nubila condit.
Illam Terra parens, ira irritata deorum,

com varonil imponência; na aljava ressoavam-lhe os dardos.
Aos altos montes chegaram; caminhos impérvios por tudo.[32]
Eis saltam cabras montesas, pulando dos picos mais altos.
Em correria sem tino, do lado contrário, deixando
matas e montes, os cervos ligeiros planícies recortam,
e em polvoroso tropel muito ao longe em manadas se reúnem.[33]
Cortando vales, Ascânio menino em fogoso ginete,
a estes pretere, aqueloutros no curso ultrapassa, fazendo
votos aos deuses que em meio daqueles rebanhos medrosos
surja um javardo a espumar ou dos montes um leão se apresente.
Com grande estrondo de súbito o céu principia a embrulhar-se,
logo seguido de um forte aguaceiro e de infindo granizo.
A comitiva dos tírios e os moços esbeltos de Troia,
bem como o neto de Vênus, transidos de medo, nos campos
se dispersaram. Ribeiras despencam das altas montanhas.
Dido e o caudilho troiano se acolhem à mesma caverna.
A própria Terra e depois Juno prônuba as juras confirmam,
crebros relâmpagos brilham e o éter se inflama; conscientes
daquele enlace, ululuram nos picos mais altos as ninfas.
Esse, o primeiro dos dias letais, o princípio de todas
as desventuras de Dido. Do falso decoro não cuida;
furtivo amor não lhe chama; comporta-se como casada,
inocentar-se pensando da culpa com um rótulo falso.
Corre num ápice a Fama as cidades extensas da Líbia,[34]
a própria Fama. Mais rápida praga do que esta nunca houve;
mobilidade é sua essência; correndo, mais forças adquire.
Tímida e fraca a princípio, de pouco até aos astros se eleva;
no solo os pés afirmando, a cabeça entre as nuvens oculta.
Dizem que a Terra a engendrou, irritada com a ira dos deuses,

---

[32] *Por tudo*: por toda parte.

[33] Neste verso, *reúnem* deve ser dissilábico, "reu/nem", para manter o ritmo datílico: "em polvoroso tropel muito ao longe em manadas se reunem".

[34] A descrição viciosa da *Fama* ressalta o que tem de enxerimento, boato e intriga. Virgílio talvez estivesse nesta passagem descrevendo uma pintura.

extremam ut perhibent Coeo Enceladoque sororem
progenuit, pedibus celerem et pernicibus alis,   180
monstrum horrendum, ingens, cui, quot sunt corpore plumae
tot uigiles oculi subter (mirabile dictu)
tot linguae, totidem ora sonant, tot subrigit aures.
Nocte uolat caeli medio terraeque per umbram,
stridens, nec dulci declinat lumina somno;   185
luce sedet custos aut summi culmine tecti,
turribus aut altis, et magnas territat urbes;
tam ficti prauique tenax quam nuntia ueri.
Haec tum multiplici populos sermone replebat
gaudens, et pariter facta atque infecta canebat: 190
uenisse Aenean, Troiano sanguine cretum,
cui se pulchra uiro dignetur iungere Dido;
nunc hiemem inter se luxu, quam longa, fouere
regnorum immemores turpique cupidine captos.
Haec passim dea foeda uirum diffundit in ora.   195
Protinus ad regem cursus detorquet Iarban,
incenditque animum dictis atque aggerat iras.
Hic Hammone satus rapta Garamantide nympha
templa Ioui centum latis immania regnis,
centum aras posuit uigilemque sacrauerat ignem,   200
excubias diuum aeternas, pecudumque cruore
pingue solum et uariis florentia limina sertis.
Isque amens animi et rumore accensus amaro
dicitur ante aras media inter numina diuum
multa Iouem manibus supplex orasse supinis: 205
"Iuppiter omnipotens, cui nunc Maurusia pictis
gens epulata toris Lenaeum libat honorem,
aspicis haec? An te, genitor, cum fulmina torques,

última irmã, ao que consta, de Encélado e Céu gigantescos,[35]
de pés velozes dotada, com asas nefárias e escuras.
Monstro horrendíssimo, ingente, de plumas coberto, que escondem
olhos em número igual — maravilha! — sem pausa acordados,
línguas e bocas falantes e orelhas ao máximo alertas.
A meio espaço, estridente, se escoa entre a sombra da terra
e o céu distante; jamais fecha os olhos ao sono agradável.
Durante o dia se instala nas torres e tetos mais altos;
sempre a espreitar, amedronta as cidades de mais movimento,
núncia tenaz do que é falso e inventado, do que é verdadeiro.
Vária e palreira, compraz-se em semear entre o povo mil boatos,
indiferente contando a verdade e o que nunca se dera:
"Chegara Eneias, oriundo de sangue troiano, caudilho
com quem dignara juntar-se de pronto a pulquérrima Dido;
no luxo torpe embebidos, o inverno passavam, cuidando
de diversões, olvidados dos reinos, dos próprios deveres".
Tais invenções a feíssima deusa espalhou pela boca
do povo ignaro, até dar no rei Jarbas, num curto desvio;
e assim lhe inflama e revolta suscita com suas palavras.
Filho de Hamão era Jarbas, nascido de ninfa roubada[36]
dos garamantes; cem templos grandiosos fundara em seus reinos,[37]
cem fogos vivos, eternas vigias dos deuses; de sangue
constantemente empapado se achava o chão duro, das reses;
engrinaldadas as portas estavam; por tudo eram flores.
Fora de si, e inflamado por tantos rumores sem nexo,
dizem que em meio das belas estátuas dos deuses alçara,
súplice, as mãos para Jove supremo e falou-lhe destarte:
"Júpiter onipotente, a quem libam nesta hora os maurúsios,[38]
nos belos leitos deitados, os dons de Lieu, sempre gratos!
Reparas nisto? Dar-se-á, grande pai, que os teus raios agora

---

[35] *Céu*: um dos Titãs, não o Céu correspondente ao Urano grego.

[36] *Hamão*: ou Ámon, deus egípcio que foi mais tarde identificado com Júpiter.

[37] *Garamantes*: povo do sul da Numídia.

[38] *Maurúsios*: povo da Maurúsia, nome grego da Mauritânia.

nequiquam horremus, caecique in nubibus ignes
terrificant animos et inania murmura miscent? 210
Femina, quae nostris errans in finibus urbem
exiguam pretio posuit, cui litus arandum
cuique loci leges dedimus, conubia nostra
reppulit ac dominum Aenean in regna recepit.
Et nunc ille Paris cum semiuiro comitatu, 215
Maeonia mentum mitra crinemque madentem
subnixus, rapto potitur: nos munera templis
quippe tuis ferimus famamque fouemus inanem".
Talibus orantem dictis arasque tenentem
audiit omnipotens, oculosque ad moenia torsit 220
regia et oblitos famae melioris amantes.
Tum sic Mercurium alloquitur ac talia mandat:
"Vade age, nate, uoca Zephyros et labere pennis,
Dardaniumque ducem, Tyria Carthagine qui nunc
exspectat, fatisque datas non respicit urbes, 225
alloquere et celeres defer mea dicta per auras.
Non illum nobis genetrix pulcherrima talem
promisit Graiumque ideo bis uindicat armis;
sed fore qui grauidam imperiis belloque frementem
Italiam regeret, genus alto a sanguine Teucri 230
proderet, ac totum sub leges mitteret orbem.
Si nulla accendit tantarum gloria rerum
nec super ipse sua molitur laude laborem,
Ascanione pater Romanas inuidet arces?

vibras inócuos, ou que teus relâmpagos aterrorantes,
por tantas nuvens ocultos, sem dano nenhum estrondeiam?
Essa mulher, aqui vinda sem rumo, comprou por vil preço
faixa de terra para uma cidade pequena, onde arasse
quanto quisesse; porém, repelindo as alianças propostas,
como a senhor de seus reinos a Eneias agora se prende.
E ora esse Páris, seguido de um bando de gente somenos,[39]
fronte cingida com mitra da Meônia, no mento enlaçada,[40]
de perfumados cabelos, do rapto se goza. E enquanto isso,
dons imprestáveis te oferto, tua glória vazia eu cultivo?"
A suplicar abraçado nas aras, de longe escutou-o
o Onipotente, que a vista volveu para a régia morada,
aos dois amantes, do grato renome de todo esquecidos.
Para Mercúrio voltando-se, fala do modo seguinte:[41]
"Vai, caro filho; associa-te aos Zéfiros, para chegares
rápido ao chefe troiano, que se acha na tíria Cartago,
sem se lembrar das cidades que os Fados propícios lhe deram.
Leva-lhe da minha parte a seguinte mensagem; há urgência:
'Essa não foi a promessa da mãe mais que todas formosa,
nem para isso o livrou duas vezes das armas dos gregos;
sim, prometeu que ele o império da Itália teria, de guerras
grávida, a qual levaria mui longe a progênie dos teucros
na direção de todo o orbe, a quem leis judiciosas daria.
Se o não inflama a ambição de tão belo futuro, se nada
pensa intentar em louvor de si próprio, frustrar quer de Ascânio
a grande glória de pai vir a ser da grandeza romana?

---

[39] Jarbas compara Eneias a Páris, que roubou Helena e assim provocou a guerra de Troia. *Somenos*: inferior. Virgílio diz *semiuiro comitatu*, "gente efeminada", "só metade homem".

[40] *Mitra da Meônia*: turbante oriental, frígio ou troiano, que se vê nas imagens de Baco efeminado. Eneias mostra refinamento excessivo, "asiático", como Páris e Troia.

[41] *Mercúrio*: filho de Júpiter e Maia, mensageiro dos deuses, que porta o caduceu (*vara*, v. 242), bastão de ouro em torno do qual duas serpentes enlaçadas se encaram sob duas asas.

Quid struit? Aut qua spe inimica in gente moratur   235
nec prolem Ausoniam et Lauinia respicit arua?
Nauiget! Haec summa est, hic nostri nuntius esto".
Dixerat. Ille patris magni parere parabat
imperio; et primum pedibus talaria nectit
aurea, quae sublimem alis siue aequora supra   240
seu terram rapido pariter cum flamine portant;
tum uirgam capit: hac animas ille euocat Orco
pallentes, alias sub Tartara tristia mittit,
dat somnos adimitque, et lumina morte resignat.
Illa fretus agit uentos et turbida tranat   245
nubila. Iamque uolans apicem et latera ardua cernit
Atlantis duri, caelum qui uertice fulcit,
Atlantis, cinctum assidue cui nubibus atris
piniferum caput et uento pulsatur et imbri,
nix umeros infusa tegit; tum flumina mento   250
praecipitant senis et glacie riget horrida barba.
Hic primum paribus nitens Cyllenius alis
constitit; hinc toto praeceps se corpore ad undas
misit, aui similis, quae circum litora, circum
piscosos scopulos humilis uolat aequora iuxta.   255
Haud aliter terras inter caelumque uolabat,
litus harenosum Libyae, uentosque secabat
materno ueniens ab auo Cyllenia proles.
Ut primum alatis tetigit magalia plantis,
Aenean fundantem arces ac tecta nouantem   260
conspicit. Atque illi stellatus iaspide fulua
ensis erat Tyrioque ardebat murice laena

Que faz? Que espera entre gente inimiga, afanando-se agora,
sem se lembrar dos futuros ausônios, dos campos lavínios?
Faça-se à vela'; eis em suma o recado. Transmite-o depressa".
Disse. Mercúrio dispõe-se a cumprir o mandado do padre
sumo. Primeiro, ele os áureos talares ataca, que o levam[42]
rapidamente qual sopro de vento passando mansinho,
longe nas águas infindas, por cima da terra espaçosa.
A vara empunha; com esta ele as almas evoca desde o Orco,[43]
pálidas sombras, ou as joga mais baixo que o Tártaro triste,
dá sono e o tira, e abre os olhos que a morte da luz já privara.
Nele apoiando-se, os ventos divide e dispersa as borrascas
aglomeradas. No voo distingue o alto cimo e as encostas
do forte Atlante, que o peso do céu na cabeça aguentava;
de Atlante, sim, cuja fronte pinífera sempre rodeada
de negras nuvens se encontra, por ventos e chuva açoitada.
Neves eternas nos ombros lhe pesam; do queixo do velho[44]
rios despencam; a barba tem sempre ouriçada de gelo.
Só nessa altura Mercúrio deteve-se; as asas o amparam,
em equilíbrio, paradas. De súbito, joga-se às ondas,
como a avezinha que, as praias rasando, os piscosos rochedos
humildemente transvoa sem neles tocar nem de leve.
Não de outra sorte, depois de deixar os pináculos brancos
do avô materno, Mercúrio cortava seguro os empuxos[45]
da ventania na praia arenosa da Líbia distante.
Mal tinha as plantas aladas roçado nalgumas palhoças,
a Eneias viu a fundar fortalezas e erguer novas casas
na sede augusta. Uma espada cingia com jaspe esverdeado
na empunhadura; dos ombros pendia-lhe manto da Tíria,

---

[42] *Os áureos talares ataca*: entenda-se, Mercúrio veste, abotoa, as asas de ouro que porta nos calcanhares.

[43] *Orco*: rei dos Infernos e, como aqui, os próprios Infernos, dos quais o *Tártaro* (v. 243) é a região mais profunda.

[44] *Velho*: Atlante é deus da geração anterior à dos olímpicos.

[45] *Avô materno*: Atlante é pai de Maia, que é mãe de Mercúrio.

demissa ex umeris, diues quae munera Dido
fecerat, et tenui telas discreuerat auro.
Continuo inuadit: "Tu nunc Carthaginis altae   265
fundamenta locas pulchramque uxorius urbem
exstruis, heu regni rerumque oblite tuarum?
Ipse deum tibi me claro demittit Olympo
regnator, caelum ac terras qui numine torquet;
ipse haec ferre iubet celeres mandata per auras: 270
'Quid struis? Aut qua spe Libycis teris otia terris?
Si te nulla mouet tantarum gloria rerum
nec super ipse tua moliris laude laborem,
Ascanium surgentem et spes heredis Iuli
respice, cui regnum Italiae Romanaque tellus   275
debentur'". Tali Cyllenius ore locutus,
mortales uisus medio sermone reliquit
et procul in tenuem ex oculis euanuit auram.
At uero Aeneas aspectu obmutuit amens,
arrectaeque horrore comae, et uox faucibus haesit.   280
Ardet abire fuga dulcesque relinquere terras,
attonitus tanto monitu imperioque deorum.
Heu quid agat? Quo nunc reginam ambire furentem
audeat affatu? Quae prima exordia sumat?
Atque animum nunc huc celerem nunc diuidit illuc,   285
in partesque rapit uarias perque omnia uersat.
Haec alternanti potior sententia uisa est:
Mnesthea Sergestumque uocat fortemque Serestum,

de cor purpúrea, presente valioso de Dido, com a própria
mão adornado todo ele, de quadros de traço esquisito.[46]
Pronto o interpela: "Que fazes? As bases assentas possantes
da alta Cartago, com o teu mulherengo pendor para as coisas,[47]
da antiga pátria de todo esquecido e dos teus interesses?
O próprio rei inconteste dos numes, que a terra dirige
como lhe apraz e o alto céu, desde o Olimpo, me impôs a incumbência
de percorrer tanto espaço nas auras e dar-te um recado:
'Em que te ocupas? Que tempo precioso esbanjado na Líbia!
Se não te move a ambição do porvir prometido, a esperança
de algo fazer em louvor de ti mesmo, de teus ascendentes,
pensa em Ascânio menino, na idade mais bela de todas,
nas esperanças de Iulo, a quem deves os reinos da Itália,
os altos muros de Roma'". Depois de falar, despojou-se
da forma humana Mercúrio, cortando de chofre a conversa,
para dos olhos de Eneias sumir dissipado no ar puro.
Estarrecido a tais vozes Eneias ficou, hirta a coma;[48]
presas na boca as palavras; nenhuma do encerro lhe escapa.
O inesperado do aviso, do expresso mandado do nume,
deixa-o sem tino e disposto a fugir das paragens amenas.
Ah! que fazer? De que jeito sondar a rainha alarmada
com tal suspeita? Que exórdio usará para alfim convencê-la?[49]
Veloz divide ora aqui ora ali o pensamento indeciso,
por várias partes detendo-se, sem decidir coisa alguma.
Nesta alternância, resolve tomar o seguinte partido:
chama Mnesteu e Sergesto, e que tragam Seresto consigo.

---

[46] *Esquisito*: extraordinário, requintado. O manto é bordado de *quadros*, isto é, de imagens.

[47] *Mulherengo*: no original, *uxorius*, "com inclinação para casar-se". Não é coloquialismo, pois o termo é usado desde o século XVII. Em nota a esta passagem, Odorico Mendes diz: "verto o *uxorius* como o eruditíssimo Antônio Ribeiro; ainda que 'maridoso', isto é, mulherengo, não vem nos dicionários".

[48] *Hirta a coma*: arrepiados os cabelos.

[49] Notar no discurso indireto livre a hesitação de Eneias.

classem aptent taciti sociosque ad litora cogant,
arma parent et quae rebus sit causa nouandis 290
dissimulent; sese interea, quando optima Dido
nesciat et tantos rumpi non speret amores,
temptaturum aditus et quae mollissima fandi
tempora, quis rebus dexter modus. Ocius omnes
imperio laeti parent ac iussa facessunt. 295
At regina dolos (quis fallere possit amantem?)
praesensit, motusque excepit prima futuros,
omnia tuta timens. Eadem impia Fama furenti
detulit armari classem cursumque parari.
Saeuit inops animi totamque incensa per urbem 300
bacchatur, qualis commotis excita sacris
Thyias, ubi audito stimulant trieterica Baccho
orgia nocturnusque uocat clamore Cithaeron.
Tandem his Aenean compellat uocibus ultro:
"Dissimulare etiam sperasti, perfide, tantum 305
posse nefas tacitusque mea decedere terra?
Nec te noster amor nec te data dextera quondam
nec moritura tenet crudeli funere Dido?
Quin etiam hiberno moliris sidere classem,
et mediis properas aquilonibus ire per altum, 310
crudelis? Quid, si non arua aliena domosque
ignotas peteres, sed Troia antiqua maneret,

Muito em segredo se reúnam na praia, os navios esquipem,[50]
armas aprontem sem serem notados, e a causa daqueles
preparativos ocultem; pois ele, entrementes, enquanto
nada suspeita a boníssima Dido, a ruptura dos laços
de tanto amor, o momento oportuno há de achar de falar-lhe,
como sair-se de tal apertura. Contentes, a ponto
todas as ordens lhe acatam e o plano, sem mais, executam.
Mas a rainha pressente a tramoia. Quem pode esquivar-se
da suspicácia da amante? Primeira de todos, aventa[51]
quanto ocorria. Duvida de tudo, das coisas mais certas.
A própria Fama levou-lhe a notícia da fuga da armada.
Fora de si, excitada, percorre a cidade, em delírio,
estimulada tal como a bacante nas sacras orgias[52]
do Citerão, trienais, ao ouvir os clamores de Baco,
durante a noite e segui-lo nas matas profundas do monte.
Topa afinal com Eneias e em termos violentos o aturde:
"Pérfido! Então esperavas de mim ocultar essa infâmia,[53]
e às escondidas deixares meus reinos, sem nada dizer-me?
Não te abalou nem a destra que outrora te dei, nem a morte
que a Dido aguarda, inamável, tão próxima já do seu termo?
Como se nada isso fora, teus barcos aprestas no inverno,
quadra infeliz, pretendendo cortar os furiosos embates
dos aquilões? Que crueldade! Se acaso moradas estranhas
não procurasses, nem campos, e Troia ainda em pé se encontrasse,

---

[50] *Reúnam* é dissilábico no ritmo datílico: "Muito em segredo se reunam na praia, os navios esquipem"; *esquipem*: equipem.

[51] Celebrizou-se o adágio *Quis fallere possit amantem?*. Odorico Mendes verte "quem a amante ilude?" (IV, v. 309).

[52] *Sacras orgias*: festividades noturnas em honra de Baco; as mais famosas ocorriam no monte *Citerão* (ou Citéron, v. 302), na Beócia.

[53] *Pérfido*: no original, *perfide*, cujo sentido etimológico é "o que rompe a *fides*, a fé"; para Dido, Eneias rompeu a palavra dada. A fala contém afetos da elegia helenístico-romana: lamento amoroso e a associação de amor e morte: *morte inamável* (vv. 307-8); *meu pranto* (v. 314); *mísera* (v. 315); *apiada-te* (v. 318); *moribunda* (v. 323); *abandonada* (v. 330).

Troia per undosum peteretur classibus aequor?
Mene fugis? Per ego has lacrimas dextramque tuam te
(quando aliud mihi iam miserae nihil ipsa reliqui),   315
per conubia nostra, per inceptos hymenaeos,
si bene quid de te merui, fuit aut tibi quicquam
dulce meum, miserere domus labentis et istam,
oro, si quis adhuc precibus locus, exue mentem.
Te propter Libycae gentes Nomadumque tyranni   320
odere, infensi Tyrii; te propter eundem
exstinctus pudor et, qua sola sidera adibam,
fama prior. Cui me moribundam deseris, hospes?
Hoc solum nomen quoniam de coniuge restat.
Quid moror? An mea Pygmalion dum moenia frater   325
destruat aut captam ducat Gaetulus Iarbas?
Saltem si qua mihi de te suscepta fuisset
ante fugam suboles, si quis mihi paruulus aula
luderet Aeneas, qui te tamen ore referret,
non equidem omnino capta ac deserta uiderer".   330
Dixerat. Ille Iouis monitis immota tenebat
lumina et obnixus curam sub corde premebat.
Tandem pauca refert: "Ego te, quae plurima fando
enumerare uales, numquam, regina, negabo
promeritam, nec me meminisse pigebit Elissae,   335
dum memor ipse mei, dum spiritus hos regit artus.
Pro re pauca loquar. Neque ego hanc abscondere furto

navegarias no rumo de Troia e o mar bravo cortaras?[54]
Foges de mim? Por meu pranto e também pela mão que me deste —
mísera!, pois perdi tudo, sem nada me ter reservado —,
por nosso enlace, o sagrado himeneu que de pouco nos une,[55]
se algo mereço de ti ou se alguma ventura me deves,
doces lembranças, apiada-te ao menos de um lar ora esfeito.
Muda de ideia, no caso de as preces contigo valerem.
Por tua causa me odeia esta gente da Líbia, os tiranos
númidas, todos os tírios; por ti a vergonha deixou-me,
e aquela fama que aos astros meu nome impoluto levara.
A quem entregas uma moribunda como eu, querido hóspede?[56]
Sim, esse é o único nome de quem me chamou de consorte.[57]
Que mais espero? Que o irmão Pigmalião me derrube estes muros,
ou o próprio Jarbas getúlio me arraste daqui como escrava?[58]
Se pelo menos deixasses na fuga um produto do nosso
inesquecível amor, e nos paços brincasse comigo
um outro Eneias-menino, contigo semelho nos traços,
abandonada, em verdade, e sozinha não me julgaria".
Disse. Obediente ao mandado de Jove, tinha ele no solo
fixos os olhos e a custo a emoção no imo peito guardava.
Fala-lhe alfim por maneira sucinta: "Jamais negaria
tantos favores, senhora, e outros muitos de que me recordas;
nem nunca a imagem de Elisa sairá do meu peito, por quanto[59]
tempo consciência tiver de mim mesmo e com vida eu mover-me.
Quanto ao que ocorre, direi simplesmente: intenção nunca tive

---

[54] *Cortaras*: cortarias.

[55] *Sagrado himeneu*: Dido crê que com a união sexual desposou Eneias.

[56] Para efeitos de ritmo, a sílaba *ma* de *uma* é tônica por diástole: "A quem entregas uma moribunda como eu, querido hóspede?".

[57] Virgílio diz apenas *hoc solum nomen de coniuge restat*, "do cônjuge só restou a condição de hóspede".

[58] *Getúlio*: Jarbas era rei da Getúlia; ver vv. 36-40.

[59] *Elisa*: outro nome de Dido.

speraui (ne finge) fugam, nec coniugis umquam
praetendi taedas aut haec in foedera ueni.
Me si Fata meis paterentur ducere uitam   340
auspiciis et sponte mea componere curas,
urbem Troianam primum dulcesque meorum
reliquias colerem, Priami tecta alta manerent,
et recidiua manu posuissem Pergama uictis.
Sed nunc Italiam magnam Gryneus Apollo,   345
Italiam Lyciae iussere capessere sortes:
hic amor, haec patria est. Si te Carthaginis arces,
Phoenissam, Libycaeque aspectus detinet urbis,
quae tandem Ausonia Teucros considere terra
inuidia est? Et nos fas extera quaerere regna.   350
Me patris Anchisae, quotiens umentibus umbris
nox operit terras, quotiens astra ignea surgunt,
admonet in somnis et turbida terret imago;
me puer Ascanius capitisque iniuria cari,
quem regno Hesperiae fraudo et fatalibus aruis.   355
Nunc etiam interpres diuum Ioue missus ab ipso
(testor utrumque caput) celeres mandata per auras
detulit; ipse deum manifesto in lumine uidi
intrantem muros uocemque his auribus hausi.
Desine meque tuis incendere teque querelis;   360
Italiam non sponte sequor”.
Talia dicentem iamdudum auersa tuetur,

de retirar-me a ocultas — apaga essa ideia —, nem menos[60]
planos forjei de casar ou de alianças contigo firmarmos.
Se a meu arbítrio deixasse o Destino dispor do futuro
como eu quisesse, o primeiro cuidado seria a cidade
dos meus troianos reerguer, cultivar as relíquias tão caras
a todos nós. Então, sim; o palácio de Príamo ainda
de pé estaria, e estas mãos outra Pérgamo a todos construíra.
Porém Apolo de Grínia ordenou-me há pouquinho buscarmos[61]
a grande Itália, essa Itália que os vates da Lícia apontaram.
Ali, o amor; ali, a pátria. Se a ti, da Fenícia, te agradam[62]
belos palácios e os muros construir na africana Cartago,
por que motivo impedires que os teucros na Ausônia se instalem?
É de justiça buscarmos também novos reinos por longe.
Noites seguidas Anquises, meu pai, quando as úmidas sombras
à terra baixam, ou quando se elevam fulgentes os astros,
sim, sua pálida imagem nos sonhos me admoesta, me aterra,
como também a lembrança de Ascânio, querida cabeça,
que do seu reino na Hespéria eu defraudo, da terra anunciada.
O mensageiro dos deuses da parte de Jove agorinha
mesmo me trouxe um recado pelo ar — por aqueles o juro,
Ascânio e Anquises; eu próprio o enxerguei quando o burgo adentrava
no resplendor; sua voz ainda soa-me aqui nos ouvidos.[63]
Não venhas, pois, agravar minha magoa — e a tua — com brigas.
Não busco a Itália por gosto".
Durante a fala de Eneias, manteve-se Dido alheada,

---

[60] *A ocultas*: secretamente. As edições anteriores trazem "à [*sic*] ocultas", e no seu manuscrito vê-se que o tradutor riscou à mão o *s* de às produzindo *a ocultas*, também existente, forma que para o ritmo deve pressupor ou hiato entre *me* e *a* ou de *a* com *o* de *ocultas*.

[61] *Grínia*: cidade da Eólida com um templo de Apolo.

[62] Para que o ritmo datílico se mantenha é necessária a anacruse, isto é, só se começa a medir o verso a partir da primeira tônica, desconsiderando-se a sílaba *a* da palavra *ali* inicial: "A<u>li</u>, o a<u>mor</u>; ali, a <u>pá</u>tria. Se a <u>ti</u>, da Fe<u>ní</u>cia, te a<u>gra</u>dam".

[63] *Aqui*: presente no manuscrito do tradutor, a palavra foi omitida nas edições anteriores, destruindo o ritmo.

huc illuc uoluens oculos totumque pererrat
luminibus tacitis et sic accensa profatur:
"Nec tibi diua parens, generis nec Dardanus auctor, 365
perfide, sed duris genuit te cautibus horrens
Caucasus Hyrcanaeque admorunt ubera tigres.
Nam quid dissimulo aut quae me ad maiora reseruo?
Num fletu ingemuit nostro? Num lumina flexit?
Num lacrimas uictus dedit aut miseratus amantem est? 370
Quae quibus anteferam? Iam iam nec maxima Iuno
nec Saturnius haec oculis pater aspicit aequis.
Nusquam tuta fides. Eiectum litore, egentem
excepi, et regni demens in parte locaui;
amissam classem, socios a morte reduxi. 375
Heu furiis incensa feror! Nunc augur Apollo,
nunc Lyciae sortes, nunc et Ioue missus ab ipso
interpres diuum fert horrida iussa per auras.
Scilicet is superis labor est, ea cura quietos
sollicitat. Neque te teneo neque dicta refello. 380
I, sequere Italiam uentis, pete regna per undas.
Spero equidem mediis, si quid pia numina possunt,
supplicia hausurum scopulis et nomine Dido
saepe uocaturum. Sequar atris ignibus absens
et, cum frigida mors anima seduxerit artus, 385
omnibus umbra locis adero. Dabis, improbe, poenas.
Audiam et haec Manes ueniet mihi fama sub imos".

virando a vista de cá para lá. Finalmente, mirando-o
de alto a baixo, furiosa o despeito externou deste modo:
"Não tens por mãe uma deusa nem vens de linhagem dardânia,
pérfido! A vida também a tiraste do Cáucaso adusto,[64]
rico em penhascos; mamaste nos peitos das tigres da Hircânia![65]
Para que dissimular por mais tempo? Que injúrias mais graves
aguentarei? Reservou-me uma lágrima? Ao menos olhou-me?[66]
Chegou meu pranto a abalá-lo e de mim apiedado mostrou-se?
Que afronta há mais dolorosa? Nem Juno, possante deidade,
nem mesmo o filho do velho Saturno isto vê com bons olhos.
Não há fé pura. Jogado na praia, carente de tudo,[67]
o recolhi — quanta insânia! — e no reino lhe dei parte ativa.
Desbaratados os barcos, salvei-lhe da morte a maruja.[68]
Oh dor! As Fúrias me abrasam, me arrastam. Agora os augúrios
do próprio Apolo, da Lícia as sentenças e até mensageiros
das divindades, esta ordem terrível lhe trazem nas auras!
Como se os deuses cuidassem de nugas e o tempo esbanjassem
do ócio divino! Pois parte! Não peço que fiques, nem brigo.
Vai! Segue os ventos da Itália; procura teus reinos nas ondas.
Se os justos deuses nos ouvem, espero que um dia hás de a morte[69]
nas duras rochas sorver e que o nome de Dido mil vezes
invocarás. Mesmo ausente, hei de os passos seguir-te com atros
fachos, depois que minha alma dos membros a morte separe.
Sombra terrível, por tudo estarei. Pagar-me-ás, miserável,
essa traição. Hei de ouvir teu clamor desde os Manes profundos".[70]

---

[64] *Cáucaso*: cadeia de montanhas inóspitas entre o Ponto Euxino e o mar Cáspio.

[65] *Tigres*: tigresas; *Hircânia*: província da Ásia anterior, perto do mar Cáspio.

[66] Dido, enlouquecida, por um instante passa a falar de Eneias, ali presente, na terceira pessoa.

[67] *Fé pura*: no original, *tuta fides*, "confiança e confiabilidade seguras", pela palavra dada.

[68] *Maruja*: os marujos.

[69] Notar construção *espero que* com indicativo.

[70] *Manes*: aqui, Infernos, onde residem as almas.

His medium dictis sermonem abrumpit et auras
aegra fugit seque ex oculis auertit et aufert,
linquens multa metu cunctantem et multa parantem   390
dicere. Suscipiunt famulae collapsaque membra
marmoreo referunt thalamo stratisque reponunt.
At pius Aeneas, quamquam lenire dolentem
solando cupit et dictis auertere curas,
multa gemens magnoque animum labefactus amore,   395
iussa tamen diuum exsequitur classemque reuisit.
Tum uero Teucri incumbunt et litore celsas
deducunt toto naues; natat uncta carina;
frondentesque ferunt remos et robora siluis
infabricata fugae studio.   400
Migrantes cernas totaque ex urbe ruentes.
Ac uelut ingentem formicae farris aceruum
cum populant hiemis memores tectoque reponunt:
it nigrum campis agmen praedamque per herbas
conuectant calle angusto; pars grandia trudunt   405
obnixae frumenta umeris, pars agmina cogunt
castigantque moras, opere omnis semita feruet.
Quis tibi tum, Dido, cernenti talia sensus
quosue dabas gemitus, cum litora feruere late
prospiceres arce ex summa, totumque uideres   410
misceri ante oculos tantis clamoribus aequor?
Improbe Amor, quid non mortalia pectora cogis?
Ire iterum in lacrimas, iterum temptare precando

Corta no meio o sermão, sem resposta aguardar e, fugindo,[71]
mesta, da luz se retira, deixando-o confuso, entre o muito[72]
que se dispunha a dizer e o que o medo prudente o impedia.
Desfalecida, até ao tálamo todo de mármore as servas
a carregaram, no leito a depondo aprestado para isso.
O pio Eneias, conquanto deseje acalmar-lhe o infortúnio,
e algum consolo lhe dar com palavras de muito carinho,
geme de dor ante os golpes violentos da sua desdita.
Mas não se esquece das ordens do nume; revista as trirremes,
para que os teucros redobrem de esforços e as naus desencalhem
na praia ao longo, sem falta. As carinas breadas flutuam.[73]
Do afã da fuga tocados, das matas carregam frondentes
galhos, à guisa de remos.
Pelos portões da cidade os vereis apressados correrem
como formigas no ponto em que um monte de trigo saqueiam,
quando do inverno mais perto e a seus paços escuros o levam:[74]
vai pelos campos o negro esquadrão carregando a pilhagem
pelas picadas da relva; umas tantas, os grãos mais pesados
levam nos ombros; incumbem-se algumas das hostes em marcha
e as retardadas castigam. A trilha com a faina referve.
A esse espetáculo, Dido, quais foram os teus pensamentos,
quantos gemidos soltavas, ao veres do cimo das torres
do teu palácio animarem-se as praias com o estranho alarido
daquela turba, de envolta com o surdo marulho lá ao longe?
Ímprobo Amor! Que de estragos não causas no peito dos homens?[75]
De novo tenta o recurso das lágrimas, súplicas novas,

---

[71] *Sermão*: discurso; o tradutor prende-se ao original *sermonem*.

[72] *Da luz*: no original, *oculis*, olhar, olhos. Nunes acolheu de Odorico Mendes no mesmo passo (*Eneida brasileira*, IV, v. 408, "à luz") este arcaísmo latinizante (*lumina*: "luzes" e "olhos").

[73] *Carinas breadas*: cascos do navio untados de breu.

[74] *Paços escuros*: o sentido é "perto do inverno, as formigas levam o trigo aos formigueiros sombrios".

[75] *Ímprobo*: aqui, "cruel", como o *improbe* do original.

cogitur et supplex animos submittere amori,
ne quid inexpertum frustra moritura relinquat. 415
"Anna, uides toto properari litore circum,
undique conuenere; uocat iam carbasus auras,
puppibus et laeti nautae imposuere coronas.
Hunc ego si potui tantum sperare dolorem,
et perferre, soror, potero. Miserae hoc tamen unum 420
exsequere, Anna, mihi. Solam nam perfidus ille
te colere, arcanos etiam tibi credere sensus;
sola uiri molles aditus et tempora noras.
I, soror, atque hostem supplex affare superbum;
non ego cum Danais Troianam exscindere gentem 425
Aulide iuraui classemue ad Pergama misi,
nec patris Anchisae cineres Manesue reuelli,
cur mea dicta neget duras demittere in aures.
Quo ruit? Extremum hoc miserae det munus amanti:
exspectet facilemque fugam uentosque ferentes. 430
Non iam coniugium antiquum, quod prodidit, oro,
nec pulchro ut Latio careat regnumque relinquat:
tempus inane peto, requiem spatiumque furori,
dum mea me uictam doceat fortuna dolere.
Extremam hanc oro ueniam (miserere sororis), 435
quam mihi cum dederit, cumulatam morte remittam".
Talibus orabat, talesque miserrima fletus
fertque refertque soror. Sed nullis ille mouetur

para abrandá-lo; ao amor seu orgulho nativo rebaixa,
para de tudo valer-se pouco antes de a morte alcançá-la.
"Ana, não vês tanta azáfama em torno da praia? A maruja
corre de todos os lados; as velas aos ventos apelam.[76]
Os marinheiros, alegres, as popas das naus já coroaram.[77]
Se eu fui capaz de prever este golpe, também poderia
na hora presente aguentá-lo. Ana amiga, um pedido, somente,
desta infeliz satisfaze. Esse pérfido te distinguia
como a ninguém; confiava-te os seus pensamentos mais caros.
Tu, só, sabias falar-lhe e a ocasião mais propícia para isso.
Vai, mana, e fala a esse tipo, estrangeiro de tanta soberba.
Jamais em Áulide estive com os dânaos, na guerra de Troia,[78]
nem aprestei meus navios para irem lutar contra Pérgamo,
ou arranquei do sepulcro de Anquises as cinzas e os Manes.[79]
Para que cerra os ouvidos tão duros às minhas palavras?
Por que essa pressa? A esta amante infeliz conceda a última graça:
'Fuga mais fácil aguarde e mais prósperos ventos': eis tudo.
Não lhe reclamo o himeneu que juramos, por ele traído,
nem que do Lácio formoso desista e por mim perca um reino;
somente um pouco de tempo para a ira acalmar, umas tréguas
para afeiçoar-me ao meu triste destino, a este golpe tão duro.
De tua irmã compadece-te nesta aflição desmedida.
Se isto alcançares, com juros de morte esta dívida eu saldo".
Essas, as súplicas, as embaixadas da dor que a irmã dócil[80]
leva e releva ao Troiano; porém nada as preces o abalam;[81]

---

[76] Entenda-se: as velas chamam os ventos.

[77] *Coroaram*: ornaram com coroas de flores para honrar os deuses do navio, cuja imagem estava na popa.

[78] *Áulide*: ou Áulis, porto da Beócia onde a esquadra grega se reuniu. Ali, por obter ventos, Agamêmnon sacrificou a Diana a própria filha, Ifigênia.

[79] *Arranquei*: foi Diomedes, cumprindo oráculo, que exumou e roubou os restos de Anquises, mas, punido, devolveu-os a Eneias.

[80] *Embaixadas*: mensagens privadas, recados.

[81] *Leva e releva*: no original, *fertque referque*; aqui Carlos Alberto Nunes segue

fletibus, aut uoces ullas tractabilis audit;
Fata obstant, placidasque uiri deus obstruit aures. 440
Ac uelut annoso ualidam cum robore quercum
Alpini Boreae nunc hinc nunc flatibus illinc
eruere inter se certant; it stridor, et altae
consternunt terram concusso stipite frondes;
ipsa haeret scopulis et quantum uertice ad auras 445
aetherias, tantum radice in Tartara tendit:
haud secus assiduis hinc atque hinc uocibus heros
tunditur, et magno persentit pectore curas;
mens immota manet, lacrimae uoluuntur inanes.
Tum uero infelix Fatis exterrita Dido 450
mortem orat; taedet caeli conuexa tueri.
Quo magis inceptum peragat lucemque relinquat,
uidit, turicremis cum dona imponeret aris,
(horrendum dictu) latices nigrescere sacros
fusaque in obscenum se uertere uina cruorem. 455
Hoc uisum nulli, non ipsi effata sorori.
Praeterea fuit in tectis de marmore templum
coniugis antiqui, miro quod honore colebat,
uelleribus niueis et festa fronde reuinctum:
hinc exaudiri uoces et uerba uocantis 460
uisa uiri, nox cum terras obscura teneret;
solaque culminibus ferali carmine bubo
saepe queri et longas in fletum ducere uoces;
multaque praeterea uatum praedicta priorum
terribili monitu horrificant. Agit ipse furentem 465
in somnis ferus Aeneas; semperque relinqui

inteiramente insensível se mostra a pedidos e queixas;
os Fados obstam; os deuses lhe tapam as ouças amigas.
Tal como quando à porfia nos Alpes os ventos se opõem
a um venerável carvalho na força da idade, no intento
de deslocá-lo da terra e, abalando-o, o chão todo recobrem
de folhas secas e galhos à força arrancados da fronde;
porém bem preso ele se acha, e tão alto nas auras serenas
eleva a copa, tal como no Tártaro afinca as raízes:
não de outra forma o guerreiro assaltado se vê por assíduas
imprecações; repassado de dor, o imo peito se abala;[82]
porém a mente é inflexível e as lágrimas, frustras, se perdem.
Foi quando Dido, a infeliz, viu que os Fados contra ela se achavam;[83]
pensou na morte; a luz bela do dia a angustia e deprime.
E para mais reforçar-lhe a intenção de privar-se da vida,
precisamente no instante de incenso queimar nos altares,
viu — pavoroso presságio! — anegrar-se nos vasos o leite
dos sacrifícios e em sangue estragado mudarem-se os vinhos.
Não disse nada a ninguém, nem à irmã, do que vira nas aras.
Mas não foi tudo: de mármore um templo existia no paço,
ao seu marido dicado, de que ela cuidava com mimo,[84]
sempre adornado de cândidos véus e guirlandas festivas.
Nesse local, quando a noite sem luzes a terra ensombrava,
julga ouvir vozes ou mesmo palavras do esposo defunto,
e a solitária coruja, pousada nas torres mais altas,
a lamentar-se, emitindo gemidos no canto agourento.
As predições muito antigas dos vates a deixam sem tino,
com seus terríveis avisos. E mais: até mesmo o Troiano
sem coração a persegue nos sonhos; e sempre sozinha

Odorico Mendes que no mesmo passo verte "[tais queixas] Ana leva e releva; ele in-
concusso" (*Eneida brasileira*, IV, v. 459).

[82] *Imprecações*: aqui súplicas, não praguejamentos.

[83] Surgem, no pensamento e nas ações de Dido, temas da tragédia, como o suicídio, os maus presságios e notórias personagens do gênero; ver vv. 469-73.

[84] *Dicado*: dedicado.

sola sibi, semper longam incomitata uidetur
ire uiam et Tyrios deserta quaerere terra.
Eumenidum ueluti demens uidet agmina Pentheus,
et solem geminum et duplices se ostendere Thebas; 470
aut Agamemnonius scaenis agitatus Orestes
armatam facibus matrem et serpentibus atris
cum fugit ultricesque sedent in limine Dirae.
Ergo ubi concepit furias euicta dolore
decreuitque mori, tempus secum ipsa modumque 475
exigit, et maestam dictis aggressa sororem
consilium uultu tegit, ac spem fronte serenat:
"Inueni, germana, uiam (gratare sorori)
quae mihi reddat eum uel eo me soluat amantem.
Oceani finem iuxta solemque cadentem 480
ultimus Aethiopum locus est, ubi maximus Atlas
axem humero torquet stellis ardentibus aptum:
hinc mihi Massylae gentis monstrata sacerdos,
Hesperidum templi custos, epulasque draconi
quae dabat et sacros seruabat in arbore ramos, 485
spargens umida mella soporiferumque papauer.
Haec se carminibus promittit soluere mentes

vê-se, e se julga a vagar sem ninguém ao seu lado, à procura
dos tírios seus em regiões desoladas, de tudo carentes.[85]
Como Penteu dementado, percebe as Eumênidas torvas,[86]
dois sóis no espaço a abrasá-la e também duas Tebas ao longe;
ou como Orestes, o filho do Atrida, na cena, correndo[87]
de sua mãe, que o persegue com fachos e negras serpentes;
ou as vingadoras Erínias, também, na portada do templo.
Do desespero dobrada e a morrer decidida, resolve
dar corpo à ideia, a maneira acertar e o momento para isso.
Dissimulando o projeto com rosto sereno e sem mostras
do que no peito abrigava, dirige-se à irmã consternada:
"Os parabéns, cara irmã! Descobri o remédio mais fácil[88]
de conquistá-lo ou curar-me da louca paixão que lhe voto.
Lá para o fim do Oceano e do curso do sol, no ponente,
entre os etíopes últimos há um lugar onde o Atlante[89]
máximo faz sobre os ombros girar o edifício estrelado.
Recomendada, me veio de lá uma velha massília,
sacerdotisa do altar das Hespéridas, guarda dos ramos[90]
sacros, que tem a incumbência de dar ao dragão alimentos
com dormideiras e mel preparados, calmante de preço.
Essa mulher com seus carmes promete sarar os tormentos

---

[85] A solidão e o desespero de Dido — que Virgílio constrói por dispersão de elementos agourentos (a escuridão da noite, v. 460; a solidão projetada na coruja e no arrulho que emite, v. 463; os sonhos com Eneias, v. 466) — o tradutor ressalta por concentração, ao usar quatro vezes a mesma preposição *sem*, culminando por soma em *de tudo carentes* (v. 468).

[86] *Eumênidas* e *Erínias*, nas peças homônimas de Ésquilo e de Eurípides, atormentam *Orestes* depois que este mata o assassino do pai; *Penteu*, nas *Bacantes* de Eurípides, é torturado por visões, ou seja, *dementado*.

[87] *Na cena*: no original, *scaenis*; é anacronismo deliberado. Virgílio menciona a tragédia, que nos tempos homéricos não tinha sido inventada.

[88] *Os parabéns*: "parabéns para mim!", por ironia.

[89] *Atlante*: as variantes dão três Atlas, o da África, que é aqui citado, um da Itália e um da Arcádia.

[90] *Hespéridas*: ou Hespérides, são as "Ninfas do Poente", encarregadas de vigiar, junto com uma serpente (*dragão*, v. 485) o jardim, cujas maçãs eram de ouro.

quas uelit, ast aliis duras immittere curas,
sistere aquam fluuiis et uertere sidera retro,
nocturnosque mouet Manes: mugire uidebis 490
sub pedibus terram et descendere montibus ornos.
Testor, cara, deos et te, germana, tuumque
dulce caput, magicas inuitam accingier artes.
Tu secreta pyram tecto interiore sub auras
erige, et arma uiri, thalamo quae fixa reliquit 495
impius, exuuiasque omnes, lectumque iugalem,
quo perii, super imponas: abolere nefandi
cuncta uiri monumenta iuuat monstratque sacerdos".
Haec effata silet; pallor simul occupat ora.
Non tamen Anna nouis praetexere funera sacris 500
germanam credit, nec tantos mente furores
concipit, aut grauiora timet, quam morte Sychaei;
ergo iussa parat.
At regina pyra penetrali in sede sub auras
erecta ingenti taedis atque ilice secta, 505
intenditque locum sertis, et fronde coronat
funerea; super exuuias ensemque relictum
effigiemque toro locat, haud ignara futuri.
Stant arae circum et crines effusa sacerdos
ter centum tonat ore deos, Erebumque Chaosque, 510
tergeminamque Hecaten, tria uirginis ora Dianae.
Sparserat et latices simulatos fontis Auerni,
falcibus et messae ad lunam quaeruntur aenis

do peito amante, ou deixá-lo num pronto de amor tresvariado,
deter o curso dos rios e os astros forçar de tornada.
Sabe evocar dos sepulcros os Manes noturnos; a terra
geme a seus pés, ouvirás, das montanhas os olmos despencam.[91]
O testemunho dos deuses invoco, de tua cabeça,[92]
querida irmã, de que contra a vontade a tais artes recorro.
Secretamente levanta no pátio de casa, ao ar livre,
pira para isso adequada, e sobre ela deponhas as armas
desse infiel e os despojos deixados por ele no quarto,
junto do leito fatal. Abolir ora intento os nefandos
rastros desse homem. Tal foi o mandado da maga vidente".
Tendo isso dito, calou-se. As feições de palor se tingiram.
Ana de nada suspeita nem crê que os aprestos funéreos
graves intentos encubram da irmã, nem transtornos mais sérios
dos ocorridos na morte do esposo Siqueu, já faz muito.
As ordens dadas, cumpriu-as.
Mas a rainha, tão logo no pátio ao ar livre elevou-se
pira adequada, com achas de pinho e azinheira, decora
todo o recinto, com ramos funéreos, vistosas guirlandas.[93]
No alto da pira o seu leito coloca, a roupagem, a espada,
e mais a efígie de Eneias; bem sabe o futuro que a espera.
Vários altares a pira rodeiam; a maga, os cabelos
soltos, evoca três vezes as cem divindades do Érebo,[94]
o Caos, a tríplice Hécate, Diana também de três faces.[95]
Líquido asperge, alegando ser água das fontes do Averno,
bem como o sumo violento de certas plantinhas lanudas,

[91] O sentido é "ouvirás dizer que a terra geme a seus pés e os olmos despencam das montanhas".

[92] *De tua cabeça*: de tua pessoa.

[93] Note-se que, no poema, a fogueira (ou a *pira*) é, inicialmente, a do encantamento amoroso, agora, a do funeral de Dido.

[94] *Érebo*: deus infernal da escuridão e o local onde ele habita.

[95] *Hécate*: deusa feiticeira. Hécate, *Diana* e a Lua são aqui uma só divindade, a reinar respectivamente nos Infernos (*Averno*, v. 512), na terra e no céu. *Caos*: o vazio primordial.

pubentes herbae nigri cum lacte ueneni;
quaeritur et nascentis equi de fronte reuulsus 515
et matri praereptus amor.
Ipsa mola manibusque piis altaria iuxta,
unum exuta pedem uinclis, in ueste recincta,
testatur moritura deos et conscia fati
sidera; tum, si quod non aequo foedere amantes 520
curae numen habet iustumque memorque, precatur.
Nox erat et placidum carpebant fessa soporem
corpora per terras, siluaeque et saeua quierant
aequora, cum medio uoluuntur sidera lapsu,
cum tacet omnis ager, pecudes pictaeque uolucres, 525
quaeque lacus late liquidos quaeque aspera dumis
rura tenent, somno positae sub Nocte silenti
lenibant curas et corda oblita laborum.
At non infelix animi Phoenissa nec umquam
Soluitur in somnos oculisue aut pectore noctem 530
accipit: ingeminant curae rursusque resurgens
saeuit amor magnoque irarum fluctuat aestu.
Sic adeo insistit secumque ita corde uolutat:
"En, quid ago? Rursusne procos irrisa priores
experiar, Nomadumque petam conubia supplex, 535
quos ego sim totiens iam dedignata maritos?
Iliacas igitur classes atque ultima Teucrum
iussa sequar? Quiane auxilio iuuat ante leuatos

com podadeiras de cobre cortadas em noite de lua.
A isso ela o hipômane ajunta, arrancado de um potro à nascença,[96]
antes de a mãe o apanhar.
Dido em pessoa, descalço um dos pés, desatadas as vestes,
nas mãos piedosas a mola ritual, junto às aras se posta,[97]
para evocar as deidades e os astros cientes de tudo.
Caso haja um deus vingador dos amantes traídos, invoca
sua justiça e depreca-lhe a ajuda no transe postremo.
Noite fechada: no sono aprazível os corpos cansados
grato repouso desfrutam na terra, na selva, nos mares,
quando as estrelas se encontram no meio da rota prevista,
os campos todos silentes, o gado, os voláteis vistosos[98]
e os moradores dos lagos, das matas sombrias repousam,
ao sono entregues e à guarda zelosa da plácida Noite.
(Das duras lides de todo esquecidos agora descansam.)
Somente na alma da pobre Fenissa o repouso não cala,[99]
nem o sossego a visita, nem nunca anoitecem-lhe os olhos;
antes as penas redobram, cuidados de amor mais violentos,
enquanto o peito transborda nos estos da cólera viva.[100]
Por fim se acalma e a si mesma interpela com estas palavras:
"Como fazer? Ao ridículo expor-me dos meus pretendentes
e perguntar a um dos reis da Numídia se agora me aceita[101]
para consorte, depois de os haver rejeitado a eles todos?
Ou seguirei num dos barcos da armada troiana, qual serva
de nenhum préstimo? Grandes serviços me devem, realmente!

---

[96] *Hipômane*: aqui o termo designa a protuberância negra, supostamente afrodisíaca, que se forma na fronte do potro recém-nascido. Para o ritmo datílico ou há anacruse ou sinérese entre o *a* e o *i* de *isso*.

[97] *Mola*: porção de farinha torrada polvilhada com sal que se lança sobre a cabeça da vítima a sacrificar.

[98] *Voláteis*: pássaros.

[99] *Fenissa*: Dido, fenícia.

[100] *Estos*: agitação, ímpeto.

[101] Presente no manuscrito do tradutor, o verso foi suprimido por lapso nas edições anteriores.

et bene apud memores ueteris stat gratia facti?
Quis me autem, fac uelle, sinet ratibusue superbis   540
inuisam accipiet? Nescis heu, perdita, necdum
Laomedonteae sentis periuria gentis?
Quid tum? Sola fuga nautas comitabor ouantes?
An Tyriis omnique manu stipata meorum
inferar et, quos Sidonia uix urbe reuelli,   545
rursus agam pelago et uentis dare uela iubebo?
Quin morere, ut merita es, ferroque auerte dolorem.
Tu lacrimis euicta meis, tu prima furentem
his, germana, malis oneras atque obicis hosti.
Non licuit thalami expertem sine crimine uitam   550
degere more ferae tales nec tangere curas!
Non seruata fides cineri promissa Sychaeo!"
Tantos illa suo rumpebat pectore questus.
Aeneas celsa in puppi, iam certus eundi,
carpebat somnos rebus iam rite paratis.   555
Huic se forma dei uultu redeuntis eodem
obtulit in somnis rursusque ita uisa monere est,
omnia Mercurio similis, uocemque coloremque
et crines flauos et membra decora iuuenta:
"Nate dea, potes hoc sub casu ducere somnos,   560
nec quae te circum stent deinde pericula cernis,
demens, nec Zephyros audis spirare secundos?
Illa dolos dirumque nefas in pectore uersat
certa mori, uarioque irarum fluctuat aestu.
Non fugis hinc praeceps, dum praecipitare potestas?   565
Iam mare turbari trabibus saeuasque uidebis

A gratidão deles todos é um fato. Memória invejável!
Mas haverá quem me queira e me acolha na nave soberba,
sendo de todos odiada? Infeliz! Não vês nisso a progênie
de Laomedonte, demais celebrada por ser sem palavra?[102]
Mais uma vez: que fazer? Irei só, sob o amparo dos nautas,
ou, de meus tírios seguida, ao cortejo dos troas me agrego?
Ou novamente aos perigos exponho dos mares e ventos
quantos com tanto trabalho arranquei da Sidônia distante?[103]
Morre, é melhor, que o mereces; com o ferro essa dor aniquila.
Tu, cara irmã, tens a culpa de tudo; vencida das minhas
lágrimas, desta obsessão, ao imigo sem fé me entregaste.
Ah! não viver como as feras sem tálamos ricos, e livre[104]
passar o tempo, sem nunca sentir esta cruel apertura!
Os juramentos e as cinzas quebrar de Siqueu bem-amado!"
Tais do seu peito rompiam queixumes sem fim nem medida,
dessa maneira exprimindo-se Dido no seu infortúnio.
Já tudo pronto e acertada a partida, na popa altanada[105]
da capitânia o caudilho troiano entregara-se ao sono.
Nisto, percebe a figura da mesma deidade que já antes
lhe aparecera num sonho e advertência dos deuses trouxera,
mui semelhante a Mercúrio na voz, na esbelteza do porte,
na cabeleira alourada e no gesto confiante dos moços:
"Filho da deusa, é possível dormires com tanto sossego,
sem perceber os perigos que em frente de ti se acumulam?
Disposta a tudo, a rainha no peito revolve projetos
calamitosos, que aos estos da fúria a cada hora se alteram.
Não precipitas a tua partida, se o tempo o convida?
Logo verás estas plagas turvarem-se com seus navios,

---

[102] A *progênie de Laomedonte*: troianos. Laomedonte é antigo rei de Troia.

[103] *Sidônia*: "da cidade sidônia" (*Sidonia urbe*). É Sídon, cidade cartaginesa.

[104] *Ah! não viver*: entenda-se "ah, por que não vivi como as feras...?". *Tálamos*: casamentos.

[105] Nesta passagem, Virgílio corta "cinematograficamente" a narrativa, passando o foco subitamente de Dido para Eneias.

collucere faces, iam feruere litora flammis,
si te his attigerit terris Aurora morantem.
Heia age, rumpe moras. Varium et mutabile semper
femina". Sic fatus, Nocti se immiscuit atrae.   570
Tum uero Aeneas, subitis exterritus umbris,
corripit e somno corpus sociosque fatigat:
"Praecipites uigilate, uiri, et considite transtris;
soluite uela citi. Deus aethere missus ab alto
festinare fugam tortosque incidere funes   575
ecce iterum stimulat. Sequimur te, sancte deorum,
quisquis es, imperioque iterum paremus ouantes.
Adsis o placidusque iuues et sidera caelo
dextra feras". Dixit, uaginaque eripit ensem
fulmineum strictoque ferit retinacula ferro.   580
Idem omnes simul ardor habet, rapiuntque ruuntque;
litora deseruere; latet sub classibus aequor,
adnixi torquent spumas et caerula uerrunt.
Et iam prima nouo spargebat lumine terras
Tithoni croceum linquens Aurora cubile.   585
Regina e speculis ut primum albescere lucem
uidit et aequatis classem procedere uelis,
litoraque et uacuos sensit sine remige portus,
terque quaterque manu pectus percussa decorum
flauentesque abscissa comas, "Pro Iuppiter, ibit   590
hic", ait, "et nostris illuserit aduena regnis?
Non arma expedient totaque ex urbe sequentur,
deripientque rates alii naualibus? Ite,
ferte citi flammas, date tela, impellite remos!
Quid loquor? Aut ubi sum? Quae mentem insania mutat?   595
Infelix Dido, nunc te facta impia tangunt.
Tum decuit, cum sceptra dabas. En dextra fidesque,
quem secum patrios aiunt portare Penates,

tochas luzir, referver a ribeira de chamas sem conta,
caso te atrases e a Aurora te encontre por estas paragens.
Vence a preguiça! Levanta-te! Toda mulher é volúvel".
Disse, e desapareceu, confundido nas sombras da Noite.
Despavorido, de súbito Eneias se livra do sonho,
os companheiros desperta e aos trabalhos concita do dia:
"Todos a postos, guerreiros! Cada um no seu banco, depressa!
Velas aos ventos! De novo um dos deuses me trouxe recado
do alto. Apressemos a fuga, cortemos os cabos ligeiro.
A voz lhe ouvi. Divindade celeste, quem quer que tu sejas,
já te seguimos! De grado acatamos a tua mensagem.
Sê-nos propícia na viagem e faustas estrelas nos manda,
para guiar-nos". Falou; e, sacando da espada fulmínea,
corta certeiro de um golpe as amarras possantes do barco.
Cheios do mesmo entusiasmo, os guerreiros à faina concorrem.
Logo, desertas as praias, de naves as águas se cobrem;
as pás espuma levantam, varrendo a cerúlea campina.
Já a nova Aurora saltara do leito do crócео Titono[106]
para a luz bela espargir pelo mundo e de cores orná-lo
no alvorecer, quando Dido avistou desde a sua atalaia
em boa ordem a esquadra afastar-se, tendidas as velas,
bem como as praias vazias e sem remadores os portos.
Três, quatro vezes o peito formoso golpeando, e os cabelos
louros em fúria a puxar: "Há de esse homem", gritou, "escapar-me,
Júpiter? Esse estrangeiro, e zombar de mim própria em meu reino
Não se armarão meus guerreiros e toda a cidade não corre
no rastro dele? Dos seus estaleiros os barcos não tiram?
Ide, voai, trazei fogo, dai velas, os remos empunhem!
Mas que profiro? Onde estou? Que desvairo me cega a esse ponto?
Dido infeliz, ora sentes o peso da tua desgraça.
Mais valeria o saberes, no dia em que o cetro lhe deste.
Essa, a palavra de quem carregara os Penates nos ombros,

---

[106] *Crócео*: da cor do açafrão, portanto, amarelo, dourado; aqui, louro. *Titono*: príncipe troiano, que a Aurora raptou e desposou.

quem subiisse umeris confectum aetate parentem!
Non potui abreptum diuellere corpus et undis   600
spargere? Non socios, non ipsum absumere ferro
Ascanium patriisque epulandum ponere mensis?
Verum anceps pugnae fuerat fortuna: fuisset.
Quem metui moritura? Faces in castra tulissem
implessemque foros flammis, natumque patremque   605
cum genere extinxem, memet super ipsa dedissem.
Sol, qui terrarum flammis opera omnia lustras,
tuque harum interpres curarum et conscia Iuno,
nocturnisque Hecate triuiis ululata per urbes
et Dirae ultrices et di morientis Elissae,   610
accipite haec, meritumque malis aduertite numen
et nostras audite preces. Si tangere portus
infandum caput ac terris adnare necesse est,
et sic Fata Iouis poscunt, hic terminus haeret,
at bello audacis populi uexatus et armis,   615
finibus extorris, complexu auulsus Iuli,
auxilium imploret uideatque indigna suorum
funera; nec, cum se sub leges pacis iniquae
tradiderit, regno aut optata luce fruatur,
sed cadat ante diem mediaque inhumatus harena.   620
Haec precor, hanc uocem extremam cum sanguine fundo.
Tum uos, o Tyrii, stirpem et genus omne futurum
exercete odiis, cinerique haec mittite nostro
munera. Nullus amor populis, nec foedera sunto.
Exoriare aliquis nostris ex ossibus ultor,   625

quem nas espáduas o peso sentiu da velhice paterna?
E não poder apanhá-lo, atirá-lo em pedaços nas ondas,
passar à espada seus homens, e Ascânio, seu filho mimado,
ao próprio pai num banquete ofertar como prato excelente!
Mas nesse encontro a vitória estaria ao meu lado? Que importa?[107]
Quem vai morrer, de quem pode temer-se? Incendiara de pronto
seu arraial, fogo às naus lhe pusera, e de um golpe extinguira
o pai com o filho, essa raça maldita, e eu por último, ufana.[108]
Sol, que o universo iluminas e todas as coisas perlustras!
Juno, ajudante consciente da minha indizível desgraça!
Hécate, sempre invocada nas encruzilhadas, aos gritos!
Fúrias, do mal vingadoras, e deuses de Elisa expirante!
Minhas palavras ouvi, minhas preces, e contra os malvados
os vossos numes volvei! Mas, se o Fado impassível resolve
que chegue ao porto esse monstro, e é forçoso pisar no chão firme;
se isso os decretos de Júpiter o determinam, que ao menos
seja acossado por gente guerreira e, banido da Itália,
vague sem rumo; privado dos braços queridos de Iulo,
auxílio implore e contemple o extermínio dos seus companheiros,
morte sem glória de todos. E, vindo a obter paz vergonhosa,
do apetecido reinado não goze, da luz suspirada,
mas prematuro pereça e insepulto na areia se esfaça![109]
É o que vos peço; com o sangue vos lanço este apelo supremo.
Tírios! Vosso ódio infinito em seu filho e nos seus descendentes
extravasai! É o que esperam de vós minhas cinzas ardentes.
Nenhuma aliança jamais aproxime os dois povos imigos.
Há de nascer-me dos ossos quem possa vingar-me esta afronta[110]

---

[107] *Encontro*: aqui, luta.

[108] Entenda-se: *incendiara*, "eu incendiaria"; *pusera*, "eu poria"; *extinguira*, "eu extinguiria"; *e eu* [...] *ufana*, "eu estaria ufana, contente".

[109] Nesta longa passagem, temas como ira e vingança — Ascânio servido ao pai como jantar (vv. 601-2), o desejo de ver as naus troianas incendiadas (v. 605) —, aliados às pragas rogadas contra Eneias (vv. 607-29), combinam-se na loucura (*desvairo*, v. 595) de Dido.

[110] *Quem possa vingar-me*: alusão ao cartaginês Aníbal, que quase conquistou

qui face Dardanios ferroque sequare colonos,
nunc, olim, quocumque dabunt se tempore uires.
Litora litoribus contraria, fluctibus undas
imprecor, arma armis; pugnent ipsique nepotesque".
Haec ait, et partes animum uersabat in omnes, 630
inuisam quaerens quam primum abrumpere lucem.
Tum breuiter Barcen nutricem affata Sychaei,
namque suam patria antiqua cinis ater habebat:
"Annam, cara mihi nutrix, huc siste sororem;
dic corpus properet fluuiali spargere lympha, 635
et pecudes secum et monstrata piacula ducat.
Sic ueniat, tuque ipsa pia tege tempora uitta.
Sacra Ioui Stygio, quae rite incepta paraui,
perficere est animus finemque imponere curis,
Dardaniique rogum capitis permittere flammae". 640
Sic ait. Illa gradum studio celerabat anili.
At trepida et coeptis immanibus effera Dido,
sanguineam uoluens aciem, maculisque trementes
interfusa genas, et pallida morte futura,
interiora domus irrumpit limina et altos 645
conscendit furibunda rogos ensemque recludit
Dardanium, non hos quaesitum munus in usus.
Hic, postquam Iliacas uestes notumque cubile
conspexit, paulum lacrimis et mente morata
incubuitque toro dixitque nouissima uerba: 650
"Dulces exuuiae, dum Fata deusque sinebant,
accipite hanc animam meque his exsoluite curis.
Vixi et quem dederat cursum Fortuna peregi

com ferro e fogo, quem limpe o meu nome com sangue dardânio.
Hoje, amanhã, no momento mais certo em que o acaso os ajunte,
e força houver, briguem praias com praias e as ondas entre elas,
armas de guerra por tudo, até os últimos netos com forças!"
Assim falando, volvia no peito projetos sem conta,
para cortar o mais breve possível a trama da vida.
Por fim, a Barce resolve chamar, de Siqueu a velha ama,
visto que a sua ficara enterrada na pátria distante.
"Vai procurar minha irmã, querida ama, e lhe dize que ponha
pressa em se purificar na água limpa do rio aqui perto.
Traga também as ovelhas e as vítimas expiatórias.
Não se demore. Enquanto isso, na fronte usa a fita sagrada.
A Jove Estígio pretendo ofertar sacrifícios solenes,[111]
já começados, a fim de curar-me de atroz sofrimento,
para, por último, a efígie do Teucro lançar na fogueira".
Assim falou. A velhinha apressou-se com passos tardonhos.
Dido, convulsa e obstinada no seu tenebroso projeto,
virando os olhos sanguíneos, manchadas as lívidas faces,
a palidez do trespasse futuro na cute mimosa,
pelo interior do palácio irrompeu e postou-se, iracunda,
no alto da pira, sacando da espada do chefe dardânio,
prenda jamais destinada para uso de tanta fereza.[112]
Nessa postura, enxergando as ilíacas vestes e o leito,
pós recolher-se algum tempo, banhados de lágrima os olhos,
no toro excelso inclinada, estas últimas queixas profere:
"Ó doces prendas enquanto um dos deuses e o Fado quiseram,
minha pobre alma acolhei e de cruel pesadelo livrai-me.
Vivi bastante e perfiz o caminho previsto dos Fados.

Roma e que Virgílio transforma em descendente de Dido. Assim, no mito, o poeta insere fatos históricos, as Guerras Púnicas, que opuseram romanos e cartagineses entre 264 e 146 a.C.

[111] *Jove Estígio*: Júpiter subterrâneo. Estige é o rio que corre nos Infernos. Dido faz Barce supor tratar-se de um feitiço contra Eneias, que consiste em lançar ao fogo sua imagem (*efígie*, v. 640).

[112] *Prenda*: espada e trajes foram presentes de Eneias.

et nunc magna mei sub terras ibit imago.
Urbem praeclaram statui, mea moenia uidi, 655
ulta uirum, poenas inimico a fratre recepi;
felix, heu nimium felix, si litora tantum
numquam Dardaniae tetigissent nostra carinae!"
Dixit, et os impressa toro, "Moriemur inultae,
sed moriamur", ait. "Sic, sic iuuat ire sub umbras. 660
Hauriat hunc oculis ignem crudelis ab alto
Dardanus, et nostrae secum ferat omina mortis".
Dixerat, atque illam media inter talia ferro
collapsam aspiciunt comites, ensemque cruore
spumantem sparsasque manus. It clamor ad alta 665
atria; concussam bacchatur Fama per urbem.
Lamentis gemituque et femineo ululatu
tecta fremunt; resonat magnis plangoribus aether,
non aliter quam si immissis ruat hostibus omnis
Carthago aut antiqua Tyros, flammaeque furentes 670
culmina perque hominum uoluantur perque deorum.
Audiit exanimis trepidoque exterrita cursu
unguibus ora soror foedans et pectora pugnis
per medios ruit, ac morientem nomine clamat:
"Hoc illud, germana, fuit? Me fraude petebas? 675
Hoc rogus iste mihi, hoc ignes araeque parabant?
Quid primum deserta querar? Comitemne sororem
spreuisti moriens? Eadem me ad fata uocasses,
idem ambas ferro dolor atque eadem hora tulisset.
His etiam struxi manibus patriosque uocaui 680
uoce deos, sic te ut posita crudelis abessem?
Exstinxti te meque, soror, populumque patresque
Sidonios urbemque tuam. Date uulnera lymphis
abluam et, extremus si quis super halitus errat,
ore legam". Sic fata, gradus euaserat altos, 685

Cheia de glória, esta sombra ora baixa aos domínios subtérreos.
Uma cidade grandiosa fundei, vi suas fortes muralhas;
a meu esposo vinguei, castiguei um irmão inimigo.
Muito feliz, ah! demasiadamente o seria se as naves
desses guerreiros troianos aqui nunca houvessem chegado!"
Disse. E no leito tocando com os lábios: "Morremos inulta?",[113]
torna a falar. "Pois morramos; assim baixarei para as sombras.
Veja o Dardânio de longe o espetáculo desta fogueira,
e na alma negra o presságio carregue da minha desgraça."
Disse. Mal tinha acabado, as donzelas caída a percebem,
por próprio impulso, no ferro. Tingidas de sangue espumante
tinha ela as mãos. Do clamor das mulheres os átrios atroam.
Percorre a Fama a cidade aterrada, o ulular feminino,
lamentações e gemidos, o pranto incontido de todas.
Fremem os tetos; no alto o éter ressoa com tanto alarido,[114]
como se a própria Cartago ou a cidade de Tiro mais velha
viessem por terra aos embates de turmas furiosas de imigos,
em chama envoltas as casas, os templos derruídos dos deuses.
Despavorida, sem forças ouve Ana os clamores da turba;
carpe-se, o rosto a arranhar, afeiando o gracioso semblante;
corre, atropela as pessoas, por Dido a chamar, moribunda:
"Este era, irmã, o sacrifício aprestado? Quiseste lograr-me?
Isto as fogueiras forjaram, a pira, os altares dos deuses?
De que primeiro queixar-me, se a irmã não me quis ao seu lado
no próprio instante da morte, associadas no mesmo destino?
Uma só dor para as duas, um ferro, o minuto supremo!
Com minhas mãos levantei esta pira, chamei pelos deuses
pátrios, e tudo porque te finasses de mim afastada?
Com tua morte, querida, mataste-me, ao povo, o senado,
tua cidade sidônia. Dai-me água, porque lavar possa
suas feridas. Se um simples vestígio de alento ainda mostre,
na minha boca o recolho". Assim disse. E galgando a alta pira,

---

[113] *Inulta*: não vingada.

[114] Leia-se: "Fremem os tetos; no alto o éter ressoa com tanto alarido".

semianimemque sinu germanam amplexa fouebat
cum gemitu atque atros siccabat ueste cruores.
Illa, graues oculos conata attollere, rursus
deficit; infixum stridit sub pectore uulnus.
Ter sese attollens cubitoque adnixa leuauit; 690
ter reuoluta toro est oculisque errantibus alto
quaesiuit caelo lucem ingemuitque reperta.
Tum Iuno omnipotens, longum miserata dolorem
difficilesque obitus, Irim demisit Olympo,
quae luctantem animam nexosque resolueret artus. 695
Nam quia nec Fato, merita nec morte peribat,
sed misera ante diem subitoque accensa furore,
nondum illi flauum Proserpina uertice crinem
abstulerat Stygioque caput damnauerat Orco.
Ergo Iris croceis per caelum roscida pennis, 700
mille trahens uarios aduerso sole colores,
deuolat et supra caput adstitit: "Hunc ego Diti
sacrum iussa fero teque isto corpore soluo".
Sic ait et dextra crinem secat, omnis et una
dilapsus calor, atque in uentos uita recessit. 705

no peito aperta a cabeça donosa da irmã moribunda.
Entre gemidos, com o peplo afastava os cruores escuros.
Com muito esforço, ao querer levantar a cabeça, de novo
desfaleceu a rainha. No peito a ferida estertora.
Três vezes tenta sentar-se, apoiando-se nos cotovelos,
três sobre o leito ela torna a cair. Com os olhos errantes,
busca no céu a luz bela do sol e, encontrando-a, suspira.
Foi quando Juno potente, apiedada da longa agonia,
da sua morte penosa, a Íris rápida enviou do alto Olimpo,[115]
para soltar aquela alma do nexo pesado dos membros,
visto não ser decorrente este excídio do Fado ou de culpa[116]
muito pessoal; prematura e de súbito acesso tomada,
ainda Prosérpina não lhe cortara da fronte o cabelo[117]
louro, nem sua cabeça votara às deidades do Inferno.
Íris, então, orvalhadas as asas, no espaço desliza,
sarapintadas as penas com o brilho do sol esplendente.
Sobre a cabeça de Dido detém-se: "Cumprindo o mandado
que recebi, te desligo do corpo e a Plutão vou levar-te".[118]
Assim falando, cortou com a direita o cabelo cor de ouro.
Foi-se o calor, e nas auras o espírito logo diluiu-se.

---

[115] Há sinalefa "em penosa a Íris", e o *i* tônico de Íris passa a átono: "da sua morte penosa, a Íris rápida enviou do alto Olimpo"; *Íris*: deusa alada, mensageira de Juno.

[116] O sentido é "visto que esta catástrofe não é decorrente do Fado ou de culpa".

[117] *Prosérpina*: mulher de Plutão (v. 703), rainha dos Infernos. Corta-se o cabelo dos moribundos, considerados vítimas sacrificatórias aos deuses infernais.

[118] *Plutão*: no original, *Diti*; o tradutor preferiu a forma grega (*plóuton*, "possuidor de riquezas"), equivalente à latina Dite (*dis*, "rico"). É epíteto de Orco, senhor dos Infernos; ver V, v. 732.

Argumento do Livro V

Mostra-se de novo o requinte da épica virgiliana, pois, assim como nos festivais teatrais em Atenas assistia-se, após três tragédias, a um drama satírico que, risível, aliviava no público a tensão patética, aqui também, depois do desfecho trágico para o amor de Dido, é alegre e até risível a primeira parte do livro V: os jogos em honra de Anquises.

Os troianos, ao partir, vendo as chamas ao longe, são tomados de inquietude, e quando já estão ao largo, enfrentam forte tempestade. Nada podendo contra ela, Eneias, a conselho do piloto Palinuro, decide aportar na Sicília, ao pé do monte Érix, no reino de Acestes, onde estava sepultado o pai. Como naquele dia fazia exatamente um ano que Anquises morrera, Eneias anuncia a realização de jogos fúnebres, a começar em nove dias (vv. 1-75). Nesse instante ocorre um prodígio: enorme serpente sai do sepulcro, prova os alimentos ali deixados como dádiva mortuária e retorna ao túmulo. Entendido o prodígio como presságio favorável, Eneias continua com mais devoção o sacrifício interrompido (vv. 76-102). Chega o dia dos jogos: primeiro, a regata (vv. 103-284); segundo, a corrida de fundo (vv. 285-361); em seguida, o combate com os punhos envolvidos em "cestos", isto é, tiras de couro e metal (vv. 362-484); depois, o tiro ao alvo com o arco (vv. 485-544); e, por fim, o torneio infantil de cavaleiros, de que participa Ascânio, última vez em que age como criança (vv. 545-604).

Entrementes, porém, enquanto ocorriam os jogos, junto às naus as mulheres, já cansadas de viajar, queixavam-se, queriam voltar a viver na cidade. Nesse instante Juno envia Íris, que sob o aspecto de uma delas, as incita a incendiar os navios. A notícia do incêndio chega ao local dos jogos e é Ascânio quem, atirando longe o elmo de brinquedo e detendo a palavra pela primeira vez, se apresenta e as acalma. Eneias acorre, implora auxílio a Júpiter, que, propício, faz desabar uma tromba-d'água, e as chamas se extinguem, mas perdem-se quatro navios (vv. 605-99). Muito abalado com o fato, Eneias, indeciso, chega a pensar em deter-se na Sicília, sem cumprir seu destino. É então aconselhado pelo adivinho Nautes a ceder à Fortuna e conciliar interesses, de maneira a permitir a idosos e mulheres exaustas, aos que pouco exigem, aos descrentes e aos temerosos, permanecer na Sicília, construir ali uma cidade, e sob o reinado de Acestes lá viver. Eneias tranquiliza-se mas continua indeciso, até que em sonho é visitado pela sombra de Anquises, que o persuade a aceitar o conselho de Nautes. O pai anuncia-lhe que enfrentará gente rude e que, guiado pela Sibila, deve descer aos Infernos e lá procurá-lo nos Campos Elísios, quando então saberá de vez o que o espera (vv. 700-45).

Acestes convoca a assembleia e todos anuem ao plano de fundar nova cidade. Eneias demarca os limites, arrola os novos habitantes, sorteia as casas, consagra templo a Vênus, ergue santuário a Anquises e parte para a Itália. Vênus, inquieta, lembrada dos recentes perigos que o filho enfrentou no mar, obtém de Netuno a garantia de que a viagem será segura, ao preço, porém, de uma só vida, de Palinuro, o piloto, perdida em favor da preservação de muitos outros (vv. 746-872).

Liber V

Interea medium Aeneas iam classe tenebat
certus iter fluctusque atros Aquilone secabat
moenia respiciens, quae iam infelicis Elissae
collucent flammis. Quae tantum accenderit ignem
causa latet; duri magno sed amore dolores   5
polluto, notumque furens quid femina possit,
triste per augurium Teucrorum pectora ducunt.
Ut pelagus tenuere rates nec iam amplius ulla
occurrit tellus, maria undique et undique caelum,
olli caeruleus supra caput astitit imber   10
noctem hiememque ferens et inhorruit unda tenebris.
Ipse gubernator puppi Palinurus ab alta:
"Heu quianam tanti cinxerunt aethera nimbi?
Quidue, pater Neptune, paras?" Sic deinde locutus
colligere arma iubet ualidisque incumbere remis,   15
obliquatque sinus in uentum ac talia fatur:
"Magnanime Aenea, non, si mihi Iuppiter auctor
spondeat, hoc sperem Italiam contingere caelo.
Mutati transuersa fremunt et uespere ab atro
consurgunt uenti, atque in nubem cogitur aer   20
nec nos obniti contra nec tendere tantum
sufficimus. Superat quoniam Fortuna, sequamur,
quoque uocat uertamus iter. Nec litora longe

Livro V

Nesse entrementes, Eneias, já certo do rumo, levado
pelo Aquilão generoso, apartava a cerúlea planície[1]
sempre com os olhos nas fortes muralhas que ao longe a fogueira
da infeliz Dido aclarava. Qual fosse o motivo do incêndio,
não saberia dizê-lo. Porém, conhecendo o que pode
no desespero a mulher ultrajada e a paixão sem ventura,
triste presságio os troianos agora daquilo tiravam.
Quando os navios ao largo sumiram, nem mais se avistava
terra nenhuma, somente o mar vasto e o céu claro por tudo,
nuvem sombria, trazendo no bojo atra noite e a tormenta,
sobre a cabeça de Eneias parou. Tudo é trevas nas ondas.
O próprio mestre do leme, o sagaz Palinuro, da popa
alto exclamou: "Por que as nuvens o céu de tal modo escurecem?
Que nos preparas, Netuno?" Dito isso, amainar logo ordena
as brancas velas e o esforço conjunto aplicarem nos remos.
Obliquamente oferece-se ao vento, e destarte se expressa:
"Ínclito Eneias, ainda que Júpiter me assegurasse,
com um tempo destes jamais saltaremos nas praias da Itália.
Os ventos se acham trocados; do poente anegrado eles forçam
pelas ilhargas as naves. Há nuvens escuras por tudo.[2]
Nem conseguimos as ondas romper, nem parados ficamos.
Façamos, pois, o que manda a Fortuna; para onde ela aponta,
sem vacilar, avancemos. Não longe das praias estamos,

---

[1] *Apartava a cerúlea planície*: cortava o mar azul.

[2] *Ilhargas*: laterais.

fida reor fraterna Erycis portusque Sicanos,
si modo rite memor seruata remetior astra".   25
Tum pius Aeneas: "Equidem sic poscere uentos
iamdudum et frustra cerno te tendere contra.
Flecte uiam uelis. An sit mihi gratior ulla,
quoue magis fessas optem dimittere naues,
quam quae Dardanium tellus mihi seruat Acesten   30
et patris Anchisae gremio complectitur ossa?"
Haec ubi dicta, petunt portus et uela secundi
intendunt Zephyri; fertur cita gurgite classis,
et tandem laeti notae aduertuntur harenae.
At procul ex celso miratus uertice montis   35
aduentum sociasque rates occurrit Acestes,
horridus in iaculis et pelle Libystidis ursae,
Troia Criniso conceptum flumine mater
quem genuit. Veterum non immemor ille parentum
gratatur reduces et gaza laetus agresti   40
excipit, ac fessos opibus solatur amicis.
Postera cum primo stellas Oriente fugarat
clara dies, socios in coetum litore ab omni
aduocat Aeneas tumulique ex aggere fatur:
"Dardanidae magni, genus alto a sanguine diuum,   45
annuus exactis completur mensibus orbis,
ex quo reliquias diuinique ossa parentis
condidimus terra maestasque sacrauimus aras.
Iamque dies, nisi fallor, adest, quem semper acerbum,

bem nossas, de Érix, teu mano, e dos portos da bela Sicília,[3]
se é que ainda tenho presente o caminho que os astros indicam".
E o pio Eneias: "Há muito, em verdade, notei o que os ventos
pedem. Debalde te esforças, no afã de querer contrastá-los.
Muda o roteiro naquele sentido. Não sei de paragens
que mais de perto nos falem na grande aflição em que estamos,
para abrigar os navios cansados, do que estas de Acestes[4]
de Troia oriundo, e onde as cinzas de Anquises, meu pai, descansaram".
Assim falando, no porto adentraram, dos Zéfiros brandos
sempre ajudados. As naves deslizam no mar docemente,
té não baterem de leve nas praias de todos sabidas.[5]
Do alto de um monte surpreende-se Acestes, ao ver os navios
tão conhecidos varar pelo porto, e acorreu pressuroso,
de dardos finos armado e com pele de uma ursa da Líbia.
Filho do rio Criniso e de mãe da Dardânia, o monarca[6]
não se esquecera dos seus ascendentes. Com os moços de Troia
se congratula ante a volta insperada, e com os fartos recursos[7]
da vida agreste os consola e refaz das fadigas da viagem.
Mal começara no Oriente a expulsar as estrelas o dia
claro, os troianos esparsos ao longo da praia convoca
seu chefe Eneias. Do cimo de um combro destarte lhes fala:[8]
"Nobres dardânios, linhagem do sangue preexcelso dos deuses!
Exatamente hoje é o dia em que o círculo os meses de um ano
no seu percurso completam, do instante a contar em que os ossos
à terra demos de Anquises divino e os altares sagramos.
Sim, não me engano: este é o dia fatal, pelos deuses eternos[9]

---

[3] *Érix, teu mano*: filho de Vênus e do gigante Butes, Érix deu nome a uma montanha da Sicília (ver I, v. 570).

[4] *Acestes*: rei da Sicília; é o *monarca*, em v. 38; ver I, v. 195.

[5] *Té não baterem*: entenda-se, até baterem.

[6] *Criniso*: deus-rio da Sicília; *mãe da Dardânia*: a troiana Segesta.

[7] *Insperada*: súbita, imprevista (arcaísmo).

[8] *Do cimo de um combro*: do alto de uma duna.

[9] *Fatal*: entenda-se, fixado pelo destino.

semper honoratum (sic di uoluistis) habebo. 50
Hunc ego Gaetulis agerem si Syrtibus exsul,
Argolicoue mari deprensus et urbe Mycenae,
annua uota tamen sollemnesque ordine pompas
exsequerer strueremque suis altaria donis.
Nunc ultro ad cineres ipsius et ossa parentis 55
haud equidem sine mente, reor, sine numine diuum
adsumus et portus delati intramus amicos.
Ergo agite et laetum cuncti celebremus honorem;
poscamus uentos, atque haec me sacra quotannis
urbe uelit posita templis sibi ferre dicatis. 60
Bina boum uobis Troia generatus Acestes
dat numero capita in naues; adhibete Penates
et patrios epulis et quos colit hospes Acestes.
Praeterea, si nona diem mortalibus almum
Aurora extulerit radiisque retexerit orbem, 65
prima citae Teucris ponam certamina classis;
quique pedum cursu ualet, et qui uiribus audax
aut iaculo incedit melior leuibusque sagittis,
seu crudo fidit pugnam committere caestu,
cuncti adsint meritaeque exspectent praemia palmae. 70
Ore fauete omnes et cingite tempora ramis".
Sic fatus uelat materna tempora myrto.
Hoc Helymus facit, hoc aeui maturus Acestes,
hoc puer Ascanius, sequitur quos cetera pubes.
Ille e concilio multis cum milibus ibat 75

assim previsto e que sempre há de ser para mim consagrado.
E muito embora hoje mesmo estivesse exilado nas Sirtes
gétulas, ou prisioneiro dos mares da Argólida, ou, ainda,[10]
na acastelada Micenas, jamais deixaria de o culto
solenizar anualmente e de votos depor nos altares.
Não viemos dar ao sepulcro em que jazem os ossos e as cinzas
do meu bom pai sem a ajuda e os desígnios dos deuses eternos,
visto que as ondas amigas a um porto de paz nos trouxeram.[11]
Ventos propícios peçamos-lhe, e que ele nos dê celebrarmos
todos os anos nos templos da nova cidade estes jogos.
Traz-nos Acestes, troiano de origem, dois bois por navio,
para esses ritos. Assistam também ao banquete os Penates
pátrios e os numes do culto de Acestes, nosso hóspede amigo.[12]
Além do mais, caso a Aurora novena trouxer para os homens[13]
a luz do dia abençoado e cingir com seus raios o mundo,
como primeiro certame as regatas no mar proporemos.
Os que confiam na força e no braço, no rápido curso,
quantos os dardos ao longe projetam, as setas ligeiras,
ou que a lutar se atreverem na dura porfia do cesto,[14]
venham sem falso temor levantar os troféus da vitória.[15]
Orai primeiro em silêncio e enramai como é de uso a cabeça".
Tendo isso dito, coroou-se com o mirto materno, imitando-o
Hélimo, Acestes, de idade madura, seguidos de Ascânio
quase criança, e os demais componentes da esquadra troiana.
Desfeita aquela assembleia, dirige-se Eneias de pronto
para o sepulcro de Anquises, seguido de turba infinita.

---

[10] *Argólida*: região da Grécia continental, onde fica *Micenas*, cidade murada, pátria de Agamêmnon.

[11] *Ondas amigas, porto de paz*: no original, ocorre apenas "portos amigos".

[12] *Hóspede*: hospedeiro, anfitrião. É arcaísmo.

[13] *Aurora novena*: a manhã do nono dia.

[14] *Cesto*: fitas de couro dotadas de pelotas de chumbo que envolviam a mão do pugilista.

[15] *Sem falso temor*: no original, *meritae*, "merecidas".

ad tumulum magna medius comitante caterua.
Hic duo rite mero libans carchesia Baccho
fundit humi, duo lacte nouo, duo sanguine sacro,
purpureosque iacit flores ac talia fatur:
"Salue, sancte parens, iterum; saluete, recepti 80
nequiquam cineres animaeque umbraeque paternae.
Non licuit fines Italos fataliaque arua
nec tecum Ausonium, quicumque est, quaerere Thybrim".
Dixerat haec, adytis cum lubricus anguis ab imis
septem ingens gyros, septena uolumina traxit 85
amplexus placide tumulum lapsusque per aras,
caeruleae cui terga notae maculosus et auro
squamam incendebat fulgor, ceu nubibus arcus
mille iacit uarios aduerso sole colores.
Obstipuit uisu Aeneas. Ille agmine longo 90
tandem inter pateras et leuia pocula serpens
libauitque dapes rursusque innoxius imo
successit tumulo et depasta altaria liquit.
Hoc magis inceptos genitori instaurat honores,
incertus geniumne loci famulumne parentis 95
esse putet; caedit binas de more bidentes
totque sues, totidem nigrantes terga iuuencos,
uinaque fundebat pateris animamque uocabat
Anchisae magni Manesque Acheronte remissos.
Nec non et socii, quae cuique est copia, laeti 100
dona ferunt, onerant aras mactantque iuuencos;
ordine aena locant alii fusique per herbam

Conforme o rito, verteu gota a gota na terra crateras
duas de vinho, de leite recente, de sangue sagrado.[16]
Flores purpúreas desparze por tudo e aos presentes perora:[17]
"Salve, meu pai de divina progênie! E outra vez, salve, cinzas
que em vão tirei dos escombros de Troia! E vós, Manes paternos!
Não permitiram os deuses chegarmos aos lindes da Itália,
campos benditos e o Tibre da Ausônia, onde quer que ele esteja!"
Mal acabara, saiu do sepulcro serpente lustrosa,
descomunal, que os anéis sete vezes a volta da tumba
desenrolou, sete vezes passeia ao redor dos altares.
Manchas escuras no dorso matizam-lhe a pele escamosa
com pintas áureas, tal como fulgura no céu o arco-íris
por entre as nuvens, mil cores brilhantes do sol retirando.
Estupefacto, o Troiano a contempla, enquanto ela, serpeando
mui docemente por entre as crateras, os copos delgados,
prova os manjares variados e, sem a ninguém fazer dano,
volta a acolher-se ao sepulcro, depois de tocar nas primícias.
Incerto Eneias se o gênio daquele lugar então vira,
se mensageira do pai, com maior devoção continua
o sacrifício iniciado: imolou cinco belas ovelhas,
porcos de número igual, cinco touros de negra pelagem;
vinho das copas entorna, invocando a alma grande de Anquises,
bem como os Manes, agora libertos do negro Aqueronte.[18]
Da mesma forma os consócios ali depositam presentes
conforme as posses, as aras oneram, imolam bezerros.[19]
Uns, as caldeiras por ordem colocam no fogo; na relva
outros deitados, no espeto as entranhas das vítimas tostam.

---

[16] São seis *crateras* ao todo: duas de vinho, duas de leite, duas de sangue.

[17] *Desparze*: espalha; *perora*: discursa.

[18] *Aqueronte*: o rio dos Infernos; por isso, *negro*. *Manes... libertos*: acreditava--se que as almas deixavam os Infernos para provar das oferendas.

[19] *As aras oneram*: carregam os altares de presentes.

subiciunt ueribus prunas et uiscera torrent.
Exspectata dies aderat nonamque serena
Auroram Phaethontis equi iam luce uehebant,   105
famaque finitimos et clari nomen Acestae
excierat; laeto complerant litora coetu
uisuri Aeneadas, pars et certare parati.
Munera principio ante oculos circoque locantur
in medio, sacri tripodes uiridesque coronae   110
et palmae pretium uictoribus, armaque et ostro
perfusae uestes, argenti aurique talenta;
et tuba commissos medio canit aggere ludos.
Prima pares ineunt grauibus certamina remis
quattuor ex omni delectae classe carinae.   115
Velocem Mnestheus agit acri remige Pristim,
mox Italus Mnestheus, genus a quo nomine Memmi,
ingentemque Gyas ingenti mole Chimaeram,
urbis opus, triplici pubes quam Dardana uersu
impellunt, terno consurgunt ordine remi;   120
Sergestusque, domus tenet a quo Sergia nomen,
Centauro inuehitur magna, Scyllaque Cloanthus
caerulea, genus unde tibi, Romane Cluenti.
Est procul in pelago saxum spumantia contra

Chega, afinal, a novena manhã, quando os louros cavalos[20]
de Faetonte trouxeram do Oriente a luz bela da Aurora.
A fama e o nome de Acestes os povos vizinhos chamaram.
Em multidão concorreram; as praias alegres logo enchem;
uns, para ver os Enéadas; outros, aos páreos dispostos.
Inicialmente, os presentes são postos no meio de um círculo,[21]
para que os vissem. São trípodes sacras, coroas virentes,[22]
palmas de triunfo, armaduras brilhantes, riquíssimas roupas
de bela púrpura, e vários talentos de prata e assim de ouro.[23]
Do alto de um combro a trombeta anuncia o começo dos jogos.
Quatro possantes galeras, providas de remos de abeto,
da teucra armada as melhores, início vão dar ao certame.
Guia Mnesteu com seus fortes remeiros a leve Baleia.[24]
Esse Mnesteu vai ser tronco na Itália da gente dos Mêmios.
Gias comanda a Quimera possante, a qual, pelo tamanho,
uma cidade parece; três ordens de jovens dardânios
nela se esforçam com três bem providas fileiras de remos.
Sergesto vem logo após, que deu nome à família dos Sérgios,
na poderosa Centauro, seguido de Cloanto na Cila
de cor cerúlea, do qual também vindes, romanos Cluêncios.[25]
Alça-se a grande distância, defronte da praia espumosa,
no fundo mar, um rochedo que as ondas encobrem revoltas,

---

[20] *Cavalos de Faetonte*: cavalos do carro do Sol, pai de Faetonte, que trazem a *Aurora*.

[21] *Presentes*: entenda-se, os prêmios.

[22] *Coroas virentes*: coroas de louro verdes, insígnia da vitória.

[23] *Talentos*: moedas.

[24] *Baleia*: no original, *Pristis*, palavra que designa também um tipo de navio. As demais naves são *Quimera* (v. 117), comandada por Gias, *Centauro* e *Cila* (v. 121), por Sergesto e Cloanto, respectivamente.

[25] Passagem etiológica: *Mêmios* (v. 116), *Sérgios* (v. 120) e *Cluêncios* (v. 122) são famílias nobres que o poeta vincula aos Enéadas. Para as últimas, o poeta explora a semelhança das palavras — *Mnestheus* assemelha-se ao verbo grego *memnêsthai*, tal como *Memmius* ao verbo latino *memini*, que significam "lembrar".

litora, quod tumidis summersum tunditur olim 125
fluctibus, hiberni condunt ubi sidera Cauri;
tranquillo silet immotaque attollitur unda
campus et apricis statio gratissima mergis.
Hic uiridem Aeneas frondenti ex ilice metam
constituit signum nautis pater, unde reuerti 130
scirent et longos ubi circumflectere cursus.
Tum loca sorte legunt ipsique in puppibus auro
ductores longe effulgent ostroque decori;
cetera populea uelatur fronde iuuentus
nudatosque umeros oleo perfusa nitescit. 135
Considunt transtris, intentaque bracchia remis;
intenti exspectant signum, exsultantiaque haurit
corda pauor pulsans laudumque arrecta cupido.
Inde ubi clara dedit sonitum tuba, finibus omnes,
haud mora, prosiluere suis; ferit aethera clamor 140
nauticus, adductis spumant freta uersa lacertis.
Infindunt pariter sulcos, totumque dehiscit
conuulsum remis rostrisque tridentibus aequor.
Non tam praecipites biiugo certamine campum
corripuere ruuntque effusi carcere currus, 145
nec sic immissis aurigae undantia lora
concussere iugis pronique in uerbera pendent.
Tum plausu fremituque uirum studiisque fauentum
consonat omne nemus, uocemque inclusa uolutant
litora, pulsati colles clamore resultant. 150

na fase escura em que os Cauros hibernos os astros ocultam.[26]
Com tempo bom, todavia, ele surge por cima das águas,
campo sereno, lugar para virem ao sol aquecer-se
os mergulhões. Nesse ponto, por meta dos nautas robustos
o pai Eneias coloca enzinheira virente. Chegados
lá, tornariam à praia, depois de um rodeio fazerem.
Tiram por sorte seus postos os chefes das naus, que nas popas,
de pé, ao longe refulgem, de púrpura e de ouro adornados.
A mocidade restante coroa-se de álamos verdes;
ombros desnudos, ungidos de fresco, até longe rebrilham.
Sentam-se nos seus banquinhos; mãos fortes nos remos, aguardam
lhes seja dado o sinal; anelantes, a todos um medo
não deprimente alvoroça, uma sede incontida de aplausos.
Logo que a tuba sonora atroou pelos ares, a chusma
dos marinheiros largou dos seus postos; a grita dos moços
chega até o éter; batido dos barcos, o mar espumeja.
Sulcos iguais todos marcam; o pego talhado se entreabre[27]
sob a violência dos remos, das proas de três dentes fortes.[28]
Não tão velozes as bigas ligeiras em bela compita[29]
se precipitam do cárcere para à vontade correrem;[30]
os bons aurigas, nervosos, as rédeas ondeantes sacodem
e para a frente se inclinam a fim de melhor açoitá-los.
Ressoa o bosque com tantos aplausos e a grita dos ledos
espectadores os seus a animar; pelas praias as vozes
dos rebatidos oiteiros os ecos ao longe estrugiam.[31]
Voa na frente dos outros, rompendo o clamor dos presentes,

---

[26] *Cauros*: ventos do norte.

[27] *Pego*: mar.

[28] *Três dentes*: a saliência reforçada na proa das naus, chamada "esporão", possui três pontas.

[29] Compara-se a corrida de navios com a de bigas; *compita*: disputa.

[30] *Cárcere*: na corrida, local de onde os cavalos partem.

[31] *Oiteiros*: outeiros, pequenos morros; *estrugiam*: estrondeavam. Entenda-se: "pelas praias os ecos rebatidos nos oiteiros levavam as vozes a grandes distâncias".

Effugit ante alios primisque elabitur undis
turbam inter fremitumque Gyas; quem deinde Cloanthus
consequitur, melior remis, sed pondere pinus
tarda tenet. Post hos aequo discrimine Pristis
Centaurusque locum tendunt superare priorem;   155
et nunc Pristis habet, nunc uictam praeterit ingens
Centaurus, nunc una ambae iunctisque feruntur
frontibus et longa sulcant uada salsa carina.
Iamque propinquabant scopulo metamque tenebant,
cum princeps medioque Gyas in gurgite uictor   160
rectorem nauis compellat uoce Menoeten:
"Quo tantum mihi dexter abis? Huc derige cursum;
litus ama et laeua stringat sine palmula cautes;
altum alii teneant". Dixit; sed caeca Menoetes
saxa timens proram pelagi detorquet ad undas.   165
"Quo diuersus abis?" Iterum, "Pete saxa, Menoete!"
Cum clamore Gyas reuocabat, et ecce Cloanthum
respicit instantem tergo et propiora tenentem.
Ille inter nauemque Gyae scopulosque sonantes
radit iter laeuum interior subitoque priorem   170
praeterit et metis tenet aequora tuta relictis.
Tum uero exarsit iuueni dolor ossibus ingens
nec lacrimis caruere genae, segnemque Menoeten
oblitus decorisque sui sociumque salutis
in mare praecipitem puppi deturbat ab alta;   175
ipse gubernaclo rector subit, ipse magister
hortaturque uiros clauumque ad litora torquet.
At grauis ut fundo uix tandem redditus imo est
iam senior madidaque fluens in ueste Menoetes
summa petit scopuli siccaque in rupe resedit.   180
Illum et labentem Teucri et risere natantem
et salsos rident reuomentem pectore fluctus.
Hic laeta extremis spes est accensa duobus,

Gias por cima das ondas, seguido de perto por Cloanto
com remadores de fama. Porém, dado o peso da nave,
custa a avançar. Depois destes e sempre na mesma distância
vêm a Baleia e a Centauro, no afã de tomar a dianteira.
Ora a Baleia se adianta, ora a vence a Centauro possante;
mas logo logo de novo emparelham, bem juntas as proas,
e mui galhardas apartam com as quilhas as salsas campinas.[32]
Perto já estavam do grande rochedo, a dois passos da meta,
e à frente Gias, com certa vantagem dos mais corredores,
quando este em gritos increpa ao seu próprio piloto Menetes:
"Por que vais tanto à direita? A bombordo, depressa! Que as folhas
dos nossos remos se esgarcem de leve nas pedras da esquerda.
Fique o alto-mar para os outros". Menetes, porém, receando
a grande pedra à flor d'água, virou para o mar seu navio.
"Por que não me ouves, Menetes? Dirige outra vez para as pedras!"
Gias gritava no seu desespero. Mas eis que percebe
Cloanto atrás dele, bem perto, e mais próximo ainda do escolho.
Este, realmente, entre o barco de Gias e as pedras sonantes
segue o caminho da esquerda e, tomando a dianteira de Gias,
transpôs a meta e singrou mais seguro nas águas profundas.
Inominável desgosto do peito do jovem se apossa.
Banham-lhe as faces as lágrimas; e sem pensar no decoro
próprio, nem mesmo no risco a que expunha seus fiéis companheiros,
arroja o tardo Menetes de ponta-cabeça nas águas.
Logo, tomando da barra do leme, ele mesmo a dirige.
Ordens aos seus distribui; torce o leme no rumo da praia.
Nesse entretanto, Menetes, com o peso das vestes molhadas
e a sobrecarga dos anos, a custo trepara na rocha,
onde na parte mais alta assentou-se refeito do susto.
Riram-se dele a valer os troianos, ao verem-no n'água
precipitado, e depois a expelir pela boca a salsugem.
Viva esperança animou nesse passo os demais concorrentes,
Mnesteu robusto e Sergesto, de a Gias vencerem no curso.

---

[32] *Salsas campinas*: campos salgados, o mar.

Sergesto Mnestheique, Gyan superare morantem.
Sergestus capit ante locum scopuloque propinquat,   185
nec tota tamen ille prior praeeunte carina;
parte prior, partim rostro premit aemula Pristis.
At media socios incedens naue per ipsos
hortatur Mnestheus: "Nunc, nunc insurgite remis,
Hectorei socii, Troiae quos sorte suprema   190
delegi comites; nunc illas promite uires,
nunc animos, quibus in Gaetulis Syrtibus usi
Ionioque mari Maleaeque sequacibus undis.
Non iam prima peto Mnestheus neque uincere certo
(quamquam o! Sed superent quibus hoc, Neptune, dedisti),   195
extremos pudeat rediisse: hoc uincite, ciues,
et prohibete nefas". Olli certamine summo
procumbunt: uastis tremit ictibus aerea puppis
subtrahiturque solum, tum creber anhelitus artus
aridaque ora quatit, sudor fluit undique riuis.   200
Attulit ipse uiris optatum casus honorem;
namque furens animi dum proram ad saxa suburget
interior spatioque subit Sergestus iniquo,
infelix saxis in procurrentibus haesit.
Concussae cautes et acuto in murice remi   205
obnixi crepuere illisaque prora pependit.
Consurgunt nautae et magno clamore morantur
ferratasque trudes et acuta cuspide contos
expediunt fractosque legunt in gurgite remos.
At laetus Mnestheus successuque acrior ipso   210
agmine remorum celeri uentisque uocatis
prona petit maria et pelago decurrit aperto.
Qualis spelunca subito commota columba,

Já já Sergesto alcançara o penedo, pensando em transpô-lo,
sem que no entanto o fizesse com toda a extensão do seu barco;
a proa avança; porém pela popa a Baleia o alcançava.
A grandes passos Mnesteu percorria a galera, animando
destarte os sócios: "Agora, agorinha esforçai-vos nos remos,
fortes amigos de Heitor, que a esse título no último arranco[33]
da altiva Troia escolhi para sócios. Mostrai vosso brio,
o ânimo excelso por vós comprovado nas gétulas Sirtes,
no Jônio mar, nas correntes rebeldes do cabo Maleia.[34]
De vós Mnesteu não exige o primeiro lugar, nem vencermos
de qualquer jeito, conquanto... A vitória, Netuno, a teus filhos!
É vergonhoso ser o último! Força nos braços, amigos!
Da mancha extrema poupai-nos!" No esforço supremo, de fato,[35]
todos se aplicam. Aos baques dos remos a popa estremece.
Foge da nave o mar vasto; retesam-se braços e pernas,
e, ressequidas as bocas, o suor pelo corpo lhes corre.
Nisso, um acaso feliz lhes enseja a almejada vitória.
Enceguecido de ardor, na estreitura do passo, Sergesto
raspa com força o penhasco de pontas agudas por baixo
da superfície, e encalhou de uma vez a possante galera.
Com o baque a rocha estremece; quebraram-se os remos de abeto,
de encontro às pedras; a proa amassada de longe se enxerga.
Os marinheiros estacam; clamor a uma voz elevou-se.
Logo, munidos de croques, de varas agudas e fortes,[36]
pescam nas ondas revoltas as pás fraturadas dos remos.
Mais arrojado com aquela ocorrência, Mnesteu se aprimora
no concitar seus famosos remeiros e a ajuda dos ventos.
Desimpedido, galhardo navega no rumo da praia.
Tal como a pomba, espantada de súbito no doce ninho
de um esponjoso penedo, morada habitual desde muito,

---

[33] No último arranco: no último suspiro.

[34] Cabo Maleia: promontório do Peloponeso, na Grécia continental.

[35] Mancha extrema: máxima vergonha.

[36] Croque: gancho metálico numa haste de madeira usado para atracar.

cui domus et dulces latebroso in pumice nidi,
fertur in arua uolans plausumque exterrita pennis   215
dat tecto ingentem, mox aere lapsa quieto
radit iter liquidum celeres neque commouet alas:
sic Mnestheus, sic ipsa fuga secat ultima Pristis
aequora, sic illam fert impetus ipse uolantem.
Et primum in scopulo luctantem deserit alto   220
Sergestum breuibusque uadis frustraque uocantem
auxilia et fractis discentem currere remis.
Inde Gyan ipsamque ingenti mole Chimaeram
consequitur; cedit, quoniam spoliata magistro est.
Solus iamque ipso superest in fine Cloanthus,   225
quem petit et summis adnixus uiribus urget.
Tum uero ingeminat clamor cunctique sequentem
instigant studiis, resonatque fragoribus aether.
Hi proprium decus et partum indignantur honorem
ni teneant, uitamque uolunt pro laude pacisci;   230
hos successus alit: possunt, quia posse uidentur;
et fors aequatis cepissent praemia rostris,
ni palmas ponto tendens utrasque Cloanthus
fudissetque preces diuosque in uota uocasset:
"Di, quibus imperium est pelagi, quorum aequora curro,   235
uobis laetus ego hoc candentem in litore taurum
constituam ante aras uoti reus, extaque salsos
proiciam in fluctus et uina liquentia fundam".

se precipta no espaço e na sua aflição bate as asas[37]
ruidosamente, e depois, mais tranquila, pelo éter sereno
fende sem bulha fazer, grande-abertas as asas robustas:
assim Mnesteu, desse modo a Baleia, por último sempre
voa na salsa campina, levada por ímpeto próprio.
Vence primeiro a Sergesto, que a braços se via com a grande
dificuldade do escolho, passagem de baixo calado:[38]
grita aos consócios; aprende a vogar no mar fundo sem remos.
Depois a Gias persegue, que mal conseguia mover-se
com a pesadona Quimera; num pronto, tomou-lhe a dianteira.
Só lhe restava Cloanto, bem perto do fim cobiçado.
Foi-lhe no encalço, apertando-o com toda a possança dos remos.
Com isso ao máximo sobe o clamor da assistência excitada
no estimular os remeiros; o estrondo pelo éter se espalha.
Uns se revoltam por verem que a bela vitória lhes roubam
já no final; para obtê-la até a vida ali mesmo dariam.
Outros, a glória os anima; vencer e querer se equivalem.[39]
E porventura o primeiro lugar essas duas galeras
conseguiriam, se Cloanto, no aperto, para o alto as mãos ambas
não levantasse, invocando destarte as deidades urânias:[40]
"Deuses, que o império detendes no mar em que a minha galera
desliza manso! Meu voto atendei, pois nos vossos altares
um touro branco vos hei de imolar junto às praias sonoras,
ao mar as quentes entranhas, os vinhos sagrados do estilo!"[41]
Foram seus votos ouvidos no fundo do mar sossegado

---

[37] *Se precipta*: se lança.

[38] *De baixo calado*: entenda-se, uma passagem rasa.

[39] *Vencer e querer se equivalem*: no original, *possum, quia posse uidentur*, literalmente, "são capazes porque creem que são". O manuscrito do tradutor registra uma solução alternativa para o passo: "vencer é questão de querer".

[40] *Deidades urânias*: divindades celestes.

[41] *Ao mar as quentes entranhas*: subentende-se "lançarei"; *do estilo*: isto é, do costume.

Dixit, eumque imis sub fluctibus audiit omnis
Nereidum Phorcique chorus Panopeaque uirgo,   240
et pater ipse manu magna Portunus euntem
impulit: illa Noto citius uolucrique sagitta
ad terram fugit et portu se condidit alto.
Tum satus Anchisa cunctis ex more uocatis
uictorem magna praeconis uoce Cloanthum   245
declarat uiridique aduelat tempora lauro,
muneraque in naues ternos optare iuuencos
uinaque et argenti magnum dat ferre talentum.
Ipsis praecipuos ductoribus addit honores:
uictori chlamydem auratam, quam plurima circum   250
purpura maeandro duplici Meliboea cucurrit,
intextusque puer frondosa regius Ida
ueloces iaculo ceruos cursuque fatigat
acer, anhelanti similis, quem praepes ab Ida
sublimem pedibus rapuit Iouis armiger uncis;   255
longaeui palmas nequiquam ad sidera tendunt
custodes, saeuitque canum latratus in auras.
At qui deinde locum tenuit uirtute secundum,
leuibus huic hamis consertam auroque trilicem
loricam, quam Demoleo detraxerat ipse   260
uictor apud rapidum Simoenta sub Ilio alto,
donat habere, uiro decus et tutamen in armis.
Vix illam famuli Phegeus Sagarisque ferebant

por Panopeia serena, por Forco e seu coro, e as Nereidas.[42]
Portuno pai também corre a impelir a galera elegante,[43]
com a forte mão. Mais veloz do que os ventos ou as setas aladas,
voa o barquinho no rumo da terra e no porto se esconde.
No mesmo instante o Anquisíada, tudo de acordo com a praxe,[44]
tendo chamado os remeiros por voz dos arautos, declara
Cloanto ali vencedor e de louros a fronte lhe adorna.
Prêmios, então, distribui entre as naves: três fortes bezerros,
vinho excelente ou um talento de prata, conforme escolhessem.
Aos comandantes das naus honrarias mais altas confere.
Para o primeiro, uma clâmide de ouro com franjas de púrpura
de Melibeia, tecido da mais acabada excelência.
Nela se via o formoso mancebo a cansar na floresta
do Ida frondoso seus gamos, no curso e com dardos certeiros.
Ao natural se apresenta; a tal ponto, que vivo parece.
A águia possante nessa hora nas garras recurvas o aferra.
Os velhos aios debalde as mãos ambas para o alto estenderam.
Enfurecidos, aos saltos, os galgos ladravam, sem tino.[45]
Para o que obteve o segundo lugar no difícil concurso,
uma loriga ofertou de anéis de ouro de tríplice fio,[46]
que o próprio Eneias tomara a Demóleo em combate nas margens
do Simoente, bem perto dos muros de Troia altanada.
De belo enfeite servia nas festas, defensa na guerra.[47]
Dificilmente dois homens, Fegeu e Sagáride escravos,
a carregavam nos ombros; no entanto, com ela Demóleo

---

[42] *Panopeia*: uma das Nereidas, divindades marinhas, filhas de Nereu. *Forco*: deus marinho, filho de Netuno.

[43] *Portuno*: deus romano dos portos.

[44] *Anquisíada*: Eneias, filho de Anquises. Virgílio diz *satus Anchisa*, "o nascido de Anquises".

[45] Note-se a écfrase: na clâmide estão bordados a águia de Júpiter raptando Ganimedes, o *formoso mancebo*, numa caça a *cansar gamos* (veados, v. 251) no monte Ida, o desespero dos criados (*aios*, v. 255) e o furor dos cães (*galgos*, v. 256).

[46] *Loriga*: couraça de malha.

[47] *Defensa na guerra*: na guerra servia de defesa.

multiplicem conixi umeris; indutus at olim
Demoleos cursu palantes Troas agebat.   265
Tertia dona facit geminos ex aere lebetas
cymbiaque argento perfecta atque aspera signis.
Iamque adeo donati omnes opibusque superbi
puniceis ibant euincti tempora taenis,
cum saeuo e scopulo multa uix arte reuulsus   270
amissis remis atque ordine debilis uno
irrisam sine honore ratem Sergestus agebat.
Qualis saepe uiae deprensus in aggere serpens,
aerea quem obliquum rota transiit aut grauis ictu
seminecem liquit saxo lacerumque uiator;   275
nequiquam longos fugiens dat corpore tortus
parte ferox ardensque oculis et sibila colla
arduus attollens; pars uulnere clauda retentat
nexantem nodis seque in sua membra plicantem:
tali remigio nauis se tarda mouebat;   280
uela facit tamen et plenis subit ostia uelis
Sergestum Aeneas promisso munere donat
seruatam ob nauem laetus sociosque reductos.
Olli serua datur operum haud ignara Mineruae,
Cressa genus, Pholoe, geminique sub ubere nati.   285
Hoc pius Aeneas misso certamine tendit
gramineum in campum, quem collibus undique curuis
cingebant siluae, mediaque in ualle theatri
circus erat; quo se multis cum milibus heros
consessu medium tulit exstructoque resedit.   290
Hic, qui forte uelint rapido contendere cursu,
inuitat pretiis animos, et praemia ponit.

em debandada os troianos, soía no curso alcançá-los.
Dois caldeirões entregou ao terceiro, de bronze, e dois copos
de prata pura, com belos relevos em todo o contorno.
Todos os prêmios entregues já estavam, e os fortes mancebos
se retiravam, com a fronte cingida de faixas purpúreas,
quando Sergesto, com muito trabalho liberto das pedras,
remos quebrados e manco de uma ordem dos seus marinheiros,
envergonhado e entre apupos a sua galera arrastava.
Como serpente colhida no meio da estrada por uma
roda ferrada de carro, ou por uma pedrada certeira
de algum viandante ao passar, que a deixou semimorta e ferida,
inutilmente procura fugir, sem poder distender-se,
tremenda em parte, cintilam-lhe os olhos, o colo sibila,
mal levantando a cabeça e os anéis a enrolar ainda vivos,
sobre si mesma se enrosca em virtude da forte pancada:
da mesma forma, de pás desfalcada, movia-se a nave.
Mas ao velame recorre; e no porto, enfunada ingressou.
A recompensa oficial por Eneias foi dada a Sergesto,[48]
por haver este salvado o navio e seus fiéis companheiros:
Fóloe, escrava robusta de Creta, que nada ignorava
do que Minerva ensinara. Dois gêmeos aos peitos trazia.
Findo o certame, dirige-se Eneias a um prado relvoso,
por toda parte cercado de oiteiros cobertos de matas.
À sua parte central, como circo de belo anfiteatro,[49]
encaminhou-se o Troiano seguido de grande cortejo,
todos os homens da armada. Num ponto elevado sentou-se.
Do seu lugar os presentes convida a medirem as forças
na estimulante carreira, e mostrou-lhes os prêmios valiosos.
De toda parte confluem dardânios e alguns sicilianos.

---

[48] *Oficial*: prometida.

[49] *Circo*: arena em forma de U dividida ao meio no comprimento por um muro em torno do qual se disputavam as corridas no *anfiteatro*, que era misto de estádio e teatro; a referência constitui anacronismo, pois não tinha sido inventado.

Undique conueniunt Teucri mixtique Sicani,
Nisus et Euryalus primi,
Euryalus forma insignis uiridique iuuenta,   295
Nisus amore pio pueri; quos deinde secutus
regius egregia Priami de stirpe Diores;
hunc Salius simul et Patron, quorum alter Acarnan,
alter ab Arcadio Tegeaeae sanguine gentis;
tum duo Trinacrii iuuenes, Helymus Panopesque   300
assueti siluis, comites senioris Acestae;
multi praeterea, quos Fama obscura recondit.
Aeneas quibus in mediis sic deinde locutus:
"Accipite haec animis laetasque aduertite mentes.
Nemo ex hoc numero mihi non donatus abibit.   305
Cnosia bina dabo leuato lucida ferro
spicula caelatamque argento ferre bipennem;
omnibus hic erit unus honos. Tres praemia primi
accipient flauaque caput nectentur oliua.
Primus equum phaleris insignem uictor habeto;   310
alter Amazoniam pharetram plenamque sagittis
Threiciis, lato quam circum amplectitur auro
balteus et tereti subnectit fibula gemma;
tertius Argolica hac galea contentus abito".
Haec ubi dicta, locum capiunt signoque repente   315
corripiunt spatia audito limenque relinquunt,
effusi nimbo similes. Simul ultima signant,
primus abit longeque ante omnia corpora Nisus
emicat et uentis et fulminis ocior alis;
proximus huic, longo sed proximus interuallo,   320

Entre os primeiros estão Niso e Euríalo.[50]
Este, perfeito na forma exterior, de louçã juventude;
Niso, afeiçoado ao mancebo. Depois desses dois veio Diores,
da régia casa de Príamo, garfo de ilustre prosápia.[51]
Sálio e Patrão se apresentam, sendo um na Acarnânia nascido,
o outro, na Arcádia, de pais de Tegeia de fortes muralhas.[52]
Hélimo e Pânope à fila se agregam, dois moços trinácrios,
às selvas densas afeitos e sócios de Acestes, o velho.
E muitos mais, cujos nomes a Fama deixou sem lembranças.
Por eles todos cercado, falou-lhes Eneias destarte:
"Toda a atenção concedei-me; alegrai-vos com minhas palavras.
Nesta compita ninguém ficará sem ganhar algum prêmio.
Dois dardos finos darei a cada um, guarnecidos de ferro
puro de Creta, e um machado de dúplice gume de prata,
prêmios iguais para todos. Os três vencedores primeiros
outros verão, sobre terem a fronte coroada de louro.
Sim, o primeiro, um cavalo ajaezado com belos aprestos.
Para o segundo, uma aljava amazônia com setas da Trácia,
à volta toda cingida por belo boldrié de ouro fino,
e afivelado por um lindo broche de pedras preciosas.
Com um simples elmo da Argólida vá satisfeito o terceiro".
Mal o nascido de Anquises findou seu discurso, de pronto
tomam seus postos os moços. Ouvido o sinal combinado,
saltam do círculo prestes, a um tempo, a barreira deixando
como violento tufão, olhos fixos na meta distante.
Niso é o primeiro a adiantar-se dos seus companheiros velozes,
rápidos mais do que os céleres ventos e as asas do raio.
Sálio em segundo lugar se esforçava, porém à mui grande

---

[50] *Euríalo* e *Niso*: protagonizarão importante episódio do livro IX, vv. 176-449. Este é dos versos metricamente incompletos de Virgílio.

[51] *Garfo de ilustre prosápia*: ramo de ilustre linhagem.

[52] *Acarnânia*: região do norte da Grécia; *Tegeia* é cidade da *Arcádia*, que é região do interior do Peloponeso.

insequitur Salius; spatio post deinde relicto
tertius Euryalus;
Euryalumque Helymus sequitur; quo deinde sub ipso
ecce uolat calcemque terit iam calce Diores
incumbens umero, spatia et si plura supersint   325
transeat elapsus prior ambiguumque relinquat.
Iamque fere spatio extremo fessique sub ipsam
finem aduentabant, leui cum sanguine Nisus
labitur infelix, caesis ut forte iuuencis
fusus humum uiridesque super madefecerat herbas.   330
Hic iuuenis iam uictor ouans uestigia presso
haud tenuit titubata solo, sed pronus in ipso
concidit immundoque fimo sacroque cruore.
Non tamen Euryali, non ille oblitus amorum;
nam sese opposuit Salio per lubrica surgens;   335
ille autem spissa iacuit reuolutus harena,
emicat Euryalus et munere uictor amici
prima tenet, plausuque uolat fremituque secundo.
Post Helymus subit et nunc tertia palma Diores.
Hic totum caueae consessum ingentis et ora   340
prima patrum magnis Salius clamoribus implet,
ereptumque dolo reddi sibi poscit honorem.
Tutatur fauor Euryalum lacrimaeque decorae,
gratior et pulchro ueniens in corpore uirtus.
Adiuuat et magna proclamat uoce Diores,   345
qui subiit palmae frustraque ad praemia uenit
ultima, si primi Salio reddentur honores.
Tum pater Aeneas "Vestra", inquit, "munera uobis
certa manent, pueri et palmam mouet ordine nemo;
me liceat casus miserari insontis amici".   350
Sic fatus tergum Gaetuli immane leonis
dat Salio uillis onerosum atque unguibus aureis.
Hic Nisus "si tanta" inquit "sunt praemia uictis,

distância sempre dos outros; depois, com menor intervalo
deles, Euríalo.
Hélimo segue no encalço de Euríalo; Diores tão perto
lhe vai na pista, que o rastro lhe pisa no mesmo andamento,
ombro com ombro a roçar; e se estrada mais longa obtivessem,
sua dianteira tomara ou deixara indecisa a vitória.
Já quase estavam no termo da longa carreira e, esfalfados,
iam à meta chegar, quando Niso infeliz, num descuido,
na verde relva escorrega, embebida de sangue recente,
do sacrifício dos touros naquele local imolados.
Certo da sua vitória e exultante, não pode o mancebo
conter os pés pouco firmes; caiu para a frente, de bruços
no esterco imundo e no sangue sagrado dos bois ali mortos.[53]
Mas não se esquece, na queda, de Euríalo seu favorito.
Ao levantar-se, empinou-se à passagem de Sálio, no trecho
resvaladio, que nele tropeça e na areia se estende.
Saltou Euríalo como uma chispa, alcançando a vitória
graças a Niso; os aplausos febris ainda mais o estimulam.
Hélimo chega também; no terceiro lugar fica Diores.
Com isto, Sálio prorrompe em lamentos, enchendo o anfiteatro
amplo de gritos e dores; aos chefes mais velhos reclama
que com malícia o privaram das honras ali conquistadas.
A seu favor tem Euríalo o voto de todos; as nobres
lágrimas, sua virtude, de muito a beleza lhe aumentam;
pesam também do seu lado a voz forte e os clamores de Diores,
pois perderia o terceiro lugar na contenda, obtido
com muito esforço, no caso de Sálio alcançar o primeiro.
O pai Eneias falou: "Não perdestes, rapazes, os gratos
prêmios, ninguém há de a ordem mudar dos que são vencedores.
Mas permiti que eu distinga também um amigo inocente".
Assim dizendo, uma pele soberba de leão da Getúlia
a Sálio deu, de pesada melena e com unhas douradas.
Niso tomou a palavra: "Se um prêmio tão belo os vencidos

---

[53] Aqui Virgílio segue a *Ilíada* (XXIII, vv. 773-7).

et te lapsorum miseret, quae munera Niso
digna dabis, primam merui qui laude coronam 355
ni me, quae Salium, fortuna inimica tulisset?”
Et simul his dictis faciem ostentabat et udo
turpia membra fimo. Risit pater optimus olli
et clipeum efferri iussit, Didymaonis artes,
Neptuni sacro Danais de poste refixum. 360
Hoc iuuenem egregium praestanti munere donat.
Post, ubi confecti cursus et dona peregit,
“nunc, si cui uirtus animusque in pectore praesens,
adsit et euinctis attollat bracchia palmis”.
Sic ait, et geminum pugnae proponit honorem, 365
uictori uelatum auro uittisque iuuencum,
ensem atque insignem galeam solacia uicto.
Nec mora; continuo uastis cum uiribus effert
ora Dares magnoque uirum se murmure tollit,
solus qui Paridem solitus contendere contra, 370
idemque ad tumulum quo maximus occubat Hector
uictorem Buten immani corpore, qui se
Bebrycia ueniens Amyci de gente ferebat,
perculit et fulua moribundum extendit harena.
Talis prima Dares caput altum in proelia tollit, 375
ostenditque umeros latos alternaque iactat
bracchia protendens et uerberat ictibus auras.
Quaeritur huic alius; nec quisquam ex agmine tanto
audet adire uirum manibusque inducere caestus.

chegam a obter e te apiadas de quem escorrega, que dádiva
a mim darás, que o primeiro lugar certamente alcançara,
se a Niso e Sálio não fosse inimiga a inconstante Fortuna?"
Ao dizer isso, mostrava aos presentes os membros e o rosto
de lodo e sangue nojoso cobertos. Sorriu o caudilho
bondosamente, e um broquel mandou logo trazer, obra-prima
de Didimáone, pelos aqueus a Netuno roubado.
Esse, o presente magnífico dado ao mancebo donoso.[54]
Findo o certame se achava; a seus donos os prêmios entregues.
"Quem se sentir com vigor e no peito a coragem devida,
venha depressa e levante os dois braços calçados com cestos."
Assim falou; e os dois prêmios da luta proposta enumera:[55]
ao vencedor, belo touro com fitas e pontas douradas;
como consolo, ao vencido uma espada e este casco soberbo.
Sem mais delongas, chispeante de brio e viril compostura,
Darete avança. Murmúrio e alvoroço no ambiente se escuta,[56]
o único que se atrevia a medir-se na luta com Páris;
sim, ele mesmo, que a Butes gigante prostrou ressupino,
junto do claro sepulcro de Heitor, e que filho de Amico[57]
se declarava, o monarca famoso da forte Bebrícia.
Com um soco forte o estendeu moribundo na areia sangrenta.[58]
Com tal história, Darete se adianta, a olhar todos por cima;
os largos ombros ostenta, ora um braço a agitar, ora o oposto,
alternamente a ferir sem preguiça a frescura da tarde.
Quem se lhe oponha, debalde é chamado; ninguém se atrevia,
varão nenhum, a medir-se com ele e a valer-se dos cestos.

---

[54] *Donoso*: garboso.

[55] *Assim falou*: Eneias é quem falou.

[56] *Darete*: ou Dares, reaparecerá no livro XII. *Butes* é pai de Érix (ver v. 24), que desafiava todos os estrangeiros a lutar com o cesto, até ser morto por Hércules; ver v. 414.

[57] *Amico*: ou Âmico, rei da Bebrícia, na Bitínia, às margens do Ponto Euxino. Também desafiava os estrangeiros a lutar com o cesto, até ser morto por Pólux. É homônimo do troiano de I, v. 221.

[58] *O estendeu moribundo*: alusão à luta em que Darete derrubou Butes.

Ergo alacris cunctosque putans excedere palma   380
Aeneae stetit ante pedes, nec plura moratus
tum laeua taurum cornu tenet atque ita fatur:
"Nate dea, si nemo audet se credere pugnae,
quae finis standi? Quo me decet usque teneri?
Ducere dona iube". Cuncti simul ore fremebant   385
Dardanidae reddique uiro promissa iubebant.
Hic grauis Entellum dictis castigat Acestes,
proximus ut uiridante toro consederat herbae:
"Entelle, heroum quondam fortissime frustra,
tantane tam patiens nullo certamine tolli   390
dona sines? Ubi nunc nobis deus ille, magister
nequiquam memoratus, Eryx? Ubi fama per omnem
Trinacriam et spolia illa tuis pendentia tectis?"
Ille sub haec: "Non laudis amor nec gloria cessit
pulsa metu; sed enim gelidus tardante senecta   395
sanguis hebet, frigentque effetae in corpore uires.
Si mihi quae quondam fuerat quaque improbus iste
exsultat fidens, si nunc foret illa iuuentas,
haud equidem pretio inductus pulchroque iuuenco
uenissem, nec dona moror". Sic deinde locutus   400
in medium geminos immani pondere caestus
proiecit, quibus acer Eryx in proelia suetus
ferre manum duroque intendere bracchia tergo.
Obstipuere animi: tantorum ingentia septem
terga boum plumbo insuto ferroque rigebant.   405
Ante omnes stupet ipse Dares longeque recusat,
magnanimusque Anchisiades et pondus et ipsa
huc illuc uinclorum immensa uolumina uersat.
Tum senior tales referebat pectore uoces:
"Quid, si quis caestus ipsius et Herculis arma   410
uidisset tristemque hoc ipso in litore pugnam?

332

Alegre e ufano, convicto de haver conquistado o alto prêmio,
diante de Eneias se pôs; e sem perda de tempo segura
com a mão esquerda um dos chifres do touro e destarte se exprime:
"Filho da deusa, ninguém se abalança a medir-se comigo.
Por que ficarmos aqui, sem sair do lugar, a esperá-los?
Manda trazer os presentes". Os troas, unânimes, foram
de parecer que os dois prêmios entregues lhe fossem lá mesmo.
O velho Acestes, então, revoltado com tanta soberba,
censura a Entelo, que perto se achava, sentado na relva:
"Entelo amigo, de quê te valeu teres sido o mais forte
dos nossos homens, se agora deixares que prêmios te roubem,
de tal valor? Onde se acha aquele Érix, de fama perene,
teu velho mestre, ou o teu nome apregoado por toda a Sicília?
Tantos troféus pendurados do teto de tua morada?"
E ele: "Não é por ter medo que o amor aos louvores e à glória
se me embotou. A tardonha velhice congela-me o sangue;
todo o vigor primitivo com a carga dos anos já cede.
Se eu conservasse a louçã juventude dos tempos de antanho,
a mocidade, que tanta confiança a estes jovens confere,
não me verias lutar pela posse de um touro valioso.
De dons como este não curo". Depois de falar desse modo,
jogou no meio da liça dois cestos de peso e tamanho[59]
descomunais, justamente os dois cestos que aquele grande Érix
punha nos braços robustos, atados por duas correias.
Todos atônitos ficam. Cada um era feito de sete
voltas do couro de um boi, guarnecido de ferro e de chumbo.
Foi o primeiro Darete a espantar-se e eximir-se da luta.
O grande filho de Anquises na mão sopesou tudo aquilo.
De um lado e do outro examina o trançado de tantas correias.
Então, o velho rompeu o silêncio nos termos seguintes:[60]
"Que pensaríeis, se vísseis os cestos, as armas do próprio
Hércules, quando lutou aqui mesmo, na praia sonora?

---

[59] *Liça*: o espaço demarcado em que se luta.

[60] *O velho*: Entelo.

333   Livro V

Haec germanus Eryx quondam tuus arma gerebat
(sanguine cernis adhuc sparsoque infecta cerebro),
his magnum Alciden contra stetit, his ego suetus,
dum melior uires sanguis dabat, aemula necdum   415
temporibus geminis canebat sparsa senectus.
Sed si nostra Dares haec Troius arma recusat
idque pio sedet Aeneae, probat auctor Acestes,
aequemus pugnas. Erycis tibi terga remitto
(solue metus), et tu Troianos exue caestus".   420
Haec fatus duplicem ex umeris reiecit amictum
et magnos membrorum artus, magna ossa lacertosque
exuit atque ingens media consistit harena.
Tum satus Anchisa caestus pater extulit aequos
et paribus palmas amborum innexuit armis.   425
Constitit in digitos extemplo arrectus uterque
bracchiaque ad superas interritus extulit auras.
Abduxere retro longe capita ardua ab ictu
immiscentque manus manibus pugnamque lacessunt,
ille pedum melior motu fretusque iuuenta,   430
hic membris et mole ualens; sed tarda trementi
genua labant, uastos quatit aeger anhelitus artus.
Multa uiri nequiquam inter se uulnera iactant,
multa cauo lateri ingeminant et pectore uastos
dant sonitus, erratque aures et tempora circum   435
crebra manus, duro crepitant sub uulnere malae.
Stat grauis Entellus nisuque immotus eodem
corpore tela modo atque oculis uigilantibus exit.
Ille, uelut celsam oppugnat qui molibus urbem
aut montana sedet circum castella sub armis,   440

Érix, teu mano, Anquisíada, outrora portou estas armas,
que ainda manchadas se encontram dos crânios por elas quebrados.
Delas armado, atreveu-se a lutar contra Alcides; comigo[61]
sempre as trazia, também, quando forças tirava do sangue,[62]
nem me branqueara a cabeça esta neve da infausta velhice.
Mas, se o troiano Darete me impugna estas armas, e o mesmo
pensa o Dardânio viril e este Acestes autor da pendência,[63]
as condições igualemos: entrego-te os cestos temidos;
perde esse medo, e também põe de lado o teu cesto troiano".
Tendo isso dito, dos ombros a túnica e o manto retira,
deixando ver o tamanho dos ossos, das mãos, a invejável
musculatura, e no meio da arena se implanta imponente.
Logo em seguida, o nascido de Anquises fez vir iguais cestos
e sem demora os amarra nos punhos dos dois lutadores.
Ambos, então, se aprumaram na ponta dos pés e para o alto
os fortes braços levantam num gesto de atroz valentia;
e para trás afastando as cabeças, dos golpes se esquivam.
Mãos entrelaçam e aos poucos a luta se torna mais séria.
Um, de pés ágeis, confiava no próprio vigor e no viço
da mocidade; o outro, grande e membrudo, porém já pesado
no movimento das pernas, do forte arcabouço lhe saem
roucos anélitos. Golpes inúmeros se reciprocam[64]
nos flancos ocos, nos ombros bem-postos da forte armadura.[65]
Rápidos punhos passeiam nas frontes, nas moles orelhas.
Com a saraivada dos golpes os duros molares estralam.
Pesado Entelo, mantém-se de guarda e restringe a defesa
a movimentos do tronco e a manter sob a mira o adversário.
O outro é tal qual um guerreiro que assalta com seus apetrechos
bélicos uma cidade ou castelo construído num monte,

---

[61] *Alcides*: Hércules, descendente de Alceu.

[62] *Sangue*: aqui, juventude.

[63] *Dardânio viril*: Eneias.

[64] *Anélito*: ar expelido pela boca. Para efeitos de ritmo, *se* é tônico.

[65] *Armadura*: o corpo, a musculatura.

nunc hos, nunc illos aditus, omnemque pererrat
arte locum et uariis assultibus irritus urget.
Ostendit dextram insurgens Entellus et alte
extulit, ille ictum uenientem a uertice uelox
praeuidit celerique elapsus corpore cessit;   445
Entellus uires in uentum effudit et ultro
ipse grauis grauiterque ad terram pondere uasto
concidit, ut quondam caua concidit aut Erymantho
aut Ida in magna radicibus eruta pinus.
Consurgunt studiis Teucri et Trinacria pubes;   450
it clamor caelo primusque accurrit Acestes
aequaeuumque ab humo miserans attollit amicum.
At non tardatus casu neque territus heros
acrior ad pugnam redit ac uim suscitat ira;
tum pudor incendit uires et conscia uirtus,   455
praecipitemque Daren ardens agit aequore toto
nunc dextra ingeminans ictus, nunc ille sinistra.
Nec mora nec requies; quam multa grandine nimbi
culminibus crepitant, sic densis ictibus heros
creber utraque manu pulsat uersatque Dareta.   460
Tum pater Aeneas procedere longius iras
et saeuire animis Entellum haud passus acerbis,
sed finem imposuit pugnae fessumque Dareta
eripuit mulcens dictis ac talia fatur:
"Infelix, quae tanta animum dementia cepit?   465
Non uires alias conuersaque numina sentis?
Cede deo". Dixitque et proelia uoce diremit.
Ast illum fidi aequales genua aegra trahentem
iactantemque utroque caput crassumque cruorem
ore eiectantem mixtosque in sanguine dentes   470
ducunt ad naues; galeamque ensemque uocati
accipiunt, palmam Entello taurumque relinquunt.

a procurar com malícia algum ponto mais fraco, investindo
daqui, dali, de mil modos, sem nunca alcançar o objetivo.
Entelo a destra levanta disposto a atacar; mas Darete
prevê o golpe que do alto desaba e se esquiva habilmente
com um movimento do tronco, frustrando destarte a investida.
Perde-se no ar todo o esforço de Entelo, que ao solo se abate,
por próprio impulso levado, com todo o seu peso, tal como
sói vir ao chão, pelos ventos batido algum oco pinheiro
no alto Erimanto ou quiçá no monte Ida de picos frondosos.
Grita se eleva dos jovens trinácrios, dos moços troianos;
chega até aos céus o clamor. Logo Acestes acorre, zeloso,
da mesma idade de Entelo, e do solo depressa o levanta.
Não moralmente abatido e sem mostras de medo, retorna
com mais ardor para a luta. Furioso, revela mais força.
Dobra-lhe o brio a vergonha; consciente da própria valia,
por toda parte acomete a Darete, valente, na fuga.
Com a mão direita o percute; a sinistra não é menos dura.
Trégua nenhuma ou descanso concede. Tal como crepita
sobre o telhado o granizo, da mesma maneira nosso homem
com os fortes punhos acossa a Darete, sem dar-lhe sossego.
O pai Eneias, então, não consente que as iras aumentem,
nem que a desforra de Entelo causasse mais fundos desgostos.
Pôs fim à dura contenda, salvando destarte a Darete,
no extremo, quase, das forças. Em tom bondadoso lhe fala:
"Tua loucura, infeliz, pode à ruína completa levar-te.
Não percebeste que as forças de Entelo são mais do que humanas?
Cede às deidades infensas a ti". Deste modo apartou-os.[66]
Em miserável estado os amigos dali o carregaram.
Mal pode andar; a cabeça lhe pende de um lado para o outro;
crassos humores lançava da boca, de envolta com os dentes.[67]
Levam-no para os navios; da espada valiosa se apossam,
do capacete. O novilho ficou para Entelo, com a palma.

---

[66] *Deidades infensas*: deuses contrários.

[67] *Crassos humores*: sangue espesso.

Hic uictor superans animis tauroque superbus
"Nate dea, uosque haec", inquit, "cognoscite, Teucri,
et mihi quae fuerint iuuenali in corpore uires   475
et qua seruetis reuocatum a morte Dareta".
Dixit, et aduersi contra stetit ora iuuenci
qui donum astabat pugnae, durosque reducta
librauit dextra media inter cornua caestus
arduus, effractoque illisit in ossa cerebro: 480
sternitur exanimisque tremens procumbit humi bos.
Ille super tales effundit pectore uoces:
"Hanc tibi, Eryx, meliorem animam pro morte Daretis
persoluo; hic uictor caestus artemque repono".
Protinus Aeneas celeri certare sagitta   485
inuitat qui forte uelint et praemia dicit,
ingentique manu malum de naue Seresti
erigit et uolucrem traiecto in fune columbam,
quo tendant ferrum, malo suspendit ab alto.
Conuenere uiri deiectamque aerea sortem   490
accepit galea, et primus clamore secundo
Hyrtacidae ante omnes exit locus Hippocoontis;
quem modo nauali Mnestheus certamine uictor
consequitur, uiridi Mnestheus euinctus oliua.
Tertius Eurytion, tuus, o clarissime, frater,   495
Pandare, qui quondam iussus confundere foedus
in medios telum torsisti primus Achiuos.
Extremus galeaque ima subsedit Acestes,
ausus et ipse manu iuuenum temptare laborem.
Tum ualidis flexos incuruant uiribus arcus   500
pro se quisque uiri et depromunt tela pharetris,

Este, orgulhoso com a grande vitória, explodiu nestas vozes:
"Filho da deusa, e vós outros, magnânimos teucros, agora
vede que forças em moço eu teria, na idade florente;
como de fim desastrado salvastes o pobre Darete".
Assim dizendo, coloca-se diante do belo novilho,
prêmio daquela peleja e, para o alto a mão destra elevando,
um duro golpe assestou entre os comos da rês, de maneira
que o forte cesto afundou até ao cérebro, esfeitos os ossos.
Trêmulo, exânime estende-se o bruto no solo pedrento.
O lutador vitorioso de cima da rês assim fala:
"Érix, aceita esta vítima de mais valor que Darete.
Deponho o cesto aqui mesmo, e por finda declaro minha arte".
Logo a seguir, o Troiano anuncia o certame das setas,
para os que queiram mostrar-se, e ali mesmo enfileira os presentes.
Com a mão robusta um dos mastros enfeita da nau de Seresto.
Por um cordel está atada uma pomba no topo do mastro,
alvo por certo dos atiradores que intentem feri-la.
Varões de peso acorreram; seus nomes são postos num casco
belo de bronze. O primeiro a saltar, aplaudido de todos,[68]
foi Hipocoonte, gerado por Hírtaco, insigne guerreiro.
Segue-se-lhe o alto Mnesteu; ainda traz a coroa de oliva.
Sim, ele mesmo: Mnesteu, vencedor das regatas, de pouco;
sai em terceiro lugar Eurícione, teu mano ilustre,[69]
Pândaro altivo, que um dia jogaste o virote certeiro[70]
contra os aqueus, conforme ordens de cima, na guerra de Troia.
No fundo do elmo somente ficou a pedrinha de Acestes,
que ainda se atreve a medir-se à porfia com os moços brilhantes.
Com energia os guerreiros encurvam seus arcos flexíveis
e das aljavas repletas as flechas mais finas retiram.

---

[68] *Saltar*: ser sorteado.

[69] *Eurícione* (ou Eurícion): irmão de Pândaro. *Teu mano*: o poeta dirige-se a Pândaro; trata-se de apóstrofe.

[70] *Virote*: seta. Virgílio alude a Homero (*Ilíada*, IV, vv. 86-147), em que Pândaro, incitado por Atena, alveja Menelau e rompe a trégua.

primaque per caelum neruo stridente sagitta
Hyrtacidae iuuenis uolucres diuerberat auras,
et uenit aduersique infigitur arbore mali.
Intremuit malus micuitque exterrita pennis   505
ales, et ingenti sonuerunt omnia plausu.
Post acer Mnestheus adducto constitit arcu
alta petens, pariterque oculos telumque tetendit.
Ast ipsam miserandus auem contingere ferro
non ualuit; nodos et uincula linea rupit   510
quis innexa pedem malo pendebat ab alto;
illa Notos atque atra uolans in nubila fugit.
Tum rapidus, iamdudum arcu contenta parato
tela tenens, fratrem Eurytion in uota uocauit,
iam uacuo laetam caelo speculatus et alis   515
plaudentem nigra figit sub nube columbam.
Decidit exanimis uitamque reliquit in astris
aetheriis fixamque refert delapsa sagittam.
Amissa solus palma superabat Acestes,
qui tamen aerias telum contendit in auras   520
ostentans artemque pater arcumque sonantem.
Hic oculis subitum obicitur magnoque futurum
augurio monstrum; docuit post exitus ingens
seraque terrifici cecinerunt omina uates.
Namque uolans liquidis in nubibus arsit harundo   525
signauitque uiam flammis tenuesque recessit
consumpta in uentos, caelo ceu saepe refixa
transcurrunt crinemque uolantia sidera ducunt.
Attonitis haesere animis superosque precati
Trinacrii Teucrique uiri, nec maximus omen   530
abnuit Aeneas, sed laetum amplexus Acesten

Voa em primeiro lugar a do Hirtácida de ânimo forte.[71]
Ressoa a corda vibrada com força; o projétil desliza
pelo ar sereno e encravar-se vai logo no topo do mastro.
A árvore treme; espantada, a avezinha ao redor voluteia.
Soam de todos os lados aplausos da turba expectante.
Vem a seguir o fogoso Mnesteu, apontando para o alto
num só conjunto o olho e as flechas, muito ancho da sua perícia.
Mas, muito longe de na ave acertar, só consegue o canhestro
cortar o nó do cordel com que atada ela estava no mastro,
por um dos pés, na porção mais de cima do forte madeiro.
Livre do atilho, a avezinha sumiu entre as nuvens escuras.[72]
Rápido, então, Euricíone, que prontos tinha o arco e a flecha
para o disparo, o irmão invocou com seus votos ferventes.
E divisando em pequena clareira lá no alto a pombinha
que alegremente passava, num cirro mais denso a transfixa.[73]
Inanimada, caiu: deixa a vida no espaço a coitada,
que para a terra arrastou presa ao corpo a fatal mensageira.[74]
Ficava Acestes, assim, sem poder levantar nenhum prêmio.
Sem perturbar-se, dispara o seu tiro para o éter celeste,
a fim de a força provar no manejo daquele grande arco.
Mas nesse instante assombroso prodígio aos olhares de todos
se patenteia, prenúncio por certo de eventos estranhos,
pelos divinos cantores mais tarde a contento explicados.
E foi que a vara volante incendiou-se nas nuvens de cima,
rastro de fogo deixando na sua passagem, que aos poucos
os ventos do alto apagaram, tal como uma estrela candente
de cabeleira de fogo que o céu de repente clareasse.
Despavoridos ficaram trinácrios valentes e teucros.
Aos deuses oram. Porém logo logo descarta-se Eneias
do mau agouro. Aproxima-se do felizardo frecheiro,

---

[71] *Hirtácida*: Hipocoonte, filho de Hírtaco.

[72] *Atilho*: cordel, cordão.

[73] *Cirro*: nuvem.

[74] *Fatal mensageira*: a flecha.

muneribus cumulat magnis ac talia fatur:
"Sume, pater, nam te uoluit rex magnus Olympi
talibus auspiciis exsortem ducere honores.
Ipsius Anchisae longaeui hoc munus habebis,   535
cratera impressum signis, quem Thracius olim
Anchisae genitori in magno munere Cisseus
ferre sui dederat monimentum et pignus amoris".
Sic fatus cingit uiridanti tempora lauro
et primum ante omnes uictorem appellat Acesten.   540
Nec bonus Eurytion praelato inuidit honori,
quamuis solus auem caelo deiecit ab alto.
Proximus ingreditur donis qui uincula rupit,
extremus uolucri qui fixit harundine malum.
At pater Aeneas nondum certamine misso   545
custodem ad sese comitemque impubis Iuli
Epytiden uocat, et fidam sic fatur ad aurem:
"Vade age et Ascanio, si iam puerile paratum
agmen habet secum cursusque instruxit equorum,
ducat auo turmas et sese ostendat in armis   550
dic" ait. Ipse omnem longo decedere circo
infusum populum et campos iubet esse patentes.
Incedunt pueri pariterque ante ora parentum
frenatis lucent in equis, quos omnis euntes
Trinacriae mirata fremit Troiaeque iuuentus.   555
Omnibus in morem tonsa coma pressa corona;
cornea bina ferunt praefixa hastilia ferro,
pars leues umero pharetras; it pectore summo

um grande abraço lhe dá e o distingue com belos presentes:
"Pai venerando, recebe estes prêmios, por ser evidente[75]
que o grande Júpiter quis distinguir-te por cima de todos.
O próprio Anquises longevo te oferta por meu intermédio
esta cratera com belas figuras, presente valioso:
do alto Cisseu, soberano da Trácia, que a Anquises outrora[76]
dera em penhor e lembrança de antiga e sincera amizade".
Assim falando, cingiu-lhe de louros a fronte serena
e o proclamou vencedor inconteste daquele certame.
O complacente Euricíone não lhe invejou tantos gabos,[77]
conquanto fosse quem do alto fizera cair a pombinha.
Coube o segundo lugar ao que o laço rompeu com o seu tiro;
restou por último quem afincou sua flecha no mastro.
Porém Eneias não deu por concluídos os jogos funéreos.
Manda chamar a Epítides, aio de Ascânio menino,
e à puridade lhe fala baixinho nos termos seguintes:[78]
"Sem mais delongas a Ascânio transmite o recado, no caso
de organizado já estar o esquadrão de meninos como ele,
para a corrida a cavalo. Ao avô traga todos armados".[79]
Disse; e ele mesmo mandou evacuar todo o povo do circo,
para que se patenteasse na sua extensão a grande área.
Os jovens cavalarianos desfilam em belos ginetes,
à vista mesmo dos pais. O espetáculo arranca louvores
entusiasmados dos moços troianos, dos jovens trinácrios.
Tal como é de uso, as cabeças lhes cinge grinalda de folhas.
Duplos hastis de corniso carregam, com ferro na ponta.[80]
A alguns, dos ombros aljava lhes pende; cadeia torcida

---

[75] *Pai venerando*: Acestes é ancião, rei da Sicília.

[76] No manuscrito do tradutor e nas edições anteriores encontramos aqui "Ciseu", mas em X, vv. 318 e 704, consta a forma correta *Cisseu*, que adotamos.

[77] *Gabos*: glórias.

[78] *À puridade*: em particular.

[79] *Ao avô*: em honra do avô, Anquises.

[80] *Hastis de corniso*: lanças feitas de arbusto.

flexilis obtorti per collum circulus auri.
Tres equitum numero turmae ternique uagantur 560
ductores; pueri bis seni quemque secuti
agmine partito fulgent paribusque magistris.
Una acies iuuenum, ducit quam paruus ouantem
nomen aui referens Priamus, tua clara, Polite,
progenies, auctura Italos; quem Thracius albis 565
portat equus bicolor maculis, uestigia primi
alba pedis frontemque ostentans arduus albam.
Alter Atys, genus unde Atii duxere Latini,
paruus Atys pueroque puer dilectus Iulo.
Extremus formaque ante omnes pulcher Iulus 570
Sidonio est inuectus equo, quem candida Dido
esse sui dederat monimentum et pignus amoris.
Cetera Trinacriis pubes senioris Acestae
fertur equis.
Excipiunt plausu pauidos gaudentque tuentes 575
Dardanidae, ueterumque agnoscunt ora parentum.
Postquam omnem laeti consessum oculosque suorum
lustrauere in equis, signum clamore paratis
Epytides longe dedit insonuitque flagello.
Olli discurrere pares atque agmina terni 580
diductis soluere choris, rursusque uocati
conuertere uias infestaque tela tulere.
Inde alios ineunt cursus aliosque recursus
aduersi spatiis, alternosque orbibus orbes

de ouro lhes desce do colo até ao peito, brilhante e flexível.
Três são as turmas dos equitadores, constando cada uma
de doze jovens, com seus capitães de elegante postura,
moços de grande beleza, seus chefes acima de todos.
Uma se ufana de estar sob as ordens de Príamo Neto,[81]
nome do avô, como de uso, nascido do grande Polites,
raiz de um ramo dos ítalos, a se exibir num fogoso
cavalo trácio manchado de branco; destacam-se as cores:
com pelos brancos nas mãos, alva alteia-se a fronte orgulhosa.
Átis vem logo depois, tronco excelso dos Átios latinos,[82]
Átis gentil, companheiro de jogos de Ascânio menino.
Na retaguarda vem Iulo, que excede em beleza aos colegas,
a cavalgar se apresenta num belo ginete sidônio,
mimo da cândida Dido, da sua afeição testemunho.
Os demais jovens cavalgam corcéis da Sicília, que Acestes
lhes fornecera.
Tímidos entram. Recebem-nos com muitas palmas os teucros,
que logo os identificam nos traços das nobres famílias.
Depois de alegres haverem rodeado por todo o anfiteatro
nos seus cavalos à vista dos pais, logo Epítides, vendo-os
tão bem-dispostos, estala o chicote, sinal combinado.
A toda brida a carreira iniciam; mas logo se apartam[83]
em companhias e, atentos às ordens, as rédeas soltaram,
para investirem de súbito, as lanças de abeto no reste.[84]
Marcha executam; depois, contramarcham, manobra admirável,
voltas seguidas de vários rodeios; por fim, em renhidas

---

[81] *Príamo Neto*: o menino tem o mesmo nome do avô, Príamo.

[82] *Átios*: ou Ácios, família nobre romana, a que pertencia Marco Ácio Babo, avô materno de Augusto. Virgílio, por encômio, forja ancestralidade aos Ácios. *Ascânio* e *Iulo* são a mesma pessoa.

[83] *A toda brida*: a toda velocidade.

[84] *As lanças no reste*: recolhidas na vertical; em riste.

Livro V

impediunt pugnaeque cient simulacra sub armis;   585
et nunc terga fuga nudant, nunc spicula uertunt
infensi, facta pariter nunc pace feruntur.
Ut quondam Creta fertur Labyrinthus in alta
parietibus textum caecis iter ancipitemque
mille uiis habuisse dolum, qua signa sequendi   590
frangeret indeprensus et irremeabilis error;
haud alio Teucrum nati uestigia cursu
impediunt texuntque fugas et proelia ludo,
delphinum similes qui per maria umida nando
Carpathium Libycumque secant.   595
Hunc morem cursus atque haec certamina primus
Ascanius, Longam muris cum cingeret Albam,
rettulit et priscos docuit celebrare Latinos,
quo puer ipse modo, secum quo Troia pubes;
Albani docuere suos; hinc maxima porro   600
accepit Roma et patrium seruauit honorem;
Troiaque nunc pueri, Troianum dicitur Agmen.
Hac celebrata tenus sancto certamina patri;

escaramuças se empenham, da guerra feroz simulacro.[85]
Ora, a fugir se descuidam das costas; de volta, com fúria
mais se engalfinham; as pazes já feitas, amigos passeiam.[86]
Tal como em Creta, segundo referem, nas cegas paredes[87]
do Labirinto os caminhos se ocultam com pérfidas mostras,[88]
enganadoras a quem se perdesse entre tantos desvios,
sem jeito algum de atinar com a saída naquela apertura:
da mesma forma os meninos troianos o rasto desfazem[89]
dos corredores, na fuga, na guerra, nas belas partidas,
tal como os ledos golfinhos as ondas carpátias ou lídias[90]
cortam de todos os lados nas suas carreiras ou danças.
Esse costume, os torneios, primeiro de todos Ascânio[91]
instituiu, ao cercar Alba Longa de fortes muralhas,
e aos primitivos latinos mostrou como fora preciso
que a juventude fizesse, de acordo com a sua experiência.
Aos netos seus os albanos passaram. Por último, Roma
deles esse uso adotou, jogos pátrios que ainda hoje perduram.
"Jogos de Troia", e o esquadrão dos meninos, "Troiano" lhe chamam.[92]
Ao pai divino de Eneias tais foram os jogos funéreos

---

[85] *Da guerra feroz simulacro*: corrida, tiro e pugilato são simulacros pacíficos da guerra feroz e uma preparação para ela.

[86] *Amigos passeiam*: "amigos" é predicativo, "passeiam, sendo amigos".

[87] *Cegas*: sentido ativo, "que impedem a visão" (da saída do labirinto).

[88] *Pérfidas mostras*: são rastros que no labirinto levam ao caminho errado.

[89] *Rasto*: rastro (aqui o tradutor usou variante comum em Portugal). *Desfazem*: entenda-se, não intencionalmente. O poeta ressalta que no movimento da disputa, assim que uns cavalos deixam pegadas no solo, logo outros as desfazem e no mesmo lugar deixam as próprias pegadas: o conjunto das marcas é confuso como as pegadas de pessoas perdidas num labirinto.

[90] *Tal como*: agora Virgílio compara o movimento variado dos cavaleiros ao de golfinhos saltitantes. *Ondas carpátias ou lídias*: Cárpato é ilha do Egeu entre Creta e Rodes. Lídia é província da Ásia Menor.

[91] *Esse costume*: há corte temporal; o poeta narra a futura instituição dos jogos por Ascânio, ressaltando que estes foram sua primeira origem.

[92] *Jogos de Troia*: eram chamados *Troia* e *Lusus Troiae*. A denominação "Troia" provavelmente não se prende à cidade, mas Virgílio aproveita a semelhança.

hinc primum Fortuna fidem mutata nouauit.
Dum uariis tumulo referunt sollemnia ludis, 605
Irim de caelo misit Saturnia Iuno
Iliacam ad classem uentosque aspirat eunti,
multa mouens necdum antiquum saturata dolorem.
Illa uiam celerans per mille coloribus arcum
nulli uisa cito decurrit tramite uirgo. 610
Conspicit ingentem concursum et litora lustrat
desertosque uidet portus classemque relictam.
At procul in sola secretae Troades acta
amissum Anchisen flebant, cunctaeque profundum
pontum aspectabant flentes. Heu tot uada fessis 615
et tantum superesse maris, uox omnibus una;
urbem orant, taedet pelagi perferre laborem.
Ergo inter medias sese haud ignara nocendi
conicit et faciemque deae uestemque reponit;
fit Beroe, Tmarii coniunx longaeua Dorycli, 620
cui genus et quondam nomen natique fuissent,
ac sic Dardanidum mediam se matribus infert.
"O miserae, quas non manus", inquit, "Achaica bello
traxerit ad letum patriae sub moenibus! O gens
infelix, cui te exitio Fortuna reseruat? 625
Septima post Troiae excidium iam uertitur aestas,
cum freta, cum terras omnes, tot inhospita saxa
sideraque emensae ferimur, dum per mare magnum
Italiam sequimur fugientem et uoluimur undis.
Hic Erycis fines fraterni atque hospes Acestes: 630
quis prohibet muros iacere et dare ciuibus urbem?
O patria et rapti nequiquam ex hoste Penates,

instituídos. Mas nisso a Fortuna mutável virou-se.
Enquanto os ludos solenes ao pé do sepulcro de Anquises
se celebravam, mandou Juno altiva do céu para as naves
Íris veloz, que desfere o seu voo por cima das águas.
Mil pensamentos revolve a Satúrnia, de nada esquecida.
Íris, no entanto, desliza pelo arco de cores variadas,[93]
por ninguém vista. Depressa venceu o caminho mais curto.
Grande concurso de gente percebe, e nas praias desertas,
ermos os portos, os barcos recurvos sem guarda nenhuma.
Somente vê num recanto afastado as matronas troianas[94]
chorar Anquises defunto. O mar longe, angustiadas, olhavam,
lágrimas quentes do rosto a correr. A uma voz exclamaram:
"Que imensidão ainda falta viajarmos, sem força nenhuma!"
Uma cidade reclamam; a vida no mar as deprime.
Hábil em fraude, a fiel mensageira no meio das velhas
se insinuou; e depondo as feições e a roupagem dos deuses,
em Béroe logo se muda, consorte do tmário Doriclo,[95]
que noutros tempos tivera bom nome e uma prole soberba.
Entre as matronas troianas se mete e lhes fala destarte:
"Ai das coitadas que a morte não viram na guerra dos gregos,
sob as muralhas de Troia! Nação desgraçada! Que sorte
mais infeliz te reserva a Fortuna com a sua maldade?
Já são passados sete anos depois do extermínio de Troia,
e nós errantes por mares e terras inóspitas, climas
insuportáveis, joguete das ondas, sem nunca alçancarmos
a nova pátria, essa Itália a fugir para além de onde estamos.
Érix aqui teve o reino; aqui deu-nos Acestes abrigo.
Que nos impede de os muros erguer e dar casa aos troianos?
Ó pátria cara! Ó Penates salvados em vão do inimigo!

---

[93] *Arco de cores variadas*: justamente o arco-íris.

[94] *Matronas troianas*: anacronismo do tradutor; Virgílio diz *Troades*, "troia-nas", mas em XI, v. 476, diz *matrona*, que é romano.

[95] *Se muda*: toma o aspecto. *Doriclo*: ou Dóriclo, é de Tmaro, montanha do Epiro, na Grécia ocidental (atual Albânia).

nullane iam Troiae dicentur moenia? Nusquam
Hectoreos amnes, Xanthum et Simoenta, uidebo?
Quin agite et mecum infaustas exurite puppes. 635
Nam mihi Cassandrae per somnum uatis imago
ardentes dare uisa faces: 'Hic quaerite Troiam;
hic domus est', inquit, 'uobis'. Iam tempus agi res,
nec tantis mora prodigiis. En quattuor arae
Neptuno; deus ipse faces animumque ministrat". 640
Haec memorans prima infensum ui corripit ignem
sublataque procul dextra conixa coruscat
et iacit. Arrectae mentes stupefactaque corda
Iliadum. Hic una e multis, quae maxima natu,
Pyrgo, tot Priami natorum regia nutrix: 645
"Non Beroe uobis, non haec Rhoeteia, matres,
est Dorycli coniunx; diuini signa decoris
ardentesque notate oculos, qui spiritus illi,
qui uultus uocisque sonus uel gressus eunti.
Ipsa egomet dudum Beroen digressa reliqui 650
aegram, indignantem tali quod sola careret
munere nec meritos Anchisae inferret honores".
Haec effata.
At matres primo ancipites oculisque malignis
ambiguae spectare rates miserum inter amorem 655
praesentis terrae Fatisque uocantia regna,
cum dea se paribus per caelum sustulit alis
ingentemque fuga secuit sub nubibus arcum.
Tum uero attonitae monstris actaeque furore
conclamant, rapiuntque focis penetralibus ignem, 660
pars spoliant aras, frondem ac uirgulta facesque
coniciunt. Furit immissis Vulcanus habenis
transtra per et remos et pictas abiete puppes.
Nuntius Anchisae ad tumulum cuneosque theatri
incensas perfert naues Eumelus, et ipsi 665

Jamais veremos as novas muralhas com o nome de Troia?
Nem os dois rios de Heitor, o Simoente com o Xanto sagrado?
Vinde comigo, e os navios infaustos queimemos depressa.
A profetisa Cassandra surgiu-me no sono esta noite,
o facho aceso me deu e falou-me: 'Eis a Troia ambiciada;
vossa morada está aqui'; chegou o tempo de agirmos; já basta
de indecisão com tamanhos prodígios. Aqui quatro altares
netúnios temos; tições e coragem o deus há de dar-nos".
Assim falando, primeira de todas o facho arrebata
com a mão direita e o atirou a chispear pelos ares, nos barcos
ali fundeados. As velhas troianas, tomadas de medo,
estupefactas ficaram. Do grupo a mais velha, que fora
ama de leite dos filhos de Príamo, Pirgo, já idosa,
falou por fim: "Não é Béroe, matronas; não é a consorte
do bom Doriclo, nascida no cabo Reteu. Notai prestes
quantos sinais: o esplendor de seus olhos, o porte divino,
o tom da voz, inefável, o espírito, enfim, que os anima.
Eu própria há pouco deixei nossa Béroe de cama, adoentada,
muito queixosa por não tomar parte nas honras funéreas
que tributamos a Anquises, sozinha nos barcos, ao longe".
Assim falou.
Mas as matronas, inquietas primeiro e indecisas, contemplam
sinistramente os navios, em dúvida, sim, entre o afeto
bem positivo da terra presente, e as promessas do Fado,
quando de súbito a deusa elevou-se nos ares, por força
das próprias asas, um arco de luz sob as nuvens traçando.
Estarrecidas com aquele prodígio e tomadas das Fúrias,
alto vozeiam; do fogo sagrado das aras se apossam,
e sobre as naves recurvas folhagens atiram, mais ramos,
tições acesos. Vulcano de pronto se apossa de tudo.[96]
Devora bancos e remos, as popas de abeto pintadas.
Eumelo leva a notícia ao sepulcro de Anquises, e ao circo
amplo, do incêndio das naves recurvas, o que dali mesmo

---

[96] *Vulcano*: o deus do fogo e, aqui, o próprio fogo.

respiciunt atram in nimbo uolitare fauillam.
Primus et Ascanius, cursus ut laetus equestres
ducebat, sic acer equo turbata petiuit
castra, nec exanimes possunt retinere magistri.
"Quis furor iste nouus? Quo nunc, quo tenditis", inquit,   670
"heu miserae ciues? Non hostem inimicaque castra
Argiuum, uestras spes uritis. En, ego uester
Ascanius!" Galeam ante pedes proiecit inanem,
qua ludo indutus belli simulacra ciebat.
Accelerat simul Aeneas, simul agmina Teucrum.   675
Ast illae diuersa metu per litora passim
diffugiunt, siluasque et sicubi concaua furtim
saxa petunt; piget incepti lucisque, suosque
mutatae agnoscunt excussaque pectore Iuno est.
Sed non idcirco flamma atque incendia uires   680
indomitas posuere; udo sub robore uiuit
stuppa uomens tardum fumum, lentusque carinas
est uapor et toto descendit corpore pestis,
nec uires heroum infusaque flumina prosunt.
Tum pius Aeneas umeris abscindere uestem   685
auxilioque uocare deos et tendere palmas:
"Iuppiter omnipotens, si nondum exosus ad unum
Troianos, si quid pietas antiqua labores
respicit humanos, da flammam euadere classi
nunc, pater, et tenuis Teucrum res eripe leto.   690
Vel tu, quod superest, infesto fulmine morti,
si mereor, demitte tuaque hic obrue dextra."
Vix haec ediderat cum effusis imbribus atra
tempestas sine more furit tonitruque tremescunt
ardua terrarum et campi; ruit aethere toto   695
turbidus imber aqua densisque nigerrimus Austris,

todos confirmam, à vista do fumo com chispas de envolta.
Primeiro Ascânio, que alegre as manobras dos seus diligentes
cavalarianos marcava, ligeiro acudiu ao revolto
campo das velhas, sem que seus tutores pudessem detê-lo.
"Que furor cego", pergunta, "ou delírio a vós todas açoita,[97]
desventuradas mulheres? Não são naus imigas, argivos
acampamentos, que ao fogo entregais! A esperança de todas
vós destruís! Sou Ascânio! Aqui estou!" A falar desse modo,
o elmo no chão atirou, seu brinquedo na guerra fingida.
Eneias voa também, de seus caros troianos seguido.
Espavoridas, as velhas na praia, sem rumo, discorrem,
indo esconder-se nas selvas, por entre penhascos agudos.
Envergonhadas, fugiam da luz. Readquirido o bom senso,
os seus abraçam, libertas agora da influência de Juno.
Nesse entrementes, o incêndio implacável procede na sua
destruidora missão; na juntura dos lenhos a estopa[98]
fumo incessante vomita; as carenas em parte sofreram;
ganha aos pouquinhos a peste o arcabouço das naves robustas;[99]
de pouco vale o trabalho dos homens com seus baldes d'água.
Desesperado, dos ombros as vestes Eneias arranca;
alça as mãos ambas e o auxílio dos deuses eternos invoca:
"Júpiter onipotente! Se ainda não tens ódio aos teucros
indiscriminadamente, e se a tua consueta clemência
beneficia alguns homens na sua desgraça, do incêndio
salva os navios e os fracos recursos da gente troiana,
ou, se o mereço, aqui mesmo me atira o teu raio potente,
sobre os mesquinhos destroços do muito a que Troia ascendera!"
Mal enunciara o seu voto, quando atra procela desaba,
de inconcebível violência, aguaceiro sem fim; pelos campos,
nos altos montes trovões estrondeiam, a terra estremece;
desaba o céu em dilúvio desfeito, nigérrimos Austros.

---

[97] Primeira fala de Ascânio, com a qual abandona a puerilidade.

[98] *Estopa*: substância filamentosa usada para calafetar navios.

[99] *A peste*: o fogo.

implenturque super puppes, semusta madescunt
robora, restinctus donec uapor omnis et omnes
quattuor amissis seruatae a peste carinae.
At pater Aeneas casu concussus acerbo   700
nunc huc ingentes, nunc illuc pectore curas
mutabat uersans, Siculisne resideret aruis
oblitus fatorum, Italasne capesseret oras.
Tum senior Nautes, unum Tritonia Pallas
quem docuit multaque insignem reddidit arte   705
(haec responsa dabat, uel quae portenderet ira
magna deum uel quae fatorum posceret ordo)
isque his Aenean solatus uocibus infit:
"Nate dea, quo Fata trahunt retrahuntque sequamur;
quidquid erit, superanda omnis fortuna ferendo est.   710
Est tibi Dardanius diuinae stirpis Acestes:
hunc cape consiliis socium et coniunge uolentem,
huic trade amissis superant qui nauibus et quos
pertaesum magni incepti rerumque tuarum est;
longaeuosque senes ac fessas aequore matres   715
et quidquid tecum inualidum metuensque pericli est
delige, et his habeant terris sine moenia fessi;
urbem appellabunt permisso nomine Acestam".
Talibus incensus dictis senioris amici
tum uero in curas animo diducitur omnes;   720
et Nox atra polum bigis subuecta tenebat.
Visa dehinc caelo facies delapsa parentis
Anchisae subito tales effundere uoces:
"Nate, mihi uita quondam, dum uita manebat,
care magis, nate Iliacis exercite fatis,   725

Enchem-se d'água os navios, transbordam; os robles, queimados[100]
pela metade, umedecem; o vapor aos pouquinhos se extingue.
Salva-se a armada em perigo, com perda de quatro unidades.
Profundamente abalado com tal ocorrência, o caudilho
teucro volvia na mente cuidados sem conta, indeciso
sobre ficar na Sicília, esquecido dos altos destinos,
ou se devia empegar-se de novo, no rumo da Itália.
O velho Nautes, no entanto, por Palas tritônia ensinado[101]
na arte do augúrio, e tornado famoso por sua prudência,
explicação soube dar-lhe da cólera grande dos deuses
e o que o futuro encobria a respeito do obscuro destino.
Com seu saber e experiência o conforta nos termos seguintes:
"Filho da deusa, soframos com calma os vaivéns da Fortuna.
Seja qual for o decreto do Fado, é preciso aceitá-lo.
Também de origem divina, aqui tens o dardânida Acestes.
Desejos mostra de aliar-se contigo; combina com ele.
Cede-lhe as sobras que tens por efeito do incêndio das naves
e os que se mostram descrentes dos teus elevados desígnios,
velhos, matronas exaustas com os duros trabalhos da viagem,
bem como os homens inválidos, quantos têm medo de tudo.
Depois de tantas fadigas, construam a sua cidade
de nome Acesta, se Acestes a ideia aceitar da homenagem".[102]
Com tais razões abalado, do amigo experiente e já velho,[103]
menos cuidados o afligem. Contudo, prossegue indeciso.
A negra Noite chegara na biga de fortes ginetes,
quando de súbito Eneias a sombra de Anquises percebe
a deslizar do alto céu, que lhe fala nos termos seguintes:
"Filho, mais caro que tudo no mundo, na vida tão curta,
tão duramente provado do fado inditoso de Troia:

---

[100] *Robles*: carvalhos e, aqui, madeira.

[101] *Palas tritônia*: Minerva, nascida às margens do lago Tritão, na Líbia.

[102] *Acesta*: outro nome de Segesta, cidade atual da Sicília; ver nota a I, v. 557.

[103] Em ordem direta: "abalado [persuadido] com tais razões [argumentos] do amigo experiente e já velho".

imperio Iouis huc uenio, qui classibus ignem
depulit, et caelo tandem miseratus ab alto est.
Consiliis pare quae nunc pulcherrima Nautes
dat senior; lectos iuuenes, fortissima corda,
defer in Italiam; gens dura atque aspera cultu   730
debellanda tibi Latio est. Ditis tamen ante
infernas accede domos et Auerna per alta
congressus pete, nate, meos. Non me impia namque
Tartara habent, tristes umbrae, sed amoena piorum
concilia Elysiumque colo. Huc casta Sibylla   735
nigrarum multo pecudum te sanguine ducet.
Tum genus omne tuum et quae dentur moenia disces.
Iamque uale; torquet medios Nox umida cursus
et me saeuus equis Oriens afflauit anhelis".
Dixerat et tenues fugit ceu fumus in auras.   740
Aeneas, "Quo deinde ruis? Quo proripis?", inquit,
"Quem fugis? Aut quis te nostris complexibus arcet?"
Haec memorans cinerem et sopitos suscitat ignes,
Pergameumque Larem et canae penetralia Vestae
farre pio et plena supplex ueneratur acerra.   745
Extemplo socios primumque accersit Acesten
et Iouis imperium et cari praecepta parentis

venho a mandado de Jove, que o incêndio afastou dos navios;
desde o alto Olimpo se apiada do teu lastimoso destino.
Segue o excelente conselho de Nautes, ancião ponderado.
A fina flor dos guerreiros troianos, os homens mais fortes
conduze a Itália. Com gente mui dura e de trato difícil[104]
terás de haver-te no Lácio. Porém, antes desce às moradas
do torvo Dite. E uma vez alcançado o insondável Averno,[105]
filho, procura-me, pois não demoro no Tártaro escuro,[106]
sede das sombras tristonhas, senão entre as almas piedosas,
nos belos campos do Elísio, onde a casta Sibila te há de[107]
levar sem erro, depois de imolares as negras ovelhas.
Conhecerás tua prole, a cidade que os Fados te aprestam.
E agora, adeus! A Noite úmida em meio já está da carreira.
O bafo sinto ofegante dos belos cavalos do Oriente".[108]
Disse, e sumiu de repente, qual fumo nas auras desfeito.
"Para onde vais?", grita Eneias no seu desespero, "onde te achas?
De quem te esquivas, ou quem dos meus braços tão cedo te arranca?"
Assim falando, desperta o brasido coberto de cinzas,
enche de incenso o turíbulo, a sacra farinha desparze,
os deuses Lares adora de Troia, os altares de Vesta.[109]
Antes de todos, a Acestes convoca, a seus caros consócios;
fala-lhes dos mandamentos de Jove, os conselhos de Anquises,

---

[104] *Gente mui dura*: alusão aos rútulos e seu rei, Turno, adversários de Eneias na segunda metade da *Eneida*.

[105] *Dite*: epíteto de Orco, senhor dos Infernos. Aqui, o tradutor mantém a forma latina (*dis*, "possuidor de riquezas"); *Averno*: aqui, os Infernos (ver III, vv. 441-2), cujo rei é Orco.

[106] *Não demoro*: não habito. O *Tártaro* é a região mais escura dos Infernos.

[107] *Campos do Elísio*: ou Campos Elísios, a região aprazível dos Infernos, morada das almas virtuosas; *Sibila*: profetisa, que tem papel de destaque no livro VI.

[108] *Dos belos cavalos do Oriente*: isto é, do Sol, que desfaz as sombras e a visão de Eneias.

[109] *Deuses Lares de Troia*: outro anacronismo, pois Lares são deuses de Roma, ainda não fundada. Virgílio fala ao público de seu tempo. Os Lares protegiam principalmente a casa, a família, e eram cultuados no Larário, a lareira da casa. *Vesta* é a protetora do fogo do Larário.

edocet et quae nunc animo sententia constet.
Haud mora consiliis, nec iussa recusat Acestes.
Transcribunt urbi matres populumque uolentem 750
deponunt, animos nil magnae laudis egentes.
Ipsi transtra nouant flammisque ambesa reponunt
robora nauigiis, aptant remosque rudentesque,
exigui numero, sed bello uiuida uirtus.
Interea Aeneas urbem designat aratro 755
sortiturque domos; hoc Ilium et haec loca Troiam
esse iubet. Gaudet regno Troianus Acestes
indicitque forum et patribus dat iura uocatis.
Tum uicina astris Erycino in uertice sedes
fundatur Veneri Idaliae, tumuloque sacerdos 760
ac lucus late sacer additus Anchiseo.
Iamque dies epulata nouem gens omnis, et aris
factus honos: placidi strauerunt aequora uenti
creber et aspirans rursus uocat Auster in altum.
Exoritur procurua ingens per litora fletus; 765
complexi inter se noctemque diemque morantur.
Ipsae iam matres, ipsi, quibus aspera quondam
uisa maris facies et non tolerabile numen,
ire uolunt omnemque fugae perferre laborem.
Quos bonus Aeneas dictis solatur amicis 770
et consanguineo lacrimans commendat Acestae.
Tres Eryci uitulos et Tempestatibus agnam
caedere deinde iubet soluique ex ordine funem.
Ipse caput tonsae foliis euinctus oliuae

seu pai querido, e de quanto ele próprio na mente assentara.
Todos o plano aprovaram; Acestes com tudo concorda.
A relação das matronas, dos homens já fartos de viagens
logo aprontaram, pessoas sem sede nenhuma de glórias.
Os mais, consertam seus bancos, os mastros queimados renovam,
lemes e remos, enxárcias refazem, por tudo se afanam:
poucos, realmente, porém gente forte e de toda a confiança.
Com a charrua o caudilho troiano riscou a cidade,[110]
casas sorteou para todos; aqui fica Troia; Ílio, adiante.[111]
Tudo prevê. Folga Acestes com a ideia do reino futuro.
A legislar já se sente no fórum, no nobre senado.
Logo a seguir, templo eleva até aos astros, no monte ericino,
dicado a Vênus Idália; ao sepulcro de Anquises destina
um sacerdote não só, lindo bosque naquele recinto.[112]
Por nove dias seguidos solenes festins se fizeram
e sacrifícios. As auras de leve tocavam nas ondas;
o Austro a soprar convidava os troianos fazerem-se à vela.
Grandes gemidos e prantos nas praias recurvas se elevam.
Noites e dias em ternos abraços a viagem retardam.
As próprias mães, até mesmo os que medo excessivo mostraram
de ver o mar, simplesmente, a carranca severa do nume,[113]
ora já querem sofrer os incômodos todos da viagem.
O bom Eneias, contudo, os consola com doces palavras,
e a Acestes seu compatriota entre lágrimas os recomenda.[114]
Manda imolar três bezerros a Érix e bela cordeira
às tempestades; os cabos por ordem dos barcos desatam.
Mas ele próprio, a cabeça cingida de folhas de oliva,

---

[110] *Riscou a cidade*: demarcou no solo os limites da nova cidade; *charrua*: aparato para rasgar o solo no plantio.

[111] *Troia*: a região; *Ílio*: a cidade. A nova cidade é como uma nova Troia.

[112] *Não só*: não só um sacerdote, mas também o bosque.

[113] *A carranca severa do nume*: entenda-se, "temiam só de pensar em Netuno, deus do mar".

[114] *Seu compatriota*: compatriota delas, que agora são sicilianas.

stans procul in prora pateram tenet, extaque salsos 775
proicit in fluctus ac uina liquentia fundit;
certatim socii feriunt mare et aequora uerrunt;
prosequitur surgens a puppi uentus euntes.
At Venus interea Neptunum exercita curis
alloquitur talesque effundit pectore questus: 780
"Iunonis grauis ira neque exsaturabile pectus
cogunt me, Neptune, preces descendere in omnes;
quam nec longa dies pietas nec mitigat ulla,
nec Iouis imperio Fatisque infracta quiescit.
Non media de gente Phrygum exedisse nefandis 785
urbem odiis satis est nec poenam traxe per omnem
reliquias Troiae: cineres atque ossa peremptae
insequitur. Causas tanti sciat illa furoris.
Ipse mihi nuper Libycis tu testis in undis
quam molem subito excierit: maria omnia caelo 790
miscuit Aeoliis nequiquam freta procellis,
in regnis hoc ausa tuis.
Per scelus ecce etiam Troianis matribus actis
exussit foede puppes et classe subegit
amissa socios ignotae linquere terrae. 795
Quod superest, oro, liceat dare tuta per undas
uela tibi, liceat Laurentem attingere Thybrim,
si concessa peto, si dant ea moenia Parcae".
Tum Saturnius haec domitor maris edidit alti:
"Fas omne est, Cytherea, meis te fidere regnis, 800

de pé na proa da nave sustenta na mão bela copa,
lança no mar as entranhas das vítimas, vinho do rito.
Vento de popa os navios empurra; os robustos remeiros
batem no mar à porfia, varrendo as campinas salgadas.
Vênus, no entanto, em extremo agravada a Netuno interpela,
queixas sentidas do peito arrancando nos termos seguintes:
"A ira de Juno, ó Netuno, a implacável vingança da deusa[115]
me força a vir suplicar-te o que nunca antes de hoje fizera.
O próprio tempo não chega, a piedade acendrada, a aplacá-la,[116]
sem que se dobre à vontade de Jove, aos decretos dos Fados.
Não basta haver com o seu ódio apagado da face da terra
a gente frígia, nem suas relíquias levar pelos mares
sem reverência nenhuma. Até as cinzas de Troia, já frias,
não assossegam. Só ela a razão saberá de tanto ódio.
És testemunha da feia borrasca nos mares da Líbia
que ela agitou não faz muito, num todo mesclando insofrível
o céu e os mares. Em Éolo depositava confiança.[117]
A tanto ousou nos teus reinos!
E para cúmulo, tendo acendido o furor das matronas
teucras, o incêndio levou até as naves de Eneias, forçando-o
a abandonar uma parte dos homens em terras estranhas.
Que ao menos possa, te peço, vogar em teus reinos o resto,
para que cheguem sem mores perigos ao Tibre laurente.[118]
É só o que peço, no caso de as Parcas lhes darem tais muros".[119]
Disse-lhe o filho do velho Saturno, senhor do mar vasto:
"Justo é confiares em mim, Citereia, em meus reinos marinhos,

---

[115] Para efeitos de ritmo, ou se lê com anacruse, desprezando-se a palavra átona *A* (ver IV, v. 347) — ira de Juno, ó Netuno, a implacável vingança da deusa —, ou com dura sinérese em *a ira*, que soa *aira*.

[116] *Acendrada*: purificada.

[117] Para efeitos de ritmo, Éolo é trissilábico.

[118] *Mores*: maiores; *laurente*: que passa na cidade de Laurento; ver VII, v. 47.

[119] *Parcas*: três deusas irmãs que, fiandeiras, controlavam a duração da vida humana; *lhes darem tais muros*: entenda-se, "se concederem que cheguem a Laurento", subentendida em *Tibre laurente*, v. 797.

unde genus ducis. Merui quoque; saepe furores
compressi et rabiem tantam caelique marisque.
Nec minor in terris, Xanthum Simoentaque testor,
Aeneae mihi cura tui. Cum Troia Achilles
exanimata sequens impingeret agmina muris,   805
milia multa daret leto, gemerentque repleti
amnes nec reperire uiam atque euoluere posset
in mare se Xanthus, Pelidae tunc ego forti
congressum Aenean nec dis nec uiribus aequis
nube caua rapui, cuperem cum uertere ab imo   810
structa meis manibus periurae moenia Troiae.
Nunc quoque mens eadem perstat mihi; pelle timores.
Tutus, quos optas, portus accedet Auerni.
Unus erit tantum amissum quem gurgite quaeres;
unum pro multis dabitur caput".   815
His ubi laeta deae permulsit pectora dictis,
iungit equos auro genitor, spumantiaque addit
frena feris manibusque omnes effundit habenas.
Caeruleo per summa leuis uolat aequora curru;
subsidunt undae tumidumque sub axe tonanti   820
sternitur aequor aquis, fugiunt uasto aethere nimbi.
Tum uariae comitum facies, immania cete,
et senior Glauci chorus Inousque Palaemon
Tritonesque citi Phorcique exercitus omnis;

de onde provéns. Em verdade, o mereço, pois muitas e muitas
vezes a fúria enfrentei contra Eneias lançada nos mares
encapelados e em terra; no Xanto também, no Simoente
lhe fui de auxílio no dia em que Aquiles pressão sobre os teucros
desalentados fazia e aos milhares à morte entregava,
sob as muralhas de Troia. Repletos, os rios gemiam
com tantos mortos; o Xanto o caminho perdeu para os mares.[120]
Sim, de uma feita salvei teu Eneias num grande perigo,
quando ao Pelida enfrentou, bem mais forte do que ele e amparado
por outros deuses. Em nuvem cavada tirei-o da pugna.
E isso, no tempo em que os muros de Troia perjura eu queria
desmantelar. Quanto aos meus sentimentos, não tenhas cuidado.
Sem dano algum, chegará como queres aos portos do Averno.
Um, simplesmente, há de a morte encontrar nos abismos marinhos;
uma cabeça essa dívida paga por todos".[121]
Quando Netuno acalmou a deidade com suas palavras,
ao carro atrela os fogosos cavalos, os freios espúmeos
lhe põe na boca e de todo relaxa as correias brilhantes.
Voa ligeiro no plaustro cerúleo por cima das águas.[122]
As ondas bravas se abatem; sob o ímpeto do eixo sonante
a superfície revolta do mar, acalmada, se humilha.
Logo se reúne o variado cortejo: os cetáceos imanos,[123]
o antigo coro de Glauco, o que de Ino nasceu, Palemão,[124]
os nadadores tritões, os sutis companheiros de Forco.

---

[120] Virgílio imita episódios da *Ilíada*: a queixa do rio Escamandro (XXI, vv. 214-21), e o salvamento de Eneias por Netuno (Posídon) em XX, vv. 310-52.

[121] Reminiscência dos antigos sacrifícios humanos, em que muitos se salvam com o sacrifício da vida de um só. Como Virgílio, o tradutor mantém o verso metricamente incompleto.

[122] *Plaustro cerúleo*: carro azul.

[123] *Cetáceos imanos*: grandes mamíferos do mar. Para efeitos de ritmo, leia-se *reúne* com duas sílabas, "reu/ne".

[124] *Palemão*: ou Palémon, mortal transformado em deus marinho, como sua mãe, Ino, e o pescador Glauco.

laeua tenet Thetis et Melite Panopeaque uirgo,   825
Nisaee Spioque Thaliaque Cymodoceque.
Hic patris Aeneae suspensam blanda uicissim
gaudia pertemptant mentem; iubet ocius omnes
attolli malos, intendi bracchia uelis.
Una omnes fecere pedem pariterque sinistros,   830
nunc dextros soluere sinus; una ardua torquent
cornua detorquentque; ferunt sua flamina classem.
Princeps ante omnes densum Palinurus agebat
agmen; ad hunc alii cursum contendere iussi.
Iamque fere mediam caeli Nox umida metam   835
contigerat, placida laxabant membra quiete
sub remis fusi per dura sedilia nautae,
cum leuis aetheriis delapsus Somnus ab astris
aera dimouit tenebrosum et dispulit umbras,
te, Palinure, petens, tibi somnia tristia portans   840
insonti; puppique deus consedit in alta
Phorbanti similis funditque has ore loquelas:
"Iaside Palinure, ferunt ipsa aequora classem,
aequatae spirant aurae, datur hora quieti.
Pone caput fessosque oculos furare labori.   845
Ipse ego paulisper pro te tua munera inibo".
Cui uix attollens Palinurus lumina fatur:
"Mene salis placidi uultum fluctusque quietos
ignorare iubes? Mene huic confidere monstro?
Aenean credam (quid enim?) Fallacibus auris   850
et caeli totiens deceptus fraude sereni?"
Talia dicta dabat, clauumque affixus et haerens
nusquam amittebat oculosque sub astra tenebat.
Ecce deus ramum Lethaeo rore madentem

Do lado esquerdo acompanham-no: Tétis, Melita, Niseia,[125]
com Panopeia inocente, Cimódoce, Espio e Talia.
Esperançosa alegria penetra na mente de Eneias,
tão conturbada. De pronto ordenou que se erguessem os mastros
das caravelas e os panos soltassem das fortes antenas.
Todos, à uma, obedecem; à destra e à sinistra, empenhados
num esforço único, as cordas afrouxam, antenas reviram
de um lado e do outro. Benéficas brisas os barcos impelem.
Pondo-se à frente das naus, Palinuro dirige o comboio,
pois instruções os demais receberam de lhe irem no rastro.
A úmida Noite já estava a alcançar a metade do curso
do céu distante, e os cansados marujos deitados debaixo
dos duros bancos se achavam, entregues ao grave repouso,
quando Morfeu deslizou mansamente pelo éter celeste,[126]
o véu de trevas afasta e dissipa os fantasmas do escuro,
para alcançar-te, infeliz Palinuro, e levar-te um funesto
sonho. Ao seu lado a deidade se assenta, bem no alto da popa,
sob o perfil de Forbante, e lhe diz as palavras aladas:
"Filho de Iásios, gentil Palinuro, os navios navegam
por próprio impulso. Há bons ventos; a hora convida ao repouso.
Inclina a fronte e a esses olhos cansados concede uma folga,
que eu ficarei no teu posto algum tempo, na barra do leme".
Abrindo os olhos a custo, falou-lhe o gentil Palinuro:
"Pensas, então, que eu ignoro o que seja esta calma das ondas,
e o mar sereno? E me mandas confiar nesse monstro traiçoeiro?
Eu, entregar o destino de Eneias aos ventos falazes,
depois de errar tantas vezes com as mostras de um céu enganoso?"
Assim falando, de pé, aferrava-se à barra do leme
com grande empenho, o olhar fixo mantendo nas belas estrelas.
Mas nesse instante a deidade borrifa-lhe a fronte com um ramo

---

[125] Deusas marinhas e, com exceção de *Cimódoce* (v. 826), Nereidas, filhas de Nereu; *Melita*: diz-se também Mélita.

[126] *Morfeu*: filho do Sono e da Noite. No latim, *Somnus*, o próprio Sono.

uique soporatum Stygia super utraque quassat 855
tempora, cunctantique natantia lumina soluit.
Vix primos inopina quies laxauerat artus,
et super incumbens cum puppis parte reuulsa
cumque gubernaclo liquidas proiecit in undas
praecipitem ac socios nequiquam saepe uocantem; 860
ipse uolans tenues se sustulit ales ad auras.
Currit iter tutum non setius aequore classis
promissisque patris Neptuni interrita fertur.
Iamque adeo scopulos Sirenum aduecta subibat,
difficiles quondam multorumque ossibus albos 865
(tum rauca assiduo longe sale saxa sonabant),
cum pater amisso fluitantem errare magistro
sensit, et ipse ratem nocturnis rexit in undis
multa gemens casuque animum concussus amici:
"O nimium caelo et pelago confise sereno, 870
nudus in ignota, Palinure, iacebis harena".

na água do Letes molhado, com a força da estígia lagoa,[127]
o que o obrigou a fechar logo os olhos pesados de sono.
Mal o letargo iniciou-se, sobre ele a deidade inclinando-se,
o precipita nas águas, na queda arrastando uma parte
da popa, o leme seguro nas mãos, imprestável agora.
Inutilmente ele grita, a chamar pelos seus companheiros.
Rápido o nume se eleva, confiado nas asas ligeiras.
Quanto à flotilha, prossegue segura no rumo traçado,
com base apenas nas belas promessas do glauco Netuno.
Aproximava-se do promontório das duras Sereias,[128]
temido outrora e branqueado de ossadas de tristes naufrágios.
Roucas batidas ao longe soavam do mar contra as penhas,
quando o Troiano advertiu que seu barco vogava à matroca,[129]
sem comandante; ele próprio o dirige nas trevas ambientes,
a gemer fundo e alquebrado com a perda do amigo dileto:
"Por que confiaste na bela aparência do mar, Palinuro?
Em terra ignota terás de jazer, insepulto e sem nome".

---

[127] *Letes*: as águas do Letes traziam esquecimento; *estígia lagoa*: Estige, o rio dos Infernos.

[128] *Promontório das Sereias*: o canto delas levava os marinheiros a atirar-se no mar; o promontório era situado na costa tirrena da Itália, perto de Capri.

[129] *À matroca*: sem rumo.

Argumento do Livro VI

Situada no centro do poema, a descida de Eneias ao mundo dos mortos encerra a metade odisseica da *Eneida*, errância no mar, para dar início à metade iliádica, luta em terra. A descida aos Infernos, ou catábase, evoca elementos da filosofia platônica e das doutrinas órfica e pitagórica: a vida além-túmulo, a existência da alma, seu aperfeiçoamento e a metempsicose, isto é, a transmigração da alma pelos corpos. A atemporalidade do mundo das almas permite ao poeta, na voz de Anquises, pai de Eneias, elidir a diferença fundamental entre figuras míticas greco-latinas e personagens históricas romanas, de modo que o catálogo de personagens visitadas nos Infernos se torna coerente.

Se a descrição da geografia infernal sempre agradou pelo maravilhoso, as personagens infernais eram motivo de particular deleite para o público antigo, porque — como foi dito na Apresentação — aquilo que para Eneias é o futuro da Roma que fundará, para o leitor ou ouvinte do fim do século I a.C. era como que a síntese da romanidade até então, desde tempos remotos, em que a lenda predomina, até o passado recente, que, nas figuras históricas de César, Augusto e Marcelo, lhe é praticamente contemporâneo. Assim, ao ouvir e contemplar em imagens poéticas o que amiúde presenciara, o público contemporâneo de Virgílio via seu próprio tempo integrado a todo o passado de Roma, e de certa forma, no poema, via-se a si mesmo como continuação de feitos gloriosos. Ter em mente esses jogos temporais é também motivo de deleite para nós, leitores.

A frota chega em Cumas, na costa ocidental da Itália, e Eneias a toda a pressa vai encontrar a Sibila, virgem sacerdotisa de Apolo no templo do deus, em cuja porta o próprio Dédalo esculpira sua fuga pelo céu, a história do Minotauro, a viagem de Teseu, o amor por Ariadne. A Sibila chega, introduz Eneias no templo e logo o deus por meio dela se manifesta. Interpelado, assegura ao herói que ele e sua gente lograrão estabelecer-se no Lácio, ao preço, porém, de dura guerra (vv. 1-97).

Em seguida, Eneias, depois de suplicar à sacerdotisa que o conduzisse pelos Infernos até a presença do pai, descobre que deve primeiro encontrar um ramo de ouro para dedicar a Prosérpina, sepultar um companheiro que acaba de morrer e oferecer sacrifício. Ao sair do templo, Eneias é informado sobre a morte de Miseno, durante cujos funerais encontra o ramo de ouro, ajudado por duas pombas brancas. Depois de prestar culto aos deuses infernais, pode ser conduzido através dos Infernos (vv. 98-263).

O poeta invoca as próprias divindades subterrâneas e a descida começa. Já no vestíbulo Eneias contempla os Remorsos, o Medo, as Enfermidades, a Velhice, a Fome, a Pobreza, as Mazelas, a Morte, os Trabalhos penosos, os Gozos proibidos, a Guerra, as Fúrias, a Discórdia (vv. 264-95). Ao chegar ao rio Aqueronte, aprende com a Sibila que o barqueiro Caronte impede a travessia das almas cujos corpos ficaram insepultos. Entre estas estava a do piloto Palinuro. Eneias, prosseguindo, sempre guiado pela Sibila, atravessa o Aqueronte e logo vê Cérbero, o cão de guarda, que ela entorpece com uma erva dormideira. Assim, conseguem penetrar a caverna das almas de crianças, de suicidas e de quem morreu por amor, os Campos Lugentes: lá está Dido, que em ressentido silêncio se afasta de Eneias, que a chama em vão (vv. 450-76). Chegam então aos últimos campos, onde se encontram guerreiros tombados em Troia, entre os quais Deífobo, traído por Helena e terrivelmente mutilado pelos gregos (vv. 477-539). Prosseguem até um bifurcamento: a via direita leva à morada de Plutão e aos Campos Elísios; a esquerda, ao Tártaro, morada sombria dos culpados, governada por Radamante. Ali, conforme lhe fora contado por Hécate, a Sibila relata a Eneias os suplícios perpetrados por Tisífone, a Hidra e as Fúrias; no Tártaro estão os Titãs, os Aloidas, Tício, os Lápitas, Pirítoo, Euxíon, Teseu, Flégias, adúlteros, incestuosos, parricidas, sediciosos (vv. 540-627). Eneias e a Sibila seguem a via da direita até alcançar o palácio de Plutão e Prosérpina, onde o troiano deposita o ramo de ouro. Adentram os Campos Elísios, Eneias escuta Orfeu a tocar, em seguida interpela Museu, que o leva até Anquises (vv. 628-86).

Eneias encontra enfim o pai. Às margens do rio Letes, o rio do Esquecimento, o herói se espanta com o tumulto das almas que aguardam a hora de voltar à vida terrena. Anquises explica-lhe o modo como as almas reencarnam (vv. 687-751). Depois encaminha o filho a um outeiro de onde podem contemplar aquelas que reencarnarão para dar origem aos seus egrégios descendentes romanos, entre os quais os reis de Alba Longa; Rômulo; os reis etruscos de Roma; Bruto, que instaura a República; os Cipiões vitoriosos em Cartago; Fábio Máximo, os irmãos Graco, tribunos da plebe; Pompeu; César; Augusto; e o infeliz Marcelo (vv. 752-885). Anquises instrui Eneias sobre as lutas a travar e o conduz, com a Sibila, até as duas Portas do Sono, a que se abre aos sonhos falsos e a que se abre aos verdadeiros, pela qual Eneias sai e encontra os companheiros (vv. 886-901).

Liber VI

Sic fatur lacrimans, classique immittit habenas,
et tandem Euboicis Cumarum allabitur oris.
Obuertunt pelago proras; tum dente tenaci
ancora fundabat naues et litora curuae
praetexunt puppes. Iuuenum manus emicat ardens   5
litus in Hesperium; quaerit pars semina flammae
abstrusa in uenis silicis, pars densa ferarum
tecta rapit siluas inuentaque flumina monstrat.
At pius Aeneas arces, quibus altus Apollo
praesidet, horrendaeque procul secreta Sibyllae   10
antrum immane petit, magnum cui mentem animumque
Delius inspirat uates aperitque futura.
Iam subeunt Triuiae lucos atque aurea tecta.
Daedalus, ut fama est, fugiens Minoia regna
praepetibus pennis ausus se credere caelo   15

Livro VI

Assim Eneias falava, a chorar. Solta aos ventos as velas,
para chegar felizmente às euboicas paragens de Cumas.[1]
Proas viradas para a água, o tenaz dente da âncora prende
no fundo as naus, cujas popas recurvas de cores variadas
a praia enfeitam. Fogoso tropel de mancebos o solo
pisa da Hespéria. A semente do fogo uns procuram nas veias
do pedernal, outros batem os antros ocultos das feras[2]
na escura mata; alguns mostram aos sócios os rios achados.
O pio Eneias, no entanto, dirige-se para um dos cumes,
onde o alto Apolo é cultuado, e prossegue até a gruta secreta
da pavorosa Sibila, a que o vate de Delos infunde[3]
inteligência e grande ânimo, e as coisas futuras revela.
Prestes alcançam o bosque da Trívia, o áureo templo de Apolo.[4]
Contam que Dédalo, para fugir dos domínios de Minos,[5]
em lestes asas ousou remontar-se até ao céu das estrelas;

---

[1] *Euboicas paragens*: a cidade de Cumas, na Campânia, onde Eneias e seus companheiros desembarcaram, era colônia de Cálcis, cidade da ilha de Eubeia. Situada próxima do lago Averno, a entrada dos Infernos.

[2] *Pedernal*: a pedra que produz centelhas quando atritada com metal; *batem os antros*: entenda-se, exploram as cavernas.

[3] *Vate de Delos*: Apolo.

[4] *Trívia*: Diana. Na origem, é epíteto de Hécate, deusa infernal venerada nas encruzilhadas (*triuium*), associada mais tarde a Ártemis/Diana e à Lua (ver IV, v. 511), pelo caráter noturno delas. O traço infernal de Diana deve-se, entre outros, ao fato de que as puérperas infelizes lhe imploravam morte indolor.

[5] O ateniense *Dédalo* construiu o labirinto de Creta para o rei *Minos*. Por ajudar Teseu a matar o Minotauro, foi aprisionado por Minos no próprio labirinto; com asas presas aos ombros com cera, fugiu com seu filho Ícaro (que pereceu na viagem). Chegando a Cumas, Dédalo erigiu em honra de Apolo o *templo grandioso* (v. 19).

insuetum per iter gelidas enauit ad Arctos,
Chalcidicaque leuis tandem super adstitit arce.
Redditus his primum terris tibi, Phoebe, sacrauit
remigium alarum posuitque immania templa.
In foribus letum Androgeo; tum pendere poenas   20
Cecropidae iussi (miserum!) septena quotannis
corpora natorum; stat ductis sortibus urna.
Contra elata mari respondet Gnosia tellus:
hic crudelis amor tauri suppostaque furto
Pasiphae mixtumque genus prolesque biformis   25
Minotaurus inest, Veneris monumenta nefandae;
hic labor ille domus et inextricabilis error;
magnum reginae sed enim miseratus amorem
Daedalus ipse dolos tecti ambagesque resoluit,
caeca regens filo uestigia. Tu quoque magnam   30
partem opere in tanto, sineret dolor, Icare, haberes.
Bis conatus erat casus effingere in auro,
bis patriae cecidere manus. Quin protinus omnia
perlegerent oculis, ni iam praemissus Achates
afforet atque una Phoebi Triuiaeque sacerdos,   35

subiu às Ursas geladas por vias jamais percorridas,
e de retorno pousou sobre o pico do monte de Cumas.
Aqui chegado, primeiro os seus remos alados, Apolo,
te consagrou, e erigiu para honrar-te este templo grandioso.
Nas belas portas a morte de Andrógeo gravou e o destino —[6]
quão infelizes! — dos pobres Cecrópidas, todos os anos[7]
tendo de dar sete filhos. A urna ali está do sorteio.
Na folha oposta da entrada, a ilha vê-se de Creta entre as ondas,
mais a raptada Pasífaa, aos amores nefandos entregue
do Minotauro biforme com seus descendentes mestiços,
pecaminoso produto daquela paixão execrável.
Do labirinto o edifício confuso ali foi insculpido.
Compadecido da cega paixão de Ariadne, resolve
Dédalo os passos marcar de Teseu com um fio levado[8]
para esse fim. Tu também parte excelsa terias nessa obra,
Ícaro, no monumento soberbo se a dor o deixasse.[9]
Por duas vezes gravar intentou no ouro belo essa história;
a mão paterna outras tantas caiu. E decerto abismados
ali ficaram mais tempo, se Acates, enviado primeiro,[10]
não retornasse com a filha de Glauco, Deífobe, a vate[11]

---

[6] *Andrógeo*: filho de Minos e atleta exímio; venceu os jogos de Atenas, despertando a inveja de Egeu, que o mandou então combater o touro de Maratona, quando foi morto.

[7] *Cecrópidas*: atenienses, descendentes de Cécrops, que, pela morte de Androgeu, tinham todo ano de entregar a Minos sete jovens para alimentar o *Minotauro biforme* (v. 25), isto é, meio homem, meio touro, que *Pasífaa* (v. 24), mulher de Minos, teve com um touro (daí o v. 26, *pecaminoso produto daquela paixão execrável*). O monstro ficava preso em um *labirinto* (v. 27).

[8] *Teseu*: no mito, o ateniense que mata o Minotauro com a ajuda da irmã do monstro, *Ariadne*, apaixonada pelo herói. O fio de Ariadne, com que Teseu sai do labirinto, foi ideia de Dédalo.

[9] Entenda-se: Dédalo gostaria de gravar nas portas do templo de Apolo todos os episódios decorridos desde a morte de Androgeu, mas, comovido, não consegue esculpir a morte do próprio filho.

[10] *Ficaram*: entenda-se, "ficariam".

[11] *Filha de Glauco*: a Sibila, também chamada *Deífobe* ("a que afugenta o inimi-

Deiphobe Glauci, fatur quae talia regi:
"Non hoc ista sibi tempus spectacula poscit;
nunc grege de intacto septem mactare iuuencos
praestiterit, totidem lectas de more bidentes".
Talibus affata Aenean (nec sacra morantur   40
iussa uiri) Teucros uocat alta in templa sacerdos.
Excisum Euboicae latus ingens rupis in antrum,
quo lati ducunt aditus centum, ostia centum;
unde ruunt totidem uoces, responsa Sibyllae.
Ventum erat ad limen, cum uirgo. "Poscere Fata   45
tempus", ait; "deus, ecce, deus!" Cui talia fanti
ante fores subito non uultus, non color unus,
non comptae mansere comae; sed pectus anhelum,
et rabie fera corda tument; maiorque uideri
nec mortale sonans, afflata est numine quando   50
iam propiore dei. "Cessas in uota precesque,
Tros", ait, "Aenea? Cessas? Neque enim ante dehiscent
attonitae magna ora domus". Et talia fata
conticuit. Gelidus Teucris per dura cucurrit
ossa tremor funditque preces rex pectore ab imo: 55
"Phoebe, graues Troiae semper miserate labores,
Dardana qui Paridis direxti tela manusque
corpus in Aeacidae, magnas obeuntia terras
tot maria intraui duce te penitusque repostas
Massylum gentes praetentaque Syrtibus arua,   60
iam tandem Italiae fugientis prendimus oras,
hac Troiana tenus fuerit Fortuna secuta.

de inspiração divinal, que lhes fala nos termos seguintes:
"Não é o momento de vos entreterdes com tais espetáculos.
Cumpre imolar sete touros perfeitos, de acordo com os ritos,
e outras ovelhas de número igual, as mais belas do armento".
Tendo isso a Eneias falado — cumpridas as ordens já estavam,
dadas aos seus —, convidou-os Sibila a entrarem no templo.
Numa das faldas da rocha de Cumas enorme caverna
se abre, com cem portas amplas e cem subterrâneos caminhos,
por onde ecoam com grande rumor as respostas da virgem.
Mal alcançaram o umbral, "eis chegado", lhes diz, "o momento
certo para esta consulta! Eis o deus! Eis o deus!", repetia.
Súbito, apenas as portas alcança, mudou-se-lhe o aspecto;
em desalinho os cabelos, os sons mais do fundo, ofegante,
o coração assaltado por fúria incontida, parece
de bem maior estatura e que a voz diferente lhe soasse
que a dos mortais, por falar algum nume ali mesmo escondido.
"Como? Demoras com os votos e as preces, Eneias de Troia?
Pois antes disso os portões deste templo famoso não se abrem."
Disse, e calou-se. Nos teucros o frio até aos ossos penetra,
de puro medo. Do fundo do peito o Troiano se expressa:
"Tu, Febo Apolo, que sempre soubeste ser bom para Troia,
a mão guiaste de Páris e os dardos troianos ao peito[12]
do neto de Éaco! Por ti trazido, adentrei tantos mares,[13]
terras sem termo, as remotas nações dos massílios sombrios,[14]
áridos plainos que os lindes circundam das Sirtes longínquas!
Já que pisamos as bordas da Itália, de nós sempre esquiva,
que de nós outros se aparte a má sorte da gente de Troia!

---

go"). Este Glauco não é nenhum dos Glaucos troianos, mas sim o pescador da Beócia transformado em deus marinho com dons proféticos (ver V, v. 823). Sobre a Sibila, o tradutor omite *Phoebi Triuiaeque* "[sacerdotisa] de Febo e da Trívia".

[12] *Neto de Éaco*: Aquiles, morto pela seta certeira de Páris.

[13] Para efeitos de ritmo, a palavra *por* é tônica.

[14] *Massílios*: "africanos".

Vos quoque Pergameae iam fas est parcere genti,
dique deaeque omnes quibus obstitit Ilium et ingens
gloria Dardaniae. Tuque, o sanctissima uates, 65
praescia uenturi, da (non indebita posco
regna meis Fatis) Latio considere Teucros
errantesque deos agitataque numina Troiae.
Tum Phoebo et Triuiae solido de marmore templum
instituam festosque dies de nomine Phoebi. 70
Te quoque magna manent regnis penetralia nostris:
hic ego namque tuas sortes arcanaque Fata
dicta meae genti, ponam, lectosque sacrabo,
alma, uiros. Foliis tantum ne carmina manda,
ne turbata uolent rapidis ludibria uentis; 75
ipsa canas oro". Finem dedit ore loquendi.
At Phoebi nondum patiens immanis in antro
bacchatur uates, magnum si pectore possit
excussisse deum; tanto magis ille fatigat
os rabidum, fera corda domans, fingitque premendo. 80
Ostia iamque domus patuere ingentia centum
sponte sua uatisque ferunt responsa per auras:
"O tandem magnis pelagi defuncte periclis!
Sed terrae grauiora manent. In regna Lauini
Dardanidae uenient; mitte hanc de pectore curam; 85
sed non et uenisse uolent. Bella, horrida bella,
et Thybrim multo spumantem sanguine cerno.
Non Simois tibi, nec Xanthus, nec Dorica castra
defuerint; alius Latio iam partus Achilles,

E vós, ó deuses e deusas, a quem tanto nojo causaram[15]
glórias de Pérgamo e de Ílio, cessai de obstar-nos os passos.[16]
E tu, santíssima vate, presciente das coisas futuras,
dá — não te peço o indevido — esse reino, promessa dos Fados,
no Lácio ameno fixar nossos numes, os deuses errantes,
tão perseguidos e alfim repatriados ao solo de origem.
Então, um templo de mármore à Trívia e a ti, Febo, suntuoso,
dedicarei, e anualmente festejos em honra de Febo.
A ti também, profetisa, um santuário reservo admirável,
para guardar teus orac'los secretos e os Fados previstos
da minha gente, e ministros seletos darei a eles todos.
Só não confies a folhas teus carmes, deixando-os que ao vento
voem jogados daqui para ali; tu, somente, os dirás".
Arrematou desse modo a oração o caudilho dos teucros.
A profetisa, no entanto, rebelde aos mandados de Apolo,
a debacar pela cova, esbraveja, tentando arrancá-lo[17]
do peito ansioso. Com mais veemência ele a boca lhe aperta,
cheia de espuma, e no peito lhe imprime seus traços mui próprios.
Abrem-se enfim, por si sós, as cem portas do templo suntuoso,
para as alturas levando as respostas da maga Sibila:
"Ó tu, que alfim te livraste dos grandes perigos dos mares!
Outros, maiores, em terra te esperam: aos reinos lavínios
virão os filhos de Dárdano. Disso, porém, não receies;[18]
lastimarão muito cedo até lá terem vindo. Percebo
guerras, terríveis encontros e o Tibre espumando de sangue.
Não sentirás falta aqui nem do Xanto, do torvo Simoente,
nem do arraial dos aqueus. Já no Lácio nasceu outro Aquiles,[19]

---

[15] *Nojo*: aqui, com o sentido de aborrecimento.

[16] *Pérgamo*: aqui, propriamente a cidadela de Ílio, outro nome de Troia.

[17] *Debacar*: enfurecer-se como bacante; Nunes segue Odorico Mendes, que nessa passagem traduz "a debacar braveja". *Arrancá-lo do peito ansioso*: entenda-se, "fazer com que Apolo se exprima".

[18] *Os filhos de Dárdano*: isto é, os troianos.

[19] *Outro Aquiles*: Turno, filho da ninfa Venília. A ele fora prometida Lavínia, que

natus et ipse dea; nec Teucris addita Iuno 90
usquam aberit, cum tu supplex in rebus egenis
quas gentes Italum aut quas non oraueris urbes!
Causa mali tanti coniunx iterum hospita Teucris
externique iterum thalami.
Tu ne cede malis, sed contra audentior ito 95
quam tua te Fortuna sinet. Via prima salutis,
quod minime reris, Graia pandetur ab urbe".
Talibus ex adyto dictis Cumaea Sibylla
horrendas canit ambages antroque remugit,
obscuris uera inuoluens: ea frena furenti 100
concutit et stimulos sub pectore uertit Apollo.
Ut primum cessit furor et rabida ora quierunt,
incipit Aeneas heros: "Non ulla laborum,
o uirgo, noua mi facies inopinaue surgit;
omnia praecepi atque animo mecum ante peregi. 105
Unum oro: quando hic inferni ianua regis
dicitur et tenebrosa palus Acheronte refuso,
ire ad conspectum cari genitoris et ora
contingat; doceas iter et sacra ostia pandas.
Illum ego per flammas et mille sequentia tela 110
eripui his umeris, medioque ex hoste recepi;
ille meum comitatus iter maria omnia mecum
atque omnes pelagique minas caelique ferebat,
inualidus, uires ultra sortemque senectae.
Quin, ut te supplex peterem et tua limina adirem, 115
idem orans mandata dabat. Natique patrisque,
alma, precor, miserere; potes namque omnia, nec te

filho também de uma deusa, e assim mesmo outra Juno, a inimiga
irredutível dos troas. Premido por tantos obstac'los,
de que nações, de que povos da Itália não vais socorrer-te!
E a causa, sempre, a mulher, novamente uma esposa de fora,
tálamo estranho aos troianos.
Porém não cedas; com mais decisão para a frente prossigas
quanto a Fortuna o deixar, pois a luz salvadora — o que nunca
puderas crer — te virá de uma grande cidade dos dânaos".[20]
Com tais rugidos, do fundo da cova a Sibila cumana[21]
conta mistérios terríveis em termos escuros, de envolta
com verdadeiros sucessos. Destarte a deidade dirige
seus arrebatos e o peito ofegante com as rédeas lhe açoita.
Passada a fúria de todo e já livres os lábios da espuma,
disse-lhe o herói em resposta: "Nenhum dos trabalhos, ó virgem,
ora evocados por ti constitui para mim novidade.
Tudo eu havia previsto e de espaço na mente apreciara.
Uma só coisa te peço: uma vez que o caminho do Inferno
começa aqui, na lagoa do rio Aqueronte convulso,
leva-me logo à presença da sombra do pai extremado.
Mostra-me a entrada a transpor, escancara-me as portas sagradas.
Por entre flamas aos centos, milheiros de setas aladas,
o carreguei nestes ombros, salvei-o das turmas imigas.
Meu companheiro de viagem, comigo enfrentou os perigos
inumeráveis das ondas, do céu carrancudo e sombrio,
conquanto inválido fosse, apesar da velhice inamável.
Sim, ele mesmo o ordenou, implorou-me insistente que viesse
falar-te agora. Por isso suplico-te, ó virgem, apiada-te
do pai, do filho aqui vindo. Tens grande poder. Não debalde

---

mais tarde o é a Eneias, o que leva o noivo preterido a guerrear contra o herói. Lavínia,
como Helena, não é troiana, daí os vv. 93-4: *novamente uma esposa de fora,/ tálamo
estranho aos troianos.*

[20] *Cidade*: Palanteia, fundada por Evandro, futuro aliado de Eneias, no monte
Palatino; *dos dânaos*: Evandro é emigrado da Arcádia, província grega, inimiga de
Troia, pelo que o poeta diz *o que nunca puderas crer.*

[21] *Cumana*: de Cumas.

nequiquam lucis Hecate praefecit Auernis;
si potuit Manes arcessere coniugis Orpheus,
Threicia fretus cithara fidibusque canoris,   120
si fratrem Pollux alterna morte redemit
itque reditque uiam totiens. Quid Thesea, magnum
quid memorem Alciden? Et mi genus ab Ioue summo".
Talibus orabat dictis arasque tenebat,
cum sic orsa loqui uates: "Sate sanguine diuum,   125
Tros Anchisiade, facilis descensus Auerno:
noctes atque dies patet atri ianua Ditis;
sed reuocare gradum superasque euadere ad auras,
hoc opus, hic labor est. Pauci, quos aequus amauit
Iuppiter, aut ardens euexit ad aethera uirtus,   130
dis geniti potuere. Tenent media omnia siluae,
Cocytusque sinu labens circumuenit atro.
Quod si tantus amor menti, si tanta cupido est,
bis Stygios innare lacus, bis nigra uidere
Tartara, et insano iuuat indulgere labori,   135
accipe, quae peragenda prius. Latet arbore opaca
aureus et foliis et lento uimine ramus,
Iunoni infernae dictus sacer; hunc tegit omnis
lucus et obscuris claudunt conuallibus umbrae.
Sed non ante datur telluris operta subire   140
auricomos quam quis decerpserit arbore fetus.

Hécate te colocou como guarda dos bosques do Averno.
Se pôde Orfeu evocar dos Infernos os Manes da esposa,
só confiado na lira da Trácia, de cordas cantantes;
se conseguiu remir Pólux o irmão, alternando com ele
na própria morte, ida e volta, mil vezes; a quê recordar-nos[22]
do grão Teseu ou de Alcides? De Jove também eu provenho".[23]
Dessa maneira, com a mão sobre o altar o Troiano expressou-se.
A profetisa lhe disse em resposta: "De origem divina,
filho de Anquises, Troiano! Descer ao Averno é mui fácil:
sempre está aberta de dia e de noite a porteira do Dite.[24]
Mas desandar o caminho e subir outra vez para o claro,
eis todo o ponto, o trabalho mais duro. Bem poucos, amados
do grande Jove, ou os que ao céu se elevaram por mérito próprio,
filhos de deuses, de fato o alcançaram. Florestas imensas
há de permeio no Averno, ao redor do Cocito sinuoso.[25]
Mas, se revelas tão grande cobiça, tão forte desejo
de duas vezes o Estige cruzar, contemplar duas vezes
o escuro Tártaro, e o negro trabalho enfrentar decidido,
ouve o que tens de fazer em primeiro lugar: sob a copa
densa de uma árvore oculta-se um ramo de talo flexível,
de folhas áureas, a Juno infernal dedicado. A floresta
no seu negrume o acoberta, nas sombras dos vales profundos.
Mas não é dado a ninguém penetrar até ao centro da terra,
sem que primeiro dessa árvore arranque o áureo ramo com folhas.

---

[22] *A quê*: com o sentido de "por que".

[23] Eneias enumera aqueles que conseguiram ir e voltar dos Infernos: *Orfeu*, que foi em busca de Eurídice, sua *esposa*; Castor, o *irmão de Pólux*, que ganhou de Júpiter a imortalidade no céu, mas, morto o irmão, não a aceitou, até que no céu ficassem em dias alternados; Hércules (*Alcides*, v. 123), que foi em busca de Cérbero, o cão de guarda, cuja ferocidade fez que fosse reenviado aos infernos; e *Teseu* (ver nota ao v. 394).

[24] *Dite*: isto é, Orco, senhor dos Infernos (ver IV, v. 703, *Plutão*, e V, v. 732).

[25] *Averno*: aqui, designa não o lago, mas os Infernos propriamente. *Cocito* e *Estige* (v. 134) são rios que os atravessam; *o escuro Tártaro* (v. 135) é uma das suas regiões mais profundas.

Hoc sibi pulchra suum ferri Proserpina munus
instituit. Primo auulso non deficit alter
aureus, et simili frondescit uirga metallo.
Ergo alte uestiga oculis et rite repertum   145
carpe manu; namque ipse uolens facilisque sequetur,
si te Fata uocant; aliter non uiribus ullis
uincere nec duro poteris conuellere ferro.
Praeterea iacet exanimum tibi corpus amici
(heu nescis) totamque incestat funere classem,   150
dum consulta petis nostroque in limine pendes.
Sedibus hunc refer ante suis et conde sepulcro.
Duc nigras pecudes; ea prima piacula sunto.
Sic demum lucos Stygis et regna inuia uiuis
aspicies". Dixit, pressoque obmutuit ore.   155
Aeneas maesto defixus lumina uultu
ingreditur linquens antrum, caecosque uolutat
euentus animo secum. Cui fidus Achates
it comes et paribus curis uestigia figit.
Multa inter sese uario sermone serebant,   160
quem socium exanimem uates, quod corpus humandum
diceret. Atque illi Misenum in litore sicco,
ut uenere, uident indigna morte peremptum,
Misenum Aeoliden, quo non praestantior alter
aere ciere uiros Martemque accendere cantu.   165
Hectoris hic magni fuerat comes, Hectora circum
et lituo pugnas insignis obibat et hasta.
Postquam illum uita uictor spoliauit Achilles,
Dardanio Aeneae sese fortissimus heros

Esse, o preceito que a bela Prosérpina impôs ao seu culto:
quando o primeiro é tirado, logo outro floresce na vara,
de ouro também recoberta, rebento precioso, em verdade.
Busca-o, então, com a vista e, uma vez encontrado, de acordo
com os sacros ritos o colhe, pois, sendo-te o Fado bondoso,
por próprio impulso te cede. Porém, noutro caso não há de
força nenhuma arrancá-lo, nem mesmo a do ferro potente.
Mas, enquanto isso — mal sabes, coitado! —, insepulto, o cadáver
de um companheiro se encontra, o que a todos os mais contamina,[26]
enquanto aqui te demoras às voltas com esta consulta.
Antes do mais, o repouso lhe apresta, no túmulo o deita.
Seja a primeira expiação imolar reses negras do estilo.
Só desse modo hás de ver os domínios vedados aos vivos,
selvas estígias". Falou. Logo a boca cerrada emudece.
Entristecido o semblante, olhos baixos, Eneias a cova
deixa, e prossegue o caminho a agitar no imo peito os eventos
cegos, do Fado preditos. Acates, seu fiel companheiro,
segue-o de perto, a volver na alma nobre as ideias do amigo.
Conversação prolongada mantêm, de variados assuntos:
o companheiro quem seja, insepulto, que a maga Sibila
lhes anunciara. Mas, quando alcançaram a praia arenosa,
veem a Miseno, da vida roubado por morte traiçoeira,
o filho de Éolo, que não cedia a ninguém na arte excelsa[27]
de despertar com o clarim a coragem dos fortes guerreiros.
Fora escudeiro de Heitor; sempre ao lado de Heitor era visto,
a manejar com igual eficiência o clarim e a hasta longa.
Mas, quando Aquiles a Heitor despojou da preciosa existência,
o nobre herói ao dardânida Eneias de pronto associou-se,

---

[26] *Contamina*: com o sentido de "poluir moral e espiritualmente".

[27] *Filho de Éolo*: entenda-se, "digno de Éolo" por causa da notável habilidade de Miseno como soprador da corneta; assim, "filho de Éolo" (*Aeolides*) não seria, neste caso, adjetivo patronímico (se for, este Éolo, então, pode ser o troiano mencionado em XII, v. 542). Para efeitos de ritmo, a palavra *que* é tônica.

addiderat socium, non inferiora secutus. 170
Sed tum, forte caua dum personat aequora concha,
demens, et cantu uocat in certamina diuos,
aemulus exceptum Triton, si credere dignum est,
inter saxa uirum spumosa immerserat unda.
Ergo omnes magno circum clamore fremebant, 175
praecipue pius Aeneas. Tum iussa Sibyllae,
haud mora, festinant flentes aramque sepulcri
congerere arboribus caeloque educere certant.
Itur in antiquam siluam, stabula alta ferarum;
procumbunt piceae, sonat icta securibus ilex 180
fraxineaeque trabes cuneis et fissile robur
scinditur, aduoluunt ingentes montibus ornos.
Nec non Aeneas opera inter talia primus
hortatur socios, paribusque accingitur armis.
Atque haec ipse suo tristi cum corde uolutat, 185
aspectans siluam immensam, et sic uoce precatur:
"Si nunc se nobis ille aureus arbore ramus
ostendat nemore in tanto, quando omnia uere
heu nimium de te uates, Misene, locuta est".
Vix ea fatus erat, geminae cum forte columbae 190
ipsa sub ora uiri caelo uenere uolantes
et uiridi sedere solo. Tum maximus heros
maternas agnoscit aues laetusque precatur:
"Este duces, o, si qua uia est, cursumque per auras

não inferior ao primeiro nos jogos do fero Mavorte.[28]
Como uma vez atroasse o mar bravo com sua buzina,
e a desafiar atreveu-se — perfeita loucura! — as deidades,
enciumado, Tritão — quem o crera? — o apanhou de surpresa,
para afundá-lo por entre os penedos nas ondas bravias.[29]
Em derredor do cadáver os fortes troianos choravam
e, mais que todos, Eneias. Sem tempo perder, à Sibila
por entre choro obedecem, de troncos e galhos formando
funérea pira, muito alta, a roçar pelo céu estrelado.
Entram na selva vetusta, das feras abrigo seguro.
Fere de rijo o machado; carvalhos em barda ali tombam,[30]
forte enzinheiro, fraxíneos madeiros de tronco nodoso[31]
rachados são. Vão rodando dos montes os olmos gigantes.
O próprio Eneias também toma parte naqueles trabalhos,
sempre a animar os consócios e armado de iguais instrumentos.[32]
E ao se deter na visão da floresta sem fim, revolvendo
no coração seus cuidados, destarte um pedido formula:
"Se nesta selva tremenda eu achasse o áureo ramo predito,
tal como tão verazmente saiu tudo quanto a Sibila
profetizou quanto a ti, ó Miseno!, o teu triste destino".
Mal terminara, e eis percebe a baixar do alto céu duas pombas
gêmeas, aos olhos do herói claramente visíveis, que pousam
na verde relva. Exultante, o magnânimo herói reconhece
nos dois voláteis as aves maternas, e alegre prossegue:[33]
"Sede-nos guia, se houver aí por cima caminho até o bosque,

---

[28] *Jogos de Mavorte*: combates de Marte, a guerra.

[29] Entenda-se: Miseno soprou a concha (*buzina*), elemento marinho, e Tritão, que tocava búzio, sentiu-se provocado e afogou-o.

[30] *Em barda*: em grande quantidade.

[31] *Fraxíneos*: semelhantes ao freixo, árvore de madeira dúctil.

[32] *Armado*: conforme o manuscrito do tradutor, e não "armados", como nas edições anteriores.

[33] *As aves maternas*: as pombas são as aves de Vênus. Nota-se, pelo v. 196, que Eneias percebe nas pombas a presença da mãe.

dirigite in lucos, ubi pinguem diues opacat 195
ramus humum. Tuque, o, dubiis ne defice rebus,
diua parens". Sic effatus uestigia pressit
obseruans quae signa ferant, quo tendere pergant.
Pascentes illae tantum prodire uolando
quantum acie possent oculi seruare sequentum. 200
Inde ubi uenere ad fauces graue olentis Auerni,
tollunt se celeres liquidumque per aera lapsae
sedibus optatis geminae super arbore sidunt,
discolor unde auri per ramos aura refulsit.
Quale solet siluis brumali frigore uiscum 205
fronde uirere noua, quod non sua seminat arbos,
et croceo fetu teretes circumdare truncos,
talis erat species auri frondentis opaca
ilice, sic leni crepitabat brattea uento.
Corripit Aeneas extemplo auidusque refringit 210
cunctantem, et uatis portat sub tecta Sibyllae.
Nec minus interea Misenum in litore Teucri
flebant et cineri ingrato suprema ferebant.
Principio pinguem taedis et robore secto
ingentem struxere pyram, cui frondibus atris 215
intexunt latera, et ferales ante cupressos
constituunt, decorantque super fulgentibus armis.
Pars calidos latices et aena undantia flammis
expediunt, corpusque lauant frigentis et unguunt.
Fit gemitus. Tum membra toro defleta reponunt, 220
purpureasque super uestes, uelamina nota,
coniciunt. Pars ingenti subiere feretro,
triste ministerium, et subiectam more parentum
auersi tenuere facem. Congesta cremantur
turea dona, dapes, fuso crateres oliuo. 225

e dirigi vosso curso para a árvore densa onde o ramo
faz sombra à terra! E tu, mãe, deusa augusta, não faltes ao filho
nesta aflição!" Ao depois, se deteve a observar as pombinhas,
pelos sinais ostensivos, a rota e o local a que tendem.
Ambas, de início, o chão verde debicam, e em voos rasteiros
só se adiantavam o quanto alcançá-las a vista pudesse.
Mas, ao chegarem às fauces do fétido Averno, levantam
rápido voo e, librando-se lestes pelo éter macio,
pousam de leve, irmãs gêmeas, na copa de uma árvore, a mesma
a que visavam de longe. Entre as folhas refulge o áureo ramo.
Como nos frios do inverno floresce nas selvas o visco
na árvore não fecundada por ele, adornado de vida
com suas frutas de cor amarela, no tronco paciente:
tal, na frondente enzinheira, o áureo ramo brilhava entre as folhas,
como de fato as folhetas soavam ao sopro dos ventos.
Rápido, Eneias o agarra, impaciente o destaca e, depressa,
leva-o até a gruta sombria da vate inspirada, a Sibila.
Nesse entrementes, na praia os troianos pranteavam Miseno,
e à cinza ingrata do amigo prestavam as últimas honras.[34]
Com resinosas madeiras e troncos do roble gigante,
montam primeiro uma pira elevada, com negra folhagem
nos quatro lados, e, firmes na frente, funéreos ciprestes.
Armas guerreiras, alfim, rebrilhavam por cima de tudo.
Uns põem água no fogo em caldeiras de bronze, outros lavam[35]
por entre prantos o corpo já frio e de unguentos odoros
o perfumaram; depois, na fogueira colocam o corpo
lavado em lágrimas, nas vestiduras purpúreas envolto,
de uso do herói quando vivo e que a todas as mais preferia;
outros carregam o féretro imenso — bem triste serviço! —
segundo o rito paterno, com o rosto virado. Tudo arde:[36]
crateras de óleo, os despojos das vítimas, gratos perfumes.

---

[34] *Ingrata*: aqui, com o sentido de "triste".

[35] Para efeitos de ritmo, *põem* é dissilábico.

[36] *Com o rosto virado*: para não ver a alma partir.

Postquam collapsi cineres et flamma quieuit
reliquias uino et bibulam lauere fauillam,
ossaque lecta cado texit Corynaeus aeno.
Idem ter socios pura circumtulit unda
spargens rore leui et ramo felicis oliuae,   230
lustrauitque uiros, dixitque nouissima uerba.
At pius Aeneas ingenti mole sepulcrum
imponit suaque arma uiro remumque tubamque
monte sub aerio, qui nunc Misenus ab illo
dicitur aeternumque tenet per saecula nomen.   235
His actis, propere exsequitur praecepta Sibyllae.
Spelunca alta fuit uastoque immanis hiatu,
scrupea, tuta lacu nigro nemorumque tenebris,
quam super haud ullae poterant impune uolantes
tendere iter pennis: talis sese halitus atris   240
faucibus effundens supera ad conuexa ferebat,
(unde locum Grai dixerunt nomine Aornon).
Quattuor hic primum nigrantes terga iuuencos
constituit, frontique inuergit uina sacerdos,
et summas carpens media inter cornua saetas   245
ignibus imponit sacris, libamina prima,
uoce uocans Hecaten caeloque Ereboque potentem.
Supponunt alii cultros tepidumque cruorem
suscipiunt pateris. Ipse atri uelleris agnam
Aeneas matri Eumenidum magnaeque sorori   250
ense ferit, sterilemque tibi, Proserpina, uaccam.
Tum Stygio regi nocturnas inchoat aras
et solida imponit taurorum uiscera flammis,
pingue superque oleum infundens ardentibus extis.

Logo que as chamas morreram e em cinzas o mais se mudara,
lavam com vinho as relíquias desfeitas em quente borralho.
Já separados os ossos, numa urna os depôs Corineu,
feita de bronze. Três vezes aos sócios à volta borrifa
com um consagrado raminho de oliva embebido na linfa,
para expungi-los. O adeus derradeiro por fim enunciaram.
O pio Eneias, então, monumento erigiu majestoso,
no qual o remo do herói colocou, suas armas, a tuba,
ao pé de um monte altaneiro, que o nome tomou de Miseno
e o guardará na sequência infindável dos sec'los vindoiros.
Tudo isso feito, sem mora os preceitos da maga executam.
Vasta espelunca ali se acha, entre as rochas, de boca espantosa,
bem defendida por negra palude e a floresta sombria,[37]
que impunemente transvoar os voláteis jamais conseguiram
no seu percurso, tão negros vapores do centro se exalam,
escancaradas as fauces, subindo para o ar de contínuo
(donde chamarem-lhe os velhos helenos "Sem pássaros": Aorno).[38]
Para esse ponto primeiro levou quatro negros novilhos;
a profetisa nos testos o vinho ritual lhes derrama;[39]
logo depois, dentre os cornos as pontas das cerdas apara,
e, presto, às chamas sagradas lançou, as primeiras oblatas,
alto chamando por Hécate, deusa no céu e no Averno.
Outros as vítimas cortam por baixo e nas copas o sangue
quente recolhem. Eneias, sacando da espada, uma ovelha
negra oferece às Eumênidas, filhas da Noite, e à irmã Terra,[40]
deusa potente, e uma vaca, Prosérpina, estéril te vota.
Aras noturnas, depois, alça ao rei poderoso do Estige
e joga às chamas entranhas inteiras dos bois imolados;
óleo abundante também sobre as vísceras quentes derrama.

---

[37] *Palude*: pântano. O tradutor emprega o termo no feminino, o que é arcaísmo, como indica a abonação de Morais.

[38] *Aorno*: aqui, dissilábico.

[39] *Testos*: as testas dos novilhos.

[40] *Eumênidas*: ou Eumênides, as "Benevolentes", nome eufemístico das Fúrias.

Ecce autem primi sub lumina solis et ortus,   255
sub pedibus mugire solum et iuga coepta moueri
siluarum, uisaeque canes ululare per umbram,
aduentante dea. "Procul, o procul este, profani",
conclamat uates, "totoque absistite luco;
tuque inuade uiam uaginaque eripe ferrum: 260
nunc animis opus, Aenea, nunc pectore firmo".
Tantum effata, furens antro se immisit aperto;
ille ducem haud timidis uadentem passibus aequat.
Di, quibus imperium est animarum, umbraeque silentes,
et Chaos et Phlegethon, loca nocte tacentia late,   265
sit mihi fas audita loqui; sit numine uestro
pandere res alta terra et caligine mersas!
Ibant obscuri sola sub nocte per umbram,
perque domos Ditis uacuas et inania regna:
quale per incertam lunam sub luce maligna   270
est iter in siluis, ubi caelum condidit umbra
Iuppiter, et rebus nox abstulit atra colorem.
Vestibulum ante ipsum primisque in faucibus Orci
Luctus et ultrices posuere cubilia Curae;
pallentesque habitant Morbi tristisque Senectus   275
et Metus et malesuada Fames ac turpis Egestas,
terribiles uisu formae, Letumque Labosque;
tum consanguineus Leti Sopor et mala mentis
Gaudia mortiferumque aduerso in limine Bellum,
ferreique Eumenidum thalami et Discordia demens   280
uipereum crinem uittis innexa cruentis.
In medio ramos annosaque brachia pandit

Eis senão quando, ao surgirem sinais da risonha alvorada,
começa a terra a mugir sob seus pés, a moverem-se as frondes
de toda a mata. O latido dos cães pelas sombras avisa
que a divindade está perto. "Afastai-vos do bosque, profanos!",
a profetisa exclamou; "afastai-vos do bosque! Bem longe!
E tu, Eneias, adianta-te! Saca de vez dessa espada
com varonil destemor; ora cumpre mostrar quanto vales".
Assim falando, furiosa avançou pela cova sinistra.
Não menos firme lhe segue as pegadas o forte guerreiro.
Deuses que o império exerceis sobre as almas, as sombras caladas,
o Caos sem luz, Flegetonte, moradas das noites silentes![41]
Seja-me lícito manifestar-me a respeito das coisas
por mim ouvidas, contar os segredos do abismo e das trevas!
Sem vacilar, adiantaram-se pelo negrume da noite[42]
e as moradias inanes de Dite e seus reinos desertos,
como viandantes à luz pestilente da lua maligna
pelas veredas do mato, no instante em que Júpiter cobre
o firmamento de sombras e as coisas despoja das cores.
Já no vestíbulo, nas fauces do Orco, primeiro de tudo
a moradia se vê dos Remorsos, do pálido Medo,
Enfermidades de aspecto tristonho, a Velhice inamável,
e a Fome má conselheira, a Pobreza aviltante, as Mazelas,
visões de horror, mais a Morte, seguida do Sono, irmãos gêmeos,
insuportáveis Trabalhos, e os Gozos proibidos da mente,
Guerra letal do outro lado e nos tálamos férreos as Fúrias
irreprimíveis, e a negra Discórdia a pentear os cabelos
de cobras vivas, com laços sangrentos cuidosa a enfeitá-los.
No centro se ergue um olmeiro gigante de braços anosos,

---

[41] Neste verso, invocam-se deuses e seres infernais: *Caos*: o vazio primordial; *Flegetonte*: o rio, cuja corrente são chamas, que se une ao *Cocito* e forma o Aqueronte.

[42] No original, *ibant obscuri sola sub nocte per umbram*, literalmente, "iam obscuros sob a noite solitária pela sombra". Verso famoso pela hipálage, figura de expressão que transfere a um termo um qualificativo que pertence a outro. No caso, dupla hipálage, pois "obscuros" seria qualificativo de "sombra" e "solitária" dos protagonistas. Assim, Eneias e a Sibila: "iam *solitários* sob a noite pela sombra *obscura*".

ulmus opaca, ingens, quam sedem Somnia uulgo
Pana tenere ferunt, foliisque sub omnibus haerent.
Multaque praeterea uariarum monstra ferarum: 285
Centauri in foribus stabulant Scyllaeque biformes,
et centumgeminus Briareus ac belua Lernae
horrendum stridens, flammisque armata Chimaera,
Gorgones Harpyiaeque et forma tricorporis umbrae.
Corripit hic subita trepidus formidine ferrum   290
Aeneas strictamque aciem uenientibus offert,
et, ni docta comes tenues sine corpore uitas
admoneat uolitare caua sub imagine formae,
irruat et frustra ferro diuerberet umbras.
Hinc uia Tartarei quae fert Acherontis ad undas.   295
Turbidus hic caeno uastaque uoragine gurges
aestuat atque omnem Cocyto eructat harenam.
Portitor has horrendus aquas et flumina seruat
terribili squalore Charon, cui plurima mento
canities inculta iacet, stant lumina flamma,   300
sordidus ex umeris nodo dependet amictus.
Ipse ratem conto subigit uelisque ministrat
et ferruginea subuectat corpora cymba,
iam senior, sed cruda deo uiridisque senectus.
Huc omnis turba ad ripas effusa ruebat,   305
matres atque uiri, defunctaque corpora uita
magnanimum heroum, pueri innuptaeque puellae,

com Sonhos vãos, se é de crer, pendurados nas folhas sem conta.
Ademais desses, na entrada outros monstros de feras demoram:[43]
biformes Cilas, Briareu de cem braços no seu rodopio,
os indomáveis Centauros, velozes no ataque e na fuga,
a Hidra de Lerna, plangente, com seus sibilantes gemidos,
mais a Quimera a lançar sempre flamas da goela abrasada,
terribilíssimas Górgonas junto às funestas Harpias
e a alma do imenso Gerião de três corpos em luta constante.
Eis que, de medo tornado, da espada o caudilho troiano
saca, e de ponta acomete os mais próximos vultos de em torno.
Não fosse a sábia Sibila adverti-lo de que eram fantasmas
aquelas sombras em giro, por certo ele houvera esgrimido
sem resultado nenhum sua espada, a espetar o vazio.
Daqui se aparta o caminho que leva ao tartáreo Aqueronte,[44]
túrbida veia de aspecto lodoso, em perene remoinho;
que sua carga de areia vomita no negro Cocito.
Guarda estas águas e rios o horrendo barqueiro Caronte,
de sujidade espantosa e com barba grisalha até ao peito,
sem tratamento nenhum; como chispas fagulham-lhe os olhos,
sórdido manto pendente dos ombros um nó mal sustenta.
O próprio velho maneja uma vara e o velame acomoda
da negra barca, adequada ao transporte daqueles fantasmas.
Velho, realmente; porém, como é deus, de viril senectude.
Aquela turba de sombras as margens do rio procura,
mães, seus esposos, heróis de alma grande privados de vida,

---

[43] Na sequência são nomeados os seguintes *monstros*: *Cilas*: ver III, vv. 420-32; *Briareu*: um dos Hecatonquiros, isto é, Gigantes com cem mãos e cinquenta cabeças (ver X, v. 565); os *Centauros*: monstros com a cabeça e o tronco de homem, e o resto do corpo, de cavalo; a *Hidra de Lerna*: serpente de sete cabeças (sendo *Lerna* um pântano da Argólida); a *Quimera*: monstro com cabeça de leão, corpo de cabra e cauda de dragão, que expelia chamas pela boca; as *Górgonas*: mulheres cujos cabelos eram serpentes e que transformavam em pedra quem as olhasse; as *Harpias*: ver III, vv. 209-18; *Gerião*: gigante com três cabeças e corpo tríplice até a cintura.

[44] *Daqui se aparta*: entenda-se, "daqui se inicia"; *Aqueronte* é o rio que as almas devem atravessar para chegar ao reino dos mortos.

impositique rogis iuuenes ante ora parentum:
quam multa in siluis autumni frigore primo
lapsa cadunt folia, aut ad terram gurgite ab alto   310
quam multae glomerantur aues, ubi frigidus annus
trans pontum fugat et terris immittit apricis.
Stabant orantes primi transmittere cursum
tendebantque manus ripae ulterioris amore.
Nauita sed tristis nunc hos nunc accipit illos,   315
ast alios longe submotos arcet harena.
Aeneas, miratus enim motusque tumultu,
"Dic", ait, "o uirgo, quid uult concursus ad amnem?
Quidue petunt animae, uel quo discrimine ripas
hae linquunt, illae remis uada liuida uerrunt?"   320
Olli sic breuiter fata est longaeua sacerdos:
"Anchisa generate, deum certissima proles,
Cocyti stagna alta uides Stygiamque paludem,
di cuius iurare timent et fallere nomen.
Haec omnis, quam cernis, inops inhumataque turba est;   325
portitor ille Charon; hi, quos uehit unda, sepulti.
Nec ripas datur horrendas et rauca fluenta
transportare prius quam sedibus ossa quierunt.
Centum errant annos uolitantque haec litora circum;
tum demum admissi stagna exoptata reuisunt".   330
Constitit Anchisa satus et uestigia pressit,
multa putans, sortemque animo miseratus iniquam.
Cernit ibi maestos et mortis honore carentes
Leucaspim et Lyciae ductorem classis Oronten,
quos, simul ab Troia uentosa per aequora uectos,   335
obruit Auster, aqua inuoluens nauemque uirosque.
Ecce gubernator sese Palinurus agebat,
qui Libyco nuper cursu, dum sidera seruat,
exciderat puppi mediis effusus in undis.

belos mancebos, donzelas inuptas e crianças entregues[45]
à inamável fogueira ante a vista dos pais desolados.
Tal como caem nas matas as folhas aos frios do outono,
quando no início, ou como aves aos bandos que o inverno escorraça,
no seu rigor, através do Oceano, à procura de terras
de condições menos duras a todos e mais suportáveis:
assim, na praia apinhados, as mãos suplicantes, pediam
que os transportassem primeiro de todos para a outra barranca.
O carrancudo barqueiro, porém, ora acolhe umas almas,
ora outras muitas rechaça, afastando-as medrosas da praia.
Desse tumulto admirado, à Sibila o guerreiro pergunta:
"Virgem, por que tal concurso de sombras nas margens do rio?
Qual o pedido das almas? A causa de serem deixadas
umas na praia, enquanto outras com o remo a água túrbida varrem?"
Em termos breves então lhe responde a longeva Sibila:
"Filho de Anquises, certíssima prole dos deuses eternos!
Vês do Cocito os profundos estanques e o lago do Estige,
por cujo nome receiam jurar sem cumprir as deidades.
Toda essa turba em tua frente é dos mortos sem túmulo, expostos;
este, o barqueiro Caronte e, inumados, os mais passageiros,[46]
porque vedado lhe está transportar das ribeiras horrendas
alma nenhuma se os ossos ficaram na terra insepultos;
cem anos vagam volteando sem pausa ao redor destas praias,
té que, admitidos, consigam transpor a almejada corrente".
Para o rebento de Anquises, imerso nos seus pensamentos,
a deplorar a aspereza da sorte daqueles coitados.
De aspecto triste e privado das honras fúnereas, distingue
perto Leucáspide e Oronte, este chefe da esquadra troiana;
ambos de volta da Troia dos ventos por Austro apanhados,
conjuntamente com os barcos num pronto afundaram nas águas.
Nisso, percebe ali perto o piloto da nau, Palinuro,
que de pouquinho, na rota da Líbia, ao mirar as estrelas

---

[45] *Inuptas*: solteiras.

[46] *Inumados*: enterrados.

Hunc ubi uix multa maestum cognouit in umbra, 340
sic prior alloquitur: "Quis te, Palinure, deorum
eripuit nobis medioque sub aequore mersit?
Dic age. Namque mihi, fallax haud ante repertus,
hoc uno responso animum delusit Apollo,
qui fore te ponto incolumem finesque canebat 345
uenturum Ausonios. En haec promissa fides est?"
Ille autem: "Neque te Phoebi cortina fefellit,
dux Anchisiade, nec me deus aequore mersit.
Namque gubernaclum multa ui forte reuulsum,
cui datus haerebam custos cursusque regebam, 350
praecipitans traxi mecum. Maria aspera iuro
non ullum pro me tantum cepisse timorem,
quam tua ne spoliata armis, excussa magistro,
deficeret tantis nauis surgentibus undis.
Tres Notus hibernas immensa per aequora noctes 355
uexit me uiolentus aqua; uix lumine quarto
prospexi Italiam summa sublimis ab unda.
Paulatim adnabam terrae; iam tuta tenebam,
ni gens crudelis madida cum ueste grauatum
prensantemque uncis manibus capita aspera montis 360
ferro inuasisset praedamque ignara putasset.
Nunc me fluctus habet uersantque in litore uenti.
Quod te per caeli iucundum lumen et auras,
per genitorem oro, per spes surgentis Iuli,
eripe me his, inuicte, malis: aut tu mihi terram 365
inice, namque potes, portusque require Velinos;

caiu da popa no mar, submergindo depressa nas ondas.
Ao lobrigá-lo no escuro, feições abatidas, falou-lhe[47]
desta maneira o Troiano: "Que deus, Palinuro, da nave
te arrebatou para sempre e no pélago imano afundou-te?
Fala-me; pois Febo Apolo, que nunca até então me enganara,
só me iludiu desta vez, ao dizer-me que incólume havias
de atravessar estes mares, até nos terrenos da Ausônia
tomares pé. Que veraz profecia do deus dos orac'los!"[48]
E ele, em resposta: "Nem Febo iludiu-te com suas palavras,
chefe Anquisíada, nem me atirou nenhum deus no mar fundo,[49]
mas arrancado com muita violência foi o braço do leme
que me confiaras para eu dirigir teu veleiro nas ondas.
Nele seguro, afundei. Pelos mares revoltos te juro
que medo algum por mim mesmo senti; afligia-me a sorte
de tua nau que, privada do mestre, vogava sem rumo,
sem meio algum de escapar dos embates das ondas furiosas;
Noto violento durante três noites de feia borrasca[50]
água atirou-me daqui para ali, té que ao tênue vislumbre
do quarto dia, das ondas mais altas a Itália avistasse.
Pouco a pouquinho nadei para terra, e bastante confiado
já me sentia no firme, a grimpar uns rochedos, pesado
da roupa e d'água; porém assaltado me vi de inopino[51]
por desalmados indígenas, certos de um rico despojo.
Ora meu corpo é joguete das ondas; nas praias o atiram.
Por esta luz deleitosa e estas auras que fundo respiras,
por teu bom pai, o futuro de Ascânio de tanta esperança,
salva-me — o que para ti é mui fácil — de tanta miséria.

---

[47] *Lobrigar*: entrever.

[48] Eneias o diz com ironia.

[49] *Anquisíada*: Eneias, filho de Anquises.

[50] *Noto*: o vento do sul.

[51] *Da*, conforme o manuscrito do tradutor (e não "de", como em outras edições). *Assaltado me vi*: no original, *ferro inuasisset*, a rigor, "fui golpeado a ferro".

aut tu, si qua uia est, si quam tibi diua creatrix
ostendit (neque enim, credo, sine numine diuum
flumina tanta paras Stygiamque innare paludem),
da dextram misero et tecum me tolle per undas,   370
sedibus ut saltem placidis in morte quiescam".
Talia fatus erat, coepit cum talia uates:
"Unde haec, o Palinure, tibi tam dira cupido?
Tu Stygias inhumatus aquas amnemque seuerum
Eumenidum aspicies, ripamue iniussus adibis?   375
Desine Fata deum flecti sperare precando.
Sed cape dicta memor, duri solatia casus:
nam tua finitimi, longe lateque per urbes
prodigiis acti caelestibus, ossa piabunt
et statuent tumulum et tumulo sollemnia mittent,   380
aeternumque locus Palinuri nomen habebit".
His dictis curae emotae pulsusque parumper
corde dolor tristi; gaudet cognomine terrae.
Ergo iter inceptum peragunt fluuioque propinquant.
Nauita quos iam inde ut Stygia prospexit ab unda   385
per tacitum nemus ire pedemque aduertere ripae,
sic prior aggreditur dictis atque increpat ultro:
"Quisquis es, armatus qui nostra ad flumina tendis,
fare age, quid uenias, iam istinc et comprime gressum.
Umbrarum hic locus est, somni noctisque soporae;   390
corpora uiua nefas Stygia uectare carina.

Na própria rota em que te achas sepulta o meu corpo indo a Vélias;[52]
ou, se o preferes, se plano melhor te sugere a divina
mãe — pois não creio que estejas carente do amparo dos deuses,
para arrostares o rio infernal e a lagoa do Estige —,
a destra estende a este mísero e o leva no dorso das águas,
para que ao menos a sombra se goze de algum refrigério".[53]
Assim falou. Por sua vez manifesta-se a velha Sibila:
"De onde te vem, Palinuro, esse tão insensato desejo?
Tu, insepulto, verias as águas do Estige e a corrente
das negras Fúrias? Pisar sem mandado a barranca fronteira?[54]
Perde a esperança de os Fados dobrares com a tua insistência.
Como consolo em tão grande desdita, ouve bem o que eu digo:
os moradores de em torno a estas praias, instados por muitas
assombrações, mil prodígios, teus Manes por todos os meios[55]
hão de aplacar, belo túmulo erguer-te, solenes oblatas.
De Palinuro há de o nome a região conservar para sempre".
Essas palavras mais calmo o deixaram e a dor atenuaram
do coração, à ideia de dar o seu nome à cidade.[56]
Reiniciado o caminho, aproximam-se do Flegetonte.
Como o barqueiro notasse de longe, do lago do Estige,
que eles andavam no bosque silente no rumo da margem,
aborrecido cortou-lhes o passo e falou-lhes destarte:
"Quem és, que, armado, ingressaste no bosque do meu rio escuro?
Dize o que intentas; não dês mais um passo; detém-te onde te achas.
Esta é região só de sombras, do sono, da noite enfadonha.

---

[52] *Vélias*: ou Vélia, cidade da Lucânia, província ao sul da Itália.

[53] *A sombra se goze de algum refrigério*: entenda-se, "a sombra que eu sou desfrute de algum repouso".

[54] *A barranca fronteira*: a margem oposta.

[55] *Manes*: no original, *ossa*, a rigor, "ossos"; aqui com o sentido de "as almas divinizadas dos mortos"; ver v. 119, e II, v. 587.

[56] *Cidade*: no original, *terrae*, literalmente "lugar". De fato, o cabo da Lucânia onde, no mito, o piloto foi enterrado chama-se até hoje cabo Palinuro. O termo *cidade* é aqui anacronismo do tradutor, pois a cidade homônima, mesmo na lenda, ainda não fora fundada.

Nec uero Alciden me sum laetatus euntem
accepisse lacu, nec Thesea Pirithoumque,
dis quamquam geniti atque inuicti uiribus essent.
Tartareum ille manu custodem in uincla petiuit,   395
ipsius a solio regis, traxitque trementem;
hi dominam Ditis thalamo deducere adorti".
Quae contra breuiter fata est Amphrysia uates:
"Nullae hic insidiae tales; absiste moueri;
nec uim tela ferunt; licet ingens ianitor antro   400
aeternum latrans exsangues terreat umbras,
casta licet patrui seruet Proserpina limen.
Troius Aeneas, pietate insignis et armis,
ad genitorem imas Erebi descendit ad umbras.
Si te nulla mouet tantae pietatis imago,   405
at ramum hunc" (aperit ramum, qui ueste latebat)
"agnoscas". Tumida ex ira tum corda residunt.
Nec plura his. Ille admirans uenerabile donum
fatalis uirgae, longo post tempore uisum,
caeruleam aduertit puppim ripaeque propinquat.   410
Inde alias animas, quae per iuga longa sedebant,
deturbat laxatque foros; simul accipit alueo
ingentem Aenean. Gemuit sub pondere cymba
sutilis et multam accepit rimosa paludem.
Tandem trans fluuium incolumes uatemque uirumque   415
informi limo glaucaque exponit in ulua.
Cerberus haec ingens latratu regna trifauci

Corpo com vida não posso levar no meu barco dos mortos.
Para meu dano, em verdade, aceitei carregar a esse Alcides,
quando aqui veio, e Pirítoo, e Teseu, muito embora eles fossem[57]
da alta linhagem dos deuses, varões de invejável pujança.
Mão desarmada, o primeiro arrastou o guardião dos Infernos,
acorrentado, do trono de Dite, a ganir só de medo;[58]
os outros dois intentaram raptar do seu leito a senhora".
A profetisa de Apolo de Anfriso lhe disse, em resposta:[59]
"Não abrigamos insídia nenhuma; sossega esse gênio;
nem são nocivas as armas. O grande porteiro prossiga
no seu mister, a ladrar para as sombras carentes de vida,
e continue tranquila Prosérpina junto do tio.[60]
O teucro Eneias, varão mui piedoso e de braço invencível,
desce à procura do pai, entre as sombras inanes do Inferno.
Se não te move o espetac'lo de tanta piedade, que ao menos
este sinal reconheças". E logo, de baixo das vestes
o ramo oculto retira. De pronto acalmou-se-lhe a raiva.
Nada mais disse a Sibila. Admirado Caronte ante o aspecto
do dom fatal do áureo ramo, por ele não visto de muito,
vira a cerúlea barcaça e da margem de cá se aproxima;
e ao mesmo tempo que faz evacuar de seus bancos as almas
ali sentadas, a bordo recebe sem mais cerimônias
o corpulento Troiano. Ao seu peso gemeu a barcaça,
fraca para isso, e fez água lodosa por todos os lados.
Mas, afinal, sem maiores trabalhos depôs na outra margem
o herói e a vate, em terreno encharcado e de verde morraça.[61]

---

[57] *Pirítoo*: amigo de Teseu; foi com ele aos Infernos raptar Prosérpina (*a Senhora*, v. 398) e lá ficou. Hércules, o *Alcides*, só conseguiu resgatar Teseu de volta à vida (ver V, v. 414); ver v. 617, em que se contradiz essa versão.

[58] *Dite*: epíteto de Orco, senhor dos Infernos; ver IV, v. 703.

[59] *Anfriso* é rio da Tessália, às margens do qual Apolo, na condição de escravo mortal, foi pastor durante um ano, punido por ter matado os Ciclopes. *A profetisa de Apolo* é Sibila.

[60] *Tio*: Plutão (Dite) é irmão de Ceres, a mãe de Prosérpina, sua companheira.

[61] *Morraça*: lodo.

personat, aduerso recubans immanis in antro.
Cui uates, horrere uidens iam colla colubris,
melle soporatam et medicatis frugibus offam 420
obicit. Ille fame rabida tria guttura pandens
corripit obiectam, atque immania terga resoluit
fusus humi, totoque ingens extenditur antro.
Occupat Aeneas aditum custode sepulto
euaditque celer ripam irremeabilis undae. 425
Continuo auditae uoces uagitus et ingens
infantumque animae flentes in limine primo
quos dulcis uitae exsortes et ab ubere raptos
abstulit atra dies et funere mersit acerbo.
Hos iuxta falso damnati crimine mortis. 430
Nec uero hae sine sorte datae, sine iudice, sedes:
quaesitor Minos urnam mouet; ille silentum
conciliumque uocat uitasque et crimina discit.
Proxima deinde tenent maesti loca, qui sibi letum
insontes peperere manu, lucemque perosi 435
proiecere animas. Quam uellent aethere in alto
nunc et pauperiem et duros perferre labores!
Fas obstat, tristisque palus inamabilis undae
alligat et nouiens Styx interfusa coercet.
Nec procul hinc partem fusi monstrantur in omnem 440
lugentes campi: sic illos nomine dicunt.

Logo na entrada da cova, estendido no solo se achava
Cérbero, abertas as três desconformes gargantas, aos uivos.
Vendo a Sibila encresparem-se as cobras dos seus três pescoços,
presto uma torta lhe atira de mel, de antemão preparada
com dormideira. De pronto ele a apara com rábida fome,[62]
arreganhadas as goelas ardentes, ainda no voo
antes de ao solo tocar e, os tendões afrouxando do dorso,
a corpulência espantosa estirou no chão duro da cova.
No mesmo instante percebe o Troiano lamentos, vagidos
intermináveis e queixas de crianças, ali no proscênio,[63]
que arrebatadas do peito materno e da vida tão bela
precocemente o Destino lançou numa noite sem termo.
Os condenados por crimes supostos estão ali perto.
Esses lugares não são indicados sem prévio conselho.[64]
Minos, a urna a rodar, presidente do corpo de sombras[65]
mudas, a todos convoca e da vida os inquire e dos crimes.
Perto dali, os vencidos da própria amargura se encontram.
Não suportando a luz bela nem tendo o sossego almejado,
deram-se à morte. Quão duros trabalhos agora sofreram[66]
no éter lá em cima, canseiras sem conta, a mais negra miséria!
Os Fados os obstam; as águas tristonhas do lago do Estige[67]
em nove voltas os prendem naquele atoleiro sem fundo.
Não muito longe daqui, espraiado por todos os lados,
acham-se os Campos Lugentes — assim são realmente chamados.[68]

---

[62] *Dormideira*: planta sonífera; *rábida*: furiosa.

[63] *Proscênio*: no original, *limine primo*, com o sentido de "entrada, limiar".

[64] *Conselho*: no sentido de reunião, assembleia; é presidido por *Minos* (v. 432), o rei de Creta que é também juiz dos Infernos, juntamente com seus irmãos.

[65] *Minos*: o rei de Creta, e agora juiz nos Infernos, com os irmãos.

[66] *Sofreram*: entenda-se, "prefeririam sofrer". A passagem refere-se às almas dos suicidas, que preferiam sofrer a pior dor na vida a estar nos Infernos.

[67] *Fados*: no original, *fas*; a rigor, "lei divina".

[68] *Campos Lugentes*: "campos da tristeza" (*lugere* em latim significa "chorar"). É a região dos Infernos onde estão os que morreram por amor malfadado.

Hic, quos durus amor crudeli tabe peredit,
secreti celant calles et myrtea circum
silua tegit; curae non ipsa in morte relinquunt.
His Phaedram Procrimque locis maestamque Eriphylen   445
crudelis nati monstrantem uulnera cernit
Euadnenque et Pasiphaen; his Laodamia
it comes et iuuenis quondam, nunc femina, Caeneus
rursus et in ueterem Fato reuoluta figuram.
Inter quas Phoenissa recens a uulnere Dido   450
errabat silua in magna; quam Troius heros
ut primum iuxta stetit agnouitque per umbras
obscuram, qualem primo qui surgere mense
aut uidet, aut uidisse putat per nubila lunam,
demisit lacrimas dulcique affatus amore est: 455
"Infelix Dido, uerus mihi nuntius ergo
uenerat exstinctam ferroque extrema secutam?
Funeris heu tibi causa fui? Per sidera iuro,
per superos, et si qua fides tellure sub ima est,
inuitus, regina, tuo de litore cessi.   460
Sed me iussa deum, quae nunc has ire per umbras,
per loca senta situ cogunt noctemque profundam,

Neles espalham-se ocultas num bosque de mirto, cortado
por infinitas veredas as vítimas tristes da dura
peste, de cujos acúleos nem mesmo na morte se livram.[69]
Lá viu Eneias a Prócris e Fedra e também a Erifile
mesta, que as chagas mostrava causadas por seu próprio filho,
e mais Pasífaa e Evadne, seguidas da bela Laodâmia,
e de Ceneu, antes jovem de nobre postura, mudado
posteriormente em mulher por desígnios obscuros dos Fados.[70]
Entre estas viu a vagar pela selva sombria a fenícia
Dido com sua recente ferida. Ao chegar-se-lhe perto,
reconheceu-a Eneias naquela penumbra indistinta,
tal como a lua aparece de incerto contorno entre as nuvens,
para quem julga enxergá-la ou presume que a vê de verdade.
Rompendo em lágrimas, disse-lhe o herói as seguintes palavras:[71]
"Dido infeliz, era então verdadeira a pungente notícia
da tua morte e que o fim encontraste por próprio alvedrio?
Eu, de tudo isso o culpado! Mas, pelas estrelas o juro,
pelas deidades celestes, as forças sagradas do Inferno:
contra o meu próprio querer afastei-me da tua presença.
Pela vontade dos deuses é que eu nestas sombras me arrasto,
a percorrer tão estranhas paragens na noite profunda.

---

[69] *Acúleos*: espinhos; aqui, golpes.

[70] Estas as tristes figuras avistadas por Eneias: *Prócris*, que, ciumenta, seguiu secretamente o marido numa caçada e por acidente foi morta por ele; *Fedra*, que, tendo se apaixonado por Hipólito, seu enteado, enforcou-se; *Erifile*, que levou à morte Anfiarau, o marido, e foi morta *por seu próprio filho*, Alcméon; *Pasífaa*, que, raptada, teve amores com um touro e gerou o Minotauro; *Evadne*, que se suicidou, inconformada com a morte do marido, Cafaneu; *Laodâmia*, que, viúva, pediu apenas poder rever o amado marido por algumas horas, após as quais preferiu segui-lo ao mundo dos mortos; *Ceneu*, que primeiro foi mulher, Cênis, e Posídon (Netuno) transformou em homem imbatível; não podendo matá-lo, os Centauros soterraram-no sob troncos de árvore. Morto, transformou-se de novo em mulher. Virgílio menciona as duas últimas fases.

[71] *As seguintes palavras*: no original, *affatus dulci amore*, "falou-lhe com doce amor".

imperiis egere suis; nec credere quiui
hunc tantum tibi me discessu ferre dolorem.
Siste gradum teque aspectu ne subtrahe nostro.   465
Quem fugis? Extremum Fato, quod te alloquor, hoc est".
Talibus Aeneas ardentem et torua tuentem
lenibat dictis animum lacrimasque ciebat.
Illa solo fixos oculos auersa tenebat
nec magis incepto uultum sermone mouetur,   470
quam si dura silex aut stet Marpesia cautes.
Tandem corripuit sese atque inimica refugit
in nemus umbriferum, coniunx ubi pristinus illi
respondet curis aequatque Sychaeus amorem.
Nec minus Aeneas, casu concussus iniquo,   475
prosequitur lacrimis longe et miseratur euntem.
Inde datum molitur iter. Iamque arua tenebant
ultima, quae bello clari secreta frequentant.
Hic illi occurrit Tydeus, hic inclutus armis
Parthenopaeus et Adrasti pallentis imago.   480
Hic multum fleti ad superos belloque caduci
Dardanidae, quos ille omnes longo ordine cernens
ingemuit, Glaucumque Medontaque Thersilochumque,
tres Antenoridas Cererique sacrum Polyphoeten,
Idaeumque etiam currus, etiam arma tenentem.   485
Circumstant animae dextra laeuaque frequentes;
nec uidisse semel satis est; iuuat usque morari
et conferre gradum et ueniendi discere causas.
At Danaum proceres Agamemnoniaeque phalanges
ut uidere uirum fulgentiaque arma per umbras,   490
ingenti trepidare metu; pars uertere terga,

Ordens de cima, imperiosas. Jamais admiti que com a minha[72]
resolução, sofrimento tão grande pudesse causar-te.
Detém-te aqui. Não me negues a grata visão deste encontro.
Outra ocasião de falarmos os Fados jamais nos concedem".
Com tais palavras tentava o Troiano aplacar a grande ira
daquela sombra irritada. De lágrimas banha o discurso.
Ela, porém, sem olhá-lo de frente, olhos fixos na terra,
não se deixando abalar pelas frases melífluas de Eneias,
mais parecia de sílex ou pedra a lavrar de Marpeso.[73]
Por fim se afasta, irritada, e refúgio procura num bosque
perto dali, onde o esposo Siqueu, seu primeiro consorte,
alvo se torna da sua ternura, que em dobro ele paga.
O coração conturbado ante o quadro de tal desventura,
de longe o Teucro a acompanha com a vista, a chorar de remorsos.
No seguimento da rota prescrita, alcançaram os campos
últimos, pelos guerreiros famosos à parte ocupados.[74]
Sai-lhes ao encontro Tideu e o mais alto de todos, o forte
Partenopeu, mais a sombra calada de Adrasto robusto.
Turba infinita de teucros ocorre, dos mortos na guerra
e tão chorados por todos; de dor o imo peito se aperta.
São eles: Glauco, Medonte, os três filhos do forte Antenor,
mais Polibotes, a Ceres dicado, e Tersíloco, o bravo.[75]
Nas mãos as rédeas do carro, por último Ideu os seguia.
Todas as sombras se apinham à volta de Eneias; não basta
vê-lo uma vez, mas esforçam-se para retê-lo mais tempo,
acompanhá-lo e inquirir do motivo da sua descida.
Quando os caudilhos aqueus, a falange do grande Agamêmnone,
viram o herói com suas armas fulgentes na bruma de em torno,
param, tomados de medo; uns, de pronto o caminho desandam,

---

[72] *Jamais admiti*: com o sentido de "jamais acreditei".

[73] *Marpeso*: ou Marpesso, é monte de Paros, famoso por seu mármore.

[74] Nos vv. 479-84 segue-se um catálogo de heróis, dos quais os três primeiros são do ciclo tebano e os outros sete, do troiano, e estão presentes na *Ilíada*.

[75] *A Ceres dicado*: entenda-se, Polibotes era sacerdote de Ceres.

ceu quondam petiere rates; pars tollere uocem
exiguam, inceptus clamor frustratur hiantes.
Atque hic Priamiden laniatum corpore toto
Deiphobum uidet et lacerum crudeliter ora,   495
ora manusque ambas, populataque tempora raptis
auribus et truncas inhonesto uulnere nares.
Vix adeo agnouit pauitantem et dira tegentem
supplicia, et notis compellat uocibus ultro:
"Deiphobe armipotens, genus alto a sanguine Teucri,   500
quis tam crudeles optauit sumere poenas?
Cui tantum de te licuit? Mihi fama suprema
nocte tulit fessum uasta te caede Pelasgum
procubuisse super confusae stragis aceruum.
Tunc egomet tumulum Rhoeteo litore inanem   505
constitui et magna Manes ter uoce uocaui.
Nomen et arma locum seruant; te, amice, nequiui
conspicere et patria decedens ponere terra".
Ad quae Priamides: "Nihil o tibi amice relictum;
omnia Deiphobo soluisti et funeris umbris.   510
Sed me Fata mea et scelus exitiale Lacaenae
his mersere malis; illa haec monumenta reliquit.
Namque ut supremam falsa inter gaudia noctem
egerimus, nosti; et nimium meminisse necesse est.
Cum fatalis equus saltu super ardua uenit   515
Pergama et armatum peditem grauis attulit aluo,
illa, chorum simulans, euantes orgia circum
ducebat Phrygias; flammam media ipsa tenebat
ingentem et summa Danaos ex arce uocabat.
Tum me, confectum curis somnoque grauatum,   520

como no tempo em que às naus se acolheram; gritar outros tentam,
mas na garganta os sonidos, de todo abafados, se extinguem.
Nisso, o Troiano avistou a Deífobo, filho de Príamo,
estranhamente disforme por cruéis ferimentos em vida:[76]
ambas as mãos decepadas, o rosto riscado de talhos,
também perdidas as duas orelhas, nariz troncho e feio.
A custo Eneias o identificou; procurava esconder-se,
dissimular as feridas. Em tom amistoso falou-lhe:
"Mui valoroso Deífobo, sangue precioso dos teucros!
Dize-me quem te marcou desse modo, com tanta crueldade?
Quem, tão feroz, para assim ultrajar-te? Chegou-me a notícia
de que na noite fatal sucumbiras depois de arrostares
turmas e turmas de gregos, exausto daquela matança.
Então, eu mesmo erigi uma tumba na praia reteia[77]
e em altas vozes chamei por teus Manes três vezes a fio.[78]
Ali tuas armas e o nome o lugar assinalam; não pude,
porém, amigo, rever-te ou sequer encontrar o teu corpo".
Disse-lhe o filho de Príamo: "Tudo fizeste, meu caro;
as honras últimas me concedeste no transe da morte.
Mas o Destino fatal e a execrável maldade de Helena
mútilo assim me deixaram. Bonita lembrança, em verdade![79]
Bem te recordas; forçoso é guardares de tudo a notícia,
como passamos a última noite em fingidos deleites,
quando o cavalo funesto a soberba muralha de Pérgamo
galgou de um salto, levando no bojo uma chusma de gregos.
Ela com danças fingidas guiava as bacantes troianas
nas consagradas orgias, e um facho a voltear na mão destra,
do alto das nossas muralhas fazia sinal para os dânaos.
Nesse entrementes, vencido do sono e de tantos trabalhos,

---

[76] Para efeitos de ritmo, *cruéis* é monossilábico.

[77] *Praia reteia*: Reteu é cidade e promontório da Tróade.

[78] *Chamei três vezes*: é parte do rito romano, mais um anacronismo.

[79] *Bonita lembrança*: dito com ironia, assim como, mais adiante, *consorte-modelo* (v. 523) referido a Helena, com quem Deífobo se casara depois da morte de Páris.

infelix habuit thalamus, pressitque iacentem
dulcis et alta quies placidaeque simillima morti
Egregia interea coniunx arma omnia tectis
amouet et fidum capiti subduxerat ensem;
intra tecta uocat Menelaum, et limina pandit,   525
scilicet id magnum sperans fore munus amanti,
et famam exstingui ueterum sic posse malorum.
Quid moror? Irrumpunt thalamo; comes additur una
hortator scelerum Aeolides. Di, talia Grais
instaurate, pio si poenas ore reposco!   530
Sed te qui uiuum casus, age, fare uicissim,
attulerint. Pelagine uenis erroribus actus,
an monitu diuum? An quae te Fortuna fatigat,
ut tristes sine sole domos, loca turbida, adires?”
Hac uice sermonum roseis Aurora quadrigis   535
iam medium aetherio cursu traiecerat axem;
et fors omne datum traherent per talia tempus;
sed comes admonuit breuiterque affata Sibylla est:
“Nox ruit, Aenea; nos flendo ducimus horas.
Hic locus est, partes ubi se uia findit in ambas: 540
dextera quae Ditis magni sub moenia tendit,
hac iter Elysium nobis; at laeua malorum
exercet poenas et ad impia Tartara mittit”.
Deiphobus contra: “Ne saeui, magna sacerdos;
discedam, explebo numerum reddarque tenebris.   545
I decus, i, nostrum; melioribus utere fatis!”
Tantum effatus, et in uerbo uestigia torsit.
Respicit Aeneas subito et sub rupe sinistra

fui recostar-me no leito funesto, e no ponto me achava
quase do grato repouso, igualzinho à quietude da morte,
quando a consorte-modelo, depois de limpar o palácio
das minhas armas, a espada tirou-me de junto do leito
e a Menelau fez sinal, franqueando-lhe a porta de casa.
Dessa maneira pensava servir belamente o marido
e ao mesmo tempo delir a lembrança de antigos ultrajes.
Para que mais? No meu quarto irromperam, seguidos do neto[80]
de Éolo, Ulisses, artista do crime. Celestes deidades![81]
Se houver justiça, voltai contra os gregos seus próprios delitos!
Porém a ti, que sucessos em vida te trazem por estas
bandas? Por erro de navegação aqui vieste, ou tormentas,
ou por mandado dos deuses, ou acaso obrigou-te um demônio
a visitar as estâncias sem sol, nesta triste penumbra?"
Neste comenos, a Aurora com a sua quadriga de rosas[82]
mais da metade fizera do seu inadiável percurso,
e o tempo de que dispunham teriam gastado em conversas,
se a companheira, a Sibila, os deixasse falar sem reparo:
"A noite, Eneias, avança, e a chorar nós gastamos o tempo.
Ao ponto exato chegamos em que se divide o caminho:
o da direita nos leva ao palácio do nobre Plutão,
rumo do Elísio; o da esquerda, às escuras estâncias do Tártaro,
onde os maldosos as penas recebem de quanto fizeram".
Fala Deífobo: "Não te aborreças com minhas conversas,
sacerdotisa; aos meus pares retorno; recolho-me às sombras.
Vai, glória nossa, a gozar de um destino mais grato do que este".
Mal acabou de falar, e de pronto nas trevas diluiu-se.
Vira-se Eneias, e viu no sopé de uma rocha, à sinistra,

---

[80] *Para que mais?*: no sentido de "por que falar mais?". Trata-se de preterição, figura com que se finge não querer falar de assunto do qual, assim, se continua a falar.

[81] *Éolo*: aqui, homônimo do senhor dos ventos. *Ulisses*: no original, Virgílio não o explicita, pois Deífobo não queria sequer pronunciar o seu nome.

[82] *Neste comenos*: neste instante; *de rosas*: entenda-se, cor-de-rosa, a cor do céu na aurora.

moenia lata uidet, triplici circumdata muro,
quae rapidus flammis ambit torrentibus amnis,   550
Tartareus Phlegethon, torquetque sonantia saxa.
Porta aduersa ingens solidoque adamante columnae,
uis ut nulla uirum, non ipsi exscindere bello
caelicolae ualeant; stat ferrea turris ad auras,
Tisiphoneque sedens, palla succincta cruenta,   555
uestibulum exsomnis seruat noctesque diesque.
Hinc exaudiri gemitus et saeua sonare
uerbera, tum stridor ferri, tractaeque catenae.
Constitit Aeneas strepitumque exterritus hausit.
"Quae scelerum facies, o uirgo, effare; quibusue   560
urguentur poenis? Quis tantus plangor ad auras?"
Tum uates sic orsa loqui: "Dux inclute Teucrum,
nulli fas casto sceleratum insistere limen;
sed me cum lucis Hecate praefecit Auernis,
ipsa deum poenas docuit perque omnia duxit.   565
Gnosius haec Rhadamanthus habet, durissima regna,
castigatque auditque dolos subigitque fateri
quae quis apud superos, furto laetatus inani,
distulit in seram commissa piacula mortem.
Continuo sontes ultrix accincta flagello   570
Tisiphone quatit insultans, toruosque sinistra
intentans angues uocat agmina saeua sororum.
Tum demum horrisono stridentes cardine sacrae
panduntur portae. Cernis custodia qualis
uestibulo sedeat, facies quae limina seruet?   575
Quinquaginta atris immanis hiatibus Hydra
saeuior intus habet sedem. Tum Tartarus ipse
bis patet in praeceps tantum tenditque sub umbras,
quantus ad aetherium caeli suspectus Olympum.

descomunal fortaleza por tríplice muro cintada,
que o Flegetonte sombrio circunda com chamas do Inferno;
pedras de estrondo invulgar entrechocam-se na correnteza.
Em frente vê-se uma porta gigante de fortes colunas,
de aço tão duro, que forças humanas, nem mesmo as espadas
dos próprios deuses, podiam quebrá-las. Ao lado, uma torre,
onde Tisífone se acha, com o manto coberto de sangue,[83]
sem pregar olhos, de noite e de dia a escrutar, vigilante.
Ouvem-se crebros gemidos, açoites vibrados com raiva,
férreas batidas, barulho infernal de grilhões arrastados.
Com tal estrondo espantado, deteve-se Eneias, e fala:
"Virgem, que espécie de crimes, as penas a todos impostas,
que tais lamentos e dores provocam, difusos nos ares?"
Disse-lhe a vate, em resposta: "Famoso caudilho dos teucros,
a ninguém puro permite-se entrar neste ambiente de crimes.
Porém, quando Hécate me colocou como guarda do Averno,
fez-me um relato de todas as penas e tudo mostrou-me.
O Radamanto cretense aqui o mando duríssimo exerce.[84]
Ele interroga os culpados e os pune, e os malvados obriga
a confessar os delitos ocultos em vida, com dolo,
procrastinando o castigo até ao último aceno da morte.
Logo Tisífone salta sobre eles e açoita-os de rijo
com seu flagelo. Na esquerda lhes mostra as terríveis serpentes,
ao mesmo tempo que chama a ajudá-la as irmãs nesse ofício.
Rodam por fim nos seus gonzos de ferro, a raspar estridentes,
as sacras portas. Não viste lá mesmo, na entrada, quem se acha
de sentinela, a feroz catadura de guarda ali posta?
Pois mais adiante, monstruosa, mais seva encontra-se a Hidra,[85]
cinquenta bocas abertas, e o Tártaro negro, indistinto,
que o dobro desce até ao fundo das sombras sem cor nem medida,
quanto para o éter o olhar elevamos em busca do Olimpo.

---

[83] *Tisífone*: uma das três Fúrias, as encarregadas de punir os culpados.

[84] *Radamanto*: irmão de Minos e um dos três juízes dos Infernos.

[85] *Hidra*: a Hidra de Lerna; ver v. 287.

Hic genus antiquum Terrae, Titania pubes, 580
fulmine deiecti fundo uoluuntur in imo.
Hic et Aloidas geminos immania uidi
corpora, qui manibus magnum rescindere caelum
aggressi, superisque Iouem detrudere regnis.
Vidi et crudeles dantem Salmonea poenas, 585
dum flammas Iouis et sonitus imitatur Olympi.
Quattuor hic inuectus equis et lampada quassans
per Graium populos mediaeque per Elidis urbem
ibat ouans, diuumque sibi poscebat honorem,
demens, qui nimbos et non imitabile fulmen 590
aere et cornipedum pulsu simularet equorum.
At pater omnipotens densa inter nubila telum
contorsit, non ille faces nec fumea taedis
lumina, praecipitemque immani turbine adegit.
Nec non et Tityon, Terrae omniparentis alumnum, 595
cernere erat, per tota nouem cui iugera corpus
porrigitur, rostroque immanis uultur obunco
immortale iecur tondens fecundaque poenis
uiscera rimaturque epulis, habitatque sub alto
pectore, nec fibris requies datur ulla renatis. 600
Quid memorem Lapithas, Ixiona Pirithoumque?
Quos super atra silex iam iam lapsura cadentique
imminet assimilis; lucent genialibus altis
aurea fulcra toris, epulaeque ante ora paratae
regifico luxu; Furiarum maxima iuxta 605
accubat et manibus prohibet contingere mensas,

Lá se contorcem no fundo do abismo os Titãs afamados,[86]
filhos mais velhos da Terra, do raio feridos de morte.
Vi nessa altura os dois gêmeos Aloidas, disformes, de corpo
desmesurados, que, mãos desarmadas, aos céus se atreveram,
com o fim de a Júpiter sumo arrancar do seu trono soberbo.
A Salmoneu também vi, padecendo castigos terríveis,
por ter tentado imitar os estrondos e os raios do Olímpio.
Numa quadriga levado, a agitar sempre no ar uma tocha,
por toda a Grécia transvoa, por sua cidade na Élide,
cheio de si, a exigir dos mortais honrarias divinas.
Tolo!, querer imitar com as patadas dos nobres cavalos
e o ringir duro das rodas, trovões, tempestades e raios
inigualáveis? O pai poderoso com um dardo o fulmina —
não simples tocha nem fachos de fumos — e num ápice do alto
o precipita no abismo, a rodar nos remoinhos tonteantes.
Vi também Tício, discip'lo dileto da Terra fecunda,[87]
que nove jeiras ocupa ao comprido, no solo estirado.
Um corvo imane lhe mora no cavo do peito, a roer-lhe
com o bico adunco as entranhas, o fígado sempre refeito,
para castigo eternal, sem parada nem tréguas, insone,
num sempiterno processo de vida e de morte, alternado.
Por que nos Lápitas nos demorarmos, Pirítoo e Exíone?[88]
Rocha tremenda, a cair sempre prestes, de morte os ameaça;
vai desabar. Ricos leitos, com altas colunas ornados,
na frente dele se aprestam, e mesa de finos manjares,
convidativos. Porém, a mais velha das Fúrias, de guarda[89]
perto dali, ao menor movimento das mãos, no sentido

---

[86] Nos vv. 580-5, Virgílio dá três exemplos de soberba. Os *Titãs* (seis filhos de
Céu e Terra) e os *Aloidas* revoltaram-se contra Júpiter e resolveram enfrentá-lo. *Salmoneu*, o mortal que, com patadas e ranger de rodas, imitava trovões, tempestades e
raios de Júpiter.

[87] *Tício*: gigante morto por Júpiter ao tentar violentar Latona.

[88] *Lápitas*: povo da Tessália, cujos reis são *Pirítoo* (ver v. 394), que tentou raptar
Prosérpina, e seu filho *Exíone* (ou Íxion e Ixião), que tentou violentar Juno.

[89] *A mais velha das Fúrias*: Alecto; ver II, v. 337.

exsurgitque facem attollens, atque intonat ore.
Hic, quibus inuisi fratres, dum uita manebat,
pulsatusue parens et fraus innexa clienti,
aut qui diuitiis soli incubuere repertis, 610
nec partem posuere suis (quae maxima turba est),
quique ob adulterium caesi, quique arma secuti
impia nec ueriti dominorum fallere dextras,
inclusi poenam exspectant. Ne quaere doceri
quam poenam, aut quae forma uiros Fortunaue mersit. 615
Saxum ingens uoluunt alii, radiisque rotarum
districti pendent; sedet, aeternumque sedebit
infelix Theseus; Phlegyasque miserrimus omnis
admonet et magna testatur uoce per umbras:
'Discite iustitiam moniti et non temnere diuos'. 620
Vendidit hic auro patriam, dominumque potentem
imposuit; fixit leges pretio atque refixit;
hic thalamum inuasit natae uetitosque hymenaeos;
ausi omnes immane nefas ausoque potiti.
Non, mihi si linguae centum sint oraque centum, 625
ferrea uox, omnes scelerum comprendere formas,
omnia poenarum percurrere nomina possim".
Haec ubi dicta dedit Phoebi longaeua sacerdos:
"Sed iam age, carpe uiam et susceptum perfice munus;
acceleremus", ait; "Cyclopum educta caminis 630
moenia conspicio atque aduerso fornice portas,
haec ubi nos praecepta iubent deponere dona".
Dixerat, et pariter, gressi per opaca uiarum,

de algo apanhar, alça a tocha, e com voz atroadora os reprime.
Quem aos irmãos nutriu ódio no rápido curso da vida,
os próprios pais agrediu, mal cuidaram das causas dos clientes;[90]
ou, grandemente egoístas, juntaram tesouros quantiosos,
sem repartir com os parentes a sua riqueza — e são tantos! —
quem no adultério morreu, os sequazes da guerra impiedosa
contra seus próprios senhores, agora, ali mesmo encerrados,
a punição os aguarda. Não queiras saber os castigos
de cada um, o modelo da pena que a Sorte lhes trouxe.
Uns rolam grandes penhascos; dos raios do carro outros pendem.
Teseu sentado se encontra e sentado estará para sempre,[91]
tão infeliz! Mais que todos é Flégias, no meio das sombras
impenetráveis, sem pausa a bradar num tom cavo e dolente:
'Com este exemplo aprendei a acatar o mandado dos deuses!'.[92]
A própria pátria aquele outro vendeu por dinheiro, e um tirano
lhe impôs à força; leis fez e desfez só no seu interesse.
Este outro, o leito da filha invadiu, himeneu incestuoso.
Todos são réus de façanhas enormes a termo levadas.
Nem que eu tivesse cem línguas, cem bocas e voz como a do aço,
não poderia nomear-te por miúdo as variadas amostras
de tantos crimes, nem, nome por nome, citar os punidos".
Tendo chegado a esse ponto, a intérprete idosa de Febo
disse a seguir: "Prossigamos no nosso caminho; o produto[93]
paga devido a Prosérpina. Vejo as muralhas forjadas
pelos Ciclopes, e as portas da abóbada em frente, onde cumpre
depositar a oferenda a que estamos há muito obrigados".
Tendo falado, avançaram de par pelas rotas obscuras,

---

[90] *Clientes*: no original, *clienti*. Virgílio emprega um termo próprio de seu tempo, pois a instituição de patrono e clientela é romana.

[91] *Teseu* tentou violentar Helena. A perenidade da pena contradiz os vv. 393-5, em que é Teseu resgatado por Hércules. Virgílio, poeta douto, exibe as duas versões do mito.

[92] *Flégias* tentou incendiar um templo de Apolo.

[93] *O produto*: o ramo de ouro.

corripiunt spatium medium foribusque propinquant.
Occupat Aeneas aditum corpusque recenti 635
spargit aqua ramumque aduerso in limine figit.
His demum exactis, perfecto munere diuae,
deuenere locos laetos et amoena uirecta
fortunatorum nemorum sedesque beatas.
Largior hic campos aether et lumine uestit 640
purpureo, solemque suum, sua sidera norunt.
Pars in gramineis exercent membra palaestris,
contendunt ludo et fulua luctantur harena;
pars pedibus plaudunt choreas et carmina dicunt.
Nec non Threicius longa cum ueste sacerdos 645
obloquitur numeris septem discrimina uocum,
iamque eadem digitis, iam pectine pulsat eburno.
Hic genus antiquum Teucri, pulcherrima proles,
magnanimi heroes, nati melioribus annis,
Ilusque Assaracusque et Troiae Dardanus auctor. 650
Arma procul currusque uirum miratur inanes.
Stant terra defixae hastae passimque soluti
per campum pascuntur equi. Quae gratia currum
armorumque fuit uiuis, quae cura nitentes
pascere equos, eadem sequitur tellure repostos. 655
Conspicit, ecce, alios dextra laeuaque per herbam
uescentes, laetumque choro paeana canentes
inter odoratum lauri nemus, unde superne
plurimus Eridani per siluam uoluitur amnis.
Hic manus ob patriam pugnando uulnera passi, 660

vencem o espaço e alcançam as portas do grande palácio.
Bem no saguão para Eneias; o corpo aspergiu de água pura
recém-colhida, e de pronto pendura ao portal o áureo ramo.
Completo o rito e, já havendo cumprido o mandado da deusa,
chegam a uns sítios graciosos e a amenos vergéis, também ditos
"Afortunados", moradas das almas felizes, sem manchas.[94]
Nestas paragens é o éter mais puro, e uma luz mais brilhante
tudo ilumina; sol próprio conhecem, privadas estrelas.
Dos moradores, alguns se exercitam em campos de grama
ou se divertem de várias maneiras na areia dourada;
outros em coro volteiam, ao ritmo de belas cantigas.
Lá, o sacerdote da Trácia, de toga a arrastar, mui vistosa,[95]
em consonância com as cordas da lira de sete cravelhas,
canta, a pulsar o instrumento com plectro ebúrneo ou com os dedos.[96]
Ali se encontra a linhagem de Teucro, de antiga progênie,[97]
raça belíssima, heróis de alma grande, de tempos melhores;
são eles: Ilo mais Dárdano, e Assáraco autor das muralhas
de Troia excelsa; dispersos, os carros vazios de gente,
lanças no solo infincadas e, soltos nos campos, cavalos
a pastejar livremente. Os que em vida cuidaram de carros,
de belas armas, ou tinham prazer em tratar de cavalos
para compitas, o gosto conservam no seio da terra.
Outros avista à direita e à sinistra, deitados na relva,
a banquetear-se ou em coro a cantar belos hinos a Apolo
num bosque ameno de odoros loureiros que o Erídano sacro[98]
banha com suas virtudes, ao vir das paragens de cima:
os que tombaram na guerra em defesa da pátria querida;

---

[94] *Os sítios Afortunados* são os Campos Elísios.

[95] *O sacerdote da Trácia*: Orfeu.

[96] *Plectro ebúrneo*: palheta de marfim.

[97] Os vv. 648-51 resumem a linhagem troiana: *Teucro*, o primeiro, acolheu *Dárdano*, que construiu a cidadela de Troia e foi avô de *Ilo*. *Assáraco*, rei de Troia, é avô de Anquises, pai de Eneias (ver quadro genealógico na p. 881 deste volume).

[98] *Erídano*: o rio Pó, também chamado Pado.

quique sacerdotes casti, dum uita manebat,
quique pii uates et Phoebo digna locuti,
inuentas aut qui uitam excoluere per artes
quique sui memores alios fecere merendo;
omnibus his niuea cinguntur tempora uitta.   665
Quos circumfusos sic est affata Sybilla,
Musaeum ante omnes, medium nam plurima turba
hunc habet, atque umeris exstantem suspicit altis:
"Dicite, felices animae, tuque, optime uates,
quae regio Anchisen, quis habet locus? Illius ergo   670
uenimus et magnos Erebi transnauimus amnes".
Atque huic responsum paucis ita reddidit heros:
"Nulli certa domus; lucis habitamus opacis,
riparumque toros et prata recentia riuis
incolimus. Sed uos, si fert ita corde uoluntas,   675
hoc superate iugum; et facili iam tramite sistam".
Dixit, et ante tulit gressum camposque nitentes
desuper ostentat; dehinc summa cacumina linquunt.
At pater Anchises penitus conualle uirenti
inclusas animas superumque ad lumen ituras   680
lustrabat studio recolens, omnemque suorum
forte recensebat numerum carosque nepotes,
fataque fortunasque uirum moresque manusque.
Isque ubi tendentem aduersum per gramina uidet
Aenean, alacris palmas utrasque tetendit,   685
effusaeque genis lacrimae et uox excidit ore:
"Venisti tandem, tuaque exspectata parenti
uicit iter durum pietas? Datur ora tueri,
nate, tua et notas audire et reddere uoces?

os sacerdotes de vida virtuosa; os cantores piedosos,
que só souberam em vida cantar poemas dignos de Apolo;
os inventores das artes graciosas que a vida embelezam,
e os que ainda vivem por mérito próprio no meio dos homens;[99]
todos se encontram com a fronte cingida por ínfulas brancas.[100]
Por eles mesmos cercada, interroga-os a vate Sibila,
com especial deferência a Museu, que os demais distinguiam,[101]
por ser mais alto de corpo e chamar a atenção de seus pares.
"Almas bem-aventuradas, e tu, virtuosíssimo vate:[102]
em que região mora Anquises? O sítio escolhido? Por causa
dele aqui viemos e do Érebo os rios terríveis cruzamos."
Disse-lhe o herói o seguinte em resposta, num breve discurso:
"Morada fixa ninguém a possui; todos nós habitamos
bosques frondosos, ou andamos nas margens virentes ou em prados
de mil arroios cortados. Porém, se o querer vos compele,
a esta colina subamos; de lá vou mostrar-vos o rumo".
Assim falou. E marchando na frente dos mais, apontou-lhes
do alto risonhas campinas, a que logo logo baixaram.
O pai Anquises, entanto, com vivo interesse se achava
a examinar umas almas num prado frondoso encerradas
e destinadas à luz, entre as quais ele viu, enlevado,
toda a linhagem futura dos seus descendentes, seus caros
netos, azares da vida, destinos e feitos brilhantes.
Logo que a Eneias notou a avançar pelo prado florido,
direito a ele, tomado de júbilo, as palmas lhe estende,
lágrimas enternecidas deixando cair, e lhe fala:
"Enfim chegaste! Venceste o caminho com a tua piedade
de filho amado, e me dás a ventura de ver-te de perto,
ouvir-te a voz, e em colóquios passarmos alguns momentinhos.

---

[99] *Vivem por mérito próprio*: no sentido de que permanecem vivos graças às obras que realizaram em vida.

[100] *Ínfulas*: faixas presas na cabeça, como insígnia dos sacerdotes.

[101] *Museu*: músico e poeta divino, considerado filho de Orfeu.

[102] A tônica recai no primeiro *a* de *aventuradas*; *bem* é átono.

Sic equidem ducebam animo rebarque futurum, 690
tempora dinumerans nec me mea cura fefellit.
Quas ego te terras et quanta per aequora uectum
accipio! Quantis iactatum, nate, periclis!
Quam metui ne quid Libyae tibi regna nocerent!"
Ille autem: "Tua me, genitor, tua tristis imago, 695
saepius occurrens, haec limina tendere adegit;
stant sale Tyrrheno classes. Da iungere dextram,
da, genitor, teque amplexu ne subtrahe nostro".
Sic memorans, largo fletu simul ora rigabat.
Ter conatus ibi collo dare brachia circum, 700
ter frustra comprensa manus effugit imago,
par leuibus uentis uolucrique simillima somno.
Interea uidet Aeneas in ualle reducta
seclusum nemus et uirgulta sonantia siluis,
Lethaeumque domos placidas qui praenatat amnem. 705
Hunc circum innumerae gentes populique uolabant;
ac uelut in pratis ubi apes aestate serena
floribus insidunt uariis et candida circum
lilia funduntur, strepit omnis murmure campus.
Horrescit uisu subito, causasque requirit 710
inscius Aeneas, quae sint ea flumina porro,
quiue uiri tanto complerint agmine ripas.
Tum pater Anchises: "Animae, quibus altera Fato
corpora debentur, Lethaei ad fluminis undam
securos latices et longa obliuia potant. 715
Has equidem memorare tibi atque ostendere coram
iampridem, hanc prolem cupio enumerare meorum,
quo magis Italia mecum laetere reperta".
"O pater, anne aliquas ad caelum hinc ire putandum est
sublimes animas iterumque ad tarda reuerti 720

Pelos meus cálculos, certo, tirando ou repondo alguns dias,
tinha chegado a marcar nosso encontro para este momento.
Por quantas terras jogado, e que mares venceste! Somente
para me veres, meu filho! E os imensos perigos da viagem?
Como temi que te fossem fatais as paragens da Líbia!"
E ele, em resposta, falou: "Tua imagem, meu pai, dolorida,
que a cada instante me vinha à memória, ao destino me trouxe.
Nossos navios, senhor, no Tirreno se encontram. Permite
que as mãos nos demos; não negues ao filho este amplexo singelo".
Assim falando, de lágrimas ternas o rosto banhava.
Três vezes tenta cingi-lo nos braços; três vezes a sombra
inanemente apertada das mãos se lhe escapa, tal como[103]
aura ligeira ao passar ou o roçar ao de leve de um sonho.
Nisso, o Troiano percebe no fundo do vale ridente
um bosquezinho de arbustos de copas inquietas ao vento,
plácido recolhimento que o Letes refresca de longe.
Ao derredor dessas águas nações incontáveis adejam,
povos sem fim, como abelhas dos prados nos calmos estios,
que se detêm nas florzinhas e em cândidos lírios demoram,[104]
toda a campanha a alegrar com o zumbido agradável de ouvir-se.
Do quadro estranho espantado e ignorando o porquê de tudo isso,
pergunta Eneias o nome do rio e a razão de tão grande
conglomerado de gentes povoar suas plácidas margens.
Disse-lhe Anquises: "As almas fadadas a uma outra existência
as claras águas do Letes procuram beber, para obterem
o esquecimento total do que em vida anterior alcançaram.
Há muito tempo queria falar-te sobre isso e mostrar-te,
alma por alma, esta longa cadeia dos meus descendentes,
para comigo te regozijares da Itália encontrada".
"Ó pai!, é crível que algumas à terra voltar ainda queiram,
para encarnarem-se em corpos tardonhos? Que insano desejo

---

[103] *Inanemente*: em vão.

[104] Para efeitos de ritmo, o tradutor usa o coloquialismo *florzinhas* por "florezi-nhas".

corpora? Quae lucis miseris tam dira cupido?"
"Dicam equidem, nec te suspensum, nate, tenebo",
suscipit Anchises, atque ordine singula pandit.
"Principio caelum ac terras camposque liquentes
lucentemque globum lunae Titaniaque astra   725
spiritus intus alit, totamque infusa per artus
mens agitat molem et magno se corpore miscet.
Inde hominum pecudumque genus uitaeque uolantum,
et quae marmoreo fert monstra sub aequore pontus.
Igneus est ollis uigor et caelestis origo   730
seminibus, quantum non noxia corpora tardant
terrenique hebetant artus moribundaque membra.
Hinc metuunt cupiuntque, dolent gaudentque, neque auras
dispiciunt clausae tenebris et carcere caeco.
Quin et supremo cum lumine uita reliquit,   735
non tamen omne malum miseris nec funditus omnes
corporeae excedunt pestes, penitusque necesse est
multa diu concreta modis inolescere miris.
Ergo exercentur poenis ueterumque malorum
supplicia expendunt: aliae panduntur inanes   740
suspensae ad uentos; aliis sub gurgite uasto
infectum eluitur scelus, aut exuritur igni;
quisque suos patimur Manes; exinde per amplum
mittimur Elysium et pauci laeta arua tenemus,
donec longa dies, perfecto temporis orbe,   745
concretam exemit labe purumque relinquit
aetherium sensum atque aurai simplicis ignem.
Has omnes, ubi mille rotam uoluere per annos,
Lethaeum ad fluuium deus euocat agmine magno,
scilicet immemores supera ut conuexa reuisant,   750
rursus et incipiant in corpora uelle reuerti".

de a luz do dia rever, e iniciar as canseiras da vida!"
"Vou já dizer-te, meu filho, e curar-te de tua cegueira",
disse-lhe Anquises; e as coisas, por ordem, de fato explicou-lhe:
"Desde o princípio de tudo almo espírito o céu aviventa,
a terra extensa, as campinas undosas, o globo da lua
resplandecente e as estrelas titânias. Nos membros infusa,
a mente agita a matéria e se mescla ao conjunto das coisas.
Daqui os homens e os brutos provêm, gerações dos voláteis,
e quantos monstros o mar alimenta no seio das águas.
Tudo retira do fogo celeste a semente da vida,
de perenal energia, se presa não se acha nos corpos,
nas ligaduras terrenas e membros fadados à morte.
Por isso, temem, desejam, padecem suplícios e gozos,
cegos à luz, confinados nas trevas de suas clausuras.
Nem mesmo quando no dia postremo despede-se a vida,
perdem de todo as mazelas e vícios do corpo terreno,
só de misérias composto e que na alma por força se apegam
por modo estranho, em virtude de longa e fatal convivência.
Por isso, arrostam pesados castigos dos crimes vividos,
tantos suplícios! Alguns, pendurados no espaço, se expõem
aos ventos cegos; mais outros, jogados no abismo, se alimpam
das malvadezas ou se purificam no fogo implacável.
Todos os Manes aqui padecemos; depois, nos transportam[105]
para este Elísio tão grande, a mansão de venturas, que poucos
alcançarão, quando o tempo chegar, pelos Fados imposto,
de se expungirem das manchas das almas, e limpa tornar-se
a etérea essência de origem, o fogo do início de tudo.
Então, as almas, mil anos passados na roda do tempo,
inumeráveis, um deus as convoca às ribeiras do Letes,[106]
para, de tudo esquecidas, ao mundo de cima voltarem
e novamente ingressarem nas formas da vida terrena".

---

[105] *Todos os Manes aqui padecemos*: silepse de pessoa, como no original: "todos nós, os Manes, padecemos".

[106] *Inumeráveis* liga-se a *almas*.

Dixerat Anchises natumque unaque Sibyllam
conuentus trahit in medios turbamque sonantem,
et tumulum capit, unde omnes longo ordine possit
aduersos legere et uenientum discere uultus.   755
"Nunc age, Dardaniam prolem quae deinde sequatur
gloria, qui maneant Itala de gente nepotes,
illustres animas nostrumque in nomen ituras,
expediam dictis, et te tua Fata docebo.
Ille, uides, pura iuuenis qui nititur hasta,   760
proxima sorte tenet lucis loca, primus ad auras
aetherias Italo commixtus sanguine surget,
siluius, Albanum nomen, tua postuma proles,
quem tibi longaeuo serum Lauinia coniunx
educet siluis regem regumque parentem,   765
unde genus Longa nostrum dominabitur Alba.
Proximus ille Procas, Troianae gloria gentis,
et Capys et Numitor et qui te nomine reddet
Siluius Aeneas, pariter pietate uel armis
egregius, si umquam regnandam acceperit Albam.   770
Qui iuuenes! Quantas ostentant, aspice, uires,
atque umbrata gerunt ciuili tempora quercu!
Hi tibi Nomentum et Gabios urbemque Fidenam,
hi Collatinas imponent montibus arces,
Pometios Castrumque Inui Bolamque Coramque.   775
Haec tum nomina erunt, nunc sunt sine nomine terrae.

Tendo isso dito, seu filho e a Sibila levou para o meio
da multidão buliçosa das sombras, e a um cômoro sobe
de onde pudesse observá-las de frente e em fileiras dispostas,
para melhor distinguir as feições de cada uma, ao passarem.
"Ora pretendo mostrar-te o que a prole de Dárdano espera;
que descendentes teremos no solo bendito da Itália,
almas ilustres que o nome dos nossos projetem na história;
vou revelar-te sem falta e do Fado de todos instruir-te.
Vês ali perto um mancebo apoiado no cetro nitente;
próximo está mais que todos da luz, o primeiro do nosso
sangue, mesclado ao dos ítalos, que há de subir para a vida:
eis Sílvio albano, teu filho postremo gerado aqui mesmo,[107]
de tua esposa Lavínia, nascido na tua velhice
e para rei educado nas selvas espessas, origem
também de reis, de Alba Longa o senhor, chefe egrégio dos nossos.
Ao lado dele está Procas, de origem gloriosa dos teucros;[108]
Cápis depois; Numitor; quem teu nome herdará mais que ilustre,
o Sílvio Eneias famoso nas armas e assim na piedade,[109]
caso algum dia ainda venha a reinar sobre os fortes albanos.
Que belos moços! Admira a viril compostura de todos.
Esses ali, que as coroas de louros a fronte circundam,
te fundarão as cidades de Gábios, Nomento e Fidenas,[110]
como nos montes também te erguerão colatinos alcáceres,[111]
de Castro Ínuo seguidas, Pomécia e também Bola e Cora,
sem esses nomes até hoje, porém no porvir conhecidas.

---

[107] *Sílvio albano*: *Siluius, nomen Albanum*; nascido em Alba Longa, o nome
"Sílvio" deve-se a ter sido educado nas *selvas* espessas, v. 765.

[108] *Procas* (pai de *Numitor*), *Cápis* e *Sílvio Eneias* serão reis de Alba Longa.

[109] *O*: conforme o manuscrito do tradutor, e não "e", como consta nas edições
anteriores.

[110] Os vv. 773-5 elencam antigas cidades do Lácio.

[111] *Colatinos alcáceres*: cidadelas de Colácia, que é outra cidade.

Quin et auo comitem sese Mauortius addet
Romulus, Assaraci quem sanguinis Ilia mater
educet. Viden ut geminae stant uertice cristae
et pater ipse suo superum iam signat honore?   780
En huius, nate, auspiciis illa incluta Roma
imperium terris, animos aequabit Olympo,
septemque una sibi muro circumdabit arces,
felix prole uirum: qualis Berecyntia mater
inuehitur curru Phrygias turrita per urbes,   785
laeta deum partu, centum complexa nepotes,
omnes caelicolas, omnes supera alta tenentes.
Huc geminas nunc flecte acies, hanc aspice gentem
Romanosque tuos. Hic Caesar et omnis Iuli
progenies magnum caeli uentura sub axem.   790
Hic uir, hic est, tibi quem promitti saepius audis,
Augustus Caesar, diui genus, aurea condet
saecula qui rursus Latio regnata per arua
Saturno quondam, super et Garamantas et Indos
proferet imperium; iacet extra sidera tellus,   795
extra anni solisque uias, ubi caelifer Atlas
axem umero torquet stellis ardentibus aptum.
Huius in aduentum iam nunc et Caspia regna

A seu avô segue Rômulo, de Ília nascido e de Marte,[112]
sangue de Assáraco. Vês os dois grandes penachos que a crista
do elmo lhe adorna? A herança paterna até nisso se afirma:
tudo são mostras da origem divina do belo guerreiro.
Hás de saber, caro filho, que sob os auspícios desse homem
Roma há de o império da terra alcançar e subir até aos astros.
Sete colinas a grande cidade incluirá nos seus muros,
mãe de varões invencíveis, tal como a deidade do monte[113]
de Berecinto coroado de torres percorre em seu carro[114]
as cidadelas da Frígia, vaidosa de ser mãe de deuses,
cem netos dignos, e todos celícolas de alto renome.
Volta a atenção para aqui; teus romanos contempla de perto,
gente da tua prosápia. Este é o César, da estirpe de Iulo,[115]
sem faltar um, que há de um dia exaltar-se até ao polo celeste.
Este aqui... sim, este mesmo, é o herói prometido mil vezes,
César Augusto, de origem divina, que o século de ouro[116]
restaurará nas campinas do reino do antigo Saturno,[117]
e alargará seus domínios às fontes longínquas dos índios[118]
e os garamantes, às terras situadas além de mil astros,[119]
longe da rota do sol e do tempo, onde o Atlante celífero[120]
sobre as espáduas sustenta esta esfera tauxiada de estrelas.
E ora, à notícia da vinda do herói, já trepidam de medo

---

[112] *Ília*: vestal que Marte engravidou. Virgílio relaciona esta Ília com Ílio, que é Troia (ver I, v. 248); por isso a vestal é do *sangue de Assáraco*, um rei troiano.

[113] *Mãe*: conforme o manuscrito do tradutor, e não "mães", como nas edições anteriores.

[114] *Berecinto*: monte da Frígia consagrado a Cibele, a "Grande Mãe" dos deuses.

[115] *César*: Júlio César.

[116] *César Augusto*: Otaviano.

[117] *Reino do antigo Saturno*: a era mítica da opulência e paz; ver VIII, v. 324.

[118] *Índios*: indos, povo da Índia.

[119] *Garamantes*: povo africano do sul da Numídia.

[120] *Atlante celífero*: Atlas, que sustenta o céu e as estrelas.

responsis horrent diuum et Maeotia tellus,
et septemgemini turbant trepida ostia Nili.   800
Nec uero Alcides tantum telluris obiuit,
fixerit aeripedem ceruam licet, aut Erymanthi
pacarit nemora, et Lernam tremefecerit arcu;
nec, qui pampineis uictor iuga flectit habenis,
Liber, agens celso Nysae de uertice tigres.   805
Et dubitamus adhuc uirtute extendere uires,
aut metus Ausonia prohibet consistere terra?
Quis procul ille autem ramis insignis oliuae
sacra ferens? Nosco crines incanaque menta
regis Romani, primus qui legibus urbem   810
fundabit, Curibus paruis et paupere terra
missus in imperium magnum. Cui deinde subibit
otia qui rumpet patriae residesque mouebit
Tullus in arma uiros et iam desueta triumphis
agmina. Quem iuxta sequitur iactantior Ancus   815
nunc quoque iam nimium gaudens popularibus auris.
Vis et Tarquinios reges, animamque superbam
ultoris Bruti, fascesque uidere receptos?

os vastos campos do Cáspio e as regiões afastadas da Meótida,[121]
bem como as bocas enormes das sete aberturas do Nilo.
Não percorreu tantas terras Alcides nas suas andanças,[122]
por mais que a cerva asseteasse de patas de bronze, e o Erimanto
de densas matas e o lago de Lerna com o arco assustasse,
nem mesmo Baco, de volta em triunfo, nos cumes de Nisa,[123]
tigres ferozes se ao carro atrelasse com rédeas pampíneas.
E vacilamos ainda em mostrar nossa inata nobreza,
com grandes feitos, ou medo teremos acaso da Ausônia?
Mas a quem vejo, cingida a cabeça com um ramo de oliva,
sacras of'rendas nas mãos? Pelas cãs o conheço e essas barbas:
é o rei de Roma, sim, Numa, o primeiro a dar leis à sua gente,[124]
e que, de Cures modesta partindo, há de alçar-se ao domínio[125]
de um vasto império, seguido ali mesmo de Tulo potente,[126]
que porá termo a essa fase de paz para armar seus guerreiros,
desabituados em tanta inação às belezas do triunfo.
Anco, o orgulhoso, virá no seu rastro, já afeito às delícias[127]
aduladoras dessa aura do povo a que tanto aspirava.
Ver os Tarquínios desejas, de empáfia sem par e esse Bruto,[128]
restaurador do governo, com os feixes por ele ganhados?

---

[121] *Cáspio*: os campos em torno do mar Cáspio, que se situa ao norte do atual Irã; *Meótida*: região da lagoa homônima, entre as atuais Ucrânia e Rússia.

[122] *Alcides*: Hércules, que no *Erimanto*, monte da Arcádia, matou enorme javali, e no monte Cerineu capturou a corça, isto é, a *cerva de patas de bronze* (v. 802); em *Lerna* (v. 803), pântano da Argólida, matou a Hidra.

[123] *Nisa*: montanha e cidade da Índia consagradas a Baco.

[124] *Numa*: Numa Pompílio, primeiro rei de Roma depois de Rômulo.

[125] *Cures*: cidade sabina nos confins do Lácio.

[126] *Tulo*: Tulo Hostílio, o segundo rei de Roma após Rômulo, afeito à guerra, como indica seu nome.

[127] *Anco*: *Anco Márcio*, terceiro rei.

[128] Nos vv. 817-20: os *Tarquínios* foram reis etruscos de Roma, tendo sido Tarquínio Soberbo, deposto por Lúcio Júnio *Bruto*, que trouxe a igualdade republicana, indicada pelos *feixes*, conjunto de varas amarradas com uma *machadinha* no meio, insígnia de autoridade, como a dos cônsules, então instituídos. *Empáfia sem par*: embora verdadeiro, é do tradutor o juízo; Virgílio diz *reges*, "reis".

Consulis imperium hic primus saeuasque secures
accipiet, natosque pater noua bella mouentes   820
ad poenam pulchra pro libertate uocabit.
Infelix! Utcumque ferent ea facta minores,
uincet amor patriae laudumque immensa cupido.
Quin Decios Drusosque procul saeuumque securi
aspice Torquatum et referentem signa Camillum.   825
Illae autem paribus quas fulgere cernis in armis,
concordes animae nunc et dum nocte premuntur,
heu quantum inter se bellum, si lumina uitae
attigerint, quantas acies stragemque ciebunt!
Aggeribus socer Alpinis atque arce Monoeci   830
descendens, gener aduersis instructus Eois.
Ne, pueri, ne tanta animis assuescite bella,
neu patriae ualidas in uiscera uertite uires;
tuque prior, tu parce, genus qui ducis Olympo,
proice tela manu, sanguis meus!   835
Ille triumphata Capitolia ad alta Corintho
uictor aget currum, caesis insignis Achiuis.
Eruet ille Argos Agamemnoniasque Mycenas,

O poderio dos cônsules este primeiro recebe
e as machadinhas temíveis; os filhos queridos imola[129]
no altar da pátria, por terem tentado abatê-la no voo.[130]
Quão infeliz! Sem pensar no juízo dos tempos vindoiros,
o amor da pátria o venceu, o desejo insaciável de glórias.
Os Décios vê, mais os Drusos adiante, e o temível Torquato[131]
com a machadinha, e Camilo trazendo os pendões de tornada.
As duas almas que ali avistamos, premidas no escuro
e a rebrilharem-lhe as armas, se a luz alcançarem da vida,
quantos estragos farão numa guerra civil, quantas mortes
não causarão nas fileiras dos seus consanguíneos em luta!
O sogro desce dos Alpes, dos altos de Môneco altiva,
vindo em socorro do genro amestrados adeptos do Oriente.[132]
Não habitueis, caros filhos, os ânimos a essas discórdias,
nem contra o seio da pátria encostai vossa espada homicida.
E tu, meu sangue, que trazes do Olimpo a ascendência divina,[133]
atira longe essas armas!
Este, vencida Corinto, há de alçar-se no carro de triunfo[134]
ao Capitólio, depois de dobrados os fortes aquivos;
este outro, há de Argos vencer e Micenas, a pátria do Atrida,[135]

---

[129] *Imola*: Bruto, já cônsul, executou os filhos, que haviam tentado restituir ao trono os Tarquínios.

[130] *Abatê-la no voo*: isto é, abater a república, recém-estabelecida. Virgílio diz apenas *noua bella mouentes*, "eles que começaram novas guerras", subentendendo-se "contra a nova república".

[131] Nos vv. 824-5: *Druso* é ramo da família Lívia, a que pertenceu Lívia Drusila, mulher de Augusto. Aos *Décios* pertenceram chefes que se devotaram aos deuses infernais em troca da vitória romana. O cônsul Mânlio *Torquato* não poupou a vida do filho, que, embora vitorioso, combatera sem sua ordem. *Camilo* recobrou dos gauleses as insígnias perdidas na batalha de Ália. *De tornada*: de volta.

[132] Nos vv. 830-1: Júlio César, o *sogro*, e Pompeu, o *genro*, casado com Júlia, filha de César. *Vindo*: entenda-se, enquanto os adeptos vêm. Pompeu reuniu o exército no Oriente, e César, indo da Gália a Roma, atravessou os Alpes e Môneco.

[133] *Tu, meu sangue*: Júlio César, descendente de Iulo, neto de Anquises.

[134] *Este*: Anquises está apontando Lúcio Múmio, que tomou *Corinto*.

[135] *Este outro*: Paulo Emílio; venceu Perseu da Macedônia, que se pretendia

ipsumque Aeaciden, genus armipotentis Achilli,
ultus auos Troiae, templa et temerata Mineruae. 840
Quis te, magne Cato, tacitum, aut te, Cosse, relinquat?
Quis Gracchi genus, aut geminos, duo fulmina belli,
Scipiadas, cladem Libyae, paruoque potentem
Fabricium uel te sulco Serrane, serentem?
Quo fessum rapitis, Fabii? Tu Maximus ille es, 845
unus qui nobis cunctando restituis rem.
Excudent alii spirantia mollius aera,
credo equidem, uiuos ducent de marmore uultus,
orabunt causas melius, caelique meatus
describent radio et surgentia sidera dicent; 850
tu regere imperio populos, Romane, memento;
hae tibi erunt artes; pacisque imponere morem,

bem como o Eácida, garfo robusto de Aquiles potente,
vingando os teucros avós e o manchado sacrário de Atena.[136]
Grande Catão, quem podia esquecer-te? E deixar-te a de parte,[137]
Cosso, e a linhagem dos Gracos ou os raios da guerra, instantâneos,[138]
dos dois Cipiões, azorragues da Líbia, ou a Fabrício potente[139]
na sua honrada pobreza, ou a Serrano a semear os seus sulcos?[140]
Aonde arrastais-me sem fôlego, Fábios? Sozinho — és o Máximo,[141]
ganhando tempo, tu salvas, quase perdida, a República.
Outros, é certo, hão de o bronze animado amolgar com mão destra,
ninguém o nega; do mármore duro arrancar vultos vivos,
nos tribunais falar bem, apontar com o seu rádio as distâncias[142]
na azul abóbada e os astros marcar quando a leste despontam.
Mas tu, romano, aprimora-te na governança dos povos.[143]
Essas serão tuas artes; e mais: leis impor e costumes,

Eácida, descendente de Aquiles, o neto de Éaco. A vitória levaria à submissão de toda a Grécia, inclusive Argos e Micenas, cidades do Atrida Agamêmnon: os troianos vingavam-se.

[136] *Atena*: nome grego de Minerva, que foi ultrajada pelos gregos; ver II, vv. 163-70. A forma grega, iniciada por vogal, facilita a elisão.

[137] *A de parte*: de fora. Marco Pórcio *Catão*, o Censor, defendia a destruição de Cartago.

[138] *Cosso*: ramo da *gens* Cornélia. Tibério e Caio *Graco*, tribunos da plebe, almejavam reforma agrária e foram assassinados em 133 e 121 a.C., respectivamente.

[139] Públio Cornélio *Cipião* Africano, que venceu Aníbal na Segunda Guerra Púnica em 202 a.C., e Públio Cornélio Cipião Emiliano, o segundo Africano, neto adotivo do primeiro, que comandou a destruição final de Cartago em 146 a.C. *Azorragues da Líbia*: flagelos de Cartago. Caio *Fabrício* (séc. IV-III a.C.) numa embaixada recusou presentes de Pirro, rei do Epiro.

[140] Marco Atílio Régulo, chamado *Serrano*, porque semeava quando lhe disseram ter sido eleito cônsul.

[141] Quinto Fábio *Máximo* é "o Contemporizador", pois deteve as vitórias de Aníbal na Itália com prudência sem enfrentá-lo (*ganhando tempo*); *és o Máximo*: *tu Maximus ille es*, entenda-se "tu já és aqui aquele famoso Máximo".

[142] *Rádio*: a varinha do geômetra.

[143] *Romano*: primeira vez que Eneias é assim qualificado; nos Infernos, Eneias transformou-se.

parcere subiectis et debellare superbos".
Sic pater Anchises, atque haec mirantibus addit:
"Aspice ut insignis spoliis Marcellus opimis   855
ingreditur uictorque uiros supereminet omnes!
Hic rem Romanam, magno turbante tumultu,
sistet eques, sternet Poenos Gallumque rebellem,
tertiaque arma patri suspendet capta Quirino".
Atque hic Aeneas, una namque ire uidebat   860
egregium forma iuuenem et fulgentibus armis,
sed frons laeta parum et deiecto lumina uultu:
"Quis, pater, ille, uirum qui sic comitatur euntem?
Filius, anne aliquis magna de stirpe nepotum?
Quis strepitus circa comitum! Quantum instar in ipso!   865
Sed Nox atra caput tristi circumuolat umbra".
Tum pater Anchises, lacrimis ingressus obortis:
"O nate, ingentem luctum ne quaere tuorum;
ostendent terris hunc tantum Fata neque ultra
esse sinent. Nimium uobis Romana propago   870
uisa potens, superi, propria haec si dona fuissent.
Quantos ille uirum magnam Mauortis ad urbem
campus aget gemitus, uel quae, Tiberine, uidebis
funera, cum tumulum praeterlabere recentem!
Nec puer Iliaca quisquam de gente Latinos   875
in tantum spe tollet auos, nec Romula quondam

poupar submissos e a espinha dobrar dos rebeldes e tercos."[144]
O pai Anquises falou; e, ao depois, aos ouvintes atônitos:
"Olha, Marcelo ali vem, carregado de espólios opimos.[145]
Com tal postura, aos demais vencedores de muito ultrapassa.
Este, na frente dos seus cavaleiros um dia há de a sorte
mudar de Roma, às expensas dos penos, do galo rebelde;
terceiro espólio de guerra há de ao templo levar de Quirino".
Nesse entrementes, Eneias, notando um mancebo que vinha
a par e passo do herói, bem trajado e de lúcido aspecto,
mas de semblante abatido e de olhar sempre baixo e tristonho:
"O adolescente, meu pai", perguntou, "que o acompanha de perto,
é filho dele, ou talvez um dos elos da ilustre progênie?
Que rumoroso cortejo! E as feições? Como são parecidos!
Porém a Noite lhe encobre a cabeça de sombras tristonhas".
O pai Anquises, então, olhos ternos banhados de pranto:
"Oh! não me fales, meu filho, no luto dos teus descendentes!
Sim, hão de os Fados trazê-lo até a vida; porém logo logo
retirá-lo-ão deste mundo. Os mortais, grandes deuses!, de Roma,
vossos iguais pareceram, se acaso esse dom perdurasse![146]
Quantos gemidos nos campos vizinhos ao burgo de Marte!
Ó divindade do Tibre, quão fundos suspiros e prantos[147]
ainda ouvirás, ao passares de leve na tumba recente!
Nenhum mancebo da raça troiana tão alto há de o nome
de seus avoengos latinos levar, nem a terra de Rômulo

---

[144] *Tercos*: teimosos.

[145] Os vv. 855-85 tratam dos dois Marcelos. Marco Cláudio *Marcelo* (várias vezes cônsul entre 222 e 208 a.C.) obteve vitórias contra os cartagineses (*penos*, v. 858) e os gauleses (*galo*, v. 858); foi o terceiro romano a obter os "espólios opimos", tomados ao chefe inimigo vencido em combate individual. *Um mancebo* (v. 860): é outro Marco Cláudio Marcelo (42-23 a.C.), descendente do primeiro, sobrinho de Augusto, que herdaria o trono, não morresse precocemente.

[146] O sentido dos vv. 870-1 (*Os mortais* [...] *perdurasse*) é: "os homens de Roma pareceriam demasiadamente iguais a vós, ó deuses grandes, se continuassem a ter Marcelo".

[147] *Ó divindade do Tibre*: *Tiberine*, "ó Tiberino". Virgílio menciona o deus do Tibre, como em VII, v. 30 e v. 797; ver, porém, X, v. 421, "Pai Tibre".

ullo se tantum tellus iactabit alumno.
Heu pietas, heu prisca fides inuictaque bello
dextera! Non illi se quisquam impune tulisset
obuius armato, seu cum pedes iret in hostem, 880
seu spumantis equi foderet calcaribus armos.
Heu, miserande puer, si qua fata aspera rumpas,
tu Marcellus eris. Manibus date lilia plenis,
purpureos spargam flores animamque nepotis
his saltem accumulem donis, et fungar inani 885
munere". Sic tota passim regione uagantur
aeris in campis latis atque omnia lustrant.
Quae postquam Anchises natum per singula duxit
incenditque animum famae uenientis amore,
exin bella uiro memorat quae deinde gerenda, 890
Laurentesque docet populos urbemque Latini,
et quo quemque modo fugiatque feratque laborem.
Sunt geminae Somni Portae, quarum altera fertur
cornea, qua ueris facilis datur exitus umbris;
altera candenti perfecta nitens elephanto, 895
sed falsa ad caelum mittunt insomnia Manes.
His ubi tum natum Anchises unaque Sibyllam
prosequitur dictis portaque emittit eburna,
ille uiam secat ad naues sociosque reuisit.
Tum se ad Caietae recto fert litore portum. 900
Ancora de prora iacitur, stant litore puppes.

tanto se envaidecerá de outro aluno mais belo do que este![148]
Ó destra invicta! Ó piedade!, virtude dos nossos maiores!
Impunemente nenhum inimigo ousaria enfrentá-lo
em campo raso, o mais ágil infante ou talvez atrevido
cavalariano, infincadas esporas no nobre ginete.
Pobre menino! Se chegas um dia a vencer o teu fado,
outro Marcelo serás. Dai-me lírios a mãos derramadas,[149]
para que ao menos de flores púrpureas eu cubra meu neto
nesta apagada homenagem aos Manes da cara cabeça".[150]
Dessa maneira os espaços percorrem dos campos aéreos,
ilimitados, parando a toda hora e anotando o que viam.
Logo que Anquises ao filho mostrou quanto ali se encontrava
e a alma inflamou-lhe do grato desejo das glórias futuras,
dos grandes prélios lhe fala, trabalhos sem conta antes disso,
povos hostis de Laurento e a cidade do velho Latino,
como evitar esses riscos ou o modo melhor de enfrentá-los.
Há duas Portas do Sono: uma é córnea; por esta saída[151]
fácil passagem as sombras encontram dos sonhos verazes.
Outra, de cândido e puro marfim, de que os Manes se servem,
para do céu enviar aparências em tudo enganosas.
Sempre a falar com seu filho e a Sibila, levou-os Anquises
à porta ebúrnea, nitente, e ali mesmo dos dois se despede.
Rapidamente dirige-se Eneias às naves e aos sócios,
e vai direito a Caieta, sem nunca da terra afastar-se.[152]
Âncoras soltam das proas; de popas as praias se enfeitam.

---

[148] *Aluno*: integrante.

[149] *Outro Marcelo serás*: entenda-se, "serás tão notável quanto o primeiro Marcelo". Virgílio diz apenas *Marcellus eris*, "Marcelo serás".

[150] *Manes da cara cabeça*: entenda-se, "Manes desta *pessoa* tão querida".

[151] As duas *Portas do Sono* aludem à *Odisseia* (XIX, vv. 560-7) e seu significado se deve a um jogo de palavras em grego: *kráinontes*, "realizados", é do verbo *kráinein*, algo semelhante a *kéras*, "corno" (por isso, *córnea* é a porta dos sonhos *verazes*, verdadeiros; ela é feita de chifre); *elepháiromai*, "enganar", evoca *eléphas*, "marfim", de que é feita a porta dos sonhos enganosos.

[152] *Caieta*: ou Caiete, cidade portuária do Lácio, atual Gaeta.

Argumento do Livro VII

Começa agora a metade bélica da *Eneida*, em que Eneias e os troianos, para estabelecer-se de vez no Lácio, devem antes enfrentar a coligação de povos itálicos liderados por Turno.

Chegando ao Lácio, Eneias faz sepultar Caieta, a ama, no local que a partir de então receberá o nome dela, e, em seguida, margeia Circeios até que na aurora atinge a foz do Tibre e navega rio adentro. O poeta interrompe a narrativa e invoca o auxílio da musa Érato para expor a situação política do Lácio antes de relatar a guerra (vv. 1-37). Lá reinava um descendente de Saturno, Latino, que não tinha filhos varões, mas só uma filha, Lavínia, já núbil. Turno, rei dos rútulos, que também habitavam o Lácio, já a pedira por esposa e era desejo de Amata, a rainha, mãe de Lavínia, que a filha o desposasse, mas a jovem estava destinada a marido estrangeiro, conforme certos prodígios revelavam. Latino consulta o pai, o adivinho Fauno, que lhe confirma: o genro seria um estranho que, vindo com exército, lhes traria poder e glória. Embora Latino guardasse segredo, Fama espalha a notícia pelas cidades da Itália (vv. 38-106).

Entrementes, os troianos desembarcados estão a cear e, quando Iulo afirma poderem de tanta fome "comer até a mesa", Eneias diante de todos reconhece nessas palavras o oráculo que lhe indicaria ter chegado à terra prometida: invoca os gênios do lugar, e Júpiter, com trovejar, assinala anuência. No dia seguinte, Eneias envia emissários para pedir acolhida a Latino, enquanto ele mesmo demarca os limites da nova cidade. Os troianos são recebidos pelo rei, e Ilioneu em nome do herói, depois de dar-lhe presentes, propõe aliança, prometendo apoio nos conflitos, ao passo que Latino, reconhecendo em Eneias o estrangeiro prometido pelo Fado, aceita a aliança e oferece-lhe Lavínia por esposa, após o quê presenteia por sua vez os troianos (vv. 107-285).

Juno, de passagem por aqueles céus, entrevendo os troianos a construir, enfim, moradias no lugar desejado, percebe ser incapaz de deter o destino, mas decide ao menos retardá-lo. Recorre agora aos poderes infernais e pede a Alecto, uma das Fúrias, que semeie a discórdia entre os povos itálicos. Alecto vai primeiro até Amata, a rainha, e a inflama de ódio, de modo que esta tenta dissuadir o rei de manter a aliança (vv. 286-372). Malsucedida, Amata é tomada de furor e vagueia como bacante pelos bosques a conclamar outras mães também enfurecidas (vv. 373-405). Alecto visita o pretendente recusado, Turno, e na figura da velha Cálibe espicaça-lhe o rancor a ponto de dispô-lo à guerra. Depois disso, Alecto dirige-se aos prados do Lácio onde Iulo caçava e, guiando uma seta por ele disparada, faz com que ela atinja mortalmente um cervo pertencente ao rebanho real. Em seguida, instila furor em Sílvia, filha de Tirro, pastor do régio rebanho, e ele convoca os pastores vizinhos: é então que Alecto, do cume de uma choupana, toca na trombeta o sinal dos pastores, o toque da guerra (vv. 406-515). Começa primeiro uma escaramuça: os pastores acorrem ao local para haver-se com Iulo, que é socorrido pelos outros troianos, enquanto Alecto volta a Juno, que por fim a dispensa. Revoltados, os povos do Lácio (e junto com eles Turno) dirigem-se em tumulto à cidade para instar Latino a romper o pacto com Eneias, e à multidão somam-se Amata e as mães enfurecidas. O rei resiste ao máximo até largar, enfim, as rédeas do governo: tranca-se no palácio, mas recusa-se a abrir as Portas da Guerra do palácio de Jano, ato com que declararia guerra aos troianos. Diante do impasse, Juno em pessoa arrebenta as portas, de modo que justamente os latinos (cujo rei, Latino, queria tanto aliar-se a Eneias) acabam, sob o comando de Turno, por lutar contra o troiano (vv. 516-623).

A Itália inteira prepara-se para a luta. O poeta suspende outra vez a narrativa e invoca as Musas (v. 641), que o auxiliam a fazer o catálogo de reis, chefes e povos que Eneias terá de enfrentar, entre os quais se destacam o etrusco Mezêncio, cruel desprezador dos deuses; o próprio Turno, rei dos rútulos, chefe máximo das forças inimigas de Eneias; e, por último, a guerreira Camila (vv. 624-817).

Liber VII

Tu quoque litoribus nostris, Aeneia nutrix,
aeternam moriens famam, Caieta, dedisti;
et nunc seruat honos sedem tuus ossaque nomen
Hesperia in magna, si qua est ea gloria, signat.
At pius exsequiis Aeneas rite solutis,   5
aggere composito tumuli, postquam alta quierunt
aequora, tendit iter uelis portumque relinquit.
Aspirant aurae in noctem nec candida cursus
Luna negat, splendet tremulo sub lumine pontus.
Proxima Circaeae raduntur litora terrae,   10
diues inaccessos ubi Solis filia lucos
assiduo resonat cantu tectisque superbis
urit odoratam nocturna in lumina cedrum,
arguto tenues percurrens pectine telas.
Hinc exaudiri gemitus iraeque leonum   15
uincla recusantum et sera sub nocte rudentum,
saetigerique sues atque in praesaepibus ursi
saeuire ac formae magnorum ululare luporum,
quos hominum ex facie dea saeua potentibus herbis

Livro VII

Tu, também, ama de Eneias, Caieta, de eterna memória,
com tua morte legaste lembrança perene a estas praias,
pois o teu nome até agora — se alguma valia houver nisso —
indica o sítio na Hespéria longínqua em que dormem teus ossos.[1]
Tendo concluído as exéquias de acordo com os ritos, Eneias,
varão piedoso, e erigido o sepulcro, depois de acalmada
a ira do mar, solta as velas ao vento e do porto se afasta.[2]
Era de noite; bafeja sutil viração, sem que a Lua
seu curso negue, nas trêmulas ondas a luz refletindo.
Em pouco tempo costeiam-se as notas paragens de Circe,[3]
onde essa filha opulenta do Sol, com seus cantos maviosos,
os densos bosques anima e nos paços belíssimos queima
cedro oloroso, que luz agradável no escuro lhe enseja,
no seu labor de passar a sutil lançadeira na tela.[4]
Ouvem-se perto, a desoras no escuro, leões a rugirem,[5]
no esforço inútil de os ferros romper de possantes cadeias,
ursos cerdosos fremir, arrepiados javardos nas jaulas,
e o apavorante ulular de umas sombras de lobos ao longe,
homens outrora, que a forma primeira, com ervas potentes,

---

[1] Como os versos indicam, *Caieta*, ama de Eneias, deu nome à praia em que foi sepultada. *Hespéria*, aqui, designa a Itália.

[2] *Solta*: conforme o manuscrito do tradutor, e não "salta", como nas edições anteriores.

[3] Nos vv. 10-20, Eneias costeia o promontório de Circeios, morada de *Circe*, a feiticeira que com poções mudava os homens em feras (*Odisseia*, X, vv. 210-9).

[4] *Lançadeira*: peça do tear, em cujo ritmo canta Circe.

[5] *A desoras*: tarde da noite.

induerat Circe in uultus ac terga ferarum.   20
Quae ne monstra pii paterentur talia Troes
delati in portus neu litora dira subirent,
Neptunus uentis impleuit uela secundis
atque fugam dedit et praeter uada feruida uexit.
Iamque rubescebat radiis mare et aethere ab alto   25
Aurora in roseis fulgebat lutea bigis,
cum uenti posuere omnisque repente resedit
flatus et in lento luctantur marmore tonsae.
Atque hic Aeneas ingentem ex aequore lucum
prospicit. Hunc inter fluuio Tiberinus amoeno.   30
Verticibus rapidis et multa flauus harena
in mare prorumpit. Variae circumque supraque
assuetae ripis uolucres et fluminis alueo
aethera mulcebant cantu lucoque uolabant.
Flectere iter sociis terraeque aduertere proras   35
imperat et laetus fluuio succedit opaco.
Nunc age, qui reges, Erato, quae tempora rerum,
quis Latio antiquo fuerit status, aduena classem
cum primum Ausoniis exercitus appulit oris,
expediam et primae reuocabo exordia pugnae.   40
Tu uatem, tu, diua, mone. Dicam horrida bella,
dicam acies actosque animis in funera reges
Tyrrhenamque manum totamque sub arma coactam

Circe mudara nessa outra, aparências terríveis de feras.
Para que os teucros o influxo maléfico não padecessem
dos sortilégios de Circe, se acaso no porto adentrassem,
todas as velas Netuno lhes enche de ventos propícios,
favoreceu-lhes a fuga e os livrou dos baixios estuosos.[6]
Já se corava o alto mar com os primeiros fulgores da Aurora,
que no horizonte surgiu no seu carro pejado de rosas,
quando de súbito o vento parou, brisa alguma sussurra,
remos debalde à porfia se esforçam no mármore lento.[7]
De longe mesmo, do mar, uma grande floresta o caudilho
teucro avistou, pelo curso risonho cortada do Tibre
de vorticosos meneios e areia dourada de envolta,
antes de ao mar entregar-se. Ao redor e por cima do rio,
aves em bando, habituadas com suas ribeiras e pousos,
de melodias o ambiente ocupavam, de voos graciosos.
Proas virar manda Eneias a seus companheiros e, ledo,
visando à terra, no rio penetra de margens sombreadas.
Érato, inspira-me agora! Que reis, qual o estado das coisas[8]
naquele tempo, os sucessos variados no Lácio de antanho,
quando na Ausônia aportou de improviso uma esquadra estrangeira,
vou relatar. Sem a ajuda de cima, de ti, Musa excelsa,
nada farei. Porém antes direi do princípio da pugna,
dos dois exércitos, reis empenhados em crua matança,
a hoste tirrena a avançar, toda a Hespéria em furor coligada.[9]

---

[6] *Estuosos*: borbulhantes.

[7] *Mármore lento*: o mar imóvel e brilhante.

[8] *Érato*: musa da poesia amorosa, erótica, como o nome indica. Virgílio imita aqui Apolônio de Rodes, *Argonáuticas*, I, v. 3, obra na qual a sedução, porém, é crucial para o sucesso de Jasão.

[9] *Hoste tirrena*: a tropa etrusca. Os povos inimigos de Eneias compreendiam os latinos, os rútulos (ambos sob o comando de Turno) e os etruscos, estes comandados por Mezêncio. Entre os aliados também havia etruscos — que Tarconte, inimigo de Mezêncio, ofereceu a Eneias —, além dos árcades de Palanteia, comandados por Palante. *Hespéria*: "a terra do ocidente", aqui é o nome antigo da Itália; ver I, v. 530.

Hesperiam. Maior rerum mihi nascitur ordo,
maius opus moueo. Rex arua Latinus et urbes   45
iam senior longa placidas in pace regebat.
Hunc Fauno et nympha genitum Laurente Marica
accipimus; Fauno Picus pater, isque parentem
te, Saturne, refert, tu sanguinis ultimus auctor.
Filius huic fato diuum prolesque uirilis   50
nulla fuit primaque oriens erepta iuuenta est.
Sola domum et tantas seruabat filia sedes,
iam matura uiro, iam plenis nubilis annis.
Multi illam magno e Latio totaque petebant
Ausonia. Petit ante alios pulcherrimus omnes   55
Turnus, auis atauisque potens, quem regia coniunx
adiungi generum miro properabat amore;
sed uariis portenta deum terroribus obstant.
Laurus erat tecti medio in penetralibus altis,
sacra comam multosque metu seruata per annos,   60
quam pater inuentam, primas cum conderet arces,
ipse ferebatur Phoebo sacrasse Latinus
Laurentesque ab ea nomen posuisse colonis.

Maior empresa acometo, mais digna de ser decantada[10]
em todo o tempo. Regia seus campos e belas cidades
o rei Latino, já velho e em concórdia com os povos vizinhos,
filho de Fauno e da ninfa Marica, nascida em Laurento.[11]
Fauno proviera de Pico, e este Pico, do velho Saturno;
sim, de Saturno, é o que dizem, a origem mais alta de todos.[12]
Não tinha o rei, por decreto divino, viril descendente.
Veio-lhe, é fato, um menino, mui cedo da vida privado.
Só lhe restava uma filha, já núbil, herdeira exclusiva[13]
de seus estados e agora na idade de ser desposada.
Muitos mancebos do Lácio, da Ausônia opulenta, pediram-na
em casamento. Porém, dentre os fortes guerreiros de em torno
sobressaía-se Turno, de antiga e potente linhagem,
a quem a esposa do rei sobre todos os mais preferia[14]
para seu genro. Contudo, prodígios terríveis o obstavam.
Lauro sagrado existia no claustro mais fundo do paço,[15]
de basta fronde, de muito por todos assaz venerado,
que o próprio rei encontrara no tempo em que os muros erguera
da capital. Logo a Febo Latino o sagrou, donde o nome[16]
de "laurentinos" tocou aos colonos da nova cidade.[17]

---

[10] *Maior empresa*: a gesta guerreira, como na *Ilíada* e na segunda metade da *Eneida*, é tida por mais elevada que as errâncias da *Odisseia* e da primeira metade da *Eneida*.

[11] *Fauno*: deus dos campos, um dos primeiros reis do Lácio, assimilado a Pã, Sileno e aos Sátiros; *Marica*: a Circe grega, filha do Sol; *Laurento*: cidade às margens do Tibre, capital do reino de Latino.

[12] *De Saturno*: *te Saturne*. No original havia apóstrofe, tão comum em Virgílio. Aqui, o poeta interpela Saturno: "[...] sim, Pico proviera de ti, Saturno".

[13] *Uma filha*: Lavínia.

[14] *Esposa do rei*: Amata, como se verá no v. 343.

[15] *Lauro*: loureiro, árvore de Apolo; *paço*: palácio.

[16] *Capital*: Laurento. *Logo a Febo Latino o sagrou*: "Latino logo dedicou o loureiro ao próprio Apolo".

[17] *Laurentinos* são os latinos que habitam Laurento. O louro deu nome à cidade e aos cidadãos.

Huius apes summum densae (mirabile dictu)
stridore ingenti liquidum trans aethera uectae,   65
obsedere apicem et pedibus per mutua nexis
examen subitum ramo frondente pependit.
Continuo uates: "Externum cernimus", inquit,
"aduentare uirum et partes petere agmen easdem
partibus ex isdem et summa dominarier arce".   70
Praeterea, castis adolet dum altaria taedis
et iuxta genitorem adstat Lauinia uirgo,
uisa (nefas!) longis comprendere crinibus ignem
atque omnem ornatum flamma crepitante cremari
regalesque accensa comas, accensa coronam   75
insignem gemmis; tum fumida lumine fuluo
inuolui ac totis Vulcanum spargere tectis.
Id uero horrendum ac uisu mirabile ferri:
namque fore illustrem fama fatisque canebant
ipsam, sed populo magnum portendere bellum.   80
At rex sollicitus monstris oracula Fauni,
fatidici genitoris, adit lucosque sub alta
consulit Albunea, nemorum quae maxima sacro
fonte sonat saeuamque exhalat opaca mephitim.
Hinc Italae gentes omnisque Oenotria tellus   85
in dubiis responsa petunt; huc dona sacerdos
Cum tulit et caesarum ouium sub nocte silenti
pellibus incubuit stratis somnosque petiuit,
multa modis simulacra uidet uolitantia miris
et uarias audit uoces fruiturque deorum   90

Nesse loureiro — admirável prodígio! — ocorreu certo dia
que um grande enxame de abelhas, transpondo com fortes zumbidos
o éter sereno, deteve-se no ápice da bela fronde,
emaranhados os pés umas noutras, pendentes dos ramos.
No mesmo instante, o adivinho: "Percebo chegar do estrangeiro",
disse, "um varão com um exército forte, das terras nativas
destas abelhas, que em nós há de o império exercer desde o alcácer".
De uma outra vez, quando estava Lavínia a queimar nos altares
castos incensos, de pé, junto ao pai venerável, Latino,
viu-se um terrível presságio: de súbito as chamas passarem
para os cabelos da jovem e arderem seus belos ornatos,
em labaredas a coma vistosa, o diadema de pedras,
véu de precioso lavor e, ela em fumo envolvida, espalhar-se
pelos demais aposentos a fúria da chama vorace.
Horror e espanto causou nos que o viram, tão grande portento.
Para Lavínia, em verdade, era indício de fama e prestígio;
mas para o povo o prodígio inculcava trabalhos e guerra.
Com tal agouro alarmado, Latino consulta promove
ao pai fatídico, Fauno, na selva mais densa da zona,[18]
chamada Albúnea, onde soa a corrente coberta de opacas[19]
sombras, que exala vapores mefíticos na redondeza.[20]
Ali acodem as gentes da Itália e da Enótria, nos casos[21]
de duvidosa pendência, com o fim de a palavra escutarem
do sacerdote. Quando este seus dons oferece e se deita[22]
para dormir sobre peles de ovelhas, na noite silente,
mil simulacros distingue a voltear de maneira engenhosa,
vozes diversas percebe, desfruta o colóquio dos deuses

---

[18] *Fatídico*: que revela o fado, o destino. Fauno era adivinho.

[19] *Albúnea*: fonte sulfurosa perto de Tívoli.

[20] *Mefíticos*: tóxicos, fétidos.

[21] *Enótria*: região ao sul da Itália.

[22] *Dons*: o sacerdote sacrifica os animais, dorme sobre a pele deles e depois interpreta seu sonho.

colloquio atque imis Acheronta affatur Auernis.
Hic et tum pater ipse petens responsa Latinus
centum lanigeras mactabat rite bidentes
atque harum effultus tergo stratisque iacebat
uelleribus; subita ex alto uox reddita luco est: 95
"Ne pete conubiis natam sociare Latinis,
o mea progenies, thalamis neu crede paratis;
externi uenient generi, qui sanguine nostrum
nomen in astra ferant quorumque a stirpe nepotes
omnia sub pedibus, qua Sol utrumque recurrens   100
aspicit Oceanum, uertique regique uidebunt".
Haec responsa patris Fauni monitusque silenti
nocte datos non ipse suo premit ore Latinus,
sed circum late uolitans iam Fama per urbes
Ausonias tulerat, cum Laomedontia pubes   105
gramineo ripae religauit ab aggere classem.
Aeneas primique duces et pulcher Iulus
corpora sub ramis deponunt arboris altae
instituuntque dapes et adorea liba per herbam
subiciunt epulis (sic Iuppiter ipse monebat)   110
et Cereale solum pomis agrestibus augent.
Consumptis hic forte aliis, ut uertere morsus
exiguam in Cererem penuria adegit edendi
et uiolare manu malisque audacibus orbem
fatalis crusti patulis nec parcere quadris: 115
"Heus! Etiam mensas consumimus", inquit Iulus,

e no Aqueronte interroga até os Manes do Averno profundo.[23]
Naquele ponto, Latino, querendo sondar o futuro,
cem ovelhinhas lanudas oferta de acordo com o rito,
e, suas peles no chão estendidas, por cima se deita.
Nesse momento se ouviu uma voz do mais fundo da selva:
"Deixa de lado, meu filho, essa ideia de esposo latino
dar a Lavínia, nem creias nas bodas agora aprestadas.
Genro estrangeiro virá que até aos astros o nome dos nossos
se incumbirá de levar, cujos filhos e netos cem povos
submeterão sob o império de leis rigorosas e sábias,
em todo o curso do Sol, desde o Oceano nascente ao do poente".
Essa resposta de Fauno, seu pai, não guardou o monarca,
tais mandamentos soprados no escuro e silêncio da noite.
Nas lestes asas a Fama os levara em seus voos trançados,
pelas cidades da Ausônia, no instante em que os moços troianos
nas ribanceiras ervosas do rio os navios aproaram.[24]
Deita-se Eneias com os chefes troianos e Iulo garboso
sob a ramagem de uma árvore de crescimento soberbo.
Logo o repasto aprestaram segundo os preceitos de Jove.
Tortas candiais arrumadas na relva, de Ceres o assento[25]
próprio, com frutos agrestes colhidos a pouca distância.
E, consumidos os parcos manjares, por força da fome
todos se atiram às tortas de trigo, com unhas e dentes
devastadores. Comido o miolo, passaram vorazes
à própria crosta do bolo fatal, sem poupar a moldura.[26]
"Com tanta fome, até a mesa comemos!", Ascânio exclamou,

---

[23] *Manes do Averno*: no original, *imis Acheronta adfatur Auernis*, a rigor, "no Averno profundo interroga o Aqueronte".

[24] *Rio*: o Tibre.

[25] *Tortas candiais*: isto é, de trigo; *de Ceres o assento*: no original, *Cereale solum*; para Virgílio, designa a base de trigo para os frutos superpostos, *grosso modo*, como é a massa para uma pizza. Na tradução, tem este sentido, mas pode ser também aposto de *relva*.

[26] *Bolo fatal*: bolo que revela o destino, o fado (*fatum*).

nec plura alludens. Ea uox audita laborum
prima tulit finem primamque loquentis ab ore
eripuit pater ac stupefactus numine pressit.
Continuo: "Salue Fatis mihi debita tellus   120
uosque", ait, "o fidi Troiae saluete Penates:
hic domus, haec patria est. Genitor mihi talia namque
(nunc repeto) Anchises Fatorum arcana reliquit:
'Cum te, nate, fames ignota ad litora uectum
accisis coget dapibus consumere mensas,   125
tum sperare domos defessus ibique memento
prima locare manu molirique aggere tecta'.
Haec erat illa fames, haec nos suprema manebat,
exiliis positura modum.
Quare agite et primo laeti cum lumine solis   130
quae loca, quiue habeant homines, ubi moenia gentis,
uestigemus et a portu diuersa petamus.
Nunc pateras libate Ioui precibusque uocate
Anchisen genitorem et uina reponite mensis".
Sic deinde effatus frondenti tempora ramo   135
implicat et geniumque loci primamque deorum
Tellurem nymphasque et adhuc ignota precatur
flumina, tum Noctem Noctisque orientia signa
Idaeumque Iouem Phrygiamque ex ordine matrem
inuocat et duplices caeloque ereboque parentes.   140
Hic pater omnipotens ter caelo clarus ab alto
intonuit radiisque ardentem lucis et auro
ipse manu quatiens ostendit ab aethere nubem.
Diditur hic subito Troiana per agmina rumor

sem referir-se ao oráculo. Mas essas vozes o termo[27]
prenunciaram dos grandes trabalhos. Eneias colheu-as
da própria boca do filho e viu nelas o alvitre dos deuses.
E, de repente, exclamou: "Salve, terra que os Fados nos deram!
Salve também, aqui mesmo, sagrados Penates de Troia!
Eis nossa pátria, a morada. Meu pai — neste instante me lembra —[28]
me revelou os arcanos do incerto Destino, faz tempo:
'Quando, meu filho, jogado em paragens ignotas de todos,
já consumidos os parcos manjares, te vires forçado
a devorar até as mesas... Então, sim: acharás um asilo
para esses membros; assenta o arraial, de trincheiras o cerca'.
A fome era essa, o trabalho mais duro que o Fado exigia
como remate das dores.
Eia, animai-vos! E quando o sol belo aos primeiros albores
da madrugada surgir, inquiramos que gente aqui vive,
suas cidades, os fortes, do porto espalhados por tudo.
Agora alçai vossas copas em honra de Júpiter sumo;
do meu bom pai, igualmente; mais vinho ponhamos na mesa".
Assim falando, cingiu a cabeça com verde ramagem,
invoca os gênios daqueles lugares, a Terra ubertosa
antes de todas, as Ninfas, e os Rios ainda sem nome.
Depois, a Noite e as estrelas da Noite, que ao longe surgiam,
Júpiter do Ida mais Cíbele frígia. A seguir, os parentes:[29]
Ela, no Olimpo esplendente, e já no Érebo, Anquises defunto.
O onipotente senhor do alto Olimpo no céu por três vezes
fez retumbar seu trovão e pelo éter sereno três vezes
com a própria mão agitou bela nuvem de veios dourados.
Em pouco tempo espalhou-se o rumor pelo exército teucro

---

[27] *Vozes*: palavras. O *mas* é tônico.

[28] No poema, foi Celeno, e não Anquises, quem falou sobre "comer as mesas" (ver III, v. 257). Subentende-se que Anquises, tornando ao assunto, deu as intruções subsequentes.

[29] *Ida* é o monte perto de Troia, na *Frígia*, santuário de *Cibele*. *Parentes*: aqui, designa os pais.

aduenisse diem quo debita moenia condant. 145
Certatim instaurant epulas atque omine magno
crateras laeti statuunt et uina coronant.
Postera cum prima lustrabat lampade terras
orta dies, urbem et fines et litora gentis
diuersi explorant; haec fontis stagna Numici, 150
hunc Thybrim fluuium, hic fortes habitare Latinos.
Tum satus Anchisa delectos ordine ab omni
centum oratores augusta ad moenia regis
ire iubet, ramis uelatos Palladis omnes,
donaque ferre uiro pacemque exposcere Teucris. 155
Haud mora, festinant iussi rapidisque feruntur
passibus. Ipse humili designat moenia fossa
moliturque locum primasque in litore sedes
castrorum in morem pinnis atque aggere cingit.
Iamque iter emensi turres ac tecta Latinorum 160
ardua cernebant iuuenes muroque subibant.
Ante urbem pueri et primaeuo flore iuuentus
exercentur equis domitantque in puluere currus
aut acres tendunt arcus aut lenta lacertis
spicula contorquent cursuque ictuque lacessunt, 165
cum praeuectus equo longaeui regis ad aures
nuntius ingentes ignota in ueste reportat
aduenisse uiros. Ille intra tecta uocari
imperat et solio medius consedit auito.
Tectum augustum, ingens, centum sublime columnis 170
urbe fuit summa, Laurentis regia Pici,
horrendum siluis et religione parentum.

de que chegara o momento de os muros erguer, prometidos.
Com isso, as mesas removem e, alegres com a fausta notícia,
enchem de vinho as crateras, agora de folhas coroadas.
Quando surgiram no dia seguinte os primeiros albores,
partem por vários caminhos a ver as cidades, os lindes[30]
e o litoral: pantanais do Numico nascente, a corrente[31]
sacra do Tibre e, mais longe, a morada dos fortes latinos.
Então, o filho de Anquises um cento escolheu de emissários[32]
das classes todas do exército, coroados com ramos de oliva,[33]
para levar ao monarca, na régia, presentes valiosos[34]
e suplicar acolhida pacífica para os troianos.
Sem mais delonga, apressaram-se a dar cumprimento ao mandado,
e o próprio Eneias riscou no chão duro os contornos modestos
da promissora cidade, amparando as primeiras vivendas,
como no tempo de guerra, com valos e fortes muralhas.
Nesse entrementes, os moços, vencido o caminho, avistaram
os altos tetos das casas e as torres, já perto dos muros.
Fora das portas, meninos e jovens na idade florida
a cavalgar se entretinham, ou mesmo no chão polvarento
carros ligeiros dirigem, seus arcos possantes encurvam,
dardos flexíveis atiram com braços afeitos à luta.
Nisso, ao rei velho um veloz mensageiro a cavalo a notícia
leva da vinda de uns homens muito altos, com vestes estranhas.
Sem perder tempo, o monarca ordenou que ao palácio os trouxessem.
Logo, assentou-se no trono paterno, rodeado da corte.
Houve na parte mais alta do burgo um vistoso edifício
de cem colunas, morada de Pico, senhor dos laurentes,
no escuro envolto do bosque e temido com todo respeito.

---

[30] *Lindes*: limites, aqui no sentido de territórios.

[31] *Numico*: ou Numício, rio do Lácio.

[32] *Emissários*: no original, *oratores*; ou seja, embaixadores.

[33] *Ramos de oliva*: insígnia dos embaixadores e símbolo de paz. Para o ritmo, é necessária a síncope na palavra *exército* (lida "exersto").

[34] *Régia*: palácio real.

Hic sceptra accipere et primos attollere fasces
regibus omen erat; hoc illis curia templum,
hae sacris sedes epulis, hic ariete caeso 175
perpetuis soliti patres considere mensis.
Quin etiam ueterum effigies ex ordine auorum
antiqua e cedro, Italusque paterque Sabinus
uitisator, curuam seruans sub imagine falcem,
Saturnusque senex Ianique bifrontis imago 180
uestibulo astabant aliique ab origine reges
Martiaque ob patriam pugnando uulnera passi.
Multaque praeterea sacris in postibus arma,
captiui pendent currus curuaeque secures
et cristae capitum et portarum ingentia claustra 185
spiculaque clipeique ereptaque rostra carinis.
Ipse Quirinali lituo paruaque sedebat
succinctus trabea laeuaque ancile gerebat
Picus, equum domitor, quem capta cupidine coniunx
aurea percussum uirga uersumque uenenis 190
fecit auem Circe sparsitque coloribus alas.
Tali intus templo diuum patriaque Latinus

De bom agouro era tido ali o rei receber o seu cetro
conjuntamente com os fasces. O templo servia de cúria,[35]
sede também dos banquetes: depois de imolar um carneiro,
os anciãos, era de uso, assentavam-se à volta das mesas.
Mais: no vestíbulo viam-se estátuas de cedro já velho,
dos ascendentes: a de Ítalo, do vinhateiro Sabino,[36]
pai venerando, e a seus pés, encurvado, o podão de trabalho,
Saturno velho e, mais longe, a figura de Jano bifronte.[37]
Outras seguiam-se, nobres imagens dos chefes primeiros,
que derramaram seu sangue em defesa da pátria querida.
Armas, também, abundantes, pendiam dos postes sagrados,
carros tomados do fero inimigo, secures recurvas,[38]
elmos, cimeiras, ingentes ferrolhos de portas bem-feitas,
dardos, escudos e rostros truncados das naves imigas.
De trábea curta vestido, na destra o bastão quirinal,[39]
na esquerda a forte rodela, encontrava-se Pico sentado,[40]
o domador de cavalos, a quem Circe amante, enciumada,
com leve toque da vara e o veneno tomado a destempo,[41]
mudou em ave de plumas variadas e bela aparência.[42]
Tal era o templo dos deuses em cujo recinto Latino

---

[35] *Fasces*: feixes, signo da igualdade republicana; *cúria*: divisão político-religiosa
do povo romano e templo em que este se reunia.

[36] *Ítalo*: rei dos enótrios, antigos habitantes da península itálica. *Sabino* é deus
ancestral dos sabinos, povo itálico, a quem ensinou a cultivar uvas.

[37] *Jano*: rei itálico que acolheu Saturno, quando expulso do céu, e se tornou o
deus principiador de tudo, até do ano ("janeiro" lhe é dedicado); *bifronte*: era representado com dois rostos voltados para direções opostas, a olhar para o passado e para
o futuro.

[38] *Secures recurvas*: machadinhas encurvadas.

[39] *Trábea*: toga branca listrada de vermelho; *bastão quirinal*: bastão usado por
Rômulo (Quirino) na condição de áugure, isto é, adivinho.

[40] *Rodela*: pequeno escudo circular.

[41] *A destempo*: inoportunamente, para seu azar.

[42] *Mudou em ave*: por recusar o amor de Circe, foi transformado justamente no
pico (*picus*), pássaro que lhe dá o nome, o "picanço", um tipo de pica-pau.

sede sedens Teucros ad sese in tecta uocauit
atque haec ingressis placido prior edidit ore:
"Dicite, Dardanidae (neque enim nescimus et urbem   195
et genus, auditique aduertitis aequore cursum),
quid petitis? Quae causa rates aut cuius egentes
litus ad Ausonium tot per uada caerula uexit?
Siue errore uiae seu tempestatibus acti,
qualia multa mari nautae patiuntur in alto,   200
fluminis intrastis ripas portuque sedetis,
ne fugite hospitium neue ignorate Latinos,
Saturni gentem, haud uinclo nec legibus aequam,
sponte sua ueterisque dei se more tenentem.
Atque equidem memini (fama est obscurior annis)   205
Auruncos ita ferre senes, his ortus ut agris
Dardanus Idaeas Phrygiae penetrauit ad urbes
Threiciamque Samum, quae nunc Samothracia fertur.
Hinc illum, Corythi Tyrrhena ab sede profectum,
aurea nunc solio stellantis regia caeli   210
accipit et numerum diuorum altaribus auget".
Dixerat, et dicta Ilioneus sic uoce secutus:
"Rex, genus egregium Fauni, nec fluctibus actos,
atra subegit hiems uestris succedere terris
nec sidus regione uiae litusue fefellit;   215
consilio hanc omnes animisque uolentibus urbem,
afferimur, pulsi regnis, quae maxima quondam
extremo ueniens Sol aspiciebat Olympo.
Ab Ioue principium generis, Ioue Dardana pubes
gaudet auo; rex ipse Iouis de gente suprema,   220
Troius Aeneas, tua nos ad limina misit.

no trono avito sentado mandou que os troianos entrassem.[43]
Com aprazível semblante destarte primeiro lhes fala:
"Filhos de Dárdano, pois em verdade nos são conhecidas
vossa cidade e as origens, bem como o roteiro da viagem!,
que pretendeis? Qual a causa, a premência que vossos navios
por esses mares cerúleos forçou até as plagas da Ausônia?
Ou fosse cálculo estranho ou por força de tantas procelas
que aos navegantes acossam nas milhas do mar conturbadas,
ao nosso rio chegados, o porto almejado encontrastes,
não recuseis a hospedagem. Sabei que nós outros, latinos,
filhos do velho Saturno, não somos piedosos à força,
por exterior compulsão, mas por índole própria e costume.
Lembra-me, ainda, conquanto a notícia atenuou-se com o tempo,
de ter ouvido de uns velhos auruncos que Dárdano nosso[44]
foi às cidades da Frígia bem próximo do Ida, até Samos,
a Samotrácia chamada, por ser justamente na Trácia.
Daqui partido, de Córito, bela cidade tirrena,
hoje esse herói tem assento num trono da corte celeste,
um nume a mais, com altar especial no concerto divino".
Disse. Ilioneu sem demora a falar começou nestes termos:
"Rei, filho egrégio de Fauno! Não foi tempestade sombria
que nos forçou a arribar nestas plagas por vós habitadas,
nem as estrelas tampouco e as surpresas da rota sabida.
Mas todos nós, com o mais firme propósito e boa vontade,
outra cidade buscamos, banidos do reino mais forte
que o Sol já viu no seu curso fatal dos dois lados do Olimpo.
Tronco dos nossos é Júpiter; a juventude dardânia
provém de Júpiter, bem como Eneias, o nosso caudilho,
neto de Júpiter, que ora nos manda em visita aos teus paços.

---

[43] *Avito*: dos ancestrais.

[44] *Auruncos*: povo de Aurunca, na Campânia; *nosso*: recorde-se a origem itálica de Dárdano, já mencionada por Eneias em I, v. 380, e pelos Penates em III, vv. 154-70.

Quanta per Idaeos saeuis effusa Mycenis
tempestas ierit campos, quibus actus uterque
Europae atque Asiae Fatis concurrerit orbis,
audiit et si quem tellus extrema refuso   225
summouet Oceano et si quem extenta plagarum
quattuor in medio dirimit plaga solis iniqui.
Diluuio ex illo tot uasta per aequora uecti
dis sedem exiguam patriis litusque rogamus
innocuum et cunctis undamque auramque patentem.   230
Non erimus regno indecores, nec uestra feretur
fama leuis tantique abolescet gratia facti,
nec Troiam Ausonios gremio excepisse pigebit.
Fata per Aeneae iuro dextramque potentem
siue fide seu quis bello est expertus et armis: 235
multi nos populi, multae (ne temne, quod ultro
praeferimus manibus uittas ac uerba precantia)
et petiere sibi et uuluere adiungere gentes;
sed nos fata deum uestras exquirere terras
imperiis egere suis. Hinc Dardanus ortus;   240
huc repetit iussisque ingentibus urguet Apollo
Tyrrhenum ad Thybrim et fontis uada sacra Numici.
Dat tibi praeterea fortunae parua prioris
munera, reliquias Troia ex ardente receptas.
Hoc pater Anchises auro libabat ad aras;   245
hoc Priami gestamen erat, cum iura uocatis
more daret populis, sceptrumque sacerque tiaras
Iliadumque labor uestes”.
Talibus Ilionei dictis defixa Latinus
obtutu tenet ora soloque immobilis haeret   250
intentos uoluens oculos. Nec purpura regem

Os temorosos desastres que a fera Micenas nos campos[45]
do Ida espalhou, flagelados, os Fados que dois continentes,
Europa e Ásia, jogou no mais forte entrechoque sabido,
por certo os povos ouviram que moram nas terras longínquas,
do extremo Oceano banhadas e a zona que o Sol, de permeio,
das outras quatro divide e com todo o seu fogo estorrica.
Daquele inferno fugindo no dorso das águas imensas,
exígua sede imploramos nos lindes dos vossos domínios,
praia sem nome, água limpa e sem dano a nós todos, e ar puro.
Não vos seremos pesados; com isso obtereis alto nome,
nem há de nunca esquecer-nos a bênção de tal benefício.
Jamais motivo de queixa terão os ausônios conosco.
Pelo futuro de Eneias o juro, por sua potente
mão, nas alianças, nas guerras lutuosas aceita ou temida.
Não nos repilas por virmos com vendas nas mãos e aparência
de suplicantes, pois povos sem conta, nações poderosas
manifestaram desejo insistente de a sorte igualarmos[46]
num só destino. Porém a palavra divina nos manda
estas paragens buscar. Nasceu Dárdano aqui; volta agora
por nós trazido. Por ordem de Apolo, seus duros mandados,[47]
viemos ao Tibre tirreno e às nascentes do sacro Numico.
Manda-te Eneias também estas prendas modestas, da antiga
munificência de Troia, relíquias salvadas do incêndio.
O pai Anquises só usava no altar esta copa dourada;
eis a roupagem de Príamo, aquando a seu povo regia
nos tribunais; eis o cetro, a tiara sagrada e o seu manto,
grato lavor das mulheres de Troia".
O rei Latino, suspenso na fala do sábio Ilioneu,
não se movia um tantinho; no chão fixo o olhar conservava,
movendo os olhos apenas. Presentes valiosos não via,

---

[45] Nos versos vv. 222-4, *Micenas*, pátria de Agamêmnon, designa a Grécia, situada na *Europa*, em oposição a *campos do Ida*, que alude a Troia, situada na *Ásia*.

[46] *Sorte igualarmos*: entenda-se, de se associarem a nós, troianos.

[47] *Duros mandados*: ordens severas.

picta mouet nec sceptra mouent Priameia tantum,
quantum in conubio natae thalamoque moratur,
et ueteris Fauni uoluit sub pectore sortem:
hunc illum Fatis externa ab sede profectum   255
portendi generum paribusque in regna uocari
auspiciis, huic progeniem uirtute futuram
egregiam et totum quae uiribus occupet orbem.
Tandem laetus ait: "Di nostra incepta secundent
auguriumque suum; dabitur, Troiane, quod optas,   260
munera nec sperno. Non uobis rege Latino
diuitis uber agri Troiaeue opulentia deerit.
Ipse modo Aeneas, nostri si tanta cupido est,
si iungi hospitio properat sociusque uocari,
adueniat uultus neue exhorrescat amicos;   265
pars mihi pacis erit dextram tetigisse tyranni.
Vos contra regi mea nunc mandata referte:
est mihi nata, uiro gentis quam iungere nostrae
non patrio ex adyto sortes, non plurima caelo
monstra sinunt; generos externis affore ab oris,   270
hoc Latio restare canunt, qui sanguine nostrum
nomen in astra ferant. Hunc illum poscere Fata
et reor et, si quid ueri mens augurat, opto".
Haec effatus equos numero pater eligit omni:
stabant ter centum nitidi in praesaepibus alti;   275
omnibus extemplo Teucris iubet ordine duci
instratos ostro alipedes pictisque tapetis;
aurea pectoribus demissa monilia pendent,
tecti auro fuluum mandunt sub dentibus aurum;

cetro de Príamo, mantos ornados de belas pinturas;
só cogitava das bodas da filha, do tálamo régio.
Os vaticínios de Fauno vetusto é o que tudo enxergava.
"Esse estrangeiro", dizia, "é sem dúvida o genro que os Fados[48]
anunciavam e que há de ocupar o meu trono com gratos
e generosos auspícios, origem de longa progênie
que por todo o orbe há de o império estender com seu braço potente".
Por fim, de alegre, explodiu: "Que os eternos seus próprios agouros
cumpram e nossa esperança! Obterás o que almejas, Troiano.
Não menosprezo os presentes. Enquanto Latino no trono
se mantiver, nem riquezas de Troia nem campos ferazes[49]
vos faltarão. Mas, se Eneias realmente deseja chamar-se
meu companheiro e meu hóspede, venha até aqui; não se exima
de conhecer a figura do sócio nem dela se tema.
Penhor de paz suficiente é apertarmos as mãos como amigos.
A vosso rei anunciai do meu lado o que passo a dizer-vos.
Tenho uma filha, que unir-se a marido nenhum destas bandas
nem os orac'los de Apolo permitem nem vários prodígios
do céu distante. A uma voz proclamaram que o genro há de vir-nos
de estranhas plagas — pois esse é o destino do Lácio bendito —
para que aos astros os nossos se elevem. Sendo ele esse noivo,
conforme o peito me diz, de bom grado o recebo e perfilho".[50]
Tendo isso dito, escolheu dos trezentos cavalos de suas[51]
quadras, formosos e lépidos, um para cada troiano.
Manda que tragam sem mora os alípedes com belas mantas[52]
de ouro bordadas e púrpura, belo ornamento de ver-se.
Coleira de ouro do peito lhes pende — ornamento valioso —,
de ouro os arreios também; ouro fulvo do freio mastigam.

---

[48] *Dizia*: no sentido de "pensava". No original, Virgílio não emprega o verbo, de modo que a fala parece ser pensamento do rei.

[49] *Ferazes*: férteis.

[50] *Perfilho*: "reconheço como filho", isto é, genro.

[51] Os vv. 274-85 tratam das *xênias*, presentes relativos ao dever de hospitalidade.

[52] *Alípedes*: que têm asas nos pés, ligeiros; aqui, os velozes cavalos.

absenti Aeneae currunt geminosque iugales   280
semine ab aetherio, spirantes naribus ignem,
illorum de gente, patri quos daedala Circe
supposita de matre nothos furata creauit.
Talibus Aeneadae donis dictisque Latini
sublimes in equis redeunt pacemque reportant.   285
Ecce autem Inachiis sese referebat ab Argis
saeua Iouis coniunx aurasque inuecta tenebat,
et laetum Aenean classemque ex aethere longe
Dardaniam Siculo prospexit ab usque Pachyno.
Moliri iam tecta uidet, iam fidere terrae,   290
deseruisse rates: stetit acri fixa dolore.
Tum quassans caput haec effundit pectore dicta:
"Heu stirpem inuisam et Fatis contraria nostris
Fata Phrygum! Num Sigeis occumbere campis,
num capti potuere capi? Num incensa cremauit   295
Troia uiros? Medias acies mediosque per ignes
inuenere uiam. At, credo, mea numina tandem
fessa iacent, odiis aut exsaturata quieui.
Quin etiam patria excussos infesta per undas
ausa sequi et profugis toto me opponere ponto.   300
Absumptae in Teucros uires caelique marisque.
Quid Syrtes aut Scylla mihi, quid uasta Charybdis
profuit? Optato conduntur Thybridis alueo
securi pelagi atque mei. Mars perdere gentem
immanem Lapithum ualuit, concessit in iras   305

E para Eneias ausente um magnífico carro com um tiro
de dois ginetes de etérea semente e narinas de fogo,[53]
prole da raça que Circe dedálea às ocultas obteve[54]
com o cruzamento de uma égua e os cavalos do Sol esplendentes.
Com tais presentes e amáveis palavras do chefe Latino,
na qualidade de núncios da paz os troianos retornam.
Eis que de volta do burgo fundado por Ínaco — Argos —
a fera esposa de Jove, ao cruzar com o seu carro as alturas,
ao longe avista na bela Sicília, ao dobrar o Paquino[55]
cabo, o troiano caudilho exultante e seus barcos velozes,
bem como os teucros valentes, no afã de construírem moradas
e de saírem das naves. Detendo-se um pouco ali mesmo,
de dor tomada, meneando a cabeça, destarte se exprime:
"Ó geração aborrida! Ó destino da Frígia, contrário
sempre a meu Fado! Nos campos sigeus sucumbir não puderam?[56]
Presos, viver como escravos? No incêndio de Troia abrasar-se?
Livres se encontram. Caminhos abriram por entre as colunas
dos inimigos, do fogo. É certeza: meu nume entregou-se[57]
sem resistir, ou, de tanto sofrer, saturado aquietou-se.
Não, não foi isso; da pátria arrancados, ousei contrastá-los
nos mares fundos, no encalço dos barcos, sem dar-lhes sossego.
Movi contra eles as forças do céu e do mar, impotentes.
De que proveito me foram e Sirtes e Cila e Caribde
desmesurada? Tranquilos, a foz alcançaram do Tibre,
salvos do mar e de mim. Pôde Marte acabar com a progênie
dos fortes lápitas; o próprio pai dos mortais e dos deuses[58]

---

[53] *Tiro de dois ginetes*: puxados por dois cavalos; *de etérea semente*: porque são filhos dos cavalos do Sol.

[54] *Dedálea*: artificiosa.

[55] *Paquino*: um dos três cabos da Sicília.

[56] *Sigeus*: troianos.

[57] *Nume*: aqui, poder divino.

[58] *Fortes lápitas*: os lápitas são povo da Tessália. A inimizade de Marte com eles, aqui mencionada, não ocorre nos mitos.

ipse deum antiquam genitor Calydona Dianae,
quod scelus aut Lapithis tantum aut Calydona merentem?
Ast ego, magna Iouis coniunx, nil linquere inausum
quae potui infelix, quae memet in omnia uerti,
uincor ab Aenea. Quod si mea numina non sunt   310
magna satis, dubitem haud equidem implorare quod usquam est:
flectere si nequeo superos, Acheronta mouebo.
Non dabitur regnis, esto, prohibere Latinis,
atque immota manet Fatis Lauinia coniunx:
at trahere atque moras tantis licet addere rebus,   315
at licet amborum populos exscindere regum.
Hac gener atque socer coeant mercede suorum:
sanguine Troiano et Rutulo dotabere, uirgo,
et Bellona manet te pronuba. Nec face tantum
Cisseis praegnans ignes enixa iugales;   320
quin idem Veneri partus suus et Paris alter
funestaeque iterum recidiua in Pergama taedae".
Haec ubi dicta dedit, terras horrenda petiuit;
luctificam Allecto dirarum ab sede dearum
infernisque ciet tenebris, cui tristia bella   325
iraeque insidiaeque et crimina noxia cordi.
Odit et ipse pater Pluton, odere sorores

à grande fúria de Diana entregou Calidona inocente.[59]
Qual foi o crime dos ínclitos lápitas, de Calidona?
E eu, nobre esposa de Júpiter, que tudo fiz sem poupar-me,
e lancei mão de recursos extremos, vencida ora ver-me
por esse Eneias? Pois bem; se meus numes de nada me valem,
vou amparar-me de forças de mais valimento que as minhas.
Já que no céu nada alcanço, recorro às potências do Inferno.
Não me permitem do Lácio afastá-lo ou dobrar o Destino
férreo, que a posse lhe enseja da bela princesa Lavínia.
Mas pelo menos farei retardar suas grandes empresas,
e desgastar as reservas guerreiras dos reinos em luta.
Que se unam sogros e genro nas páreas à custa do povo.
Teu dote, ó virgem!, o sangue vai ser de troianos e rútulos:[60]
como madrinha das bodas terás simplesmente Belona.[61]
Hécuba não foi a única a pôr uma tocha no mundo.[62]
Sim; este filho de Vênus será outro Páris; mais uma
vez hão de as chamas das bodas a Troia incendiar rediviva”.[63]
Falando assim, furiosa baixou para a terra fecunda,
a si chamando da sede das trevas eternas, morada
das irmãs torvas, Alecto infernal, que somente com mortes[64]
se delicia, traições, crimes negros e guerras infindas.
Até Plutão a esse monstro tem ódio, e as irmãs insofríveis[65]

---

[59] *Calidona*: ou Cálidon, antiga capital da Etólia, na Grécia continental. Tendo seu rei, Eneu, omitido Diana nos sacrifícios, a deusa enviou para lá um enorme javali que dizimou a população.

[60] *Rútulos*: antigo povo do Lácio, contra quem Eneias lutará.

[61] *Belona*: deusa romana da guerra.

[62] *Hécuba*: no original, *Cisseis praegnas*, “a filha de Cisseu grávida”, isto é, Hécuba, que é mãe de Páris.

[63] *Chamas das bodas a Troia incendiar*: os romanos portavam uma tocha nos matrimônios, que veio a significar o próprio matrimônio. A tocha simbólica do matrimônio do outro Páris (Eneias) incendiará a nova Troia.

[64] *Alecto*: a mais velha das Fúrias.

[65] *Irmãs insofríveis*: as duas irmãs de Alecto, Tisífone e Erínis; ver II, v. 337. *Insofríveis* é acréscimo do tradutor, com o sentido de “insuportáveis”.

Tartareae monstrum: tot sese uertit in ora,
tam saeuae facies, tot pullulat atra colubris.
Quam Iuno his acuit uerbis ac talia fatur: 330
"Hunc mihi da proprium, uirgo sata Nocte, laborem,
hanc operam, ne noster honos infractaue cedat
fama loco, neu conubiis ambire Latinum
Aeneadae possint Italosue obsidere fines.
Tu potes unanimos armare in proelia fratres 335
atque odiis uersare domos, tu uerbera tectis
funereasque inferre faces, tibi nomina mille,
mille nocendi artes. Fecundum concute pectus,
disice compositam pacem, sere crimina belli;
arma uelit poscatque simul rapiatque inuentus". 340
Exin Gorgoneis Allecto infecta uenenis
principio Latium et Laurentis tecta tyranni
celsa petit tacitumque obsedit limen Amatae,
quam super aduentu Teucrum Turnique hymenaeis
femineae ardentem curaeque iraeque coquebant. 345
Huic dea caeruleis unum de crinibus anguem
conicit inque sinum praecordia ad intima subdit,
quo furibunda domum monstro permisceat omnem.
Ille inter uestes et leuia pectora lapsus
uoluitur attactu nullo fallitque furentem, 350
uiperam inspirans animam; fit tortile collo
aurum ingens coluber, fit longae taenia uittae
innectitque comas et membris lubricus errat.
Ac dum prima lues udo sublapsa ueneno
pertemptat sensus atque ossibus implicat ignem 355
necdum animus toto percepit pectore flammam,

do negro Tártaro dela se esquivam, pois tão espantosas
caras assume, quanto atras serpentes do corpo lhe nascem.
Juno a exacerba ainda mais, com dizer-lhe as seguintes palavras:
"Virgem nascida da Noite, um favor me concede, mui fácil
de realizar, para que não sucumba minha honra no pleito,
e nunca os teucros jamais se congracem com o chefe Latino,
nem no futuro se tornem senhores das terras da Itália.
Tens o poder de apartar em discórdia até irmãos muito unidos,
e ódio semear nas famílias. Contra eles verberas as serpes
do teu chicote e os funéreos brandões. Mil maneiras conheces[66]
de fazer mal, artes mil e variadas. Um jeito excogita
de desfazer esse trato, semear entre os povos a guerra.
Que a mocidade se agite, armas peça e aos mais velhos se oponham".
Logo dirige-se Alecto, das Górgonas feias picada,[67]
ao Lácio belo e à morada do rei dos laurentes, Latino,
té penetrar de mansinho no calmo aposento de Amata,
que se inflamara de pouco com a nova da vinda dos teucros
e o casamento de Turno. Femíneos queixumes gemia.[68]
Solta da grenha a deidade uma serpe e no peito lha atira,
té não cravar-se no fundo das vísceras, para que Amata
espicaçada por ela alvorote de fúrias o paço.[69]
Por entre as vestes e o peito escorrega a serpente maldosa,
sem ser sentida enrolando-se em tudo e injetando-lhe n'alma,
à revelia da pobre rainha, pendor viperino.
Ora no belo pescoço se muda em colar de ouro fino,
ora os cabelos ataca; por tudo nos membros serpeia.
Enquanto o vírus opera em surdina nos fracos sentidos
e pelos ossos adentro os inflama com fogo ainda lento,
sem que tornado já esteja das chamas o peito ardoroso,

---

[66] *Funéreos brandões*: tochas fúnebres.

[67] *Górgonas*: monstros femininos cuja cabeleira era formada por serpentes. *Picada*: estimulada.

[68] *Casamento de Turno*: o casamento com Lavínia, que não se realizou.

[69] *Alvorote o paço*: agite o palácio.

mollius et solito matrum de more locuta est,
multa super nata lacrimans Phrygiisque hymenaeis:
"Exsulibusne datur ducenda Lauinia Teucris,
o genitor, nec te miseret nataeque tuique?   360
Nec matris miseret, quam primo Aquilone relinquet
perfidus alta petens abducta uirgine praedo?
An non sic Phrygius penetrat Lacedaemona pastor
Ledaeamque Helenam Troianas uexit ad urbes?
Quid tua sancta fides, quid cura antiqua tuorum   365
et consanguineo totiens data dextera Turno?
Si gener externa petitur de gente Latinis
idque sedet Faunique premunt te iussa parentis,
omnem equidem sceptris terram quae libera nostris
dissidet externam reor et sic dicere diuos.   370
Et Turno, si prima domus repetatur origo,
Inachus Acrisiusque patres mediaeque Mycenae".
His ubi nequiquam dictis experta Latinum
contra stare uidet penitusque in uiscera lapsum
serpentis furiale malum totamque pererrat,   375
tum uero infelix, ingentibus excita monstris,
immensam sine more furit lymphata per urbem.
Ceu quondam torto uolitans sub uerbere turbo,
quem pueri magno in gyro uacua atria circum
intenti ludo exercent, ille actus habena   380
curuatis fertur spatiis; stupet inscia supra

em termos brandos, tal como costumam as mães nesses casos,
fala ao marido, a chorar, sobre as bodas futuras com o Frígio:
"Vais dar Lavínia, senhor, como esposa a esse teucro sem pátria?
Não tens cuidado da sorte da filha, de ti não te apiadas,
nem da mãe triste que ao vento primeiro o pirata abandona[70]
nestas paragens, levando consigo a donzela roubada?
O pastor frígio com esses ardis não entrou na Lacônia[71]
e a bela filha de Leda roubou, para a Troia levá-la?[72]
Teus juramentos, a fé, o desvelo com os teus desde o início,
de nada valem? A tua palavra empenhada com Turno?
Se um genro exigem de fora, aos latinos estranho de todo,
e o padre Fauno a isso mesmo te obriga com suas sentenças,[73]
penso que estranha há de ser toda a terra que ao nosso domínio
não se submeta de grado.[74]
Além do mais, se subirmos à origem, vem Turno de fora:
Ínaco e Acrísio são seus ascendentes, da rica Micenas".[75]
Vendo que tais argumentos em nada a Latino abalavam,
firme até ao fim, pós haver-lhe o veneno atingido as entranhas
e a quintessência das Fúrias da serpe danosa injetado,
presa a infeliz de espantosas visões, do delírio tomada,
já descomposta e sem pejo por toda a cidade vagueava.
Como um pião que os meninos impelem com a corda trançada,
a percorrer obrigando-o nos átrios vazios um grande
círculo, e atentos no jogo infantil pasma a turba de crianças,
ao ver as curvas e giros que o pião inconstante desenha

---

[70] *Vento primeiro*: primeiro sopro do Aquilão, vento favorável.

[71] *Pastor frígio*: Páris, que foi criado por pastores.

[72] *Filha de Leda*: Helena. Amata sugere que Eneias pode raptar a filha, como fez Páris.

[73] *Padre*: *pater*, o sacerdote Fauno, pai de Latino.

[74] O tradutor não verteu a segunda parte do verso, que poderia ser completado desta maneira "e que assim proclamaram os deuses".

[75] *Ínaco* fundou Argos, de que *Acrísio* foi rei. Argos e *Micenas* são cidades importantes da Argólida, pátria de Agamêmnon e Menelau. Amata argumenta que também Turno seria um estrangeiro e com isso cumpriria o vatícínio de Fauno.

impubesque manus, mirata uolubile buxum;
dant animos plagae: non cursu segnior illo
per medias urbes agitur populosque feroces.
Quin etiam in siluas, simulato numine Bacchi,   385
maius adorta nefas maioremque orsa furorem
euolat et natam frondosis montibus abdit,
quo thalamum eripiat Teucris taedasque moretur,
"Euhoe Bacche", fremens, solum te uirgine dignum
uociferans: etenim molles tibi sumere thyrsos,   390
te lustrare choro, sacrum tibi pascere crinem.
Fama uolat, Furiisque accensas pectore matres
idem omnes simul ardor agit noua quaerere tecta;
deseruere domos, uentis dant colla comasque.
Ast aliae tremulis ululatibus aethera complent,   395
pampineasque gerunt incinctae pellibus hastas;
ipsa inter medias flagrantem feruida pinum
sustinet ac natae Turnique canit hymenaeos,
sanguineam torquens aciem, toruumque repente
clamat: "Io matres, audite, ubi quaeque, Latinae: 400
si qua piis animis manet infelicis Amatae
gratia, si iuris materni cura remordet,
soluite crinales uittas, capite orgia mecum".
Talem inter siluas, inter deserta ferarum,
reginam Allecto stimulis agit undique Bacchi.   405
Postquam uisa satis primos acuisse furores
consiliumque omnemque domum uertisse Latini,
protinus hinc fuscis tristis dea tollitur alis

no liso chão, com vigor renovado por golpes da corda,
ininterruptos e enérgicos: do mesmo modo a rainha,
sempre a correr por cidades e tribos de povos ferozes,
gira sem pausa. A maiores loucuras se atreve, tomada
do furor báquico: pelas montanhas e matas escuras
voa, cuidando de a filha esconder aos olhares de todos,
para frustrar a cobiça do Teucro e anular essas núpcias,
em grita infrene invocando-te, Baco, e a clamar que somente
tu poderás desposá-la. Por ti, ela os tirsos empunha,[76]
coros exerce e os cabelos ameiga, a teu nume dicados.[77]
Corre a notícia; e arrastadas as mães de igual modo das Fúrias,[78]
a procurar outras casas se empenham, na mesma loucura.
Do lar desertam, o colo despido, cabelos ao vento.
Umas, as auras etéreas atroam com trêmulos gritos;
outras, de peles cingidas, as lanças pampíneas agitam.
Ela, no meio das mais, um tição de pinheiro volteia
como possessa, e anuncia o noivado de Turno e da filha.
E, de repente, com torvo semblante e terríveis esgares,
transfigurada, exclamou: "Mães latinas, se acaso ainda tendes
no coração uns resquícios de afeto para esta coitada,
antes a Amata de todos; se o jus maternal vos importa,[79]
soltai as tranças e vinde comigo dançar nesta orgia".
Dessa maneira nas selvas, nos coutos desertos das feras,[80]
à fúria Alecto com seus aguilhões puncionava a rainha.
Quando julgou que já havia atiçado os primeiros furores,
desmantelado os projetos do velho Latino e a família,
logo nas asas escuras alçando-se, vai à cidade

---

[76] *Tirso*: bastão ornado com hera e pâmpanos (os brotos da videira), e rematado em forma de pinha (*lança pampínea*, v. 396), insígnia de Baco e das bacantes, associadas aqui às Fúrias.

[77] *Coros exerce*: executa as danças de Baco.

[78] *Das Fúrias*: entenda-se, pelas Fúrias.

[79] *Jus*: direito, prerrogativa.

[80] *Couto*: covil, antro de animais.

audacis Rutuli ad muros, quam dicitur urbem
Acrisioneis Danae fundasse colonis,   410
praecipiti delata noto. Locus Ardea quondam
dictus auis, et nunc magnum manet Ardea nomen,
sed Fortuna fuit. Tectis hic Turnus in altis
iam mediam nigra carpebat nocte quietem.
Allecto toruam faciem et furialia membra   415
exuit, in uultus sese transformat aniles
et frontem obscenam rugis arat, induit albos
cum uitta crines, tum ramum innectit oliuae;
fit Calybe Iunonis anus templique sacerdos
et iuueni ante oculos his se cum uocibus offert: 420
"Turne, tot incassum fusos patiere labores
et tua Dardaniis transcribi sceptra colonis?
Rex tibi coniugium et quaesitas sanguine dotes
abnegat externusque in regnum quaeritur heres.
I nunc, ingratis offer te, irrise, periclis;   425
Tyrrhenas, i, sterne acies; tege pace Latinos.
Haec adeo tibi me, placida cum nocte iaceres,
ipsa palam fari omnipotens Saturnia iussit.
Quare age et armari pubem portisque moueri
laetus in arma para et Phrygios qui flumine pulchro   430
consedere duces pictasque exure carinas.
Caelestum uis magna iubet. Rex ipse Latinus,
ni dare coniugium et dicto parere fatetur,

do viril rútulo, a qual foi fundada por Dânae, conforme
contam, com homens acrísios, ao ser ali mesmo lançada,[81]
pela violência de Noto. Os antigos chamavam-na de Árdea
nome de grande prestígio entre os povos, agora sem brilho,
pela Fortuna volúvel. Ali, no seu belo palácio,
noite adiantada, de um sono tranquilo gozava-se Turno.
Prestes despoja-se Alecto do seu exterior repulsivo,
o feio corpo de Fúria, assumindo aparência de velha.
Fronte horrorosa sulcada de rugas, na grenha assanhada[82]
um pano branco seguro por um ramozinho de oliva.
Muda-se em Cálibe, velha mui fraca, do templo de Juno
sacerdotisa. Ante o jovem surgindo, lhe fala destarte:
"Turno, resignas-te a vir a perder tanto esforço e trabalho,
e que teu cetro se mude para esses colonos de Troia?
O rei Latino te nega sua filha e até o dote, adquirido
por ti com sangue. Prefere algum genro que venha de fora.
Vai arrostar mais perigos por quem te humilhou; desbarata
hostes tirrenas; a paz propicia de novo aos latinos.[83]
Isso a Satúrnia potente mandou que eu dissesse sem falta,
quando estivesses na plácida noite a dormir sossegado.
Vamos! Retira os teus homens da bela cidade e os apresta
para lutar na campanha contra esses guerreiros da Frígia
que se instalaram nas margens do rio. Incendeia-lhe as naves.
Isso é o que os deuses ordenam. Até o próprio monarca, Latino,
se ao casamento opuser-se e negar a palavra empenhada,

---

[81] Nos vv. 410-1, por *homens acrísios* (no original, *Acrisioneis colonis*), entenda-se "colonos argivos". Acrísio, rei de Argos, era pai de Dânae, que, lançada ao mar
numa caixa, chegou impelida pelo vento *Noto* à costa do Lácio. Lá casou-se com Pilumno, bisavô de Turno, e com ele e colonos de Argos fundou *Árdea*, capital dos rútulos, agora governada por Turno.

[82] *Grenha assanhada*: cabelo despenteado.

[83] *Arrostar*: enfrentar. Deve supor-se que Turno tenha antes lutado contra os
etruscos (*hostes tirrenas*) a favor dos laurentinos, mas é agora por estes preterido
(*quem te humilhou*). A fala é irônica e requer correta entoação: equivale a "tolo, o que
adiantou enfrentares...".

sentiat et tandem Turnum experiatur in armis".
Hic iuuenis uatem irridens sic orsa uicissim 435
ore refert: "Classes inuectas Thybridis undam
non, ut rere, meas effugit nuntius aures.
Ne tantos mihi finge metus, nec regia Iuno
immemor est nostri.
Sed te uicta situ uerique effeta senectus, 440
o mater, curis nequiquam exercet et arma
regum inter falsa uatem formidine ludit.
Cura tibi diuum effigies et templa tueri;
bella uiri pacemque gerent, quis bella gerenda".
Talibus Allecto dictis exarsit in iras, 445
at iuueni oranti subitus tremor occupat artus,
deriguere oculi: tot Erinys sibilat hydris
tantaque se facies aperit; tum flammea torquens
lumina cunctantem et quaerentem dicere plura
reppulit et geminos erexit crinibus angues 450
uerberaque insonuit rabidoque haec addidit ore:
"En ego uicta situ, quam ueri effeta senectus
arma inter regum falsa formidine ludit.
Respice ad haec: adsum dirarum ab sede sororum,
bella manu letumque gero". 455
Sic effata facem iuueni coniecit et atro
lumine fumantes fixit sub pectore taedas.
Olli somnum ingens rumpit pauor, ossaque et artus
perfundit toto proruptus corpore sudor.

sinta de perto o valor da mão forte de Turno na guerra".
Com um sorriso de mofa lhe diz o ardoroso mancebo:
"Não creias, velha, que é novo esse boato de haver ancorado[84]
nas belas águas do Tibre uma esquadra com gente de fora;
mossa nenhuma me fazem teus medos, pois Juno celeste[85]
jamais descuida de mim.
A muita idade te faz desvairar, avozinha, e o receio
de sombras vãs. Com temores fictícios te ralas inútil-[86]
mente, enxergando perigos e dores nas rixas dos homens.
Cuida da guarda do templo, das sacras imagens dos deuses.
Isso de guerra e de paz é com os homens, e como fazê-lo".
Com tais remoques Alecto se inflama até ao ponto mais alto.
Nem terminara o mancebo, e pavor desmedido cortou-lhe
a fala, os membros, olhar desvairado, por ver tantas hidras
a sibilar, na cabeça da Fúria de torva aparência.
Quis desculpar-se; porém contemplando-o de viés o ferino
monstro o discurso lhe tolhe. Duas serpes da grenha se eriçam.
Zune o azorrague. Das fauces ardentes tais vozes se ouviram:[87]
"Sim, sou uma velha crendeira tomada de fúteis pavores,[88]
e que se mete entre as armas dos reis, a querer comandá-los.
Olha para estas serpentes; provenho da sede das Fúrias,
minhas irmãs; guerra e morte é o que trago".
Assim falando, um dos fachos atira no peito de Turno,
de fumegante esplendor, que nas vísceras fundo lhe cala.
Quebra-lhe o sono temor indizível. Desperta de pronto,
gélido o corpo; dos membros lhe escorre suor abundante.

---

[84] Aqui se inicia a primeira fala de Turno, na qual já se nota arrogância.

[85] *Mossa*: abalo.

[86] A quebra da palavra entre o fim de um verso e o começo do seguinte produz o mesmo efeito que o cavalgamento, como o que ocorre, por exemplo, a seguir com a expressão *a sibilar* (v. 448), que semanticamente pertence ao verso anterior.

[87] *Zune o azorrague*: vibra o chicote. É metáfora para designar as serpentes na cabeça de Alecto.

[88] *Crendeira*: que crê em superstições.

Arma amens fremit, arma toro tectisque requirit; 460
saeuit amor ferri et scelerata insania belli,
ira super, magno ueluti cum flamma sonore
uirgea suggeritur costis undantis aeni
exsultantque aestu latices, furit intus aquaï
fumidus atque alte spumis exuberat amnis, 465
nec iam se capit unda, uolat uapor ater ad auras.
Ergo iter ad regem polluta pace Latinum
indicit primis iuuenum et iubet arma parari,
tutari Italiam, detrudere finibus hostem;
se satis ambobus Teucrisque uenire Latinisque. 470
Haec ubi dicta dedit diuosque in uota uocauit,
certatim sese Rutuli exhortantur in arma;
hunc decus egregium formae mouet atque iuuentae,
hunc ataui reges, hunc claris dextera factis.
Dum Turnus Rutulos animis audacibus implet, 475
Allecto in Teucros Stygiis se concitat alis,
arte noua speculata locum, quo litore pulcher
insidiis cursuque feras agitabat Iulus.
Hic subitam canibus rabiem Cocytia uirgo
obicit et noto nares contingit odore, 480
ut ceruum ardentes agerent; quae prima laborum
causa fuit belloque animos accendit agrestes.
Ceruus erat forma praestanti et cornibus ingens,
Tyrrhidae pueri quem matris ab ubere raptum
nutribant Tyrrhusque pater, cui regia parent 485
armenta et late custodia credita campi.
Assuetum imperiis soror omni Siluia cura
mollibus intexens ornabat cornua sertis

Armas reclama; delira; procura-as às tontas no leito;
o amor do ferro encrudesce; insensata bravura o comove,
cega vingança de tudo. Tal como na aênea caldeira,[89]
quando a acendalha crepita por baixo do bojo, incendiada,
estrepitosa a bolhar a água ferve no vaso e, crescendo
no seu furor, extravasa por cima da borda, e em vapores
atros se expande por todos os lados, com grandes borbulhas:
Turno, também, manda os moços dizer a Latino que fora
violada a paz anunciada; era urgente a defesa do solo
de toda a Itália, ameaçado com a vinda dos teucros sem pátria.
Ele sozinho enfrentar poderia os latinos e os teucros.
Pós terminar o discurso, invocou as deidades benignas.
Seus compatriotas de pronto se excitam à dura peleja;
uns, por amor à presença galharda do jovem guerreiro;
outros, à avita nobreza; alguns mais, pelos méritos próprios.
Enquanto Turno coragem infunde nos rútulos fortes,
voa nas asas estígias Alecto ao local em que os teucros
se acantonaram e traça excogita ao notar que o menino[90]
Iulo caçava na mata, com laço ou a segui-los no curso.[91]
No mesmo instante a cocítea donzela nos cães subitânea[92]
raiva infundiu, aos narizes levando-lhes cheiro sabido,
para na pista seguirem de um cervo. Esse foi o começo
dos grandes males que aos povos agrestes do Lácio afligiram.
Um cervo havia de galhos soberbos e bela aparência
que, à mãe roubado no tempo de mama, os meninos de Tirro
desde então criaram, com a ajuda de Tirro, pastor dos armentos
do rei Latino e vigia zeloso de suas devesas.[93]
Sílvia, dos moços irmã, com desvelo cuidava do cervo,
que ao seu chamado acudia; de flores os chifres lhe ornava,

---

[89] *Aênea*: ênea; de bronze.

[90] *Traça*: no sentido de "ardil".

[91] *Segui-los*: seguir os animais, implícitos em "caçava".

[92] *Cocítea donzela*: Alecto, que vive nos Infernos, onde há o rio Cocito.

[93] *Devesas*: campos férteis às margens de um rio.

pectebatque ferum puroque in fonte lauabat.
Ille, manum patiens mensaeque assuetus erili, 490
errabat siluis rursusque ad limina nota
ipse domum sera quamuis se nocte ferebat.
Hunc procul errantem rabidae uenantis Iuli
commouere canes, fluuio cum forte secundo
deflueret ripaque aestus uiridante leuaret. 495
Ipse etiam, eximiae laudis succensus amore,
Ascanius curuo direxit spicula cornu;
nec dextrae erranti deus afuit, actaque multo
perque uterum sonitu perque ilia uenit harundo.
Saucius at quadrupes nota intra tecta refugit 500
successitque gemens stabulis questuque cruentus
atque imploranti similis tectum omne replebat.
Siluia prima soror, palmis percussa lacertos,
auxilium uocat et duros conclamat agrestes.
Olli (pestis enim tacitis latet aspera siluis) 505
improuisi adsunt, hic torre armatus obusto,
stipitis hic grauidi nodis; quod cuique repertum
rimanti, telum ira facit. Vocat agmina Tyrrhus,
quadrifidam quercum cuneis ut forte coactis
scindebat, rapta spirans immane securi. 510
At saeua e speculis tempus dea nacta nocendi
ardua tecta petit stabuli et de culmine summo
pastorale canit signum cornuque recuruo
Tartaream intendit uocem qua protinus omne
contremuit nemus et siluae insonuere profundae; 515
audiit et Triuiae longe lacus, audiit amnis

pente no pelo passava-lhe e em fonte o lavava serena.
Habituado a carícias, à mesa dos donos comia,
longos passeios fazia nas matas, e à noite, sozinho,
se bem que tarde, voltava à morada sabida de todos.
Longe de casa esse dia, depois de banhar-se no rio,
sem se apressar, e de à sombra acolher-se da margem virente,
os cães ferozes de Iulo com todo furor o acossaram.
 Folgava Ascânio de ver-se louvado nos seus exercícios;
do arco recurvo de fácil manejo uma flecha dispara
com pontaria certeira, a que a Fúria decerto assistira;[94]
sibila a seta e de pronto trespassa-lhe o ventre e as ilhargas.
Já mortalmente ferido, o quadrúpede o pouso procura;
vara a porteira, de fundos gemidos a encher o recinto,
como a implorar compaixão; longos ais até ao éter se elevam.
Sílvia, primeira de todos, os braços agita e se fere,
grita socorro e convoca à peleja os pastores agrestes,
que de improviso chegaram; picava-os a Peste ali mesmo,[95]
dentro da mata; uns, armados de paus acerados no fogo;
outros, de estacas nodosas e tudo o que a sorte mostrasse,
armas que a cólera faria sem custo. A rachar se encontrava
Tirro nessa hora um carvalho com cunha de ferro; furioso
toma de um forte machado e os campônios à luta concita.
A divindade nociva, que o instante fatal procurava
de fazer mal, sobe ao teto de tosca choupana e, do ponto
mais elevado, no corno recurvo tocou a rebate[96]
com voz tartárea o sinal conhecido; as montanhas tremeram;[97]
té nos recantos mais fundos a mata ensombrada remuge.
Lá ao longe o lago da Trívia o escutou; longe o ouviram as águas

---

[94] *Fúria*: Virgílio diz apenas *deus*, "divindade", e dá a entender que Alecto influencia a trajetória da flecha.

[95] *A Peste*: Alecto.

[96] *Corno*: corneta feita de chifre; *a rebate*: para dar sinal de guerra.

[97] *Tartárea*: funesta, fatal.

sulfurea Nar albus aqua fontesque Velini,
et trepidae matres pressere ad pectora natos.
Tum uero ad uocem celeres, qua bucina signum
dira dedit, raptis concurrunt undique telis 520
indomiti agricolae; nec non et Troia pubes
Ascanio auxilium castris effundit apertis.
Direxere acies. Non iam certamine agresti,
stipitibus duris agitur sudibusue praeustis,
sed ferro ancipiti decernunt atraque late 525
horrescit strictis seges ensibus aeraque fulgent
sole lacessita et lucem sub nubila iactant:
fluctus uti primo coepit cum albescere uento,
paulatim sese tollit mare et altius undas
erigit, inde imo consurgit ad aethera fundo. 530
Hic iuuenis primam ante aciem stridente sagitta,
natorum Tyrrhi fuerat qui maximus, Almo,
sternitur; haesit enim sub gutture uulnus et udae
uocis iter tenuemque inclusit sanguine uitam.
Corpora multa uirum circa seniorque Galaesus, 535
dum paci medium se offert, iustissimus unus
qui fuit Ausoniisque olim ditissimus aruis:
quinque greges illi balantum, quina redibant
armenta, et terram centum uertebat aratris.
Atque ea per campos aequo dum Marte geruntur, 540
promissi dea facta potens, ubi sanguine bellum
imbuit et primae commisit funera pugnae,
deserit Hesperiam et caeli conuexa per auras
Iunonem uictrix affatur uoce superba:

do rio Nar, sulfurosas e claras, o rio Velino;[98]
e contra o peito, de susto, aos filhinhos as mães apertaram.
Os lavradores indômitos, mal o sinal escuitaram[99]
da odiosa deusa na sua buzina, em tropel concorreram
de armas providos, ao tempo em que os jovens do campo troiano
surgem de todas as portas, auxílio levando para Iulo.
Num pronto as hostes ordenam e a pugna se trava, não tanto[100]
como os pastores no início, de paus afilados e varas,
mas com espadas de dúplice corte, eriçando-se o vale
de negras lanças ao longe. Emitindo fulgores, o ferro
das armaduras com o sol resplandece e as alturas clareia,
tal como quando aos primeiros bafejos do vento, começam
de branquejar umas ondas e aos poucos as águas se alteiam
do mais profundo do abismo até aos astros que no alto refulgem.
Almão galhardo, o primeiro dos filhos de Tirro possante,
foi atingido na fila da frente por seta ligeira,
que atravessada ficou na garganta do moço guerreiro,
a voz cortando-lhe prestes e o fio tão frágil da vida.
Muitos ali pereceram; entre eles o velho Galeso,
quando esforçava-se para acalmar os dois grupos em luta.
Era o mais forte dos homens da Ausônia e de grande abastança;
dono de cinco rebanhos de ovelhas e cinco manadas
de nédio gado; no campo empregava cem fortes arados.[101]
Enquanto a luta prossegue indecisa na vasta campina,
a fera Alecto, orgulhosa de haver a promessa cumprido,
com tanto sangue e até mortes, no encontro primeiro das armas,
a Hespéria deixa pela aura tranquila e dirige-se a Juno,
muito contente de quanto fizera em razão de si mesma:[102]

---

[98] O rio *Velino* é afluente do *Nar*, por sua vez afluente do Tibre. *Trívia* é a Diana infernal. O *lago da Trívia* é o atual lago Nemi, próximo aos montes Albanos.

[99] *Escuitaram*: arcaísmo para "escutaram".

[100] *Hostes ordenam*: posicionam-se os batalhões.

[101] *Nédio*: lustroso de gordo.

[102] *Em razão de si mesma*: por seu próprio mérito.

"En perfecta tibi bello discordia tristi; 545
dic in amicitiam coeant et foedera iungant.
Quandoquidem Ausonio respersi sanguine Teucros,
hoc etiam his addam, tua si mihi certa uoluntas:
finitimas in bella feram rumoribus urbes
accendamque animos insani Martis amore, 550
undique ut auxilio ueniunt; spargam arma per agros".
Tum contra Iuno: "Terrorum et fraudis abunde est;
stant belli causae, pugnatur comminus armis;
quae fors prima dedit sanguis nouus imbuit arma.
Talia coniugia et tales celebrent hymenaeos 555
egregium Veneris genus et rex ipse Latinus.
Te super aetherias errare licentius auras
haud pater ille uelit, summi regnator Olympi.
Cede locis. Ego, si qua super fortuna laborum est,
ipsa regam". Tales dederat Saturnia uoces. 560
Illa autem attollit stridentes anguibus alas
Cocytique petit sedem, supera ardua linquens.
Est locus Italiae medio sub montibus altis,
nobilis et fama multis memoratus in oris,
Ampsancti ualles; densis hunc frondibus atrum 565
urguet utrimque latus nemoris, medioque fragosus
dat sonitum saxis et torto uertice torrens.
Hic specus horrendum et saeui spiracula Ditis
monstrantur ruptoque ingens Acheronte uorago
pestiferas aperit fauces, quis condita Erinys, 570
inuisum numen, terras caelumque leuabat.
Nec minus interea extremam Saturnia bello
imponit regina manum. Ruit omnis in urbem

"Como querias, campeia a discórdia entre as hostes imigas.
Já não é possível firmarem convênios em tom amistoso,[103]
por eu haver maculado os troianos com sangue da Ausônia.
Muito mais que isso farei, se souber que meu plano te agrada:
inundarei de rumores sinistros os povos vizinhos,
para que acudam, tomados da fúria de Marte, em socorro
dos teus latinos. As messes nos campos darão somente armas".
Juno, em resposta: "Já basta de fraudes, do medo insofrível.
Guerra alcançamos; as duas facções peito a peito combatem.
Os inimigos casuais já se encontram bastante manchados.[104]
Pois que celebrem tais bodas; com laços de sangue se juntem
o egrégio filho de Vênus e o rei poderoso Latino.
Vagar às soltas, porém, nestas auras não te é permitido;
Jove não o deixa, o senhor poderoso do Olimpo estrelado.[105]
Some daqui. Se surgir porventura algum caso difícil,
eu por mim mesma o resolvo". Assim disse a deidade satúrnia.
Asas estrídulas com o sibilar das serpentes, a Fúria
para o Cocito baixou, afastando-se do céu sereno.
No centro mesmo da Itália, entre montes de várias alturas,
há um lugar muito nobre e famoso nas terras de em torno,
de nome Ampsancto. Por todos os lados cercado de matas[106]
de vastas frondes, no meio é cortado por uma torrente
precipitada entre fráguas, que à grande distância estrondeia.
Antro medonho aprofunda-se nessa paragem soturna,
respiradouro do infenso Plutão e garganta asquerosa,
sempre a bolhar, do Aqueronte, onde a Fúria de pronto escondeu-se,
da sua odienta presença aliviando assim o céu como a terra.
Nesse entretanto a Satúrnia à contenda imprimiu facilmente
o derradeiro empurrão. Corre a turba dos fortes pastores

---

[103] Para efeitos de ritmo, há sinalefa entre *não* e *é*, pronunciados numa sílaba só.

[104] *Inimigos casuais*: isto é, que se tornaram inimigos por um incidente.

[105] Para efeitos de ritmo, há sinalefa entre *não* e *o*, pronunciados numa sílaba só.

[106] *Ampsancto*: pequeno lago sulfuroso na Via Ápia, hoje chamado *Le Mofette*.
Em português *mofeta* é emanação de gás carbônico.

pastorum ex acie numerus caesosque reportant
Almonem puerum foedatique ora Galaesi   575
implorantque deos obtestanturque Latinum.
Turnus adest medioque in crimine caedis et igni
terrorem ingeminat: Teucros in regna uocari,
stirpem admisceri Phrygiam, se limine pelli.
Tum quorum attonitae Baccho nemora auia matres   580
insultant thiasis (neque enim leue nomen Amatae)
undique collecti coeunt Martemque fatigant.
Ilicet infandum cuncti contra omina bellum,
contra fata deum peruerso numine poscunt,
certatim regis circumstant tecta Latini.   585
Ille uelut pelagi rupes immota resistit,
ut pelagi rupes magno ueniente fragore,
quae sese multis circum latrantibus undis
mole tenet; scopuli nequiquam et spumea circum
saxa fremunt laterique illisa refunditur alga.   590
Verum ubi nulla datur caecum exsuperare potestas
consilium et saeuae nutu Iunonis eunt res,
multa deos aurasque pater testatus inanes:
"Frangimur heu Fatis", inquit, "ferimurque procella!
Ipsi has sacrilego pendetis sanguine poenas,   595
o miseri. Te, Turne, nefas, te triste manebit
supplicium uotisque deos uenerabere seris.
Nam mihi parta quies, omnisque in limine portus;
funere felici spolior". Nec plura locutus
saepsit se tectis rerumque reliquit habenas.   600
Mos erat Hesperio in Latio, quem protinus urbes
Albanae coluere sacrum nunc maxima rerum

para a cidade, levando o cadáver de Almão e o do velho
desfigurado Galeso; às deidades e ao rei se queixaram.
Turno também se apresenta; e no meio daquele tumulto,
de tantas dores, o efeito exagera da guerra iniciada:
oferecido aos troianos o trono já foi; prole teucra
todos desejam, enquanto ele próprio é jogado lá fora![107]
Nessa mesma hora, os que as mães pela fúria de Baco tomadas
na selva às soltas giravam — o nome de Amata mais que isso
justificava — afluíam de todos os lados, aos gritos.
À revelia dos próprios presságios, os claros conselhos
da divindade, do nume excitados a guerra conclamam;
todos, postados à volta da régia, assediavam Latino.
Este resiste tão firme qual rocha batida das ondas
em pleno mar, pelos ventos e grande tormenta assaltada;
e quanto mais ao redor dela as vagas furiosas rebramam,
inabalável persiste, confiada na própria estrutura;
tremem debalde os escolhos, as algas que ao longe espumejam.
Vendo que fora impossível à cega paixão contrapor-se,[108]
e as coisas irem no rumo ditado por Juno severa,
por testemunhos tomando insistentes os deuses e as auras:
"Vencidos fomos do Fado", exclamou, "da terrível tormenta!
Com vosso sangue, infelizes, haveis de pagar este crime.
A ti, ó Turno, aprontaste um destino dos mais ominosos.
Tarde demais tentarás aplacar com teus votos os deuses.
Enquanto a mim, tenho já como certo um futuro tranquilo;
do porto à vista já estou. Só me privam de exéquias solenes".[109]
Disse, e encerrou-se no paço, largando o timão do governo.
Era costume no Lácio da Hespéria, que albanas cidades[110]
cedo adotaram, e Roma, senhora do mundo

---

[107] *Todos desejam prole teucra*: Virgílio diz *stirpem admisceri Phrygiam*, isto é, "a raça Frígia já se mistura".

[108] *Fora*: seria.

[109] *Porto*: fim da viagem, fim da vida.

[110] *Albanas*: Alba Longa e cidades adjacentes.

Roma colit, cum prima mouent in proelia Martem,
siue Getis inferre manu lacrimabile bellum
Hyrcanisue Arabisue parant seu tendere ad Indos 605
Auroramque sequi Parthosque reposcere signa:
sunt geminae Belli portae (sic nomine dicunt)
religione sacrae et saeui formidine Martis;
centum aerei claudunt uectes aeternaque ferri
robora nec custos absistit limine Ianus; 610
has, ubi certa sedet patribus sententia pugnae,
ipse Quirinali trabea cinctuque Gabino
insignis reserat stridentia limina consul,
ipse uocat pugnas; sequitur tum cetera pubes,
aereaque assensu conspirant cornua rauco. 615
Hoc et tum Aeneadis indicere bella Latinus
more iubebatur tristesque recludere portas.
Abstinuit tactu pater auersusque refugit
foeda ministeria et caecis se condidit umbris.
Tum regina deum caelo delapsa morantes 620
impulit ipsa manu portas et cardine uerso
belli ferratos rumpit Saturnia postes.
Ardet inexcita Ausonia atque immobilis ante;
Pars pedes ire parat campis, pars arduus altis
puluerulentus equis furit; omnes arma requirunt. 625

já consagrou, quando Marte inicia seus jogos diletos,[111]
ou seja para levar os terríveis estragos aos getas,
ou para os povos da Arábia e os hircanos, ao berço da Aurora
junto dos indos, ou nossas insígnias reaver dos famosos
partos: havia portões geminados — tal era o seu nome —
ditos "da Guerra" — o Terror infundira-lhes sacro respeito —,[112]
por cem ferrolhos de bronze trancados e barras de ferro;
Jano postado na entrada lhes faz sentinela perpétua.
Tão logo os graves anciãos do senado decretam convictos
a guerra, o cônsul, com trábea quirina e seu cinto gabino[113]
os estridentes portões escancara e anuncia a ocorrência
da inevitável refrega. Os mais moços a guerra conclamam;
roucas trombetas ao longe duplicam seus gritos de guerra.
Por tal usança Latino teria de a guerra aos troianos
notificar, desde o instante em que as portas fatais patenteasse.[114]
Porém Latino se absteve de nelas tocar. Renegando
de tão fatal ministério, nas sombras do paço ocultou-se.
Foi quando a própria rainha dos deuses, baixada do Olimpo,[115]
não suportando mais tempo a quietude daquela insofrível
morosidade, as couceiras de ferro num pronto arrebenta.
Súbito a Ausônia se agita, até então quase imóvel e quieta.
Como peões, uns se aprontam nos campos; nos altos ginetes[116]
nuvens de pó outros fazem surgir; armas todos reclamam.

---

[111] *Jogos diletos de Marte*: o poeta refere-se a guerras de seu tempo e, nos versos seguintes, a várias delas. *Getas*: povo do Danúbio, contra quem Crasso lutou em 29 a.C. *Hircanos*: habitantes do atual Irã, identificados com persas e medos (tomaram em 53 a.C. as insígnias romanas, reavidas em 29 a.C.). *Indos*: povo da Índia (em VI, v. 794, e VIII, v. 705, por questões métricas, o tradutor usa *índios*).

[112] *Portões da Guerra*: pertencentes ao templo de Jano e fechado em tempo de paz.

[113] *Cinto gabino*: modo de usar a toga a envolver a corpo e cobrir a cabeça; *gabino*: de Gábios, cidade do Lácio.

[114] *Portas fatais patenteasse*: abrisse os Portões da Guerra. *Fatais*: aqui, mortais.

[115] *Rainha dos deuses*: Juno.

[116] *Como peões*: na qualidade de soldados de infantaria.

Pars leues clipeos et spicula lucida tergent
aruina pingui subiguntque in cote secures;
signaque ferre iuuat sonitusque audire tubarum.
Quinque adeo magnae positis incudibus urbes
tela nouant, Atina potens Tiburque superbum, 630
Ardea Crustumerique et turrigerae Antemnae.
Tegmina tuta cauant capitum flectuntque salignas
umbonum cratis; alii thoracas aenos
aut leues ocreas lento ducunt argento;
uomeris huc et falcis honos, huc omnis aratri 635
cessit amor; recoquunt patrios fornacibus enses.
Classica iamque sonant; it bello tessera signum.
Hic galeam tectis trepidus rapit, ille frementes
ad iuga cogit equos clipeumque auroque trilicem
loricam induitur fidoque accingitur ense. 640
Pandite nunc Helicona, deae, cantusque mouete,
qui bello exciti reges, quae quemque secutae
complerint campos acies, quibus Itala iam tum
floruerit terra alma uiris, quibus arserit armis.
Et meministis enim, diuae, et memorare potestis; 645
ad nos uix tenuis famae perlabitur aura.
Primus init bellum Tyrrhenis asper ab oris

Uns acicalam seus elmos redondos e dardos luzentes,[117]
e em pedras próprias afiam segures de muito guardadas;[118]
folgam de ouvir o clangor dos clarins e de ver as bandeiras.
Cinco cidades famosas renovam nas suas bigornas
armas aos centos: Atina potente, Tibur orgulhosa,
Árdea e também Crustumério e a turrígena Antemna de antanho.[119]
Elmos aprestam, seguro anteparo dos golpes, e farpas
duplas de varas do belo salgueiro; e couraças aêneas
ou mesmo grevas cobertas com fina camada de prata.[120]
Todos se esquecem da antiga afeição a seus fortes arados,
da foice a estima; as espadas paternas na forja endurecem.
Soa por tudo o clarim; nos encontros as senhas se trocam.[121]
O capacete este apanha açodado e do muro o retira;
outro, ao temão os cavalos atrela, a rodela sobraça,[122]
veste a loriga de tríplice franja, segura da espada.
Musas divinas, abri-me o Helicão e inspirai meus cantares,[123]
para dos reis eu falar, implicados na grande aventura,
dos seguidores dos seus estandartes, os novos guerreiros
do márcio ardor animados nos plainos fecundos da Itália,
pois vós, ó deusas! sabeis tudo o que houve e podeis relatar-nos
seguramente o que as auras somente ao de leve contaram.
Foi o primeiro a ingressar nos caminhos da guerra Mezêncio,

---

[117] *Acicalam*: lustram.

[118] *Segures*: secures, machadinhas.

[119] *Atina* é cidade samnita. *Crustumério*, *Antemna* (ou Antemnas) e *Tibur* (ou Tíbur e ainda Tíbure, atual Tívoli) são cidades sabinas. Esta última é chamada "orgulhosa" por ser morada de ricos no tempo do poeta. *Árdea* é a cidade de Turno.

[120] *Grevas* (ê): tornozeleiras que vão do joelho até o começo do pé.

[121] *Senhas*: tésseras, tabuletas em que os chefes escreviam as ordens a ser transmitidas à tropa.

[122] *Temão*: timão, longa peça dos carros na qual se atrelam os cavalos; *a rodela sobraça*: segura o escudo.

[123] *Helicão*: ou Hélicon, monte da Beócia consagrado às Musas; *abri-me*: para auxiliar o poeta a arrolar os chefes. Até o fim do livro, imita-se o catálogo homérico das naus e dos chefes (*Ilíada*, II, vv. 484-785).

contemptor diuum Mezentius agminaque armat.
Filius huic iuxta Lausus, quo pulchrior alter
non fuit excepto Laurentis corpore Turni;   650
Lausus, equum domitor debellatorque ferarum,
ducit Agyllina nequiquam ex urbe secutos
mille uiros, dignus patriis qui laetior esset
imperiis et cui pater haud Mezentius esset.
Post hos insignem palma per gramina currum   655
uictoresque ostentat equos satus Hercule pulchro
pulcher Auentinus clipeoque insigne paternum
centum angues cinctamque gerit serpentibus Hydram;
collis Auentini silua quem Rhea sacerdos
furtiuum partu sub luminis edidit oras,   660
mixta deo mulier, postquam Laurentia uictor
Geryone extincto Tirynthius attigit arua
Tyrrhenoque boues in flumine lauit Hiberas.
Pila manu saeuosque gerunt in bella dolones
et tereti pugnant mucrone ueruque Sabello.   665
Ipse pedes, tegumen torquens immane leonis,
terribili impexum saetacum dentibus albis
indutus capiti, sic regia tecta subibat,
horridus, Herculeoque umeros innexus amictu.
Tum gemini fratres Tiburtia moenia linquunt,   670
fratris Tiburti dictam cognomine gentem,

desprezador das deidades do Olimpo; seus homens apresta;
Lauso, seu filho, o acompanha, o mais belo dos moços da Itália,
se o laurentino galhardo excetuarmos, a Turno bem-posto.
O domador de cavalos, terror das indômitas feras,
Lauso valente, debalde de Agila torreada comanda[124]
mil combatentes; de um belo futuro na pátria distante
merecedor, se por pai não tivesse Mezêncio ferino.
Logo depois, na planície o seu carro de palmas ornado,
com vencedores cavalos adianta-se o belo Aventino,[125]
de Hércules forte nascido; no escudo, a façanha paterna,
a Hidra, apresenta, com víboras cento na horrível cabeça.
Reia, na selva do monte Aventino, mortal perecível,
ao deus unida, às ocultas à luz deu um filho viçoso,
quando o Tiríntio, já morto Gerião, vitorioso avançava[126]
pelas campinas lavradas do belo país dos laurentes
e foi banhar suas vacas iberas no rio Tirreno.[127]
Seus combatentes, com dardos na destra e pungentes estoques,
soem lutar e com lanças sabinas de cabo redondo.
A pé se adianta Aventino, cingido do gorro vistoso
de imano leão, juba hirsuta e alvos dentes, que a bela cabeça
lhe recobria. Com tal imponência ao palácio se adianta,
postura igual ao do pai, largos ombros de pele cingidos.
Vêm a seguir dois irmãos de Tibur, dois mancebos argivos,
Cátilo e Coras fogoso. O apelido notório lhe veio[128]

---

[124] *Agila* é o nome grego da cidade etrusca de Ceres. Aliados de Turno, *Mezêncio* e *Lauso* são etruscos que, tendo sido expulsos de Agila, comandam os etruscos que os acompanharam.

[125] *Aventino*: filho de *Reia* (v. 659) e *Hércules*, também chamado *Tiríntio* (v. 661), porque educado em Tirinto, cidade da Argólida). Aventino deu nome à colina romana.

[126] *Gerião*: o monstro que Hércules matou, cujas vacas roubou e fez atravessar o Tibre.

[127] *Vacas iberas*: Gerião vivia na ilha de Erítia entre a Península Ibérica e a costa da África.

[128] *Cátilo* (ou Catilo), *Coras* e Tiburto são netos de Anfiarau, herói argivo. Tíbur

Catillusque acerque Coras, Argiua iuuentus,
et primam ante aciem densa inter tela feruntur:
ceu duo nubigenae cum uertice montis ab alto
descendunt centauri, Homolen Othrymque niualem   675
linquentes cursu rapido; dat euntibus ingens
silua locum et magno cedunt uirgulta fragore.
Nec Praenestinae fundator defuit urbis,
Vulcano genitum pecora inter agrestia regem
inuentumque focis omnis quem credidit aetas   680
Caeculus. Hunc late legio comitatur agrestis:
quique altum Praeneste uiri quique arua Gabinae
Iunonis gelidumque Anienem et roscida riuis
Hernica saxa colunt, quos diues Anagnia pascit,
quos, Amasene pater. Non illis omnibus arma,   685
nec clipei currusue sonant; pars maxima glandes
liuentis plumbi spargit, pars spicula gestat
bina manu, fuluosque lupi de pelle galeros
tegmen habent capiti; uestigia nuda sinistri
instituere pedis, crudus tegit altera pero.   690
At Messapus, equum domitor, Neptunia proles,
quem neque fas igni cuiquam nec sternere ferro,
iam pridem resides populos desuetaque bello
agmina in arma uocat subito ferrumque retractat.
Hi Fescenninas acies Aequosque Faliscos.   695
Hi Soractis habent arces Flauiniaque arua

do irmão Tiburto. As muralhas nativas deixaram mui longe.
Sempre nas filas dianteiras, de encontro aos imigos se atiram
como dois fortes centauros nascidos nas nuvens, que os cimos
do Hômole deixam e do Ótris nivoso, em corrida, ao descerem,[129]
desabalada. À passagem dos dois corredores nas matas,
galhos e troncos ruidosos o passo de pronto lhes cedem.
O fundador de Preneste também não faltou naquela hora[130]
de responsabilidade, rei, Céculo, numa fogueira
fora encontrado, entre o gado. Porém como filho o contavam
do deus Vulcano. Pastores em barda vieram com ele:[131]
os que em Preneste altaneira demoram, nos campos dos gábios
caros a Juno, os das hérnicas penhas e os do Ânio sereno
de frescas margens, bem como os que tu, rica Anágnia, alimentas,
e esse Amaseno de bela corrente. Nem todos têm armas,
ruidosos carros ou elmos. Com fundas bem-feitas, pelotas
de pardo chumbo disparam certeiros; alguns com dois dardos
nas mãos investem, dispostos à luta. Coberta a cabeça
com fortes peles de lobo, conservam descalço o pé esquerdo;
em couro cru é o direito envolvido com todo o cuidado.
Marcha Messapo também, domador de cavalos, nascido
do azul Netuno; nem ferro nem fogo podia atingi-lo.
Subitamente concita seus povos à luta cruenta;
desde bem tempo inativos, o ferro de novo agitavam.
Os esquadrões fesceninos vêm juntos, os équos faliscos,[132]
os dos rochedos soractes, dos campos flavínios, das margens

---

tomou nome de Tiburto (*lhe veio*). Coras fundou Cora, e Catilo é nome de montanha perto de Tíbur.

[129] *Hômole* e *Ótris*: montanhas da Tessália. Por lapso, o tradutor grafara "Hêmolo" e assim consta nas edições anteriores.

[130] *Preneste*: atual Prenestrina, cidade do Lácio, perto de Roma.

[131] *Em barda*: isto é, em bando. Para esclarecimento dos versos a seguir: Juno é cultuada em *Gábios*, no Lácio, onde também estão a cidade de *Anágnia*, o povo *hérnico*, o rio *Ânio* (que é afluente do Tibre) e o rio *Amaseno*. Virgílio diz *arua Gabiniae Iunonis*, "campos de Juno Gabínia".

[132] *Équos faliscos*: povo da Etrúria, onde havia as cidades de *Fescênia*, *Flavina* e

et Cimini cum monte lacum lucosque Capenos.
Ibant aequati numero regemque canebant,
ceu quondam niuei liquida inter nubila cycni,
cum sese e pastu referunt et longa canoros   700
dant per colla modos, sonat amnis et Asia longe
pulsa palus.
Nec quisquam aeratas acies ex agmine tanto
misceri putet, aeriam sed gorgite ab alto
urgueri uolucrum raucarum ad litora nubem.   705
Ecce Sabinorum prisco de sanguine magnum
agmen agens Clausus magnique ipse agminis instar,
Claudia nunc a quo diffunditur et tribus et gens
per Latium, postquam in partem data Roma Sabinis.
Una ingens Amiterna cohors priscique Quirites,   710
Ereti manus omnis oliuiferaeque Mutuscae;
qui Nomentum urbem, qui Rosea rura Velini,
qui Tetricae horrentes rupes montemque Seuerum
Casperiamque colunt Forulosque et flumen Himellae,
qui Tiberim Fabarimque bibunt, quos frigida misit   715
Nursia, et Hortinae classes populique Latini,
quosque secans infaustum interluit Allia nomen:
quam multi Libyco uoluuntur marmore fluctus,

acidentadas do lago Cimino, dos bosques capenos.
Em esquadrões de igual número entoam façanhas dos chefes,
como bandadas de cisnes muito alvos, à volta dos prados
onde folgavam pousar, dos compridos pescoços soltavam
seus melodiosos gorjeios que ao longe a palude repete[133]
da Ásia distante.
Diante de tal multidão ninguém nunca julgara tratar-se
de batalhões arnesados, porém nuvens aéreas daquelas[134]
aves roufenhas que baixam do mar para as praias sonoras.
Eis o rebento mais novo do sangue sabino de antanho,
Clauso potente, que vale sozinho por uma coluna;
por todo o Lácio espalhou-se, nas tribos e gentes dos Cláudios,[135]
desde que em Roma foi dada acolhida aos pujantes sabinos.
Com eles vêm os antigos quirites e a grande coluna
dos amiternos, a turba de Ereto, da rica Mutusca,[136]
os da cidade Nomento, de Rósea, dos campos velinos,
das asperezas rochosas de Tétrica, do alto Severo;
fórulos, os de Caspéria e os das margens virentes do Himela,
homens do Tibre e os que as águas do Fábaris bebem, guerreiros
da fria Núrsia, os latinos robustos e a gente de Horta,
bem como os que o Ália divide, apelido em verdade ominoso.
Tão numerosos avançam como ondas no mar africano,

Capena, e o monte e o lago *Cimino*; *Soracte* é monte a nordeste de Roma, consagrado a Apolo.

[133] *Palude* é pântano. Como já observado, Carlos Alberto Nunes emprega no feminino; ver VI, v. 238.

[134] *Arnesados*: guarnecidos de arnês, armadura.

[135] *Cláudios*: com Clauso a *gens* Cláudia por encômio ganha um fundador de sangue sabino.

[136] Para os vv. 711-7: na Sabínia estão as cidades de *Ereto, Mutusca, Amiterno, Fórulos, Caspéria* e *Núrsia*; o rio *Fábaris*; o lago Velino (*campos velinos*); os regatos *Himela* e *Ália*, no qual os gauleses venceram os romanos (*ominoso*); o distrito de *Rósea*; os montes *Severo* e *Tétrica*. *Quirites* são sabinos miscigenados com romanos. *Nomento* é cidade latina, e *Horta*, cidade etrusca.

saeuus ubi Orion hibernis conditur undis;
uel cum sole nouo densae torrentur aristae   720
aut Hermi campo aut Lyciae flauentibus aruis.
Scuta sonant pulsuque pedum conterrita tellus.
Hinc Agamemnonius, Troiani nominis hostis,
curru iungit Halaesus equos Turnoque feroces
mille rapit populos, uertunt felicia Baccho   725
Massica qui rastris et quos de collibus altis
Aurunci misere patres, Sidicinaque iuxta
aequora quique Cales linquunt, amnisque uadosi
accola Volturni pariterque Saticulus asper
Oscorumque manus. Teretes sunt aclydes illis   730
tela, sed haec lento mos est aptare flagello.
Laeuas caetra tegit, falcati comminus enses.
Nec tu carminibus nostris indictus abibis,
Oebale, quem generasse Telon Sebethide nympha
fertur, Teleboum Capreas cum regna teneret,   735
iam senior; patriis sed non et filius aruis
contentus late iam tum dicione premebat

quando Orião temeroso se esconde nas águas do inverno,[137]
ou as espigas lá do Hermo que o sol estival estorrica,
ou mesmo a messe dourada dos plainos ferazes da Lícia.
Soam os fortes escudos; a terra ao tropel estremece.
Vem de outra parte em seu carro o sequaz de Agamêmnone, Haleso,[138]
do nome teucro inimigo, que traz para Turno cem povos
de grande ardor belicoso; os que os campos mássicos exploram,[139]
caros ao deus do bom vinho; os auruncos das altas montanhas,[140]
mandados pelos seus pais; os que moram nas belas planícies
dos sidicinos; os de Cales ventosa, os do rio Volturno
de pantanoso percurso; os satículos ásperos, gentes[141]
destemerosas dos oscos, com armas, pontudos virotes
presos aos punhos por largas correias, costume de todos.
No braço esquerdo uma adaga, com curvas espadas lutavam.
Nem dos meus versos heroicos jamais ficarás esquecido,
Ébalo, filho do velho Telão e da ninfa Sebétide,[142]
como é notório, no tempo em que, velho, reinava nos télebos
da ilha de Cápria. Porém, descontente com o pátrio domínio,
Ébalo havia trazido de longe ao seu jugo os sarrastes,

---

[137] *Orião*: a constelação de Orião (ver I, v. 535). A seguir, *Hermo* é rio da Lídia, e *Lícia*, província da Ásia Menor. *Haleso* (*Halaesus* no original): em X, v. 417, sabe--se que é filho de um adivinho; em algumas variantes do mito, é também filho de Agamêmnon, versão que o poeta não descarta ao usar o ambíguo *Agamemnonius* ("de Agamêmnon").

[138] Corrigido conforme o manuscrito do tradutor: *Haleso* encerra o v. 723, e não abre o v. 734, como nas edições anteriores, o que comprometia o ritmo de ambos.

[139] *Mássico*: cadeia de montanhas entre o Lácio e a Campânia, notória por seu vinho.

[140] *Aurunca*, *Sidicino* e *Cales* (v. 728) são cidades da Campânia.

[141] *Satículos*: habitantes de Satícula, ao sul do Lácio. *Oscos*: povo antigo da Itália, que habitava o Lácio e a Campânia.

[142] *Télebos* (ou teléboos ou teléboas), cujo rei foi *Ébalo*, era povo da Acarnânia, que colonizou a ilha de *Cápria* (atual Capri). *Sebétide*: filha de Sebeto, que também é rio da Campânia.

Sarrastes populos et quae rigat aequora Sarnus
quique Rufras Batulumque tenent atque arua Celemnae
et quos maliferae despectant moenia Abellae,   740
Teutonico ritu soliti torquere cateias,
tegmina quis capitum raptus de subere cortex
aerataeque micant peltae, micat aereus ensis.
Et te montosae misere in proelia Nersae,
Ufens, insignem fama et felicibus armis,   745
horrida praecipue cui gens assuetaque multo
uenatu nemorum, duris Aequicula glaebis.
Armati terram exercent, semperque recentes
conuectare iuuat praedas et uiuere rapto.
Quin et Marruuia uenit de gente sacerdos,   750
fronde super galeam et felici comptus oliua.
Archippi regis missu, fortissimus Umbro,
uipereo generi et grauiter spirantibus hydris
spargere qui somnos cantuque manuque solebat
mulcebatque iras et morsus arte leuabat.   755
Sed non Dardaniae medicari cuspidis ictum
eualuit neque eum iuuere in uulnera cantus
somniferi et Marsis quaesitae montibus herbae.

bem como as belas planícies que o Sarno sinuoso serpeia,[143]
os moradores de Bátulo e Rufras, da forte Celemna,
bem como os férteis vergéis que as muralhas de Abela dominam.
Todos, ao modo teutônico afeitos aos lances dos dardos,
com capacetes de bela cortiça a cabeça protegem;
escudos de aço lampejam, na destra as espadas rebrilham.
Nersas montuosa também, claro Ufente, te enviou para a guerra:[144]
de nome insigne na paz, altos feitos nos prélios realizas.
Gente selvagem te segue, os equículos de hórrido aspecto,[145]
dados a caça nos sáfaros bosques das terras nativas.[146]
Lavram armados o solo rebelde, a toda hora sedentos
de novas presas trazer dos vizinhos; só vivem de roubos.
Veio também, por mandado de Arquipo, dos fortes marrúvios[147]
o excelso Umbrão, sacerdote de força invulgar, na cabeça
o capacete enfeitado com ramos de fausta oliveira.
Como ninguém, tinha o dom de encantar essas hidras sanhudas
da geração viperina, com a mão e palavras cantantes,
adormecer-lhes a fúria e sanar os terríveis efeitos
das mordeduras. Porém nem por isso livrou-o dos botes[148]
da lança teucra a potência dos cantos de notas dolentes,
ervas propícias, colhidas de noite nos mársicos montes.

---

[143] Nos vv. 738-42, *Sarno* é rio da Lucânia, a cujas margens viveriam os *sarrastes*, povo talvez grego. Da Câmpania, *Bátulo* é fortaleza, e *Abela*, *Celemna* e *Rufras* são cidades. O tradutor omite *cateias*, "cateia": arma parecida com o bumerangue. *Teutões*: povo da Germânia.

[144] *Nersas*: cidade desconhecida, talvez no Lácio. *Ufente*: guerreiro homônimo de um rio do Lácio (ver v. 802).

[145] *Equículos*: ou équos, povo vizinho dos latinos.

[146] *Sáfaro*: infecundo.

[147] *Arquipo*: rei dos marsos, cuja capital é *Marrúvio* (ou Marrúbio), no Lácio. Seus habitantes são ditos "marrúbios". *Umbrão* (v. 751) é sacerdote e guerreiro homônimo de um rio da Etrúria.

[148] *Livrou-o*: como datilografado no manuscrito do tradutor, com *a potência dos cantos* como sujeito, embora "livrou-se" fosse correção, equivocada, feita a lápis por Carlos Alberto Nunes.

Te nemus Angitiae, uitrea te Fucinus unda,
te liquidi fleuere lacus. 760
Ibat et Hippolyti proles pulcherrima bello,
Virbius, insignem quem mater Aricia misit,
eductum Egeriae lucis umentia circum
litora, pinguis ubi et placabilis ara Dianae.
Namque ferunt fama Hippolytum, postquam arte nouercae 765
occiderit patriasque explerit sanguine poenas
turbatis distractus equis, ad sidera rursus
aetheria et superas caeli uenisse sub auras,
Paeoniis reuocatum herbis et amore Dianae.
Tum pater omnipotens, aliquem indignatus ab umbris 770
mortalem infernis ad lumina surgere uitae,
ipse repertorem medicinae talis et artis
fulmine Phoebigenam Stygias detrusit ad undas.
At Triuia Hippolytum secretis alma recondit
sedibus et nymphae Egeriae nemorique relegat, 775
solus ubi in siluis Italis ignobilis aeuum
exigeret uersoque ubi nomine Virbius esset.
Unde etiam templo Triuiae lucisque sacratis
cornipedes arcentur equi, quod litore currum
et iuuenem monstris pauidi effudere marinis. 780
Filius ardentes haud setius aequore campi
exercebat equos curruque in bella ruebat.
Ipse inter primos praestanti corpore Turnus
uertitur arma tenens et toto uertice supra est.
Cui triplici crinita iuba galea alta Chimaeram 785

Choram-te ainda as florestas escuras de Angícia distante,[149]
águas do lago Fucino.
Vírbio pulquérrimo filho de Hipólito veio por ordem[150]
de sua mãe, a gentil ninfa Arícia, com bela armadura.
Fora por ela educado nos bosques sagrados da Egéria,
na úmida praia em que as aras se elevam de Diana placável.
Contam que Hipólito, após ter morrido por ordem da sua
fera madrasta e saldado já havendo a vingança paterna
com as pisaduras dos próprios cavalos, das auras celestes,
mais uma vez retornou para a terra, por mágico influxo
dos lenitivos herbáceos de Péone e o afeto de Diana.
Foi quando o pai poderoso, indignado de que homem pequeno
das trevas densas do Inferno à luz bela do dia voltasse,
precipitou com seus raios nas águas estígias o filho
do claro Febo, inventor da arte médica tão poderosa.
Porém a Trívia escondeu a Hipólito em suas moradas,
à ninfa Egéria incumbindo de sempre guardá-lo em segredo,
para que, ignoto e sozinho nos ítalos bosques vivesse
desconhecido, e trocasse por Vírbio seu nome primeiro.
Por isso, até hoje não é permitido trazerem cavalos
ao bosque sacro da Trívia; espantados com o monstro marinho,
os corredores ao carro e ao mancebo na praia quebraram.[151]
Como seu pai, ora o filho nos campos com belos cavalos
se exercitava, e num carro ligeiro ingressava nos prélios.
Turno, primeiro de todos, armado dos pés à cabeça,
bela presença, aos demais sobreleva no porte e na força.
O elmo cristado com três penachinhos sustenta a Quimera,

---

[149] *Angícia*: divindade dos marsos, considerada depois irmã de Medeia, maga por excelência; por lapso constava "Angúrcia". No verso seguinte, *Fucino* (ou Fúcino) é lago da Itália central, drenado em 1875 por causa da malária.

[150] Há dois *Vírbios*; um é o próprio Hipólito, que foi renomeado "Vírbio" depois de ressucitado por *Péone* (v. 769) a pedido de Diana (v. 764). *Vírbio* significa "homem duas vezes" (*vir*, "homem"; *bis*, "duas vezes"). Hipólito era devoto de Diana; desposou Arícia e teve um filho, o outro Vírbio, aliado de Turno, que é citado aqui.

[151] *Corredores*: cavalos. Hipólito morreu arrastado pelos próprios cavalos.

sustinet, Aetnaeos efflantem faucibus ignes;
tam magis illa fremens et tristibus effera flammis,
quam magis effuso crudescunt sanguine pugnae.
At leuem clipeum sublatis cornibus Io
auro insignibat, iam saetis obsita, iam bos   790
argumentum ingens, et custos uirginis Argus
caelataque amnem fundens pater Inachus urna.
Insequitur nimbus peditum clipeataque totis
agmina densentur campis, Argiuaque pubes
Auruncaeque manus, Rutuli ueteresque Sicani   795
et Sacranae acies et picti scuta Labici;
qui saltus, Tiberine, tuos sacrumque Numici
litus arant Rutulosque exercent uomere colles
Circaeumque iugum, quis Iuppiter Anxurus aruis
praesidet et uiridi gaudens Feronia luco,   800
qua Saturae iacet atra palus gelidusque per imas
quaerit iter ualles atque in mare conditur Ufens.
Hos super aduenit Volsca de gente Camilla
agmen agens equitum et florentes aere cateruas,
bellatrix, non illa colo calathisue Mineruae   805
femineas assueta manus, sed proelia uirgo
dura pati cursuque pedum praeuertere uentos.
Illa uel intactae segetis per summa uolaret

que labaredas etneias emite das fauces ardentes,[152]
e tanto mais chamas lívidas joga da horrível garganta,
quanto mais cresce em furor a peleja e mais sangue se perde.
Io — precioso argumento! — insculpida no escudo se encontra,[153]
chifres para o alto, ora bela novilha coberta de pelos.
Argos ali também se acha, zeloso guardião da donzela,
e Ínaco, pai, que um caudal borbulhante de uma urna derrama.
Nuvem de peões o acompanha, de adargas nos braços, ao longo
da interminável campina onde os moços argivos excelem,
hostes aurúnculas, os rútulos fortes, antigos sicanos[154]
lábicos com seus paveses pintados, sacranas colunas,
bem como, ó Tibre!, os que sulcam teu prado e as paragens sagradas[155]
do delicado Numico; os cultores dos rútulos cômoros
e das encostas do monte Circeu onde Júpiter Ânxuro
preside as safras, e a deusa Ferônia, senhora dos bosques;
e os moradores da negra lagoa de Sátura, de onde
o frio Ufente por vales profundos ao mar faz caminho.
Vem depois destes Camila guerreira, das gentes dos volscos,[156]
capitaneando gentis combatentes. O fuso e as agulhas,
dons de Minerva, jamais se lhe viam nas mãos delicadas;
endurecera-as nos duros trabalhos dos campos de guerra,
pronta a vencer na carreira até os ventos de rápido curso.
Era capaz numa seara de voar sobre as louras espigas

---

[152] *Labaredas etneias*: entenda-se, semelhantes às do vulcão Etna.

[153] *Io*, filha do rio Ínaco, foi transformada em novilha por Júpiter para ser preservada do ciúme de Juno, que ordenou que *Argos* (ou Argo), monstro de cem olhos, vigiasse o animal.

[154] Os vv. 795-802 tratam da geografia do Lácio: o monte *Circeu* é também promontório (ver v. 10). *Lábicos* e Ânxur, onde Júpiter Ânxuro era venerado, são cidades; *Ferônia*: deusa da fertilidade; *sacranos*: povo de Reate. *Sátura* é lago pantanoso; *Ufente* e *Numico* são rios; *sicanos* são habitantes da Sicânia, outro nome da Sicília.

[155] *Ó Tibre!*: no original, *Tiberine*, "Ó Tiberino". Aqui é o deus do rio Tibre. Nas edições anteriores, *bem como* estava no verso precedente, o que comprometia o ritmo de ambos.

[156] *Camila*: rainha dos volscos.

gramina nec teneras cursu laesisset aristas,
uel mare per medium fluctu suspensa tumenti 810
ferret iter celeres nec tingueret aequore plantas.
Illam omnis tectis agrisque effusa iuuentus
turbaque miratur matrum et prospectat euntem,
attonitis inhians animis, ut regius ostro
uelet honos leues umeros, ut fibula crinem 815
auro internectat, Lyciam ut gerat ipsa pharetram
et pastoralem praefixa cuspide myrtum.

sem lhes tocar ao de leve ou abater sua bela postura;
de atravessar o mar vasto suspensa nas túmidas ondas,
sem nele as plantas tocar de mansinho nas cristas umentes.[157]
A juventude garrida e as mães velhas à porta corriam
para admirá-la à passagem, pasmados da sua elegância,
sem dela a vista apartar: como o manto de púrpura os ombros
tão delicados lhe cobre, as madeixas fivela acomoda,
de ouro, e a maneira de a aljava da Lícia trazer sempre ao lado,[158]
ou como brande uma lança de mirto com ponta de ferro.

[157] *Plantas*: pés; *umentes*: úmidas.

[158] *Aljava da Lícia*: Camila é associada a Diana, a deusa caçadora, irmã de Apolo, venerada na Lícia. A região tornou-se notória pelos instrumentos de caça.

Argumento do Livro VIII

Apenas Turno ergue o estandarte bélico, chefes e povos do Lácio pegam em armas e engrossam as fileiras de guerreiros a tal ponto que os campos carecem de braços. Entrementes, Eneias durante o sono é advertido de tais preparativos por Tiberino, deus do rio Tibre, que, após tranquilizá-lo, predizendo que Ascânio dali a trinta anos fundaria Alba Longa, menciona a recente fundação de Palanteia por Evandro e a hostilidade que os povos do Lácio nutriam por esse povo. Como penhor de veracidade, garante que Eneias encontrará uma leitoa com trinta rebentos. Aconselha Eneias a aliar-se a Evandro, não sem antes fazer sacrifícios a Juno.

Mal rompe a manhã, o herói invoca as ninfas e o deus do Tibre: quando já apronta duas naus, dá com a leitoa e a ninhada (vv. 1-85). Aplacada a turbulência do rio, Eneias põe-se a navegar ligeiro e ao meio-dia vislumbra as muralhas humildes de Palanteia, que um dia virá a ser Roma. Encontra Evandro, imigrado da Arcádia para a Itália, já ancião, a fazer sacrifício em honra de Hércules. Interpelado, Eneias anuncia-lhe a que viera; então Evandro, depois de explicar-lhe a origem comum que compartilham, convida-o a integrar o ritual já como hóspede (vv. 86-174). Evandro garante aliança e, após banquetearem, explica a Eneias que celebram anualmente a ação heroica de Hércules, que os libertou da crueldade de Caco, filho de Vulcano. Digressivamente, pela fala de Evandro, o poeta narra o triste fim de Caco, que roubara algumas novilhas de Hércules, quando este por ali passava tangendo o gado que antes fora de Gérion (vv. 175-267). Após entoar-se hino e relatarem-se façanhas do semideus (vv. 268-300), Evandro passa a relatar os primórdios do lugar, a chegada de Saturno, o antigo hábito da parcimônia antes de aparecerem os povos da Sicília trazendo cobiça. Mostra-lhe a porta Carmental, o Asilo, o Argileto, a caverna Lupercal, a Rocha Tarpeia, o Capitólio primitivo e — golpe magistral de Virgílio — gado pastando na área em que mais tarde seria erguido o Fórum

Romano (vv. 300-69). À noite, Vênus, apreensiva pelo empenho com que os laurentinos se preparam para a guerra, pede a Vulcano, o marido, que forje armas para Eneias. Depois de fruir carícias de Vênus, o deus do fogo põe-se a trabalhar (vv. 370-454).

Na manhã seguinte, quando Eneias e Evandro se encontram, o rei informa-lhe da própria penúria, espremido entre o Tibre e os rútulos, mas lembra-o de Tarconte, rei etrusco, agora à testa de Agila, e seus comandados dispostos a lutar, os quais — embora inimigos do cruel Mezêncio, etrusco que acabavam de depor, e também de Turno, rei rútulo que lhe ofereceu refúgio — carecem de guia. Lembra-o do filho Palante, já viril: é esse exército que Evandro quer pôr sob o comando de Eneias (vv. 455-519). O herói, contudo, frustra-se de quão pequeno é o poderio árcade e já antevê dias difíceis, quando um trovão mandado por Vênus lhe envia sinal favorável: ele aceita a empresa, pois sabe que terá armas forjadas por Vulcano. Escolhe os troianos mais aptos à luta, aos demais ordena levar as novas a Ascânio. Evandro, após aparelhar de belos cavalos os troianos, despede-se do filho, lamentando a senil fragilidade (vv. 520-84). Eneias e Palante, troianos e etruscos, aliados, deixam Palanteia e, ao chegar a Ceres, Vênus desce dos céus para entregar as armas forjadas por Vulcano a Eneias, que as admira (vv. 585-624). Descrição do escudo de Eneias (vv. 626-731): joia da poesia antiga desde Homero (ver *Ilíada*, XVIII, vv. 478-608), a écfrase difere de mera descrição, primeiro porque a imagem descrita não é estática, mas dinâmica, isto é, sobre o que virtualmente é o *espaço* possibilitado materialmente pelo escudo a sequência de imagens forja o *tempo*, que na verdade é eixo de narração, e para a perspectiva de Eneias é narração do que será ("sabedor dos eventos futuros", v. 626). Isso permite que Virgílio, depois de referir outros mitos e fatos — a loba e os gêmeos Rômulo e Remo (vv. 626-34); o rapto das Sabinas (v. 635); a conjuração de Catilina (v. 668) —, culmine na grandeza de Augusto, vitorioso em Áccio (vv. 671-731) contra Marco Antônio e Cleópatra. Depois do livro VI, mais uma vez a *Eneida* celebra Augusto como descendente de Eneias. A narrativa ecfrástica do escudo, enquanto suspende a ação do herói e assim *parece* digressiva, na verdade vincula todo o glorioso futuro romano justamente ao bom sucesso das armas de Eneias contra as de Turno, que Virgílio nos contará a partir do próximo livro.

Liber VIII

Ut belli signum Laurenti Turnus ab arce
extulit et rauco strepuerunt cornua cantu,
utque acres concussit equos utque impulit arma,
extemplo turbati animi, simul omne tumultu
coniurat trepido Latium saeuitque iuuentus   5
effera. Ductores primi Messapus et Ufens
contemptorque deum Mezentius undique cogunt
auxilia et latos uastant cultoribus agros.
Mittitur et magni Venulus Diomedis ad urbem,
qui petat auxilium et Latio consistere Teucros,   10
aduectum Aenean classi uictosque Penates
inferre et Fatis regem se dicere posci
edoceat multasque uiro se adiungere gentes
Dardanio et late Latio increbrescere nomen.
Quid struat his coeptis, quem, si Fortuna sequatur, 15
euentum pugnae cupiat, manifestius ipsi
quam Turno regi aut regi apparere Latino.
Talia per Latium. Quae Laomedontius heros
cuncta uidens magno curarum fluctuat aestu,

Livro VIII

Mal Turno alçou a bandeira da guerra nos muros laurentes,[1]
longe estrondando nos vales com rouco estrupido as buzinas,
e apercebeu para a luta os seus bravos cavalos e as armas,[2]
logo enturvaram-se os ânimos, ao mesmo tempo em que o Lácio
se conjurava em tumulto geral e os rapazes corriam
para alistar-se. Os primeiros cabeças, Ufente e Messapo,
e o zombador das deidades, Mezêncio, por todos os cantos
aprestam levas, deixando sem braços as várzeas à volta.
Vênulo foi enviado à cidade do grande Diomedes,[3]
a fim de obter grato auxílio e contar como ao Lácio os troianos
tinham chegado, e que Eneias, trazendo os Penates vencidos,
rei se dizia daquelas regiões por desígnio dos Fados;
e mais: que a Eneias troiano guerreiros de prol acolheram
e que o seu nome a cada hora ganhava prestígio na terra.
Qual seja a sua intenção, se a Fortuna o ajudar neste passo,
dados os fins manifestos da empresa, melhor que ele próprio,
Turno, ou Latino, por certo Diomedes de início apanhara.[4]
Tais ocorrências do Lácio traziam num mar de cuidados
o herói troiano, que a tudo procura atender; sua mente

---

[1] *Muros laurentes*: muros da cidade de Laurento, onde habita o rei Latino.

[2] *Apercebeu*: preparou.

[3] *Vênulo*: embaixador de Mezêncio, que reaparecerá no livro XI. *Diomedes*: lutou contra Troia. Era rei de Argos e, deposto, foi para a Apúlia, no sul da Itália, e fixou-se em Argiripa, uma das cidades que lá fundou. No livro XI, v. 225, Vênulo voltará com a resposta de Diomedes.

[4] *Apanhara*: no sentido de "apanharia", "compreenderia". Nesses versos, em que o discurso de Vênulo a Diomedes é relatado de forma indireta, percebe-se como o mensageiro maledicente procura aliciar o seu ouvinte contra Eneias.

atque animum nunc huc celerem, nunc diuidit illuc. 20
In partesque rapit uarias perque omnia uersat,
sicut aquae tremulum labris ubi lumen aenis
sole repercussum aut radiantis imagine lunae
omnia peruolitat late loca iamque sub auras
erigitur summique ferit lacuaria tecti. 25
Nox erat et terras animalia fessa per omnes
alituum pecudumque genus sopor altus habebat,
cum pater in ripa gelidique sub aetheris axe
Aeneas, tristi turbatus pectora bello,
procubuit seramque dedit per membra quietem. 30
Huic deus ipse loci fluuio Tiberinus amoeno
populeas inter senior se attollere frondes
uisus; eum tenuis glauco uelabat amictu
carbasus et crines umbrosa tegebat harundo,
tum sic affari et curas his demere dictis: 35
"O sate gente deum, Troianam ex hostibus urbem
qui reuehis nobis aeternaque Pergama seruas,
exspectate solo Laurenti aruisque Latinis,
hic tibi certa domus, certi (ne absiste) Penates;
neu belli terrere minis; tumor omnis et irae 40
concessere deum.
Iamque tibi, ne uana putes haec fingere somnum,
litoreis ingens inuenta sub ilicibus sus
triginta capitum fetus enixa iacebit
alba, solo recubans, albi circum ubera nati. 45
Hic locus urbis erit, requies ea certa laborum
ex quo ter denis urbem redeuntibus annis
Ascanius clari condet cognominis Albam.
Haud incerta cano. Nunc qua ratione quod instat
expedias uictor, paucis (aduerte) docebo. 50

vários projetos pesava, cada um da maior importância,
sem atinar com a medida mais certa naquela apertura.
Não de outro modo a luz trêmula do sol radiante ou a figura
cheia da lua, ao bater na água límpida de um belo vaso,
revoluteia daqui para ali, e ora passa ao de leve
pelas colunas, ou brilha nas traves do teto vistoso.
Noite fechada, no ponto em que sono profundo envolvia
todos os seres da terra e dos ares, em grato repouso,
o pai Eneias, o peito agitado por tantos cuidados
e pensamentos de guerra, encostou a pesada cabeça
na ribanceira, pensando ali achar o sossego ambiciado.
Eis senão quando aparece-lhe o nume daquelas paragens,
o Tiberino, entre os álamos belos das margens do rio.
Tênue cendal esverdeado de linho finíssimo o corpo[5]
lhe recobria; coroa de juncos a fronte lhe adorna.
Para acalmá-lo, lhe disse a deidade as seguintes palavras:
"Ó descendente dos deuses, que as sacras muralhas de Troia
nos restituis, e de Pérgamo os fogos salvaste, esperado
há tanto tempo no solo laurente e nos campos latinos!
Morada certa encontraste, segura mansão dos Penates.
Não temas esses aprestos de guerra; a ojeriza dos deuses
já se acalmou.
E para que não presumas que tudo não passa de sonho,
num azinhal desta fresca ribeira hás de achar uma porca[6]
branca de leite com trinta leitões tão branquinhos quanto ela,
recém-nascidos, agora em descanso do parto recente.
Este é o local da cidade, o remate de tantas fadigas.
Mas, decorridos três vezes dez anos, Ascânio há de uma outra
bela cidade fundar, a que o nome porá de Alba Longa.
Não falo a esmo. Porém, passo agora a dizer-te o que importa,
sucintamente, o caminho mais curto da tua vitória.

---

[5] *Cendal*: tecido.

[6] *Azinhal*: bosque de azinheiras, carvalhos.

Arcades his oris, genus a Pallante profectum,
qui regem Euandrum comites, qui signa secuti,
delegere locum et posuere in montibus urbem
Pallantis proaui de nomine Pallanteum.
Hi bellum assidue ducunt cum gente Latina; 55
hos castris adhibe socios et foedera iunge.
Ipse ego te ripis et recto flumine ducam,
aduersum remis superes subuectus ut amnem.
Surge age, nate dea, primisque cadentibus astris
Iunoni fer rite preces iramque minasque 60
supplicibus supera uotis. Mihi uictor honorem
persolues. Ego sum pleno quem flumine cernis
stringentem ripas et pinguia culta secantem,
caeruleus Thybris, caelo gratissimus amnis.
Hic mihi magna domus, celsis caput urbibus, exit". 65
Dixit, deinde lacu fluuius se condidit alto,
ima petens; Nox Aenean Somnusque reliquit.
Surgit et aetherii spectans orientia solis
lumina rite cauis undam de flumine palmis
sustinet ac tales effundit ad aethera uoces: 70
"Nymphae, Laurentes nymphae, genus amnibus unde est,
tuque, o Thybri, tuo genitor cum flumine sancto,
accipite Aenean et tandem arcete periclis.
Quo te cumque lacus miserantem incommoda nostra
fonte tenet, quocumque solo pulcherrimus exis, 75
semper honore meo, semper celebrabere donis

Os descendentes do forte Palante da Arcádia, naqueles[7]
tempos seguindo o destino e a bandeira de Evandro galhardo,[8]
depois de bem explorada a região, nas cumeadas de um monte
uma cidade construíram de nome do avô: Palanteia.
Com os latinos estão em contínua e porfiada contenda.[9]
Firma com eles aliança e reforça o poder dos teus homens.
Eu próprio vou conduzir-te nas curvas e passos do rio,
para que à força de remos consigas subir a corrente.
Filho da deusa, de pé! E ao cair das primeiras estrelas,
of'rece a Juno rainha, antes de outras, as preces do estilo,
para aplacar-lhe as ameaças. E assim que a vitória alcançares,
tributar-me-ás sacrifícios honrosos. O Tibre cerúleo,
rio gratíssimo ao céu ora vês, de caudal imponente,
que fertiliza estas pingues campinas em todo o seu curso.
Minha morada aqui tenho; provenho de nobres cidades".
Disse; e de pronto baixou para as águas mais fundas do rio.
A Noite e o Sono divinos deixaram a Eneias nessa hora.
No mesmo instante levanta-se o herói e, a luz nova do dia
vendo surgir no nascente, nas côncavas mãos, como é de uso,
recolheu água do rio e tais votos lançou para as auras:
"Ninfas, ó ninfas das terras laurentes, que sois mães dos rios!
E tu também, gerador destas águas, do Tibre sagrado,
dai acolhida a Eneias, livrai-o de novos perigos.
Seja onde for o terreno da tua nascente, ó sagrado
rio que te compadeces do meu indizível tormento!,
seja qual for teu banhado de origem, terás o meu culto,[10]

---

[7] Na Arcádia, Palante fundou Palanteia (ou Palanteu), de onde Evandro, seu descendente, partiu para a Itália e fundou no monte Palatino outra Palanteia, ambos assim nomeados em honra do ancestral, tal como foi o filho de Evandro, também chamado Palante (ver v. 104). A cidade será integrada a Roma.

[8] *Evandro galhardo*: aqui, e no v. 313, Virgílio diz *rex Euander*, "rei Evandro".

[9] *Latinos*: não os súditos de Latino, mas os povos do Lácio em geral.

[10] Constante no manuscrito do tradutor, o verso foi omitido por lapso nas edições anteriores.

corniger Hesperidum fluuius regnator aquarum.
Adsis o tantum et propius tua numina firmes".
Sic memorat geminasque legit de classe biremes
remigioque aptat, socios simul instruit armis.　　　　　　　　80
Ecce autem, subitum atque oculis mirabile monstrum,
candida per siluam cum fetu concolor albo
procubuit uiridique in litore conspicitur sus;
quam pius Aeneas tibi enim, tibi, maxima Iuno,
mactat sacra ferens et cum grege sistit ad aram.　　　　　　85
Thybris ea fluuium, quam longa est, nocte tumentem
leniit, et tacita refluens ita substitit unda,
mitis ut in morem stagni placidaeque paludis
sterneret aequor aquis, remo ut luctamen abesset.
Ergo iter inceptum celerant rumore secundo;　　　　　　　　90
labitur uncta uadis abies, mirantur et undae,
miratur nemus insuetum fulgentia longe
scuta uirum fluuio pictasque innare carinas.
Olli remigio noctemque diemque fatigant
et longos superant flexus uariisque teguntur　　　　　　　　95
arboribus uiridesque secant placido aequore siluas.
Sol medium caeli conscenderat igneus orbem,
cum muros arcemque procul ac rara domorum
tecta uident, quae nunc Romana potentia caelo
aequauit, tum res inopes Euandrus habebat.　　　　　　　100
Ocius aduertunt proras urbique propinquant.

rio cornígero, rei destas águas benditas da Hespéria![11]
Sê-nos propício e confirma afinal os teus próprios orac'los!"
Assim falou o guerreiro. E, escolhendo ali mesmo da armada
duas birremes, proveu-as de sócios e bons remadores.[12]
Mas, de repente — assombroso prodígio! —, descobre na selva
perto da margem do rio, com sua ninhada de trinta
alvos leitões, uma porca deitada e tão branca como eles,
que na mesma hora o piedoso guerreiro imolou em tuas aras,
Juno potente, a mãe branca de leite com seus leitõezinhos.
Durante todo o transcurso da noite aplacou o sagrado
Tibre a empolada e impetuosa corrente, tornando-se calmo
no defluir invisível do plácido espelho, tal como
tanque sereno que os remos dos nautas de leve percutem.[13]
Pouco a pouquinho o caminho iniciado se encurta, de forma
que as naus breadas avançam ligeiro, com pasmo das ondas[14]
do próprio rio, a floresta das margens, de verem ao longe
fulgir escudos e naus multicores nadando garbosas.
A noite e o dia, sem pausa, os remeiros à faina se entregam
nos estirões e nas curvas, à sombra do basto arvoredo,
sulcos abrindo na imagem das matas ali refletidas.
Já o sol no zênite estava, radioso, e eis que ao longe divisam
umas muralhas, modesto castelo e moradas algumas
que o poderio romano atualmente levou até ao céu,[15]
naquele tempo modesto domínio de Evandro guerreiro.
Viram as popas depressa e no burgo singelo encostaram.

---

[11] *Rio cornígero*: dotado de chifres. Sérvio, gramático do século IV-V e comentador de Virgílio, explica que os rios, quando personificados nas pinturas, são dotados de chifres; ou que o mugido dos bois imita o murmúrio das ondas, ou ainda que nas margens curvas se percebe semelhança com os chifres.

[12] *Birremes*: navios com duas fileiras de remos.

[13] *Tanque*: regionalismo para açude, lago.

[14] *Breadas*: calafetadas com breu.

[15] *Atualmente*: no original, *nunc*; o narrador e o público antigo sabem o que Roma será.

Forte die sollemnem illo rex Arcas honorem
Amphitryoniadae magno diuisque ferebat
ante urbem in luco. Pallas huic filius una,
una omnes iuuenum primi pauperque senatus   105
tura dabant tepidusque cruor fumabat ad aras.
Ut celsas uidere rates atque inter opacum
allabi nemus et tacitis incumbere remis,
terrentur uisu subito cunctique relictis
consurgunt mensis. Audax quos rumpere Pallas   110
sacra uetat raptoque uolat telo obuius ipse
et procul e tumulo: "Iuuenes, quae causa subegit
ignotas temptare uias? Quo tenditis?", inquit.
"Qui genus? Unde domo? Pacemne huc fertis an arma?"
Tum pater Aeneas puppi sic fatur ab alta   115
paciferaeque manu ramum praetendit oliuae:
"Troiugenas ac tela uides inimica Latinis,
quos illi bello profugos egere superbo.
Euandrum petimus. Ferte haec et dicite lectos
Dardaniae uenisse duces socia arma rogantes".   120
Obstipuit tanto percussus nomine Pallas:
"Egredere, o quicumque es", ait, "coramque parentem
alloquere ac nostris succede Penatibus hospes".
Excepitque manu dextramque amplexus inhaesit.
Progressi subeunt luco fluuiumque relinquunt.   125
Tum regem Aeneas dictis affatur amicis:
"Optime Graiugenum, cui me Fortuna precari
et uitta comptos uoluit praetendere ramos,
non equidem extimui Danaum quod ductor et Arcas
quodque a stirpe fores geminis coniunctus Atridis,   130

Por coincidência, nessa hora o rei árcade estava num bosque[16]
fora do burgo, a fazer sacrifícios solenes aos deuses,
e ao grande filho de Alcmena e Anfitrião. O seu filho Palante[17]
com o reduzido senado e os rapazes cuidavam do incenso.
Tênue vapor se elevava do sangue recente das vítimas.
Ao perceberem os altos navios vogar rio acima
na mata umbrosa, e em silêncio os marujos curvados nos remos,
atarantados as mesas deixaram de pronto, dispostos
para qualquer imprevisto. Porém não consente Palante,
sempre animoso, que os ritos se quebrem. Tomando da lança,
grita-lhes do alto de um cômoro: "Jovens, que causa vos trouxe
por encobertos caminhos? Quem sois? Para onde ides? O escopo
de vossa entrada? E a mensagem de agora, é de paz ou de guerra?"
O pai Eneias, então, da alta popa destarte lhe fala,
movimentando na destra um pacífico ramo de oliva:
"Troianos vês e estas armas imigas dos povos latinos,
que com soberba expulsaram-nos dos territórios nativos.
A Evandro viemos buscar. Anunciai-lhe que chefes troianos
de alto valor vêm pedir-vos aliança e trazer-vos reforços".
Cheio de espanto Palante ficou ao ouvir esse nome.
"Quem quer que sejas", lhe disse, "aproxima-te e fala tu mesmo
a meu bom pai. Vais ser hóspede logo dos nossos Penates".
A mão lhe aperta ao descer; cordialmente o recebe nos braços.
O rio logo deixando, no bosque frondoso ingressaram.
Então, Eneias ao rei dirigiu estas frases amigas:
"Ótimo grego, a quem quis a Fortuna que eu me dirigisse
com este ramo enastrado e o pedido de ajuda e conforto![18]
Não tive medo, em verdade, de vir à presença de um chefe
árcade unido por laços de sangue aos Atridas potentes.

---

[16] *Rei árcade*: Evandro.

[17] *Filho de Alcmena e Anfitrião*: Hércules, que era filho adulterino de Júpiter e *Alcmena*, sua mãe, que o criou junto com o esposo, *Anfitrião*.

[18] *Enastrado*: guarnecido de nastros, de fitas. Aqui o tradutor acompanha Odorico Mendes na *Eneida brasileira*, VIII, v. 126.

sed mea me uirtus et sancta oracula diuum
cognatique patres, tua terris didita fama,
coniunxere tibi et Fatis egere uolentem.
Dardanus, Iliacae primus pater urbis et auctor,
Electra, ut Grai perhibent, Atlantide cretus, 135
aduehitur Teucros; Electram maximus Atlas
edidit, aetherios umero qui sustinet orbes.
Vobis Mercurius pater est, quem candida Maia
Cyllenae gelido conceptum uertice fudit;
at Maiam, auditis si quicquam credimus, Atlas, 140
idem Atlas generat, caeli qui sidera tollit.
Sic genus amborum scindit se sanguine ab uno.
His fretus non legatos neque prima per artem
temptamenta tui pepigi; me, me ipse meumque
obieci caput et supplex ad limina ueni. 145
Gens eadem, quae te, crudeli Daunia bello
insequitur; nos si pellant, nihil afore credunt
quin omnem Hesperiam penitus sua sub iuga mittant
et mare quod supra teneant quodque alluit infra.
Accipe daque fidem. Sunt nobis fortia bello 150
pectora, sunt animi et rebus spectata iuuentus".
Dixerat Aeneas. Ille os oculosque loquentis
iamdudum et totum lustrabat lumine corpus.
Tum sic pauca refert: "Ut te, fortissime Teucrum,
accipio agnoscoque libens! Ut uerba parentis 155
et uocem Anchisae magni uultumque recordor!
Nam memini Hesionae uisentem regna sororis

Minha lealdade, os oráculos santos, a própria ascendência,
bem como o brilho do teu grande nome, que ao longe se estende,
a ti me enviam e agora me trazem à tua presença.
Dárdano, o pai primitivo, que os muros de Troia construíra,
filho de Electra, uma Atlântida, dizem-no os gregos em peso,
passou-se para os troianos. Electra de Atlante proveio,
o poderoso, que o peso do mundo nos ombros sustenta.
Avô paterno em Mercúrio tivestes, que Maia formosa[19]
trouxe à luz bela do dia, no monte Cilene gerado.[20]
Maia, se crédito dermos a velhas notícias, de Atlante
veio, o mesmíssimo Atlante que os astros do empíreo carrega.
A esse modo, de um tronco comum deduzimos os galhos.
Confiado nisso, não quis de embaixada valer-me ou pretextos
para sondar tua disposição; minha própria cabeça
trouxe-te. Como pedinte transponho os umbrais do palácio.
O feroz Rútulo, os mesmos vizinhos que há tanto te movem[21]
guerra, sem fé nem piedade, estão certos de que se chegarem
a nos lançar para longe dos termos agora ocupados,[22]
fácil será toda a Hespéria vencer entre os mares extremos.
Aceita a minha palavra; concede-me a tua; de peitos
fortes e altivos não temos carência, provados na luta".
Enquanto Eneias falou, contemplava-lhe os olhos Evandro,
a economia dos gestos, das mãos ao de leve, a postura.
Em breves termos lhe disse: "Ó dos teucros o mais valoroso,
com que alegria te escuto e agasalho, e de quanto me lembro
do grande Anquises ao ver-te, esse timbre da voz, a aparência!
Ora de tudo recordo, no dia em que Príamo, filho

---

[19] *Avô paterno tivestes*: Virgílio diz *uobis Mercurius pater est*, "vosso [isto é, 'teu'] pai é Mercúrio", em fala dirigida a Evandro. Na tradução, sem que haja perda de sentido, Eneias dirige-se a Palante, já que Mercúrio, pai de Evandro, é seu avô.

[20] O *monte Cilene* fica na Arcádia.

[21] *Feroz Rútulo*: Turno, rei dos rútulos.

[22] *Termos*: territórios.

Laomedontiaden Priamum, Salamina petentem,
protinus Arcadiae gelidos inuisere fines.
Tum mihi prima genas uestibat flore iuuentas,   160
mirabarque duces Teucros, mirabar et ipsum
Laomedontiaden, sed cunctis altior ibat
Anchises. Mihi mens iuuenali ardebat amore
compellare uirum et dextrae coniungere dextram;
accessi et cupidus Phenei sub moenia duxi.   165
Ille mihi insignem pharetram Lyciasque sagittas
discedens chlamydemque auro dedit intertextam
frenaque bina, meus quae nunc habet aurea Pallas.
Ergo et, quam petitis, iuncta est mihi foedere dextra,
et, lux cum primum terris se crastina reddet,   170
auxilio laetos dimittam opibusque iuuabo.
Interea sacra haec, quando huc uenistis amici,
annua, quae differre nefas, celebrate fauentes
nobiscum et iam nunc sociorum assuescite mensis".
Haec ubi dicta, dapes iubet et sublata reponi   175
pocula gramineoque uiros locat ipse sedili
praecipuumque toro et uillosi pelle leonis
accipit Aenean solioque inuitat acerno.
Tum lecti iuuenes certatim araeque sacerdos
uiscera tosta ferunt taurorum onerantque canistris   180
dona laboratae Cereris Bacchumque ministrant.
Vescitur Aeneas simul et Troiana iuuentus

de Laomedonte, em visita chegou a Hesíone, irmã;[23]
por Salamina passou e os limites mais frescos da Arcádia.[24]
A juventude florida no burgo gracioso eu mostrava.
Admiração me causavam os chefes troianos, e sobre
todos o filho do grão Laomedonte, que aos outros guerreiros
sobre-excedia na altura. Nos belos arroubos da idade,
a sós falar-lhe eu queria, apertarmos as mãos de contínuo.
Obtendo acesso, o levei até aos muros da clara Feneu.
À despedida, deu-me ele uma aljava com setas da Lícia,[25]
clâmide de ouro bordada e dois freios também de ouro fino,
que o meu Palante conserva até agora, lembrança de preço.
Por isso tudo, esta mão já firmou nossa aliança futura.
Tão logo a crástina Aurora no Oriente radiante nos surja,[26]
regressareis com reforços e quanto os meus reinos comportem.
Mas, até então, pois viestes aqui como amigos de casa,
participai destas festas anuais, para todos tão gratas,
e desde já habituai-vos à mesa dos vossos aliados".
Disse; e mandou que de novo pusessem na mesa os manjares,
pratos e copos, e fez os amigos na relva sentarem;
mas o seu trono de cedro, com pele de leão recoberto,
foi reservado de início ao caudilho dos teucros, Eneias.
O sacerdote do altar e um pugilo de belos mancebos[27]
trazem entranhas assadas de touros e cestas repletas
dos dons de Ceres. Também os presentes de Baco ministram.[28]
O ínclito Eneias e os moços de escol dos navios troianos

---

[23] *Hesíone*, irmã de Príamo, era esposa de Télamon, rei de Salamina, que é ilha ao sul de Atenas.

[24] *Limites*: territórios.

[25] As *setas da Lícia* eram extremamente apreciadas. Por lapso, o manuscrito do tradutor traz "Lísia", e as edições anteriores, "Lívia".

[26] *Crástina*: do dia seguinte.

[27] *Pugilo*: punhado.

[28] *Dons de Ceres, presentes de Baco*: pão e vinho. O tradutor omitiu *lustralibus extis*, "entranhas lustrais", isto é, purificadoras.

perpetui tergo bouis et lustralibus extis.
Postquam exempta fames et amor compressus edendi,
rex Euandrus ait: "Non haec sollemnia nobis,   185
has ex more dapes, hanc tanti numinis aram
uana superstitio ueterumque ignara deorum
imposuit: saeuis, hospes Troiane, periclis
seruati facimus meritosque nouamus honores.
Iam primum saxis suspensam hanc aspice rupem,   190
disiectae procul ut moles desertaque montis
stat domus et scopuli ingentem traxere ruinam.
Hic spelunca fuit uasto summota recessu,
semihominis Caci facies quam dira tenebat
solis inaccessam radiis; semperque recenti   195
caede tepebat humus foribusque affixa superbis
ora uirum tristi pendebant pallida tabo.
Huic monstro Vulcanus erat pater: illius atros
ore uomens ignes magna se mole ferebat.
Attulit et nobis aliquando optantibus aetas   200
auxilium aduentumque dei. Nam maximus ultor,
tergemini nece Geryonae spoliisque superbus
Alcides aderat taurosque hac uictor agebat
ingentes, uallemque boues amnemque tenebant.
At furiis Caci mens effera, ne quid inausum   205
aut intractatum scelerisue doliue fuisset,
quattuor a stabulis praestanti corpore tauros
auertit, totidem forma superante iuuencas.
Atque hos, ne qua forent pedibus uestigia rectis,
cauda in speluncam tractos uersisque uiarum   210

se regalaram com o lombo de um touro ali mesmo imolado.
Saciada a fome e acalmado o apetite inicial, disse Evandro
para os troianos presentes: "A festa solene que vedes
são cerimônias anuais; este altar dedicado a um tão grande
nume produto não é da ignorância nem mesmo execrável
superstição. Aliviados de um grande perigo, anualmente
como penhor de nós todos prestamos-lhe as honras devidas.
Antes do mais, olha o pico lá no alto daquele rochedo,
massas dispersas em grande extensão, e no flanco do monte,
vasta espelunca esquecida no meio de ingentes ruínas,
o valhacouto escondido na selva profunda e sem luzes
do imano Caco, meio homem talvez, meio fera sem nome,
que o sol jamais visitava. De tépido sangue banhado
sempre, vapores soltava; das portas odientas pendiam
tristes cabeças humanas, troféus sanguinosos do monstro.
Fora Vulcano seu pai. Pelas fauces — fornalha sinistra —
fogo expelia; ao andar, balançava a feroz corpulência.
Por fim, surgiu para todos a ajuda impetrada, com a vinda
da divindade escolhida para isso, a chegada imprevista
do vingador dos mais fracos, então muito ufano com a morte
de Gerião de três corpos: Alcides. Seus touros enormes[29]
pastoreava, que montes e vales ao longo ocupavam.
Caco maldoso, das Fúrias instado, porque nada houvesse
no que respeita à maldade e à tramoia que estranho para ele
continuasse, da bela manada furtou quatro touros
de belo pelo e outras tantas novilhas de estreme beleza.[30]
Mas pela cauda os puxou, té não ver-se na dura espelunca,[31]
porque no chão pegajoso vestígio nenhum não ficasse

---

[29] *Alcides*, "descendente de Alceu", é Hércules, neto dele.

[30] *Estreme*: impoluta, pura.

[31] *Té não ver-se*: é coloquialismo; entenda-se, "puxou até ver-se". Neste verso o tradutor omite *pedibus rectis*, "pegadas corretas", e nos seguintes *uersis indiciis*, "invertidas as pegadas", termos que explicitam não somente intenção de ocultar o roubo, senão também de despistar.

indiciis raptos saxo occultabat opaco.
Quaerenti nulla ad speluncam signa ferebant.
Interea, cum iam stabulis saturata moueret
Amphytrioniades armenta abitumque pararet,
discessu mugire boues atque omne querelis   215
impleri nemus et colles clamore relinqui.
Reddidit una boum uocem uastoque sub antro
mugiit et Caci spem custodita fefellit.
Hic uero Alcidae furiis exarserat atro
felle dolor, rapit arma manu nodisque grauatum   220
robur et aerii cursu petit ardua montis.
Tum primum nostri Cacum uidere timentem
turbatumque oculis; fugit ilicet ocior Euro
speluncamque petit, pedibus timor addidit alas.
Ut sese inclusit ruptisque immane catenis   225
deiecit saxum, ferro quod et arte paterna
pendebat, fultosque emuniit obice postes,
ecce furens animis aderat Tirynthius omnemque
accessum lustrans huc ora ferebat et illuc
dentibus infrendens. Ter totum feruidus ira   230
lustrat Auentini montem, ter saxea temptat
limina nequiquam, ter fessus ualle resedit.
Stabat acuta silex praecisis undique saxis
speluncae dorso insurgens, altissima uisu,
dirarum nidis domus opportuna uolucrum.   235
Hanc, ut prona iugo laeuum incumbebat in amnem,
dexter in aduersum nitens concussit et imis

do que fizera. Bem dentro da cava astucioso as guardava.
Nunca pudera encontrá-los quem nisso estivesse empenhado.
Nesse entrementes, julgando chegado o momento oportuno,
o Anfitrioníada excelso, ao querer retirar seu rebanho[32]
destas paragens, de longos mugidos e queixas saudosas
os gordos bois os oiteiros e os vales e os bosques enchiam.
Uma das vacas, então, lá do fundo da cova, aos lamentos
das companheiras responde, o que frustra a esperança de Caco.
Atros humores de súbito o peito de Alcides inflamam.
Toma furioso da clava que sempre ao seu lado mantinha,
cheia de nós, e dispara veloz para o cimo do monte.
Nessa ocasião nossos pais viram Caco tremer — inaudito!
Cheios os olhos de espanto, nas asas do vento se atira[33]
para a espelunca lá no alto, ou melhor: criou asas o monstro.
Logo se fecha por dentro, fazendo descer uma pedra
descomunal que por artes paternas de férreas cadeias[34]
do alto pendia, mais firme deixando-a com barras e espeques.[35]
Eis que o Tiríntio chegou, cheio de ira, a pensar na maneira[36]
de penetrar na espelunca; ora um lado examina, ora o oposto,
ringindo os dentes. Três vezes explora o Aventino montuoso
três investiu contra as portas, no afã de romper o penhasco;[37]
vezes sem conta, de puro cansaço, sentou-se no vale.
No dorso mesmo da grande caverna uma rocha se erguia
de alto perfil, bem talhada por todos os lados, propício
ninho para aves de presa, rapaces, de voo agourento.
E como a pedra pendesse à sinistra, do lado do rio,
Hércules, pela direita empurrando-a, abalou-lhe as raízes

---

[32] *Anfitrioníada*: "filho de Anfitrião", Hércules.

[33] *Vento*: Virgílio especifica que se trata de Euro, o vento sudeste.

[34] *Artes paternas*: ou seja, de Vulcano, pai de Caco.

[35] *Espeques*: escoras.

[36] *Tiríntio*: outro nome de Hércules, educado em Tirinto.

[37] *Portas*: no original *saxea limina*, "umbrais pedregosos", como informam os vv. 225-6.

auulsam soluit radicibus; inde repente
impulit, impulsu quo maximus intonat aether
dissultant ripae refluitque exterritus amnis.   240
At specus et Caci detecta apparuit ingens
regia, et umbrosae penitus patuere cauernae,
non secus ac si qua penitus ui terra dehiscens
infernas reseret sedes et regna recludat
pallida, dis inuisa, superque immane barathrum   245
cernatur, trepident immisso lumine Manes.
Ergo insperata deprensum luce repente
inclusumque cauo saxo atque insueta rudentem
desuper Alcides telis premit omniaque arma
aduocat et ramis uastisque molaribus instat.   250
Ille autem (neque enim fuga iam super ulla pericli)
faucibus ingentem fumum, mirabile dictu,
euomit inuoluitque domum caligine caeca,
prospectum eripiens oculis, glomeratque sub antro
fumiferam noctem commixtis igne tenebris.   255
Non tulit Alcides animis seque ipse per ignem
praecipiti iecit saltu, qua plurimus undam
fumus agit nebulaque ingens specus aestuat atra.
Hic Cacum in tenebris incendia uana uomentem
corripit in nodum complexus et angit inhaerens   260
elisos oculos et siccum sanguine guttur.
Panditur extemplo foribus domus atra reuulsis
abstractaeque boues abiurataeque rapinae
caelo ostenduntur pedibusque informe cadauer
protrahitur. Nequeunt expleri corda tuendo   265
terribiles oculos, uultum uillosaque saetis
pectora semiferi atque extinctos faucibus ignes.
Ex illo celebratus honos laetique minores

com dois ou três safanões, para, alfim, em mais forte investida,
precipitá-la no abismo. O éter claro lá ao longe retumba.
As ribanceiras tremeram; de susto a corrente encolheu-se.
Ao demais disso, o palácio de Caco, vastíssimo, e os antros
se patentearam, deixando bem claro o covil tenebroso.
Não de outra forma, se a terra se abrisse até ao centro, por forte
sacudidela, e as moradas do Inferno deixasse patentes,
pálidos reinos, dos deuses odiados, o báratro imano[38]
de uma e outra ponta veríamos e os Manes lá dentro a correrem:
do mesmo modo, estonteado com a luz subitânea do dia,
Caco, apanhado nas próprias entranhas do monte escavado,
solta rugidos medonhos, enquanto de cima o grande Hércules
pedras lhe atira incessantes, frechadas e paus, o que achasse.
Caco, não vendo saída naquela apertura de riscos
inomináveis, começa a lançar da garganta — inaudito! —
fumo, que logo a caverna de sombras opacas envolve,
para deixar de ser visto, e no fundo da gruta acumula
trevas em cima de trevas, e a noite de fogos serpeia.
Não pode Alcides a raiva conter, e de um salto se atira
por entre as chamas, no centro preciso daquelas colunas
de fumarada, que a vasta espelunca de trevas enchia.
Debalde o monstro da goela expeliu seus incêndios inócuos;
o Salvador num momento nos braços o aperta, fazendo[39]
saltar-lhe os olhos e o sangue secar na garganta já fria.
Rotas as portas, abriu-se a caverna nas trevas oculta,
patenteando-se à luz meridiana as novilhas roubadas
e o mais que o monstro escondera. O cadáver medonho é arrastado
para o exterior pelos pés. De mirá-lo, pasmados, não cansam
os circunstantes, os olhos terríveis já agora apagados,
peito cerdoso, semi-homem, extinto nas fauces o incêndio.
Em louvor de Hércules o festival desde então instituímos,

---

[38] *Báratro imano*: abismo imenso.

[39] *Salvador*: Hércules, que mediante os doze trabalhos livrou a humanidade de perigos.

seruauere diem primusque Potitius auctor
et domus Herculei custos Pinaria sacri   270
hanc aram luco statuit, quae maxima semper
dicetur nobis et erit quae maxima semper.
Quare agite, o iuuenes, tantarum in munere laudum
cingite fronde comas et pocula porgite dextris
communemque uocate deum et date uina uolentes".   275
Dixerat, Herculea bicolor cum populus umbra
uelauitque comas foliisque innexa pependit
et sacer impleuit dextram scyphus. Ocius omnes
in mensam laeti libant diuosque precantur.
Deuexo interea propior fit Vesper Olympo;   280
iamque sacerdotes primusque Potitius ibant,
pellibus in morem cincti flammasque ferebant.
Instaurant epulas et mensae grata secundae
dona ferunt cumulantque oneratis lancibus aras.
Tum Salii ad cantus incensa altaria circum   285
populeis adsunt euincti tempora ramis,
hic iuuenum chorus, ille senum; qui carmine laudes
Herculeas et facta ferunt: ut prima nouercae
monstra manu geminosque premens eliserit angues,
ut bello egregias idem disiecerit urbes,   290
Troiamque Oechaliamque, ut duros mille labores

dia a nós todos bem-vindo, anualmente. Primeiro, Potício
o inaugurou. A família Pinária, incumbida das sacras
solenidades, o altar construiu na floresta sagrada,
'Máximo Altar' desde então e que máximo sempre há de ser-nos.[40]
Por isso mesmo, mancebos troianos, tomais também parte
no festival; a cabeça cobri, levantai vossas taças,
vinho bebei com largueza e invocai pelo nome a deidade".
Assim falando, a cabeça recobre com o álamo de Hércules,
de duas cores, na fronte caindo-lhe a bela grinalda;
e a consagrada cratera encheu logo de vinho. De pronto,
as libações todos fazem e preces ao nume elevaram.
Vésper no entanto brilhava no poente; solenes avançam[41]
os sacerdotes — Potício ia à frente —, de peles cingidos,
como era de uso. Nas mãos todos trazem as tochas sagradas.
Mais uma vez foram postas as mesas do grato banquete,
com abundante iguaria; bandejas as aras recobrem.
Então os Sálios, as frontes cingidas de ramos populeos,[42]
postam-se à vista do altar, para o canto iniciar consagrado,
de um lado o coro dos graves anciãos, o dos jovens no oposto.
De Hércules cantam os feitos sublimes: as duas serpentes
que ele no berço afogou, da madrasta as primeiras lembranças;[43]
como ele Troia arrasou, mais a Ecália, cidades famosas,[44]
de fortes armas valendo-se; como trabalhos sem conta

---

[40] *Máximo Altar*: a *Ara Maxima*, ou Grande Altar de Hércules Invicto (*Herculis Invicti Ara Maxima*), situado no Fórum Boário, entre os montes Capitolino e Aventino.

[41] *Brilhava no poente*: o tradutor explicita a perífrase do original, *propior Vesper deuexo Olympo*, "Véspero aproximava-se no Olimpo inclinado", isto é, no céu poente.

[42] *Sálios*: sacerdotes que no monte Palatino dançavam e cantavam o Canto Saliar para Quirino e Marte. O culto teria sido instituído por Numa Pompílio e Tulo Hostílio, reis de Roma, aqui ainda não fundada: o anacronismo é louvor a Augusto, cujo nome foi depois incluído nos cantos saliares; até o v. 305, cantam-se proezas de Hércules. *Ramos populeos*: ramos de choupo.

[43] *Madrasta*: Juno, que odiava Hércules, filho adulterino de Júpiter.

[44] *Troia arrasou*: antes da Guerra de Troia propriamente, a cidade já fora por ele destruída uma vez.

rege sub Eurystheo fatis Iunonis iniquae
pertulerit. "Tu nubigenas, inuicte, bimembres
Hylaeumque Pholumque, manu, tu Cresia mactas
prodigia et uastum Nemeae sub rupe leonem. 295
Te Stygii tremuere lacus, te ianitor Orci
ossa super recubans antro semesa cruento;
nec te ullae facies, non terruit ipse Typhoeus,
arduus arma tenens; non te rationis egentem
Lernaeus turba capitum circumstetit anguis. 300
Salue, uera Iouis proles, decus addite diuis,
et nos et tua dexter adi pede sacra secundo".
Talia carminibus celebrant; super omnia Caci
speluncam adiciunt spirantemque ignibus ipsum.
Consonat omne nemus strepitu collesque resultant. 305
Exim se cuncti diuinis rebus ad urbem
perfectis referunt. Ibat rex obsitus aeuo
et comitem Aenean iuxta natumque tenebat
ingrediens uarioque uiam sermone leuabat.

sob Euristeu a bom termo levou, por mandado de Juno,[45]
sempre contra ele irritada. "Mataste também os Centauros[46]
Hileu e Folo, nascidos da nuvem, guerreiro invencível!,
como também o leão de Nemeia e o prodígio de Creta.[47]
Por ti tremeram os lagos estígios e o fero porteiro
do Orco, deitado sobre ossos roídos, no leito sangrento.
Monstro nenhum te fez mossa, nem mesmo Tifeu temeroso,[48]
de armas em punho, sem que te abalasse também a coragem
a Hidra de Lerna com víboras cento a enfeitar-lhe a cabeça.
Salve, ornamento acrescido dos deuses, legítima prole[49]
de Jove augusto! Propício nos sejas; aceita estes brindes!"[50]
Esses, os carmes então decantados, aos quais novos ritmos
acrescentaram: a furna de Caco, seu hálito em chamas.
Ressoa a silva ali perto; mais longe as colinas respondem.
O festival terminado, mui ledos em grupos retornam
para a cidade. Com o peso dos anos, à frente de todos
ia o monarca entre Eneias troiano e seu filho Palante,
suavizando o caminho com prática leve e variada.[51]

---

[45] *Euristeu*: rei de Micenas, a quem Hércules pagou os Trabalhos, ou para expiar a culpa por ter assassinado num acesso de loucura os próprios filhos, ou, em outras versões do mito, por ter assassinado os filhos de Euristeu. *Ecália*: também chamada Cálcis, é cidade destruída por Hércules, tema de um poema épico hoje fragmentário.

[46] *Mataste*: aqui, o poeta dá a palavra aos Sálios, que passam a dirigir-se a Hércules.

[47] Este verso consta no manuscrito do tradutor, mas por lapso foi omitido nas edições anteriores.

[48] *Tifeu*: monstro, filho da Terra e de Tártaro, cuja cabeça tocava os astros, as mãos iam de levante a poente, as asas tapavam o sol, e de cada ombro saíam cinquenta serpentes. Júpiter, ajudado por Hércules, o derrotou e soterrou sob o Etna.

[49] *Ornamento acrescido dos deuses*: Hércules, divinizado após a morte de sua porção humana, reuniu-se aos deuses no Olimpo.

[50] *Aceita estes brindes*: o original diz *adi sacra pede secundo*, "vem de bom grado à festa".

[51] *Prática*: conversa; o tradutor acompanha aqui João Franco Barreto (*Eneida portuguesa*, VIII, 73, vv. 5-6), "o enfado/ enganava com prática elegante", e Odorico Mendes (*Eneida brasileira*, VIII, v. 306), "praticando o caminho aligeirava".

Miratur facilesque oculos fert omnia circum   310
Aeneas capiturque locis et singula laetus
exquiritque auditque uirum monimenta priorum.
Tum rex Euandrus, Romanae conditor arcis:
"Haec nemora indigenae fauni nymphaeque tenebant
gensque uirum truncis et duro robore nata,   315
quis neque mos neque cultus erat, nec iungere tauros
aut componere opes norant aut parcere parto,
sed rami atque asper uictu uenatus alebat.
Primus ab aetherio uenit Saturnus Olympo,
arma Iouis fugiens et regnis exsul ademptis.   320
Is genus indocile ac dispersum montibus altis
composuit legesque dedit Latiumque uocari
maluit, his quoniam latuisset tutis in oris.
Aurea quae perhibent illo sub rege fuere
saecula: sic placida populos in pace regebat,   325
deterior donec paulatim ac decolor aetas
et belli rabies et amor successit habendi.
Tum manus Ausonia et gentes uenere Sicanae,
saepius et nomen posuit Saturnia tellus;
tum reges asperque immani corpore Thybris,   330
a quo post Itali fluuium cognomine Thybrim
diximus; amisit uerum uetus Albula nomen.
Me pulsum patria pelagique extrema sequentem

De olhos atentos, Eneias inquire a respeito de tudo
quanto enxergava e mui ledo se informa dos velhos costumes,
das tradições veneráveis, das gentes primeiras da terra.
Evandro, então, construtor das muralhas de Roma, lhe disse:[52]
"Faunos e ninfas antigos moravam na densa floresta,[53]
e homens provindos dos fortes carvalhos da selva aqui perto.
Touros jungir ignoravam, carentes de leis e costumes,
nem o adquirido sabiam gastar nem guardar o poupado.
Alimentavam-se apenas de frutos silvestres e caça.
Foi o primeiro a baixar do alto Olimpo Saturno, fugido
do braço forte de Jove e do trono espoliado. Foi ele
quem congregou de começo a esta gente dispersa nos montes
e lhes deu leis. Pôs o nome de 'Lácio' às paragens antigas,[54]
por haver nelas achado seguro e infalível refúgio.
Século de ouro! foi como chamaram seu longo reinado,[55]
de tal maneira regia esses homens, em paz e harmonia.
Mas pouco a pouco chegou nossa idade, sem viço nem cores,
da guerra insana seguida, a maldita cobiça do lucro.
Da Ausônia os povos chegaram no rastro das tribos sicanas,[56]
nomes diversos à terra emprestando do velho Saturno.
Maus reis também dominaram-na, e Tibre, feroz entre muitos,[57]
duro gigante. Com o tempo, nós outros, os ítalos, demos
o nome 'Tibre' a este rio, que o de 'Álbula' antigo perdera.
Da pátria expulso, atirado por mares distantes, jogou-me

---

[52] *Muralhas*: no original, *arcis*, a rigor, "cidadela". O narrador em Palanteia já antevê Roma.

[53] *Faunos* e *ninfas*: espíritos protetores de bosques e águas.

[54] A explicação do nome se deve à semelhança entre *Latium*, "Lácio", e *latuisset*, do verbo *latere*, "ocultar-se", "estar latente".

[55] *Século de ouro*: alusão ao mito das cinco raças, primeiro referido por Hesíodo (*Os trabalhos e os dias*, vv. 106-201). O século de ouro, século de Saturno, de paz e prosperidade, era festejado nas festas Saturnais, em dezembro.

[56] *Ausônia*: aqui, a Campânia, no sul da Itália; *tribos sicanas*: povos da Sicília. Uns e outros mudaram os nomes que Saturno dera àquelas regiões.

[57] *Maus reis*: Virgílio diz apenas *reges*, "reis". *Tibre*: aqui, o deus.

Fortuna omnipotens et ineluctabile Fatum
his posuere locis matrisque egere tremenda 335
Carmentis nymphae monita et deus auctor Apollo".
Vix ea dicta, dehinc progressus monstrat et aram
et Carmentalem Romani nomine portam
quam memorant, nymphae priscum Carmentis honorem,
uatis fatidicae, cecinit quae prima futuros 340
Aeneadas magnos et nobile Pallanteum.
Hinc lucum ingentem, quem Romulus acer Asylum
rettulit et gelida monstrat sub rupe Lupercal,
Parrhasio dictum Panos de more Lycaei.
Nec non et sacri monstrat nemus Argileti 345
testaturque locum et letum docet hospitis Argi.
Hinc ad Tarpeiam sedem et Capitolia ducit,
aurea nunc, olim siluestribus horrida dumis.
Iam tum religio pauidos terrebat agrestes
dira loci, iam tum siluam saxumque tremebant. 350
"Hoc nemus, hunc", inquit, "frondoso uertice collem

nestas paragens o Fado inquebrável e a deusa Fortuna,
em obediência aos mandados maternos da ninfa Carmenta[58]
e o irrecusável sinal dos orac'los de Apolo frecheiro".
Continuando o passeio, ele mostra ao caudilho troiano
o altar e a porta de nome romano, ou melhor: Carmental,[59]
em honra da profetisa Carmenta, uma ninfa inspirada,
que de primeiro falou das futuras façanhas de Eneias,[60]
por celebrar, e também Palanteia de gestas sublimes.
Mostra a seguir a floresta espaçosa que Rômulo "Asilo"[61]
denominou; mais abaixo apontou-lhe a caverna gelada
do Lupercal, onde Pã é Liceu, nome antigo da Arcádia.[62]
Não se esqueceu de mostrar-lhe também o Argileto sagrado,[63]
em testemunho da sua inocência no túmulo de Argos,
hóspede seu noutros tempos; e a Rocha Tarpeia lhe aponta[64]
e o Capitólio florente, antes hórrida selva sem luzes.
Desde muito antes à gente do campo pavor infundia
a majestade terrível da mata; de olhá-la, tremiam.
"Pois neste bosque", exprimia-se Evandro, "no oiteiro frondoso

---

[58] Os *mandados maternos* são oráculos da profetisa *Carmenta*, mãe de Evandro, inspirada por *Apolo*.

[59] *Nome romano*: anacronismo deliberado, pois Roma ainda seria fundada.

[60] *De Eneias*: a rigor, "dos Enéadas", descendentes de Eneias, os romanos.

[61] *Asilo*: nessa floresta acolhiam-se os estrangeiros chegados, sem lhes perguntar a origem e a razão de sua emigração.

[62] *Onde Pã é Liceu*: no original, *Lupercal Parrhasio dictum Panos de more Lycaei*, literalmente, "o Lupercal, assim chamado na tradição de Parrásia por causa de Pã Liceu". Parrásia é cidade da Arcádia. *Liceu* é epíteto de Pã (do grego *lýkos*, "lobo") porque Pã protege dos lobos o rebanho, assim como Luperco, que se liga a *lupus* ("lobo" em latim) é o nome romano de Pã. *Lupercal*: bosque de Luperco, de Pã.

[63] *Argileto*: jogo com as palavras *Argi letum*, "morte de Argos", hóspede que quis usurpar o reino de Evandro e foi morto e enterrado pelos súditos. O rei, que desconhecia os fatos, respeitou, porém, a relação de hospitalidade e sepultou Argos em lugar sagrado. De Argileto provinha argila aos romanos. *Inocência*: não ocorre no original. O tradutor inseriu ou porque Evandro nada sabia da conspiração ou porque não foi o responsável pela morte de Argos.

[64] *Rocha Tarpeia*: rochedo situado no *Capitólio* (v. 348), o monte Capitolino.

(quis deus incertum est) habitat deus; Arcades ipsum
credunt se uidisse Iouem, cum saepe nigrantem
aegida concuteret dextra nimbosque cieret.
Haec duo praeterea disiectis oppida muris,   355
reliquias ueterumque uides monimenta uirorum.
Hanc Ianus pater, hanc Saturnus condidit arcem;
Ianiculum huic, illi fuerat Saturnia nomen".
Talibus inter se dictis ad tecta subibant
pauperis Euandri passimque armenta uidebant   360
Romanoque foro et lautis mugire Carinis.
Ut uentum ad sedes: "Haec", inquit, "limina uictor
Alcides subiit, haec illum regia cepit.
Aude, hospes, contemnere opes et te quoque dignum
finge deo rebusque ueni non asper egenis".   365
Dixit et angusti subter fastigia tecti
ingentem Aenean duxit stratisque locauit
effultum foliis et pelle Libystidis ursae.
Nox ruit et fuscis tellurem amplectitur alis.
At Venus haud animo nequiquam exterrita mater   370
Laurentumque minis et duro mota tumultu
Vulcanum alloquitur thalamoque haec coniugis aureo
incipit et dictis diuinum aspirat amorem:
"Dum bello Argolici uastabant Pergama reges
debita casurasque inimicis ignibus arces,   375
non ullum auxilium miseris, non arma rogaui
artis opisque tuae nec te, carissime coniunx,

uma deidade vivia. Qual fosse esse deus, o ignoramos.
Os próprios árcades julgam ter visto por vezes a Jove
com sua égide escura a excitar as mais feias borrascas.
As fortalezas que além divisamos, ruínas agora,
são monumentos valiosos dos fortes pró-homens de antanho,[65]
o autor foi Jano, alguns dizem; Saturno é o mais certo, contestam.[66]
Daí chamar-se Satúrnia uma delas; Janícula, a outra".
Dessa maneira, em colóquio amistoso à morada chegaram
pobre de Evandro. No Foro Romano de agora, disperso
via-se o armento; mugidos no bairro também das Carinas.[67]
Antes de a lage transpor, disse Evandro: "Esta pobre soleira
Hércules forte adentrou; hospedamo-lo neste palácio.
A desprezar te acostumes os bens materiais; sê como eles,
sem dedignar-te de ver-te debaixo de um teto tão pobre".[68]
Disse; e depois de falar, em sua casa modesta o alto Eneias
introduziu, convidando-o a sentar-se num simples estrado
de folhas verdes coberto com a pele de uma ursa africana.
A Noite cai, abraçando com as asas escuras a Terra.
Vênus, então, cujo peito tremia de ver as ameaças
dos laurentinos, aos duros trabalhos da guerra voltados,
desta maneira falou para o esposo, o ferreiro Vulcano,[69]
no leito de ouro, em divina paixão com mais força inflamando-o:
"Quando os reis de Argos na guerra assolaram as muralhas de Troia,[70]
predestinadas de muito a cair pelo Fado inditoso,
presas das chamas, auxílio nenhum exigi para os teucros,
armas de tua invenção; nem, ainda, caríssimo esposo,

---

[65] *Pró-homens*: homens notáveis.

[66] O deus *Jano* (ver nota a VII, v. 180).

[67] Nesta imagem surpreendente para seus contemporâneos, Virgílio diz que rebanhos (*armento*) pastavam naquele que seria o local mais importante do Império: o Fórum Romano. *Carinas* era bairro de Roma.

[68] *Dedignar-te*: desprezar.

[69] *Vulcano*: é o deus do fogo e da forja.

[70] *Reis de Argos*: Agamêmnon e Menelau.

incassumue tuos uolui exercere labores,
quamuis et Priami deberem plurima natis
et durum Aeneae fleuissem saepe laborem.   380
Nunc Iouis imperiis Rutulorum constitit oris:
ergo eadem supplex uenio et sanctum mihi numen
arma rogo genetrix nato. Te filia Nerei,
te potuit lacrimis Tithonia flectere coniunx.
Aspice qui coeant populi, quae moenia clausis   385
ferrum acuant portis in me excidiumque meorum".
Dixerat et niueis hinc atque hinc diua lacertis
cunctantem amplexu molli fouet. Ille repente
accepit solitam flammam notusque medullas
intrauit calor et labefacta per ossa cucurrit,   390
non secus atque olim tonitru cum rupta corusco
ignea rima micans percurrit lumine nimbos.
Sensit laeta dolis et formae conscia coniunx.
Tum pater aeterno fatur deuinctus amore:
"Quid causas petis ex alto? Fiducia cessit   395
quo tibi, diua, mei? Similis si cura fuisset,
tum quoque fas nobis Teucros armare fuisset;
nec pater omnipotens Troiam nec Fata uetabant
stare decemque alios Priamum superesse per annos.
Et nunc, si bellare paras atque haec tibi mens est,   400
quidquid in arte mea possum promittere curae,
quod fieri ferro liquidoue potest electro,
quantum ignes animaeque ualent, absiste precando
uiribus indubitare tuis". Ea uerba locutus,
optatos dedit amplexus placidumque petiuit   405
coniugis infusus gremio per membra soporem.

trabalho inútil pedi para os pobres naquela apertura,
bem que eu devesse favores sem conta aos nascidos de Príamo
e os infortúnios de Eneias sentisse no mais fundo da alma.
E ora que Jove os levou para os lindes da terra dos rútulos,
eu própria, súplice, venho pedir ao teu nume sagrado
armas, socorro. É um pedido de mãe para o filho querido.
Foste à Titônia sensível, à filha do velho Nereu.[71]
Vê quantos povos me ameaçam; cidades a portas fechadas
inumeráveis, os ferros afiam em dano dos nossos".
Vendo o marido indeciso, com os braços de neve enlaçou-o
mui ternamente, no afã de aquecê-lo. De pronto, ele sente
como o sabido calor pelos membros penetra até aos ossos,
revigorando-lhe o corpo provado nos duros trabalhos.
Não de outro modo o relâmpago, quando o vulcão estrondeia,
risca seu rastro de luz, sinalado nas nuvens distantes.
Vênus se alegra, consciente da força dos seus atrativos.
Do amor eterno vencido, Vulcano destarte falou-lhe:
"Por que ir buscar argumentos remotos? Que é feito da tua
inquebrantável confiança? Se então me tivesses falado
de teus projetos, mui fácil me fora dar armas aos teucros.
Nem mesmo o pai poderoso ou o Destino evitar poderiam
que mais dez anos com Príamo os muros de Troia durassem.
Caso cogites de guerras agora e procures armar-te,
podes dispor do que em mim estiver quanto à minha perícia
na arte de bem trabalhar, no tempero do electro e do ferro,[72]
quanto o ar e o fogo alcançarem na forja. Não mais continues
a duvidar do poder que em mim tens". Concluído o discurso,
não se furtou às carícias da bela consorte e, deitado
no seu regaço, fruiu das doçuras de um sono tranquilo.

---

[71] *Titônia*, a Aurora, esposa de Titono, pedira a Vulcano que forjasse armas para Mêmnon, e Tétis, *filha do velho Nereu*, que as forjasse para Aquiles (*Ilíada*, XVIII, vv. 457-60). Vênus argumenta com esses exemplos em favor de seu filho, Eneias. Corrigimos "Tritônia", evidente lapso do manuscrito do tradutor e das edições anteriores, para "Titônia".

[72] *Electro*: liga de ouro e prata.

Inde ubi prima quies medio iam noctis abactae
curriculo expulerat somnum, cum femina primum,
cui tolerare colo uitam tenuique Minerua
impositum, cinerem et sopitos suscitat ignes,   410
noctem addens operi famulasque ad lumina longo
exercet penso, castum ut seruare cubile
coniugis et possit paruos educere natos:
haud secus Ignipotens nec tempore segnior illo
mollibus e stratis opera ad fabrilia surgit.   415
Insula Sicanium iuxta latus Aeoliamque
erigitur Liparen fumantibus ardua saxis,
quam subter specus et Cyclopum exesa caminis
antra Aetnaea tonant ualidique incudibus ictus
auditi referunt gemitus striduntque cauernis   420
stricturae Chalybum et fornacibus ignis anhelat,
Vulcani domus et Vulcania nomine tellus.
Hoc tunc Ignipotens caelo descendit ab alto.
Ferrum exercebant uasto Cyclopes in antro,
Brontesque Steropesque et nudus membra Pyracmon.   425
His informatum manibus iam parte polita
fulmen erat, toto genitor quae plurima caelo
deicit in terras, pars imperfecta manebat.

A noite calma já estava no meio da sua carreira,
depois de o sono primeiro expulsar, quando a mãe de família[73]
na contingência se vê de aplicar-se aos trabalhos da roca,
dons de Minerva pacífica, e o fogo do lar deixa vivo,
parte da noite incluindo na faina diuturna da casa
e a famulagem compele ao trabalho ao fulgor dos candeeiros,
para que o leito conserve sem mácula e os filhos eduque:
da mesma forma e não menos presteza seu leito macio
o Ignipotente abandona e na frágua ruidosa se aplica.[74]
Uma ilha se alça entre Líparis eólia e a Sicânia rochosa[75]
de fumegantes penedos, debaixo da qual se aprofundam,
tal como as do Etna, cavernas sem conta dos duros Ciclopes,
de fornos sempre a luzir; marteladas possantes retumbam
nas resistentes incudes, a grande distância, por tudo,[76]
multiplicados nos Ecos transidos de medo. Vulcânia[77]
se denomina essa terra, do nome do forte Ferreiro.
O Ignipotente baixou do alto céu para a sua oficina,
precisamente no auge da faina dos fortes Ciclopes:
nu, Piracmão trabalhava; e os dois outros, Estérope e Brontes.[78]
Em mãos nessa hora os três fabros potentes um raio sustinham,
polido em parte, dos muitos que Júpiter lança na terra
do alto do Olimpo, certeiro; a outra parte inconclusa ainda estava.

---

[73] *Mãe de família*: traduz *femina*, "mulher", "esposa". Anacronicamente, o poeta descreve atividades noturnas das mulheres romanas.

[74] *Frágua*: fornalha. *Ignipotente*: "poderoso pelo fogo", é Vulcano.

[75] *Sicânia*: outro nome da Sicília, em que está o vulcão *Etna* (v. 418) e ao norte da qual ficam as ilhas Eólias; uma delas é *Líparis*.

[76] *Incudes*: notável arcaísmo, colado ao latim *incudibus*, "bigornas". Nessa descrição da oficina de Vulcano, o tradutor omite, porém, *stricturae Chalybum* (v. 421 do original), "ígnea brasa (isto é, o aço) dos Cálibes", povo notório por suas minas de ferro.

[77] *Ecos transidos de medo*: trata-se de acréscimo ao texto, que diz *incudibus ictus auditi referunt gemitus*, "os golpes na bigorna espalham gemidos".

[78] *Piracmão* (ou Pirácmon): do grego *pyr*, "fogo", e *ákmon*, "bigorna"; *Estérope* e *Brontes* (do grego *stéropes*, "relâmpago", e *bróntes*, "trovão") são filhos do Céu e da Terra (Hesíodo, *Teogonia*, v. 140).

Tres imbris torti radios, tres nubis aquosae
addiderant, rutili tres ignis et alitis Austri.   430
Fulgores nunc horrificos sonitumque metumque
miscebant operi flammisque sequacibus iras.
Parte alia Marti currumque rotasque uolucres
instabant, quibus ille uiros, quibus excitat urbes;
aegidaque horriferam, turbatae Palladis arma,   435
certatim squamis serpentum auroque polibant
conexosque angues ipsamque in pectore diuae
Gorgona desecto uertentem lumina collo.
"Tollite cuncta", inquit, "coeptosque auferte labores,
Aetnaei Cyclopes, et huc aduertite mentem: 440
arma acri facienda uiro. Nunc uiribus usus,
nunc manibus rapidis, omni nunc arte magistra.
Praecipitate moras". Nec plura effatus; at illi
ocius incubuere omnes pariterque laborem
sortiti. Fluit aes riuis aurique metallum   445
uulnificusque chalybs uasta fornace liquescit.
Ingentem clipeum informant, unum omnia contra
tela Latinorum, septenosque orbibus orbes
impediunt. Alii uentosis follibus auras
accipiunt redduntque, alii stridentia tingunt   450
aera lacu. Gemit impositis incudibus antrum.
Illi inter sese multa ui bracchia tollunt
in numerum uersantque tenaci forcipe massam.

Para forjá-lo a contento, três raios haviam reunido
de crepitante granizo; mais três de borrasca, e outros tantos
do vento alado; ao depois, terrorante relâmpago, o estrondo
do trovão seco, o temor e o cortejo das chamas vorazes.[79]
Outros o carro consertam de rodas velozes, que Marte
levam, aquando ele abala as cidades e os homens pequenos.
Outros, ainda, com ouro enfeitavam e escamas de cobra
a égide aterrorante de Palas Atena agastada.[80]
Nela insculpiam serpentes em roscas; no peito da deusa
a seva Górgona os olhos terríveis por tudo volvia.[81]
"Deixai de lado tudo isso, Ciclopes", gritou, "filhos do Etna!
Por acabar fique o resto, e atendei ao que passo a dizer-vos!
Armas irei preparar para um forte guerreiro. Aqui toda
arte ainda é pouca, a maior diligência, mão rápida e leve,
quanto de um mestre se exige, eis o caso". Não disse mais nada.
A um tempo os fabros correram; tarefas depressa uns aos outros
distribuíram. Em jorros flui bronze, flui o ouro brilhante;
na gigantesca fornalha o vulnífico ferro amolece.[82]
Imenso escudo projetam, de lâminas sete formado,
suficiente ele só para os dardos reter dos latinos
conjuntamente. Uns nos foles inchados o ar chupam e expelem
no tempo certo; nas águas de um lago o metal rechinante[83]
outros mergulham; retine a caverna as malhadas na incude.
Todos, os braços levantam no tempo medido e os derrubam
na grande massa de terra que fortes tenazes volteiam.

---

[79] O relâmpago (*fulmen*, em português *raio*, v. 426) é formado por doze partes (*radios*, também *raios*, v. 429), divididas aqui entre quatro elementos: granizo, nuvens, fogo e vento (Austro), que o tradutor omite. A isso, os Ciclopes (*fabros*, isto é, aqueles que fabricam) acrescem *fulgores*, o brilho intenso (*relâmpago*, v. 431), *sonitum*, o ruído (*estrondo do trovão*, v. 432), o *temor* e as *chamas*.

[80] *Palas Atena* é Minerva. Entenda-se: os Ciclopes enfeitavam com ouro e escamas de cobra o escudo (*a égide*) atemorizador de Minerva enraivecida (*agastada*).

[81] *Seva*: cruel.

[82] *Vulnífico*: que produz feridas.

[83] *Rechinante*: sibilante.

Haec pater Aeoliis properat dum Lemnius oris,
Euandrum ex humili tecto lux suscitat alma   455
et matutini uolucrum sub culmine cantus.
Consurgit senior tunicaque inducitur artus
et Tyrrhena pedum circumdat uincula plantis.
Tum lateri atque umeris Tegeaeum subligat ensem,
demissa ab laeua pantherae terga retorquens.   460
Nec non et gemini custodes limine ab alto
praecedunt gressumque canes comitantur erilem.
Hospitis Aeneae sedem et secreta petebat
sermonum memor et promissi muneris heros.
Nec minus Aeneas se matutinus agebat.   465
Filius huic Pallas, illi comes ibat Achates.
Congressi iungunt dextras mediisque residunt
aedibus et licito tandem sermone fruuntur.
Rex prior haec:
"Maxime Teucrorum ductor, quo sospite numquam   470
res equidem Troiae uictas aut regna fatebor,
nobis ad belli auxilium pro nomine tanto
exiguae uires; hinc Tusco claudimur amni,
hinc Rutulus premit et murum circumsonat armis.
Sed tibi ego ingentes populos opulentaque regnis   475
iungere castra paro, quam fors inopina salutem
ostentat. Fatis huc te poscentibus affers.
Haud procul hinc saxo incolitur fundata uetusto
urbis Agyllinae sedes, ubi Lydia quondam

Dessa maneira na Eólia trabalha a deidade de Lemno,[84]
enquanto a Evandro no seu teto humilde despertam cedinho
a luz alegre da Aurora e o cantar matutino das aves.
Do leito o ancião se despede e mui rápido a túnica veste;
calça as sandálias tirrenas, atando-as nos pés ainda firmes,[85]
e ao lado a espada tegeia pendente dos ombros ajeita.[86]
Couro de enorme pantera do braço sinistro lhe pende.
No mesmo instante o saguão abandonam dois fortes molossos,[87]
os companheiros seguros do dono, em passeios, na caça.
Aos aposentos anexos, de Eneias, o herói se dirige,
nada esquecido de suas promessas, do auxílio pedido.
Madrugador, de igual modo, já vinha encontrá-lo o Troiano,
do fiel Acates seguido; o outro o filho Palante trazia.
As mãos apertam tão logo se veem; e enfim, calmamente,
num aposento apartado à conversa amistosa se entregam.
Primeiro, o rei se expressou:
"Máximo chefe dos teucros! Enquanto te vir são e salvo,
não poderei aceitar que o domínio de Troia extinguiu-se.
Para tal nome são fracas as forças que posso of'recer-te[88]
neste conflito. De um lado nos barra o caminho a possança
do rio etrusco; e do oposto, o barulho das armas dos rútulos.[89]
Mas de potentes aliados pretendo prover-te, é certeza,
tropas de reinos de muitos recursos. Benévolos Fados
te conduziram para estas paragens como obra do acaso.
Não muito longe daqui se levanta a cidade de Agila,[90]
em alicerces vetustos, assento de gente da Lídia,[91]

---

[84] *Deidade de Lemno*: Vulcano, que foi criado na ilha de Lemnos.

[85] *Sandálias tirrenas*: atadas aos pés por correias.

[86] *Tegeia*: árcade.

[87] *Molosso*: cão de fila.

[88] *Tal nome*: entenda-se, o grande nome de Eneias e de Troia.

[89] *Rio etrusco*: o Tibre.

[90] *Agila*: nome grego da cidade etrusca de Ceres.

[91] *Lídia*: supunha-se que os etruscos vieram da Lídia, província da Ásia Menor.

gens, bello praeclara, iugis insedit Etruscis. 480
Hanc multos florentem annos rex deinde superbo
imperio et saeuis tenuit Mezentius armis.
Quid memorem infandas caedes, quid facta tyranni
effera? Di capiti ipsius generique reseruent!
Mortua quin etiam iungebat corpora uiuis 485
componens manibusque manus atque oribus ora,
tormenti genus, et sanie taboque fluentes
complexu in misero longa sic morte necabat.
At fessi tandem ciues infanda furentem
armati circumsistunt ipsumque domumque, 490
obtruncant socios, ignem ad fastigia iactant.
Ille inter caedem Rutulorum elapsus in agros
confugere et Turni defendier hospitis armis.
Ergo omnis furiis surrexit Etruria iustis,
regem ad supplicium praesenti Marte reposcunt. 495
His ego te, Aenea, ductorem milibus addam.
Toto namque fremunt condensae litore puppes
Signaque ferre iubent, retinet longaeuus haruspex
Fata canens: 'O Maeoniae delecta iuuentus,
flos ueterum uirtusque uirum, quos iustus in hostem 500
fert dolor et merita accendit Mezentius ira,
nulli fas Italo tantam subiungere gentem:
externos optate duces'. Tum Etrusca resedit
hoc acies campo, monitis exterrita diuum.
Ipse oratores ad me regnique coronam 505
cum sceptro misit mandatque insignia Tarchon,

de fama excelsa ao entrarem na posse dos montes etruscos.
Passados anos, Mezêncio adquiriu o domínio absoluto[92]
da florescente cidade, com força brutal subjugando-a.
Por que contar-te a sequência de crimes de um monstro sem luzes?
Caiam sobre ele e seus filhos, ó deuses, tão feios pecados!
Mortos com vivos atava de frente, suplício inaudito,
boca com boca, enlaçados os dedos, abraço macabro.
Dessa maneira os deixava morrer aos pouquinhos, em lenta
putrefação do cadáver, do corpo com vida e sentidos.
De atrocidades tão cruas cansados, os súditos se armam
contra o tirano premido por todos no próprio palácio.
Seus auxiliares são mortos; aos tetos as chamas se elevam.
Mas o tirano consegue escapar; para os rútulos foge,
seguro amparo encontrando nos braços potentes de Turno.
Em justa cólera a Etrúria inteirinha reclama a pessoa
do rei expulso; com armas na mão o suplício lhe aprestam.
É deste exército, Eneias, que o mando pretendo passar-te.
Chusma de naves nas praias refervem de santa impaciência,
a reclamar as bandeiras. Porém um arúspice velho
moderação recomenda: 'Ó punhado de moços da Meônia,[93]
flor da virtude de vossos avós, que buscais o inimigo,
mui justamente irritados com os crimes do fero Mezêncio!
Cabo da Itália nenhum poderá subjugar esse povo;[94]
chefe estrangeiro escolhei'. Logo as tropas etruscas detêm-se
no acampamento, de medo da voz do divino profeta.
Embaixador enviou-me seu chefe Tarconte, caudilho[95]
de grande peso, com cetro e coroa e outras altas insígnias,

---

[92] *Mezêncio*: tirano etrusco que, com o filho, Lauso, foi deposto de Agila.

[93] *Meônia*: outro nome da Lídia; aqui, designa a Etrúria, supostamente colonizada por lídios.

[94] *Cabo*: chefe.

[95] *Tarconte*: rei etrusco, antigo aliado de Evandro e agora de Eneias (ver X, vv.
146-54), que, inimigo de Mezêncio e Turno, governa Agila (Ceres), após a queda de
Mezêncio. É irmão, ou filho, de Tirreno, oriundo dos lídios que fundaram cidades
etruscas na Itália; assim, *etrusco* (*Etruscus*, v. 503), *lídio* (*Lydus*, IX, v. 11), *meônio*

succedam castris Tyrrhenaque regna capessam.
Sed mihi tarda gelu saeclisque effeta senectus
inuidet imperium seraeque ad fortia uires.
Natum exhortarer, ni mixtus matre Sabella   510
hinc partem patriae traheret. Tu, cuius et annis
et generi Fatum indulget, quem numina poscunt,
ingredere, o Teucrum atque Italum fortissime ductor.
Hunc tibi praeterea, spes et solacia nostri,
Pallanta adiungam; sub te tolerare magistro   515
militiam et graue Martis opus, tua cernere facta
assuescat primis et te miretur ab annis.
Arcadas huic equites bis centum, robora pubis
lecta dabo totidemque suo tibi nomine Pallas".
Vix ea fatus erat, defixique ora tenebant   520
Aeneas Anchisiades et fidus Achates
multaque dura suo tristi cum corde putabant,
ni signum caelo Cytherea dedisset aperto.
Namque improuiso uibratus ab aethere fulgor
cum sonitu uenit et ruere omnia uisa repente   525
Tyrrhenusque tubae mugire per aethera clangor.
Suspiciunt; iterum atque iterum fragor increpat ingens,
arma inter nubem caeli regione serena
per sudum rutilare uident et pulsa tonare.
Obstipuere animis alii, sed Troius heros   530
agnouit sonitum et diuae promissa parentis.
Tum memorat: "Ne uero, hospes, ne quaere profecto,
quem casum portenta ferant; ego poscor Olympo.

porque assumisse o comando das tropas e o império tirreno.
Porém a tarda velhice me nega tamanha vitória,
nem para tanta afoiteza bastaram meus fracos recursos.[96]
Sim, poderia passar a incumbência a meu filho, se acaso
de mãe sabina não viesse, o que pátria italiana assegura.[97]
Contigo, não; pela idade e ascendência aos chamados respondes
da divindade. Coloca-te à frente dos ítalos fortes,
dos teus troianos. Dar-te-ei de crescença meu filho Palante,[98]
desta velhice consolo e esperança. Na escola de um bravo
se habituará com os trabalhos de Marte. Acostume-se desde
já com teus feitos, penhor muito certo de um belo futuro.
E mais duzentos ginetes, a nata dos jovens da Arcádia.
Sob o seu mando, Palante outros tantos pretende levar-te".
Mais não falou. Olhos fixos no chão todo o tempo ficaram
o fiel Acates e Eneias oriundo de Anquises o forte,
a revolver no imo peito os eventos que o Fado encobria.
Não se enganavam; mas do alto o sinal Citereia mandou-lhes,
de um subitâneo relâmpago no éter sereno, seguido
de grande estrondo e espantoso; o alto céu vinha abaixo, parece;
longe, nos campos plantados ressoava a trombeta tirrena.
Todos para o alto se voltam. De novo, outras vezes atroa
no ar o trovão; e no céu transparente divisam por entre
nuvens luzir esquadrões de guerreiros, cruzarem-se espadas.
Mudos ficaram de espanto. Porém o caudilho troiano
reconheceu nisso a voz e as promessas da mãe carinhosa.
"Não me perguntes", lhe disse, "caro hóspede, o que significam[99]
tão evidentes sinais; só comigo o alto Olimpo conversa,

(*Maeonidae*, XI, v. 759), *tirreno* (*Tyrrhenus*, VII, v. 426) e *toscano* (*Tuscus*, X, v. 164) são sinônimos.

[96] *Bastaram*: bastariam.

[97] *Mãe sabina*: cujo nome é Sabela, que o tradutor omite; depreende-se, portanto, que Palante não é estrangeiro.

[98] *De crescença*: como auxílio.

[99] *Hóspede*: aqui, arcaísmo para "hospedeiro", "anfitrião".

Hoc signum cecinit missuram diua creatrix,
si bellum ingrueret, Vulcaniaque arma per auras   535
laturam auxilio.
Heu quantae miseris caedes Laurentibus instant!
Quas poenas mihi, Turne, dabis! Quam multa sub undas
scuta uirum galeasque et fortia corpora uolues,
Thybri pater! Poscant acies et foedera rumpant".   540
Haec ubi dicta dedit, solio se tollit ab alto
et primum Herculeis sopitas ignibus aras
excitat hesternumque larem paruosque Penates
laetus adit; mactant lectas de more bidentes
Euandrus pariter, pariter Troiana iuuentus.   545
Post hinc ad naues graditur sociosque reuisit,
quorum de numero qui sese in bella sequantur,
praestantes uirtute legit; pars cetera prona
fertur aqua segnisque secundo defluit amni,
nuntia uentura Ascanio rerumque patrisque.   550
Dantur equi Teucris Tyrrhena petentibus arua;
ducunt exsortem Aeneae, quem fulua leonis
pellis obit totum, praefulgens unguibus aureis.
Fama uolat paruam subito uulgata per urbem,
ocius ire equites Tyrrheni ad litora regis.   555
Vota metu duplicant matres propiusque periclo
it timor et maior Martis iam apparet imago.
Tum pater Euandrus dextram complexus euntis
haeret, inexpletus lacrimans, ac talia fatur:
"O mihi praeteritos referat si Iuppiter annos,   560
qualis eram, cum primam aciem Praeneste sub ipsa
straui scutorumque incendi uictor aceruos

pois isso mesmo no início da guerra a mãe diva falou-me
que mandaria: armas belas, trabalho do forte Vulcano,
para meu uso.
Que mortandade ora ameaça os laurentes na sua cegueira!
A pertinácia de Turno quanto há de custar-lhe! Que de armas,
de elmos vistosos, escudos e corpos de fortes guerreiros
arrastarás, belo Tibre! Eis a guerra! Quebrantem-se os pactos!"[100]
Tendo isso dito, do sólio levanta-se e o fogo alimenta[101]
das aras de Hércules, quase no ponto de vir a apagar-se,
os deuses Lares da véspera alegre procura, os modestos[102]
e sempre caros Penates; seletas ovelhas imolam,
acompanhados de Evandro da terra e dos moços troianos.
Aos seus navios retorna depois, por que os sócios revisse.
Os mais prestantes escolhe, na força e esbelteza mais aptos
para os trabalhos da guerra. Os demais, entregando-se gratos
ao deslizar rio abaixo da bela corrente, levaram
novas a Ascânio do pai, dos sucessos de monta alcançados.
Para ir aos campos tirrenos, Evandro fornece cavalos
aos teucros fortes; a Eneias, o mais excelente, coberto
por loura pele de leão, de possantes e fúlgidas garras.
Pela pequena cidade a notícia se espalha da ida
dos cavaleiros da terra aos domínios do rei dos tirrenos.
As mães redobram seus votos; o medo os perigos aumenta,
aparecendo a elas todas a guerra ainda mais temerosa.
Então Evandro, no instante de o filho partir para a guerra,
da mão o toma e entre lágrimas diz-lhe as seguintes palavras:
"Ai! se o vigor de meus anos primeiros a força de Jove
me restituísse, ao vencer sob os muros da forte Preneste
toda a vanguarda inimiga e queimar seus escudos na pira,

---

[100] *Quebrantem-se*: quebrem-se.

[101] *Sólio*: aqui, "assento", não "trono"; mesmo assim, o sentido sugere a proeminência de Eneias sobre o próprio rei Evandro.

[102] *Os deuses Lares*: ver nota a V, v. 745.

et regem hac Erylum dextra sub Tartara misi,
nascenti cui tres animas Feronia mater
(horrendum dictu) dederat, terna arma mouenda;   565
ter Leto sternendus erat; cui tunc tamen omnes
abstulit haec animas dextra et totidem exuit armis:
non ego nunc dulci amplexu diuellerer usquam,
nate, tuo, neque finitimo Mezentius umquam
huic capiti insultans tot ferro saeua dedisset   570
funera, tam multis uiduasset ciuibus urbem.
At uos, o superi, et diuum tu maxime rector
Iuppiter, Arcadii, quaeso, miserescite regis
et patrias audite preces. Si numina uestra
incolumem Pallanta mihi, si Fata reseruant,   575
si uisurus eum uiuo et uenturus in unum,
uitam oro, patior quemuis durare laborem.
Sin aliquem infandum casum, Fortuna, minaris,
nunc, o nunc liceat crudelem abrumpere uitam,
dum curae ambiguae, dum spes incerta futuri,   580
dum te, care puer, mea sera et sola uoluptas,
complexu teneo, grauior neu nuntius aures
uulneret". Haec genitor digressu dicta supremo
fundebat; famuli collapsum in tecta ferebant.
Iamque adeo exierat portis equitatus apertis,   585
Aeneas inter primos et fidus Achates,
inde alii Troiae proceres, ipse agmine Pallas
in medio chlamyde et pictis conspectus in armis,
qualis ubi Oceani perfusus Lucifer unda,
quem Venus ante alios astrorum diligit ignes,   590

quando este braço ao rei Érilo enviou para o Tártaro escuro,[103]
que ao nascimento três almas Ferônia, sua mãe, concedera —
caso inaudito! —, com peito feroz armas três manejava,
tríplice morte de mim exigindo, conforme este braço
lhe deu sem falta, arrancando-lhe as almas em três investidas!
Se eu fosse aquele nesta hora, meu filho, jamais de teus braços
me arrancariam, nem nunca Mezêncio a insultar-me a cabeça
tantos desastres teria causado a este povo, nem órfã
nossa cidade deixara de seus promissores rebentos.
Deuses! e Júpiter máximo, rei das demais divindades,
tende piedade do chefe pequeno dos árcades bravos,
e ouvi as preces sentidas de um pai! Caso os vossos desígnios
me permitirem rever ao meu caro Palante e abraçá-lo
com vida e alegre, então, sim: conservai-me até lá, ainda mesmo
que trabalhosos momentos me aguardem no resto da vida.
Mas se me ameaças, Fortuna, com algo de triste memória,
inenarrável, agora, agorinha a dor grande atalhai-me,[104]
enquanto é incerto o temor, imprevista a desgraça futura;
enquanto, filho do meu coração, meu consolo, meu tudo,[105]
posso apertar-te nos braços, não venha a ferir-me os ouvidos
tão duro anúncio!" — Destarte despede-se em prantos o velho,
do filho amado. Carregam-no os servos dali, sem sentidos.
Já transpusera os portões da pequena cidade a galharda
cavalaria, à cabeça de todos Eneias e Acates,
dos demais chefes seguidos. Na frente das tropas Palante
se sobressai pelo brilho das armas e a clâmide fina,
tal como surge do Oceano, molhada das ondas, a estrela[106]
por Vênus bela querida entre todas, e a frente sagrada[107]

---

[103] *Érilo*: mito referido apenas aqui, possivelmente inventado por Virgílio.

[104] *Atalhar*: interromper.

[105] *Meu consolo, meu tudo*: Virgílio diz *mea sola e sera uoluptas*, "minha única e tardia felicidade".

[106] *A estrela*: Lúcifer, a estrela-d'alva.

[107] *Frente*: fronte, rosto.

extulit os sacrum caelo tenebrasque resoluit.
Stant pauidae in muris matres oculisque sequuntur
pulueream nubem et fulgentes aere cateruas.
Olli per dumos, qua proxima meta uiarum,
armati tendunt; it clamor et agmine facto   595
quadrupedante putrem sonitu quatit ungula campum.
Est ingens gelidum lucus prope Caeritis amnem,
religione patrum late sacer; undique colles
inclusere caui et nigra nemus abiete cingunt.
Siluano fama est ueteres sacrasse Pelasgos,   600
aruorum pecorisque deo, lucumque diemque,
qui primi fines aliquando habuere Latinos.
Haud procul hinc Tarcho et Tyrrheni tuta tenebant
castra locis celsoque omnis de colle uideri
iam poterat legio et latis tendebat in aruis.   605
Huc pater Aeneas et bello lecta iuuentus
succedunt fessique et equos et corpora curant.
At Venus aetherios inter dea candida nimbos
dona ferens aderat; natumque in ualle reducta
ut procul egelido secretum flumine uidit,   610
talibus affata est dictis seque obtulit ultro:
"En perfecta mei promissa coniugis arte
munera, ne mox aut Laurentes, nate, superbos
aut acrem dubites in proelia poscere Turnum".
Dixit et amplexus nati Cytherea petiuit,   615
arma sub aduersa posuit radiantia quercu.
Ille deae donis et tanto laetus honore
expleri nequit atque oculos per singula uoluit
miraturque interque manus et bracchia uersat

mostra na fímbria do mar, para longe espancando o negrume.[108]
Pávidas mães sobre os muros debruçam-se, a nuvem seguindo
pulverulenta das tropas e o brilho indeciso das armas.
Vencem caminhos, atalhos, sarçais mais difíceis; a um grito,
põem-se em ordem os cavalos, já agora reunidos, soando
quadrupedantes batidas ao longe no campo esboroado.
Perto do rio gelado de Ceres há um bosque vetusto,[109]
por nossos pais venerado e rodeado de montes, e entre eles
vales profundos, por selvas sombreadas de negros abetos.
Diz-nos a Fama que os velhos pelasgos, o povo primeiro[110]
que tomou posse dos lindes latinos, os bosques e o gado
ao deus Silvano sagraram, no dia para isso apontado.[111]
Perto dali o arraial assentara Tarconte e os tirrenos,
sendo possível, portanto, de um cômoro ao lado observá-los
na majestosa planície que as tropas agora ocupavam.
Naquela selva o Troiano fez alto com os jovens esbeltos
do batalhão, para a força poupar dos cavalos, de todos.
A deusa Vênus, no entanto, esplendente se achava nas nuvens
mais lampejantes de perto, com os dons prometidos ao filho.
Tão logo o viu num dos vales do ameno ribeiro, na frente
dele se pôs e sem mores delongas destarte falou-lhe:
"Eis o presente que te prometi, prenda excelsa do gênio
do meu marido! De agora em diante, meu filho, não temas
aos laurentinos opor-te ou a Turno enfrentar nos combates".
A Citereia depois de falar e abraçar a seu filho,
as belas armas no tronco encostou de uma forte azinheira.
Alvoroçado com honra tamanha e o presente da deusa,
de examiná-las Eneias não cansa; cada uma das peças
estupefacto contempla, nas mãos as sopesa, nos braços:

---

[108] *Fímbria*: beirada; aqui, o horizonte. *Espancando*: afugentando.

[109] *Ceres*: ou Cere, o rio e a cidade etrusca do Lácio, que os gregos chamam de Agila.

[110] *Pelasgos*: aqui, é o povo primitivo da Itália.

[111] *Silvano*: divindade dos bosques, das terras e seus limites e da colheita.

terribilem cristis galeam flammasque uomentem 620
fatiferumque ensem, loricam ex aere rigentem,
sanguineam, ingentem, qualis cum caerula nubes
solis inardescit radiis longeque refulget;
tum leues ocreas electro auroque recocto
hastamque et clipei non enarrabile textum. 625
Illic res Italas Romanorumque triumphos
haud uatum ignarus uenturique inscius aeui
fecerat Ignipotens, illic genus omne futurae
stirpis ab Ascanio. Pugnataque in ordine bella.
Fecerat et uiridi fetam Mauortis in antro 630
procubuisse lupam, geminos huic ubera circum
ludere pendentes pueros et lambere matrem
impauidos, illam tereti ceruice reflexa
mulcere alternos et corpora fingere lingua.
Nec procul hinc Romam et raptas sine more Sabinas 635
consessu caueae magnis circensibus actis
addiderat subitoque nouum consurgere bellum
Romulidis Tatioque seni Curibusque seueris.
Post idem inter se posito certamine reges
armati Iouis ante aram paterasque tenentes 640
stabant et caesa iungebant foedera porca.
Haud procul inde citae Mettum in diuersa quadrigae

o capacete adornado de belo e flamante penacho,
mais a mortífera espada, a loriga gigante de bronze,
descomunal, cor de sangue, no jeito de nuvem cerúlea
que com seus raios o sol acairela e mui longe refulge;[112]
depois as grevas bem-feitas; compostas de electro e de ouro,
a hasta terrível e o escudo coberto de estranhas pinturas.[113]
O ignipotente senhor, sabedor dos eventos futuros,
os grandes feitos da Itália e os triunfos do povo romano,
pintado havia a viril descendência de Ascânio guerreiro,
a longa série de suas conquistas, das grandes batalhas.
Comodamente deitada na verde caverna de Marte
parida loba se via e, pendente das túrgidas tetas
da nutridora, dois gêmeos. Sem medo mostrar, os meninos
de ledo aspecto brincavam. Dobrada a cerviz, a madrinha[114]
alternamente os lambia, enformando-os nos dias primeiros.[115]
Roma pintou mais adiante e as Sabinas roubadas das grandes
festas circenses com quebra das normas dos deuses eternos —
conduta insólita! —, origem da guerra entre os cúrios severos
sob o comando de Tácio longevo, e os sequazes de Rômulo.[116]
Pouco depois, assentadas as tréguas, defronte das aras
os dois monarcas armados, com taças na mão, escolhida
porca imolavam, sinal das alianças firmadas entre eles.
Perto dali, por mandado de Tulo quadrigas velozes

---

[112] *Acairela*: orna de fitas.

[113] *Estranhas pinturas*: trata-se de relevo esculpido no escudo. Virgílio diz *clipei non enarrabile textum*, "a indescritível urdidura no escudo". A descrição das cenas e figuras urdidas por Vulcano ocupará o resto do livro VIII, interrompendo-se no v. 728.

[114] *Madrinha*: aqui, protetora, embora o original traga *mater*, "mãe".

[115] *Enformando*: dando forma.

[116] *Sabinas*: nos Jogos Circenses as solteiras e viúvas foram raptadas, por carência de mulheres em Roma. *Tácio*, rei sabino, atacou os romanos, comandados por *Rômulo*, mas as próprias sabinas deram fim à guerra. *Cúrios severos*: habitantes de Cures, cidade sabina.

distulerant (at tu dictis, Albane, maneres!)
raptabatque uiri mendacis uiscera Tullus
per siluam et sparsi rorabant sanguine uepres.   645
Nec non Tarquinium eiectum Porsenna iubebat
accipere ingentique urbem obsidione premebat;
Aeneadae in ferrum pro libertate ruebant.
Illum indignanti similem similemque minanti
aspiceres, pontem auderet quia uellere Cocles   650
et fluuium uinclis innaret Cloelia ruptis.
In summo custos Tarpeiae Manlius arcis
stabat pro templo et Capitolia celsa tenebat,
Romuleoque recens horrebat regia culmo.
Atque hic auratis uolitans argenteus anser   655
porticibus Gallos in limine adesse canebat.
Galli per dumos aderant arcemque tenebant,
defensi tenebris et dono noctis opacae:
aurea caesaries ollis atque aurea uestis,
uirgatis lucent sagulis, tum lactea colla   660
auro innectuntur, duo quisque Alpina coruscant
gaesa manu, scutis protecti corpora longis.

em curso oposto lançadas, a Meto — faltou com a palavra! —[117]
desquartejavam; as vísceras rotas do amigo perjuro
de rubras gotas ao longo da estrada os sarçais enfeiavam.
Mais afastado, exigia Porsena que ao fero Tarquínio[118]
se recebesse, e apertava a cidade com cerco impiedoso.
De armas na mão, os romanos forjavam sua própria grandeza.[119]
Ameaçador, ou tomado de espanto, Porsena se inflama
contra a ousadia de Cocles na ponte, impedindo-lhe o passo,
ou por ter Clélia escapado dos ferros, nadando de volta.
Guarda do templo, de pé sobre a Rocha Tarpeia, se achava[120]
Mânlio sozinho; tocara-lhe o posto arriscado, em defesa[121]
do Capitólio. A cabana de Rômulo estava mais longe.[122]
Ganso argentino esvoaçava nos pórticos de ouro, anunciando
com seu grasnido estridente que os galos haviam chegado.
Por entre o mato assomavam; num pronto estariam de posse
da fortaleza; amparavam-nos as trevas, a noite sem luzes.
Reconheciam-se pelos cabelos cor de ouro, a roupagem
de ouro também. Com saiotes listrados são vistos de longe.
Colares de ouro os enfeitam; nas mãos, duas lanças alpinas.
Avantajados de corpo, protegem-nos longos escudos.

---

[117] *Meto*, magistrado sabino, traiu os romanos na guerra contra Fidenas e foi executado por Tulo Hostílio, o segundo rei de Roma após Rômulo.

[118] *Porsena*, rei etrusco, guerreou contra Roma para repatriar os *Tarquínios*. Os romanos na fuga cruzaram o Tibre pela *ponte* Sublícia, defendida por *Cocles* até rompê-la (*ousadia na ponte*) e atravessar o rio a nado. Feita a paz, o rei exigiu reféns patrícias. Uma delas era *Clélia*, que escapou a nado com as outras.

[119] *Romanos*: Virgílio diz *Aeneadae*, "Enéadas", aqui descendentes de Eneias.

[120] *Rocha Tarpeia*: o Capitólio.

[121] Para esclarecimento dos vv. 653-6: os gauleses (*galos*) invadiriam o Capitólio, quando o *ganso* do templo de Júpiter despertou Marco Mânlio, depois cognominado Capitolino, porque salvou o Capitólio em 390 a.C. *Argentino* (v. 655): de prata; porque havia um estátua do ganso feita de prata no Capitólio, ou porque afinal o ganso esculpido no escudo é de prata.

[122] *Cabana de Rômulo*: no original, *Romuleo recens horrebat regia culmo*, "a cabana, ainda com o teto de Rômulo, erguia-se nova".

Hic exsultantes Salios nudosque Lupercos
lanigerosque apices et lapsa ancilia caelo
extuderat, castae ducebant sacra per urbem 665
pilentis matres in mollibus. Hinc procul addit
Tartareas etiam sedes, alta ostia Ditis,
et scelerum poenas et te, Catilina, minaci
pendentem scopulo Furiarumque ora trementem,
secretosque pios, his dantem iura Catonem. 670
Haec inter tumidi late maris ibat imago
aurea, sed fluctu spumabant caerula cano,
et circum argento clari delphines in orbem
aequora uerrebant caudis aestumque secabant.
In medio classes aeratas, Actia bella, 675
cernere erat, totumque instructo Marte uideres
feruere Leucaten auroque effulgere fluctus.
Hinc Augustus agens Italos in proelia Caesar
cum patribus populoque, Penatibus et magnis dis,
stans celsa in puppi, geminas cui tempora flammas 680
laeta uomunt patriumque aperitur uertice sidus.

Os Sálios bons saltadores, despidos Lupercos se veem,[123]
flamíneos empenachados de lã e os escudos caídos[124]
do céu sereno. As matronas carregam sagradas imagens
pela cidade em andores macios. Mais longe as moradas
do negro Tártaro avistam-se, as bocas horrendas de Dite,[125]
bem como as penas dos crimes, e tu, Catilina, suspenso[126]
de um pavoroso penedo e a tremer da carranca das Fúrias.
Mas, para os bons, sítio à parte; Catão a eles todos premeia.[127]
Por entre tais maravilhas o túmido mar se distende,
de ouro na cor; porém branca era a espuma que as ondas coroava.
Ledos delfins cor de prata, em belíssimos círculos, davam
mil cambalhotas e as águas cortavam com as caudas bulhentas.[128]
No meio disso destaca-se a frota de proas de bronze
na pugna de Áccio; Leucate fervia, os navios dispostos[129]
segundo as regras de Marte; o ouro belo nas ondas fulgia.[130]
César Augusto se via na popa, de pé, comandando[131]
ítalos, gente do povo, o senado, os Penates e os deuses.
Flâmulas duas, a par, lhe nasciam da fronte altanada;
por sobre a bela cabeça brilhava-lhe a estrela paterna.

---

[123] *Sálios*: sacerdotes (ver v. 284). *Lupercos*: Pãs (ver v. 344). *Despidos*: nas pinturas, Pã era representado nu.

[124] *Flamíneo*: aqui o barrete dos flâmines, isto é, dos sacerdotes sálios e dos lupercos.

[125] *Dite*: o Orco, senhor dos Infernos.

[126] *Catilina*: Lúcio Sérgio Catilina, patrício que pegou em armas contra a república no tempo de Cícero e César.

[127] *Catão*: Márcio Pórcio Catão, o Uticense, foi favorável a que se executasse Catilina; *premeia*: "premia", de "premiar".

[128] *Bulhentas*: ruidosas.

[129] *Áccio*: cidade e monte da Acarnânia, na costa ocidental da Grécia. Ali Otaviano venceu a batalha naval contra Marco Antônio e Cleópatra em 31 a.C. *Leucate* (ou Leucates) é promontório ao sul da ilha Leucádia, no mesmo litoral.

[130] *Segundo as regras de Marte*: isto é, em formação de batalha.

[131] *César Augusto*: Otaviano, sobrinho de Júlio César, que o adotou; por isso, é *paterna a estrela*, o cometa visto nos jogos fúnebres para César, interpretado como a alma dele divinizada.

Parte alia uentis et dis Agrippa secundis
arduus agmen agens, cui, belli insigne superbum,
tempora nauali fulgent rostrata corona.
Hinc ope barbarica uariisque Antonius armis,   685
uictor ab Aurorae populis et Litore Rubro,
Aegyptum uiresque Orientis et ultima secum
Bactra uehit, sequiturque (nefas) Aegyptia coniunx.
Una omnes ruere ac totum spumare reductis
conuulsum remis rostrisque tridentibus aequor.   690
Alta petunt; pelago credas innare reuulsas
Cycladas aut montes concurrere montibus altos,
tanta mole uiri turritis puppibus instant.
Stuppea flamma manu telisque uolatile ferrum
spargitur, arua noua Neptunia caede rubescunt.   695
Regina in mediis patrio uocat agmina sistro
necdum etiam geminos a tergo respicit angues.
Omnigenumque deum monstra et latrator Anubis
contra Neptunum et Venerem contraque Mineruam
tela tenent. Saeuit medio in certamine Mauors   700
caelatus ferro tristesque ex aethere Dirae
et scissa gaudens uadit Discordia palla,
quam cum sanguineo sequitur Bellona flagello.

Na banda oposta destaca-se Agripa, que os deuses e os ventos
favoreceram; dirige seus homens, a fronte cingida
pela coroa rostrada, marcial distintivo dos fortes.[132]
Com pompa asiática Antônio se vê noutra parte, seguido[133]
de variegadas coortes, senhor já dos povos da Aurora,
do Mar Vermelho, da Báctria distante, do Egito inteirinho[134]
e acompanhado — vergonha romana! — da esposa egipciana.[135]
Todos, à uma, arrancaram. Batidos dos remos, das proas
de esporão tríplice, o mar enraivado debalde espumeja.
Para o alto-mar se dirigem. Pensaras que as Cícladas nadam[136]
soltas do fundo, ou que montes se batem com montes, em luta,
tal a violência das torres das naves, dos fortes guerreiros!
Fachos ardentes arrojam, voadores venab'los de ferro;
jorros de sangue recente as campinas netúnias tingiam.
Com o pátrio sistro a rainha concita seus homens à luta,[137]
sem perceber que por trás duas serpes terríveis a espreitam.
Toda a caterva de deuses monstruosos, ao lado de Anúbis[138]
o Ladrador, contra Vênus se atira, Netuno e Minerva.
No meio deles, na terra insculpido, Mavorte se agita,
cego de raiva. Desde o alto os ajudam as Fúrias maldosas.
Folga a Discórdia de manto rasgado, a bailar pelos campos,
da furibunda Belona seguida e seu rubro chicote.[139]

---

[132] *Agripa*, pela vitória sobre Pompeu, recebeu a *coroa rostrada*, coroa de ouro adornada com figuras de navios dotados de rostro, isto é, aríete para perfurar o casco dos navios inimigos.

[133] *Pompa asiática*: aqui, no sentido de "pompa oriental". Virgílio diz *ope barbarica*, "profusão bárbara" (de navios).

[134] *Báctria*: região da Ásia central cuja capital era Bactras, no atual Afeganistão.

[135] *Esposa egipciana*: Cleópatra, que nunca é nomeada.

[136] *Cícladas*: ou Cíclades, são ilhas no sul do mar Egeu.

[137] *Sistro*: trombeta egípcia.

[138] *Anúbis o Ladrador*: deus egípcio da morte e dos Infernos, representado com cabeça de cão; por isso, é *monstruoso*.

[139] *Belona*: deusa da guerra.

Actius haec cernens arcum tendebat Apollo
desuper: omnis eo terrore Aegyptus et Indi, 705
omnis Arabs, omnes uertebant terga Sabaei.
Ipsa uidebatur uentis regina uocatis
uela dare et laxos iam iamque immittere funes.
Illam inter caedes pallentem morte futura
fecerat Ignipotens undis et Iapyge ferri, 710
contra autem magno maerentem corpore Nilum
pandentemque sinus et tota ueste uocantem
caeruleum in gremium latebrosaque flumina uictos.
At Caesar, triplici inuectus Romana triumpho
moenia, dis Italis, uotum immortale, sacrabat, 715
maxima tercentum totam delubra per urbem.
Laetitia ludisque uiae plausuque fremebant;
omnibus in templis matrum chorus, omnibus arae;
ante aras terram caesi strauere iuuenci.
Ipse, sedens niueo candentis limine Phoebi, 720
dona recognoscit populorum aptatque superbis
postibus; incedunt uictae longo ordine gentes,
quam uariae linguis, habitu tam uestis et armis.
Hic Nomadum genus et discinctos Mulciber Afros,
hic Lelegas Carasque sagittiferosque Gelonos 725
finxerat; Euphrates ibat iam mollior undis,

Do templo de Áccio observava todo esse espetac'lo Apolo;
seu arco encurva, o que em fuga pôs logo os egípcios, os índios,[140]
árabes feros, sabeus, de terror indizível tomados.
Desanimada também a rainha a chamar parecia
todos os ventos, soltar para a fuga seus panos bojudos.
O Ignipotente a pintara ao fugir dos destroços da pugna,
pálida e trêmula, expulsa das ondas, dos Zéfiros brandos.[141]
A corpulência do Nilo se via no plano a ela oposto,
desfeito em lágrimas longas; as vestes mui largas abria
para acolher os vencidos nos seus mais recônditos seios.
César também, no seu tríplice triunfo, é levado até aos muros[142]
da grande Roma, a cumprir os seus votos, sagrando trezentos
templos aos deuses da Itália, de bela e imponente estrutura.
Vibram as ruas com tanta alegria, folguedos e aplausos,
coros das nobres matronas nos templos, por todas as aras;
ante os altares novilhos jaziam, de fresco imolados.
E o próprio César, no umbral assentado do templo marmóreo
de Febo Apolo, examina os presentes dos povos vencidos
e os dependura nas portas soberbas. Desfilam cem povos,
intermináveis, de vestes e línguas e de armas estranhas.
Nômades, raça infinita, Vulcano insculpira, africanos
de mantos soltos aos ventos; mais léleges, cários, gelonos[143]
no arco peritos. O Eufrates já manso também se adiantava,[144]

---

[140] *Índios*: indos, indianos; no verso seguinte, *sabeus*, árabes do sul.

[141] *Expulsa das ondas*: entenda-se, levada pelas ondas, pelos *Zéfiros*. Zéfiro é vento do ocidente (assim como o Iápige, não mencionado pelo tradutor), propício à fuga ao oriente.

[142] *César*: Augusto, que celebrou *tríplice triunfo*, isto é, três cortejos triunfais, por vencer na Dalmácia, em Áccio e em Alexandria.

[143] *Léleges* e *cários* são povos da Ásia Menor; *gelonos* é povo da Cítia, no atual Irã.

[144] *Eufrates*: o rio da Mesopotâmia, no atual Iraque.

extremique hominum Morini, Rhenusque bicornis
indomitique Dahae et pontem indignatus Araxes.
Talia per clipeum Vulcani, dona parentis,
miratur rerumque ignarus imagine gaudet, 730
attollens umero famamque et fata nepotum.

fortes morinos do extremo da terra habitantes, bicornes[145]
renos, indômitos daas e o Araxes que a ponte estranhava.[146]
Exulta Eneias à vista do escudo do forte Ferreiro,[147]
dom de sua mãe, muito embora o sentido lhe escape dos quadros.
Aos ombros joga o destino, altas glórias dos seus descendentes.

---

[145] *Morinos*: povo gaulês; *bicornes renos* (*Rhenus bicornis*) refere o rio Reno, que se reparte em dois braços e, por sinédoque, também os povos que lá viviam.

[146] *Daas*: povo nômade da Cítia. *Araxes*: rio turbulento da Armênia. *Estranhava* tem o sentido de hostilizava, pois a ponte, construída por Augusto, resistiu ao rio.

[147] *Forte Ferreiro*: Vulcano.

Argumento do Livro IX

Este livro exibe quatro exemplos viciosos de desmedida e um modelo virtuoso de comedimento. A mando de Juno, Íris, a mensageira alada dos deuses, adverte Turno de que a ocasião é oportuna para atacar os troianos, aproveitando a ausência de Eneias, que fora ter com Evandro em Palanteia (vv. 1-23). Turno reúne tropas e chega às portas do acampamento dos troianos, que, cumprindo ordem de Eneias, se recusam a lutar em campo aberto, mas guardam posição. Turno, irritado, cogitando como trazer o inimigo à luta, decide incendiar os navios, que, porém, não se fazem queimar graças a um prodígio: o poeta, suspendendo a narração, invoca as musas para digressivamente narrar que outrora, quando Eneias navegava próximo ao monte Ida, na Frígia, Cibele, a Grande Mãe dos deuses, pedira a Júpiter que as naus do herói jamais naufragassem. Sendo impossível atender-lhe, o deus concede ao menos que quantas chegassem à Itália se tornariam imortais, podendo transformar-se em ninfas marinhas. Assim ocorreu, mas não foi tudo, pois que o próprio rio Tibre, personificado, espanta-se e recusa-se a avançar ao mar (vv. 24-122).

Turno toma a seu favor o prodígio, por entender que, assim, os troianos estavam isolados — sem comunicação por mar, porque privados de naus, nem por terra, porque cercados de rútulos. Decide pernoitar no assédio ao acampamento para incendiá-lo na manhã seguinte (vv. 123-66). Durante a vigília, no lado troiano, Niso, enfastiado da inércia, vê-se tomado pelo desejo de realizar façanha gloriosa e, tendo de longe notado os rútulos embriagados e pouco atentos, relata a Euríalo, companheiro de armas e amante, o plano de atravessar o acampamento inimigo para chegar a Palanteia e informar Eneias sobre o assédio de Turno (vv. 167-98). Euríalo insiste por acompanhar Niso, e ambos vão à tenda de Ascânio pedir permissão para a empreitada. Obtêm-na com grande comoção, augúrio e recompensa da parte de Ascânio, além da promessa de outras maiores se bem-sucedidos (vv.

199-312). Partem, penetram o acampamento rútulo e perpetram terrível massacre de guerreiros, que jaziam bêbados e adormecidos. Já se preparam para deixar o local, quando são interpelados por uma legião inimiga comandada por Volscente e põem-se em fuga. Enquanto Niso, desabalado, se esconde num bosque de carvalhos, o peso dos desnecessários despojos retarda Euríalo. Niso então dá pela falta do companheiro e começa a refazer os próprios passos até que o descobre detido pela legião inimiga em meio a grande alarido (vv. 313-97). Indeciso sobre como agir, dispara duas lanças certeiras e mortais. Ato contínuo, Volscente, por desforrar a dupla morte, promete matar o prisioneiro e, não obstante a rendição de Niso, enterra a espada nas costas de Euríalo (vv. 398-437). Niso se lança por entre os inimigos à caça de Volscente, que, protegido embora por companheiros, não evita a espada de Niso, que, por sua vez, tomba, saraivado de dardos, sobre seu amado Euríalo (vv. 438-49). Valentes que tenham sido afinal, Niso e Euríalo exemplificam inexperiência e excesso, principalmente o segundo, ao deter-se nos despojos em vez de levar a cabo a missão.

Rompe a manhã, e Turno convoca os guerreiros à luta, após o quê se exibem, fincadas, as cabeças de Niso e Euríalo. A horrenda notícia a Fama leva ao conhecimento da mãe de Euríalo, cujo desespero, junto aos muros, contemplando o triste espetáculo, abala a todos (vv. 450-502). Soa a trombeta, começa a guerra: o poeta invoca Calíope para que possa contar os muitos danos infligidos por Turno. Os rútulos tentam chegar à paliçada e escalá-la, ao passo que dali mesmo os troianos os repelem a flecha, lança e pedra. Mas os rútulos avançam, incendeiam uma das torres. Numano, cunhado de Turno e, como ele, muito insolente, escarnece dos troianos e é morto pela seta de Ascânio, guiada por Júpiter. O rapaz, contudo, a conselho de Apolo, não se deixa envaidecer (vv. 503-663). Numano nos dá a segunda amostra de presunção, Ascânio, a primeira de prudência. É então que os irmãos Pândaro e Bícias no renhir da peleja escancaram — terceira tolice e temeridade — as portas que deviam proteger, desafiando os inimigos a passar por elas. Àquele ponto acorrem os rútulos, entre os quais Turno, que abate os irmãos, e, se tivesse tido o cuidado de lá permanecer para garantir a invasão dos companheiros na fortificação troiana, em vez de buscar matanças em outra parte, insuflado pela fácil vitória sobre Pândaro, naquele mesmo dia teria vencido os troianos (vv. 664-761): fútil e derradeiro excesso exibido pelo livro.

Turno preferiu aplacar a sede de sangue e, assim fazendo, sozinho muitos fere, quando não mata, vigorado por Juno, até que Mnesteu e Seresto repreendem os troianos e os encorajam a resistir (vv. 762-87). Açulados, cercam Turno, que não cede. Mnesteu persegue-o, fere-o e Turno, exausto, prestes a tombar, enfim mergulha no Tibre e retorna para junto dos seus (vv. 788-818).

Liber IX

Atque ea diuersa penitus dum parte geruntur,
Irim de caelo misit Saturnia Iuno
audacem ad Turnum. Luco tum forte parentis
Pilumni Turnus sacrata ualle sedebat.
Ad quem sic roseo Thaumantias ore locuta est: 5
"Turne, quod optanti diuum promittere nemo
auderet, uoluenda dies en attulit ultro.
Aeneas urbe et sociis et classe relicta
sceptra Palatini sedemque petit Euandri.
Nec satis; extremas Corythi penetrauit ad urbes   10
Lydorumque manum collectos armat agrestes.
Quid dubitas? Nunc tempus equos, nunc poscere currus.
Rumpe moras omnes et turbata arripe castra".
Dixit et in caelum paribus se sustulit alis
ingentemque fuga secuit sub nubibus arcum.   15
Agnouit iuuenis duplicisque ad sidera palmas
sustulit ac tali fugientem est uoce secutus:
"Iri, decus caeli, quis te mihi nubibus actam
detulit in terras? Unde haec tam clara repente
tempestas? Medium uideo discedere caelum   20
palantesque polo stellas. Sequor omina tanta,
quisquis in arma uocas". Et sic effatus ad undam

Livro IX

Ao mesmo tempo que tais ocorrências passavam na terra,
Juno satúrnia do céu despachou para Turno audacioso
Íris com breve recado. Encontrou-o deitado na sombra[1]
de um belo bosque no vale dicado ao avô seu, Pilumno.[2]
Com lábios róseos falou-lhe a nascida do divo Taumante:[3]
"Turno, o que nume nenhum em teu bem a pensar se atrevera,
o dia de hoje já quase a findar te oferece de graça.
Deixou Eneias seus homens, as naves, a própria cidade,
e a palatina morada de Evandro apressado procura.
E não só isso; até às partes extremas das terras de Córito
congrega os lídios, adestra uma chusma de agrestes campônios.
Por que vacilas? Prepara os teus carros, reúne os cavalos:
rompe essas tréguas e cai de surpresa no campo inimigo".
Assim falando, ganhou as alturas com asas ligeiras
e o seu grande arco traçou no céu claro, de nuvens ornado.
Reconheceu-a o mancebo; para o alto dirige as mãos ambas
e a fugitiva procura alcançar com as seguintes palavras:
"Íris, celeste ornamento, que deus te enviou desde as nuvens
para falar-me? E esta luz resplendente, sem falta me conta,
de onde provém? Vejo o céu pelo meio partir-se e as estrelas
no polo excelso vagar. Pouco importa quem sejas; acato
teu chamamento: eis a guerra!" Dirige-se, após ter falado,

---

[1] *Íris*: deusa alada, mensageira dos demais deuses.

[2] *Pilumno*: deus dos recém-nascidos, da fertilidade e dos campos, era avô de Dauno, que era pai de Turno.

[3] *A nascida do divo Taumante*: Íris.

processit summoque hausit de gurgite lymphas,
multa deos orans onerauitque aethera uotis.
Iamque omnes campis exercitus ibat apertis,   25
diues equum, diues pictai uestis et auri;
Messapus primas acies, postrema coercent
Tyrrhidae iuuenes, medio dux agmine Turnus
uertitur arma tenens et toto uertice supra est.
Ceu septem surgens sedatis amnibus altus   30
per tacitum Ganges aut pingui flumine Nilus
cum refluit campis et iam se condidit alueo.
Hic subitam nigro glomerari puluere nubem
prospiciunt Teucri ac tenebras insurgere campis.
Primus ab aduersa conclamat mole Caicus: 35
"Quis globus, o ciues, caligine uoluitur atra?
Ferte citi ferrum, date tela, ascendite muros,
hostis adest, heia!" Ingenti clamore per omnis
condunt se Teucri portas et moenia complent.
Namque ita discedens praeceperat optumus armis   40
Aeneas: si qua interea fortuna fuisset,
neu struere auderent aciem neu credere campo;
castra modo et tutos seruarent aggere muros.
Ergo etsi conferre manum pudor iraque monstrat,
obiciunt portas tamen et praecepta facessunt   45
armatique cauis exspectant turribus hostem.
Turnus, ut ante uolans tardum praecesserat agmen,
uiginti lectis equitum comitatus et urbi

para a corrente; recolhe nas palmas a linfa mais pura,[4]
com os altos deuses conversa e de votos as auras carrega.[5]
Já todo o exército se desdobrava na vasta planície,
rico de belos cavalos e vestes de enfeites dourados.
Vai na dianteira Messapo; os de Tirro nascidos, nas últimas,[6]
jovens ardentes; vai Turno ostentando armadura luzida;
de uma cabeça ultrapassa na forma aos demais companheiros.
Tal como o Ganges profundo, ao passar acrescido de sete
mansas correntes, ou o Nilo ao refluir das campinas fecundas
nas grandes cheias, voltando a ocupar o seu leito espaçoso:
da mesma forma, de súbito os teucros percebem no plaino
nuvem de poeira elevar-se e cobrir-se de sombras a terra.
Da sua torre fronteira Caíco bradou logo o alarma:
"Que turbilhão, companheiros, de trevas ameaça envolver-nos?
Ferros trazei! Preparai vossos arcos! Subi para os muros,
pois o inimigo está à vista!" De pronto, os troianos, com grandes
gritos as portas ocupam, nos muros bem-feitos se postam,
pois ao partir o prudente caudilho, insistente, a seus homens[7]
recomendara em qualquer circunstância jamais arriscar-se
a em campo raso lutar, sem o apoio das fortes trincheiras.
Na defensão do arraial consistia a mais alta vitória.
Assim, conquanto os mandados da cólera, o brio nativo
a combater os levassem, as portas trancaram por dentro
e, sob o abrigo das torres, armados o ataque esperaram.
Turno, que o grosso das tropas de marcha travada deixara[8]
na retaguarda, adiantou-se com vinte excelentes cavalos

---

[4] *Corrente*: um rio não nomeado; *linfa*: água.

[5] *De votos as auras carrega*: enche os ares de preces. Turno purifica-se e ora aos deuses.

[6] *Messapo*: filho de Netuno (ver VII, v. 691); *os de Tirro nascidos*: filhos de Tirro (pastor do gado do rei Latino), seguem na retaguarda. *Nas últimas*: subentende-se "fileiras".

[7] *Prudente caudilho*: Eneias.

[8] *De marcha travada*: cavalgando rapidamente.

improuisus adest; maculis quem Thracius albis
portat equus cristaque tegit galea aurea rubra. 50
"Ecquis erit, mecum, iuuenes, qui primus in hostem...?
En", ait et iaculum attorquens emittit in auras,
principium pugnae, et campo sese arduus infert.
Clamore excipiunt socii fremituque sequuntur
horrisono, Teucrum mirantur inertia corda, 55
non aequo dare se campo, non obuia ferre
arma uiros, sed castra fouere. Huc turbidus atque huc
lustrat equo muros aditumque per auia quaerit.
Ac ueluti pleno lupus insidiatus ouili
cum fremit ad caulas, uentos perpessus et imbris, 60
nocte super media; tuti sub matribus agni
balatum exercent, ille asper et improbus ira
saeuit in absentis, collecta fatigat edendi
ex longo rabies et siccae sanguine fauces:
haud aliter Rutulo muros et castra tuenti 65
ignescunt irae, duris dolor ossibus ardet.
Qua temptet ratione aditus et quae uia clausos
excutiat Teucros uallo atque effundat in aequum?
Classem, quae lateri castrorum adiuncta latebat,
aggeribus saeptam circum et fluuialibus undis, 70
inuadit sociosque incendia poscit ouantis
atque manum pinu flagranti feruidus implet.
Tum uero incumbunt, urget praesentia Turni,

e de improviso à cidade chegou. Cavalgava um ginete[9]
branco da Trácia; penacho vermelho traz no elmo dourado.
"Vamos, rapazes! Quem quer ser comigo o primeiro a atacá-los?
Pronto!", exclamou. E volteando seu dardo, jogou-o para o alto,
como a indicar o começo da pugna. Avançou campo adentro.
Com grande grita aclamaram-no os sócios; horríssono estrondo
por tudo atroa. Admira-se Turno da inércia dos teucros,
por não saírem ao campo e com eles travarem-se em luta,
mas no arraial se deixarem ficar. A cavalo perlustra[10]
muros e portas em busca de entrada, de acesso possível.
Tal como lobo assediando um redil de balantes ovelhas,[11]
a uivar na sebe, sem mossa fazerem-lhe os ventos e a chuva,[12]
enquanto as crias ao bafo das mães se aconchegam, trementes
de ouvir-lhe os uivos; e a fera a avidez não aplaca com tê-los
inacessíveis tão perto, acossado da fome traiçoeira,
da sede ardente de sangue, que as fauces lhe deixa apertadas:
assim o Rútulo, à vista dos muros, das largas trincheiras
do acampamento, de dor se exaspera, consome-o o despeito.
Onde encontrar um pertuito, a maneira de os fortes troianos[13]
desalojar e forçá-los a luta a aceitar na planície?
Para isso, a armada invadiu, parcialmente amparada do rio[14]
e doutra parte por muros e valas e fortes trincheiras.
Convoca os fidos consócios, tomados de igual entusiasmo,
a lançar fogo nos barcos; e logo apossou-se de um facho
de pinho aceso. Ao chamado acudiram; inflama-os o exemplo.

---

[9] *À cidade*: no original, *urbi*, que pode ser acampamento ou cidade. Virgílio buscou deliberadamente a ambiguidade, pois as lembranças do assédio a Troia (vv. 142-5, 154-5, 598-602) encarecem os eventos narrados neste livro.

[10] *Perlustra*: percorre.

[11] *Balantes*: que estão a balir.

[12] *Mossa*: abalo.

[13] *Pertuito*: passagem.

[14] Entenda-se: oculta pelas margens elevadas do rio.

atque omnis facibus pubes accingitur atris.
Diripuere focos; piceum fert fumida lumen 75
taeda et commixtam Vulcanus ad astra fauillam.
Quis deus, o Musae, tam saeua incendia Teucris
auertit? Tantos ratibus quis depulit ignes?
Dicite. Prisca fides facto, sed fama perennis.
Tempore quo primum Phrygia formabat in Ida 80
Aeneas classem et pelagi petere alta parabat,
ipsa deum fertur Genetrix Berecyntia magnum
uocibus his affata Iouem: "Da, nate, petenti
quod tua cara parens domito te poscit Olympo.
Pinea silua mihi, multos dilecta per annos, 85
lucus in arce fuit summa, quo sacra ferebant,
nigranti picea trabibusque obscurus acernis:
has ego Dardanio iuueni, cum classis egeret,
laeta dedi; nunc sollicitam timor anxius angit.
Solue metus atque hoc precibus sine posse parentem: 90
ne cursu quassatae ullo neu turbine uenti
uincantur; prosit nostris in montibus ortas".
Filius huic contra, torquet qui sidera mundi:
"O genetrix, quo Fata uocas? Aut quid petis istis?
Mortaline manu factae immortale carinae 95
fas habeant certusque incerta pericula lustret
Aeneas? Cui tanta deo permissa potestas?
Immo, ubi defunctae finem portusque tenebunt
Ausonios olim, quaecumque euaserit undis

A juventude então voa e as fogueiras despojam de lenha,[15]
de achas ardentes. Sombrio fulgor os tições longe espalham,[16]
fumo e faíscas sem conta para o éter soturno se elevam.
Musas! Que deus apartou dos troianos o incêndio horroroso
e repeliu para longe das naus a voragem do fogo?
Dizei-nos! É tradição muito antiga, perene a lembrança.
Quando seus barcos Eneias troiano lavrava nos bosques
do Ida na Frígia, disposto a empegar-se nos mares revoltos,[17]
a Berecíntia — é o que dizem —, dos deuses a Mãe, nestes termos[18]
falou a Júpiter: "Filho, concede a tua mãe o pedido
que a formular ora venho, pois és o senhor do alto Olimpo.
Uma floresta de pinhos sagrados eu tive nos cimos
do Ida de fontes ornado, a que sempre mostrei-me afeiçoada.
Culto prestavam-me os frígios à sombra de nobres abetos.
Ao jovem teucro mui leda os cedi, quando os barcos ligeiros
ele aprestava. Hoje o peito me aperta indizível angústia.
Livra-me desse cuidado; concede o que venho pedir-te.
Que os temporais nunca vençam tais naves nos longos caminhos;
valha-lhes terem nascido nas nossas montanhas sagradas".
Disse-lhe o filho que os astros do mundo dirige, em resposta:
"Ó mãe! Que pedes ao Fado? Para onde a atenção lhe desvias?
Obra caduca dos homens serão imortais porventura,
barcos ligeiros? Incólume Eneias, em tantos perigos
viva tranquilo? Que deus de tal força pudera gabar-se?
Antes, sugiro que as naus vencedoras do grande roteiro,
quantas ao porto da Ausônia chegarem, salvadas das ondas

---

[15] Entenda-se: retiram das lareiras tocos de madeira acesos para usar como tochas.

[16] *Sombrio fulgor*: a chama escura que o piche dos tições produz.

[17] *Empegar-se*: ir ao pego, ao ponto mais profundo. Feliz achado, pois "empegar" deriva de "pego" ("mar"), que provém de *pelagus*.

[18] *Berecíntia, dos deuses a Mãe*: Cibele, a Grande Mãe dos deuses, adorada no Berecinto, um dos montes da cadeia do Ida, perto de Troia, na Frígia. Eneias é frígio, tal como Cibele.

Dardaniumque ducem Laurentia uexerit arua, 100
mortalem eripiam formam magnique iubebo
aequoris esse deas, qualis Nereia Doto
et Galatea secant spumantem pectore pontum".
Dixerat idque ratum Stygii per flumina fratris,
per pice torrentes atraque uoragine ripas 105
adnuit et totum nutu tremefecit Olympum.
Ergo aderat promissa dies et tempora Parcae
debita complerant, cum Turni iniuria Matrem
admonuit ratibus sacris depellere taedas.
Hic primum noua lux oculis offulsit et ingens 110
uisus ab Aurora caelum transcurrere nimbus
Idaeique chori; tum uox horrenda per auras
excidit et Troum Rutulorumque agmina complet:
"Ne trepidate meas, Teucri, defendere naues
neue armate manus; maria ante exurere Turno 115
quam sacras dabitur pinus. Vos ite solutae,
ite deae pelagi: Genetrix iubet". Et sua quaeque
continuo puppes abrumpunt uincula ripis
delphinumque modo demersis aequora rostris
ima petunt. Hinc uirgineae (mirabile monstrum) 120
quot prius aeratae steterant ad litora prorae
reddunt se totidem facies pontoque feruntur.
Obstipuere animi Rutulis, conterritus ipse

e às laurentinas paragens o dárdano herói transportarem,
desvestirei da mortal compostura, deixando que virem
deusas do mar como Doto, a nereida das ondas brilhantes,
e Galateia, que o pego espumoso com o peito dividem".[19]
Disse, e jurou pelo rio do Estige, do irmão poderoso,[20]
suas torrentes de piche revolto a açoitar as ribeiras.
Ao seu aceno tremeu desde as bases o Olimpo altanado.
O fatal dia chegara, afinal; eis o prazo das Parcas[21]
determinado, que a injúria de Turno brutal levaria
a Mãe dos deuses a o fogo afastar da madeira sagrada.
Luz desusada de súbito cruza os olhares de todos,
vindo do lado da Aurora também uma nuvem sombria,
e o som dos coros do Ida. Nessa hora, uma voz atroante[22]
subitamente se ouviu, que atordoa troianos e rútulos:
"Nada temais, caros filhos de Teucro, a respeito das naves,
nem procureis defendê-las. Mais fácil será para Turno
queimar o mar do que os pinhos sagrados. Parti! Já estais livres
deusas marinhas, pois Cíbele o manda" — E eis que as naves ligeiras,
de um repelão na mesma hora os possantes calabres romperam[23]
e de imediato, quais ledos golfinhos, as proas mergulham
no mar profundo. Depois — maravilha! — no pélago imenso
tantas donzelas se põem a nadar em volteios graciosos,
quantos navios ferrados se achavam na praia sonora.[24]
Cai a vaidade dos rútulos; pasma até o próprio Messapo

---

[19] Júpiter responde ao pedido de Cibele dizendo que transformará em imortais (*desvestirei da mortal compostura*) as naus que levarem Eneias até a Itália, metamorfoseando-as em Nereidas (tal como *Doto* e *Galateia*), filhas de Nereu.

[20] *Estige*: o rio dos Infernos, pelo qual os deuses costumavam jurar. *O irmão poderoso*: Plutão, irmão de Júpiter e senhor dos Infernos.

[21] *Parcas*: as três deusas irmãs que, fiandeiras, controlavam a duração da vida humana.

[22] *Coros do Ida*: cortejo de dançarinos e cantores a serviço de Cibele.

[23] *Calabre*: corda espessa.

[24] *Ferrados*: ancorados.

turbatis Messapus equis, cunctatur et amnis
rauca sonans reuocatque pedem Tiberinus ab alto.   125
At non audaci Turno fiducia cessit;
ultro animos tollit dictis atque increpat ultro:
"Troianos haec monstra petunt, his Iuppiter ipse
auxilium solitum eripuit; non tela neque ignes
exspectans Rutulos. Ergo maria inuia Teucris   130
nec spes ulla fugae: rerum pars altera adempta est;
terra autem in nostris manibus, tot milia gentes
arma ferunt Italae. Nil me fatalia terrent,
si qua Phryges prae se iactant, responsa deorum:
sat Fatis Venerique datum, tetigere quod arua   135
fertilis Ausoniae Troes. Sunt et mea contra
Fata mihi, ferro sceleratam exscindere gentem,
coniuge praerepta. Nec solos tangit Atridas
iste dolor solisque licet capere arma Mycenis.
Sed periisse semel satis est: peccare fuisset   140
ante satis penitus modo non genus omne perosos
femineum. Quibus haec medii fiducia ualli
fossarumque morae, leti discrimina parua,
dant animos. At non uiderunt moenia Troiae
Neptuni fabricata manu considere in ignes?   145
"Sed uos, o lecti, ferro qui scindere uallum
apparat et mecum inuadit trepidantia castra?

com seus cavalos; o Tibre suspende seu curso ordinário
com rouco acento, com medo de ao mar espumoso lançar-se.
Somente Turno audacioso não mostra sinais de surpresa;
antes, com estas palavras os seus encoraja e admoesta:
"Estes prodígios são contra os troianos! O próprio Tonante[25]
do consabido refúgio os privou. Não mais dardos nem fogo
mossa nos rútulos fazem. Para eles o mar foi cortado,[26]
sem que esperança lhes reste de fuga; de um lado, sem meios
de se embarcarem; por terra os caminhos seguros já se acham.[27]
Mil povos ítalos se alçam contra eles. Nem temo os agouros.
Se tanto os frígios se jactam de certas respostas dos deuses,
basta-lhes terem por ordem de Vênus chegado às planícies
da Ausônia fértil. Os Fados também do meu lado se alinham
contra os troianos, a fim de punir os piratas sem honra
que minha esposa roubaram. Não só os Atridas, a rica[28]
e poderosa Micenas com esses ultrajes se doem.[29]
Não lhes bastava morrer uma vez, uma vez, simplesmente,
terem pecado, para ódio entranhável agora votarem
a todo o sexo femíneo? Confiam na fraca defesa[30]
de um valo e o fosso, barreira ridícula contra a potência
das nossas armas. Pois já se esqueceram dos muros de Troia,
obra do fero Netuno, caídos no chão, calcinados?
E vós, mancebos seletos! Quem quer juntamente comigo
transpor o fosso e incendiar o arraial das donzelas pudicas?

---

[25] *Tonante*: Júpiter.

[26] *Eles*: os troianos.

[27] *Seguros*: aos rútulos, não aos troianos.

[28] *Minha esposa*: Lavínia, na verdade, estava apenas prometida a Eneias.

[29] *Esses ultrajes*: raptar mulher alheia, como Páris fez com Helena, esposa do atrida Menelau.

[30] Na argumentação de Turno, o erro anterior dos troianos (de raptar Helena e assim arruinar Troia) deveria bastar para que Eneias odiasse mulheres e desistisse de Lavínia.

Non armis mihi Vulcani, non mille carinis
est opus in Teucros; addant se protinus omnes
Etrusci socios. Tenebras et inertia furta   150
Palladii caesis summae custodibus arcis
ne timeant, nec equi caeca condemur in aluo:
luce palam certum est igni circumdare muros.
Haud sibi cum Danais rem faxo et pube Pelasga
esse ferant, decimum quos distulit Hector in annum.   155
Nunc adeo, melior quoniam pars acta diei,
quod superest, laeti bene gestis corpora rebus
procurate, uiri, et pugnam sperate parari".
Interea uigilum excubiis obsidere portas
cura datur Messapo et moenia cingere flammis.   160
Bis septem Rutuli, muros qui milite seruent,
delecti; ast illos centeni quemque sequuntur
purpurei cristis iuuenes auroque corusci.
Discurrunt uariantque uices fusique per herbam
indulgent uino et uertunt crateras aenos.   165
Collucent ignes, noctem custodia ducit
insomnem ludo.
Haec super e uallo prospectant Troes et armis
alta tenent, nec non trepidi formidine portas
explorant pontisque et propugnacula iungunt,   170
tela gerunt. Instat Mnestheus acerque Serestus,
quos pater Aeneas, si quando aduersa uocarent,
rectores iuuenum et rerum dedit esse magistros.

Armas vulcâneas não me fazem falta nem naves aos centos[31]
para enfrentar estes teucros, embora acrescidos de etruscos,
como se encontram. Receio não tenham de escuras ciladas,
do roubo inútil do sacro Paládio, nem morte dos guardas[32]
da cidadela, ou que o ventre busquemos de um grande cavalo.[33]
À luz do sol porei fogo no seu arraial de brinquedo.[34]
Logo hão de ver que não têm de lutar nem com dânaos nem mesmo
com a juventude pelasga que Heitor por dez anos conteve.
Porém já é tarde, fiéis companheiros; o resto do dia
aproveitemos, a fim de gozarmos do grato repouso.
Convém parar; aguardemos armados o próximo embate".
Sem mais demora, a Messapo indicou a vigia das portas
e como os muros bem-feitos rodear de fogueiras vivazes.
Duas septenas de rútulos cuidam da guarda dos muros,
dos mais prestantes. Cada um cem guerreiros robustos comanda,
empenachados de púrpura, de áureas e fortes couraças.
Rondam; no posto revezam-se; sentam-se alegres na relva,
copas de bronze brilhante esvaziam de vinho gostoso.
Luzem fogueiras; o jogo os esperta.[35]
Do alto dos muros os teucros em armas o imigo observavam.
Preparativos de assédio é o que veem com certa inquietude.
Portas revistam; as torres com pontes manuais ficam perto.
Armas preparam; Mnesteu transmite ordens; Seresto o secunda,
precisamente os dois chefes que Eneias havia deixado
no seu lugar, para o caso de ser necessário o entusiasmo
dos jovens teucros conter e exortá-los a ouvir a prudência.

---

[31] Deste até o v. 155, alude-se a fatos narrados na *Ilíada*. *Armas vulcâneas*: Turno se refere às que Vulcano forjara para Aquiles, sem saber que este acabara de fazer o mesmo para Eneias.

[32] *Roubo do Paládio*: estatueta de Palas sem cuja retirada do templo, perpetrada por Ulisses e Diomedes, Troia não cairia.

[33] *Ventre de um cavalo*: do cavalo de madeira.

[34] *De brinquedo*: acréscimo do tradutor.

[35] *Esperta*: desperta.

Omnis per muros legio sortita periclum
excubat exercetque uices, quod cuique tuendum est.   175
Nisus erat portae custos, acerrimus armis,
Hyrtacides, comitem Aeneae quem miserat Ida
uenatrix iaculo celerem leuibusque sagittis;
et iuxta comes Euryalus, quo pulchrior alter
non fuit Aeneadum Troiana neque induit arma,   180
ora puer prima signans intonsa iuuenta.
His amor unus erat pariterque in bella ruebant;
tum quoque communi portam statione tenebant.
Nisus ait: "Dine hunc ardorem mentibus addunt,
Euryale, an sua cuique deus fit dira cupido?   185
Aut pugnam aut aliquid iamdudum inuadere magnum
mens agitat mihi nec placida contenta quietest.
Cernis quae Rutulos habeat fiducia rerum.
Lumina rara micant; somno uinoque soluti
procubuere, silent late loca. Percipe porro,   190
quid dubitem et quae nunc animo sententia surgat.
Aenean acciri omnes, populusque patresque,
exposcunt mittique uiros qui certa reportent.
Si tibi quae posco promittunt (nam mihi facti
fama sat est), tumulo uideor reperire sub illo   195
posse uiam ad muros et moenia Pallantea".
Obstipuit magno laudum percussus amore
Euryalus; simul his ardentem affatur amicum:
"Mene igitur socium summis adiungere rebus,
Nise, fugis? Solum te in tanta pericula mittam?   200

Todos, em suma, trabalham nas altas muralhas, nos postos
de responsabilidade, uns com os outros trocando os lugares.
O filho de Hírtaco, Niso, guardava uma porta, perito[36]
nas setas leves, no jogo dos dardos. As densas florestas
do Ida abundante de caças a Eneias o haviam cedido.[37]
Seu companheiro de guarda era Euríalo, moço galhardo,
dos mais prestantes dos jovens guerreiros da escola de Eneias,
na bela quadra da vida em que o buço a apontar principia.
Firme amizade os unia; de par, aos combates corriam.
Por isso mesmo, encontravam-se juntos no posto arriscado.
Niso falou: "Vem de alguma deidade este ardor, caro Euríalo?
Ou somos nós que o forjamos na mente, por simples cobiça?
Só sei dizer-te que me acho animado do grato desejo
de alguma coisa grandioso fazer. Esta inércia me enerva.[38]
Não observaste a confiança dos rútulos em tal perigo?
Poucas fogueiras mantêm vigilantes; do sono e de vinho
vencidos dormem. Silêncio por tudo. Ora escuta uma ideia
que me acudiu há pouquinho e o sossego de todo tirou-me.
Todos, à uma, os do povo e a nobreza, desejam a Eneias
mandar algum mensageiro com novas de quanto se passa.
Se para ti concederem o prêmio que a mim tocaria —
basta-me a glória do feito —, pretendo encontrar uma via
de acesso fácil, na falda do morro, que aos muros me leve
de Palanteia". Impressão profundíssima fez em Euríalo
esse discurso, também desejoso de obter alta glória:
"Como assim, Niso! Recusas-me por companheiro em projeto
de tal grandeza? Enfrentares sozinho tamanhos perigos?

---

[36] *Niso*: soldado mais experiente que protege o mais novo, *Euríalo* (v. 179), com quem tem uma relação de amizade e amor. A convivência na mesma tenda, *contubernium*, faz que o jovem soldado aprenda com o mais velho e ambos procurem mútua proteção no perigo, como ocorre na passagem a seguir.

[37] Além de montanha da Frígia, Ida era também a ninfa mãe de Niso.

[38] *Alguma coisa grandioso*: o tradutor introduz hipérbato, com "grandioso" referindo-se ao sujeito elíptico "eu" (Niso), embora se leia *aliquid magnum*, "alguma coisa grandiosa".

Non ita me genitor, bellis assuetus Opheltes,
Argolicum terrorem inter Troiaeque labores
sublatum erudiit, nec tecum talia gessi,
magnanimum Aenean et fata extrema secutus:
est hic, est animus lucis contemptor et istum   205
qui uita bene credat emi, quo tendis, honorem".
Nisus ad haec: "Equidem de te nil tale uerebar
nec fas; non, ita me referat tibi magnus ouantem
Iuppiter aut quicumque oculis haec aspicit aequis.
Sed si quis (quae multa uides discrimine tali),   210
si quis in aduersum rapiat casusue deusue,
te superesse uelim, tua uita dignior aetas.
Sit qui me raptum pugna pretioue redemptum
mandet humo, solita aut si qua id Fortuna uetabit,
absenti ferat inferias decoretque sepulcro.   215
Neu matri miserae tanti sim causa doloris,
quae te sola, puer, multis e matribus ausa
persequitur, magni nec moenia curat Acestae",
Ille autem: "Causas nequiquam nectis inanes,
nec mea iam mutata loco sententia cedit.   220
Acceleremus", ait. Vigiles simul excitat, illi
succedunt seruantque uices; statione relicta
ipse comes Niso graditur regemque requirunt.
Cetera per terras omnes animalia somno
laxabant curas et corda oblita laborum: 225
ductores Teucrum primi, delecta iuuentus,
consilium summis regni de rebus habebant,

Meu pai Ofeltes, tão bravo e habituado aos trabalhos da guerra
fora dos muros de Troia no assédio ominoso dos gregos,
não me criou pusilânime, nem eu contigo motivo
dei de ofender-te jamais nesta escola de Eneias guerreiro.
Como me vês, tenho o espírito altivo e sequioso de glórias,
pronto a arriscar até a vida no afã de obter o que almejas".
Niso falou-lhe: "Jamais duvidei do teu ânimo forte.
Nem me seria possível. Prouvera que Jove ou um dos deuses
que nos amparam me traga exultante ao teu lado e sem dano.
Mas, se nos transes de tão perigosa aventura um dos deuses,
talvez o Acaso, no meio da empresa truncasse-me a vida,
sobreviveres-me fora melhor. Tua idade o merece.
Tire-me o amigo do campo da luta e redima o cadáver
a peso de ouro e o sepulte. Ou, se a tanto a Fortuna opuser-se,
fúnebres honras às sombras tribute na tumba vazia.
Nem seja eu causa de dor a tua mãe dedicada, mancebo,
dentre as troianas a única que compartilha da nossa
vida arriscada, sem ter preferido a cidade de Acestes".[39]
Ao que replica-lhe Euríalo: "Não me convences; inutilmente repisas nos mesmos dizeres; de nada te servem.
Partamos logo", lhe fala. Então, juntos, os guardas despertam,[40]
escalonados para isso, e seus postos deixaram. Depressa
o acampamento atravessam em busca da tenda de Ascânio.
Na hora em que todos os seres procuram no sono tranquilo
o esquecimento das dores, dos grandes trabalhos do dia,
os principais condutores dos teucros, a nata dos jovens
esperançosos, dos graves problemas de Estado falavam,[41]

---

[39] *A cidade de Acestes*: Acesta. Niso refere-se às mães revoltosas que preferiram permanecer na Sicília (ver V, vv. 709-18).

[40] *Guardas despertam*: o tradutor sintetiza, usando de antecipação: Niso e Euríalo despertam outros soldados que, na função de guarda (*escalonados para isso*), vão substituí-los.

[41] *Estado*: no original, *regni*, "reino", "governo".

quid facerent quisue Aeneae iam nuntius esset.
Stant longis adnixi hastis et scuta tenentes
castrorum et campi medio. Tum Nisus et una 230
Euryalus confestim alacres admittier orant,
rem magnam, pretiumque morae fore. Primus Iulus
accepit trepidos ac Nisum dicere iussit.
Tum sic Hyrtacides: "Audite o mentibus aequis,
Aeneadae, neue haec nostris spectentur ab annis, 235
quae ferimus. Rutuli somno uinoque soluti
conticuere; locum insidiis conspeximus ipsi,
qui patet in biuio portae, quae proxima ponto;
interrupti ignes, aterque ad sidera fumus
erigitur; si fortuna permittitis uti 240
quaesitum Aenean et moenia Pallantea,
mox hic cum spoliis ingenti caede peracta
affore cernetis. Nec nos uia fallit euntes:
uidimus obscuris primam sub uallibus urbem
uenatu assiduo et totum cognouimus amnem". 245
Hic annis grauis atque animi maturus Aletes:
"Di patrii, quorum semper sub numine Troia est,
non tamen omnino Teucros delere paratis,
cum tales animos iuuenum et tam certa tulistis
pectora". Sic memorans umeros dextrasque tenebat 250
amborum et uultum lacrimis atque ora rigabat.
"Quae uobis, quae digna, uiri, pro laudibus istis
praemia posse rear solui? Pulcherrima primum
di moresque dabunt uestri; tum cetera reddet
actutum pius Aeneas atque integer aeui 255

sobre a maneira acertada de um próprio mandar para Eneias.[42]
No centro estavam do campo. Açodados, então, insistiram,
de onde se achavam, Euríalo e Niso, a falar a um só tempo,
para lhes ser concedida audiência com a máxima urgência;
assunto grave, que importa tratar sem delongas. Foi Iulo[43]
quem lhes falou pelos outros, e a Niso convida a explicar-se.
O filho de Hírtaco então se expressou: "Atendei-nos, Enéadas,
com benigno ânimo, sem prejulgardes o que ora propomos,
pela aparência da idade. Sepultos no vinho e no sono,
acomodaram-se os rútulos. Já descobrimos o ponto
certo do ataque: é na porta do mar, onde a estrada se parte.
Suas fogueiras estão apagadas; apenas desprendem
negra fumaça. Se o ensejo tão raro e imprevisto quiserdes
aproveitar para a Eneias trazermos, aos muros iremos
de Palanteia, e pesados de espólios com ele estaremos[44]
aqui de volta. O caminho é sabido; nas nossas caçadas
tão animadas nos vales escuros, chegamos aos lindes[45]
do burgo altivo e o traçado do rio estudamos a fundo".
Então Aletes, tão velho quão sábio, exultante lhes fala:[46]
"Deuses da pátria, que a Pérgamo nunca negastes o apoio!
Não decidistes decerto acabar com a linhagem dos teucros,
pois suscitais tanto ardor entre os moços, tamanha coragem
nestes rapazes!" E as mãos apertando dos dois e abraçando-os
calidamente, de lágrimas ternas o rosto banhava.
"Que recompensa, mancebos, que prêmio condigno possível
fora encontrar para tanta bravura? O mais alto, só os deuses
poderão dar-vos e a vossa virtude; os demais, o piedoso
filho de Anquises, Eneias, dará, sem que nunca tão grande

---

[42] *Um próprio*: um companheiro.

[43] *Iulo*: Ascânio.

[44] O tradutor omite *ingenti caeda peracta*, "depois de grande matança", que logo ocorrerá.

[45] *Lindes*: limites.

[46] *Aletes*: o capitão de uma das naus da frota de Eneias.

Ascanius, meriti tanti non immemor umquam".
"Immo ego uos, cui sola salus genitore reducto",
excipit Ascanius, "per magnos, Nise, Penates
Assaracique larem et canae penetralia Vestae
obtestor; quaecumque mihi fortuna fidesque est,   260
in uestris pono gremiis: reuocate parentem,
reddite conspectum; nihil illo triste recepto.
Bina dabo argento perfecta atque aspera signis
pocula, deuicta genitor quae cepit Arisba,
et tripodas geminos, auri duo magna talenta,   265
cratera antiquum quem dat Sidonia Dido.
Si uero capere Italiam sceptrisque potiri
contigerit uictori et praedae dicere sortem,
uidisti quo Turnus equo, quibus ibat in armis
aureus: ipsum illum, clipeum cristasque rubentes   270
excipiam sorti, iam nunc tua praemia, Nise.
Praeterea bis sex genitor lectissima matrum
corpora captiuosque dabit suaque omnibus arma,
insuper his campi quod rex habet ipse Latinus.
Te uero, mea quem spatiis propioribus aetas   275
insequitur, uenerande puer, iam pectore toto
accipio et comitem casus complector in omnes.
Nulla meis sine te quaeretur gloria rebus;
seu pacem seu bella geram, tibi maxima rerum
uerborumque fides". Contra quem talia fatur   280
Euryalus: "Me nulla dies tam fortibus ausis

merecimento não seja de Ascânio um só dia lembrado."
"Enquanto a mim", disse Ascânio, "que toda a esperança na volta
do meu bom pai deposito, asseguro-te, Niso, por nossos
grandes Penates, os Lares de Assáraco, as aras de Vesta[47]
de imaculado candor, que em vós dois toda a minha fortuna,
toda a confiança deponho. Trazei-me meu pai de retorno,
sua presença aqui mesmo, e mais nada há de nunca assustar-me.[48]
Eu vos darei duas copas de prata com belos desenhos,
ganhas no cerco e escalada de Arisba; dois grandes talentos[49]
de ouro, e também duas trípodes, de uma cratera acrescida,
das mais antigas, presente valioso de Dido sidônia.
E caso os Fados um dia nas mãos me puserem o cetro
da bela Itália, e o momento chegar de partir os espólios:
viste o cavalo de Turno e a armadura dourada que o porte
lhe realçava? Pois esse corcel excluirei do sorteio,
a áurea couraça e o penacho purpúreo. São teus desde agora,
Niso. Meu pai te dará duas belas cativas com os filhos,
e dois escravos de grande valia, com seus apetrechos,
sem mencionarmos as terras do próprio monarca, Latino.
E tu, mancebo digníssimo, que pela idade te postas
a par de mim, o primeiro lugar desde já te reservo
no coração, companheiro constante nos meus mais ousados
empreendimentos. Sem ti não almejo vitória nenhuma;
seja na paz ou na guerra, os teus atos e tuas palavras
me servirão de fanal". Nestes termos responde-lhe Euríalo:[50]
"Em tempo algum poderão arguir-me de inepto para este[51]

---

[47] *Lares de Assáraco*: deuses troianos do lar, pois Assáraco, avô de Anquises, que é pai de Eneias, fora rei mítico de Troia. *Aras de Vesta*: altares de Vesta. Ascânio jura por divindades protetoras do lar e da família.

[48] *Assustar-me*: aqui, não o susto do medo, mas o da inquietação.

[49] *Escalada de Arisba*: saque de Arisba, cidade da Tróade que apoiou os gregos (*Ilíada*, II, v. 836). Subentende-se que Eneias havia saqueado essa cidade.

[50] *Fanal*: farol, guia.

[51] *Arguir-me*: acusar-me.

dissimilem arguerit; tantum Fortuna secunda
aut aduersa cadat. Sed te super omnia dona
unum oro: genetrix Priami de gente uetusta
est mihi, quam miseram tenuit non Ilia tellus   285
mecum excedentem, non moenia regis Acestae.
Hanc ego nunc ignaram huius quodcumque pericli est
inque salutatam linquo (nox et tua testis
dextera), quod nequeam lacrimas perferre parentis
at tu, oro, solare inopem et succurre relictae.   290
Hanc sine me spem ferre tui: audentior ibo
in casus omnes". Percussa mente dedere
Dardanidae lacrimas, ante omnes pulcher Iulus,
atque animum patriae strinxit pietatis imago.
Tum sic effatur: 295
"Sponde digna tuis ingentibus omnia coeptis.
Namque erit ista mihi genetrix nomenque Creusae
solum defuerit, nec partum gratia talem
parua manet, casus factum quicumque sequentur,
per caput hoc iuro, per quod pater ante solebat: 300
quae tibi polliceor reduci rebusque secundis,
haec eadem matrique tuae generique manebunt".
Sic ait illacrimans; umero simul exuit ensem
auratum, mira quem fecerat arte Lycaon
Gnosius atque habilem uagina aptarat eburna.   305
Dat Niso Mnestheus pellem horrentisque leonis
exuuias; galeam fidus permutat Aletes.
Protinus armati incedunt; quos omnis euntes
primorum manus ad portas iuuenumque senumque
prosequitur uotis. Nec non et pulcher Iulus,   310
ante annos animumque gerens curamque uirilem,

tão ambicioso programa, quer próspera seja a Fortuna,
quer inimiga se mostre. Porém, uma coisa te peço,
de inestimável valor. Minha mãe, de linhagem vetusta
dos reis de Troia, acompanha-me desde a tomada do burgo,
sem demovê-la do intento nem mesmo a cidade de Acestes.
Não sabedora dos riscos a que ora me exponho, saí-me
sem despedir-me. Por tua promessa solene, por esta[52]
noite fatal, impossível me fora deixá-la entre prantos.
Vai tu por mim consolá-la no seu abandono indizível.
Se esta esperança me deres, sem medo os maiores perigos
enfrentarei". Não puderam conter, de abalados, os teucros
ali presentes o choro, mormente o nascido de Eneias,
o coração apertado de dor da lembrança paterna.
E lhe falou nestes termos:
"Juro fazer tudo quanto for digno de tua grande alma.
Sim, tua mãe será minha também, só faltando-lhe o nome
da veneranda Creúsa, pois tudo merece quem teve
um filho assim, ainda mesmo que venha a falhar esta empresa.[53]
Juro por minha cabeça — essa é a fórmula da preferência
do meu bom pai — que obterás o que eu disse, no caso de vivo
cá retornares, ou dela será, se perder o seu filho".
Assim falando, a chorar desprendeu do ombro a espada luzente,
obra estupenda do sábio cretense Licáone, o forte,
bela de ver, com bainha de branco marfim trabalhado.
A Niso oferta Mnesteu uma pele de leão pavoroso;
o fido Aletes trocou pelo dele o seu elmo vistoso.
Apetrechados de tudo, puseram-se em marcha, até à porta
do acampamento seguidos por velhos e jovens troianos
com suas bênçãos e votos. Ascânio também, muito acima
da sua idade, em coragem viril e equilíbrio da mente,

---

[52] *Por tua promessa solene*: deve subentender-se "juro". No original, *tua testis dextera*, "tua mão direita seja minha testemunha".

[53] O texto original, *casus factum quicumque sequentur*, "o que quer que resulte do empreendimento", soa menos sinistro do que a tradução.

multa patri mandata dabat portanda: sed aurae
omnia discerpunt et nubibus irrita donant.
Egressi superant fossas noctisque per umbram
castra inimica petunt, multis tamen ante futuri 315
exitio. Passim somno uinoque per herbam
corpora fusa uident, arrectos litore currus,
inter lora rotasque uiros, simul arma iacere,
uina simul. Prior Hyrtacides sic ore locutus:
"Euryale, audendum dextra; nunc ipsa uocat res. 320
Hac iter est. Tu, ne qua manus se attollere nobis
a tergo possit, custodi et consule longe;
haec ego uasta dabo et lato te limite ducam".
Sic memorat uocemque premit; simul ense superbum
Rhamnetem aggreditur, qui forte tapetibus altis 325
exstructus toto proflabat pectore somnum.
Rex idem et regi Turno gratissimus augur,
sed non augurio potuit depellere pestem.
Tres iuxta famulos temere inter tela iacentes
armigerumque Remi premit aurigamque sub ipsis 330
nanctus equis ferroque secat pendentia colla;
tum caput ipsi aufert domino truncumque relinquit
sanguine singultantem; atro tepefacta cruore
terra torique madent. Nec non Lamyrumque Lamumque
et iuuenem Serranum, illa qui plurima nocte 335
luserat, insignis facie, multoque iacebat

recados mil não cansava de dar para Eneias, que as auras
em pouco tempo esfariam e os ventos ao longe espalharam.[54]
Fora dos muros, o fosso transpõem na sombra da noite,
na direção do arraial inimigo, onde a morte os espreita.
Antes porém tirarão muitas vidas dos rútulos fortes.
Corpos distinguem vencidos do vinho; mil carros na praia,
timões para o alto, entre as rodas jaziam, de envolta com grandes
barris abertos. O Hirtácida belo a falar principia:[55]
"Mãos à obra, Euríalo! A sorte nos mostra uma farta colheita.[56]
Este é o caminho; de guarda te ponhas aqui, para o caso
de vir alguém de surpresa. Examina bem longe à redonda.[57]
Vou desbastar a picada e passagem mais larga franquear-nos".
Isso, em voz baixa. E, sem mais, atirou-se ao soberbo Ramnete,
de espada em punho, que sobre uma pilha de belos tapetes
estatelado dormia, a exalar os vapores do vinho.[58]
Rei, como Turno e mui grato para ele por sua ciência
de áugur. Porém o saber de bem pouco valeu-lhe nessa hora.[59]
Logo a seguir, acomete três fâmulos seus, que jaziam
desacordados no meio das armas, dos próprios cavalos
e sem delongas com a lâmina o colo pendente cortou-lhes.
Degola a Remo depois, ali mesmo deixando-lhe o tronco
a espadanar sangue impuro, que o leito e o terreno macula
de atros humores. A Lamo, a seguir, e a Lamiro e Serrano,[60]
jovem de bela aparência, que a noite inteirinha passara
no jogo infando entretido, e ora o sono pesado domara.[61]

---

[54] *Esfariam*: desfariam.

[55] *Hirtácida*: Niso, filho de Hírtaco.

[56] *Farta colheita*: no original, *ipsa uocat res*, "a própria situação nos chama".

[57] *À redonda*: à volta.

[58] *Exalar*: conforme o manuscrito do tradutor, e não "exaltar", como nas edições anteriores.

[59] *Áugur*: áugure, adivinho.

[60] *Atros humores*: negro sangue. *Lamiro*: do grego *lamyrós*, "arrogante".

[61] *Infando*: nefasto; aqui o tradutor interpreta o original, *plurima nocte/ luserat*,

membra deo uictus; felix, si protinus illum
aequasset nocti ludum in lucemque tulisset.
Impastus ceu plena leo per ouilia turbans
(suadet enim uesana fames) manditque trahitque 340
molle pecus mutumque metu, fremit ore cruento.
Nec minor Euryali caedes; incensus et ipse
perfurit ac multam in medio sine nomine plebem,
Fadumque Herbesumque subit Rhoetumque Abarimque,
ignaros, Rhoetum uigilantem et cuncta uidentem, 345
sed magnum metuens se post cratera tegebat;
pectore in aduerso totum cui comminus ensem
condidit assurgenti et multa morte recepit.
Purpuream uomit ille animam et cum sanguine mixta
uina refert moriens; hic furto feruidus instat. 350
Iamque ad Messapi socios tendebat; ibi ignem
deficere extremum et religatos rite uidebat
carpere gramen equos, breuiter cum talia Nisus.
(sensit enim nimia caede atque cupidine ferri):
"Absistamus", ait, "nam lux inimica propinquat. 355
Poenarum exhaustum satis est, uia facta per hostes".
Multa uirum solido argento perfecta relinquunt
armaque craterasque simul pulchrosque tapetas.
Euryalus phaleras Rhamnetis et aurea bullis

Ah! quão feliz, se lhe fosse possível jogar toda a noite,
té ao raiar da manhã, igualando o prazer e a existência!
Niso procede tal como faminto leão que caísse
dentro da cerca de um gordo rebanho de ovelhas medrosas:
fauces sanguíneas, babando e a fungar, facilmente as devora.
Menos terrível não foi a matança de Euríalo forte;
muitos guerreiros da plebe sem nome mandou para o Tártaro:
a Fado e Herbeso matou, como a Reto, mais Ábaris fraco.
Reto porém não dormira; de longe observava a ocorrência.
Apavorado, escondera-se atrás de uma grande cratera.[62]
Quando tentava fugir, ao alçar-se enterrou-lhe o troiano
no peito a clava até ao punho, deixando-o no solo sem vida.[63]
A alma purpúrea vomita com grandes golfadas de vinho,
no mesmo instante. Prossegue o mancebo na crua matança.
Perto se achava da tenda do fero Messapo e já via
quase apagados os fogos, e ao lado, com peias nas pernas,[64]
conforme a praxe, os cavalos. Porém, vendo-o Niso de longe,[65]
como exaltado se achava com a sede de sangue, lhe disse:[66]
"Vamos parar, pois a Aurora inimiga surgiu no horizonte;
basta de mortes; já abrimos a estrada para ambos sairmos".
Sem atentar no riquíssimo espólio ali mesmo acervado:[67]
armas, crateras e prata lavrada, tapetes de gosto,
separa Euríalo o belo jaez de Ramnete e seu cinto[68]

"jogara a maior parte da noite"; *sono pesado domara*: no original, *deo uictus*, "venci-do pelo deus", Baco.

[62] *Cratera*: no original, *cratera*, que tem tanto o sentido de "buraco", como aqui, mas também de "jarra de água ou vinho" (vv. 265, 358 e outros). Tanto o poeta como o tradutor usam o mesmo termo nas duas acepções.

[63] *Clava*: aqui, "espada".

[64] *Peia*: corda ou peça de ferro para prender as patas dos animais.

[65] *Vendo-o*: vendo isso, isto é, os fogos apagados e os cavalos amarrados.

[66] *Lhe disse*: Niso disse a Euríalo.

[67] *Acervado*: reunido.

[68] *Jaez*: peças que permitem cavalgar, arreios.

cingula, Tiburti Remulo ditissimus olim 360
quae mittit dona hospitio cum iungeret absens
Caedicus; ille suo moriens dat habere nepoti;
post mortem bello Rutuli pugnaque potiti;
haec rapit atque umeris nequiquam fortibus aptat.
Tum galeam Messapi habilem cristisque decoram 365
induit. Excedunt castris et tuta capessunt.
Interea praemissi equites ex urbe Latina,
cetera dum legio campis instructa moratur,
ibant et Turno regi responsa ferebant,
ter centum, scutati omnes, Volscente magistro. 370
Iamque propinquabant castris murosque subibant,
cum procul hos laeuo flectentes limite cernunt
et galea Euryalum sublustri noctis in umbra
prodidit immemorem radiisque aduersa refulsit.
Haud temere est uisum. Conclamat ab agmine Volscens: 375
"State, uiri. Quae causa uiae? Quiue estis in armis?
Quoue tenetis iter?" Nihil illi tendere contra,
sed celerare fugam in siluas et fidere nocti.
Obiciunt equites sese ad diuortia nota
hinc atque hinc omnemque abitum custode coronant. 380
Silua fuit late dumis atque ilice nigra
horrida, quam densi complerant undique sentes;
rara per occultos lucebat semita calles.
Euryalum tenebrae ramorum onerosaque praeda
impediunt fallitque timor regione uiarum. 385
Nisus abit; iamque imprudens euaserat hostes
atque locos, qui post Albae de nomine dicti

com pregos de ouro, presente de Cédico a Rêmulo outrora,
o tiburtino robusto, lembrança de grata hospedagem.[69]
Com a morte deste, seu neto recebe de herança o conjunto,
para na guerra o perder logo após com os rútulos fortes.
Toma-os Euríalo e em vão os ajeita nas largas espáduas.[70]
O elmo também de Messapo, adornado de crista vistosa
pôs na cabeça. O arraial abandonam, a salvo partiram.
Nesse entrementes, deixando no campo a legião mais pesada,
uma vanguarda da bela cidade latina avançava
com importante mensagem do rei para Turno, trezentos
cavalarianos armados de escudo. Volscente os comanda.
Do acampamento já perto se achavam os dois combatentes,
na paliçada; mas foram notados no instante de à sestra[71]
dobrar de viés; pois o elmo do impróvido Euríalo o delata:
rebrilha e treme na pálida noite, aos primeiros albores
da madrugada. Volscente de pronto lhes grita de longe:
"Alto, senhores! Para onde correis a estas horas, armados?
Vosso caminho qual é?" Nada os dois em resposta disseram,
sim, mas depressa embrenharam-se, fiados no escuro da selva.
Os cavaleiros, então, diligentes espalham-se em todas
as direções, por atalhos sabidos, a fim de cortar-lhes
a retirada. Sombrio azinhal se estendia ali perto,
de tenebrosa aparência e caminhos impérvios, com bastos[72]
e intransponíveis abrolhos, clareiras mui tênues e poucas.[73]
A sobrecarga do espólio no escuro da mata tolhia
os movimentos de Euríalo. A pressa ainda mais o perturba.
Niso consegue fugir; e, sem plena consciência dos riscos
a que se expunham, sozinho afastou-se da estrada e dos campos

---

[69] *Tiburtino*: natural de Tíbur.

[70] *Em vão*: no original, *nequiquam*, prenúncio do que ocorrerá a seguir.

[71] *À sestra*: à esquerda.

[72] *Impérvios*: intransitáveis; *bastos abrolhos*: numerosos espinhos.

[73] *Clareiras*: no original, *semita*, a rigor, "picada", "caminho".

Albani, tum rex stabula alta Latinus habebat.
Ut stetit et frustra absentem respexit amicum.
"Euryale infelix, qua te regione reliqui?　　　　　　　　　390
Quaue sequar?" Rursus perplexum iter omne reuoluens
fallacis siluae, simul et uestigia retro
obseruata legit dumisque silentibus errat.
Audit equos, audit strepitus et signa sequentum.
Nec longum in medio tempus, cum clamor ad aures　　　395
peruenit ac uidet Euryalum, quem iam manus omnis
fraude loci et noctis, subito turbante tumultu,
oppressum rapit et conantem plurima frustra.
Quid faciat? Qua ui iuuenem, quibus audeat armis
eripere? An sese medios moriturus in enses　　　　　　400
inferat et pulchram properet per uulnera mortem?
Ocius adducto torquens hastile lacerto,
suspiciens altam Lunam sic uoce precatur:
"Tu, dea, tu praesens nostro succurre labori,
astrorum decus et nemorum Latonia custos.　　　　　405
Si qua tuis umquam pro me pater Hyrtacus aris
dona tulit, si qua ipse meis uenatibus auxi
suspendiue tholo aut sacra ad fastigia fixi,
hunc sine me turbare globum et rege tela per auras".
Dixerat, et toto conixus corpore ferrum　　　　　　　410

ditos albânios, então propriedade do velho Latino.[74]
Aí lembrou-se do amigo e parou para ver se o avistava.
"Desventurado! Esqueci-me de ti! Como agora encontrar-te?
Por onde irei?" Torna então a fazer o percurso de volta
pelos atalhos difíceis da selva, onde as marcas revia
dos próprios pés, desnorteado de todo no escuro da mata.
Ouve o barulho dos cascos, clarins a ressoar, algazarra.
Alto clamor percebeu logo após e notou na clareira[75]
por multidão de inimigos Euríalo opresso, no ponto
de ser dali conduzido por eles qual presa valiosa,[76]
sem nenhum meio encontrar de esquivar-se do cerco humilhante.
Que poderia fazer? De que jeito arrancar o mancebo
das mãos ferozes? Jogar-se no meio das pontas dos dardos
dos inimigos e, morto, vingar-se dos seus opressores?[77]
No mesmo instante suspende o venab'lo no braço potente,
e no alto a Lua enxergando, dirige-lhe a prece aflitiva:
"Deusa, ornamento dos astros e guarda dos bosques latônios![78]
Sê-nos propícia no passo mais duro da nossa entrepresa!
Se em teu altar nalgum tempo eu depus as valiosas ofertas[79]
de meu pai Hírtaco, com meus despojos da caça acrescidas,
ou os pendurei no alto templo e nos pórticos belos dos paços,
lança a desordem naquela matilha e dirige o meu dardo!"
Disse; e com a força do impulso do corpo e do braço dispara

---

[74] *Ditos albânios*: só mais tarde foram assim chamados; *propriedade*: no original, *stabula*, os estábulos de Latino.

[75] *Na clareira*: no original, *in medio*; alguns intérpretes entendem como intervalo de tempo.

[76] *Qual presa valiosa*: é extrapolação do tradutor.

[77] *Vingar-se dos seus opressores*: a vingança, ainda que sem vitória, como se verá a seguir, redime a honra. Virgílio diz *pulchram properet per uulnera mortem*, literalmente, "obter com ferimentos bela morte".

[78] *Bosques latônios*: Latona é mãe de Diana, a que se associam a Lua e Hécate, e guardiã dos bosques.

[79] No original, *si qua pro me pater Hyrtacus dona tulit*: entenda-se, "se meu pai por mim depôs ofertas".

conicit. Hasta uolans noctis diuerberat umbras
et uenit auersi in tergum Sulmonis ibique
frangitur ac fisso transit praecordia ligno.
Voluitur ille uomens calidum de pectore flumen
frigidus et longis singultibus ilia pulsat.   415
Diuersi circumspiciunt. Hoc acrior idem
ecce aliud summa telum librabat ab aure.
Dum trepidant, it hasta Tago per tempus utrumque
stridens traiectoque haesit tepefacta cerebro.
Saeuit atrox Volscens nec teli conspicit usquam   420
auctorem nec quo se ardens immittere possit.
"Tu tamen interea calido mihi sanguine poenas
persolues amborum", inquit; simul ense recluso
ibat in Euryalum. Tum uero exterritus, amens,
conclamat Nisus, nec se celare tenebris   425
amplius aut tantum potuit perferre dolorem:
"Me me, adsum qui feci, in me conuertite ferrum,
o Rutuli! Mea fraus omnis! Nihil iste nec ausus
nec potuit! Caelum hoc et conscia sidera testor,
tantum infelicem nimium dilexit amicum!"   430
Talia dicta dabat, sed uiribus ensis adactus
transabiit costas et candida pectora rumpit.
Voluitur Euryalus leto pulchrosque per artus
it cruor, inque umeros ceruix collapsa recumbit:
purpureus ueluti cum flos succisus aratro   435
languescit moriens lassoue papauera collo
demisere caput, pluuia cum forte grauantur.
At Nisus ruit in medios solumque per omnes

o agudo ferro, que célere aparta o negrume da noite,
para encravar-se na espádua do forte Sulmão, muito longe,
partir o hastil pontiagudo e sumir nas entranhas sangrentas.[80]
Tomba o guerreiro no solo, já preso do frio da morte,
rios de sangue a lançar em soluços do peito; e aquietou-se.
Estupefactos se entreolham os rútulos. Mais animado,
Niso sopesa outro dardo e o projeta na altura dos olhos,
que vai certeiro e estridente cravar-se na fronte de Tago,[81]
para fixar-se no cérebro ardente do jovem guerreiro.
Urra Volscente de dor, por não ver quem fizera os disparos,
ou sobre quem poderia jogar seu despeito impotente.
"Pois tu", bradou, "pagarás pela morte dos dois companheiros,
já que não acho o culpado!" De espada na mão, arremete
de encontro a Euríalo. Vendo o seu gesto, ataranta-se Niso,[82]
fora de si, sem cuidar de valer-se do amparo da Noite,
por não poder aguentar por mais tempo a feroz perspectiva.[83]
"Fui eu, fui eu quem fez tudo! Virai contra mim vossas armas,
rútulos! Minha foi toda a traição. Ele nada podia
nem tinha meios! O céu me assegura, estes astros! A culpa
dele resume-se em ser devotado a um amigo sincero!"
Enquanto assim se expressava, com grande violência Volscente
a espada enterra nas costas de Euríalo e rompe-lhe o peito.
Tomba no solo o mancebo, ferido de morte; de sangue
mancham-se os membros formosos; do lado a cabeça lhe pende.
Cortada assim pelo arado impiedoso emurchece purpúrea
flor ao morrer, ou papoila, do peso agravada das chuvas
que a noite toda caíram; no talo a cabeça já pende.
Niso acomete sozinho no meio da turba inimiga.

---

[80] *Hastil*: lança.

[81] *Na fronte*: no original, *per tempus utrumque*, isto é, "atravessando as duas têmporas".

[82] Volscente talvez não matasse Euríalo, se Niso não interviesse.

[83] *Feroz perspectiva*: no original, *tantum dolorem*, "tamanha dor".

Volscentem petit in solo Volscente moratur.
Quem circum glomerati hostes hinc comminus atque hinc 440
proturbant. Instat non setius ac rotat ensem
fulmineum, donec Rutuli clamantis in ore
condidit aduerso et moriens animam abstulit hosti.
Tum super exanimum sese proiecit amicum
confossus placidaque ibi demum morte quieuit. 445
Fortunati ambo! Si quid mea carmina possunt,
nulla dies umquam memori uos eximet aeuo,
dum domus Aeneae Capitoli immobile saxum
accolet imperiumque pater Romanus habebit.
Victores praeda Rutuli spoliisque potiti 450
Volscentem exanimum flentes in castra ferebant.
Nec minor in castris luctus Rhamnete reperto
exsangui et primis una tot caede peremptis,
Serranoque Numaque. Ingens concursus ad ipsa
corpora seminecesque uiros tepidaque recentem 455
caede locum et plenos spumanti sanguine riuos.
Agnoscunt spolia inter se galeamque nitentem
Messapi et multo phaleras sudore receptas.
Et iam prima nouo spargebat lumine terras

Volscente apenas procura; só pode deter-se em Volscente.[84]
Rútulos mil se apinharam à volta do moço, que, lestes,[85]
sabe desviar-se de todos e no alto volteia o fulmíneo
gládio, até vir a enterrá-lo na boca do fero guerreiro,[86]
quando este a abrira de espanto; assim morre, ao matar o inimigo.
Então, crivado de graves feridas, em cima do amigo[87]
joga-se, para encontrar a quietude no leito sereno da morte.
Felizes ambos! Se alguma valia tiverem meus versos,
alcançareis vida eterna na grata memória dos homens,
enquanto os filhos de Eneias ficarem no duro penhasco
do Capitólio, com o pai dos romanos no império do mundo.[88]
Os vencedores então se apoderam do espólio dos jovens
e aos arraiais a chorar carregaram Volscente sem vida.
Consternação indizível no campo dos volscos se alteia,[89]
quando encontraram Ramnete já frio, com Numa e Serrano
e outros guerreiros de prol. Procissão infinita perpassa
por tantos corpos sem vida e varões já nas vascas da morte,
mádido o chão do recente estrupício, regatos de sangue.[90]
O capacete vistoso do fero Messapo foi logo
reconhecido no espólio, os arreios tão caros agora.[91]
A nova Aurora já havia saltado do tálamo cróceo[92]

---

[84] Notar que a mesma palavra, *Volscente*, objetivo de Niso, abre e encerra este verso.

[85] *Lestes*: rápido; é singular e refere-se a Niso.

[86] *Fulmíneo gládio*: espada veloz e brilhante como o raio.

[87] *Do amigo*: corrigido conforme o manuscrito do tradutor, em vez de "Niso", como constava equivocadamente nas edições anteriores.

[88] *Pai dos romanos*: Augusto. A ideia é que o poeta eternizará a façanha enquanto Roma existir.

[89] *Volscos*: povo aliado dos rútulos; Volscente, como o nome indica, representa o povo todo.

[90] *Mádido*: molhado; *estrupício*: luta.

[91] *Caros*: Virgílio diz *receptas multo sudore*, "recobradas com muito suor".

[92] *Tálamo cróceo*: leito vermelho-amarelado, da cor do açafrão: a cor do céu na aurora.

Tithoni croceum linquens Aurora cubile: 460
iam sole infuso, iam rebus luce retectis
Turnus in arma uiros, armis circumdatus ipse,
suscitat, aeratasque acies in proelia cogit
quisque suas uariisque acuunt rumoribus iras.
Quin ipsa arrectis (uisu miserabile) in hastis   465
praefigunt capita et multo clamore sequuntur
Euryali et Nisi.
Aeneadae duri murorum in parte sinistra
opposuere aciem (nam dextera cingitur amni),
ingentesque tenent fossas et turribus altis   470
stant maesti; simul ora uirum praefixa mouebant,
nota nimis miseris atroque fluentia tabo.
Interea pauidam uolitans pennata per urbem
nuntia Fama ruit matrisque allabitur aures
Euryali. At subitus miserae calor ossa reliquit,   475
excussi manibus radii reuolutaque pensa.
Euolat infelix et femineo ululatu,
scissa comam, muros amens atque agmina cursu
prima petit, non illa uirum, non illa pericli
telorumque memor; caelum dehinc questibus implet: 480
"Hunc ego te, Euryale, aspicio? Tune illa senectae
sera meae requies, potuisti linquere solam,
crudelis? Nec te, sub tanta pericula missum,
affari extremum miserae data copia matri?
Heu, terra ignota canibus data praeda Latinis   485
alitibusque iaces, nec te, tua funera mater

do seu marido Titono, e a luz bela no mundo esparzia[93]
bem claro o sol, ressaltando por tudo os contornos das coisas.
Turno, aprestado dos pés à cabeça, convoca os guerreiros
para ingressarem na pugna, vestidos de forte armadura.
Cada um dos chefes incita seus homens com roucos discursos,
interpretando o ocorrido a seu modo. Por último, trazem —
triste espetac'lo — nas lanças erguidas as sujas cabeças
de Niso e Euríalo.
Os aguerridos troianos concentram seus homens à esquerda
dos fortes muros; o rio à direita a eles todos abraça;
os largos fossos defendem; nas torres altivas se postam,
cheios de dor ante a vista daquelas cabeças disformes —
infelizmente era certo! — a estilar humor negro e nauseante.[94]
A alada Fama entretanto por toda a cidade aturdida
revoluteia, até dar com a notícia nas ouças trementes[95]
da mãe de Euríalo. Foge o calor, subitâneo, dos ossos
da desgraçada, das mãos cai-lhe o fuso, embaralha-se o linho.
Fora de si e a gritar, arrancando os cabelos, a pobre
se dirigiu para os muros, na frente das tropas, sem nada
ver nem pensar em guerreiros, perigos nem dardos nem mortes,
os ares longe aturdindo com seus lancinantes queixumes.
"Assim te vejo, meu filho, meu único amparo da vida?
Como pudeste deixar-me sozinha no meu abandono?[96]
Sem coração! Nem ao menos lembrou-te ao partir para essa
tão perigosa missão despedir-te de tua mãezinha?
Em terra estranha ora jazes e pasto vais ser dos abutres,[97]
dos cães ferozes do Lácio, sem que eu, tua mãe, presidisse

---

[93] *Titono*: príncipe troiano, esposo da Aurora.

[94] *Estilar humor negro*: gotejar sangue escuro.

[95] *Ouças*: ouvidos.

[96] *Abandono*: no original, *senectae*, "velhice".

[97] *Pasto dos abutres, dos cães*: aqui Virgílio segue de perto a *Ilíada* (I, vv. 4-5): *helória kýnessin oionoisí*, "aos cães atirados e como pasto das aves" (na tradução de Carlos Alberto Nunes).

produxi pressiue oculos aut uulnera laui,
ueste tegens, tibi quam noctes festina diesque
urgebam et tela curas solabar aniles.
Quo sequar? Aut quae nunc artus auulsaque membra   490
et funus lacerum tellus habet? Hoc mihi de te,
nate, refers? Hoc sum terraque marique secuta?
Figite me, si qua est pietas, in me omnia tela
conicite, o Rutuli, me primam absumite ferro!
Aut tu, magne pater diuum, miserere tuoque   495
inuisum hoc detrude caput sub Tartara telo,
quando aliter nequeo crudelem abrumpere uitam".
Hoc fletu concussi animi, maestusque per omnes
it gemitus; torpent infractae ad proelia uires.
Illam incendentem luctus Idaeus et Actor   500
Illionei monitu et multum lacrimantis Iuli
corripiunt interque manus sub tecta reponunt.
At tuba terribilem sonitum procul aere canoro
increpuit; sequitur clamor caelumque remugit.
Accelerant acta pariter testudine Volsci   505
et fossas implere parant ac uellere uallum.
Quaerunt pars aditum et scalis ascendere muros,
qua rara est acies interlucetque corona
non tam spissa uiris. Telorum effundere contra
omne genus Teucri ac duris detrudere contis,   510
assueti longo muros defendere bello.
Saxa quoque infesto uoluebant pondere, si qua
possent tectam aciem perrumpere; cum tamen omnes

no extremo instante as exéquias, as pálpebras ternas fechadas,
limpas as duras feridas, nem sobre o teu corpo a mortalha
por mim tecida eu pusesse, trabalho da lerda velhice.
Onde encontrar-te? Em que terra caíram teus membros esparsos,
teus miseráveis despojos? Tão pouco me trazes, meu filho
nesta aflição? Só para isto, por terra e por mar te seguira?
Rútulos! Eis-me como alvo do vosso rancor! Transpassai-me
com vossos dardos! Seja eu a primeira a cair nesta guerra.
Ou então, potente senhor do alto Olimpo, de mim tem piedade;
com o teu raio no Tártaro atira a aborrida cabeça,[98]
pois de outra forma jamais poderei extinguir-me aqui embaixo."
Os corações abalados com tantos lamentos, afrouxam
do ardor primeiro; nas filas dos teucros gemidos se escutam.
Alfim, por ordem de Ascânio a chorar, de Ilioneu valoroso,
Áctor e Ideu, de seus postos se adiantam e a boa velhinha,
causa do luto dos teucros, à sua morada acompanham.
Longe a trombeta sonora de bronze por tudo reboa,
de alto clamor reforçada; até ao céu o barulho se alteia.
Nas tartarugas maciças os volscos aos poucos avançam,[99]
certos de os fossos encher, derrubar as tranqueiras recentes.[100]
Outros, acessos perscrutam, aos muros escadas encostam
onde alguns claros encontram, sinal de descuido ou tibieza
dos defensores. Da parte de dentro os troianos disparam
chuva de dardos contra eles. Com varas e paus os repelem.
Acostumados já estavam à guerra de cima dos muros.
Ademais disso, contra eles atiram chuveiro de pedras,
na tentativa falaz de romper-lhes o teto de bronze[101]

---

[98] *Aborrida cabeça* (como no original, *inuisum caput*) é a própria mãe, não a cabeça do filho.

[99] *Tartarugas*: formação militar (ver II, v. 441).

[100] *Tranqueiras*: no original, *uallum*, aqui paliçadas de estacas de madeira para fortificar um local; ver em v. 542 ocorrência do termo em outra acepção.

[101] *Tentativa falaz*: porque não logra ferir os sitiadores.

ferre iuuat subter densa testudine casus;
nec iam sufficiunt. Nam qua globus imminet ingens,   515
immanem Teucri molem uoluuntque ruuntque,
quae strauit Rutulos late armorumque resoluit
tegmina. Nec curant caeco contendere Marte
amplius audaces Rutuli, sed pellere uallo
missilibus certant.   520
Parte alia horrendus uisu quassabat Etruscam
pinum et fumiferos infert Mezentius ignes;
at Messapus equum domitor, Neptunia proles,
rescindit uallum et scalas in moenia poscit.
Vos, o Calliope, precor, aspirate canenti,   525
quas ibi tum ferro strages, quae funera Turnus
ediderit, quem quisque uirum demiserit Orco;
et mecum ingentes oras euoluite belli,
et meministis enim, diuae, et memorare potestis.
Turris erat uasto suspectu et pontibus altis,   530
opportuna loco, summis quam uiribus omnes
expugnare Itali summaque euertere opum ui
certabant, Troes contra defendere saxis
perque cauas densi tela intorquere fenestras.
Princeps ardentem coniecit lampada Turnus   535
et flammam affixit lateri, quae plurima uento
corripuit tabulas et postibus haesit adesis.
Turbati trepidare intus frustraque malorum

das tartarugas; aumenta a confiança dos fortes guerreiros.[102]
Os outros cedem; no ponto em que os rútulos mais ameaçavam
a integridade dos muros, os teucros arrastam rochedo
descomunal e sobre eles o jogam, com dano apreciável[103]
daquele abrigo desfeito, com o que devagar se afastaram,[104]
bem protegidos, passando de longe a empregar somente armas
de arremessão, nada ocultos.[105]
Noutro setor agitava Mezêncio, de aspecto feroce,
pinho da Etrúria; carrega, já prontas, fumíferas teias;[106]
o domador de cavalos, Messapo, netúnia progênie,
transposto o valo, nos muros encosta possantes escadas.
Musas! Calíope, a voz sustentai-me e dizei-me sem falta[107]
do morticínio espantoso causado por Turno, os estragos
da sua espada e os guerreiros que os volscos enviaram para o Orco.
Contai-me tudo; os sucessos incríveis da ingente peleja,
pois em verdade o sabeis e podeis referi-lo a contento.
Num ponto crítico havia uma torre de vários andares,
forte e bem-feita, que os ítalos em competência tentavam
desmantelar, empregando para isso recursos extremos.
Mas os troianos de suas seteiras em peso a defendem,
pedras e dardos contra eles jogando sem pausa fazerem.
Turno, primeiro de todos, atira nos muros um facho
de chamas vivas, de lado, que o vento de pronto alimenta
com as tábuas secas e as portas. Num ápice o fogo as devora.
Dentro da torre os troianos se assustam; trepidam; debalde

---

[102] *Fortes guerreiros*: os rútulos.

[103] *O*: corrigido conforme o manuscrito do tradutor, em vez de "os", como constava nas edições anteriores.

[104] *Daquele abrigo*: entenda-se, a formação militar em tartaruga, que ora se desbaratina.

[105] *Nada ocultos*: no original, *caeco Marte*, "em combate cego", pois sob os escudos não se via o inimigo.

[106] *Fumíferas teias*: tochas incandescentes.

[107] *Calíope*: entre as nove Musas, a da poesia épica. Para Hesíodo (*Teogonia*, v. 79) é a mais ilustre.

uelle fugam. Dum se glomerant retroque residunt
in partem, quae peste caret, tum pondere turris 540
procubuit subito et caelum tonat omne fragore.
Semineces ad terram, immani mole secuta,
confixique suis telis et pectora duro
transfossi ligno ueniunt. Vix unus Helenor
et Lycus elapsi. Quorum primaeuus Helenor, 545
Maeonio regi quem serua Licymnia furtim
sustulerat uetitisque ad Troiam miserat armis,
ense leuis nudo parmaque inglorius alba.
Isque ubi se Turni media inter milia uidit,
hinc acies atque hinc acies adstare Latinas, 550
ut fera, quae densa uenantum saepta corona
contra tela furit seseque haud nescia morti
inicit et saltu supra uenabula fertur,
haud aliter iuuenis medios moriturus in hostes
irruit et, qua tela uidet densissima, tendit. 555
At pedibus longe melior Lycus inter et hostes
inter et arma fuga muros tenet altaque certat
prendere tecta manu sociumque attingere dextras.
Quem Turnus, pariter cursu teloque secutus,
increpat his uictor: "Nostrasne euadere, demens, 560
sperasti te posse manus?" Simul arripit ipsum
pendentem et magna muri cum parte reuellit.
Qualis ubi aut leporem aut candenti corpore cycnum
sustulit alta petens pedibus Iouis armiger uncis
quaesitum aut matri multis balatibus agnum 565
Martius a stabulis rapuit lupus. Undique clamor
tollitur: inuadunt et fossas agere complent;
ardentes taedas alii ad fastigia iactant.

tentam fugir do perigo iminente, acolhendo-se a um lado,
livre do incêndio voraz. Porém logo os pilares cederam
ruidosamente. Até ao éter eleva-se o estrondo inaudito.
Na queda imensa daquela tranqueira cadáveres semi-[108]
vivos, os peitos abertos das próprias espadas, ou mesmo
dos estilhaços, ao chão vêm de embrulho. Somente escaparam
Lico e Helenor. O mais velho dos dois, Helenor, era filho
do rei da Meônia e da escrava Licímnia. Esta a Troia o mandara
sem nenhum título; simples espada brandia; de escudo
virgem de ornatos, em branco, lutava sem glória nenhuma.
Quando cercado se viu pelos homens de Turno, incontáveis,
por toda a parte rodeado das densas colunas latinas,
como uma fera acossada por jovens pastores que dardos
contra ela atiram, consciente de a morte encontrar ali mesmo,
rompe a barreira de chuços e dardos, e a todos confunde:
da mesma forma o mancebo, disposto a morrer, atirou-se
contra as fileiras de lanças viradas de ponta contra ele.
Lico, porém, mais ligeiro se escoa entre as armas imigas,
lanças e dardos, e aos muros se alteia num pulo mais ágil,
certo de a borda pegar, e de seus companheiros a destra.
Turno porém, *pari passu* com ele, a brandir seu venab'lo,
motejador o invectiva: "Pensaste em fugir, insensato,
de minhas mãos?" E ao falar, apossou-se do jovem guerreiro
dependurado, com parte do muro jogando-o por terra.
Dessa maneira se apossa de tímida lebre ou de um cisne
a águia de Jove, nas garras recurvas, e às nuvens se acolhe;[109]
ou como um lobo marcial que uma ovelha arrebata da cerca,[110]
sem se importar com os balidos da mãe desolada. Por tudo,
alto clamor se levanta; com pedras aplainam-se os fossos.
Outros atiram para o alto dos tetos mil tochas ardentes.

---

[108] *Tranqueira*: no original, *mole*, grande estrutura.

[109] *Águia de Jove*: no original, *Iouis armiger*, "escudeiro de Júpiter". A águia
levava armas do deus.

[110] *Lobo marcial*: o lobo era animal consagrado a Marte.

Ilioneus saxo atque ingenti fragmine montis
Lucetium portae subeuntem ignesque ferentem,   570
Emathiona Liger, Corynaeum sternit Asilas,
hic iaculo bonus, hic longe fallente sagitta,
Ortygium Caeneus, uictorem Caenea Turnus,
Turnus Ityn Cloniumque, Dioxippum Promolumque
et Sagarim et summis stantem pro turribus Idan,   575
Priuernum Capys. Hunc primo leuis hasta Themillae
strinxerat; ille manum proiecto tegmine demens
ad uulnus tulit; ergo alis allapsa sagitta
et laeuo infixa est lateri manus abditaque intus
spiramenta animae letali uulnere rupit.   580
Stabat in egregiis Arcentis filius armis,
pictus acu chlamydem et ferrugine clarus Hibera,
insignis facie, genitor quem miserat Arcens,
eductum Matris luco Symaethia circum
flumina, pinguis ubi et placabilis ara Palici: 585
stridentem fundam positis Mezentius hastis
ipse ter adducta circum caput egit habena
et media aduersi liquefacto tempora plumbo
diffidit ac multa porrectum extendit harena.
Tum primum bello celerem intendisse sagittam   590
dicitur ante feras solitus terrere fugaces

Joga um penhasco Ilioneu, parte grande de um monte, em Lucécio,[111]
no momentinho em que perto da porta intentava abrasá-la.
Líger matou a Ematião; Corineu por Asilas foi morto;
este, certeiro na flecha; aqueloutro, no jogo do dardo.
Ceneu a Ortígio; porém foi por Turno ali mesmo prostrado.
A Ítis também Turno mata, mais Prômulo, Clônio e Dioxipo,
conjuntamente com Ságaris junto das torres, e Idante.
Cápis matou a Priverno, que fora ferido pela hasta
frágil demais de Temila. Largando do escudo, o insensato
quis apalpar a ferida; mas nisso atingiu-o de longe
a seta alada de Cápis, que a mão lhe pregou nas costelas
do lado esquerdo e cortou-lhe com o fôlego a vida preciosa.
De Arcente o filho ali estava, munido de egrégio armamento,
clâmide rubra da Ibéria na cor e bordados de preço,[112]
peça lindíssima! Arcente o educara no Bosque de Marte[113]
para os trabalhos da guerra, nas margens do rio Simeto,[114]
perto do altar de Palico, onde vítimas pingues se imolam.[115]
Deposta a lança, Mezêncio três vezes a funda volteia
em derredor da cabeça, bem firme a correia na destra,
indo na fronte acertar do mancebo a pelota de chumbo
quente da viagem, prostrando-o sem vida no campo da luta.
Conforme contam, foi nesse recontro que Ascânio a primeira[116]
seta na guerra empregou, sempre usadas na caça ligeira,[117]

---

[111] Nos vv. seguintes, a confusão no texto reproduz a confusão da batalha. Para esclarecimento: são troianos *Ilioneu*, *Ematião* (ou Emátion), *Corineu*, *Ceneu*, *Ítis*, *Prômulo*, *Clônio*, *Dioxipo*, *Ságaris*, *Idante*, *Cápis* (não o Cápis, rei de Alba Longa), *Temila* (ou Temilas) e o filho de Arcente. São rútulos *Lucécio*, *Líger*, *Asilas*, *Ortígio* e *Priverno*.

[112] *Rubra da Ibéria na cor*: a púrpura ibérica era então muito apreciada.

[113] *Bosque de Marte*: um bosque dedicado ao deus.

[114] *Simeto*: rio da Sicília.

[115] *Altar de Palico*: Palicos eram gêmeos, filhos de Júpiter e Talia (ou de Júpiter e Etna, filha de Vulcano), adorados na Sicília.

[116] *Recontro*: combate.

[117] *Primeira seta na guerra*: aqui se dá a iniciação de Ascânio como guerreiro.

Ascanius fortemque manu fudisse Numanum,
cui Remulo cognomen erat, Turnique minorem
germanam nuper thalamo sociatus habebat.
Is primam ante aciem digna atque indigna relatu   595
uociferans tumidusque nouo praecordia regno
ibat et ingentem sese clamore ferebat:
"Non pudet obsidione iterum ualloque teneri,
bis capti Phryges, et morti praetendere muros?
En qui nostra sibi bello conubia poscunt!   600
Quis deus Italiam, quae uos dementia adegit?
Non hic Atridae nec fandi fictor Ulixes;
durum a stirpe genus, natos ad flumina primum
deferimus saeuoque gelu duramus et undis,
uenatu inuigilant pueri siluasque fatigant,   605
flectere ludus equos et spicula tendere cornu.
At patiens operum paruoque assueta iuuentus
aut rastris terram domat aut quatit oppida bello.
Omne aeuum ferro teritur uersaque iuuencum
terga fatigamus hasta; nec tarda senectus   610
debilitat uires animi mutatque uigorem:
canitiem galea premimus, semperque recentes
comportare iuuat praedas et uiuere rapto.
Vobis picta croco et fulgenti murice uestis,
desidiae cordi, iuuat indulgere choreis,   615
et tunicae manicas et habent redimicula mitrae.

para dar morte a Numano valente, de nome postiço,[118]
Rêmulo, dizem. A irmã derradeira de Turno ele, havia[119]
pouco, esposara, consórcio auspicioso com os grandes da terra.
Cheio de empáfia, orgulhoso de tão vantajoso esposório,
a corpulência a agitar ia à frente de seus comandados,
a boca cheia de vãos impropérios, doestos pesados:
"Pejo não tendes, ó frígios, de mais uma vez vos cercardes[120]
de um valo fundo e de opordes à morte barreira tão frágil?
Com armas tais pretendeis disputar nossas belas esposas?
Que divindade ou delírio vos trouxe às paragens da Itália?
Não achareis entre nós nem Atridas nem falsos Ulisses.[121]
Somos de estirpe robusta; nas águas do rio os pimpolhos
nós mergulhamos, a fim de enrijá-los nas ondas geladas.
Desde pequenos na caça se esforçam, nas matas escuras.
Domar potrancas é brinco para eles, jogar longe os dardos.
À parcimônia habituados de cedo e a fadigas sem conta,
nas duras lidas do campo, no assédio a cidades se esforçam.
Em toda a vida sentimos o peso dos ferros; novilhos
aguilhoamos com a lança. A velhice tardonha é impotente
para abater-nos o espírito, fracos deixar-nos de corpo.
Elmos pesados as cãs nos comprimem; com presas recentes
nos comprazemos, de roubos viver entre os povos vizinhos.
Enquanto vós, de açafrão e de púrpura tendes as vestes[122]
a acobertar corações sem vigor. As coreias vos fazem[123]
saltar de gozo, essas mitras com fitas e blusas de mangas.

---

[118] *De nome postiço, Rêmulo*: apelidado de Rêmulo.

[119] *Derradeira*: mais nova.

[120] *Ó frígios, de mais uma vez*: no original, *bis capti Phryges*, "frígios, duas vezes capturados", pois Troia foi destruída uma vez por Hércules, outra pelos gregos.

[121] *Falsos Ulisses*: Ulisses enganadores.

[122] Inicia-se aqui uma série de ofensas lançadas sobre os troianos, chamando-os de efeminados; *de açafrão e de púrpura*: cores que denunciariam um refinamento impróprio a varões.

[123] *Coreias*: danças acompanhadas de cantos.

O uere Phrygiae, neque enim Phryges, ite per alta
Dindyma, ubi assuetis biforem dat tibia cantum!
Tympana uos buxusque uocat Berecyntia Matris
Idaeae; sinite arma uiris et cedite ferro".   620
Talia iactantem dictis ac dira canentem
non tulit Ascanius neruoque obuersus equino
contendit telum diuersaque bracchia ducens
constitit, ante Iouem supplex per uota precatus:
"Iuppiter omnipotens, audacibus adnue coeptis.   625
Ipse tibi ad tua templa feram sollemnia dona
et statuam ante aras aurata fronte iuuencum
candentem pariterque caput cum matre ferentem,
iam cornu petat et pedibus qui spargat harenam".
Audiit et caeli Genitor de parte serena   630
intonuit laeuum, sonat una fatifer arcus:
effugit horrendum stridens adducta sagitta
perque caput Remuli uenit et caua tempora ferro
traicit. "I, uerbis uirtutem illude superbis!
His capti Phryges haec Rutulis responsa remittunt".   635
Hoc tantum Ascanius. Teucri clamore sequuntur
laetitiaque fremunt animosque ad sidera tollunt.
Aetheria tum forte plaga crinitus Apollo

Frígias! não frígios, voltai para o Dídimo de alto contorno,[124]
onde achareis vossas flautas de dúplice canto, ó delícia!,[125]
os berecíntios pandeiros e gaitas maternas de Cíbele.[126]
Deixai aos homens as armas de guerra, os incômodos ferros!"
Não sofre Ascânio tamanha jactância, soezes insultos[127]
do deslavado inimigo. No equino cordão firma a seta
prestes a ser disparada; e detendo-se um pouco, para o alto
tende as mãos ambas e votos ferventes a Jove endereça:
"Júpiter onipotente! reforça esta audácia nascida
do desespero! Magníficos dons deporei no teu templo.
Imolarei um novilho com chifres de pontas douradas,
alvo sem manchas, que à mãe se equipare no erguer a cabeça
e sob as patas desmanche por vezes o solo arenoso".
O pai dos deuses o ouviu; e à sinistra, no céu descampado,
forte trovão retumbou, no momento preciso em que soa
o arco letal e uma seta ligeira foi no alvo encravar-se,
as duas fontes de Rêmulo unindo por dentro do crânio.[128]
"Vai! e arremata esse fútil chorrilho de puras sandices.
Essa é a resposta dos frígios medrosos, com dois cativeiros."[129]
Tal, o discurso de Ascânio; os troianos em grita prorrompem.
Fremem de júbilo; aos astros se eleva a coragem de todos.
Do alto das nuvens Apolo sereno, de belos cabelos,

---

[124] *Dídimo*: ou Díndimo, nome de monte vizinho ao monte Ida, na Frígia, consagrado a Cibele.

[125] *Flautas de dúplice canto*: flauta frígia com dois caniços.

[126] *Berecíntios*: do monte Berecinto, também na Frígia, consagrado a Cibele. *Gaitas*: pífaros, flautas; *maternas*: de Cibele, chamada "Grande Mãe", cujos sacerdotes e servidores eram eunucos, homens emasculados. O tradutor adota a variante *Cíbele* por razões métricas.

[127] *Não sofre*: aqui, não tolera; *soezes*: grosseiros.

[128] *Fontes*: os lados da cabeça entre os olhos e as orelhas.

[129] *Dois cativeiros*: referência às duas vezes em que Troia foi sitiada (ver nota ao v. 598).

desuper Ausonias acies urbemque uidebat,
nube sedens, atque his uictorem affatur Iulum: 640
"Macte noua uirtute, puer: sic itur ad astra,
dis genite et geniture deos. Iure omnia bella
gente sub Assaraci fato uentura resident,
nec te Troia capit". Simul haec effatus ab alto
aethere se misit, spirantes dimouet auras 645
Ascaniumque petit. Forma tum uertitur oris
antiquum in Buten. Hic Dardanio Anchisae
armiger ante fuit fidusque ad limina custos;
tum comitem Ascanio pater addidit. Ibat Apollo
omnia longaeuo similis, uocemque coloremque 650
et crines albos et saeua sonoribus arma,
atque his ardentem dictis affatur Iulum:
"Sit satis, Aenide, telis impune Numanum
oppetiisse tuis; primam hanc tibi magnus Apollo
concedit laudem et paribus non inuidet armis; 655
cetera parce, puer, bello". Sic orsus Apollo
mortales medio aspectus sermone reliquit
et procul in tenuem ex oculis euanuit auram.
Agnouere deum proceres diuinaque tela
Dardanidae pharetramque fuga sensere sonantem. 660
Ergo auidum pugnae dictis ac numine Phoebi
Ascanium prohibent, ipsi in certamina rursus
succedunt animasque in aperta pericula mittunt.

os contingentes ausônios olhava, a cidade dos teucros.[130]
Ao vitorioso mancebo enxergando, destarte se exprime:
"Cresce em valor, meu menino; é assim mesmo que aos astros chegamos.[131]
Filho de deuses, fadado também a ser pai de outros deuses,[132]
dia virá em que belo remate os nascidos de Assáraco
porão nas lutas dos homens. É certo; não cabes em Troia".[133]
Assim dizendo, cortou pelo meio das nuvens, e logo
se dirigiu para o lado de Ascânio, as feições assumindo
do velho Butes, antigo escudeiro de Anquises dardânio
e seu porteiro mais tarde, guardião do palácio bem-feito.
Aio de Ascânio por último Eneias fizera do velho.
A ele, portanto, semelho na cor e na voz, na postura,
cabelos brancos, no próprio barulho das armas, Apolo
se dirigiu ao fogoso mancebo nos termos seguintes:
"Filho de Eneias, contém-te depois dessa bela vitória
sobre Numano. Concede-te Apolo a excelência tão rara
desse disparo, sem pingo de inveja da tua perícia.[134]
Mas não prossigas, menino". Destarte o frecheiro se exprime;
no mesmo instante se esquiva da vista dos homens pequenos
e, da aparência mortal já despido, nas auras sumiu-se.
Reconheceram de pronto os caudilhos troianos as setas
e a divindade, o sonido ao sentirem da aljava brilhante.
Por isso mesmo, ao menino aconselham da pugna afastar-se,
em obediência aos ditames de Apolo, e com mais ardimento[135]
para o cenário da luta retornam de grandes perigos.

---

[130] *Ausônios*: itálicos, aqui refere-se aos rútulos. Apolo contempla um e outro lado antes de falar.

[131] *Cresce em valor*: não é propriamente imperativo, mas fórmula augural religiosa.

[132] *Pai de outros deuses*: os imperadores Júlio César e Augusto, equiparados a deuses.

[133] *Não cabes em Troia*: entenda-se, "Troia seria pouco para ti". Iulo merece algo maior, que é Roma.

[134] *Sem pingo de inveja*: entenda-se, porque Apolo é deus do arco.

[135] *Ardimento*: coragem.

It clamor totis per propugnacula muris,
intendunt acres arcus amentaque torquent. 665
Sternitur omne solum telis, tum scuta cauaeque
dant sonitum flictu galeae, pugna aspera surgit:
quantus ab occasu ueniens pluuialibus Haedis
uerberat imber humum, quam multa grandine nimbi
in uada praecipitant, cum Iuppiter horridus Austris 670
torquet aquosam hiemem et caelo caua nubila rumpit.
Pandarus et Bitias, Idaeo Alcanore creti,
quos Iouis eduxit luco siluestris Iaera
abietibus iuuenes patriis et montibus aequos,
portam, quae ducis imperio commissa, recludunt 675
freti armis, ultroque inuitant moenibus hostem.
Ipsi intus dextra ac laeua pro turribus adstant,
armati ferro et cristis capita alta corusci:
quales aeriae liquentia flumina circum,
siue Padi ripis Athesim seu propter amoenum, 680
consurgunt geminae quercus intonsaque caelo
attollunt capita et sublimi uertice nutant.
irrumpunt aditus Rutuli ut uidere patentes
continuo Quercens et pulcher Aquiculus armis
et praeceps animi Tmarus et Mauortius Haemon 685

Mais animados, por tudo recresce o clangor da batalha.
Grita atroadora nos largos merlões e nos muros se eleva.[136]
Arcos atesam; revistam-se prestes os fortes amentos.[137]
Junca-se o solo de setas e farpas; a pugna se instaura,
como os Cabritos pluviais, do Ocidente impelidos, verberam[138]
com seus açoites a terra, ou saraiva com forte aguaceiro
se precipita no mar, quando Júpiter hórrido e os Austros
as nuvens côncavas rasgam com seus furacões tempestuosos.
Pândaro e Bícias, progênie do ideu Alcanor, pela mãe[139]
Iera silvestre criados nos bosques sagrados de Jove,[140]
aos montes pátrios semelhas e aos gráceis e fortes abetos,
em suas armas confiados a porta que o chefe lhes dera
para guardar escancaram, convite imprudente ao inimigo.[141]
Ambos do lado de dentro, à direita e à sinistra das torres
se colocaram de espadas nas mãos, capacetes vistosos.
Da mesma forma, nas margens dos rios de curso sereno,
quer seja o Pado barrancoso ou o Átesis menos vaidoso,[142]
dois portentosos carvalhos se elevam e as copas altivas
para o alto céu endereçam, de um lado para o outro embalando-as.
Vendo-as abertas, os rútulos portas adentro irromperam
no mesmo instante: Quercente seguido de Aquícola, o belo,
Hémone, filho de Marte, mais Tmaro de braços robustos,[143]

---

[136] *Merlões*: intervalo dentado entre as ameias de uma fortificação para disparo dos arqueiros.

[137] *Atesam*: estendem; *amento*: correia fixa à haste da lança para facilitar o arremesso.

[138] *Cabritos pluviais*: duas estrelas da constelação do Cocheiro, cuja aparição ao poente indica chuva.

[139] *Bícias*: troiano, não o cartaginês de I, v. 738; *ideu*: do monte Ida, troiano.

[140] *Iera*: aqui, ninfa das montanhas; na *Ilíada* (XVIII, v. 42) é uma Nereida.

[141] Entenda-se: os troianos agem de maneira tola e temerariamente desmedida.

[142] *Pado*: o Pó, maior rio da Itália; *Átesis*: o Ádige, o segundo maior.

[143] *Hémone* (ou Hêmon) e *Tmaro*: ambos rútulos, apesar do nome grego.

agminibus totis aut uersi terga dedere
aut ipso portae posuere in limine uitam.
Tum magis increscunt animis discordibus irae;
et iam collecti Troes glomerantur eodem
et conferre manum et procurrere longius audent.   690
Ductori Turno diuersa in parte furenti
turbantique uiros perfertur nuntius hostem
feruere caede noua et portas praebere patentes.
Deserit inceptum atque immani concitus ira
Dardaniam ruit ad portam fratresque superbos.   695
Et primum Antiphaten, is enim se primus agebat,
Thebana de matre nothum Sarpedonis alti,
coniecto sternit iaculo; uolat Itala cornus
aera per tenerum stomachoque infixa sub altum
pectus abit; reddit specus atri uulneris undam   700
spumantem et fixo ferrum in pulmone tepescit.
Tum Meropem atque Erymanta manu, tum sternit Aphidnum,
tum Bitian ardentem oculis animisque frementem
non iaculo (neque enim iaculo uitam ille dedisset),
sed magnum stridens contorta phalarica uenit,   705
fulminis acta modo, quam nec duo taurea terga,
nec duplici squama lorica fidelis et auro
sustinuit: collapsa ruunt immania membra;
dat tellus gemitum et clipeum super intonat ingens.
Talis in Euboico Baiarum litore quondam   710

para fugirem desfeitos com todos os seus companheiros[144]
ou ali mesmo sem vida ficarem no umbral da portada.
A ira discorde nos peitos estua dos fortes guerreiros;
os lutadores troianos, agora adensados, afluem
para esse ponto, a lutar se atrevendo do lado de fora.
Nesse entrementes, a Turno, que estragos sem conta fazia
no ponto extremo do campo da guerra, a notícia levaram
de como os teucros agora lutavam de portas abertas.
Deixando em meio seu plano de ataques e em cólera ardendo,
rui para a porta dardânia que os troas irmãos defendiam.[145]
Logo de entrada, investiu contra Antífates, que vinha à frente
de outros guerreiros, o filho bastardo do grande Sarpédone[146]
e mãe tebana. Arremete-lhe o dardo tirado de um galho
de cerejeira italiana, que o peito atingiu do guerreiro
e o coração lhe trespassa. Espumante, a jorrar, corre o sangue
do ferimento, atenuando os pulmões a violência do ferro.
Turno a seguir prostra a Afidno e Mérope, ao grande Erimanto,
e depois destes a Bícias, de olhar fuzilante e animoso;
não com seu dardo, pois dardo nenhum poderia abatê-lo,
mas recorrendo à falárica imana, que voa estridente,[147]
tal qual um raio, que nem duas capas de couro do escudo
deter conseguem na forte loriga com lâminas duas[148]
de ouro tecida. Por terra ruíram seus membros gigantes;
geme o chão duro; ressoa-lhe em cima o broquel resistente.
Não de outra forma na praia de Baias da Eubeia graciosa[149]

---

[144] *Para fugirem*: mas tiveram de fugir.

[145] *Rui*: vai correndo.

[146] *Grande Sarpédone*: filho de Júpiter (Zeus), morto por Pátroclo na *Ilíada* (XVI, vv. 502-3).

[147] *Falárica imana*: lança enorme.

[148] *Loriga*: couraça.

[149] *Não de outra forma* (v. 710) [...] *de igual modo* (v. 712): note-se que este par correlato não articula duas imagens comparadas, mas está no interior de uma delas, o quebra-mar que despenca, a que se compara a queda de Bícias. *Baias da Eubeia* é ci-

saxea pila cadit, magnis quam molibus ante
constructam ponto iaciunt, sic illa ruinam
prona trahit penitusque uadis illisa recumbit:
miscent se maria et nigrae attolluntur harenae;
tum sonitu Prochyta alta tremit durumque cubile 715
Inarime Iouis imperiis imposta Typhoeo.
Hic Mars armipotens animum uiresque Latinis
addidit et stimulos acres sub pectore uertit
immisitque fugam Teucris atrumque timorem.
Undique conueniunt, quoniam data copia pugnae 720
bellatorque animo deus incidit.
Pandarus, ut fuso germanum corpore cernit
et quo sit Fortuna loco, qui casus agat res,
portam ui magna conuerso cardine torquet,
obnixus latis umeris, multosque suorum 725
moenibus exclusos duro in certamine linquit;
ast alios secum includit recipitque ruentes,
demens, qui Rutulum in medio non agmine regem
uiderit irrumpentem ultroque incluserit urbi,
immanem ueluti pecora inter inertia tigrim. 730
Continuo noua lux oculis effulsit, et arma
horrendum sonuere; tremunt in uertice cristae
sanguineae clipeoque micantia fulmina mittit:
agnoscunt faciem inuisam atque immania membra
turbati subito Aeneadae. Tum Pandarus ingens 735
emicat et mortis fraternae feruidus ira

um paredão vem por terra, construído com pedras bem-postas,[150]
antigamente, anteparo do mar; de igual modo, até ao fundo
desce das águas a mole e se aquieta ali mesmo, de envolta[151]
com a negra vasa de baixo, enturvando-lhe a calma aparência.[152]
Próquita sente o tremor da batida; não menos Inárime,[153]
duro covil, a Tifeu superposta por ordem de Júpiter.[154]
Marte potente imprimiu novos brios nos feros latinos;
no coração lhes inflama o furor das batalhas sangrentas,
enquanto aos teucros com a fuga tolhia e o temor descorado.[155]
Robustecidos de todos os lados os rútulos correm
para lutar sob as ordens de Marte.
Pândaro, ao ver seu irmão no chão duro estendido sem vida,
e que a Fortuna contrária aos troianos agora se achava,
com os fortes ombros do lado de dentro girar fez a porta
nos duros quícios, deixando com isso da parte de fora
muitos dos seus companheiros entregues à Sorte inconstante.
Muitos latinos também para dentro dos muros ficaram.
Quanta cegueira! Não viu o monarca dos rútulos fortes
na confusão do momento ficar também preso ali dentro,
qual feroz tigre no meio de inerte rebanho de ovelhas.
Luz desusada brilhou nesse instante nos olhos de Turno.
Tinem-lhe as armas possantes; a crista sanguínea se agita
no belo casco e do escudo desprendem-se chispas contínuas.
Logo os aflitos troianos aquelas feições inamáveis
identificam, os membros gigantes. Então, o ardoroso
Pândaro avança, da morte do irmão mais ainda inflamado.

---

dade termal no golfo de Nápoles, vizinha de Cumas, que era colônia de Cálcis. Esta
cidade ficava na Eubeia, ilha do Egeu.

[150] *Paredão*: molhe, quebra-mar.

[151] *Mole*: molhe; em ordem direta: "a mole desce até ao fundo das águas".

[152] *Vasa*: lama acumulada no fundo do mar.

[153] *Próquita* e *Inárime* (atual Ischia): ilhas do golfo de Nápoles.

[154] *Tifeu*: gigante morto por Júpiter e enterrado sob o Etna (ver VIII, v. 298).

[155] *Descorado*: aqui, escuro, sem luz.

effatur: "Non haec dotalis regia Amatae,
nec muris cohibet patriis media Ardea Turnum.
Castra inimica uides; nulla hinc exire potestas".
Olli subridens sedato pectore Turnus: 740
"Incipe, si qua animo uirtus, et consere dextram:
hic etiam inuentum Priamo narrabis Achillem".
Dixerat. Ille rudem nodis et cortice crudo
intorquet summis adnixus uiribus hastam:
excepere aurae uulnus; Saturnia Iuno   745
detorsit ueniens portaeque infigitur hasta.
"At non hoc telum, mea quod ui dextera uersat,
effugies; neque enim is teli nec uulneris auctor".
Sic ait et sublatum alte consurgit in ensem
et mediam ferro gemina inter tempora frontem   750
diuidit impubesque immani uulnere malas.
Fit sonus, ingenti concussa est pondere tellus:
collapsos artus atque arma cruenta cerebro
sternit humi moriens atque illi partibus aequis
huc caput atque illuc umero ex utroque pependit.   755
Diffugiunt uersi trepida formidine Troes;
et si continuo uictorem ea cura subisset,
rumpere claustra manu sociosque immittere portis,
ultimus ille dies bello gentique fuisset.
Sed furor ardentem caedisque insana cupido   760
egit in aduersos.

E lhe falou: "Não encontras aqui o palácio de Amata,[156]
dote da filha, nem te achas nos muros da pátria distante,[157]
mas num cercado inimigo. Com vida escapar é impossível".
Calmo, se não sorridente, responde-lhe Turno impetuoso:
"Bem; principia, se tens gosto nisso; meçamos as forças.
Prestes a Príamo irás anunciar que encontraste outro Aquiles".
Incontinente, e valendo-se ao máximo dos seus recursos,[158]
Pândaro em Turno jogou a hasta longa ainda mal desbastada,
cheia de nós; contra o vento, porém, porque Juno mui facil-
mente a desviou, indo a lança a tremer encravar-se na porta.
"Não poderás esquivar-te dos golpes da minha potente
mão", disse Turno; "meu braço é dotado de muito mais força".
Assim dizendo e elevando ainda mais a possante estatura,
com as mãos ambas desfere na fronte de Pândaro um golpe
do resistente montante, que as faces imberbes divide.[159]
Ruidosamente caiu; com tal peso o chão duro estremece.
Os grandes membros estira na terra, ao morrer, salpicadas
de sangue e cérebro as armas. Nas largas espáduas lhes pendem
de um lado e do outro as metades abertas da bela cabeça.
Apavorados, os fortes troianos em fuga se espalham;
e se nessa hora tivesse ocorrido ao valente mancebo[160]
as largas portas franquear para os seus companheiros de luta,
o último dia fora este da guerra e da gente troiana.
Porém a sede de sangue e o furor o levaram para o outro
lado, a caçar inimigos.

---

[156] *Amata*: esposa de Latino, a qual queria Turno como esposo para a filha Lavínia.

[157] *Pátria distante*: no original, *Ardea*, Árdea, cidade de Turno, omitida pelo tradutor (ver VII, v. 411).

[158] *Incontinente*: sem demora.

[159] *Montante*: espada; é ferro contra a tosca haste de Pândaro.

[160] *Valente mancebo*: no original, *uictorem*; Turno, desmedido, deixa-se insuflar
pela fácil matança.

Principio Phalerim et succiso poplite Gygen
excipit; hinc raptas fugientibus ingerit hastas
in tergum, Iuno uires animumque ministrat;
addit Halym comitem et confixa Phegea parma,   765
ignaros deinde in muris Martemque cientes
Alcandrumque Haliumque Noemonaque Prytanimque.
Lyncea tendentem contra sociosque uocantem
uibranti gladio conixus ab aggere dexter
occupat; huic uno desectum comminus ictu   770
cum galea longe iacuit caput. Inde ferarum
uastatorem Amycum, quo non felicior alter
ungere tela manu ferrumque armare ueneno,
et Clytium Aeoliden et amicum Crethea Musis,
Crethea Musarum comitem, cui carmina semper   775
et citharae cordi numerosque intendere neruis,
semper equos atque arma uirum pugnasque canebat.
Tandem ductores audita caede suorum
conueniunt Teucri, Mnestheus acerque Serestus,
palantesque uident socios hostemque receptum.   780
Et Mnestheus: "Quo deinde fugam, quo tenditis?" inquit.
"Quos alios muros, quae iam ultra moenia habetis?
Unus homo et uestris, o ciues, undique saeptus
aggeribus tantas strages impune per urbem
ediderit? Iuuenum primos tot miserit Orco?   785
Non infelicis patriae ueterumque deorum

Fáleris foi o primeiro; jarreta a seguir Giges forte,[161]
de um golpe só; com seus dardos os teucros fugientes ele longe[162]
a muitos fere no dorso. O vigor Juno altiva lhe dobra.
Hális também caiu logo; e Fegeu, o broquel traspassado.
E sobre os muros, inscientes de quanto ocorrera nas portas,
Noémone e Prítanis forte, mais Hálio terrível e Alcandro;
logo, a Linceu que corria contra ele a chamar pelos sócios.
No parapeito encostado detendo-o, de um golpe certeiro
da irresistível espada vibrada de perto, a cabeça
conjuntamente com o elmo mui longe atirou. Logo a Amico[163]
se dirigiu, caçador destemido e muito hábil na arte
de envenenar com peçonha seus dardos e as lanças pontudas.
A Clício fere também, filho de Éolo; fere a Creteu,[164]
apaixonado das Musas e cujo deleite eram cantos,
cítara e números, sempre absorvido nas sagas heroicas[165]
dos lutadores de antanho, cavalos e carros de guerra.
Logo que ouviram falar no feroz morticínio ocorrido
dentro dos muros, os chefes preclaros Mnesteu mais Seresto
correm, e veem destroçados os seus e o inimigo ali perto.
Grita Mnesteu: "A que mira tentais nessa fuga apressada?[166]
Onde achareis outros muros, abrigo seguro como este?
Um homem só, companheiros, cercado de todos os lados
por altos muros, tamanhos estragos fará na cidade?
A fina flor dos troianos impune remete para o Orco?
Não vos comove, infelizes, a pátria, as antigas deidades,

---

[161] *Jarretar*: cortar o jarrete, tendão posterior da coxa.

[162] *Fugientes*: fugitivos.

[163] *Amico*: ou Âmico, troiano, homônimo do que morreu em I, v. 221, e do rei da Bebrícia, em V, v. 373.

[164] *A Clício fere*: mata Clício, que é troiano; Éolo: senhor dos ventos.

[165] *Números*: ritmos; *nas sagas heroicas dos lutadores de antanho*: o guerreiro é poeta épico. Virgílio diz *semper equos atque arma, uirum pugnasque canebat* ("sempre cantava cavalos e armas e o varão e lutas"), aludindo a seu próprio verso *arma uirumque cano*, "as armas canto e o varão".

[166] *Mira*: objetivo.

et magni Aeneae, segnes, miseretque pudetque?"
Talibus accensi firmantur et agmine denso
consistunt. Turnus paulatim excedere pugna
et fluuium petere ac partem quae cingitur unda 790
acrius hoc Teucri clamore incumbere magno
et glomerare manum. Ceu saeuum turba leonem
cum telis premit infensis, at territus ille,
asper, acerba tuens, retro redit, et neque terga
ira dare aut uirtus patitur, nec tendere contra 795
ille quidem hoc cupiens potis est per tela uirosque:
haud aliter retro dubius uestigia Turnus
improperata refert et mens exaestuat ira.
Quin etiam bis tum medios inuaserat hostes,
bis confusa fuga per muros agmina uertit; 800
sed manus e castris propere coit omnis in unum,
nec contra uires audet saturnia Iuno
sufficere; aeriam caelo nam Iuppiter Irim
demisit germanae haud mollia iussa ferentem,
ni Turnus cedat Teucrorum moenibus altis. 805
Ergo nec clipeo iuuenis subsistere tantum
dextra ualet: iniectis sic undique telis
obruitur. Strepit assiduo caua tempora circum
tinnitu galea, et saxis solida aera fatiscunt
discussaeque iubae capiti, nec sufficit umbo 810
ictibus: ingeminant hastis et Troes et ipse
fulmineus Mnestheus. Tum toto corpore sudor
liquitur et piceum, nec respirare potestas,

a responsabilidade de Eneias em tanta apertura?"
Mais animados, contêm-se os troianos, e em turmas compactas[167]
resistem firmes. Aos poucos afrouxa na sua investida
Turno, buscando o barranco do rio que o burgo circunda.
Seguem-lhe os passos em grita atroadora os troianos valentes,
aglomerados contra ele. A esse modo, acomete uma turma
de caçadores a um leão, com seus dardos e setas. Terrível,
recua a fera, faiscantes os olhos; fugir é impossível;
o brio inato é o mesmo de sempre, porém não o anima
nesse momento a romper a muralha de lanças pontudas:
não de outro modo comporta-se Turno; indeciso, recua
de pouco em pouco, abrasado de cólera o peito ardoroso.
Por duas vezes, no entanto, investiu contra seus adversários;
embaralhados; por duas repele até aos muros os teucros.
Mas nessa altura os troianos em peso contra ele se uniram,
sem que pudesse insuflar-lhe mais brio nem mesmo a satúrnia[168]
Juno. Do céu nesse instante Íris voa a mandado de Jove,
determinado a tomar providências mais sérias, no caso
de não sair Turno altivo das fortes muralhas dos teucros.
Dificilmente consegue valer-se do escudo, e na destra
sempre a girar o montante, a atacar os troianos; contra ele
dardos e setas choviam; nas têmporas o elmo tinia-lhe
com tantos golpes; as pedras a forte couraça amolgavam.[169]
Foi-se o penacho por terra; o broquel de bem pouco lhe vale
contra a investida dos fortes barões e os ataques fulmíneos
do agigantado Mnesteu. Sangue negro de poeira lhe escorre[170]
dos lassos membros. A custo respira; de tanto cansaço,

---

[167] *Turmas compactas*: no original, *agmine denso*, talvez menção à falange hoplítica, formação cerrada de guerreiros.

[168] *A satúrnia*: Juno. Íris, a mando de Júpiter, vai até Juno, sua irmã (*germanae*,
que o tradutor omitiu), para garantir que Turno se retire.

[169] *Amolgavam*: faziam ceder.

[170] *Agigantado*: no original, *fulmineus*, a rigor, "destruidor como o raio". Não
fica claro como Turno saiu da fortaleza, cujas portas Pândaro trancara. O v. 805 sugere que escalou as muralhas.

flumen agit; fessos quatit aeger anhelitus artus.
Tum demum praeceps saltu sese omnibus armis   815
in fluuium dedit; ille suo cum gurgite flauo
accepit uenientem ac mollibus extulit undis
et laetum sociis abluta caede remisit.

mal sustentar-se de pé conseguia, da grande fraqueza.
Por fim, de um pulo se atira no rio com todas as armas;
a correnteza o acolheu no seu flavo regaço e, amparando-o
mui docemente nas ondas tornadas mais brandas, o leva
para os consócios, contente e já limpo de toda a sujeira.

Argumento do Livro X

No fim do livro IX os troianos, sob assédio de Turno, estavam em situação crítica e era mais que premente a chegada de Eneias com reforços. O livro X começa com Júpiter a convocar os deuses em assembleia, em que declara opor-se à guerra de itálicos e troianos (vv. 1-17). Seguem-se a fala de Vênus, a favor de Eneias (vv. 18-61), e a de Juno, a favor de Turno (vv. 63-95), que permitem ao poeta inserir no quadro mais amplo do poema épico elementos de oratória deliberativa: assiste--se ao princípio do contraditório e a alguns tropos retóricos. Não se obtendo, porém, acordo nem paz, o discurso de Júpiter tem peso de veredicto: imparcial, não favorecerá nenhuma das partes, que se verão entregues à própria sorte e à mercê do destino (vv. 96-113).

A cena muda para o campo de batalha, em que os rútulos estavam quase expugnando as portas do acampamento troiano ao passo que estes resistiam com bravura (vv. 114-46). Entrementes, o herói acaba de deixar a corte de Evandro, trazendo o filho dele, Palante, e guerreiros árcades. Navegando à noite, vai até o rei dos tirrenos, Tarconte, a quem informa da aliança entre Turno e Mezêncio — antigo inimigo do rei — e obtém reforço de inúmeros guerreiros e trinta navios (vv. 147-62). Assim como no livro VII, o poeta invoca as Musas para que o assistam no catálogo das naus e dos chefes etruscos que lutarão ao lado de Eneias (vv. 163-214). Reunida a frota, partem e continuam a navegar noite adentro, quando — incrível prodígio! — as mesmas ninfas que haviam salvado do incêndio as naus troianas surgem diante de Eneias e uma delas, Cimódoce, advertindo-o do perigo que corre Ascânio e o acampamento troiano, exorta Eneias a surpreender Turno logo de manhã. Depois de falar, imprime grande velocidade à nau do herói, que em prece roga a Cibele auxílio na luta iminente (vv. 215-55).

De manhã, Eneias em pé na proa ergue o escudo ao avistar os troianos, que explodem de contentamento e redobrada coragem. Aos rútulos, admirados com o alarido, Turno os exorta, assim como aos seus exorta o novo aliado dos troianos, Tarconte, cuja nau, porém, encalha. Segue-se luta renhida; mata-se e morre-se de um e outro lado (vv. 256-361).

Acolá, quando Palante percebe que os cavaleiros árcades, desafeitos à infantaria, começavam a fugir, exorta-os a travar combate e, dando o exemplo, atira-se ele mesmo contra os inimigos: os árcades enchem-se de valentia com as façanhas de Palante, que sozinho prostrou vários inimigos (vv. 362-438). Já estava prestes a abater Lauso, filho de Mezêncio, quando Juturna, ninfa, irmã de Turno, exorta o irmão a enfrentar Palante. Encontram-se para combate singular: encaram-se, medem-se e dirigem-se palavras de desafio. Palante roga a Hércules que lhe guie a lança, mas Hércules não pode assisti-lo. Em pranto, o deus é consolado por Júpiter: chegara a hora de Palante (vv. 439-72). Ele atira a lança em Turno, a qual só o fere de raspão, ao passo que a de Turno perfura as camadas do escudo e da couraça e tira-lhe a vida. Turno jacta-se da vitória e veste-se com o boldrié tomado a Palante enquanto os companheiros o levam morto sobre o próprio escudo (vv. 473-509). Logo que sabe da morte de Palante — o jovem e bravo Palante, que lhe fora confiado por seu pai Evandro, já ancião —, Eneias, mudado, tomado de desconhecida sede de vingança, arrasta vivos oito irmãos para sacrificar mais tarde ao morto e, por três vezes, a um inimigo ajoelhado a seus pés, suplicando misericórdia, Eneias mata sem mercê, além de outros que lhe atravessam o caminho em direção de Turno. Assim, os troianos sitiados conseguem afinal livrar-se do assédio para sair, também eles, ao campo de batalha (vv. 510-605). A próxima cena passa-se no Olimpo, onde Juno obtém de Júpiter ao menos adiar a morte de Turno (vv. 606-32). Para tanto, a deusa aparece a Turno na figura de Eneias, a provocá-lo atraindo-o a bordo de uma nau que navega ao léu depois que Juno solta os cordames. Assim que percebe o engodo, o rei dos rútulos, temendo desesperado a tacha de covarde, queixa-se a Júpiter e tenta suicidar-se, mas é contido pela deusa, enquanto a nau segue até a cidade de Dauno, o pai de Turno (vv. 633-88).

É então que Mezêncio, inspirado por Júpiter, ataca os troianos e é logo defrontado por conterrâneos etruscos, que o odiavam pela antiga tirania. Mas empreende façanha ao abater com brio vários inimigos. Segue encarniçado o combate e, quando Mezêncio ressurge imenso, Eneias decide enfrentá-lo (vv. 689-770). A lança de Mezêncio, o troiano desvia com o escudo: a de Eneias é certeira. No momento em que o herói executará Mezêncio, Lauso, filho dele, interpondo-se, acolhe o golpe que era do pai. Mezêncio afasta-se. Eneias censura a temeridade do jovem, bem querendo poupá-lo, mas enterra-lhe no peito a espada. Lauso, ainda agonizante, desperta paternal piedade no herói com o que dele recebe derradeiro consolo e tratamento magnânimo (vv. 770-832). À parte, Mezêncio, ferido, ao saber que Lauso morrera, cavalga até Eneias para buscar de bom grado a morte. Antes, porém, reconhece, contrito, todos os crimes. Mal conseguindo montar, enfrenta Eneias a pé. O herói primeiro abate o cavalo, que tomba com o cavaleiro. No chão, prostrado, Mezêncio implora a Eneias que poupe seu cadáver da vingança dos etruscos e lhe dê sepultura junto ao filho. Recebe então o golpe fatal (vv. 833-908).

Liber X

Panditur interea domus omnipotentis Olympi,
conciliumque uocat diuum pater atque hominum rex
sideream in sedem, terras unde arduus omnes
castraque Dardanidum aspectat populosque Latinos.
Considunt tectis bipatentibus, incipit ipse: 5
"Caelicolae magni, quianam sententia uobis
uersa retro tantumque animis certatis iniquis?
Abnueram bello Italiam concurrere Teucris.
Quae contra uetitum Discordia? Quis metus aut hos
aut hos arma sequi ferrumque lacessere suasit?   10
Adueniet iustum pugnae (ne arcessite) tempus,
cum fera Carthago Romanis arcibus olim
exitium magnum atque Alpes immittet apertas:
tum certare odiis, tum res rapuisse licebit.
Nunc sinite et placitum laeti componite foedus".   15
Iuppiter haec paucis; at non Venus aurea contra
pauca refert:
"O pater, o hominum rerumque aeterna potestas!
(namque aliud quid sit, quod iam implorare queamus?),
Cernis ut insultent Rutulli Turnusque feratur   20
per medios insignis equis tumidusque secundo
Marte ruat? Non clausa tegunt iam moenia Teucros:
quin intra portas atque ipsis proelia miscent
aggeribus moerorum et inundant sanguine fossas.
Aeneas ignarus abest. Numquamne leuari   25

Livro X

Escancararam-se nesse entrementes os paços do Olimpo.
O pai dos deuses e rei dos mortais chama à estância sidérea
a celestial companhia, donde ele em conjunto contempla
todo o arraial dos troianos, o campo dos povos latinos.
No amplo salão dos dois lados aberto assentaram-se os deuses.
Desta maneira falou: "Grandes deuses do Olimpo, que causa
vos fez mudar tanto e tanto, em discórdia constante uns com os outros?
À guerra opus-me entre as gentes da Itália e os exércitos teucros.
Como a Discórdia se nega a acatar meus mandados? Que causa
ou que delírio os dois povos arrasta a lançar mão das armas?
Tempo há de haver (não convém apressá-lo) em que é força brigarem,
quando Cartago feroz, pelos Alpes abrindo passagem,
leve às mansões dos guerreiros romanos desgraças sem conta.[1]
Ao ódio então dareis larga, aos terríveis excessos da guerra.
Mas por enquanto deixai ir as coisas; firmai novos pactos".
Esse, o discurso sucinto de Jove; mais longa e difusa
foi a resposta de Vênus:
"Ó pai dos homens, dos deuses eternos, a que outra potência
nos será lícito agora implorar, se não for a ti mesmo?
Vês como os rútulos feios doestos me atiram de frente,
e como Turno, orgulhoso com a ajuda de Marte, campeia
no seu fogoso ginete? Aos troianos não bastam muralhas
como defesa. Até em cima dos muros a luta é incessante,
dentro da própria cidade. De sangue inundaram-se os fossos.
Ausente, Eneias ignora o que passa. Até quando permites

---

[1] *Tempo há de haver [...] Cartago feroz*: Virgílio insere a história no mito e menciona genericamente as Guerras Púnicas, que conturbaram toda a península.

obsidione sines? Muris iterum imminet hostis
nascentis Troiae nec non exercitus alter;
atque iterum in Teucros Aetolis surgit ab Arpis
Tydides. Equidem credo, mea uulnera restant
et tua progenies mortalia demoror arma.   30
Si sine pace tua atque inuito numine Troes
Italiam petiere, luant peccata neque illos
iuueris auxilio; sin tot responsa secuti
quae superi Manesque dabant: cur nunc tua quisquam
uertere iussa potest aut cur noua condere fata?   35
Quid repetem exustas Erycino in litore classes,
quid tempestatum regem uentosque furentes
Aeolia excitos aut actam nubibus Irim?
Nunc etiam Manes (haec intemptata manebat
sors rerum) mouet et superis immissa repente   40
Allecto, medias Italum bacchata per urbes.
Nil super imperio moueor; sperauimus ista,
dum fortuna fuit; uincant quos uincere mauis.
Si nulla est regio, Teucris quam det tua coniunx
dura, per euersae, genitor, fumantia Troiae   45
excidia obtestor, liceat dimittere ab armis
incolumem Ascanium, liceat superesse nepotem.
Aeneas sane ignotis iactetur in undis
et, quamcumque uiam dederit Fortuna, sequatur:
hunc tegere et dirae ualeam subducere pugnae.   50

que dure o excídio? Inimigos mais fortes, senhores de tropas[2]
organizadas os muros ameaçam da Troia nascente.
Mais uma vez contra os teucros levanta-se em Arpo da Etólia[3]
o arrebatado Tidida. Já sinto reabrir-se-me a chaga.
E eu, tua filha, com medo das armas dos homens pequenos!
Se os meus troianos a Itália demandam sem tua licença,
contra o favor do Destino, então paguem por junto os pecados
e lhes denegues ajuda. Porém, se aos mandados celestes,
do próprio Averno, seguiram, quem pode torcer-te a vontade
de agora em diante, ou tecer por capricho destino diverso?
Precisarei recordar os baixéis incendiados nas praias[4]
da fabulosa Sicília? E o senhor das tormentas, e os ventos
da Eólia oriundos, mais Íris rosada com suas mensagens?
Faltava o Inferno também entrar nisso, e eis que surge na terra,
de supetão, essa Alecto furiosa, com os Manes de baixo,[5]
para instaurar bacanais nas cidades dos ítalos fortes.
Já nem lastimo perdermos o império; foi vã esperança[6]
dos belos tempos. Que seja dos outros, conforme entenderes.
Mas, se não há parte alguma da terra que tua consorte[7]
dura nos deixe, por estas relíquias de Troia abrasada,
pai, te suplico: permite-me ao menos tirar dos perigos
das armas cegas a Ascânio, amparar neste transe meu neto.
Veja-se Eneias jogado nas ondas dos mares ignotos,
para seguir o roteiro apontado da incerta Fortuna;
porém a Ascânio me seja possível livrar desta guerra.

---

[2] *Excídio*: destruição.

[3] *Arpo*: ou Arpos, cidade da Apúlia que Diomedes, o *Tidida* ("filho de Tideu"), fundou no sudeste da Itália. Tideu e Diomedes haviam sido reis de Argos na Etólia (região da Grécia), de que Arpos era colônia.

[4] *Baixéis incendiados*: menção às troianas que incendiaram as naus no livro V, vv. 605-33.

[5] *Essa Alecto furiosa*: no original, *Allecto bacchata*, a rigor, Alecto furiosa como bacante.

[6] *O império*: que Júpiter prometera a Vênus em I, v. 279.

[7] *Consorte dura*: Juno.

Est Amathus, est celsa mihi Paphus atque Cythera
Idaliaeque domus: positis inglorius armis
exigat hic aeuum. Magna dicione iubeto
Carthago premat Ausoniam: nihil urbibus inde
obstabit Tyriis. Quid pestem euadere belli   55
iuuit et Argolicos medium fugisse per ignes
totque maris uastaeque exhausta pericula terrae,
dum Latium Teucri recidiuaque Pergama quaerunt?
Non satius cineres patriae insedisse supremos
atque solum quo Troia fuit? Xanthum et Simoenta   60
redde, oro, miseris iterumque reuoluere casus
da, pater, Iliacos Teucris". Tum regia Iuno
acta furore graui: "Quid me alta silentia cogis
rumpere et obductum uerbis uulgare dolorem?
Aenean hominum quisquam diuumque subegit   65
bella sequi aut hostem regi se inferre Latino?
Italiam petiit Fatis auctoribus, esto,
Cassandrae impulsus furiis: num linquere castra
hortati sumus aut uitam committere uentis?
Num puero summam belli, num credere muros   70
Tyrrhenamque fidem aut gentes agitare quietas?
Quis deus in fraudem, quae dura potentia nostra
egit? Ubi hic Iuno demissaue nubibus Iris?
Indignum est Italos Troiam circumdare flammis
nascentem et patria Turnum consistere terra,   75
cui Pilumnus auus, cui diua Venilia mater:
quid face Troianos atra uim ferre Latinis,
arua aliena iugo premere atque auertere praedas?
Quid soceros legere et gremiis abducere pactas,

Tenho Amatunta e Citera, bem como a alta Pafos e a casa[8]
da nobre Idália; pois passe sem glórias os dias tranquilos,
longe do estrondo das armas. Dispõe que Cartago subjugue
o território da Ausônia e que os teucros a nada se oponham
nessa expansão. De que vale aos troianos haverem passado
por tantos riscos em terra e no mar, pelos fogos argivos,
inumeráveis trabalhos na terra de vastos caminhos,
para no Lácio construir outra Pérgamo como a primeira?
Fora melhor sepultados ficarem nas cinzas extremas
onde foi Troia. Não! Restitui aos coitados o Xanto e o Simoente,
pai, por que possam, troianos, de novo arrostar mil perigos
da antiga Troia!" Abalada de cólera insana replica-lhe
a régia Juno: "Por que me obrigares agora a dar vida
aos meus sentidos queixumes, guardados há tanto aqui dentro?
Que deus, que nume obrigou esse Eneias a vir medir forças
de armas na mão com o Latino senhor, nos seus próprios domínios?
Ao invés disso, guiou-o o Destino, guiaram-no oráculos,
direi melhor: a loucura, isto sim, de Cassandra. A conselho[9]
nosso deixou seu refúgio e arriscou-se a enfrentar tempestades?
A confiar a uma criança o comando e a defesa dos muros?
A fé tirrena abalar, perturbar o sossego dos povos?
Que divindade maldosa houve nisso? Que força de nossa
parte? Mandados de Juno para Íris levar seus recados?
É coisa indigna cercarem latinos de chamas a Troia
no nascedoiro? Que Turno defenda o torrão seu paterno,
ele que vem de Pilumno e por mãe teve a deusa Vanília?
Muito pior será a guerra os troianos ao Lácio levarem,
o jugo impor numa terra estrangeira, roubar todo o gado,
eleger sogros, e noivas roubar do regaço materno,

---

[8] *Amatunta* (ou Amatunte), *Pafos* (em que Vênus nasceu) e *Idália* (ou Idálio):
cidades da ilha de Chipre. *Citera*: ilha do Mediterrâneo, santuários da deusa.

[9] *Direi melhor: a loucura, isto sim*: Cassandra (ver nota a II, v. 246), embora
sem crédito, era veraz. Como é próprio dos discursos retóricos, Juno omite Heitor,
Panto e Anquises, que também persuadiram Eneias a partir e fundar nova Troia.

pacem orare manu, praefigere puppibus arma? 80
Tu potes Aenean manibus subducere Graium
proque uiro nebulam et uentos obtendere inanes,
tu potes in totidem classem conuertere nymphas:
nos aliquid Rutulos contra iuuisse nefandum est?
Aeneas ignarus abest: ignarus et absit. 85
Est Paphus Idaliumque tibi, sunt alta Cythera:
quid grauidam bellis urbem et corda aspera temptas?
Nosne tibi fluxas Phrygiae res uertere fundo
conamur? Nos, an miseros qui Troas Achiuis
obiecit? Quae causa fuit, consurgere in arma 90
Europamque Asiamque et foedera soluere furto?
Me duce Dardanius Spartam expugnauit adulter
aut ego tela dedi fouiue Cupidine bella?
Tum decuit metuisse tuis; nunc sera querelis
haud iustis assurgis et irrita iurgia iactas". 95
Talibus orabat Iuno cunctique fremebant
caelicolae assensu uario, ceu flamina prima
cum deprensa fremunt siluis et caeca uolutant
murmura, uenturos nautis prodentia uentos.

paz implorar à chegada, eriçadas de lanças as naves.
Tens o poder de tirar teu Eneias do meio dos graios[10]
e em seu lugar lhes opor vento inane, falaz simulacro,[11]
bem como em ninfas garbosas mudar seus navios ligeiros.[12]
Conosco é crime auxiliar esses rútulos nalgum aperto.
Ausente Eneias, ignora o que passa? Pois fique lá mesmo.[13]
Pafos pertence-te, Idália e Citera de altiva postura.
Por que tentar povos fortes, cidades afeitas à guerra?
Nós é que força fazemos, a fim de abater as relíquias
da extinta Pérgamo? Nós? Entregamos os míseros teucros
à sanha grega e pusemos em armas a Europa contra a Ásia,
rotas antigas alianças, tão só por motivo de um rapto?[14]
Levei o Dárdano adúltero, acaso, ao assédio de Esparta?[15]
Forneci-lhe armas ou filtros de amor para atear-lhes a fúria?[16]
Justos seriam tais cuidos no início; porém no momento,
sobre tardios, só servem para o ódio atiçar e cizânias".[17]
Juno falou desse modo; os celícolas, em sentimentos
vários cindidos, murmuram no jeito de folhas nas matas,
confusamente, à passagem dos ventos, prenúncio infalível
de temporal, para os rudes marujos no seu desamparo.

---

[10] *Graios*: gregos, inimigos dos troianos.

[11] *Lhes opor vento inane*: na *Ilíada* (V, vv. 297-318), Afrodite (Vênus) subtrai Eneias do combate contra Diomedes.

[12] Alusão ao evento narrado em IX, vv. 98-103.

[13] *Fique*: corrigido conforme o manuscrito do tradutor, em vez de "fiquei", como aparece nas edições anteriores.

[14] *Rotas antigas alianças*: tendo sido rompidas as antigas alianças. *Rapto*: de Páris, que arrebatou Helena.

[15] *Dárdano adúltero*: é Páris (ver I, v. 248). *Assédio de Esparta*: amplificação retórica, como se Páris tivesse vencido Esparta (*Spartam expugnauit*) e levado como espólio Helena.

[16] *Filtros de amor*: no original, *Cupidine*; entenda-se, o "desejo amoroso" de Páris, que, apaixonado, não devolveu Helena; *atear-lhes a fúria*: acender a fúria dos espartanos.

[17] *Sobre tardios*: além de tardios; *cizânias*: discórdias.

Tum pater omnipotens, rerum cui prima potestas,   100
infit (eo dicente deum domus alta silescit
et tremefacta solo tellus, silet arduus aether,
tum Zephyri posuere, premit placida aequora pontus):
"Accipite ergo animis atque haec mea figite dicta.
Quandoquidem Ausonios coniungi foedere Teucris   105
haud licitum, nec uestra capit discordia finem:
quae cuique est fortuna hodie, quam quisque secat spem,
Tros Rutulusne fuat nullo discrimine habebo.
Seu Fatis Italum castra obsidione tenentur
siue errore malo Troiae monitisque sinistris.   110
Nec Rutulos soluo: sua cuique exorsa laborem
fortunamque ferent. Rex Iuppiter omnibus idem;
Fata uiam inuenient". Stygii per flumina fratris,
per pice torrentes atraque uoragine ripas
adnuit et totum nutu tremefecit Olympum.   115
Hic finis fandi. Solio tum Iuppiter aureo
surgit, caelicolae medium quem ad limina ducunt.
Interea Rutuli portis circum omnibus instant
sternere caede uiros et moenia cingere flammis.
At legio Aeneadum uallis obsessa tenetur,   120
nec spes ulla fugae. Miseri stant turribus altis
nequiquam et rara muros cinxere corona.
Asius Imbrasides Hicetaoniusque Thymoetes

Então o pai poderoso, senhor do universo das coisas,
manifestou-se; e, ao falar, acalmou-se a morada dos deuses;
a terra imensa estremece; o éter árduo sem voz se manteve;
os ventos param; tranquila a planície do mar aquietou-se:
"Toda a atenção para as minhas palavras; gravai-as na mente.
Se não for lícito a ausônios e teucros unir em aliança,
nem solução encontrar para vossa incurável discórdia,
de agora em diante troianos e rútulos para meus olhos
serão iguais, sem que eu tome partido por uns ou por outros,
quer seja o cerco de Troia mais duro por ordem dos Fados,[18]
quer por descuido e falácia ou palavras de duplo sentido.
Como também não protejo os ausônios. Igual soberano
Jove será para todos. Em tudo, imparcial. O Destino
se incumbirá do restante". E, ao falar, pelas ondas do rio
do irmão potente jurou, a torrente de pez fervilhante.[19]
Ao seu aceno abalaram-se as bases possantes do Olimpo.
Com isso encerra o concílio. Levanta-se Jove do trono
de ouro; as demais divindades à porta da sala o acompanham.
No entanto, os rútulos todas as portas forçavam, no empenho
de dizimar os troianos e o fogo levar às muralhas.
Nas suas próprias trincheiras acuados, os teucros valentes
sair não podem. Nas torres altivas alguns se postaram;
mui rarefeita coroa de braços os muros cingia.
Ásio destaca-se, de Ímbraso filho; Timetes nascido[20]

---

[18] *De Troia*: do atual acampamento dos troianos. No original, os versos *seu
fatis Italum castra obsidione tenentur/ siue errore malo Troiae monitisque sinistris*,
dizem literalmente "quer o cerco do acampamento se deva aos destinos dos ítalos,/
quer a um infeliz engano e a conselhos funestos em Troia".

[19] O *rio do irmão*: o Estige, rio dos Infernos, domínio de Plutão, que é irmão
de Júpiter. *Pez*: piche; *torrente de pez fervilhante*: no original, *per pice torrentis atraque uoragine ripas*; o tradutor condensou "pelas margens em pez ardendo e negra
voragem".

[20] São troianos *Ásio*, *Ímbraso*, *Timetes* (ver II, v. 32), *Icetáone* (ou Hicetáon),
Tímbris, *Castor*, *Claro*, *Temão* (ou Témon), *Sarpédone* (ou Sarpédon), filho de Júpiter,
morto por Pátroclo na *Ilíada* (XVI, vv. 502-3), *Ácmone* (ou Ácmon), *Clício* (homônimo
do também troiano morto em IX, v. 774, e do rútulo morto no v. 325) e *Mnesteu*.

Assaracique duo et senior cum Castore Thymbris,
prima acies; hos germani Sarpedonis ambo 125
et Clarus et Thaemon Lycia comitantur ab alta.
Fert ingens toto conixus corpore saxum,
haud partem exiguam montis, Lyrnesius Acmon,
nec Clytio genitore minor nec fratre Menestheo.
Hi iaculis, illi certant defendere saxis 130
molirique ignem neruoque aptare sagittas.
Ipse inter medios, Veneris iustissima cura,
Dardanius caput ecce puer detectus honestum,
qualis gemma micat, fuluum quae diuidit aurum,
aut collo decus aut capiti, uel quale per artem 135
inclusum buxo aut Oricia terebintho
lucet ebur; fusos ceruix cui lactea crines
accipit et molli subnectens circulus auro.
Te quoque magnanimae uiderunt, Ismare, gentes
uulnera dirigere et calamos armare ueneno, 140
Maeonia generose domo ubi pinguia culta
exercentque uiri Pactolusque irrigat auro.
Affuit et Mnestheus, quem pulsi pristina Turni
aggere moerorum sublimem gloria tollit,
et Capys: hinc nomen Campanae ducitur urbi. 145
Illi inter sese duri certamina belli
contulerant: media Aeneas freta nocte secabat.

do alto Icetáone, Assáracos dois, Tímbris velho e Castor:
na frente se acham os nobres irmãos de Sarpédone forte.
Claro e Temão, provenientes das altas montanhas da Lícia.
Com toda a força do corpo carrega uma pedra tirada
de um grande monte o forte Ácmone nado em Lirnesso da Mísia,[21]
não menos forte que Clício, seu pai, ou Mnesteu, filho deste.
Uns se defendem com dardos; com pedras pontudas mais outros,
ao desespero; estes tochas atiram; além zunem setas.
No meio deles, cabelos ao vento, destaca-se o filho
do herói dardânio, desvelo mui caro de Vênus celeste,[22]
tal como brilha uma pérola no ouro fulgente engastada
para ornamento do colo ou de bela cabeça, ou reluze
lindo marfim embutido com arte no buxo amarelo
ou em terebinto de artífice de Órico. Sobre as espáduas[23]
caem-lhe os belos cabelos em círculo de ouro enastrados.[24]
Viram-te, Ismar valoroso, progênie de casa da Meônia,[25]
como empregavas peçonha nos dardos de longe atirados;
de solo pingue provéns, por colonos mui destros lavrado,
onde o Pactolo semeia as campinas com áureas pepitas.[26]
Também presentes ali se encontravam Mnesteu valoroso,
que teve o mérito imenso de Turno expulsar das trincheiras,
e também Cápis, que o nome deu grande à cidade de Cápua.[27]
Estes e os rútulos feros travados em luta se achavam,
enquanto Eneias as ondas cortava no meio da noite,

---

[21] *Nado*: nascido; *Lirnesso* é cidade da Tróade, região vizinha à *Mísia*, que é acréscimo do tradutor.

[22] O *filho do herói dardânio* é Ascânio.

[23] *Órico*: cidade costeira ao norte do Epiro, na atual Albânia; *terebinto*: árvore ramalhuda de caule vermelho-escuro.

[24] *Enastrados*: guarnecidos de fitas.

[25] *Ismar*: ou Ísmaro, é guerreiro troiano da *Meônia*, outro nome da Lídia.

[26] *Pactolo*: rio da Lídia, na Ásia Menor, cuja areia era rica em ouro.

[27] *Cápis*: troiano, de que Virgílio faz provir *Cápua*, cidade da Campânia, no sul da Itália.

Namque ut ab Euandro castris ingressus Etruscis
regem adit et regi memorat nomenque genusque,
quidue petat quidue ipse ferat, Mezentius arma   150
quae sibi conciliet, uiolentaque pectora Turni
edocet, humanis quae sit fiducia rebus
admonet immiscetque preces. Haud fit mora, Tarchon
iungit opes foedusque ferit; tum libera Fati
classem conscendit iussis gens Lydia diuum,   155
externo commissa duci. Aeneia puppis
prima tenet, rostro Phrygios subiuncta leones,
imminet Ida super, profugis gratissima Teucris.
Hic magnus sedet Aeneas secumque uolutat
euentus belli uarios, Pallasque sinistro   160
affixus lateri iam quaerit sidera, opacae
noctis iter, iam quae passus terraque marique.
Pandite nunc Helicona, deae, cantusque mouete,
quae manus interea Tuscis comitetur ab oris
Aenean armetque rates pelagoque uehatur.   165
Massicus aerata princeps secat aequora Tigri,
sub quo mille manus iuuenum, qui moenia Clusi
quique urbem liquere Cosas, quis tela sagittae
gorytique leues umeris et letifer arcus.

pois, mal saíra de Evandro, buscara o arraial dos etruscos[28]
e o seu monarca famoso. O nome declina e ascendência,[29]
o que pretende e os recursos em vista. Do fero Mezêncio
conta-lhe, as forças reunidas de pouco, o caráter de Turno,
para temer-se, e a sabida inconstância dos homens pequenos.
Preces ajunta ao pedido. Sem perda de tempo Tarconte
pazes firmou e seus homens reuniu aos guerreiros de Eneias.
Dessa maneira subiu para bordo, liberta dos Fados
a nação lídia. Estrangeiro caudilho conduz a entrepresa.[30]
Vai na dianteira o navio de Eneias com leões dois à popa,
pelo monte Ida encimados, emblema mui grato aos troianos.[31]
Sentado Eneias ali se encontrava, volvendo na mente
vicissitudes da guerra. Ao seu lado sinistro Palante
ia sentado, a fazer-lhe perguntas acerca dos astros,
guias dos nautas, das lutas no mar, dos encontros em terra.
Agora, Musas, abri-me o Helicão; inspirai o meu canto,[32]
para dizer-me que povos toscanos a Eneias seguiram,[33]
naus emprestaram e as ondas revoltas cortaram com ele.
Mássico à frente se adianta com a Tigre na proa ferrada,
que mil mancebos conduz oriundos dos muros de Clúsio[34]
e da cidade de Cosa altanada; de lanças se valem,
arcos mortíferos, leves aljavas pendentes dos ombros.

---

[28] *Arraial dos etruscos*: Ceres, Agila para os gregos.

[29] *Seu monarca famoso*: Tarconte, rei etrusco de Ceres, aliado de Eneias.

[30] *Liberta dos Fados*: o tradutor prende-se ao original (*libera fati*), pois cumpre-
-se o destino que fixava que etruscos (*a nação lídia*) seriam chefiados por estrangeiro
(a predição está em VIII, vv. 498-503).

[31] *Pelo monte Ida encimados*: leões e monte Ida pertencem a Cibele.

[32] *Abri-me*: para que todas auxiliem o poeta na difícil tarefa.

[33] *Toscanos*: no original, *Tuscis*, a rigor, etruscos. Até o v. 214, imitação do catálogo homérico das naus e dos chefes (*Ilíada*, II, vv. 484-785).

[34] *Clúsio*: cidade etrusca, atual Chiusi, perto de Siena. *Cosa*: cidade etrusca,
atual Ansedonia.

Una toruus Abas; huic totum insignibus armis 170
agmen et aurato fulgebat Apolline puppis.
Sescentos illi dederat Populonia mater
expertos belli iuuenes, ast Ilua trecentos
insula inexhaustis Chalybum generosa metallis.
Tertius ille hominum diuumque interpres Asilas, 175
cui pecudum fibrae, caeli cui sidera parent
et linguae uolucrum et praesagi fulminis ignes,
mille rapit densos acie atque horrentibus hastis.
Hos parere iubent Alpheae ab origine Pisae,
urbs Etrusca solo. Sequitur pulcherrimus Astur, 180
Astur equo fidens et uersicoloribus armis.
Tercentum adiciunt (mens omnibus una sequendi)
qui Caerete domo, qui sunt Minionis in aruis,
et Pyrgi ueteres intempestaeque Grauiscae.
Non ego te, Ligurum ductor fortissime bello, 185
transierim, Cinyre, et paucis comitate Cupauo,

O torvo Abante o acompanha de perto; seus homens resplendem[35]
com belas armas; Apolo dourado refulge na proa.
De Populônia, terrão seu paterno, trouxera seiscentos[36]
jovens de bela postura, mais três vezes cem combatentes
de Ilva, famosa entre as ilhas, de solo mui rico de minas.[37]
Asilas vem em terceiro lugar, digno intérprete de homens[38]
e de imortais, a quem pronto obedecem entranhas das vítimas,
astros celestes, o canto das aves e os raios pressagos.[39]
Mil homens traz bem formados, de lanças pontudas providos.
Pisa os mandou, que do Alfeu se origina, cidade na Etrúria[40]
localizada. A seguir vem Astur, de beleza imponente.
Nas belas armas confia de cores, no forte ginete.[41]
Centenas três vêm com ele, animados do mesmo ardimento,
tanto os da casa de Ceres, que os fortes campônios do Mínio,[42]
da intempestiva Gravisca e os da velha cidade de Pirgo.[43]
Sem mencionar-te não fico, Ciniras, fortíssimo cabo[44]
dos povos lígures, e a ti, Cupavo, seguido de poucos[45]

---

[35] *Abante* é etrusco aliado de Eneias, homônimo do capitão troiano de I, v. 121, e do guerreiro grego de III, v. 287. *Torvo*: que causa terror.

[36] *Terrão*: torrão natal, pátria. *Populônia*: cidade etrusca costeira, hoje ruínas de Poplonia.

[37] *Ilva*: ilha do Tirreno, atual Elba.

[38] *Asilas*: etrusco amigo de Eneias; é adivinho (*intérprete*).

[39] *Pressagos*: que permitem prever o futuro.

[40] *Pisa*: cidade etrusca às margens do rio Arno, colônia da homônima Pisa, às margens do rio *Alfeu*, na Grécia continental.

[41] *De cores*: no original, *uersicoloribus*, furta-cor. As armas de *Astur* refletem várias cores.

[42] *Mínio*: rio da Etrúria, atual rio Mignone, cuja foz é no mar Tirreno; *casa de Ceres*: Ceres natal.

[43] *Gravisca*: porto insalubre da cidade etrusca de Tarquínia; *Pirgo*: cidade portuária etrusca. Eneias navegará por mar de volta desde Pirgo até o acampamento em Óstia, na foz do Tibre.

[44] *Ciniras*: ou Cíniras; em Virgílio é rei da Ligúria.

[45] *Lígures*: a Ligúria é região do norte da Itália, entre os Apeninos e o mar Tir-

cuius olorinae surgunt de uertice pennae,
crimen, amor, uestrum formaeque insigne paternae.
Namque ferunt luctu Cycnum Phaethontis amati,
populeas inter frondes umbramque sororum   190
dum canit et maestum Musa solatur amorem,
canentem molli pluma duxisse senectam,
linquentem terras et sidera uoce sequentem.
Filius, aequales comitatus classe cateruas,
ingentem remis Centaurum promouet: ille   195
instat aquae saxumque undis immane minatur
arduus et longa sulcat maria alta carina.
Ille etiam patriis agmen ciet Ocnus ab oris,
fatidicae Mantus et Tusci filius amnis,
qui muros matrisque dedit tibi, Mantua, nomen,   200
Mantua, diues auis, sed non genus omnibus unum:
gens illi triplex, populi sub gente quaterni,

comilitões, com penachos formados de penas de cisne:[46]
foi culpa antiga amizade, a mudança da forma paterna.[47]
Contam que Cicno, dorido com a morte do amado Faetonte,[48]
ao descantar sob a sombra de suas irmãs — belos álamos —,[49]
aliviando destarte com a música a dor do imo peito,
sentiu mudar-se-lhe a branca velhice em plumagem nitente,
quando da terra subiu para o céu, a cantar todo o tempo.
Seu filho agora comanda um punhado de equevos guerreiros,[50]
a impulsionar com seus remos o imenso Centauro, que do alto[51]
da bela proa ameaçava arrojar contra o imigo um penhasco,
enquanto a forte carena a avançar apartava o mar bravo.
Ocno também traz das praias nativas seus homens, nascido
de Manto, sábia adivinha, e do rio toscano, que o nome[52]
da própria mãe te legou, das muralhas, ó Mântua, que te ornam,
Mântua mui rica de avós, mas nem todos da mesma linhagem.[53]
Três povos fortes comandas, porém divididos em quatro[54]

---

reno; *Cupavo*: aqui corrigimos o termo "Supevo" de acordo com o manuscrito do tradutor.

[46] *Comilitões*: companheiros de armas.

[47] *Foi culpa antiga amizade*: entenda-se "um amor antigo e a mudança do aspecto do pai foram motivo de culpa para vós, lígures". O verso explica as penas de cisne, reminiscência da transformação de Cicno, pai de Cupavo, em cisne, narrada a seguir.

[48] *Cicno*: rei da Ligúria que, chorando o amado Faetonte, foi transformado em cisne por Apolo. Cicno (*kýknos*) significa "cisne", ave de Apolo; *Faetonte*: filho do Sol. Conduzindo o carro do pai (ver I, v. 568), os cavalos se desgovernaram e Júpiter, para preservar o mundo, fulminou o rapaz.

[49] *Suas irmãs*: as Helíades ("filhas de Hélio", o Sol), irmãs de Faetonte transformadas em *álamos* ou choupos, os nossos "chorões".

[50] *Equevos*: da mesma idade.

[51] *Centauro*: a imagem do Centauro na proa dá nome ao navio.

[52] *Ocno* foi fundador de Mântua; o *rio toscano*, aqui, é o Tibre.

[53] *Mântua*: cidade do norte da Itália, atual Lombardia, pátria de Virgílio.

[54] *Três povos fortes, quatro circunscrições*: passo dúbio. Sérvio, antigo comentador de Virgílio, cogita que havia três tribos em Mântua, subdivididas em quatro cúrias, daí o verso anterior dizer *mas nem todos da mesma linhagem*.

ipsa caput populis, Tusco de sanguine uires.
Hinc quoque quingentos in se Mezentius armat,
quos patre Benaco uelatus harundine glauca   205
Mincius infesta ducebat in aequora pinu.
It grauis Aulestes centenaque arbore fluctum
uerberat assurgens, spumant uada marmore uerso.
Hunc uehit immanis Triton et caerula concha
exterrens freta, cui laterum tenus hispida nanti   210
frons hominem praefert, in pristim desinit aluus:
spumea semifero sub pectore murmurat unda.
Tot lecti proceres ter denis nauibus ibant
subsidio Troiae et campos salis aera secabant.
Iamque dies caelo concesserat almaque curru   215
noctiuago Phoebe medium pulsabat Olympum:
Aeneas (neque enim membris dat cura quietem)
ipse sedens clauumque regit uelisque ministrat.
Atque illi medio in spatio chorus ecce suarum
occurrit comitum: nymphae, quas alma Cybebe   220
numen habere maris nymphasque e nauibus esse
iusserat, innabant pariter fluctusque secabant,
quot prius aeratae steterant ad litora prorae.
Agnoscunt longe regem lustrantque choreis,

circunscrições. És cabeça de todos; o sangue, toscano.
Quinhentos homens dali também vieram, que o ódio a Mezêncio
para os combates armara, de junco na fronte; carrega-os
Míncio nascido de Bênaco, nave de proa altaneira.[55]
O grave Aulestes avança com remos um cento, a baterem[56]
conjuntamente nas ondas; o mar enfuriado espumeja.
Leva-o a bordo um Tritão, cujo búzio de tetro sonido[57]
medo nas ondas infunde. Cabeça tem de homem, veloso
busto e cintura, a nadar; para baixo, até à cinta, é de peixe.[58]
Sob seu peito monstruoso, espumantes as ondas murmuram.
Esses, os cabos de guerra, seletos, que em trinta possantes
embarcações em socorro de Troia o mar torvo apartavam.[59]
A luz do dia já havia saído do céu, e a alma Febe[60]
meio trajeto do Olimpo fizera no carro noctívago.
Sentado à popa encontrava-se Eneias, na barra do leme,
a ministrar corda às velas; do grato repouso não cuida.
Eis que ao encontro lhe vêm, já no meio da rota prevista,
as companheiras que Cíbele havia mudado de barcos
em belos numes dos mares. Navios já foram; são ninfas.[61]
A par nadavam num grupo, cortando galantes as ondas.
Reconheceram de longe seu chefe, e o cercaram mui ledas.
A mais falante, Cimódoce, a proa segura com a destra,

---

[55] *Míncio*: rio que nasce no lago Benaco e atravessa Mântua; é afluente do Pado
(Pó); *carrega-os Míncio*: porque o rio os leva e porque o rio vem pintado na proa, à
guisa de carranca e por sinédoque designa o barco todo. *Bênaco*: ou Benaco, atual lago
de Garda.

[56] *Aulestes*: emendamos "Auletes" do manuscrito do tradutor e das edições anteriores, segundo a forma correta em XII, v. 290.

[57] *Tritão*: deus marinho, filho de Posídon (Netuno) e Anfitrite; é a carranca da
nau de Aulestes e a própria nau; *búzio*: concha e a buzina feita dela; *tetro sonido*:
terrível som.

[58] *Veloso busto*: peito peludo.

[59] *O mar torvo*: no original, *campos salis*, "campos de sal".

[60] *A alma Febe*: entenda-se, a lua benigna. Febe é Diana, irmã de Apolo.

[61] O episódio está em IX, vv. 98-104.

quarum quae fandi doctissima Cymodocea 225
pone sequens dextra puppim tenet ipsaque dorso
eminet ac laeua tacitis subremigat undis.
Tum sic ignarum alloquitur: "Vigilasne, deum gens,
Aenea? Vigila et uelis immitte rudentes.
Nos sumus, Idaeae sacro de uertice pinus, 230
nunc pelagi nymphae, classis tua Perfidus ut nos
praecipites ferro Rutulus flammaque premebat,
rupimus inuitae tua uincula teque per aequor
quaerimus. Hanc Genetrix faciem miserata refecit
et dedit esse deas aeuumque agitare sub undis. 235
At puer Ascanius muro fossisque tenetur
tela inter media atque horrentes Marte Latinos.
Iam loca iussa tenent forti permixtus Etrusco
Arcas eques; medias illis opponere turmas,
ne castris iungant, certast sententia Turno. 240
Surge, age et Aurora socios ueniente uocari
primus in arma iube et clipeum cape quem dedit ipse
inuictum Ignipotens atque oras ambiit auro.
Crastina lux, mea si non irrita dicta putaris,
ingentes Rutulae spectabit caedis aceruos". 245
Dixerat et dextra discedens impulit altam
haud ignara modi puppim: fugit illa per undas
ocior et iaculo et uentos aequante sagitta.
Inde aliae celerant cursus. Stupet inscius ipse
Tros Anchisiades, animos tamen omine tollit. 250
Tum breuiter super aspectans conuexa precatur:

enquanto nada, valendo-se apenas do braço sinistro,
dorso elegante mostrando por cima das ondas revoltas.
De suas coisas informa, do chefe até ali não sabidas.[62]
"Dormes, Eneias, progênie dos deuses, e rasgas os mares
à toda vela? Pinheiros já fomos do monte sagrado
do Ida; depois, tua esquadra; ora, ninfas, já somos, marinhas,
desde o momento em que o rútulo fero tentava assolar-nos
com suas armas potentes, as chamas do incêndio furioso.
Apesar nosso, rompemos as tuas amarras e fomos[63]
sem governante a buscar-te. De nós apiedada, mandou-nos
a Mãe dos deuses viver sempre e sempre debaixo das águas.[64]
O teu Ascânio se encontra apertado entre fossos e muros,
dardos sem conta a chover, expedidos dos feros latinos.[65]
Acomodados já se acham nos postos por ti indicados
os cavaleiros da Arcádia mesclados com os fortes etruscos.[66]
Para impedir que aos teus homens se juntem empenha-se Turno.
Vamos! De pé! e antecipa-te a Turno, chamando os troianos
antes da Aurora. Sobraça o broquel invencível, trabalho
do Ignipotente, com bordos do fino metal adornados.
Se deres crédito às minhas palavras, a luz matutina
montes verá de cadáveres rútulos, parto da guerra."
Disse. E com a destra imprimiu grande impulso na popa altanada.
Prática tinha do ofício. Veloz, pelas ondas desliza
qual dardo ou xara sem peso, que os ventos no voo ultrapassa.[67]
As demais naves a igualam no curso. Admirou-se o Troiano
filho de Anquises, porém deu sentido propício ao prodígio.
E em breves termos, no céu tendo os olhos, destarte se exprime:

---

[62] *Suas coisas*: entenda-se, problemas do próprio Eneias.

[63] *Apesar nosso*: contra a nossa vontade.

[64] *A Mãe dos deuses*: Cibele.

[65] *Feros latinos*: no original, *horrentes Marte Latinos*, "dos latinos ferozes por causa de Marte".

[66] *Cavaleiros da Arcádia*: aqueles enviados por Evandro, rei árcade.

[67] *Xara*: dardo.

"Alma parens Idaea deum, cui Dindyma cordi
turrigeraeque urbes biiugique ad frena leones,
tu mihi nunc pugnae princeps, tu rite propinques
augurium Phrygibusque adsis pede, diua, secundo".   255
Tantum effatus. Et interea reuoluta rubebat
matura iam luce dies noctemque fugarat;
principio sociis edicit, signa sequantur
atque animos aptent armis pugnaeque parent se.
Iamque in conspectu Teucros habet et sua castra,   260
stans celsa in puppi, clipeum cum deinde sinistra
extulit ardentem. Clamorem ad sidera tollunt
Dardanidae e muris, spes addita suscitat iras,
tela manu iaciunt, quales sub nubibus atris
Strymoniae dant signa grues atque aethera tranant   265
cum sonitu fugiuntque notos clamore secundo.
At Rutulo regi ducibusque ea mira uideri
Ausoniis, donec uersas ad litora puppes
respiciunt totumque allabi classibus aequor.
Ardet apex capiti cristisque a uertice flamma   270
funditur et uastos umbo uomit aureus ignes:
non secus ac liquida si quando nocte cometae
sanguinei lugubre rubent aut Sirius ardor,

"Augusta Mãe das deidades que no Ida demoras e ao Dídimo
dás preferência, às cidades torreadas, aos leões sob o jugo![68]
Guia-me agora na pugna, e as promessas por ti mesmo feitas[69]
cumpre a contento! Reforça os teus frígios no passo difícil".
Assim falou. Nesse em meio, a luz bela do dia inundava
de cores vivas a terra e apressava a fugida da noite.
Aos companheiros ordena às bandeiras atentos ficarem,[70]
recuperar o vigor, prepararem-se para a peleja.
De pé na popa altanada, já avista os troianos robustos,
todo o arraial agitar-se. Foi quando, com o braço sinistro
seu flamejante broquel elevou, o que arranca dos teucros
grita atroadora até ao céu. A esperança o furor lhes duplica;
dardos disparam aos centos, tal como entre nuvens espessas
grous do Estrimônio com grande algazarra, ao sinal do comando[71]
o éter ruidosos repartem, fugindo de Noto violento.[72]
Com a agitação repentina pasmaram os chefes ausônios
e o rei dos rútulos, té que observaram as praias cobertas
de lindas popas e as ondas repletas de barcos imigos.
Arde a cimeira de Eneias na bela cabeça, o penacho
chamas emite sem pausa; o broquel longe fogo irradia.
Não de outro modo na noite serena enrubesce um cometa
sanguinolento o céu vasto, ou na triste estação em que Sírio[73]

---

[68] *Às cidades torreadas, aos leões sob o jugo*: alusão às imagens antigas de Cibele, coroada de torres (tal como imagens de cidade) num carro puxado por leões. *Dídimo*: ou Díndimo, nome de monte vizinho ao monte Ida, na Frígia, consagrado a Cibele.

[69] *Promessas por ti mesmo feitas*: no original, *rite propinques augurium*, a rigor, "apressa os presságios". O tradutor levou em conta as recentes palavras da ninfa (vv. 244-5): Eneias não responde à ninfa, mas a Cibele.

[70] *Bandeiras*: estandartes que serviam para indicar aos soldados as ordens do comandante.

[71] *Grou*: ave ruidosa; *Estrimônio*: rio da Trácia.

[72] *Noto*: o vento sul, chuvoso.

[73] *Sírio*: a estrela mais brilhante e a maior da constelação da Canícula, o Cão Maior, que no hemisfério norte surge no verão, a *triste estação*, porque inclemente.

ille sitim morbosque ferens mortalibus aegris,
nascitur et laeuo contristat lumine caelum. 275
Haud tamen audaci Turno fiducia cessit
litora praecipere et uenientes pellere terra.
Ultro animos tollit dictis atque increpat ultro:
"Quod uotis optastis, adest, perfringere dextra;
in manibus Mars ipse uiris. Nunc coniugis esto 280
quisque suae tectique memor, nunc magna referto
facta, patrum laudes. Ultro occurramus ad undam,
dum trepidi egressisque labant uestigia prima.
Audentes Fortuna iuuat".
Haec ait et secum uersat, quos ducere contra 285
uel quibus obsessos possit concredere muros.
Interea Aeneas socios de puppibus altis
pontibus exponit. Multi seruare recursus
languentis pelagi et breuibus se credere saltu,
per remos alii. Speculatus litora Tarchon, 290
qua uada non sperat nec fracta remurmurat unda,
sed mare inoffensum crescenti allabitur aestu,
aduertit subito proram sociosque precatur:
"Nunc, o lecta manus, ualidis incumbite remis;
tollite, ferte rates; inimicam findite rostris 295
hanc terram, sulcumque sibi premat ipsa carina.
Frangere nec tali puppim statione recuso
arrepta tellure semel". Quae talia postquam

abrasador sede ardente conduz para os homens e doenças,
de luz sombria abafando o conspecto risonho da terra.
Turno audacioso porém não perdeu a esperança de a praia
vir a ocupar e impedir aos troianos saltarem dos barcos.
Para dar ânimo aos seus, da seguinte maneira increpou-os:[74]
"Tendes à mão justamente o que tanto almejáveis, amigos;[75]
Marte em pessoa vos traz. Cumpre a todos agora lembrar-se
da cara esposa, do lar abençoado. Evocai à memória
os grandes feitos dos nossos avós. Ataquemo-los prestes,
enquanto os pés vacilantes não firmam nos nossos domínios.
Aos audaciosos ajuda a Fortuna".[76]
Tendo isso dito, escolheu quem devia ajudá-lo no assalto,
quem ficaria a lutar contra os teucros detidos nos muros.
Das altas popas, no entanto, o Troiano lançou pranchas longas
para seus homens descer. Muitos deles, a volta observando
das altas ondas, de um pulo alcançavam a areia molhada.
Outros, de remo saltavam. Tarconte, porém, tendo achado[77]
na praia um sítio sem baixos nem ondas de volta e sem forças,
senão enseada tranquila onde o mar nas crescentes se alteia,
vira de súbito as proas e os sócios destarte reanima:
"Agora, gente escolhida, dobrai-vos em cima dos remos!
Com vossas proas caminhos abri na barranca inimiga,[78]
para que sulcos profundos as quilhas na areia demarquem.
Nem que meu barco se quebre de encontro aos abrolhos, não faço
caso, contanto que o firme alcancemos". Apenas falara,[79]

---

[74] *Increpou*: exortou.

[75] *O que tanto almejáveis*: entenda-se, a guerra, que o próprio Marte traz.

[76] No original, *audentes Fortuna iuuat*: provérbio latino.

[77] *De remo*: apoiados nos remos fincados na água rasa. Sérvio interpreta "com botes" movidos a remo.

[78] *Barranca*: praia ou encosta marítima, já que a armada navegou por mar até Óstia.

[79] *Contanto*: corrigido conforme o manuscrito do tradutor, em vez de "contando" das edições anteriores; *firme*: chão firme, terra firme.

effatus Tarchon, socii consurgere tonsis
spumantesque rates aruis inferre Latinis, 300
donec rostra tenent siccum et sedere carinae
omnes innocuae. Sed non puppis tua, Tarchon:
namque inflicta uadis dorso dum pendet iniquo,
anceps sustentata diu fluctusque fatigat,
soluitur atque uiros mediis exponit in undis, 305
fragmina remorum quos et fluitantia transtra
impediunt, retrahitque pedem simul unda relabens.
Nec Turnum segnis retinet mora, sed rapit acer
totam aciem in Teucros et contra in litore sistit.
Signa canunt. Primus turmas inuasit agrestes 310
Aeneas, omen pugnae, strauitque Latinos
occiso Therone, uirum qui maximus ultro
Aenean petit: huic gladio perque aerea suta,
per tunicam squalentem auro latus haurit apertum.
Inde Lichan ferit, exsectum iam matre perempta 315
et tibi, Phoebe, sacrum: casus euadere ferri
quo licuit paruo? Nec longe Cissea durum
immanemque Gyan, sternentes agmina claua,
deiecit Leto: nihil illos Herculis arma
nec ualidae iuuere manus genitorque Melampus, 320

todos nos bancos se dobram e as naus espumantes atiram
na direção das ribeiras latinas, até com as proas
tocar em seco e as carenas velozes entrar pela praia,[80]
todas sem dano sofrer. Mas a tua, Tarconte valente,
num banco encalha, pendente ficando naquele equilíbrio
falso, a sofrer os embates seguidos das ondas inquietas,
té que se abriu e no abismo jogou seus robustos marujos,
os quais tolhidos se viam dos remos quebrados, das tábuas,
sem conseguir tomar pé no vaivém incessante das ondas.
Turno também não se deixa ficar inativo; num pronto
contra os troianos atira os seus homens, a praia defende.
Tubas ressoam. Primeiro de todos, Eneias as turmas
ditas agrestes ataca — presságio de guerra! —, as latinas[81]
fileiras rompe e a Terão tira a vida, que sem precatar-se[82]
viera encontrá-lo: de um golpe de espada perfura a couraça,
rasga-lhe a túnica de ouro, no flanco sem guarda penetra.
Daí se foi para Licas, sacado da mãe já sem vida,
para te ser, Febo Apolo, sagrado, por teres livrado[83]
do duro ferro o menino. A seguir, joga a Gias gigante[84]
no chão pedrento, e a Cisseu robustíssimo, que dizimavam
com suas clavas aos teucros. De nada a eles dois lhes valeram
armas de Alcides nem terem nascido de um seu companheiro,[85]

---

[80] *Carenas*: quilhas.

[81] *Turmas agrestes*: tropas irregulares, menos preparadas, reunidas no campo e não na cidade. *Presságio*: aqui, favorável.

[82] *Terão*: nome quiçá ligado ao grego *thér*, *therós*, "fera".

[83] *Te ser sagrado*: Sérvio informa que quem nascia pela incisão do ventre era dedicado a Apolo, deus da medicina. O ferro ("bisturi") por que *Licas* nasceu foi o mesmo ("espada") por que morreu. Em português *Licas* (*Lichan*) é homógrafo e homófono do Licas (*Lucam*) do v. 561.

[84] *Gias*: guerreiro latino. O Gias mencionado em I, v. 612, é troiano. *Cisseu* é rútulo, homônimo do trácio, pai de Hécuba (ver v. 704, e V, v. 537).

[85] *Alcides*: descendente de Alceu, ou seja, Hércules, cuja arma é a *clava*, que Gias e Cisseu portavam. *Seu companheiro*: trata-se de Melampo, que é criação de Virgílio, mas omitido aqui pelo tradutor.

Alcidae comes usque graues dum terra labores
praebuit. Ecce Pharo, uoces dum iactat inertes,
intorquens iaculum clamanti sistit in ore.
Tu quoque, flauentem prima lanugine malas
dum sequeris Clytium infelix, noua gaudia, Cydon,   325
Dardania stratus dextra, securus amorum,
qui iuuenum tibi semper erant, miserande iaceres,
ni fratrum stipata cohors foret obuia, Phorci
progenies, septem numero, septenaque tela
coniciunt; partim galea clipeoque resultant   330
irrita, deflexit partim stringentia corpus
alma Venus. Fidum Aeneas affatur Achaten:
"Suggere tela mihi: non ullum dextera frustra
torserit in Rutulos, steterunt quae in corpore Graium
Iliacis campis". Tum magnam corripit hastam   335
et iacit: illa uolans clipei transuerberat aera
Maeonis et thoraca simul cum pectore rumpit.
Huic frater subit Alcanor fratremque ruentem
sustentat dextra: traiecto missa lacerto
protinus hasta fugit seruatque cruenta tenorem,   340
dexteraque ex umero neruis moribunda pependit.
Tum Numitor iaculo fratris de corpore rapto
Aenean petiit; sed non et figere contra
est licitum magnique femur perstrinxit Achatae.

quando levava a bom termo na terra trabalhos de monta.[86]
Logo dispara outro dardo na boca de Faro, quando este
inutilmente a gritar a deixara como alvo de todos.
E tu também, triste Cídon, sim, tu e teus novos amores,
Clício de faces rosadas, na idade em que o buço desponta,[87]
também perderas a vida na mão do guerreiro troiano,[88]
sem mais lembranças guardares de tua paixão, se a coorte
de teus irmãos não te viesse em socorro, nascidos de Forco
todos, septeno conjunto, no afã de cobrir-te, que sete[89]
dardos disparam de vez; mas sem dano desviam-se do elmo,
do forte escudo, por simples influxo de Vênus divina,
sem mais esforço. Ao fiel companheiro o Troiano assim fala:[90]
"Dai-me outras lanças, daquelas que em Troia ficaram cravadas
em corpos gregos; nenhuma há de frustra passar pelos rútulos[91]
sem atingi-los". Então, pega logo de um forte venab'lo
e o atira longe. Este o escudo de bronze de Méone fura,
conjuntamente com a forte couraça e no peito encravou-se.
Corre a ampará-lo o irmão Alcanor no momento da queda;
com a mão direita o sustenta; o venab'lo sem perda de força
na trajetória, alcançou o guerreiro no braço direito,
o nervo lesa e o decepa, deixando-o pendente e sem vida.
Do próprio corpo do irmão, Numitor arrancou o venab'lo[92]
e contra Eneias o atira; porém não consegue atingi-lo;
muito ao de leve, isto sim, ao magnânimo Acates, no fêmur.

---

[86] *Trabalhos de monta*: os doze trabalhos realizados por Hércules.

[87] *Cídon* e *Clício* formam par semelhante a Niso e Euríalo (ver IX, vv. 176-82).

[88] *Perderas*: perderias.

[89] *Septeno conjunto*: são sete irmãos.

[90] *Fiel companheiro*: Acates, mencionado no v. 344.

[91] *Frustra*: frustrada, em vão; é adjetivo concordante com "nenhuma seta". O tradutor habilmente conseguiu reproduzir o advérbio latino *frustra*.

[92] Há três grupos de irmãos: Gias e Cisseu; Cídon mais outros seis; *Méone*, *Alcanor* e *Numitor*.

Hic Curibus fidens primaeuo corpore Clausus 345
aduenit et rigida Dryopem ferit eminus hasta
sub mentum grauiter pressa pariterque loquentis
uocem animamque rapit traiecto gutture; at ille
fronte ferit terram et crassum uomit ore cruorem.
Tres quoque Threicios Boreae de gente suprema 350
et tres quos Idas pater et patria Ismara mittit
per uarios sternit casus. Accurrit Halaesus
Auruncaeque manus, subit et Neptunia proles,
insignis Messapus equis. Expellere tendunt
nunc hi, nunc illi; certatur limine in ipso 355
Ausoniae. Magno discordes aethere uenti
proelia ceu tollunt animis et uiribus aequis,
non ipsi inter se, non nubila, non mare cedit,
anceps pugna diu, stant obnixa omnia contra:
haud aliter Troianae acies aciesque Latinae 360
concurrunt; haeret pede pes densusque uiro uir.
At parte ex alia, qua saxa rotantia late
impulerat torrens arbustaque diruta ripis,
Arcadas insuetos acies inferre pedestres
ut uidit Pallas Latio dare terga sequaci 365
aspera quis natura loci dimittere quando
suasit equos, unum quod rebus restat egenis,
nunc prece, nunc dictis uirtutem accendit amaris:
"Quo fugitis, socii? Per uos et fortia facta,
per ducis Euandri nomen deuictaque bella 370
Opemque meam, patriae quae nunc subit aemula laudi,

Com seus sabinos vem Clauso confiado no viço da idade.[93]
De longe mesmo atirou contra Dríope a lança potente,
que por debaixo do mento o atingiu e a garganta atravessa,
para privá-lo a um só tempo da voz e da vida preciosa.
Fere com a fronte o terreno; da boca lhe sai sangue espesso.
A trácios três também joga por terra, de estirpe altanada,
prole de Bóreas; e mais três de Idante, que do Ísmaro vieram[94]
para esta guerra. Contra ele se atira açodado Haleso[95]
com seus auruncos, e o filho do grande Netuno, Messapo,[96]
mais seus ginetes de raça. De ambos os lados se esforçam[97]
para ganhar. Toda a Ausônia transforma-se em campo de luta.
Tal como no éter sem fim nem limites os ventos discordes
travam renhida peleja, de forças iguais e recursos,
sem nenhum deles ceder, nem o mar nem as ondas tampouco,
por longo tempo ficando indecisa a tremenda batalha:
não de outra forma os guerreiros troianos e as forças latinas
se entrebatiam; ninguém cede um passo, não perdem terreno.
Perto dali, noutra parte, onde as águas das chuvas constantes,
torrenciais, arrastaram penedos e galhos de envolta,
Palante viu seus ginetes da Arcádia, a batalhas campestres
não habituados, volver as espáduas aos homens do Lácio,
pois o terreno obrigara a soltar os cavalos em fuga
desabalada. Aos provados recursos em tanta apertura
recorre aflito, censuras e doestos ou preces instantes:
"Para que lado fugis, companheiros? Por vossas vitórias
anteriores, os feitos notáveis do grande caudilho,
meu pai Evandro, e a esperança que nutro de um dia emulá-lo

---

[93] *Sabinos*: no original, *Curibus*, literalmente, curetes, habitantes de Cures, cidade sabina.

[94] *Ísmaro*: montanha da Trácia.

[95] Não há sinalefa entre *açodado* e *Haleso*. *Haleso* é um grego que versões do mito dão como filho de Agamêmnon (ver VII, v. 723).

[96] *Auruncos*: povo de Aurunca, na Campânia.

[97] Para efeitos de ritmo, há hiato entre o *e* de *de* e o *a* de *ambos*.

fidite ne pedibus. Ferro rumpenda per hostes
est uia. Qua globus ille uirum densissimus urget,
hac uos et Pallanta ducem patria alta reposcit.
Numina nulla premunt, mortali urgemur ab hoste   375
mortales, totidem nobis animaeque manusque.
Ecce, maris magna claudit nos obice pontus,
deest iam terra fugae: pelagus Troiamne petemus?"
Haec ait et medius densos prorumpit in hostes.
Obuius huic primum, fatis adductus iniquis,   380
fit Lagus. Hunc, magno uellit dum pondere saxum,
intorto figit telo, discrimina costis
per medium qua spina dabat, hastamque receptat
ossibus haerentem. Quem non super occupat Hisbo,
ille quidem hoc sperans; nam Pallas ante ruentem,   385
dum furit, incautum crudeli morte sodalis
excipit atque ensem tumido in pulmone recondit.
Hinc Sthenium petit et Rhoeti de gente uetusta
Anchemolum, thalamos ausum incestare nouercae.
Vos etiam, gemini, Rutulis cecidistis in agris,   390
Daucia, Laride Thymberque, simillima proles,
indiscreta suis gratusque parentibus error;
at nunc dura dedit uobis discrimina Pallas:
nam tibi, Thymbre, caput Euandrius abstulit ensis;
te decisa suum, Laride, dextera quaerit   395
semianimesque micant digiti ferrumque retractant.

nesta campanha gloriosa, detende-vos! É mais que urgente
caminho abrir com as espadas nas turmas mais densas do imigo.
Esse é o roteiro que a pátria a Palante e a vós todos aponta.
Numes não vemos na parte contrária; mortais todos somos;
almas menores do que eles não temos, nem braços mais fracos.
Já se acha perto o mar vasto, a cortar-nos a reta da fuga.
Falta-nos terra. Para onde correr? Para o mar? Para Troia?"
Assim falando, investiu contra a turma mais densa do imigo.
Por um destino fatal conduzido, foi Lago o primeiro
a se lhe opor. Uma pedra pesada soerguer ele tenta
para em Palante atirar. Mas um dardo jogado com força
fere-o nas costas, no meio da espinha, até vir a deter-se[98]
junto dos ossos. Hisbão não consegue alcançá-lo, pois quando[99]
Palante o viu, a avançar como um louco, dorido com a morte
do companheiro estimado, tão barbaramente atingido,
no pulmão túmido esconde num ápice o ferro homicida.
Vira-se então contra Estênio e ao rebento da raça de Reto,
o forte Anquêmolo, que desonrou sua própria madrasta.[100]
Vós também, gêmeos, caístes nos campos dos rútulos fortes,
filhos de Dauco, a saber: Timbro e Láride, em tudo iguaizinhos,
grata ilusão muitas vezes do pai amantíssimo, em casa,[101]
mas pelo forte Palante mui bem distinguidos agora,
pois a cabeça te corta o cutelo do filho de Evandro,
Timbro, e a mão destra amputada de Láride ainda te busca,[102]
trêmulos dedos tentando debalde afastar o ímpio ferro.

---

[98] *Costas*: costelas. O tradutor usou termo anatômico arcaizante. *Lago* foi ferido de frente: a lança penetrou até a espinha, ficando presa entre os ossos.

[99] *Hisbão não consegue alcançá-lo*: entenda-se, não consegue surpreender Palante, inclinado, a descravar a lança fincada em Lago.

[100] *Anquêmolo*, filho de *Reto*, rei dos marrúbios, seduziu a *madrasta*, Caspéria, e, para fugir da ira do pai, refugiou-se junto a Dauno, pai de Turno.

[101] *Grata ilusão*: confundir os gêmeos *Timbro* e *Láride* alegrava os pais; *do pai amantíssimo*: no original, *parentibus*, "dos pais".

[102] O tradutor condensa *te decisa suum, Laride, dextera quaerit*, "tua mão cortada, ó Láride, busca seu dono".

Arcadas accensos monitu et praeclara tuentes
facta uiri mixtus dolor et pudor armat in hostes.
Tum Pallas biiugis fugientem Rhoetea praeter
traicit. Hoc spatium tantumque morae fuit Ilo;　　　　　400
Ilo namque procul ualidam direxerat hastam,
quam medius Rhoeteus intercipit, optime Teuthra,
te fugiens fratremque Tyren, curruque uolutus
caedit semianimis Rutulorum calcibus arua.
Ac uelut optato uentis aestate coortis　　　　　405
dispersa immittit siluis incendia pastor,
correptis subito mediis extenditur una
horrida per latos acies Vulcania campos;
ille sedens uictor flammas despectat ouantes:
non aliter socium uirtus coit omnis in unum　　　　　410
teque iuuat, Palla. Sed bellis acer Halaesus
tendit in aduersos seque in sua colligit arma.
Hic mactat Ladona Pheretaque Demodocumque,
Strymonio dextram fulgenti deripit ense
elatam in iugulum, saxo ferit ora Thoantis　　　　　415
ossaque dispersit cerebro permixta cruento.
Fata canens siluis genitor celarat Halaesum:
ut senior leto canentia lumina soluit,

Mescla de dor e vergonha reanima os guerreiros da Arcádia.
Já inflamados com as poucas palavras do jovem Palante,
que com seu dardo a Reteu transfixou, ao passar numa biga[103]
em disparada, o que um pouco atrasou o cruel óbito de Ilo.[104]
Sim, pois de longe contra este lançara o seu dardo temido,[105]
quando de ti procurava fugir, valoroso Teutrante,[106]
e de teu mano Tireu. Cai do carro a rodar o guerreiro,
e moribundo estrebucha, calcando com os pés o chão duro.
Tal como sopram mais fortes os ventos em tarde de estio,
quando o pastor lança fogo na selva, que presto se alastra
no matorral, devorando num pronto florestas inteiras,
pelas planícies de em torno levado das hostes vulcânias,
e o pegureiro tranquilo de um cômoro o incêndio acompanha:[107]
não de outra forma, Palante, contemplas o esforço conjunto
dos sócios teus contra o imigo; comanda-os Haleso valente;[108]
de armas em tudo excelentes, avançam tomados de brio.
Ládone mata ali mesmo, Demódoco insigne, mais Féreta;
de um golpe a mão decepou de Estrimônio na horinha precisa
em que tentou afogá-lo. No rosto de Toante arremessa
pedra gigante; no chão misturaram-se o cérebro e os ossos.
O pai de Haleso prevendo o futuro na selva o ocultara.[109]
Porém, vencido da idade, depois de fechados os olhos,[110]

---

[103] *Reteu ao passar*: no original, *fugientem Rhoetea*, na verdade, "a fugir".

[104] Entenda-se: antes de matar Ilo (aqui, um guerreiro latino, não o filho de Eneias), Palante deteve-se um instante para matar primeiro Reteu, guerreiro rútulo. Para efeitos de ritmo, *cruel* é monossilábico.

[105] Nos vv. 401-2, Palante lançara o dardo contra Ilo, quando este fugia de Teutrante, a quem, de passagem, o poeta interpela em segundo pessoa (apóstrofe).

[106] *Teutrante* e *Tireu*: outro par de irmãos; vencedores, porém.

[107] *Pegureiro*: pastor; *cômoro*: pequeno morro.

[108] *Haleso* mata os troianos *Ládone, Demódoco, Féreta, Toante* e decepa *Estrimônio*.

[109] *Prevendo o futuro*: no original, *fata canens*, "como adivinho".

[110] *Fechados os olhos*: no original, *canentia lumina*, "embranquecidos os olhos" após a morte.

iniecere manum Parcae telisque sacrarunt
Euandri. Quem sic Pallas petit ante precatus: 420
"Da nunc, Thybri pater, ferro, quod missile libro,
Fortunam atque uiam duri per pectus Halaesi.
Haec arma exuuiasque uiri tua quercus habebit".
Audiit illa deus; dum texit Imaona Halaesus,
Arcadio infelix telo dat pectus inermum.   425
At non caede uiri tanta perterrita Lausus,
pars ingens belli, sinit agmina: primus Abantem
oppositum interimit, pugnae nodumque moramque.
Sternitur Arcadiae proles, sternuntur Etrusci
et uos, o Grais imperdita corpora, Teucri.   430
Agmina concurrunt ducibusque et uiribus aequis.
Extremi addensent acies nec turba moueri
tela manusque sinit. Hinc Pallas instat et urget,
hinc contra Lausus, nec multum discrepat aetas,
egregii forma, sed quis Fortuna negarat   435
in patriam reditus. Ipsos concurrere passus
haud tamen inter se magni regnator Olympi;
mox illos sua fata manent maiore sub hoste.
Interea soror alma monet succedere Lauso
Turnum, qui uolucri curru medium secat agmen.   440
Ut uidit socios: "Tempus desistere pugnae;
solus ego in Pallanta feror, soli mihi Pallas
debetur; cuperem ipse parens spectator adesset".
Haec ait et socii cesserunt aequore iusso.

as duras Parcas lançaram mão dele e o fadaram à morte
por um dos dardos de Evandro. Palante destarte suplica:[111]
"Pai Tibre! ao dardo possante que neste momento eu disparo,
dá que a Fortuna o dirija até ao peito de Haleso! Um carvalho
de tuas margens suas armas terá como honroso troféu".[112]
Ouviu-o o nume; e no instante em que a Imáone Haleso cobria,[113]
o peito expôs desguardado — infeliz! — ao venábulo arcádio.
Lauso, um dos chefes daquela campanha, não deixa que a morte
de tal herói enfraqueça seus homens. A Abante primeiro
joga por terra, terror do inimigo, pilar da vitória.
Morrem os filhos da Arcádia, os valentes e fortes etruscos,
e vós também, teucros belos, escapos da fúria dos gregos!
Chocam-se iguais contingentes, com cabos de guerra esforçados.
Os combatentes das alas extremas ao centro convergem
de modo tal, que mal podem mexer-se. Palante de um lado,
Lauso do oposto aos seus homens animam. Mancebos equevos
ambos, de bela postura; porém a Fortuna lhes nega
rever um dia o torrão de nascença. Contudo, não deixa
Jove potente encontrarem-se os dois, pois para ambos a morte
há de chegar pela mão de um guerreiro mais forte do que eles;
nisso, Juturna ao irmão sugeriu socorrer Lauso aflito.[114]
Turno cortou pelo meio das tropas em seu próprio carro
e aos companheiros bradou: "Cesse a pugna! Eu, somente, a Palante[115]
devo enfrentar! Essa vítima a mim é devida. Quem dera
que aqui também estivesse seu pai, para ver nosso encontro!"
Disse. Os aliados se afastam, deixando-o sozinho no campo.

---

[111] *Dardos de Evandro*: Palante usa armas do pai.

[112] *Troféu*: local onde se expunham os despojos tomados ao inimigo.

[113] *Cobria*: Haleso com o escudo protegeu o companheiro *Imáone*.

[114] *Juturna*: no original, *soror alma*, "irmã divina"; a ninfa Juturna é irmã de Turno.

[115] *A Palante*: no v. 441, como no manuscrito do tradutor, e não no verso seguinte, como consta nas edições anteriores, arruinando o ritmo de ambos.

At Rutulum abscessu iuuenis tum iussa superba 445
miratus stupet in Turno corpusque per ingens
lumina uoluit obitque truci procul omnia uisu,
talibus et dictis it contra dicta tyranni:
"Aut spoliis ego iam raptis laudabor opimis
aut leto insigni: sorti pater aequus utrique est. 450
Tolle minas". Fatus medium procedit in aequor.
Frigidus Arcadibus coit in praecordia sanguis.
Desiluit Turnus biiugis, pedes apparat ire
comminus; utque leo, specula cum uidit ab alta
stare procul campis meditantem in proelia taurum, 455
aduolat, haud alia est Turni uenientis imago.
Hunc ubi contiguum missae fore credidit hastae,
ire prior Pallas, si qua Fors adiuuet ausum
uiribus imparibus, magnumque ita ad aethera fatur:
"Per patris hospitium et mensas, quas aduena adisti, 460
te precor, Alcide, coeptis ingentibus adsis.
Cernat semineci sibi me rapere arma cruenta
uictoremque ferant morientia lumina Turni".
Audiit Alcides iuuenem magnumque sub imo
corde premit gemitum lacrimasque effundit inanes. 465
Tum Genitor natum dictis affatur amicis:
"Stat sua cuique dies, breue et irreparabile tempus
omnibus est uitae; sed famam extendere factis,
hoc uirtutis opus. Troiae sub moenibus altis
tot nati cecidere deum; quin occidit una 470
Sarpedon, mea progenies. Etiam sua Turnum
Fata uocant, metasque dati peruenit ad aeui".
Sic ait atque oculos Rutulorum reicit aruis.
At Pallas magnis emittit uiribus hastam

Pasma o mancebo ante aquelas palavras, o gesto inopino[116]
dos combatentes, à volta de Turno, a quem logo examina
com torvo olhar, de alto a baixo, sem nada omitir do gigante,
para, afinal, responder ao tirano com estas palavras:
"Breve serei exaltado, ou por ter conquistado alto espólio,
ou pela morte gloriosa. A meu pai equivalem-se os fados.[117]
Para com tuas ameaças". Dito isso, avançou no terreno.
Gela de medo nos peitos arcádios o sangue animoso.
Turno se apeia da biga, disposto a atacá-lo de perto;
da mesma forma que um leão, quando avista de um ponto elevado
possante touro disposto a lutar — a postura o define —,
Turno também se desloca ao encontro do seu adversário.
Quando o julgou ao alcance do bote Palante se adianta,
por presumir que a Fortuna haveria de ser-lhe propícia,
favorecendo-lhe a audácia naquela apertura. E ao céu fala:
"Pela hospedagem paterna me assiste, grande Hércules!, pela
mesa que honraste com a tua presença! Auxilia-me agora!
Dá que eu consiga arrancar os espólios sangrentos de Turno
e que ele veja no transe da morte quem deles o priva".
Ouviu-lhe Alcides a súplica; fundo gemido comprime
no íntimo peito, banhando-lhe lágrimas lentas o rosto.
Júpiter disse a seu filho as seguintes palavras aladas:
"Todos têm a hora marcada; mui breve para eles é a vida:
irreparável, o curso do tempo. Mas pode a Virtude
glória emprestar a seus feitos. Oh! quantos dos filhos dos deuses
não pereceram nos muros de Troia! Sarpédone grande
de mim nascido. Ora Turno é chamado com grande insistência
por seu Destino: chegou ao ponto alto sua bela carreira".
Disse, e apartou do cenário da luta a mirada serena.
Nesse entrementes, Palante jogou com violência a hasta longa

---

[116] *O mancebo*: Palante.

[117] *A meu pai equivalem-se os fados*: entenda-se, estão à altura de meu pai quais-
quer resultados, a vitória ou morrer combatendo, isto é, a *morte gloriosa* (*leto insigni*),
a "bela morte".

uaginaque caua fulgentem deripit ensem. 475
Illa uolans, umeri surgunt qua tegmina summa
incidit atque uiam clipei molita per oras
tandem etiam magno strinxit de corpore Turni.
Hic Turnus ferro praefixum robur acuto
in Pallanta diu librans iacit atque ita fatur: 480
"Aspice, num mage sit nostrum penetrabile telum".
Dixerat; at clipeum, tot ferri terga, tot aeris,
quem pellis totiens obeat circumdata tauri,
uibranti cuspis medium transuerberat ictu
loricaeque moras et pectus perforat ingens. 485
Ille rapit calidum frustra de uulnere telum:
una eademque uia sanguis animusque sequuntur.
Corruit in uulnus, sonitum super arma dedere
et terram hostilem moriens petit ore cruento.
Quem Turnus super adsistens, 490
"Arcades, haec", inquit, "memores mea dicta referte
Euandro; qualem meruit, Pallanta remitto.
Quisquis honos tumuli, quidquid solamen humandi est,
largior. Haud illi stabunt Aeneia paruo
hospitia". Et laeuo pressit pede talia fatus 495
exanimem, rapiens immania pondera baltei
impressumque nefas, una sub nocte iugali
caesa manus iuuenum foede thalamique cruenti,
quae Clonus Eurytides multo caelauerat auro;
quo nunc Turnus ouat spolio gaudetque potitus. 500
Nescia mens hominum fati sortisque futurae

e, decidido, arrancou da bainha a terrível espada.
Voa a primeira, até dar na armadura, por cima dos ombros,
e espaço abrindo pela orla, riscou ao de leve a epiderme
do espadaúdo adversário sem dano maior produzir-lhe.
Por sua vez, Turno pega de um roble nodoso, com férrea[118]
ponta, e depois de volteá-lo jogou-o em Palante, dizendo:
"Vê se o meu dardo penetra mais fácil no corpo do imigo!"
Disse; e malgrado as camadas de ferro e de bronze do escudo,
das sete peles taurinas que em toda a extensão o abrigavam,
sem que a loriga tampouco consiga atenuar-lhe a violência,
prestes o dardo vibrante o amplo peito atingiu do mancebo.
Rapidamente Palante a hasta longa arrancou, ainda quente.
Inseparáveis, a vida se esvai juntamente com o sangue.
Cai sobre a própria ferida, ressoando-lhe em torno a armadura.
Cheia de sangue, ao tombar morde a boca o terreno inimigo.
Turno, de pé no cadáver:
"Árcades", grita, "contai a Evandro o que passo a dizer-vos,
sem discrepância: 'Devolvo-lhe o filho tal como o merece.
As honrarias devidas ao morto e demais cerimônias
de boa mente concedo. Ainda assim, muito caro custou-lhe
o grato hospício de Eneias'". Depois, empurrou o cadáver[119]
com o pé esquerdo e o pesado talim habilmente furtou-lhe.[120]
Neste, insculpida se achava a horrorosa matança dos noivos
na própria noite das bodas; manchados os leitos ficaram,
tal como no ouro gravara o hábil Clono gerado por Êurito;
ovante, Turno se apossa da peça com grande alarido.[121]
Ó mente humana, de vista acanhada nas coisas futuras!

---

[118] *Roble nodoso*: carvalho cheio de nós.

[119] *Hospício*: a hospedagem que Evandro concedeu a Eneias; *empurrou com o pé* (*pressit pede*): "pressionou com o pé" para arrancar o boldrié.

[120] *Talim*: o mesmo que boldrié, tira de couro passada de um ombro ao quadril oposto para sustentar aljava e espada.

[121] *Matança dos noivos*: as cinquenta Danaides, forçadas a casar, mataram os esposos, exceto a mais nova, que gerou o grego Abante, pai de Acrísio, que era pai de Dânae, a qual com o marido Pilumno, bisavô de Turno, fundou Árdea. Para Turno, a

et seruare modum, rebus sublata secundis!
Turno tempus erit, magno cum optauerit emptum
intactum Pallanta et cum spolia ista diemque
oderit. At socii multo gemitu lacrimisque 505
impositum scuto referunt Pallanta frequentes.
O dolor atque decus magnum rediture parenti
haec te prima dies bello dedit, haec eadem aufert,
cum tamen ingentes Rutulorum linquis aceruos!
Nec iam fama mali tanti, sed certior auctor 510
aduolat Aeneae, tenui discrimine leti
esse suos, uersis tempus succurrere Teucris.
Proxima quaeque metit gladio latumque per agmen
ardens limitem agit ferro, te, Turne, superbum
caede noua quaerens. Pallas, Euander, in ipsis 515
omnia sunt oculis, mensae, quas aduena primas
tunc adiit, dextraeque datae. Sulmone creatos
quattuor hic iuuenes, totidem, quos educat Ufens,
uiuentes rapit, inferias quos immolet umbris
captiuoque rogi perfundat sanguine flammas. 520
Inde Mago procul infensam contenderat hastam.
Ille astu subit ac tremibunda superuolat hasta,

Leda nas horas felizes, sem nunca saber dominar-se!
Tempo virá em que Turno quisera pagar alto preço
por sua vítima de hoje e maldiga os despojos sangrentos![122]
Com abundantes gemidos os sócios do claro Palante
o depuseram no escudo e do campo da luta o tiraram.[123]
Ó quanta glória! Que dor a teu pai teu retorno acarreta!
Um dia apenas a guerra te deu; hoje mesmo morreste.
Porém, que acervo de rútulos deixas sem vida nos campos![124]
Nesse entrementes chegou a notícia aos ouvidos de Eneias,[125]
não simples boato, do grande desastre dos seus comandados[126]
e que era urgente socorro levar aos troianos opressos.
Ceifa com a espada o que encontra; por entre as fileiras imigas
abre caminho, a clamar, Turno insano, por tua presença,
pois te ufanavas da morte do moço. Só enxerga na frente
Palante, Evandro, a hospital acolhida, os tratados firmados
quando da sua chegada. Com vida arrastou quatro jovens
filhos de Ufente, e mais quatro do forte Sulmão descendentes,[127]
para imolá-los aos Manes do bravo Palante, e com o sangue[128]
desses cativos as chamas regar da fogueira funérea.
De longe em Mago atirou sua lança terrível; astuto,
frustra-se ao bote o guerreiro; tremendo, a hasta longa o ultrapassa.[129]

---

imagem é uma história de família, por isso mesmo se apodera das peças *com grande alarido*, e *ovante*, isto é, triunfante.

[122] *Maldiga os despojos*: o verso antecipa passagem decisiva do livro XII.

[123] *Depuseram no escudo*: trazer no seu escudo o guerreiro morto é próprio da "bela morte", a morte gloriosa.

[124] *Acervo*: grande quantidade. O tradutor é literal: *Rutulorum aceruos*.

[125] *Notícia*: no original, *certior auctor*, "mensageiro mais preciso".

[126] *Não simples boato*: no original, *nec fama*. Eneias é diferente de Jarbas e Turno: não confia na Fama nem em Alecto (ver descrição viciosa da Fama em IV, vv. 173-90).

[127] *Ufente e Sulmão*: citados, respectivamente, em VII, v. 744, e IX, v. 412.

[128] Eneias sacrifica oito adversários aos Manes de Palante; na *Ilíada* (XXI, vv. 26-8), Aquiles sacrifica doze para vingar a morte de Pátroclo.

[129] *Ultrapassa*: isto é, passa longe.

et genua amplectens effatur talia supplex:
"Per patrios Manes et spes surgentis Iuli
te precor, hanc animam serues natoque patrique. 525
Est domus alta, iacent penitus defossa talenta
caelati argenti, sunt auri pondera facti
infectique mihi. Non hic uictoria Teucrum
uertitur aut anima una dabit discrimina tanta".
Dixerat. Aeneas contra cui talia reddit: 530
"Argenti atque auri memoras quae multa talenta,
natis parce tuis. Belli commercia Turnus
sustulit ista prior iam tum Pallante perempto.
Hoc patris Anchisae Manes, hoc sentit Iulus".
Sic fatus, galeam laeua tenet atque reflexa 535
ceruice orantis capulo tenus applicat ensem.
Nec procul Haemonides, Phoebi Triuiaeque sacerdos,
infula cui sacra redimibat tempora uitta,
totus collucens ueste atque insignibus armis:
quem congressus agit campo lapsumque superstans 540
immolat ingentique umbra tegit; arma Serestus
lecta refert umeris, tibi, rex Gradiue, tropaeum.
Instaurant acies Vulcani stirpe creatus
Caeculus et ueniens Marsorum montibus Umbro.
Dardanides contra furit: Anxuris ense sinistram 545
et totum clipei ferro deiecerat orbem;
dixerat ille aliquid magnum uimque affore uerbo
crediderat caeloque animum fortasse ferebat
canitiemque sibi et longos promiserat annos;
Tarquitus exultans contra fulgentibus armis, 550

Mago abraçou-se aos joelhos de Eneias e súplice fala:
"Oh! pelos Manes paternos, a grata esperança de Ascânio,
poupa uma vida, e terás dado vida a meu pai e a meu filho.
Possuo um grande palácio e enterrado um tesouro de prata
bem trabalhada, muito ouro lavrado e em espécie. Da minha
morte não vai depender a vitória dos bravos troianos.
Que pesa a vida de um homem no prato da tua balança?"[130]
Assim falou; mas Eneias lhe deu a seguinte resposta:
"São de teus filhos todo o ouro e essa prata que tanto aprecias.
Guarda-os para eles. Sem força nenhuma são todos os tratos,
desde que Turno da vida privou ao saudoso Palante.
Com isso os Manes de Anquises concordam, Ascânio o permite".
Assim falando, com a sestra segura o elmo forte de Mago,
e flexionando-lhe o colo enterrou-lhe até aos copos a espada.
Não muito longe dali, com as fitas sagradas na fronte,
o filho de Hémone estava, da Trívia e de Apolo ministro,
resplandecente com sua armadura e aparatos vistosos.
Contra ele investe o Troiano um bom trecho e alcançando-o imolou-o
sem mais delongas. A sombra da morte o cobriu. Suas armas
logo Seresto carrega com o fim de ofertar-te, Gradivo.[131]
Filho do divo Vulcano, vem Céculo, e Umbrão vem dos montes
dos fortes marsos, e o embate dos teucros em parte restauram.
Corre para eles o neto de Dárdano e talha de um golpe
de Ânxur a sestra, no punho, e toda a orla do escudo vistoso.
Por haver dito arrogantes palavras, julgava-se livre
de qualquer bote do imigo, e até mesmo imortal. Quando nada,
vida mui longa a si mesmo auspiciava, velhice tranquila.
Tárquito, filho de Dríope, ninfa, e de Fauno, das selvas[132]

---

[130] Aqui Virgílio segue de perto passagem da *Ilíada* (XXI, vv. 74-113).

[131] No livro IX, *Seresto* ficara com Mnesteu e Ascânio, guardando o acampamento troiano (IX, vv. 170-3). Sem evadir-se, Seresto não poderia estar com Eneias. Sérvio conclui tratar-se de homônimo. *Gradivo*: no original, *rex Gradiue*, Marte, deus da guerra, que aqui reina sobre o ato de *agredir*.

[132] *Fauno*: não o importante Fauno, pai de Latino (ver vv. VII, 45-7), mas um camponês homônimo; em VIII, v. 314, os Faunos são espíritos dos bosques.

siluicolae Fauno Dryope quem nympha crearat,
obuius ardenti sese obtulit. Ille reducta
loricam clipeique ingens onus impedit hasta;
tum caput orantis nequiquam et multa parantis
dicere deturbat terrae truncumque tepentem 555
prouoluens super haec inimico pectore fatur:
"Istic nunc, metuende, iace. Non te optima mater
condet humi patrioque onerabit membra sepulcro:
alitibus linquere feris aut gurgite mersum
unda feret piscesque impasti uulnera lambent". 560
Protinus Antaeum et Lucam, prima agmina Turni,
persequitur fortemque Numam fuluumque Camertem,
magnanimo Volscente satum, ditissimus agri
qui fuit Ausonidum et tacitis regnauit Amyclis.
Aegaeon qualis, centum cui bracchia dicunt 565
centenasque manus, quinquaginta oribus ignem
pectoribusque arsisse, Iouis cum fulmina contra
tot paribus streperet clipeis, tot stringeret enses:
sic toto Aeneas desaeuit in aequore uictor,
ut semel intepuit mucro. Quin ecce Niphaei 570
quadriiugis in equos aduersaque pectora tendit.
Atque illi longe gradientem et dira frementem
ut uidere, metu uersi retroque ruentes
effunduntque ducem rapiuntque ad litora currus.

habitual morador, contra Eneias avança, envolvido
nas suas armas fulgentes. Porém logo logo o Troiano
com o forte dardo atravessa-lhe o escudo e a bem-feita loriga.
Em vão suplica-lhe o pobre, querendo dizer-lhe mil coisas:
de um golpe Eneias lhe corta a cabeça, e com o pé revolvendo-lhe
o corpo quente, com ódio lhe diz as seguintes palavras:
"Fica no chão, temeroso guerreiro, pois mãe carinhosa
não te dará sepultura jamais nos domínios paternos.
Para repasto das aves aí ficarás, ou nas ondas
irrequietas os peixes virão as feridas lamber-te".
Logo a seguir se atirou contra Licas e Anteu, da vanguarda
de Turno forte, mais Numa imbatível e o ruivo Camertes,[133]
filho do grande Volscente, o mais rico em campinas aráveis[134]
dentre os ausônios e rei dos amiclos de poucas palavras.[135]
Como o centímano Egeu, de cem braços, conforme nos contam,[136]
que fogo atroz vomitava de peitos cinquenta, e cinquenta
bocas, sem pausa fazer, e outros tantos escudos opunha
aos crebros raios de Jove, ou centenas de espadas volteava:
assim Eneias no campo da guerra semeava destroços,
desde que o gládio tingiu na matança. Ainda mais: atirou-se
contra Nifeu e os cavalos da forte quadriga do jovem.
Desorientados ao vê-lo avançar com passadas gigantes,
ameaçador, espantaram-se os brutos e logo, sem tino,
por terra o dono jogaram e à praia, sem mais, se acolheram.

---

[133] *Camertes*: como está no manuscrito do tradutor, em vez de "Camartes", que consta nas edições anteriores.

[134] *Volscente*: o mesmo que matou Euríalo e foi morto por Niso em IX, v. 370.

[135] *Amiclos de poucas palavras*: habitantes de Amiclas, cidade da Campânia, na Itália (*dentre os ausônios*), colonizada por habitantes de Amiclas da Lacônia, cujo laconismo, vê-se, ficou famoso.

[136] No original, *bracchia centenasque manus*: o pleonasmo é de Virgílio. *Egeu*: não o rei de Atenas, que deu nome ao mar, mas um dos Gigantes de Cem Mãos (*Hecatonquiros*) que lutaram contra os deuses olímpicos. Os deuses o chamavam *Briareu* (ver VI, v. 285).

Interea biiugis infert se Lucagus albis 575
in medios fraterque Liger; sed frater habenis
flectit equos, strictum rotat acer Lucagus ensem.
Haud tulit Aeneas tanto feruore furentes:
irruit aduersaque ingens apparuit hasta.
Cui Liger: 580
"Non Diomedis equos nec currum cernis Achillis
aut Phrygiae campos: nunc belli finis et aeui
his dabitur terris". Vesano talia late
dicta uolant Ligeri. Sed non et Troius heros
dicta parat contra: iaculum nam torquet in hostem. 585
Lucagus ut pronus pendens in uerbera telo
admonuit biiugos, proiecto dum pede laeuo
aptet se pugnae, subit oras hasta per imas
fulgentis clipei, tum laeuum perforat inguen;
excussus curru moribundus uoluitur aruis. 590
Quem pius Aeneas dictis affatur amaris:
"Lucage, nulla tuos currus fuga segnis equorum
prodidit aut uanae uertere ex hostibus umbrae;
ipse rotis saliens iuga deseris". Haec ita fatus
arripuit biiugos; frater tendebat inermes 595
infelix palmas, curru delapsus eodem:
"Per te, per qui te talem genuere parentes,

Lúcago, entanto, e o irmão Líger, em biga elegante puxada[137]
por dois corcéis de cor branca rompiam por entre os troianos.
Líger dirige os cavalos e Lúcago a espada volteia.
Não sofre Eneias tamanha arrogância por parte dos gêmeos.[138]
De lança em punho aparece aos coitados, qual fero gigante.
Líger falou-lhe:
"Não vês corcéis de Diomedes ou carro de Aquiles Pelida,[139]
nem campos frígios tampouco. Teus dias e a guerra hão de agora
mesmo acabar". As palavras de Líger insano se esvaem
nas auras tênues. Sem nada dizer-lhe em resposta, o Troiano
se contentou com lançar no inimigo seu dardo pontudo:
quando o guerreiro, inclinando-se para açoitar os cavalos,[140]
o pé sinistro na frente, bom ponto de apoio, se apresta
para lutar. Passa o dardo pela orla do escudo brilhante
e lhe perfura a virilha do lado mais fácil para ele.
Já moribundo, do carro tombou sobre o solo arenoso.
No seu estilo amargoso lhe fala o possante guerreiro:[141]
"Lúcago, não poderás afirmar que os cavalos falharam
nem que no chão te jogaram com medo de inanes fantasmas.
De moto próprio saltaste do carro e os deixaste sem guia".
Assim dizendo, das rédeas tomou. Do chão mesmo lhe tende[142]
Líger as mãos desarmadas e diz-lhe as seguintes palavras:
"Por ti, guerreiro troiano, e teus pais que tal filho tiveram,

---

[137] *Lúcago* e *Líger*: outro par de irmãos.

[138] *Sofre*: tolera (arcaísmo).

[139] *Corcéis de Diomedes*: no canto V da *Ilíada* (vv. 297-318), Afrodite (Vênus) poupa Eneias de combater contra Diomedes. No canto XX, vv. 310-52, é Posídon (Netuno) que subtrai Eneias da luta contra Aquiles. Aos aludir a esses fatos, Líger zomba de Eneias. *Pelida*: filho de Peleu.

[140] *O guerreiro*, aqui, é Lúcago; a rigor, ele não *açoita*, mas na verdade pica os cavalos com a espada.

[141] *Seu estilo*: entenda-se, o estilo *amargoso* (*dictis amaris*, "com palavras amargas") que Eneias assumiu após a morte de Palante.

[142] Subentende-se que Eneias mata Lúcago e toma as rédeas das mãos de Líger, que, caído, implora por clemência.

uir Troiane, sine hanc animam et miserere precantis".
Pluribus oranti Aeneas: "Haud talia dudum
dicta dabas. Morere et fratrem ne desere frater".   600
Tum latebras animae pectus mucrone recludit.
Talia per campos edebat funera ductor
Dardanius, torrentis aquae uel turbinis atri
more furens. Tandem erumpunt et castra relinquunt
Ascanius puer et nequiquam obsessa iuuentus.   605
Iunonem interea compellat Iuppiter ultro:
"O germana mihi atque eadem gratissima coniunx,
ut rebare, Venus (nec te sententia fallit)
Troianas sustentat opes, non uiuida bello
dextra uiris animusque ferox patiensque pericli".   610
Cui Iuno summissa: "Quid, o pulcherrime coniunx,
sollicitas aegram et tua tristia dicta timentem?
Si mihi, quae quondam fuerat quamque esse decebat,
uis in amore foret, non hoc mihi namque negares,
omnipotens, quin et pugnae subducere Turnum   615
et Dauno possem incolumem seruare parenti.
Nunc pereat Teucrisque pio det sanguine poenas.
Ille tamen nostra deducit origine nomen
Pilumnusque illi quartus pater et tua larga
saepe manu multisque onerauit limina donis".   620
Cui rex aetherii breuiter sic fatur Olympi:
"Si mora praesentis leti tempusque caduco
oratur iuueni meque hoc ita ponere sentis,

poupa-me a vida e piedoso te mostres para um suplicante".
Logo responde-lhe Eneias: "Há pouco eram bem diferentes
tuas palavras. Que importa? Acompanha teu mano na morte".
Com o gládio abriu-lhe depois a morada recôndita da alma.
Esses, os tristes destroços que o forte Dardânio deixava
por onde andasse, enraivado qual negra e espumante corrente
ou torvelinho, até verem-se livres do cerco e saírem
do acampamento sitiado os mancebos troianos e Iulo.
Com frase irônica Jove provoca o despique de Juno:[143]
"Querida irmã e consorte amantíssima, é um fato evidente
quanto disseste a respeito da ajuda de Vênus aos teucros.
É muito certo: essa gente não tem nem coragem nem brio
para lutar, nem sequer persistência no márcio exercício".
Juno, submissa, lhe fala: "Belíssimo esposo", lhe disse,[144]
"por que me humilhas assim com palavras tão duras de ouvir?
Se me tivesses amor como outrora e tal como deveras
amar-me até hoje, não me impedirias tirar da batalha
Turno, no transe apertado em que se acha, e depois restituí-lo
sem ferimentos ou perdas a Dauno, seu pai dedicado.
Pois morra embora e com o sangue a vingança dos teucros aplaque,
conquanto Turno proceda da nossa linhagem. Pilumno,
seu quarto avô, o confirma; com mão liberal muitas vezes[145]
mil oferendas depôs nos teus templos, variadas e ricas".
Disse-lhe então o senhor poderoso do Olimpo, em resposta:
"Se poucos dias pleiteias de vida para esse guerreiro,
como adiamento do prazo fatal já bem perto do termo,

---

[143] Sérvio já notara neste verso a presença da ironia que reside nos termos *compellat*, "interpela", e *ultro*, "com que então?"; e como tal supõe precisa, mas incerta, inflexão de voz. O tradutor explicitou-a empregando o próprio termo.

[144] *Juno*: por lapso constava "Vênus" no manuscrito do tradutor e nas edições anteriores. A emenda não fere o metro.

[145] *Quarto avô*: Virgílio contou todas as gerações a partir de Turno. Sendo Pilumno bisavô de Turno, falta uma geração na seguinte sequência: Pilumno — desconhecido — Dauno — Turno.

tolle fuga Turnum atque instantibus eripe fatis;
hactenus indulsisse uacat. Sin altior istis 625
sub precibus uenia ulla latet totumque moueri
mutariue putas bellum, spes pascis inanes".
Et Iuno allacrimans: "Quid si, quae uoce grauaris,
mente dares atque haec Turno rata uita maneret?
Nunc manet insontem grauis exitus, aut ego ueri 630
uana feror. Quod ut o potius formidine falsa
ludar et in melius tua, qui potes, orsa reflectas!"
Haec ubi dicta dedit, caelo se protinus alto
misit, agens hiemem nimbo succincta per auras,
Iliacamque aciem et Laurentia castra petiuit. 635
Tum dea nube caua tenuem sine uiribus umbram
in faciem Aeneae (uisu mirabile monstrum)
Dardaniis ornat telis clipeumque iubasque
diuini assimulat capitis, dat inania uerba,
dat sine mente sonum gressusque effingit euntis: 640
morte obita quales fama est uolitare figuras
aut quae sopitos deludunt somnia sensus.
At primas laeta ante acies exsultat imago
irritatque uirum telis et uoce lacessit.
Instat cui Turnus stridentemque eminus hastam 645
conicit, illa dato uertit uestigia tergo.
Tum uero Aenean auersum ut cedere Turnus
credidit atque animo spem turbidus hausit inanem:

retira Turno do campo da luta, ensejando-lhe fuga.[146]
É quanto posso ceder. Porém se algo se oculta por baixo
de tuas súplicas, outros projetos capazes de o rumo
mudar da guerra, debalde te empenhas; são vãs esperanças".
Juno, a chorar: "Se o que as vozes me negam, quisesses ceder-me
com o coração, estaria segura a existência de Turno.
Mas nesse ponto não tenho ilusões, porque um fim desditoso
lhe reservaste. Oxalá meus temores não se confirmassem,
ou abrandasses — que o podes — os teus rigorosos decretos!"
Assim dizendo, do céu desprendeu-se, envolvida em vapores
densos, à frente impelindo bulcões tempestuosos no rumo[147]
dos arraiais laurentinos e o campo das hostes troianas.
Logo formou — que prodígio! — de névoa sem peso um fantasma[148]
vão, semelhante ao possante Anquisíada, sem consistência,[149]
mas adornado com as armas dardânias, o escudo, a cimeira
na fronte augusta, e o poder da palavra, porém carecente
de convicção, as feições exteriores, a marcha garbosa,[150]
tal como dizem que esvoaçam no espaço as imagens dos mortos
ou simplesmente as figuras dos sonhos privadas de senso.
Logo o fantasma foi pôr-se nas filas da frente, e com gestos
exagerados e tiros frequentes a Turno provoca.[151]
Este, de pronto acomete, e de longe uma lança potente
de ponta aguda lhe joga. Mui prestes a sombra se esquiva.
Acreditando o guerreiro que Eneias de fato recuava,
no imo do peito acalenta esperança de fácil vitória.[152]

---

[146] *Ensejando*: possibilitando.

[147] *Bulcões*: nuvens negras.

[148] *Sem peso*: no original, *caua*, a rigor, "vazia".

[149] *Anquisíada*: Eneias, filho de Anquises. Virgílio diz *Aeneae*, "Eneias".

[150] *Carecente de convicção*: que não produzem convicção. Corrigido conforme o manuscrito do tradutor, e não "carecentes", que faria o termo referir-se erroneamente a *feições*.

[151] *Tiros*: disparos de dardo.

[152] *De fácil vitória*: no original, *inanem*, a rigor, apenas "inútil".

"Quo fugis, Aenea? Thalamos ne desere pactos;
hac dabitur dextra tellus quaesita per undas".   650
Talia uociferans sequitur strictumque coruscat
mucronem nec ferre uidet sua gaudia uentos.
Forte ratis celsi coniuncta crepidine saxi
expositis stabat scalis et ponte parato,
qua rex Clusinis aduectus Osinius oris.   655
Huc sese trepida Aeneae fugientis imago
conicit in latebras, nec Turnus segnior instat
exsuperatque moras et pontes transilit altos.
Vix proram attigerat, rumpit Saturnia funem
auulsamque rapit reuoluta per aequora nauem.   660
Illum autem Aeneas absentem in praelia poscit,
obuia multa uirum demittit corpora morti;
tum leuis haud ultra latebras iam quaerit imago,
sed sublime uolans nubi se immiscuit atrae,
cum Turnum medio interea fert aequore turbo.   665
Respicit ignarus rerum ingratusque salutis
et duplices cum uoce manus ad sidera tendit:
"Omnipotens genitor, tanton me crimine dignum
duxisti et tales uoluisti expendere poenas?
Quo feror? Unde abii? Quae me fuga quemue reducit?   670
Laurentesne iterum muros aut castra uidebo?
Quid manus illa uirum, qui me meaque arma secuti?
Quosne (nefas) omnes infanda in morte reliqui
et nunc palantes uideo gemitumque cadentum
accipio! Quid ago? Aut quae iam satis ima dehiscat   675
terra mihi? Vos o potius miserescite uenti:
in rupes, in saxa (uolens uos Turnus adoro)
ferte ratem saeuisque uadis immittite Syrtis,
quo neque me Rutuli nec conscia fama sequatur".

"Para onde foges, Eneias? Desistes das núpcias? Meu braço
vai dar-te as terras que vieste buscar pelas ondas bravias."
Com tais discursos, o gládio a voltear, acossava o fantasma,
sem perceber que sua grande vitória nas auras sumia.
Por simples obra do acaso uma nave encontrava-se perto
de alcantilado penedo, com pranchas e escadas a jeito,
que o rei Osínio trouxera das plagas longínquas de Clúsio.
Salta depressa no barco o fantasma do herói, demonstrando
medo e a tremer, para o abrigo alcançar. Segue-o prestes o forte
Turno, transpondo num ápice a prancha ali posta para isso.
Mal se firmara na proa, a Satúrnia cortou-lhe as amarras
e a embarcação entregou ao balanço das ondas inquietas.
Buscava Eneias no entanto ao rival no teatro da luta,
e de passagem remete para o Orco montões de inimigos,
enquanto a sombra, sem mais cogitar na aparência enganosa,
se dissipou facilmente no bojo de uma atra procela,
ao mesmo tempo em que um vento do mar arrastava o navio.
Sem compreender o que via e a negar suas próprias vantagens,
Turno levanta as mãos ambas, rompendo em sentidos queixumes:
"Onipotente senhor! De que crime imputaste-me a culpa,
para punir-me e me impor uma pena de tal gravidade?[153]
Para onde vou? De onde vim? De que modo fugir de tão grande
humilhação, para aos campos laurentes voltar e aos combates?
Que vão pensar meus guerreiros agora, os meus grandes aliados,
que à morte certa entreguei sem defesa entre tantos perigos?
Vejo-os de longe, dispersos; escuto seus tristes gemidos.
Como fazer nesta angústia? Não se abre a meus pés um abismo
para engolir-me? E vós outros, ó ventos, mostrai-vos piedosos,
instantemente o suplico. Atirai-me de encontro a estas rochas,
bancos de areia, nos falsos cachopos de Sirtes imana,[154]
onde ninguém nem meus rútulos saibam jamais quanto eu sofro!"

---

[153] *Pena de tal gravidade*: entenda-se, fama de covarde, porque aos olhos de todos Turno fugiu.

[154] *Falsos cachopos*: recifes traiçoeiros. *Sirtes* (aqui feminino singular; ver "sirte",

Haec memorans animo nunc huc, nunc fluctuat illuc,   680
an sese mucrone ob tantum dedecus amens
induat et crudum per costas exigat ensem,
fluctibus an iaciat mediis et litora nando
curua petat Teucrumque iterum se reddat in arma.
Ter conatus utramque uiam, ter maxima Iuno   685
continuit iuuenemque animi miserata repressit.
Labitur alta secans fluctuque aestuque secundo
et patris antiquam Dauni defertur ad urbem.
At Iouis interea monitis Mezentius ardens
succedit pugnae Teucrosque inuadit ouantes.   690
Concurrunt Tyrrhenae acies atque omnibus uni,
uni odiisque uiro telisque frequentibus instant.
Ille uelut rupes, uastum quae prodit in aequor,
obuia uentorum furiis expostaque ponto,
uim cunctam atque minas perfert caelique marisque,   695
ipsa immota manens, prolem Dolichaonis Hebrum
sternit humi, cum quo Latagum Palmumque fugacem,
sed Latagum saxo atque ingenti fragmine montis
occupat os faciemque aduersam, poplite Palmum
succiso uolui segnem sinit armaque Lauso   700
donat habere umeris et uertice figere cristas.
Nec non Euanthen Phrygium Paridisque Mimanta
aequalem comitemque, una quem nocte Theano
in lucem genitori Amyco dedit et face praegnans

Assim dizendo, flutua-lhe a mente de um plano para o outro:
se se transpasse com o gládio munido de ponta aguçada,
de forma tal, que no meio das costas o ferro lhe saia,
ou se se lance nas ondas revoltas e a curva da praia
sem mais cuidados alcance e de novo os troianos enfrente.
Três vezes tenta os dois planos; três vezes conteve-o a Satúrnia,
compadecida da dor incontida do jovem guerreiro.
Corta veloz o navio a planície só de ondas tranquilas
e o reconduz para a antiga cidade de Dauno, pai dele.
Mas nesse em meio, por Jove inspirado, Mezêncio valente
ocupa o posto de Turno e investiu contra os fortes troianos.
Contra ele as hostes tirrenas avançam em filas cerradas,[155]
de ódio comum animados. Com chuva de dardos o acossam.
Tal como rocha impassível que emerge do mar infinito,
aos ventos fortes exposta, aos embates furiosos das vagas,
e desafia com a sua possança as ameaças dos mares
e do céu torvo: Mezêncio derruba ao forte Hebro, nascido
de Dolicáone, e Látago e Palmo, que embalde fugia.[156]
Com grande pedra arrancada de um monte amassou duramente
o rosto e a boca de Látago; a Palmo sem brio jarreta,[157]
logo no chão atirando-o. Suas armas a Lauso concede,
para adornar-se com elas: cimeira vistosa e a armadura.
Ao frígio Evante também imolou e a Mimante modesto,
da mesma idade de Páris, pois Teano, nascida de Amico,[158]
à luz o dera na noite em que a filha do claro Cisseu,[159]

---

em português): enorme banco de areia entre Cirene e Cartago, funesto aos navegantes.
O tradutor tomou como personificação.

[155] *Hostes tirrenas*: os etruscos aliados de Eneias, inimigos do também etrusco,
porém tirânico, Mezêncio.

[156] *Hebro*, *Dolicáone*, *Látago* e *Palmo* são troianos.

[157] *Sem brio*: *segnem* também significa "inerte", acepção melhor aqui.

[158] *Amico*: troiano homônimo de conterrâneos (I, v. 221, e IX, v. 771) e do rei da
Bebrícia (V, v. 372).

[159] *Cisseu*: rei da Trácia, homônimo do rútulo do v. 318; *filha de Cisseu*: Hécuba,
mãe de Páris.

Cisseis regina Parin; Parin urbe paterna 705
occubat, ignarum Laurens habet ora Mimanta.
Ac uelut ille canum morsu de montibus altis
actus aper multos Vesulus quem pinifer annos
defendit multosque palus Laurentia, silua
pastus harundinea, postquam inter retia uentum est, 710
substitit infremuitque ferox et inhorruit armos,
nec cuiquam irasci propiusque accedere uirtus,
sed iaculis tutisque procul clamoribus instant:
haud aliter, iustae quibus est Mezentius irae,
non ulli est animus stricto concurrere ferro; 715
missilibus longe et uasto clamore lacessunt;
ille autem impauidus partes cunctatur in omnes,
dentibus infrendens, et tergo decutit hastas.
Venerat antiquis Corythi de finibus Acron,
Graius homo, infectos linquens profugus hymenaeos. 720
Hunc ubi miscentem longe media agmina uidit,
purpureum pennis et pactae coniugis ostro,

crendo que tinha no ventre uma tocha, no mundo pôs Páris.[160]
Páris em Troia repousa; Mimante, nos campos laurentes,
desconhecido. Tal como, acossado por cães enraivados,
um javali protegido até então pelos altos pinheiros
do ameno Vésulo ou, farto das canas dos pastos laurentes,[161]
subitamente detém-se ao topar com uma rede ali posta
para apanhá-lo; feroz arrepia-se, os dentes rechina;[162]
monteiro algum tem o ousio de vir atacá-lo de perto;[163]
com vozeria e de longe é que dardos imbeles lhe atiram,[164]
enquanto a fera, cercada e sem medo, a eles todos ameaça,
estrala os fortes colmilhos, dos lombos sacode os venab'los:[165]
não de outra forma a Mezêncio, a quem tantos odiavam com justa
causa, vontade mostravam de vir atacá-lo os troianos.
Da saraivada defende-se a ponto, de dardos e insultos.[166]
Acrão, guerreiro da Grécia, chegara de Córito antiga,[167]
prófugo, sem realizar o himeneu prometido de muito.[168]
De longe mesmo Mezêncio o notou, a volutear pelo meio
dos esquadrões, com vistoso cocar e camisa purpúrea,[169]

---

[160] A propósito da imagem, *no ventre uma tocha*, ver nota a VII, vv. 320-2.

[161] *Vésulo*: atual monte Viso, na Ligúria.

[162] *Rechina*: range.

[163] Entenda-se: caçador algum tem a ousadia de atacá-lo.

[164] *Imbeles*: inócuos.

[165] *Estrala os colmilhos*: range os dentes, mas *armos* a rigor significa "espáduas" e, aqui, os pelos da espádua, que o javali acossado eriça.

[166] *A ponto*: sem medo. Galicismo calcado em *a point*, "como convém", traduz *impauidus*, "sem medo", como convém a guerreiros. *Defende-se de dardos e insultos*: no original, *dentibus infrendens et tergo decutit hastas*, a rigor, "range os dentes e sacode do escudo os dardos".

[167] *Córito*: cidade etrusca, atual Cortona, fundada pelo grego Córito; diferente das cidades vizinhas, Córito continuou a ter população grega: por isso *Acrão* (ou Ácron) é *guerreiro da Grécia* e é *prófugo* ("errante") porque está no exílio.

[168] *O himeneu prometido*: Acrão estava noivo e não voltará para casar-se.

[169] Entenda-se: com penacho no capacete (*cocar*) e manto de púrpura (*camisa purpúrea*).

impastus stabula alta leo ceu saepe peragrans,
(suadet enim uesana fames), si forte fugacem
conspexit capream aut surgentem in cornua ceruum, 725
gaudet, hians immane, comasque arrexit et haeret
uisceribus super accumbens, lauit improba taeter
ora cruor,
sic ruit in densos alacer Mezentius hostes.
Sternitur infelix Acron et calcibus atram 730
tundit humum exspirans infractaque tela cruentat.
Atque idem fugientem haud est dignatus Oroden
sternere nec iacta caecum dare cuspide uulnus,
obuius aduersoque occurrit seque uiro uir
contulit, haud furto melior, sed fortibus armis. 735
Tum super abiectum posito pede nixus et hasta:
"Pars belli haud temnenda, uiri, iacet altus Orodes".
Conclamant socii laetum paeana secuti.
Ille autem exspirans: "Non me, quicumque es, inulto,
uictor, nec longum laetabere: te quoque Fata 740
prospectant paria atque eadem mox arua tenebis".
Ad quae subridens mixta Mezentius ira:
"Nunc morere. Ast de me diuum pater atque hominum rex
uiderit". Hoc dicens eduxit corpore telum.
Olli dura quies oculos et ferreus urget 745
somnus, in aeternam clauduntur lumina noctem.
Caedicus Alcathoum obtruncat, Sacrator Hydaspen
Partheniumque Rapo et praedurum uiribus Orsen,
Messapus Croniumque Lycaoniumque Erichaeten,
illum infrenis equi lapsu tellure iacentem, 750
hunc peditem. Pedes et Lycius processerat Agis,
quem tamen haud expers Valerus uirtutis auitae
deicit; at Thronium Salius Saliumque Nealces

presentes finos da noiva. Da mesma maneira que um leão
forte e esfaimado, depois de rodar um redil, a um galheiro[170]
perto descobre, ou um cabrito a fugir, atirando-se à presa,
a juba ouriça do dobro e escancara a goela monstruosa,
os fortes dentes nos flancos lhe afinca, lavando-lhe as fauces
sangue anegrado:
prestes a Acrão infeliz derrubou, que nas vascas da morte
bate com os pés, convulsivo, na terra anegrada, e ensanguenta
com sua queda os fragmentos restantes da lança imprestável.[171]
O grande Orodes passava a correr; não dignou-se Mezêncio
no chão prostrá-lo nem mesmo feri-lo com um dardo nas costas.
Corre a encontrá-lo e o acomete de frente, com menos cautela
naquele instante, porém com a vantagem do braço e da força.
Pós derrubá-lo, pisando-o e apoiado na lança, exclamou:
"Eis, companheiros, no chão o alto Orodes, esteio da guerra!"
Os companheiros em coro respondem com hinos guerreiros.
E o moribundo: "Quem sejas, não sei; porém tua alegria
não vai durar, pois vingado serei. Sorte igual já te espera;
dentro de pouco estarás estendido sem vida aqui mesmo".
Com um sorriso raivoso lhe disse Mezêncio em resposta:
"Pois então morre, que o rei dos mortais e dos deuses eternos
decidirá dos meus dias". Do corpo arrancou-lhe a hasta longa.
Duro descanso nos olhos de Orodes pesou, férreo sono:
descem-lhe as pálpebras sobre uma noite sem fim nem começo.
Cédico a Alcato derruba, bem como Sacrátor a Hidaspes.
Rapo a Partênio e também a Orses forte, de bela postura.
Messapo a Clônio matou e a Ericetes do forte Licáone;
aquele em terra se achava, caído de um belo cavalo;
mas o outro a pé combatia. Nesse ínterim, Ágis da Lícia
passou à frente; Valero o prostrou, ainda e sempre lembrado
de seus maiores. Foi Trônio imolado por Sálio; mas Sálio

---

[170] *Redil*: curral; *galheiro*: veado.

[171] *Imprestável*: no original, *infracta*, a rigor, "quebrada".

insidiis, iaculo et longe fallente sagitta.
Iam grauis aequabat luctus et mutua Mauors 755
funera; caedebant pariter pariterque ruebant
uictores uictique, neque his fuga nota neque illis.
Di Iouis in tectis iram miserantur inanem
amborum et tantos mortalibus esse labores;
hinc Venus, hinc contra spectat Saturnia Iuno, 760
pallida Tisiphone media inter milia saeuit.
At uero ingentem quatiens Mezentius hastam
turbidus ingreditur campo. Quam magnus Orion,
cum pedes incedit medii per maxima Nerei
stagna uiam scindens, umero supereminet undas 765
aut summis referens annosam montibus ornum
ingrediturque solo et caput inter nubila condit:
talis se uastis infert Mezentius armis.
Huic contra Aeneas, speculatus in agmine longo,
obuius ire parat. Manet imperterritus ille, 770
hostem magnanimum opperiens, et mole sua stat
atque oculis spatium emensus, quantum satis hastae:
"Dextra mihi deus et telum, quod missile libro,
nunc adsint! Voueo praedonis corpore raptis
indutum spoliis ipsum te, Lause, tropaeum 775
Aeneae". Dixit stridentemque eminus hastam
iecit; at illa uolans clipeo est excussa proculque
egregium Antoren latus inter et ilia figit,
Herculis Antoren comitem, qui missus ab Argis

também o foi por Nealces, arqueiro de braços possantes.[172]
De ambos os lados, assim, Marte horrível a guerra equilibra,
luto infinito entre os homens. Caíam de envolta vencidos
e vencedores; ninguém se lembrava da pálida fuga.
Diante de tanto furor, as deidades na casa de Jove
penalizadas ficaram dos grandes trabalhos dos homens.
Vênus de um lado os contempla com dó; do outro, Juno satúrnia.
Corre Tisífone pálida por entre as hostes imigas.[173]
Volta nessa hora Mezêncio furioso brandindo uma lança
de desmedido tamanho, semelho a Orião gigantesco[174]
no momentinho precioso em que já iniciava o caminho
pelas lagoas imensas do velho Nereu, com as espáduas[175]
sem tocar n'água, ou qual freixo robusto dos montes, que em terra
finca as raízes e no alto entre as nuvens esconde a ramagem:
assim Mezêncio aparece, vestido na sua armadura.
Vendo-o de longe entre as turmas dos fortes guerreiros, Eneias
se decidiu a atacá-lo. Mezêncio impertérrito aguarda[176]
seu valoroso adversário, confiado na própria estatura.
Depois, medindo o trajeto possível da lança potente:
"Meu protetor é este braço", falou; "minha lança e meu nume
vão visitar-te. Dedico-te, ó Lauso, os espólios sangrentos
deste pirata atrevido; com eles ainda hás de vestir-te".
Disse, dispara a hasta longa que foi pelo escudo desviada
do forte Eneias, cravando-se longe nas costas e entranhas
do egrégio Antor. Esse Antor companheiro foi de Hércules grande,
mas viera de Argos depois e se aliara ao magnânimo Evandro,

---

[172] Nos vv. 747-54, são troianos *Alcato, Hidaspes, Partênio, Orses, Clônio, Licáone, Ágis, Trônio* e *Nealces*. São rútulos *Cédico, Sacrátor, Rapo, Messapo, Valero* e *Sálio*.

[173] *Tisífone* é uma das Fúrias.

[174] *Orião*: aqui, não a constelação, mas o gigante caçador, filho de Netuno, que lhe deu o poder de andar sobre as águas.

[175] *Lagoas do velho Nereu*: o mar.

[176] Como no original, *imperterritus*, sem medo.

haeserat Euandro atque Itala consederat urbe. 780
Sternitur infelix alieno uulnere caelumque
aspicit et dulces moriens reminiscitur Argos
tum pius Aeneas hastam iacit; illa per orbem
aere cauum triplici, per linea terga tribusque
transit intextum tauris opus imaque sedit 785
inguine, sed uires haud pertulit. Ocius ensem
Aeneas, uiso Tyrrheni sanguine laetus,
eripit a femine et trepidanti feruidus instat.
Ingemuit cari grauiter genitoris amore,
ut uidit, Lausus, lacrimaeque per ora uolutae. 790
Hic mortis durae casum tuaque optima facta,
si qua fidem tanto est operi latura uetustas,
non equidem nec te, iuuenis memorande, silebo.
Ille pedem referens et inutilis inque ligatus
cedebat clipeoque inimicum hastile trahebat. 795
Prorupit iuuenis seseque immiscuit armis
iamque assurgentis dextra plagamque ferentis
Aeneae subiit mucronem ipsumque morando
sustinuit. Socii magno clamore sequuntur,
dum genitor nati parma protectus abiret, 800
telaque coniciunt proturbantque eminus hostem
missilibus. Furit Aeneas tectusque tenet se.
Ac uelut effusa si quando grandine nimbi
praecipitant, omnis campis diffugit arator,
omnis et agricola, et tuta latet arce uiator, 805
aut amnis ripis aut alti fornice saxi,
dum pluit in terris, ut possint sole reducto
exercere diem: sic obrutus undique telis
Aeneas nubem belli, dum detonet omnis,
sustinet et Lausum increpitat Lausoque minatur: 810
"Quo moriture ruis maioraque uiribus audes?

para, afinal, residência fixar em cidade da Itália.
Cai o infeliz sob um golpe do acaso e o céu claro contempla,
e ao expirar no chão duro se lembra da sua doce Argos.
O pio Eneias, então, disparou sua lança potente
contra Mezêncio, que a tríplice capa do escudo abaulado
com seus três forros de linho e outras tantas correias perfura,
indo parar na virilha, mais fraca. Exultante, o guerreiro
teucro, ao ver sangue a escorrer do tirreno adversário, da espada
rapidamente tomou e contra ele investiu decidido.
Lauso, ao notar o perigo em que estava Mezêncio, suspiro[177]
fundo arrancou do imo peito, de lágrimas cheias os olhos.
Teu triste fim, generoso mancebo, teus feitos heroicos,
se acreditar no que eu digo as futuras idades puderem,
não deixarei de cantar em meus versos de eterna memória.
Já combalido e a coxear, encurvado de dor e travado
nos movimentos — levava no escudo a hasta longa de Eneias —,
tenta Mezêncio escapar, quando Lauso interpondo-se entre eles
no momentinho preciso em que a espada sequiosa baixava
do valoroso Troiano, para o alvo atingir ali perto,
o fero golpe aparou. Prorromperam em grita os seus sócios,
enquanto o pai escapava a coberto no escudo do filho.
Chuva de setas aqueles disparam em cima de Eneias,
todas de longe; o caudilho se ampara em sua própria armadura.
Tal como esfaz-se em granizo infinito uma nuvem pesada,
num dia escuro, e do campo se afasta no meio da faina
o lavrador com seus homens, e o tardo viajante se acolhe
sob alguma árvore à beira do rio ou em rocha escavada,
enquanto a terra se cobre de fino granizo por tudo,
para voltarem, com o sol, ao trabalho: da mesma maneira
sustenta Eneias a chuva de setas contra ele jogadas,
ao mesmo tempo que a Lauso invectiva e destarte censura:
"Por que correr para a morte num lance de tanta fereza?

---

[177] *O perigo em que estava Mezêncio*: no original, *cari grauiter genitoris amore*,
"por amor profundo ao pai querido".

Fallit te incautum pietas tua". Nec minus ille
exsultat demens; saeuae iamque altius irae
Dardanio surgunt ductori extremaque Lauso
Parcae fila legunt: ualidum namque exigit ensem 815
per medium Aeneas iuuenem totumque recondit.
Transiit et parmam mucro, leuia arma minacis,
et tunicam, molli mater quam neuerat auro,
impleuitque sinum sanguis; tum uita per auras
concessit maesta ad Manes corpusque reliquit. 820
At uero ut uultum uidit morientis et ora,
ora modis Anchisiades pallentia miris,
ingemuit miserans grauiter dextramque tetendit
et mentem patriae subiit pietatis imago:
"Quid tibi nunc, miserande puer, pro laudibus istis, 825
quid pius Aeneas tanta dabit indole dignum?
Arma, quibus laetatus, habe tua, teque parentum
Manibus et cineri, si qua est ea cura, remitto.
Hoc tamen infelix miseram solabere mortem:
Aeneae magni dextra cadis". Increpat ultro 830
cunctantes socios et terra subleuat ipsum,
sanguine turpantem comptos de more capillos.
Interea genitor Tiberini ad fluminis undam
uulnera siccabat lymphis corpusque leuabat
arboris acclinis trunco. Procul aerea ramis 835
dependet galea et prato grauia arma quiescunt.
Stant lecti circum iuuenes; ipse aeger anhelans
colla fouet, fusus propexam in pectore barbam;
multa super Lauso rogitat multumque remittit
qui reuocent maestique ferant mandata parentis. 840
At Lausum socii exanimem super arma ferebant
flentes, ingentem atque ingenti uulnere uictum.
Agnouit longe gemitum praesaga mali mens:

Tua piedade, mancebo, te pôs a perder". O insensato
a nada disso atendia. Mais alto se exalta no peito
do herói troiano o furor, no momento preciso em que as Parcas
os derradeiros minutos de Lauso teciam: no corpo
grácil enterra-lhe Eneias a espada cortante, até aos copos.
Atravessando-lhe a parma — reforço pueril das bravatas —[178]
e a fina túnica de ouro tecida, trabalho materno.
De sangue o seio inundado, escapou-se-lhe a vida do corpo,
contra a vontade, e baixou tristemente à morada dos Manes.
Ao ver Eneias no extremo da vida o inditoso guerreiro,
de palidez assombrosa coberto, sentiu-se tomado
de compaixão. À sua mente ocorreu-lhe a imagem do filho:
a destra estende-lhe presto e lhe diz as seguintes palavras:
"Desventurado mancebo! O que pode fazer-te nesta hora
minha piedade, em louvor de ti próprio e da minha coragem?
Conserva as armas que tanto estimavas. Prometo entregar-te —
se disto cuidas — as cinzas e os Manes dos teus ascendentes.
Sirva também de consolo e motivo de orgulho saberes
que às mãos caíste de Eneias". Depois, censurando a lerdeza
dos companheiros do morto, do solo, cuidoso, o carrega.
Da cabeleira tratada escorria-lhe sangue anegrado.
Nesse entrementes, Mezêncio, seu pai, assentado na margem
do Tiberino, em suas águas lavava a sangrenta ferida,
num belo tronco encostado. De um ramo mais próximo pende-lhe
o elmo vistoso, na relva ali perto a armadura descansa.
A fina flor dos seus homens o cerca; gemente, a cabeça
mal sustentava; desfeita, caía-lhe a barba no peito.
A cada instante pergunta por Lauso, e recados seguidos
ao filho envia, com ordens urgentes do pai angustiado.
Os companheiros de Lauso, a chorar, o cadáver traziam
no seu escudo; tombara o gigante num grande recontro.[179]
De longe mesmo Mezêncio entendeu a notícia pressaga.

---

[178] Como no original, *parma*, "escudo" (arcaísmo).

[179] *O gigante*: moralmente.

canitiem multo deformat puluere et ambas
ad caelum tendit palmas et corpore inhaeret: 845
"Tantane me tenuit uiuendi, nate, uoluptas,
ut pro me hostili paterer succedere dextrae,
quem genui? Tuane haec genitor per uulnera seruor,
morte tua uiuens? Heu, nunc misero mihi demum
exitium infelix! Nunc alte uulnus adactum!   850
Idem ego, nate, tuum maculaui crimine nomen,
pulsus ob inuidiam solio sceptrisque paternis.
Debueram patriae poenas odiisque meorum;
omnes per mortes animam sontem ipse dedissem!
Nunc uiuo neque adhuc homines lucemque relinquo.   855
Sed linquam". Simul hoc dicens attollit in aegrum
se femur et, quamuis dolor alto uulnere tardet,
haud deiectus equum duci iubet. Hoc decus illi,
hoc solamen erat; bellis hoc uictor abibat
omnibus. Alloquitur maerentem et talibus infit: 860
"Rhaebe, diu, res si qua diu mortalibus ulla est,
uiximus. Aut hodie uictor spolia illa cruenti
et caput Aeneae referes Lausique dolorum
ultor eris mecum aut, aperit si nulla uiam uis,
occumbes pariter; neque enim, fortissime, credo,   865
iussa aliena pati et dominos dignabere Teucros".
Dixit et exceptus tergo consueta locauit
membra manusque ambas iaculis onerauit acutis,
aere caput fulgens cristaque hirsutus equina.
Sic cursum in medios rapidus dedit. Aestuat ingens   870
uno in corde pudor mixtoque insania luctu,
et furiis agitatus amor et conscia uirtus.
Atque hic Aenean magna ter uoce uocauit.

Com as mãos ambas a bela canície manchou de poeira;[180]
dirige as palmas para o alto, ao cadáver se apega, choroso:
"Tamanho amor tive à vida tão curta que ao meu próprio filho
expus ao risco maior de tombar sob o dardo inimigo,
no meu lugar! Meu seria esse golpe! Se vivo ainda me acho,
devo à tua morte! Infeliz! Só agora começa em verdade
meu grande exílio! Só agora me punge o teu fado inditoso!
Sim, caro filho, manchei o teu nome com crimes nefandos.
Ódios semeei, despojado me vi dos domínios paternos.
Satisfações devo à pátria, a meus próprios amigos, a todos.
Ah! não pagar com mil mortes a minha existência perdida!
E não morri? Ainda vivo? Não deixo de ver esta vida?
Sim, vou deixá-la". E ao falar, fez mais força na coxa ferida.
E embora a dor lhe tolhesse as passadas no chão resistente,
não se abateu e pediu o cavalo, seu grande consolo,
seu companheiro constante nas longas e feras pelejas,
grato motivo de orgulho. Em tom triste destarte falou-lhe:[181]
"Rebo, vivemos demais; se é que coisa mortal dura muito.
Hoje trarás vencedor a cabeça de Eneias cruento
e seus espólios sangrentos, vingando destarte o desastre
tão doloroso de Lauso, ou, se acaso o caminho para isso
não conseguirmos abrir, cairemos lá mesmo, pois creio
que não aceitas um amo estrangeiro e o domínio dos teucros".
Disse; e, ajudado, no dorso do nobre animal os cansados
membros ajeita. Dois dardos pontudos nas mãos equilibra;
põe na cabeça o elmo aêneo, adornado de crista vistosa.[182]
Rapidamente avançou para o meio das turmas imigas.
No coração sente o peso da perda do filho amorável
e a consciência do próprio valor posto a prova tão dura.
Por vezes três, voz em grita chamou por Eneias; três vezes

---

[180] *Canície*: cabelos brancos.

[181] *Em tom triste*: no original, *adloquitur maerentem*, "fala ao cavalo entristecido". Mezêncio dirige-se a seu cavalo que, pesaroso, pressente a morte do dono.

[182] *Aêneo*: de bronze.

Aeneas agnouit enim laetusque precatur:
"Sic pater ille deum faciat, sic altus Apollo,   875
incipias conferre manum".
Tantum effatus et infesta subit obuius hasta.
Ille autem: "Quid me erepto, saeuissime, nato
terres? Haec uia sola fuit, qua perdere posses.
Nec mortem horremus nec diuum parcimus ulli.   880
Desine, nam uenio moriturus et haec tibi porto
dona prius". Dixit telumque intorsit in hostem;
inde aliud super atque aliud figitque uolatque
ingenti gyro, sed sustinet aureus umbo.
Ter circum adstantem laeuos equitauit in orbes   885
tela manu iaciens, ter secum Troius heros
immanem aerato circumfert tegmine siluam.
Inde ubi tot traxisse moras, tot spicula taedet
uellere et urgetur pugna congressus iniqua,
multa mouens animo iam tandem erumpit et inter   890
bellatoris equi caua tempora conicit hastam.
Tollit se arrectum quadrupes et calcibus auras
uerberat effusumque equitem super ipse secutus
implicat eiectoque incumbit cernuus armo.
Clamore incendunt caelum Troesque Latinique.   895
Aduolat Aeneas uaginaque eripit ensem
et super haec: "Ubi nunc Mezentius acer et illa
effera uis animi?" Contra Tyrrhenus, ut auras
suspiciens hausit caelum mentemque recepit:
"Hostis amare, quid increpitas mortemque minaris?   900
Nullum in caede nefas, nec sic ad proelia ueni,
nec tecum meus haec pepigit mihi foedera Lausus.
Unum hoc, per si qua est uictis uenia hostibus, oro:

o grande Eneias o ouviu, que, exultante, assim fala para o alto:
"Prouvera ao pai dos mortais e dos deuses, a Apolo frecheiro,[183]
que nos batamos agora!"
Assim falou; e empunhando a hasta forte saiu a encontrá-lo.
Então, Mezêncio: "Depois de privar-me do filho, pretendes
amedrontar-me? Só dessa maneira podias ferir-me.
Nem tenho medo da morte nem temo a vingança dos deuses.
Para com essas ameaças; a morte procuro; mas, antes,
toma este belo presente". E, ao falar, atirou no inimigo
primeiro um dardo, depois o segundo e o terceiro, traçando
círculo em torno de Eneias. De todos o escudo o protege.
Três vezes gira à sinistra o cavalo ao redor do Troiano,
que, sem mover-se, o aguardava; três vezes a selva de dardos
Eneias vira ao redor de si próprio, cravados no escudo.
Mas, fatigado com tanta demora naquele duelo
sem paridade, e de flechas quebrar, o magnânimo Eneias[184]
para um momento, medita, e na testa do nobre cavalo
batalhador, de repente enterrou sua lança potente.
Encabritou-se o animal; bate as auras com as patas dianteiras,[185]
derruba o dono e sobre ele desaba com todo o seu peso,
os movimentos tolhendo-lhe e o fácil manejo do escudo.
Alto clamor até ao céu se elevou, de latinos e teucros.
Voa para ele o Anquisíada, e a espada arrancando lhe fala:
"Onde se encontra nesta hora o terrível Mezêncio e o seu brio
devastador?" Ao que presto Mezêncio responde, após a aura
ter respirado com força, voltado para o alto e consciente:
"Por que me ameaças com a morte, inimigo cruel? Sem desdouro
podes matar-me; não vim combater-te pensando na fuga;
nem o meu Lauso contigo firmou esse pacto humilhante.
Mas, se ao vencido uma graça concedes, apenas te peço:

---

[183] *Prouvera*: como no manuscrito do tradutor, em vez de "provera", que consta nas edições anteriores; *prouvera ao pai*: assim quis o pai.

[184] *Duelo sem paridade*: pois Mezêncio está a cavalo, Eneias a pé.

[185] *Encabritou-se*: empinou-se; *bate as auras*: golpeia o ar.

corpus humo patiare tegi. Scio acerba meorum
circumstare odia: hunc, oro, defende furorem 905
et me consortem nati concede sepulcro".
Haec loquitur iuguloque haud inscius accipit ensem
undantique animam diffundit in arua cruore.

dá sepultura ao meu corpo. Conheço que um ódio implacável
os meus me votam; à fúria me poupa de suas desforras.
Que lado a lado a meu filho, debaixo da terra eu repouse".
Assim dizendo, esperou pelo golpe da espada inimiga.
Aos borbotões a alma perde, no sangue que as armas lhe banha.

Argumento do Livro XI

Enfurecido porque Turno matara Palante, Eneias mata Mezêncio, o cruel etrusco, pouco depois de Lauso, filho dele. O livro XI começa ao romper do dia, quando vemos o herói dedicar aos deuses os despojos de Mezêncio, após o quê manda enterrar os mortos e preparar a delegação que levará a Evandro, velho rei árcade de Palanteia, já não só a notícia da morte do filho, senão o próprio corpo de Palante (vv. 1-28). Comoção na tenda em que jaz o morto: o carpir das mulheres e do velho Acetes, escudeiro do rapaz, prognostica a reação do pai e mostra a Eneias quão ingrato é o que deve fazer. O herói fala diante do cadáver, que manda adornar com suntuosa dignidade (vv. 29-99). Chegam então embaixadores latinos, que, solicitando permissão de recolher os mortos, ouvem o herói lamentar a guerra. Ele só cumpria os fados, a culpa cabia a Latino, o rei, porque não honrou a aliança e a hospitalidade! Eneias inesperadamente não culpa Turno, apenas diz que justo seria baterem-se em duelo singular por Lavínia e dá permissão de recolher os mortos. Drances, em nome dos latinos, revela a admiração por Eneias, o desprezo por Turno e promete comunicar o desafio aos conterrâneos em Laurento. Eneias concede doze dias de trégua, em que cada lado recolhe e crema os próprios mortos (vv. 100-38).

Antes que o cortejo chegasse a Palanteia, a Fama já espalhara a má notícia: consternação na cidade, cujas ruas se enchem de gritos e pessoas para assistir, tocha na mão, à chegada do cortejo fúnebre ao cair da tarde. Evandro corre ao corpo do filho, a quem dirige tristes palavras: fora bom que a falecida esposa não visse o filho morto, melhor teria sido se ele, idoso, pudesse morrer na guerra em vez do rapaz; fosse Palante pouco mais velho, Turno não o bateria. Não culpa os troianos, a quem reconhece a dignidade das exéquias, mas a Eneias manda dizer que espera que vingue o filho, esperança que se torna, para o ancião, a única razão de viver. Quando amanhece o segundo dia, no acampamento troiano, Eneias e Tarconte presidem à cerimônia de cremação dos mortos, ao passo que os latinos se veem obrigados a enterrar e cremar indistintamente os seus sem maior cuidado. Na manhã do terceiro dia, das cinzas separam-se os ossos, sobre os quais são erguidos os túmulos (vv. 139-212).

Em Laurento, mães, viúvas, órfãos começam a revoltar-se com as baixas de uma guerra cuja causa é a obstinação de Turno por desposar Lavínia! Drances alenta a revolta ao expor o desafio de Eneias, embora a favor do rútulo ainda contem Amata, esposa de Latino, e a reputação do guerreiro. Tal é a situação quando, trazendo resposta negativa, chega a embaixada que fora a Arpos, no sul da Itália, pedir aliança a Diomedes, o bravo guerreiro que, lutando contra os troianos, chegara a ferir a própria Vênus. Latino convoca assembleia para ouvir as razões da recusa (vv. 213-41). Na fala de Vênulo, chefe da embaixada, insere-se a fala de Diomedes, que alega que todos os chefes vencedores em Troia no regresso à pátria foram vítima cada qual de um infortúnio: Ájax morreu em naufrágio; a Menelau uma tempestade levou-o aos confins do mundo; Ulisses teve de enfrentar o Ciclope; Pirro, filho de Aquiles, foi assassinado; Agamêmnon foi morto pelo amante da esposa, e o próprio Diomedes, também traído e emboscado pela esposa, não pôde rever a pátria. Bastava de guerra com troianos: louvando a bravura de Heitor e Eneias, sugere que os latinos façam pazes com o troiano (vv. 242-95). Após o relato de Vênulo, ergue-se o vozerio, depois do qual primeiro discursa Latino, o rei: considerando perdida a guerra, propõe oferecer suas terras aos troianos e firmar pactos de amizade ou, se quiserem residir alhures, ajudá-los a construir navios (vv. 296-335). Em seguida toma a palavra Drances, invejoso inimigo de Turno, a quem ofende e responsabiliza por toda a calamidade, exigindo seu exílio imediato. Drances anui à proposta de Latino, mas acrescenta que aos presentes destinados a Eneias se inclua o principal, Lavínia, e perora lembrando a Turno o desafio lançado pelo troiano (vv. 336-75). Por fim Turno assume a palavra, desagrava-se dos insultos e devolve-os a Drances, mas principalmente, quando está quase cedendo, recusa a rendição e refuta a ideia de que a guerra era perdida: a sorte muda de lado, tinham aliados, entre os quais Camila, audaciosa amazona. Mas se é o que pedem, enfrentará Eneias (vv. 376-444). Assim deliberavam, quando súbito chega a notícia de que troianos e aliados ocupam a planície de Laurento. Tumulto na cidade, encerra-se a assembleia, acorre-se às armas. Amata no templo pede a Minerva que destrua Eneias, esse pirata frígio! Turno assumira o comando do exército itálico e dava ordens, quando Camila o encontra. Decide que emboscará Eneias num passadouro enquanto a brava amazona, à testa da cavalaria, cuidará de defender os muros (vv. 445-531). O poeta faz digressão, em que Diana, deusa da caça, conta a história da guerreira e determina que quem lograr matá-la não sobreviverá (vv. 532-96). Começa a peleja, morre-se, mata-se de uma e outra parte, mas Camila, protagonizando não pequena façanha ao abater mais de dez oponentes, todos eles másculos varões, já faz pender a vitória para os latinos (vv. 597-724), quando Júpiter suscita coragem em Tarconte, o etrusco aliado dos troianos, que então exorta os comandados a não ceder diante de uma mulher: dando o exemplo, a cavalo ataca aquele mesmo Vênulo, a quem arrasta a galope, para geral alvoroço da turba, antes de matá-lo no meio do exército inimigo. Açulado por isso, Arrunte segue o exemplo e, almejando grande vitória, põe-se à caça de Camila, discreto, enquanto ela persegue desatenta um inimigo. Pede que Apolo lhe guie, certeira, a seta, que sibilando acerta o peito da guerreira. Moribunda, Camila manda Aca, companheira, dizer a Turno que assuma a defesa dos muros, depois do quê a ninfa Ópis, servidora de Diana, cumprindo a ordem da deusa, desfere a flecha que fere Arrunte de morte (vv. 725-867).

A morte de Camila desorganiza as fileiras latinas, os troianos avançam e já sob os muros combatem o inimigo nas portas da cidade em pânico. Aca leva a Turno a má notícia, Camila morrera, e ele, enfurecido, não terá ocasião de emboscar Eneias: retira-se do desfiladeiro para levar socorro às tropas que defendiam as muralhas de Laurento. Assim que o faz, Eneias atravessa o desfiladeiro, agora aberto, deixa o bosque e dirige-se, também ele, aos muros. Eneias ao longe avista o exército inimigo, ao passo que Turno distingue Eneias, terrível em suas armas. Teriam lutado ali mesmo, se não caísse a noite. Aproxima-se a batalha final (vv. 868-915).

Livro XI

Oceanum interea surgens Aurora reliquit;
Aeneas, quamquam et sociis dare tempus humandis
praecipitant curae turbataque funere mens est,
uota deum primo uictor soluebat Eoo.
Ingentem quercum decisis undique ramis   5
constituit tumulo fulgentiaque induit arma,
Mezenti ducis exuuias, tibi, magne, tropaeum,
bellipotens; aptat rorantes sanguine cristas
telaque trunca uiri et bis sex thoraca petitum
perfossumque locis clipeumque ex aere sinistrae   10
subligat atque ensem collo suspendit eburnum.
Tum socios (namque omnis eum stipata tegebat
turba ducum) sic incipiens hortatur ouantes:
"Maxima res effecta, uiri; timor omnis abesto,
quod superest; haec sunt spolia et de rege superbo   15
primitiae manibusque meis Mezentius hic est.
Nunc iter ad regem nobis murosque Latinos.
Arma parate animis et spe praesumite bellum,
ne qua mora ignaros, ubi primum uellere signa
adnuerint superi pubemque educere castris,   20
impediat segnisue metu sententia tardet.
Interea socios inhumataque corpora terrae

Livro XI

Por esse tempo já a Aurora se havia apartado do Oceano.
O pio Eneias, conquanto impaciente de dar a seus mortos
sepultamento condigno, e abatido com a morte do amigo,
cuida, ao clarear, de cumprir as promessas aos deuses eternos
pela vitória alcançada. Carvalho dos ramos despido
finca num cômoro e nele pendura a armadura fulgente
do belicoso Mezêncio, troféu dedicado a Mavorte
belipotente, a que ajunta o penacho a pingar sangue fresco.[1]
Dardos sem conta quebrados: a forte couraça com furos
por doze partes, o escudo de bronze postado à sinistra,[2]
e a tiracolo a terrível espada na ebúrnea bainha.
Depois aos sócios falou — pois cercado se achava dos cabos
mais distinguidos dos seus aliados — nos termos seguintes:
"O principal está feito, guerreiros; o resto é mais fácil.
Eis as primícias da nossa vitória, os despojos de um monstro
sem compaixão; eis Mezêncio em pessoa, por mim dominado.
Ora o caminho vai dar na cidade do rei dos latinos.
De armas na mão combatei com denodo e enfrentai o inimigo,
sem que nenhum imprevisto vos turve, nem seja motivo
de indecisões a palavra impensada de alguém menos digno,
logo que os deuses nos mandem pendões desfraldar para a luta.
Mas, antes disso, cuidemos de dar sepultura a estes mortos,

---

[1] *Mavorte belipotente*: Marte, poderoso na guerra. *Sangue fresco* é, aqui, signo de piedade, pois subentende-se que Eneias sacrifica o mais rapidamente possível.

[2] *Por doze partes*: em doze lugares. São dozes golpes dados, cada qual por um dos doze chefes etruscos, como desagravo pelos crimes de Mezêncio, a cujo último pedido Eneias não atendeu.

mandemus, qui solus honos Acheronte sub imo est.
Ite", ait, "egregias animas, quae sanguine nobis
hanc patriam peperere suo, decorate supremis   25
muneribus maestamque Euandri primus ad urbem
mittatur Pallas, quem non uirtutis egentem
abstulit atra dies et funere mersit acerbo".
Sic ait illacrimans recipitque ad limina gressum,
corpus ubi exanimi positum Pallantis Acoetes   30
seruabat senior, qui Parrhasio Euandro
armiger ante fuit, sed non felicibus aeque
tum comes auspiciis caro datus ibat alumno.
Circum omnes famulumque manus Troianaque turba
et maestum Iliades crinem de more solutae.   35
Ut uero Aeneas foribus sese intulit altis,
ingentem gemitum tunsis ad sidera tollunt
pectoribus maestoque immugit regia luctu.
Ipse caput niuei fultum Pallantis et ora
ut uidit leuique patens in pectore uulnus   40
cuspidis Ausoniae, lacrimis ita fatur obortis.
"Tene", inquit, "miserande puer, cum laeta ueniret,
inuidit Fortuna mihi, ne regna uideres
nostra neque ad sedes uictor ueherere paternas?
Non haec Euandro de te promissa parenti   45
discedens dederam, cum me complexus euntem
mitteret in magnum imperium metuensque moneret
acres esse uiros, cum dura proelia gente.
Et nunc ille quidem spe multum captus inani
fors et uota facit cumulatque altaria donis: 50

honra exclusiva que todos aguardam no frio Aqueronte.[3]
Ide", acrescenta, "e pagai o tributo supremo às ilustres
almas, que à custa de sangue, da vida, esta pátria nos doaram.
Antes de tudo, enviemos ao burgo enlutado de Evandro
seu esforçado Palante, que um dia aziago roubou-nos
para imergi-lo nas trevas eternas de um luto implacável".
Disse, a chorar; e encaminha-se para o local em que Acetes,
o velho chefe, zelava o cadáver do bravo Palante.[4]
De muita idade, escudeiro fora antes de Evandro parrásio,[5]
zeloso armígero. Posteriormente, já velho, sob frágeis
e duvidosos auspícios foi aio do filho querido.
Todos os servos ali se encontravam, a turba dos troas,
bem como as teucras, cabelos ao vento, tal como era de uso.[6]
Mal tinha Eneias pisado no pórtico da alta morada,
todos, à uma, soltaram gemidos que aos astros se alçavam,
fortes punhadas nos peitos. De dor o palácio estremece.
Vendo a cabeça do moço Palante no leito inclinada,
pálido o rosto de neve e no peito a ferida causada
pela cruel lança de Turno, em lamentos Eneias explode:
"Pobre criança, não quis a Fortuna, que tão favorável
me encorajava, amparar-te também, para que contemplasses
nosso reinado, nem dar-te a ventura de a casa reveres
do teu bom pai. Não foi isso o que a Evandro ao partir para a guerra
profetizei estreitando-o nos braços, com a doce esperança
de um grande império ganhar, muito embora a atenção me chamasse
para o caráter selvagem, o gênio feroz dessa gente.
E porventura nesta hora, levado por vãs esperanças,
votos formula às deidades e dons nos altares oferta,

---

[3] *Frio Aqueronte*: no original, *Acheronte sub imo*, a rigor, "no Aqueronte profundo". Aqueronte, um dos rios infernais, designa aqui os próprios Infernos.

[4] O corpo de Palante era zelado numa tenda afastada do campo de batalha, logo a seguir engrandecida como *pórtico da alta morada* (v. 36) e *palácio* (v. 38).

[5] *Parrásio*: sinônimo de árcade.

[6] *Cabelos ao vento*: isto é, com os cabelos soltos e desgrenhados em sinal de luto.

nos iuuenem exanimum et nil iam caelestibus ullis
debentem uano maesti comitamur honore.
Infelix, nati funus crudele uidebis!
Hi nostri reditus exspectatique triumphi?
Haec mea magna fides? At non, Euandre, pudendis   55
uulneribus pulsum aspicies nec sospite dirum
optabis nato funus pater. Ei mihi, quantum
praesidium Ausonia et quantum tu perdis, Iule!"
Haec ubi defleuit, tolli miserabile corpus
imperat et toto lectos ex agmine mittit   60
mille uiros, qui supremum comitentur honorem
intersintque patris lacrimis, solacia luctus
exigua ingentis, misero sed debita patri.
Haud segnes alii crates et molle feretrum
arbuteis texunt uirgis et uimine querno   65
exstructosque toros obtentu frondis inumbrant.
Hic iuuenem agresti sublimem stramine ponunt,
qualem uirgineo demessum pollice florem
seu mollis uiolae seu languentis hyacinthi,
cui neque fulgor adhuc necdum sua forma recessit: 70
non iam mater alit tellus uiresque ministrat.
Tum geminas uestes auroque ostroque rigentes
extulit Aeneas quas illi laeta laborum
ipsa suis quondam manibus Sidonia Dido
fecerat et tenui telas discreuerat auro.   75

enquanto nós honras vãs tributamos ao jovem, que nada[7]
mais deve aos deuses eternos, perdida a preciosa existência!
Imensamente infeliz, pois vais ver as exéquias do filho!
Estas, as grandes promessas, o triunfo que eu tanto ambiciava?
Esta, a confiança que eu soube inspirar-te? Porém, pelo menos
não o verás morto, Evandro, de golpe afrontoso, nem mesmo[8]
salvo na fuga quiseras revê-lo. Ai de mim! Que defesa
perdeste, Ausônia, com ele, e que amigo, meu Iulo, perdeste!"[9]
Sempre a chorar, ordenou levantarem o corpo inditoso,
e mil guerreiros de prol escolheu, de maior nome e fama,
para prestar ao cadáver as honras supremas devidas
e minorar com o seu choro os soluços e o pranto de Evandro,
pequeno alívio ao seu luto, honra máxima a um pai desditoso.
Os diligentes mancebos um leito aprestaram com ramos
fléxeis de roble e medronho, trabalho de bela feitura,[10]
com forte toldo encimado, de galhos e espessa ramagem.
Foi colocado o guerreiro gentil em seu leito campestre,
tal como flor apanhada por virgem de mãos delicadas,
branda violeta ou jacinto languente, que ainda conservam
brilho e a candura nativa, a beleza inefável da forma,
conquanto a terra não mais os sustente nem força conceda.
Sacou Eneias então duas opas de púrpura e de ouro,[11]
com bordaduras, trabalho notável que Dido sidônia,
das próprias mãos diligentes outrora, feliz, lhe fizera.
Com fios de ouro a rainha amorosa os desenhos tecera.[12]

---

[7] Eneias diz *honras vãs*, não porque sejam inúteis como honraria, mas porque Palante, mera sombra, não tornará à vida.

[8] *Golpe afrontoso*: golpe recebido nas costas, vergonhoso a quem o recebe pois indica que fugia.

[9] *Que amigo, meu Iulo*: Palante era pouco mais velho do que Iulo e Eneias imagina que teriam sido grandes amigos.

[10] *Roble* é carvalho e *medronho*, árvore arbustiva.

[11] *Opas*: mantos.

[12] *Amorosa*: no original, *ipsa suis manibus*, a rigor, "ela mesma com as próprias mãos".

Harum unam iuueni supremum maestus honorem
induit arsurasque comas obnubit amictu,
multaque praeterea Laurentis praemia pugnae
aggerat et longo praedam iubet ordine duci.
Addit equos et tela quibus spoliauerat hostem.   80
Vinxerat et post terga manus, quos mitteret umbris
inferias, caeso sparsuros sanguine flammas,
indutosque iubet truncos hostilibus armis
ipsos ferre duces inimicaque nomina figi.
Ducitur infelix aeuo confectus Acoetes,   85
pectora nunc foedans pugnis, nunc unguibus ora
sternitur et toto proiectus corpore terrae.
Ducunt et Rutulo perfusos sanguine currus.
Post bellator equus positis insignibus Aethon
it lacrimans guttisque umectat grandibus ora.   90
Hastam alii galeamque ferunt, nam cetera Turnus
uictor habet. Tum maesta phalanx Teucrique sequuntur
Tyrrhenique omnes et uersis Arcades armis.
Postquam omnis longe comitum praecesserat ordo,
substitit Aeneas gemituque haec addidit alto: 95
"Nos alias hinc ad lacrimas eadem horrida belli
Fata uocant: salue aeternum mihi, maxime Palla,
aeternumque uale". Nec plura effatus ad altos

Acabrunhado, uma delas vestiu no mancebo, honra excelsa.
Com fino véu cobre as tranças votadas em breve à fogueira.
Manda reunir em seguida os despojos na guerra alcançados,
dos laurentinos; em longas fileiras seus homens os trazem,
acrescentados das armas e belos corcéis dos imigos.
Mãos amarradas nas costas, os cativos avançam, votados[13]
a borrifar com seu sangue a fogueira feral do guerreiro.[14]
Troncos também são trazidos, vestidos com as armas nocivas,[15]
estas identificadas, com os nomes gravados embaixo.
Meio amparado dos seus chega Acetes, o velho inditoso,
que se maltrata a punhadas no peito ou com as unhas no rosto,
ou no chão duro se joga, de poeira sujando-se todo.
O carro vem de Palante, com rútulo sangue manchado.[16]
Étone triste, sem belos jaezes o carro acompanha;[17]
lágrimas correm-lhe ardentes dos olhos, turvando-lhe a vista.
Alguns a lança carregam, o belo morrião, pois as outras[18]
armas com Turno se achavam. Falanges de teucros, tirrenos
e árcades passam com armas voltadas, sinal de tristeza.[19]
Quando já ia distante o cortejo funéreo, o troiano
chefe parou, e do peito dorido arrancou tais lamentos:
"Os Fados cruéis desta guerra outras lágrimas me destinaram,
tão doloridas quanto estas. Adeus para sempre, Palante!
Salve três vezes!" Sem mais externar o tremor do imo peito,

---

[13] *Nas costas*: mantivemos aqui a primeira versão do manuscrito do tradutor. Posteriormente, Carlos Alberto Nunes suprimiu o *s* do plural em *nas* e *costas*. Para efeitos de ritmo, deve-se ler "*nas cost', os cativos*". *Cativos*: os oito jovens que o pio Eneias capturou ao inimigo para sacrificar a Palante.

[14] *Feral*: fúnebre.

[15] *Armas nocivas*: porque eram dos inimigos.

[16] *Com rútulo sangue manchado*: indica que Palante lutou e feriu vários inimigos antes de morrer.

[17] *Étone triste*: no original, *bellator equus Aethon*, "Étone, cavalo de batalha". É também nome de um cavalo de Aquiles na *Ilíada* (VIII, v. 185).

[18] *Morrião*: capacete sem viseira, cujo cume leva penacho.

[19] *Armas voltadas*: isto é, apontadas para o chão em sinal de luto.

tendebat muros gressumque in castra ferebat.
Iamque oratores aderant ex urbe Latina,   100
uelati ramis oleae ueniamque rogantes:
corpora, per campos ferro quae fusa iacebant,
redderet ac tumulo sineret succedere terrae;
nullum cum uictis certamen et aethere cassis;
parceret hospitibus quondam socerisque uocatis.   105
Quos bonus Aeneas haud aspernanda precantes
prosequitur uenia et uerbis haec insuper addit:
"Quaenam uos tanto Fortuna indigna, Latini,
implicuit bello, qui nos fugiatis amicos?
Pacem me exanimis et Martis sorte peremptis   110
oratis? Equidem et uiuis concedere uellem.
Nec ueni, nisi Fata locum sedemque dedissent,
nec bellum cum gente gero: rex nostra reliquit
hospitia et Turni potius se credidit armis.
Aequius huic Turnum fuerat se opponere morti.   115
Si bellum finire manu, si pellere Teucros
apparat, his mecum decuit concurrere telis;
uixet cui uitam deus aut sua dextra dedisset.
Nunc ite et miseris supponite ciuibus ignem".
Dixerat Aeneas. Illi obstipuere silentes   120
conuersique oculos inter se atque ora tenebant.
Tum senior semperque odiis et crimine Drances
infensus iuueni Turno sic ore uicissim
orsa refert: "O fama ingens, ingentior armis
uir Troiane, quibus caelo te laudibus aequem?   125
Iustitiaene prius mirer belline laborum?

toma o caminho dos muros e assume o comando das tropas.[20]
Por esse tempo emissários chegaram do burgo latino,[21]
frontes veladas com ramos de oliva e o pedido ali exposto,[22]
de recolherem seus mortos caídos no campo da luta
e sepultura condigna lhes dar, pois de todo impossível
fora brigar contra corpos privados das cores do dia.
Poupassem, pois, os aliados primeiros e quase parentes.
Considerando razoáveis aquelas razões, o bondoso
chefe dos teucros anuiu ao pedido nos termos seguintes:
"Que malfadada Fortuna, latinos, em guerra tão crua
vos atirou e impediu de chamardes-nos sócios e amigos?
Paz suplicais para os mortos privados da luz pelos golpes
duros da guerra? Quisera estendê-la aos que vivos se encontram.
Aqui não viera, a não ser compelido por ordem dos Fados.
Não movo guerra a ninguém. Vosso rei quebrantou as alianças[23]
e preferiu recolher-se ao amparo da espada de Turno.
Mais justo fora que Turno sozinho lutasse com a morte.
Se quer pôr fim a esta guerra e expulsar os troianos da Itália,
fácil lhe fora medir-se comigo no campo da luta.
Vivo ficara o de mais valimento ou quem deus permitisse.
Ide queimar nas fogueiras os corpos dos vossos amigos".
Os emissários ouviram silentes a fala de Eneias
e se entreolharam tomados de espanto. O mais velho do grupo,
Drances, que sempre contrário era aos planos e à própria pessoa
do moço Turno, o embaraço venceu, afinal, dos presentes,
e desse modo falou: "Ó varão de alto nome e de feitos
inigualáveis no ofício de Marte! Como hei de exaltar-te,
mais admirar-te na paz e nos duros trabalhos da guerra?

---

[20] *Muros*: aqui, a zona propriamente militar do acampamento.

[21] *Emissários*: no original, *oratores*, os embaixadores de Laurento.

[22] *Ramos de oliva*: símbolo de paz e insígnia dos embaixadores.

[23] *Quebrantou as alianças*: no original, *nostra reliquit hospitia*, "deixou de lado nossas relações de hospitalidade". Eneias responsabiliza antes Latino (*vosso rei*) do que Turno pela guerra.

Nos uero haec patriam grati referemus ad urbem
et te, si qua uiam dederit Fortuna, Latino
iungemus regi. Quaerat sibi foedera Turnus.
Quin et fatales murorum attollere moles 130
saxaque subuectare umeris Troiana iuuabit".
Dixerat haec, unoque omnes eadem ore fremebant.
Bis senos pepigere dies et pace sequestra
per siluas Teucri mixtique impune Latini
errauere iugis. Ferro sonat alta bipenni 135
fraxinus, euertunt actas ad sidera pinus,
robora nec cuneis et olentem scindere cedrum
nec plaustris cessant uectare gementibus ornos.
Et iam Fama uolans, tanti praenuntia luctus,
Euandrum Euandrique domos et moenia replet, 140
quae modo uictorem Latio Pallanta ferebat.
Arcades ad portas ruere et de more uetusto
funereas rapuere faces; lucet uia longo
ordine flammarum et late discriminat agros.
Contra turba Phrygum ueniens plangentia iungit 145
agmina. Quae postquam matres succedere tectis
uiderunt, maestam incendunt clamoribus urbem.
At non Euandrum potis est uis ulla tenere,
sed uenit in medios. Feretro Pallanta reposto
procubuit super atque haeret lacrimansque gemensque, 150
et uia uix tandem uocis laxata dolore est:
"Non haec, o Palla, dederas promissa parenti,
cautius ut saeuo uelles te credere Marti.
Haud ignarus eram, quantum noua gloria in armis
et praedulce decus primo certamine posset. 155
Primitiae iuuenis miserae bellique propinqui

Reconhecidos, as tuas palavras levamos à pátria;
e se a Fortuna o ajudar, ao monarca Latino haveremos
de unir-te, é fato. Que Turno procure outra sorte de aliados.
Grato será para todos os muros fatais levantarmos,[24]
vigas e pedras levar para as fortes muralhas de Troia".
Disse. Os demais a uma voz aplaudiram seu belo discurso.
Por doze dias de tréguas latinos e teucros andaram
juntos nas selvas e vales, sem sustos, sem nada temerem.
Tombam cortados os pinhos que no alto com as nuvens entestam;
sem pausa as cunhas ferradas os cedros odoros rachavam
e os resistentes carvalhos privados agora de força;
com tantos olmos cortados as rodas dos carros gemiam.[25]
Núncia de tantas desgraças, a Fama voadora, que havia
dado a notícia pouco antes dos feitos do jovem Palante,
ora deixou consternados a Evandro e a cidade amurada.
Todos os árcades correm às portas e, tal como é de uso,
levando tochas acesas. A estrada mui longe brilhava
com o perpassar dessas tochas, que os campos também iluminam.
À multidão lastimosa ajuntavam-se os frígios potentes,
recém-chegados. As nobres matronas, tão logo os percebem
dentro dos muros, de gritos pungentes as ruas enchiam.
Fora impossível a Evandro conter no interior do palácio;
vem para o meio do povo e, parado o cortejo, se atira
por sobre o corpo do filho, em lamentos e pranto desfeito.
Mal permitiu-lhe falar a incontida opressão da garganta,
desabafou: "Não foi isso, Palante, que ao pai prometeste,
de cauteloso mostrar-te nos feros encontros de Marte.
E eu não ignorava as doçuras da glória, o que tem de atraente
a sedução de brilhar no primeiro entrechoque das armas.
Oh, miseráveis primícias de teu ardimento de moço!,

---

[24] *Muros fatais*: os muros da cidade, preditos pelo fado (*fatum*), pelo destino.

[25] *Olmos*: no original, *ornos*, a rigor, freixos.

dura rudimenta et nulli exaudita deorum
uota precesque meae! Tuque, o sanctissima coniunx,
felix morte tua neque in hunc seruata dolorem!
Contra ego uiuendo uici mea fata, superstes 160
restarem ut genitor. Troum socia arma secutum
obruerent Rutuli telis! Animam ipse dedissem
atque haec pompa domum me, non Pallanta, referret,
nec uos arguerim, Teucri, nec foedera nec quas
iunximus hospitio dextras: sors ista senectae 165
debita erat nostrae. Quod si immatura manebat
mors natum, caesis Volscorum milibus ante
ducentem in Latium Teucros cecidisse iuuabit.
Quin ego non alio digner te funere, Palla,
quam pius Aeneas et quam magni Phryges et quam 170
Tyrrhenique duces, Tyrrhenum exercitus omnis.
Magna tropaea ferunt, quos dat tua dextera leto;
tu quoque nunc stares immanis truncus in armis,
esset par aetas et idem si robur ab annis,
Turne. Sed infelix Teucros quid demoror armis? 175
Vadite et haec memores regi mandata referte:
'quod uitam moror inuisam Pallante perempto,
dextera causa tua est, Turnum natoque patrique
quam debere uides. Meritis uacat hic tibi solus
Fortunaeque locus. Non uitae gaudia quaero, 180
nec fas, sed nato Manes perferre sub imos'".

aprendizagem maldosa da guerra! E meus votos e preces[26]
desatendidos dos deuses! E tu, cara esposa, já estando
morta, insensível ficaste ao sofrer mais pungente da vida!,
bem diferente de mim, que, vivendo demais, sofro agora
sobreviver a meu filho! Se eu tivesse marchado com os teucros,
as lanças rútulas me prostrariam; teria morrido,
e este cortejo funéreo era meu, não do pobre Palante.
Não vos acuso, troianos, nem pena me causa tratados
havermos feito; era dívida própria da minha velhice,[27]
que me cumpria pagar. Mas, se a morte imatura teria
de o meu Palante alcançar, pelo menos consola-me a vista
dos volscos mortos por ele, ao guiar os troianos no Lácio.[28]
Eu próprio, filho, jamais te aprestara tão dignas exéquias,
como ora fez o piedoso Troiano, os varões da alta Frígia
e os comandantes tirrenos com seus esquadrões de combate.
Eis os troféus conquistados na guerra com o pulso de ferro.
E tu também, Turno altivo, estarias aqui como um tronco
de armas vestido, se igual fosse a idade e o vigor de vós ambos.
Mas para que deter longe do campo da luta os troianos?
Ide, e sem falta ao rei vosso dizei as seguintes palavras:
'Se a luz odiosa ainda vejo, depois de perder o meu filho,
culpa a teu braço, pois deves o sangue de Turno a Palante[29]
desventurado e a mim próprio. É o que espero dos teucros valentes
e da Fortuna. Alegria nenhuma reclamo da vida;
não fora justo. Esta, apenas, desejo até ao reino dos Manes...'".

---

[26] *Aprendizagem maldosa* corresponde, no original, a *belli propinqui*, isto é, "guerra precoce" para o jovem Palante.

[27] A longevidade e o não poder lutar implicam ver morrer os mais jovens: esta a *dívida própria da velhice*.

[28] *Volscos*: povo itálico que se aliou a Turno contra Eneias, aqui refere todos os inimigos.

[29] *Culpa a teu braço*: no original, *dextera causa tua est*, "minha causa é tua destra". Doravante, para Evandro vingar-se de Turno, o braço de Eneias substituirá o dele, Evandro, para quem a vingança será a única razão de viver.

Aurora interea miseris mortalibus almam
extulerat lucem, referens opera atque labores:
iam pater Aeneas, iam curuo in litore Tarchon
constituere pyras. Huc corpora quisque suorum   185
more tulere patrum, subiectisque ignibus atris
conditur in tenebras altum caligine caelum.
Ter circum accensos cincti fulgentibus armis
decurrere rogos, ter maestum funeris ignem
lustrauere in equis ululatusque ore dedere.   190
Spargitur et tellus lacrimis, sparguntur et arma:
it caelo clamorque uirum clangorque tubarum.
Hic alii spolia occisis derepta Latinis
coniciunt igni, galeas ensesque decoros
frenaque feruentesque rotas; pars munera nota,   195
ipsorum clipeos et non felicia tela.
Multa boum circa mactantur corpora morti,
saetigerosque sues raptasque ex omnibus agris
in flammam iugulant pecudes. Tum litore toto
ardentes spectant socios semustaque seruant   200
busta neque auelli possunt, nox umida donec
inuertit caelum stellis ardentibus aptum.
Nec minus et miseri diuersa in parte Latini
innumeras struxere pyras, et corpora partim
multa uirum terrae infodiunt auectaque partim   205
finitimos tollunt in agros urbique remittunt;
cetera confusaeque ingentem caedis aceruum
nec numero nec honore cremant: tunc undique uasti
certatim crebris collucent ignibus agri.

Nesse entrementes, a Aurora, ao surgir para os homens pequenos,[30]
irradiante, trabalhos e dores de novo lhes mostra.
O pai Eneias e o velho Tarconte na praia recurva
piras levantam, nas quais, conforme o uso da pátria querida,
põe cada qual os seus mortos. As chamas funéreas se alteiam
de fumarada mui densa tapando em redor o éter limpo.
Três voltas deram em torno das chamas os fortes guerreiros,
em suas armas vestidos; três voltas também os ginetes,
com ululado tristonho as fogueiras sagradas rodearam.[31]
Banha-se a terra com lágrimas, armas de todos molhadas;
sobe até aos céus o gemido das tubas, o pranto dos homens.[32]
Uns, nas fogueiras o espólio atiravam dos fortes latinos,
ora vencidos, espadas e freios e rodas velozes.
Outros, relíquias dos seus: lanças fortes agora sem uso
e resistentes escudos, usados com pouca ventura.
Touros à morte também sacrificam, de passos tardonhos,
cerdosos porcos; ovelhas sem conta apanhadas nos campos
da redondeza nas piras imolam. Na praia mui longa
os combatentes os corpos queimados dos sócios contemplam
nas reduzidas fogueiras, sem que de admirá-los desistam
antes de a noite serena o alto céu tachonar com seus astros.[33]
Os infelizes latinos também em lugar apartado[34]
piras sem conta levantam; porém boa parte dos mortos
são enterrados no campo da luta; outros muitos, levados
para as cidades vizinhas e prados mais próximos delas.
Sem distinção nem maiores cuidados nem honras funéreas
todo o restante, sem número e conta, é jogado nas chamas.
Por toda parte da extensa campina as fogueiras brilhavam.

---

[30] *Surgir*: corrigido conforme o manuscrito do tradutor, *surgir* em vez de "surdir", como consta nas edições anteriores. *Pequenos*: no original, *miseris*, "infelizes".

[31] *Ululado*: gemido.

[32] *Tubas*: trombetas marciais.

[33] *Tachonar*: salpicar de pintas.

[34] *Infelizes latinos*: os latinos tiveram muito mais baixas do que os troianos.

Tertia lux gelidam caelo dimouerat umbram: 210
maerentes altum cinerem et confusa ruebant
ossa focis tepidoque onerabant aggere terrae.
Iam uero in tectis, praediuitis urbe Latini,
praecipuus fragor et longi pars maxima luctus.
Hic matres miseraeque nurus, hic cara sororum   215
pectora maerentum puerique parentibus orbi
dirum exsecrantur bellum Turnique hymenaeos;
ipsum armis ipsumque iubent decernere ferro,
qui regnum Italiae et primos sibi poscat honores.
Ingrauat haec saeuus Drances solumque uocari   220
testatur, solum posci in certamina Turnum.
Multa simul contra uariis sententia dictis
pro Turno, et magnum reginae nomen obumbrat,
multa uirum meritis sustentat fama tropaeis.
Hos inter motus, medio in flagrante tumultu,   225
ecce super maesti magna Diomedis ab urbe
legati responsa ferunt: nihil omnibus actum
tantorum impensis operum, nil dona neque aurum
nec magnas ualuisse preces, alia arma Latinis
quaerenda aut pacem Troiano ab rege petendum.   230
Deficit ingenti luctu rex ipse Latinus.
Fatalem Aenean manifesto numine ferri
admonet ira deum tumulique ante ora recentes.
Ergo concilium magnum primosque suorum
imperio accitos alta intra limina cogit.   235
Olli conuenere fluuntque ad regia plenis
tecta uiis. Sedet in mediis et maximus aeuo
et primus sceptris haud laeta fronte Latinus.

Desde que a Aurora terceira expulsou com seus raios a Noite[35]
úmida e fria, tristonhos os ossos dos seus apartaram
de tantos montes de cinzas e um túmulo ergueram sobre elas.
Era porém na cidade opulenta do velho Latino
onde se via maior alvoroço, mais dores e luto.
Míseras mães, desoladas esposas, irmãs sem consolo,
órfãos pequenos, privados do amparo mui cedo na vida,
amaldiçoavam a guerra lutuosa e o noivado de Turno.
Ele, sozinho, dispute Lavínia com armas e o braço,
visto aspirar ao domínio da Itália e a mais alta honraria.
Tal sentimento é agravado por Drances, que insiste no fato
de haver Eneias seu repto lançado somente contra ele.[36]
A seu favor também conta o guerreiro com muitos e vários[37]
votos significativos; o nome de Amata o amparava,
sua alta fama ademais, e os troféus dele próprio na guerra.
Para aumentar o desânimo no auge daquele tumulto,
os emissários chegaram do burgo do grande Diomedes
com negativa resposta, apesar dos empenhos, do brilho
dos oradores naquela missão: nem presentes nem ouro,
súplicas nada valeram. A gente latina procure
outros aliados ou trate de paz assentar com os troianos.
Ao conhecer a resposta, Latino de dor desfalece.
A ira dos deuses eternos e os túmulos de pouco abertos
mui claramente demonstram que Eneias é o rei escolhido
pelo Destino. Convoca por isso o conselho dos nobres
de seus domínios, para uma consulta no próprio palácio.
Prestes os nobres varões acorreram e as ruas inundam
da sede augusta. Latino, encurvado com o peso dos anos,
fronte nublada, com o cetro na mão assentou-se no trono.

---

[35] *Aurora terceira*: a manhã do terceiro dia.

[36] *Repto*: desafio. Drances alega que os inimigos só desejam combater Turno, não todo o povo. Virgílio não menciona Eneias aqui.

[37] *Guerreiro*: Turno.

Atque hic legatos Aetola ex urbe remissos,
quae referant, fari iubet et responsa reposcit   240
ordine cuncta suo. Tum facta silentia linguis,
et Venulus dicto parens ita farier infit:
"Vidimus, o ciues, Diomedem Argiuaque castra
atque iter emensi casus superauimus omnes
contigimusque manum qua concidit Ilia tellus.   245
Ille urbem Argyripam patriae cognomine gentis
uictor Gargani condebat Iapygis agris.
Postquam introgressi et coram data copia fandi,
munera praeferimus, nomen patriamque docemus,
qui bellum intulerint, quae causa attraxerit Arpos.   250
Auditis ille haec placido sic reddidit ore:
'O fortunatae gentes, Saturnia regna,
antiqui Ausonii, quae uos Fortuna quietos
sollicitat suadetque ignota lacessere bella?
Quicumque Iliacos ferro uiolauimus agros   255
(mitto ea, quae muris bellando exhausta sub altis,
quos Simois premat ille uiros), infanda per orbem
supplicia et scelerum poenas expendimus omnes,
uel Priamo miseranda manus; scit triste Mineruae
sidus et Euboicae cautes ultorque Caphareus.   260
Militia ex illa diuersum ad litus abacti

Manda que seus emissários chegados do burgo da Etólia[38]
aos circunstantes expliquem o que se passou e as respostas
de lá trazidas exponham sem falhas nem vãos circunlóquios.
Vênulo, feito silêncio geral, deste modo se exprime:
"Concidadãos! Estivemos, é fato, com o grande Diomedes,
em que mil léguas vencêssemos de caminhadas penosas,[39]
e a mão tocamos do herói que ajudou a derruir Ílio forte.
Perto do Gárgano erguia nos campos de Iapígia famosos[40]
uma cidade, Argiripa, do nome da pátria distante.
Introduzidos no vasto salão entreguei-lhe os presentes
que lhe levara; meu nome lhe disse e o da terra de origem,
quem nos fez guerra e o motivo de estarmos em Arpo nessa hora.[41]
Depois de ouvir-nos, Diomedes falou com semblante aprazível:
'Ó felizarda nação descendente do grande Saturno!
Velhos ausônios! Que Fado invejoso do vosso sossego
vos arrastou a uma guerra de ignotas e más consequências?
Todos os que laceraram com o ferro as campinas de Troia —[42]
sem mencionar os caídos em torno dos muros altivos
e os que o Simoente em suas ondas levou — ainda agora pagamos
no vasto mundo com duros trabalhos aqueles excessos,
de enternecer até Príamo. Fale sobre isso a Minerva
das tempestades, rochedos da Eubeia e os escolhos imanos[43]
de Cafareu. Muitos foram lançados a praias ignotas:

---

[38] *Burgo da Etólia*: Argiripa foi fundada por Diomedes na Itália, mas é assim chamada porque ele nasceu na Etólia, Grécia continental.

[39] *Em que mil léguas vencêssemos*: entenda-se, "depois de vencer mil léguas".

[40] *Gárgano*: corrigido conforme o manuscrito do tradutor, em vez de "Gárgaro" das edições anteriores. Gárgano é monte da Apúlia, da qual *Iapígia* é região.

[41] *Arpo*: ou Arpos, outro nome de Argiripa.

[42] Diomedes passa a elencar os vários desastres que acometeram aqueles que lutaram contra Troia.

[43] *Minerva das tempestades*: as tempestades lançadas contra Ájax Oileu, que naufragou nos terríveis recifes (*escolhos imanos*) de *Cafareu*, monte da *Eubeia*, ilha do Egeu, por ter profanado a imagem da deusa (I, vv. 41-5).

Atrides Protei Menelaus adusque columnas
exsulat, Aetnaeos uidit Cyclopas Ulixes.
Regna Neoptolemi referam uersosque Penates
Idomenei? Libycone habitantes litore Locros?   265
Ipse Mycenaeus magnorum ductor Achiuum
coniugis infandae prima inter limina dextra
oppetiit: deuictam Asiam subsedit adulter.
Inuidisse deos, patriis ut redditus aris
coniugium optatum et pulchram Calydona uiderem?   270
Nunc etiam horribili uisu portenta sequuntur,
et socii amissi petierunt aethera pennis
fluminibusque uagantur aues (heu dira meorum
supplicia!) et scopulos lacrimosis uocibus implent.
Haec adeo ex illo mihi iam speranda fuerunt   275
tempore, cum ferro caelestia corpora demens
appetii et Veneris uiolaui uulnere dextram.
Ne uero, ne me ad tales impellite pugnas.
Nec mihi cum Teucris ullum post eruta bellum
Pergama nec ueterum memini laetorue malorum.   280
Munera, quae patriis ad me portatis ab oris,
uertite ad Aenean. Stetimus tela aspera contra

o louro Atrida, marido de Helena cacheada, as colunas[44]
ultrapassou de Proteu; viu Ulisses os feros Ciclopes.[45]
Precisarei referir-me a Neoptólemo e ao reino desfeito?[46]
A Idomeneu e os revoltos Penates, e aos lócrios da Líbia?[47]
Ou mesmo ao rei de Micenas, o chefe supremo dos gregos,
pelo punhal da maldosa consorte imolado na entrada
do seu palácio? O assassino assentou-se no trono do Atrida.[48]
Não me impediram os deuses, de volta ao torrão de nascença,
a Calidona rever de meus pais ou em Argos a esposa?[49]
Ainda aqui me apavoram frequentes sinais ominosos:
os companheiros tombados na guerra, mudados em aves
para o ar subiram — ó duro destino dos meus — e, vagando,
de lacrimosos gemidos, profundos, as rochas percutem.
Mas já devia esperar isso tudo, desde a hora — insensato! —
em que, demente, investi contra os deuses, sacando da espada,
e a nobre Vênus na destra feri sem medir consequências.
Chega! E ainda vindes falar-me em reatar essas duras pelejas?
Caída Pérgamo, não mais guerreio os valentes troianos,
nem me comprazo em falar nas antigas desgraças dos teucros.
Estes presentes da terra nativa, levai-os a Eneias,
sem mais tardança. Com ele provei-me; medimos os golpes

---

[44] *Atrida*: Menelau, filho de Atreu e *marido de Helena*.

[45] *Colunas de Proteu*: ilha de Faros, no Egito, que para Diomedes é o fim do mundo. Menelau foi para lá desviado por tempestade no regresso a Argos (*Odisseia*, IV, 354-69).

[46] *Neoptólemo*: Pirro, filho de Aquiles, foi morto por Orestes.

[47] *Revoltos Penates*: entenda-se, "a pátria revoltada"; numa tempestade ao retornar, Idomeneu, rei de Creta, prometeu a Netuno que, salvo, sacrificaria o primeiro que encontrasse no país. Encontrou o filho e sacrificou-o. Sobrevindo uma peste, o povo atribuiu-a ao crime de sangue e exilou o rei. *Lócrios*: companheiros de Ájax, que a tempestade lançou, uns na África (*Líbia*), outros na Itália.

[48] Agamêmnon, *rei de Micenas*, foi morto ou por Clitemnestra, *a maldosa consorte* (v. 267), ou pelo amante dela, o usurpador Egisto (*assentou-se no trono*).

[49] Por vingança de Vênus, Egíale, mulher de Diomedes, traiu-o, e suas emboscadas impediram-no de voltar para Calidona, já governada por Eneu, avô do herói, e para Argos, não mencionada por Virgílio.

contulimusque manus: experto credite, quantus
in clipeum assurgat, quo turbine torqueat hastam.
Si duo praeterea tales Idaea tulisset   285
terra uiros, ultro Inachias uenisset ad urbes
Dardanus et uersis lugeret Graecia Fatis.
Quidquid apud durae cessatum est moenia Troiae,
Hectoris Aeneaeque manu uictoria Graium
haesit et in decimum uestigia rettulit annum.   290
Ambo animis, ambo insignes praestantibus armis,
hic pietate prior. Coeant in foedera dextrae,
qua datur; ast armis concurrant arma cauete'.
Et responsa simul quae sint, rex optime, regis
audisti et quae sit magno sententia bello".   295
Vix ea legati, uariusque per ora cucurrit
Ausonidum turbata fremor, ceu saxa morantur
cum rapidos amnes, fit clauso gurgite murmur
uicinaeque fremunt ripae crepitantibus undis.
Ut primum placati animi et trepida ora quierunt,   300
praefatus diuos solio rex infit ab alto:
"Ante equidem summa de re statuisse, Latini,
et uellem et fuerat melius, non tempore tali
cogere concilium, cum muros assidet hostis.
Bellum importunum, ciues, cum gente deorum   305
inuictisque uiris gerimus, quos nulla fatigant
proelia nec uicti possunt absistere ferro.
Spem si quam adscitis Aetolum habuistis in armis,
ponite. Spes sibi quisque, sed haec quam angusta uidetis;
cetera qua rerum iaceant perculsa ruina,   310

braço com braço. Podeis dar-me crédito; sei como se alça
por trás do escudo, quão ágil volteia sua lança potente.
Se o solo do Ida tivesse gerado dois homens como ele,[50]
Dárdano, certo, teria atacado as cidades de Ínaco[51]
e toda a Grécia trocara seus louros em pranto amargoso.
O que atrasou por dez anos a grande vitória dos gregos
sob as muralhas de Troia altanada foi o ânimo, apenas,
a incontrastável bravura de Eneias e Heitor valoroso.
Ambos insignes por suas proezas no campo da luta,
porém aquele mais pio. Fazei logo as pazes com ele,
custe o que for, pois de jeito nenhum cruzaremos as armas'.
Já conheceis a resposta, excelente senhor, de Diomedes,[52]
e o que ele pensa a respeito da nossa infindável campanha".
Tendo os legados concluído, entre os fortes ausônios se eleva
rumor confuso de vozes, assim como, quando um rochedo
detém um rio impetuoso, murmúrio abafado se escuta,
das ondas bravas, que ao longe as ribeiras silentes despertam.
Logo que os ânimos se aquietaram, Latino potente
do alto do trono as deidades invoca e destarte se exprime:
"Povos latinos, há muito eu quisera — e melhor para todos[53]
fora esse alvitre — falar sobre assunto de tal magnitude,
não como agora, cercados os muros por gente inimiga.
Em guerra estamos, senhores, com fortes varões e experientes,
filhos de deuses, a quem não fatigam trabalhos e lutas,
e que nem mesmo vencidos a espada incansável depõem.
Se confiáveis na ajuda da Etólia, perdei a esperança.
Cada um só espere do próprio valor; e quão poucos restamos!
Ante a mirada de todos, patentes estão os escombros

---

[50] *Ida*: monte perto de Troia; aqui refere Troia.

[51] *Dárdano*: entenda-se, os dardânios, ou seja, os troianos. *Cidades de Ínaco*: cidades gregas, pois Ínaco fundou Argos.

[52] Encerrada sua fala, Vênulo dirige-se a Latino, o *excelente senhor*.

[53] *Eu*: conforme o manuscrito do tradutor, e não "ou", como consta nas edições anteriores.

ante oculos interque manus sunt omnia uestras.
Nec quemquam incuso: potuit quae plurima uirtus
esse, fuit; toto certatum est corpore regni.
Nunc adeo quae sit dubiae sententia menti
expediam et paucis (animos adhibete) docebo.   315
Est antiquus ager Tusco mihi proximus amni,
longus in occasum, fines super usque Sicanos;
Aurunci Rutulique serunt et uomere duros
exercent colles atque horum asperrima pascunt.
Haec omnis regio et celsi plaga pinea montis   320
cedat amicitiae Teucrorum, et foederis aequas
dicamus leges sociosque in regna uocemus.
Considant, si tantus amor, et moenia condant.
Sin alios fines aliamque capessere gentem
est animus possuntque solo decedere nostro: 325
bis denas Italo texamus robore naues
seu plures complere ualent, iacet omnis ad undam
materies. Ipsi numerumque modumque carinis
praecipiant, nos aera manus naualia demus.
Praeterea qui dicta ferant et foedera firment   330
centum oratores prima de gente Latinos
ire placet pacisque manu praetendere ramos,
munera portantes aurique eborisque talenta
et sellam regni trabeamque insignia nostri.
Consulite in medium et rebus succurrite fessis".   335
Tum Drances idem infensus, quem gloria Turni
obliqua inuidia stimulisque agitabat amaris,
largus opum et lingua melior, sed frigida bello

monumentais dos imensos recursos de quanto foi nosso.
A ninguém culpo; o que pode o valor já foi feito por todos.
Nessa campanha esgotamos as grandes reservas do reino.
Na mente dúbia ocorreu-me agorinha um projeto que passo
a vos expor sem detença. Serei comedido na fala.
Perto do rio toscano possuo um antigo terreno[54]
que para o ocaso se estende até as raias tocar dos sicanos.[55]
Pelos auruncos e rútulos é cultivado, que os prados
aram, e os cimos estéreis ao gado sem trato abandonam.
Cedamos pois aos troianos, em troca de sua amizade,
essa região de pinheiros, e logo firmemos contratos
equitativos; no nosso governo lhes demos assento.
Venham, se é isso que almejam, e bela cidade aqui plantem.
Mas, se outros climas e gentes desejam buscar porventura,
sendo-lhes fácil, então, nossa terra deixar sem desgosto,
vinte navios de roble italiano para eles construamos,
ou mais, até, se quiserem; nas margens do rio há madeira
já preparada para isso. Eles próprios o número e a forma
das naus indiquem; de gente os provemos, ferragens e tábuas.
Um cento, sim, de oradores das mais distinguidas famílias
levem-lhes nossas propostas e a paz em bons termos confirmem,
nas mãos um ramo de oliva, penhor muito certo da nossa
sinceridade. Também lhes mandamos marfim trabalhado,
talentos de ouro, a cadeira curul e o bastão do comando.[56]
Deliberai em comum e salvai nossa pátria arruinada".
Drances então levantou-se, inimigo implacável de Turno,
cuja grandeza o matava de inveja e de raiva impotente.
Rico em fazenda e de língua mui solta, medroso na guerra,[57]

---

[54] *Rio toscano*: o Tibre.

[55] *Ocaso*: oeste; *sicanos*: povo da Sicília.

[56] *Cadeira curul*: colocada sobre o carro, era reservada aos reis e, depois, aos
cônsules; *bastão do comando*: no original, *trabeam*, "trábea", manto púrpura ou lis-
trado de púrpura usado por reis e cônsules.

[57] *Fazenda*: patrimônio.

dextera, consiliis habitus non futilis auctor,
seditione potens (genus huic materna superbum 340
nobilitas dabat, incertum de patre ferebat),
surgit et his onerat dictis atque aggerat iras:
"Rem nulli obscuram nostrae nec uocis egentem
consulis, o bone rex: cuncti se scire fatentur,
quid Fortuna ferat populi, sed dicere mussant. 345
Det libertatem fandi flatusque remittat
cuius ob auspicium infaustum moresque sinistros
(dicam equidem, licet arma mihi mortemque minetur)
lumina tot cecidisse ducum totamque uidemus
consedisse urbem luctu, dum Troia temptat 350
castra fugae fidens et caelum territat armis.
Unum etiam donis istis, quae plurima mitti
Dardanidis dicique iubes, unum, optime regum,
adicias nec te ullius uiolentia uincat
quin natam egregio genero dignisque hymenaeis 355
des pater et pacem hanc aeterno foedere iungas.
Quod si tantus habet mentes et pectora terror,
ipsum obtestemur ueniamque oremus ab ipso:
cedat, ius proprium regi patriaeque remittat.
Quid miseros totiens in aperta pericula ciues 360

hábil talvez nas reuniões do conselho, mas sempre ocupado
em tecer planos ocultos. Por parte da mãe blasonava[58]
de alta nobreza; do pai ignorava-se até o próprio nome.
Com seu discurso acirrou ainda mais a maldade dos outros:
"Ninguém ignora, bom rei, essa grave questão, que o meu voto[59]
sem grande peso dispensa. É o que eu digo; não há quem não saiba
como devemos agir; mas o medo a nós todos coíbe
no uso da fala. A nós outros liberta, e a vaidade reprima[60]
quem por seu próprio fadário e mau gênio — o que afirmo sem medo[61]
de que me venha a ameaçar com suas armas potentes — foi causa
da morte infausta de tantos caudilhos, do luto que o povo,
toda a cidade, abateu, e ora espera com a ajuda da fuga[62]
pálida a Troia vencer e escalar de corrida o alto Olimpo.[63]
Aos numerosos presentes que ao chefe dardânio destinas,
um acrescentes, magnânimo rei; um, somente, o mais alto,
sem que impedido te vejas por vãos falatórios e ameaças:
entrega a filha a um varão digno dela, o mais digno, e assim pazes
definitivas e honrosas confirma entre os povos em luta.
Porém se o pálido medo te inibe a esse ponto e receias
tocar de leve em assunto tão grave, para ele apelemos[64]
e lhe peçamos deixar-te com plenos poderes para isso,[65]
como é direito. Por que nos arrastas para esses abismos,[66]

---

[58] *Blasonava*: ostentava.

[59] No original, Drances dirige-se a todos. Na tradução de Carlos Alberto Nunes, ele alterna seu discurso, interpelando ora o rei Latino, ora Turno.

[60] *A vaidade reprima*: entenda-se, que Turno reprima sua vaidade.

[61] *Fadário*: destino, fado.

[62] *Fuga pálida*: branca de pavor, detalhe ausente no original; é referência à involuntária fuga de Turno (IX, v. 815, e X, vv. 633-60), enganado por Juno.

[63] *Escalar de corrida o alto Olimpo*: hipérbole do tradutor. Virgílio diz *caelum territat armis*, "assustar com as armas o céu".

[64] *Ele*: Turno.

[65] *Deixar-te*: o original diz *ius proprium regi patriae*, "deixar ao rei e à pátria o direito que é deles".

[66] *Por que nos arrastas*: Drances passa a interpelar diretamente Turno.

proicis, o Latio caput horum et causa malorum?
Nulla salus bello: pacem te poscimus omnes,
Turne, simul pacis solum inuiolabile pignus.
Primus ego, inuisum quem tu tibi fingis (et esse
nil moror) en supplex uenio. Miserere tuorum,   365
pone animos et pulsus abi. Sat funera fusi
uidimus ingentes et desolauimus agros.
Aut si fama mouet, si tantum pectore robur
concipis et si adeo dotalis regia cordi est,
aude atque aduersum fidens fer pectus in hostem.   370
Scilicet ut Turno contingat regia coniunx,
nos animae uiles, inhumata infletaque turba,
sternamur campis? Etiam tu, si qua tibi uis,
si patrii quid Martis habes, illum aspice contra,
qui uocat".   375
Talibus exarsit dictis uiolentia Turni;
dat gemitum rumpitque has imo pectore uoces:
"Larga quidem, Drance, semper tibi copia fandi
tum, cum bella manus poscunt, patribusque uocatis
primus ades. Sed non replenda est curia uerbis,   380
quae tuto tibi magna uolant, dum distinet hostem
agger murorum nec inundant sanguine fossae.
Proinde tona eloquio (solitum tibi) meque timoris
argue tu, Drance, quando tot stragis aceruos
Teucrorum tua dextra dedit passimque tropaeis   385
insignis agros. Possit quid uiuida uirtus,

causa exclusiva da nossa desgraça, dos males presentes?
Com uma tal guerra não há salvação. É o que todos pedimos,
Turno, e o penhor verdadeiro da paz; verdadeiro e durável.
Eu, o primeiro — inimigo me julgas e não te desminto —[67]
súplice venho falar-te: apiada-te enfim de teus próprios
concidadãos. Repelimos-te! Sai! Funerais incontáveis
já presenciamos; assaz desolados os campos se encontram.
Porém se a fama te move e no peito o pulsar te reanima[68]
do coração, e ambicionas um reino alcançar como dote
de casamento, das mãos vai tomá-lo do leal inimigo.
Para que Turno a obter venha uma noiva de régia prosápia,
nós, almas vis, turba imensa, insepulta, sem choro nem nada,[69]
no duro chão ficaremos jogados? Jamais! Se tens brio
e algo possuis de teus bravos avós, corre, voa a bater-te
com quem te o repto lançou".[70]
Exacerbado ao extremo com tão causticante invectiva,
Turno arrancou do imo peito as seguintes palavras aladas:
"Drances, és pródigo em belos discursos em tempo de guerra,
quando se exige trabalho; o primeiro a chegar ao conselho,
sempre que os homens de bem são chamados. Porém não é hora
de belas frases, enquanto as muralhas detêm os ataques
dos inimigos e o sangue lá fora nos fossos referve.
Troveja, então; é o teu hábito. Assacas-me, Drances, a pecha[71]
de covardia? Em verdade, o teu braço amontoou nestes campos
inumeráveis cadáveres teucros, e pelas estradas
muitos troféus levantaste. O momento chegou de provares

---

[67] *Não te desminto*: no original, *nil moror*, "pouco se me dá".

[68] *Fama*: no sentido de "glória".

[69] *Almas vis*: no original, *animae uiles* (o tradutor é literal); aqui no sentido de "pobres pessoas".

[70] No original, *illum aspice contra qui uocat*, "contra aquele que te chama", isto é, Eneias. Mais adiante (v. 442), Turno, em sua peroração, empregará o mesmo termo *uocat*. Na tradução: *A mim somente esse Eneias reclama*.

[71] *Assacar*: imputar injustamente.

experiare licet; nec longe scilicet hostes
quaerendi nobis: circumstant undique muros.
Imus in aduersos? Quid cessas? An tibi Mauors
uentosa in lingua pedibusque fugacibus istis   390
semper erit?
Pulsus ego? Aut quisquam merito, foedissime, pulsum
arguet, Iliaco tumidum qui crescere Thybrim
sanguine et Euandri totam cum stirpe uidebit
procubuisse domum atque exutos Arcadas armis?   395
Haud ita me experti Bitias et Pandarus ingens
et quos mille die uictor sub Tartara misi,
inclusus muris hostilique aggere saeptus.
Nulla salus bello? Capiti cane talia, demens,
Dardanio rebusque tuis. Proinde omnia magno   400
ne cessa turbare metu atque extollere uires
gentis bis uictae, contra premere arma Latini.
Nunc et Myrmidonum proceres Phrygia arma tremescunt,
nunc et Tydides et Larissaeus Achilles,
amnis et Hadriacas retro fugit Aufidus undas.   405
Vel cum se pauidum contra mea iurgia fingit
artificis scelus et formidine crimen acerbat.
Numquam animam talem dextra hac, absiste moueri,

teu apregoado valor. O inimigo não se acha mui longe
para quem sai a buscá-los; por tudo as muralhas nos cercam.
Juntos partamos, pois não? Que te impede? Esse ardor belicoso
se concentrou simplesmente na língua insolente e no voo
dos pés velozes?
Eu, já vencido? Cachorro! E quem pode atirar-me tal pecha,[72]
depois de ver a corrente do Tibre aumentada com o sangue
dos feros teucros, e a casa de Evandro com a sua linhagem
completamente arruinada, e sem armas os árcades fortes?[73]
Não no dirão com certeza nem Bícias nem Pândaro ingente,
e os mil guerreiros que eu próprio enviei para o Tártaro escuro
naquele dia em que estive apertado entre os valos e os muros.
Não haverá salvação para os nossos, bandido? Conta isso[74]
para o Dardânio guerreiro e os teus homens! Prossegue no empenho[75]
de conturbar com teu medo os mais fortes, o povo vencido
por duas vezes alçar, denegrir nossa gente latina.[76]
Por que não dizes também que os mirmídones bravos e Aquiles
da alta Larissa, e Diomedes se agacham com medo dos frígios?
E mais: que o Áufido perto do Adriático freia o seu curso?[77]
Este impostor aparenta ter medo das minhas ameaças,
e com seus falsos discursos me torna malquisto de todos.
Não te preocupes, idiota; meu braço jamais há de essa alma

---

[72] *Cachorro*: no original, *foedissime*, "ó torpíssimo".

[73] Matando Palante, Turno *arruinou a linhagem* do rei árcade Evandro.

[74] *Bandido*: no original, *demens*, "demente".

[75] *O Dardânio guerreiro* é Eneias; *teus homens*: no original, *tuis rebus*, "tua facção", "gente da tua laia".

[76] *Vencido por duas vezes*: Troia fora destruída antes por Hércules, depois pelos gregos. *Alçar*: enaltecer. Notar o quiasmo, construção cruzada: "povo vencido" (objeto), "alçar" (verbo) — "denegrir" (verbo), "gente latina" (objeto).

[77] *Larissa* é a cidade de Aquiles, que comandou os *mirmídones* na luta. O sentido da passagem é "já que falaste coisas inexistentes, como eu estar vencido [v. 392], e que não temos salvação [v. 399], por que não dizes outras igualmente impossíveis: que Aquiles e Diomedes temiam os troianos e que o fluxo do rio se detém?". *Áufido* é rio da Apúlia, morada atual de Diomedes; este não temia Eneias, só estava cansado das guerras.

amittes. Habitet tecum et sit pectore in isto.
Nunc ad te et tua magna, pater, consulta reuertor. 410
Si nullam nostris ultra spem ponis in armis,
si tam deserti sumus et semel agmine uerso
funditus occidimus neque habet Fortuna regressum,
oremus pacem et dextras tendamus inertes.
Quamquam o, si solitae quicquam uirtutis adesset! 415
Ille mihi ante alios fortunatusque laborum
egregiusque animi, qui, ne quid tale uideret,
procubuit moriens et humum semel ore momordit.
Sin et opes nobis et adhuc intacta iuuentus
auxilioque urbes Italae populique supersunt, 420
sin et Troianis cum multo gloria uenit
sanguine (sunt illis sua funera parque per omnes
tempestas), cur indecores in limine primo
deficimus? Cur ante tubam tremor occupat artus?
Multa dies uariisque labor mutabilis aeui 425
rettulit in melius, multos alterna reuisens
lusit et in solido rursus Fortuna locauit.
Non erit auxilio nobis Aetolus et Arpi:
at Messapus erit felixque Tolumnius et quos
tot populi misere duces, nec parua sequetur 430
gloria delectos Latio et Laurentibus agris.
Est et Volscorum egregia de gente Camilla,
agmen agens equitum et florentes aere cateruas.
Quod si me solum Teucri in certamina poscunt
idque placet tantumque bonis communibus obsto, 435
non adeo has exosa manus Victoria fugit,
ut tanta quicquam pro spe temptare recusem.
Ibo animis contra, uel magnum praestet Achillem

torpe arrancar-te. Que fique em teu peito, seu digno refúgio.
E ora, magnânimo rei, estudemos a tua proposta.[78]
Se não depões esperança nenhuma nas armas dos nossos;
se arruinados estamos, porque, uma vez repelidos,
tudo estragamos, sem que nos sorria jamais a Fortuna:
paz supliquemos e as destras inermes ao Teucro estendamos,
conquanto... Não! Se um lampejo fugaz nos restasse do nosso[79]
reconhecido valor, por feliz eu tivera os que, para
não presenciar tais misérias, caíram sem vida no campo
convulsionado da guerra presente e o chão duro morderam.
Mas, se nos restam recursos e intacta ainda se acha e com brios
a juventude, e as cidades e os povos da Itália são nossos;
se com enormes sangrias os teucros na luta alcançaram
certas vantagens, pois houve também funerais no seu campo,
frutos da mesma borrasca, por que desistirmos da luta
no comecinho? Trememos de susto ao som débil da trompa?
Pois muitas vezes o tempo e os trabalhos do dia mudanças
inesperadas produzem. A muitos a incerta Fortuna
com viravoltas frequentes por fim os deixou confortados.
Nem os etólios nem Arpo altanada não vêm em socorro?
Sim! Eis Messapo, e Tolúmnio feliz, e os barões incontáveis[80]
que tantos povos trouxeram. Não é despiciendo proveito
ter como sócios as hostes do Lácio e dos campos laurentes.
Temos Camila também, da nação vitoriosa dos volscos,
guia de fortes ginetes, com bela e esplendente armadura.
Mas, se os troianos só querem lutar com a minha pessoa,
sendo eu o único obstáculo para a ventura de todos,
não se dirá que a Vitória em meu caso mesquinha mostrou-se,
por me ter visto recuar ante os riscos de um prêmio tão grande.
Contra ele, sim, partirei, ainda mesmo que seja outro Aquiles

---

[78] Após responder a Drances, Turno passa a se dirigir diretamente ao rei Latino.

[79] Aqui Turno muda de ideia e não aceita rendição.

[80] *Messapo*: herói, filho de Netuno; *Tolúmnio*: adivinho; *barões*: varões, homens corajosos.

factaque Vulcani manibus paria induat arma
ille licet. Vobis animam hanc soceroque Latino   440
Turnus ego, haud ulli ueterum uirtute secundus,
deuoui. Solum Aeneas uocat? Et uocet oro,
nec Drances potius, siue est haec ira deorum,
morte luat, siue est uirtus et gloria, tollat".
Illi haec inter se dubiis de rebus agebant   445
certantes; castra Aeneas aciemque mouebat.
Nuntius ingenti per regia tecta tumultu
ecce ruit magnisque urbem terroribus implet,
instructos acie Tiberino a flumine Teucros
Tyrrhenamque manum totis descendere campis.   450
Extemplo turbati animi concussaque uulgi
pectora et arrectae stimulis haud mollibus irae.
Arma manu trepidi poscunt, fremit arma iuuentus,
flent maesti mussantque patres. Hic undique clamor
dissensu uario magnus se tollit in auras,   455
haud secus atque alto in luco cum forte cateruae
consedere auium piscosoue amne Padusae
dant sonitum rauci per stagna loquacia cycni.
"Immo", ait, "o ciues" arrepto tempore Turnus,
"cogite concilium et pacem laudate sedentes;   460
illi armis in regna ruunt". Nec plura locutus
corripuit sese et tectis citus extulit altis.
"Tu, Voluse, armari Volscorum edice maniplis,
duc", ait, "et Rutulos. Equitem Messapus in armis

e, tal como este, se vista com armas do forte Vulcano.[81]
Eu, Turno, apenas, em nada inferior aos meus bravos ancestres,
a todos vós e ao meu sogro Latino esta vida ofereço.[82]
A mim somente esse Eneias reclama? Isso mesmo desejo:
antes que Drances se adiante, no caso de os deuses me odiarem,
para aplacá-los com o seu sacrifício ou me roube essa glória".[83]
Enquanto assim discorriam acerca dos graves problemas
de segurança do Estado, o arraial levantava o Troiano
na direção da cidade. Veloz mensageiro em tumulto
traz a notícia que a todos conturba no paço e nas ruas,
de como as margens do Tibre as tirrenas colunas deixaram[84]
em boa ordem, cobrindo as campinas de em torno seus homens.
Em confusão todos ficam; a turba sem nome se mexe;
mui agitados, os ânimos fortes mais feros bravejam.
A juventude briosa pede armas; só de armas se fala.
Tristes, os velhos baixinho choravam; de todos os lados
desencontrados clamores os ares por tudo atordoam.
Tal é o barulho que pássaros ledos nos bosques produzem,
densos, ao virem de longe, ou nas margens piscosas do Pado[85]
os roucos cisnes no seu linguajar as marinhas conturbam.[86]
Aproveitando a ocasião, falou Turno: "Tratais nos conselhos,
concidadãos, das delícias da paz, e lá fora o inimigo
voa a atacar nossos muros sem guarda?" Não disse mais nada,
e precipitadamente saiu pela porta soberba.
"E tu, Voluso", lhe fala, "coordena as colunas dos volscos
e traze os rútulos; dos cavaleiros Messapo se incumbe;

---

[81] *Armas do forte Vulcano*: as armas de Aquiles. Turno não sabe que, graças à intercessão de Vênus, Eneias também luta com armas forjadas por Vulcano.

[82] *Sogro Latino*: Turno se coloca como o legítimo pretendente de Lavínia.

[83] *Ou me roube essa glória*: a glória de morrer em combate.

[84] *Tirrenas colunas*: no original, *Teucros Tyrrhenamque manum*, a rigor, "os troianos e o exército tirreno", isto é, os etruscos de Tarconte, aliados de Eneias.

[85] *Pado*: o atual rio Pó. Virgílio diz *Padusa*, um dos sete ramos do Pado.

[86] *Marinhas*: aqui, alagados que se formam nas margens do rio.

et cum fratre Coras latis diffundite campis. 465
Pars aditus urbis firmet turresque capessat;
cetera, qua iusso, mecum manus inferat arma".
Ilicet in muros tota discurritur urbe.
Consilium ipse pater et magna incepta Latinus
deserit ac tristi turbatus tempore differt 470
multaque se incusat, qui non acceperit ultro
Dardanium Aenean generumque adsciuerit urbi.
Praefodiunt alii portas aut saxa sudesque
subuectant. Bello dat signum rauca cruentum
bucina. Tum muros uaria cinxere corona 475
matronae puerique: uocat labor ultimus omnes.
Nec non ad templum summasque ad Palladis arces
subuehitur magna matrum regina caterua
dona ferens, iuxtaque comes Lauinia uirgo,
causa mali tanti, oculos deiecta decoros. 480
Succedunt matres et templum ture uaporant
et maestas alto fundunt de limine uoces:
"Armipotens, praeses belli, Tritonia uirgo,
frange manu telum Phrygii praedonis et ipsum
pronum sterne solo portisque effunde sub altis". 485
Cingitur ipse furens certatim in proelia Turnus.
Iamque adeo rutilum thoraca indutus aenis
horrebat squamis surasque incluserat auro,
tempora nudus adhuc, laterique accinxerat ensem

Coras e irmão: recobri de cavalos a extensa planície.[87]
Uns as entradas do burgo defendam, as torres ocupem.
Fique o restante comigo, para ordens depois receberem".
Toda a cidade com isso às muralhas concorre, afanosa.
O próprio rei abandona o conselho, abatido com tantas
calamidades do tempo e difere os problemas em pauta.[88]
Muito se acusa porque desde o início ao dardânida Eneias
não recebeu como genro, franqueando-lhe logo a cidade.
Uns abrem fossos defronte das portas; estacas e pedras
outros carregam; as roucas trombetas a guerra anunciam
sanguinolenta; as muralhas se encontram coroadas de velhos
e de meninos. A todos apela a defesa dos muros.
A própria Amata, rodeada de turba de nobres matronas,
em procissão sobe ao cimo onde o templo de Palas se eleva,
com dons preciosos. A jovem Lavínia ao seu lado seguia,
olhos pregados no chão, causa ingênua de tanto alvoroço.[89]
Entram no templo as matronas e logo de incenso o perfumam.
Desde o limiar, a entoar principiam sentidos lamentos.
"Armipotente senhora dos duros combates, Tritônia[90]
virgem! Humilha tu mesma a insolência do frígio pirata![91]
Joga-o no solo pedrento!, e que morra defronte dos muros!"
Arma-se Turno furioso, disposto a reabrir a peleja.
Veste a couraça dos rútulos, cheia de escamas de bronze,
de horrendo aspecto; com grevas douradas as pernas resguarda.
Desprotegida a cabeça, ajeitou sua espada de lado.

---

[87] *Coras e irmão*: isto é, Coras e Cátilo, ambos valentes guerreiros.

[88] *Difere*: adia.

[89] *Causa ingênua de tanto alvoroço*: no original, *causa mali tanti*, "causa de tamanho mal". Agora é o poeta, não uma personagem, quem afirma que Lavínia é uma das causas da guerra.

[90] A *armipotente Tritônia* é Minerva, "poderosa nas armas", que nasceu às margens do lago Tritão, na Líbia.

[91] *Frígio pirata*: Eneias.

fulgebatque alta decurrens aureus arce,   490
exsultatque animis et spe iam praecipit hostem:
qualis ubi abruptis fugit praesaepia uinclis
tandem liber equus campoque potitus aperto
aut ille in pastus armentaque tendit equarum
aut assuetus aquae perfundi flumine noto   495
emicat arrectisque fremit ceruicibus alte
luxurians, luduntque iubae per colla, per armos.
Obuia cui Volscorum acie comitante Camilla
occurrit portisque ab equo regina sub ipsis
desiluit, quam tota cohors imitata relictis   500
ad terram defluxit equis; tum talia fatur:
"Turne, sui merito si qua est fiducia forti,
audeo et Aeneadum promitto occurrere turmae
solaque Tyrrhenos equites ire obuia contra.
Me sine prima manu temptare pericula belli,   505
tu pedes ad muros subsiste et moenia serua".
Turnus ad haec, oculos horrenda in uirgine fixus:
"O decus Italiae uirgo, quas dicere grates
quasue referre parem? Sed nunc, est omnia quando
iste animus supra, mecum partire laborem.   510
Aeneas, ut fama fidem missique reportant
exploratores, equitum leuia improbus arma
praemisit, quaterent campos; ipse ardua montis
per deserta iugo superans aduentat ad urbem.
Furta paro belli conuexo in tramite siluae,   515
ut biuias armato obsidam milite fauces.
Tu Tyrrhenum equitem collatis excipe signis;
tecum acer Messapus erit turmaeque Latinae
Tiburtique manus, ducis et tu concipe curam".
Sic ait, et paribus Messapum in proelia dictis   520

Baixa correndo do alcáçar em fúlgida e bela postura,[92]
de altos espíritos sempre, mui certo da sua vitória:
não de outra forma, rompido o cabresto, se escapa o cavalo
da estrebaria, a direito e veloz pelos campos abertos,
ou para o pasto se atira, recreio das éguas nessa hora,
quando não corre a banhar-se nas águas do rio ali perto,
e dando botes relincha, sacode a cabeça imponente,
desordenada caindo-lhe a crina nos braços, na cola.[93]
Ao seu encontro Camila apresenta-se à testa dos volscos,
e bem na frente da porta do burgo altanado se apeia
da sua nobre alimária. Seguindo-lhe o exemplo, as guerreiras
lestes saltaram dos belos cavalos. Destarte se expressa:
"Turno, se é lícito no próprio esforço confiar, eu prometo
frente fazer aos Enéadas fortes e bem adestrados,
e contrastar o grande ímpeto dos cavaleiros tirrenos.
Dá-me a ventura de ser a primeira a enfrentar os perigos;
fica com os homens de pé, para guarda e defesa dos muros".
Turno, fixando-se bem na terrível donzela, lhe disse:
"Ó virgem, glória da Itália! Como hei de pagar-te, como hei de
agradecer teu auxílio valioso em tamanha apertura?
Teu brio a tudo supera; vem, pois, tomar parte na luta.
Se for verdade o que os meus batedores há pouco informaram,
o astuto Eneias os campos de em torno devasta com a sua
cavalaria ligeira, e ele próprio, galgando estes montes
abandonados, tenciona alcançar a cidade hoje mesmo.
Uma cilada pretendo aprestar-lhe na curva do bosque,
com gente armada e escondida nas duas saídas da estrada.
Cumpre-te a fúria aparar dos fogosos cavalos tirrenos.
Messapo irá reforçar-te, de par com as coortes latinas
e os tiburtinos valentes. De todos terás o comando".[94]
Assim falou. Com iguais argumentos exorta a Messapo

---

[92] *Alcáçar*: fortaleza.

[93] *Cola*: na acepção de coleira; aqui, pescoço.

[94] *Tiburtinos valentes*: Cátilo e Coras.

hortatur sociosque duces et pergit in hostem.
Est curuo anfractu ualles, accommoda fraudi
armorumque dolis, quam densis frondibus atrum
urget utrimque latus, tenuis quo semita ducit
angustaeque ferunt fauces aditusque maligni. 525
Hanc super in speculis summoque in uertice montis
planities ignota iacet tutique receptus,
seu dextra laeuaque uelis occurrere pugnae,
siue instare iugis et grandia uuluere saxa.
Huc iuuenis nota fertur regione uiarum 530
arripuitque locum et siluis insedit iniquis.
Velocem interea superis in sedibus Opim,
unam ex uirginibus sociis sacraque caterua,
compellabat et has tristes Latonia uoces
ore dabat: "Graditur bellum ad crudele Camilla, 535
o uirgo, et nostris nequiquam cingitur armis,
cara mihi ante alias. Neque enim nouus iste Dianae
uenit amor subitaque animum dulcedine mouit.
Pulsus ob inuidiam regno uiresque superbas
Priuerno antiqua Metabus cum excederet urbe, 540
infantem fugiens media inter proelia belli
sustulit exsilio comitem matrisque uocauit
nomine Casmillae mutata parte Camillam.
Ipse sinu prae se portans iuga longa petebat
solorum nemorum: tela undique saeua premebant 545
et circumfuso uolitabant milite Volsci.

mais seus colegas, partindo depressa à procura do imigo;
numa quebrada dos montes havia um lugar adequado
para ciladas e crimes, de matas escuras coberto
de um lado e do outro. Uma senda com traços que mal se distinguem
de dificílimo acesso conduz até à boca indistinta.[95]
Mais para cima, no cume do monte, planície se estende
não suspeitada, segura guarida, quer seja no assalto
pela direita e à sinistra, quer seja no ataque improviso,
a rolar pedras desde o alto, por sobre o inimigo atordoado.
Por um carreiro sabido, a esse ponto dirige-se o jovem;[96]
ocupa o posto e se oculta sem bulha na selva abrigada.
Nesse entrementes, a filha querida da sacra Latona[97]
nas mansões do alto mandou chamar Ópis, a ninfa mais ágil
do seu cortejo sagrado, e com tristes acentos lhe fala:
"Camila, ó virgem, agora caminha para uma campanha
das mais funestas; debalde se armou consoante fazemos.[98]
Mais do que todas me é cara, nem pode dizer-se que seja
novo esse afeto; com muita doçura ela a Diana afeiçoou-se.
Quando Metabo fugiu de Priverno, cidade excelente,[99]
pela campanha movida contra ele, dos próprios vassalos,
por entre riscos sem conta e surpresas da guerra sangrenta,
levou consigo a filhinha ainda infante a que o nome pusera
da mãe defunta Casmila, alterado um pouquinho: Camila.
Ao coração apertando-a, carrega-a nos braços, no rumo
das cordilheiras de bosques desertos, por flechas e dardos
sempre seguido, dos volscos temíveis que lhe iam no encalço.

---

[95] *Boca*: entrada do atalho.

[96] *Carreiro* (regionalismo do Sul brasileiro): atalho.

[97] *A filha querida da sacra Latona* é Diana.

[98] *Consoante fazemos*: Camila, que porta as mesmas armas que Diana e lhe é votada, é como o duplo da deusa. Na voz de Diana, o poeta faz uma digressão e conta a história da donzela guerreira.

[99] *Metabo*: pai de Camila. *Priverno*: capital dos Volscos, no Lácio, cortada pelo rio *Amaseno* (v. 547).

Ecce fugae medio summis Amasenus abundans
spumabat ripis: tantus se nubibus imber
ruperat. Ille, innare parans, infantis amore
tardatur caroque oneri timet. Omnia secum   550
uersanti subito uix haec sententia sedit.
Telum immane manu ualida quod forte gerebat
bellator, solidum nodis et robore cocto,
huic natam, libro et siluestri subere clausam,
implicat atque habilem mediae circumligat hastae;   555
quam dextra ingenti librans ita ad aethera fatur:
'Alma, tibi hanc, nemorum cultrix, Latonia uirgo,
ipse pater famulam uoueo; tua prima per auras
tela tenens supplex hostem fugit. Accipe, testor,
diua tuam, quae nunc dubiis committitur auris'.   560
Dixit et adducto contortum hastile lacerto
immittit: sonuere undae, rapidum super amnem
infelix fugit in iaculo stridente Camilla.
At Metabus, magna propius iam urgente caterua,
dat sese fluuio atque hastam cum uirgine uictor   565
gramine, donum Triuiae, de caespite uellit.
Non illum tectis ullae, non moenibus urbes
accepere neque ipse manus feritate dedisset:
pastorum et solis exegit montibus aeuum.
Hic natam in dumis interque horrentia lustra   570
armentalis equae mammis et lacte ferino
nutribat, teneris immulgens ubera labris.
Utque pedum primis infans uestigia plantis

Eis que de súbito o rio Amaseno lhe corta o caminho,
cheio de chuvas recentes, de espuma terrosa cobrindo
suas ribeiras. A nado cruzá-lo era fácil; contudo,
o amor à filha o conteve. Detém-se e na mente sopesa
diversos planos, fixando-se alfim no mais belo e arriscado.[100]
Na lança esplêndida, cheia de nós, de um carvalho vetusto,
revigorada no fogo, que em mãos por acaso trazia
naquela guerra, ajeitou a filhinha mui bem protegida
por maleável cortiça de um sobro ali mesmo nascido.[101]
No alto girando-a e para o éter virado, destarte se exprime:
'Virgem nascida da augusta Latona, cultora dos bosques!,
na qualidade de pai te dedico esta filha, que pela
primeira vez em tamanha aflição às tuas armas recorre!
É tua. Ampara-a no instante em que aos ventos incertos a entrego!'
A essas palavras, com o braço recua e num ímpeto a joga
com decidido empuxão. Soa fundo a corrente lá embaixo.
Foge por cima Camila infeliz; a hasta longa rechina.[102]
Vendo já próxima a turba de seus figadais inimigos,
Metabo atira-se ao rio e, exultante, arrancou do gramado
a forte lança com a filha, à Trívia de pouco votada.[103]
Teto nenhum o abrigou nem cidade com suas muralhas,
nem poderia com tanta fereza ele a alguém rebaixar-se.
Como pastor solitário nos montes agrestes vivia.
Nas grutas hórridas, brenhas inóspitas criava ele a filha
com leite de égua bravia das muitas nos prados à solta,
que ele espremia das ubres turgentes na tenra boquinha.
Mal começou a menina a firmar os pezinhos no solo,

---

[100] *Mais*: corrigido conforme o manuscrito do tradutor, em vez de "mas", como nas edições anteriores.

[101] *Sobro*: carvalho.

[102] *Rechina*: silva, sibila.

[103] Entenda-se: Metabo arremessou Camila por cima das águas, presa a uma lança que se crava na outra margem do rio. Lá chegando, ele recupera a filha, que fora dedicada à *Trívia*, isto é, à deusa Diana.

institerat, iaculo palmas armauit acuto
spiculaque ex umero paruae suspendit et arcum.   575
Pro crinali auro, pro longae tegmine pallae
tigridis exuuiae per dorsum a uertice pendent.
Tela manu iam tum tenera puerilia torsit
et fundam tereti circum caput egit habena
Strymoniamque gruem aut album deiecit olorem.   580
Multae illam frustra Tyrrhena per oppida matres
optauere nurum; sola contenta Diana
aeternum telorum et uirginitatis amorem
intemerata colit. Vellem haud correpta fuisset
militia tali, conata lacessere Teucros   585
cara mihi, comitumque foret nunc una mearum.
Verum age, quandoquidem Fatis urgetur acerbis,
abere, nympha, polo finesque inuise Latinos,
tristis ubi infausto committitur omine pugna.
Haec cape et ultricem pharetra deprome sagittam: 590
hac, quicumque sacrum uiolarit uulnere corpus,
Tros Italusque, mihi pariter det sanguine poenas.
Post ego nube caua miserandae corpus et arma
inspoliata feram tumulo patriaeque reponam".
Dixit; at illa leues caeli delapsa per auras   595
insonuit, nigro circumdata turbine corpus.
At manus interea muris Troiana propinquat
Etruscique duces equitumque exercitus omnis,
compositi numero in turmas. Fremit aequore toto
insultans sonipes et pressis pugnat habenis   600
huc conuersus et huc; tum late ferreus hastis
horret ager campique armis sublimibus ardent.
Nec non Messapus contra celeresque Latini
et cum fratre Coras et uirginis ala Camillae

para andar só, as mãozinhas armou com um dardo pontudo
e pelos ombros passou arco e aljava, brinquedo de criança.
Em vez de capa flutuante ou diadema nos belos cabelos,
o espólio fero de um tigre as espáduas e o dorso lhe cobre.
Desde pequena, com a mão delicada, jogava seus dardos
e a funda leve do couro torcido girava por cima,
grou estrimônio matando ou cisne alvo de longo pescoço.
Muitas matronas tirrenas em vão se esforçavam por tê-la
como consorte dos filhos. Contente com ser de Diana,
o amor conserva da caça com seus apetrechos, e o culto
da virgindade sem manchas. Quem dera se nunca pensasse
em ingressar nos combates cruentos contra esses troianos!
Hoje seria no séquito honroso a primeira das ninfas.
Mas, uma vez que já pesa sobre ela o Destino impassível,
baixa do polo, querida, até aos campos da gente latina,[104]
onde começa a travar-se a peleja de escuro prospecto.
Toma o meu arco e do coldre retira uma flecha infalível.
Com ele em mãos, quem violar seu aspecto sagrado, quer seja
teucro ou italiano, que pague esse crime com a morte ali mesmo.
Em densa nuvem então baixarei para o corpo e suas armas
sem perda alguma levar, e ao túmulo pátrio depô-lo".
Assim falou. Logo a ninfa num voo baixou pelas auras
com sonoroso mergulho, de espessa neblina envolvida.
Nesse entrementes, as hostes troianas aos muros chegavam,
chefes etruscos e todas as turmas de belos ginetes.
Soa a batida de tantos cavalos em voltas contínuas
no duro chão; impacientes mastigam seus freios dourados,
de um lado e do outro; a campina se eriça de lanças ferradas,
só parecendo que as matas ardiam com o brilho das armas.
Do lado oposto, Messapo com seus cavaleiros latinos,
Coras e o irmão destemido, seguidos da virgem Camila

---

[104] Após contar a história de Camila, Diana dá instruções à ninfa Ópis sobre como agir no campo de batalha.

aduersi campo apparent hastasque reductis 605
protendunt longe dextris et spicula uibrant,
aduentusque uirum fremitusque ardescit equorum.
Iamque intra iactum teli progressus uterque
substiterat: subito erumpunt clamore furentesque
exhortantur equos; fundunt simul undique tela 610
crebra niuis ritu caelumque obtexitur umbra.
Continuo aduersis Tyrrhenus et acer Aconteus
conixi incurrunt hastis primique ruina
dant sonitum ingenti perfractaque quadrupedantum
pectora pectoribus rumpunt; excussus Aconteus 615
fulminis in morem aut tormento ponderis acti
praecipitat longe et uitam dispergit in auras.
Extemplo turbatae acies uersique Latini
reiciunt parmas et equos ad moenia uertunt.
Troes agunt, princeps turmas inducit Asilas. 620
Iamque propinquabant portis rursusque Latini
clamorem tollunt et mollia colla reflectunt;
hi fugiunt penitusque datis referuntur habenis,
qualis ubi alterno procurrens gurgite pontus
nunc ruit ad terram scopulusque superiacit unda 625
spumeus extremamque sinu perfundit harenam,
nunc rapidus retro atque aestu reuoluta resorbens
saxa fugit litusque uado labente relinquit.
Bis Tusci Rutulos egere ad moenia uersos,
bis reiecti armis respectant terga tegentes. 630
Tertia sed postquam congressi in proelia totas
implicuere inter se acies legitque uirum uir;
tum uero et gemitus morientum et sanguine in alto

contra eles marcham. De lanças no riste eles todos, a destra[105]
sempre a recuar e avançar, os seus dardos ao longe remessam.
O relinchar dos cavalos e os passos dos homens barulho
causam crescente. Chegados ao ponto do alcance das lanças,
param. De súbito, enorme alarido se eleva; os cavalos
são esporeados; de todos os lados os dardos choviam,
como no tempo de neve. Encapota-se o céu, antes limpo.
Nesse momento, Tirreno e o fogoso Aconteu se encontraram[106]
com suas lanças bem firmes, o choque primeiro, estrondoso,
peito com peito esbarrando-se os fortes corcéis e em pedaços
o peitoral de cada um. Longe o forte Aconteu foi jogado,
tal como um raio ou uma pedra lançada a distância mui grande
por catapulta violenta. Esvaiu-se-lhe a vida nas auras.
Rompem-se as filas de pronto. Os latinos às costas se atiram
os abaulados broquéis e os ginetes ao burgo dirigem.
Vão-lhe no encalço os troianos: Asilas, primeiro a alcançá-los.[107]
Perto já estavam das portas; porém os latinos, de novo,
clamor levantam e rápidos voltam seus dóceis ginetes.
Fogem de rota batida os troianos, tomados de medo:[108]
não de outra forma o mar bravo em vaivéns incessantes desborda
dos seus confins pelas praias imensas e cobre com brancas
ondas a areia mais fina e os rochedos, agora sumidos;
ou na ressaca regressa, arrastando em seu curso de volta
pedras à força arrancadas e a praia de novo abandona.
Por duas vezes os fortes toscanos aos rútulos jogam
contra as muralhas; por duas debandam, no escudo amparados.
Mas no terceiro entrechoque num todo as esquadras possantes
embaralhadas, cada um escolheu seu valente adversário.
Ouvem-se os ais de quem morre, e nos lagos de sangue, mesclados,

---

[105] *Riste*: suporte de ferro para firmar a lança no cavalo no ataque.

[106] *Tirreno*: guerreiro etrusco, aliado de Eneias; *Aconteu*: guerreiro latino.

[107] *Asilas*: guerreiro troiano, homônimo do adivinho etrusco, aliado de Eneias, e do rútulo, inimigo do herói.

[108] *Rota batida*: sem deter-se.

armaque corporaque et permixti caede uirorum
semianimes uoluuntur equi, pugna aspera surgit.   635
Orsilochus Remuli, quando ipsum horrebat adire,
hastam intorsit equo ferrumque sub aure reliquit.
Quo sonipes ictu furit arduus altaque iactat
uulneris impatiens arrecto pectore crura:
uoluitur ille excussus humi. Catillus Iollan   640
ingentemque animis, ingentem corpore et armis
deicit Herminium, nudo cui uertice fulua
caesaries nudique umeri, nec uulnera terrent:
tantus in arma patet. Latos huic hasta per armos
acta tremit duplicatque uirum transfixa dolore.   645
Funditur ater ubique cruor; dant funera ferro
certantes pulchramque petunt per uulnera mortem.
At medias inter caedes exsultat Amazon,
unum exserta latus pugnae, pharetrata Camilla,
et nunc lenta manu spargens hastilia denset,   650
nunc ualidam dextra rapit indefessa bipennem;
aureus ex umero sonat arcus et arma Dianae.
Illa etiam in tergum, si quando pulsa recessit,
spicula conuerso fugientia dirigit arcu.
At circum lectae comites, Larinaque uirgo   655

homens e corpos de fortes corcéis sobrenadam, de envolta
com belas armas. A crua peleja mui longe se estende.
Temendo Orsíloco a lança de Rêmulo, arroja um dos dardos
contra o cavalo do imigo, debaixo da orelha, onde estaca.
Enlouquecida de dor, empinou-se a possante alimária;
as fortes patas agita, batendo nas auras, sem tino;
longe o guerreiro é jogado. Por Cátilo morto foi Iolas,
como também o temível Hermínio, no esforço e nas armas
sempre o primeiro. Cabelos ao vento, as espáduas possantes
sem proteção, de tal modo zombava dos golpes do imigo,
como alvo expondo-se a todos. A lança de Cátilo os largos
ombros transfixa; com dor terebrante o guerreiro se encurva.[109]
Sangue anegrado por tudo corria; as espadas semeiam
dores e estragos; a morte gloriosa é bem-vinda nessa hora.[110]
Com o peito nu a amazona Camila exultava no meio[111]
da indescritível matança, pendendo-lhe do ombro a faretra,[112]
e ora dispara com mão sempre firme temíveis virotes,[113]
ora com a destra possante remete bipene certeira.[114]
Seu arco de ouro lhe soa nos ombros e as armas de Diana.
Quando se vê constrangida a fugir nos caminhos da guerra,
volta-se de quando em quando e disparos contínuos emite.
À sua roda adensavam-se as caras e fiéis companheiras:

---

[109] *Dor terebrante*: na medicina, a dor que parece advir de perfuração.

[110] Após algumas visões panorâmicas da batalha, nos vv. 636-41 Virgílio descreve de perto o combate. Dos guerreiros mencionados nessa passagem, *Orsíloco* e *Iolas* são troianos; *Hermínio* é etrusco, aliado de Eneias. O rútulo *Rêmulo* (homônimo do tiburtino de IX, v. 360) e *Cátilo* são inimigos. *Cátilo*: corrigido conforme o manuscrito do tradutor, e não "Catilo", como nas edições anteriores, que arruína o ritmo.

[111] *Amazonas*: guerreiras trácias (v. 659), filhas de Marte. Detestavam homens e amputavam um dos seios para melhor manejar o arco, donde a etimologia popular deriva "amazona" de *a* privativo, "sem", + *mázon*, "seio".

[112] *Faretra*: aljava. É paroxítona.

[113] *Virotes*: flechas.

[114] *Bipene*: machadinha de dois gumes.

Tullaque et aeratam quatiens Tarpeia securem,
Italides, quas ipsa decus sibi dia Camilla
delegit pacisque bonas bellique ministras:
quales Threiciae cum flumina Thermodontis
pulsant et pictis bellantur Amazones armis   660
seu circum Hippolyten, seu cum se Martia curru
Penthesilea refert magnoque ululante tumultu
feminea exsultant lunatis agmina peltis.
Quem telo primum, quem postremum, aspera uirgo,
deicis? Aut quot humi morientia corpora fundis?   665
Eunaeum Clitio primum patre, cuius apertum
aduersi longa transuerberat abiete pectus.
Sanguinis ille uomens riuos cadit atque cruentam
mandit humum moriensque suo se in uulnere uersat.
Tum Lirim Pagasumque super; quorum alter habenas   670
suffosso reuolutus equo dum colligit, alter
dum subit ac dextram labenti tendit inermem,
praecipites pariterque ruunt. His addit Amastrum
Hippotaden, sequiturque incumbens eminus hasta
Tereaque Harpalycumque et Demophoonta Chrominque;   675
quotque emissa manu contorsit spicula uirgo,
tot Phrygii cecidere uiri. Procul Ornytus armis

Larina virgem, mais Tula e Tarpeia com achas de bronze,[115]
ítalas todas que a diva Camila escolhera a capricho,
como auxiliares, assim nos negócios da paz que na guerra.
Da mesma forma as mulheres da Trácia ao marchar pelas ribas
do Termodonte, e lutar com suas armas de cores variadas,[116]
ou seja ao lado de Hipólita ou mesmo no carro da forte
Pentesileia, com grande tumulto o esquadrão feminino
grita e acomete, elas todas armadas de escudos lunados.[117]
A quem, donzela terrível, primeiro no campo jogaste?
A quem por último? Quantos nas vascas da dor se estorceram?
Euneu, primeiro de todos nascido de Clício, que à frente[118]
dela passou. Com sua lança de faia atravessa-lhe o peito.[119]
Cai vomitando riachos de sangue, e nas ânsias extremas
a terra morde sangrenta, apertando sua própria ferida.
Então a Págaso e Líris golpeia, no instante em que um deles
jogado ao chão do cavalo procura agarrar-se nas rédeas,
enquanto o outro tentando ampará-lo estendia-lhe a destra.
Rodam sem vida na areia. A seguir, contra Amastro se atira,
filho de Hipotes; e logo, de longe, derruba com a lança
a Demofoonte e Tereu, mais Harpálico e Crômis valente.[120]
Quantos venab'los com o braço potente jogou nos troianos,
tantos varões da existência privou. Num cavalo da Apúlia

---

[115] *Acha*: machado.

[116] *De cores variadas*: Virgílio diz apenas *pictis*, "pintadas". Pintura e desenhos nas armas serviam para distrair e até assustar o inimigo.

[117] *Termodonte* é o rio que atravessa a cidade de Temiscira no Ponto (atual Turquia), também origem das Amazonas, *mulheres da Trácia*. *Hipólita* é sua rainha e a *forte Pentesileia* (no original, *Martia*, "filha de Marte"), uma de suas guerreiras mais conhecidas. O *escudo lunado* (ou pelta) é o pequeno escudo em forma de meia-lua que as defende.

[118] *Clício* é troiano, homônimo do troiano morto em IX, v. 774, do mencionado em X, v. 129, e do rútulo morto em X, v. 325.

[119] *De faia*: aqui, "de madeira". Virgílio diz *abiete*, "de abeto".

[120] São troianos todos os guerreiros que Camila enfrenta nos vv. 670-5.

ignotis et equo uenator Iapyge fertur,
cui pellis latos umeros erepta iuuenco
pugnatori operit, caput ingens oris hiatus   680
et malae texere lupi cum dentibus albis,
agrestisque manus armat sparus; ipse cateruis
uertitur in mediis et toto uertice supra est.
Hunc illa exceptum (neque enim labor agmine uerso)
traicit et super haec inimico pectore fatur: 685
"Siluis te, Tyrrhene, feras agitare putasti?
Aduenit qui uestra dies muliebribus armis
uerba redarguerit. Nomen tamen haud leue patrum
manibus hoc referes, telo cecidisse Camillae".
Protinus Orsilochum et Buten, duo maxima Teucrum   690
corpora, sed Buten auersum cuspide fixit
loricam galeamque inter, qua colla sedentis
lucent et laeuo dependet parma lacerto;
Orsilochum fugiens magnumque agitata per orbem
eludit gyro interior sequiturque sequentem;   695
tum ualidam perque arma uiro perque ossa securim
altior exsurgens oranti et multa precanti
congeminat; uulnus calido rigat ora cerebro.
Incidit huic subitoque aspectu territus haesit
Appenninicolae bellator filius Auni,   700
haud Ligurum extremus, dum fallere Fata sinebant.
Isque ubi se nullo iam cursu euadere pugnae
posse neque instantem reginam auertere cernit,
consilio uersare dolos ingressus et astu

corre para ela de longe com vestes fantásticas Órnito,[121]
o caçador, ombros largos cobertos com a pele de um touro;
de capacete lhe serve cabeça de lobo, com os dentes
arreganhados. Um chuço grosseiro na destra trazia,[122]
mal aparados os galhos, à guisa de lança potente.
De uma cabeça aos demais sobrepuja no campo da luta.
Mui facilmente Camila o derruba, pois rotos estavam
por ela mesma os seus homens. Destarte a guerreira lhe fala:
"Imaginavas, tirreno, que estavas à caça de feras?
Pois chegou o dia em que tua arrogância a resposta recebe
das minhas mãos. E contudo, sem glória não morres; refere
aos Manes pátrios que a morte te veio das mãos de Camila".
Depois atira-se a Orsíloco e Butes, dois fortes troianos,
agigantados. A Butes que a enfrenta enterrou-lhe a hasta longa
por baixo do elmo e a loriga, no ponto fatal em que o colo
do cavaleiro aparece, ao suster com a sinistra a rodela.[123]
Mas, com Orsíloco, finge a princípio fugir, num rodeio
longo; depois, mais ao centro, seguindo quem quis persegui-la;
logo, soerguendo-se na montaria, a machada derruba
no capacete do jovem guerreiro, na bela cabeça
do suplicante. Roda-lhe as faces o cérebro quente.
Aterrorado, de súbito para ao saber-se defronte
dela um guerreiro apenino, dos lígures, de Auno nascido,[124]
mui conhecido por suas trapaças, enquanto o Destino
lho permitira. Porém, percebendo que lhe era impossível
retroceder, nem tampouco iludir o entrechoque iminente,
às artimanhas recorre, pensando enganar a guerreira;

---

[121] *Órnito*, o caçador, é etrusco. No verso anterior, *cavalo da Apúlia*, a rigor, "cavalo da Iapígia", região famosa por seus pastos.

[122] *Chuço*: vara dotada de ferro pontiagudo.

[123] *Suster*: corrigido conforme o manuscrito do tradutor, em vez de "sustar" das edições anteriores. *Rodela*: escudo redondo.

[124] *Apenino, dos lígures*: Ligúria é região do norte da Itália, entre os montes Apeninos e o mar Tirreno, cujo povo, pelo que diz o poema, era ardiloso.

incipit haec: "Quid tam egregium, si femina forti   705
fidis equo? Dimitte fugam et te comminus aequo
mecum crede solo pugnaeque accinge pedestri:
iam nosces uentosa ferat cui gloria fraudem".
Dixit, at illa furens acrique accensa dolore
tradit equum comiti paribusque resistit in armis,   710
ense pedes nudo puraque interrita parma.
At iuuenis, uicisse dolo ratus, auolat ipse,
(haud mora) conuersisque fugax aufertur habenis
quadrupedemque citum ferrata calce fatigat.
"Vane Ligus frustraque animis elate superbis,   715
nequiquam patrias temptasti lubricus artes,
nec fraus te incolumem fallaci perferet Auno."
Haec fatur uirgo et pernicibus ignea plantis
transit equum cursu frenisque aduersa prehensis
congreditur poenasque inimico ex sanguine sumit: 720
quam facile accipiter saxo sacer ales ab alto
consequitur pennis sublimem in nube columbam
comprensamque tenet pedibusque euiscerat uncis;
tum cruor et uulsae labuntur ab aethere plumae.
At non haec nullis hominum sator atque deorum   725
obseruans oculis summo sedet altus Olympo.
Tyrrhenum genitor Tarchonem in proelia saeua
suscitat et stimulis haud mollibus incitat iras.
Ergo inter caedes cedentiaque agmina Tarchon
fertur equo uariisque instigat uocibus alas,   730
nomine quemque uocans reficitque in proelia pulsos.
"Quis metus, o numquam dolituri, o semper inertes
Tyrrheni, quae tanta animis ignauia uenit?
Femina palantes agit atque haec agmina uertit!

e assim lhe fala: "Que bela vitória, fiar-se uma jovem
de um valoroso cavalo! Desiste da fuga e meçamos
nossos recursos a pé, num combate de perto e à mão tente.
Logo verás quanto vale esse orgulho sem base nenhuma".
Disse. A guerreira, magoada com aquela assertiva grosseira,
num pronto apeia-se, entrega o cavalo a uma sócia e se adianta
de igual a igual para a luta, com a espada na mão, limpo o escudo.[125]
Certo do efeito da sua ardileza, o mancebo não perde
tempo; virando o cavalo com o máximo ardor, pôs-se em fuga
e com as esporas o bruto espantado sem pausa estimula.
"Pérfido lígure", grita-lhe a jovem, "em vão te valeste
das manhas próprias da tua nação! Nunca mais hás de a casa
de Auno, teu pai mentiroso, rever, no torrão de nascença!"[126]
Assim falando, veloz como um raio ao cavalo adiantou-se
na disparada em que estava, e o pegou pelas rédeas, de frente,
para afinal o inimigo sangrar e vingar-se da afronta.
Não de outra forma o gavião consagrado a Mavorte se atira
do alto da penha e a frágil pombinha entre as nuvens apanha,
nas fortes garras a prende e as entranhas com o bico lacera:
penas avulsas e sangue da vítima no ar voluteiam.
O pai dos homens, no entanto, e dos deuses eternos, sentado
no alto do Olimpo, observava o combate com muito interesse.
Logo no peito do etrusco Tarconte suscita a coragem
e a indignação, aguçando no máximo a sua bravura.
Tarconte, assim, pelo meio dos seus esquadrões, que lhe abriam
alas, cobertos os campos de mortos, anima a seus homens,
a refazer as fileiras, cada um pelo nome chamando:
"Por que esse medo, tirrenos? Por que dominar vos deixastes
por tanta ignávia e abatidos ficastes em tal desalento?[127]
Uma mulher as fileiras vos rompe e a fugir vos obriga.

---

[125] *Limpo o escudo*: sem emblema.

[126] *Auno, teu pai*: Camila não poderia saber o nome do pai de Órnito, o que não
é inconsistente com a linguagem épica antiga; a ideia é "não reverás a casa paterna".

[127] *Ignávia*: covardia.

Quo ferrum quidue haec gerimus tela irrita dextris? 735
At non in Venerem segnes nocturnaque bella
aut ubi curua choros indixit tibia Bacchi;
exspectate dapes et plenae pocula mensae,
(hic amor, hoc studium) dum sacra secundus haruspex
nuntiet ac lucos uocet hostia pinguis in altos!" 740
Haec effatus equum in medios, moriturus et ipse,
concitat et Venulo aduersum se turbidus infert
dereptumque ab equo dextra complectitur hostem
et gremium ante suum multa ui concitus aufert.
Tollitur in caelum clamor, cunctique Latini 745
conuertere oculos. Volat igneus aequore Tarchon
arma uirumque ferens; tum summa ipsius ab hasta
defringit ferrum et partes rimatur apertas,
qua uulnus letale ferat; contra ille repugnans
sustinet a iugulo dextram et uim uiribus exit. 750
Utque uolans alte raptum cum fulua draconem
fert aquila implicuitque pedes atque unguibus haesit,
saucius at serpens sinuosa uolumina uersat
arrectisque horret squamis et sibilat ore,
arduus insurgens; illa haud minus urget obunco 755
luctantem rostro, simul aethera uerberat alis:
haud aliter praedam Tiburtum ex agmine Tarchon
portat ouans. Ducis exemplum euentumque secuti
Maeonidae incurrunt. Tum Fatis debitus Arruns
uelocem iaculo et multa prior arte Camillam 760
circuit et, quae sit fortuna facillima, temptat.
Qua se cumque furens medio tulit agmine uirgo,
hac Arruns subit et tacitus uestigia lustrat;

De que vos servem espadas nas mãos, tantos dardos inúteis?
Não mostrais medo por certo nos páreos noturnos de Vênus,[128]
nem ao chamado das curvas trombetas nos coros de Baco,[129]
ou nos festins, quando as mesas transbordam de finos manjares.
Vosso saber se resume só nisso: ouvir faustos agouros
dos sacerdotes e vítima pingue imolar na floresta".
Assim falando, disposto a morrer, para o meio da pugna
torce o cavalo e arremete com fúria de encontro ao guerreiro
Vênulo, abraça-o com a destra e da sela arrancando-o, carrega-o,[130]
no arção o encosta e a correr disparou pelos campos afora.
Grande clamor se levanta; os guerreiros latinos em peso
viram-se para admirar o espetac'lo: o possante Tarconte
o homem carrega e suas armas, ao tempo em que a lança lhe quebra,
tira-lhe a ponta de ferro e procura o lugar adequado
para de morte ferir ao guerreiro. Resiste-lhe o preso
com força igual; do pescoço consegue afastar a mão do outro.
Como a águia fulva segura de voo uma serpe nas garras,
e esta, ferida, de dor se retorce, enroscando-se toda,
as reluzentes escamas ouriça, impotente sibila,
movimentando a cabeça de um lado para outro, aturdida,
sem conseguir esquivar-se das garras, do bico recurvo,
pois a águia insiste em golpeá-la e no éter desliza com a presa:
assim Tarconte ao guerreiro arrebata do meio das hostes
dos tiburtinos. O exemplo seguindo do forte caudilho,
correm os meônios à luta. Votado a morrer muito cedo[131]
começa Arrunte a girar com seu dardo ao redor de Camila
na expectativa de obter sem trabalho uma grande vitória.
Sempre que a virgem guerreira uma forte coluna acomete,
põe-se-lhe Arrunte no encalço, porém sem palavra dizer-lhe,

---

[128] *Páreos noturnos de Vênus*: o atracamento da relação sexual.

[129] *Trombetas*: em sentido genérico; no original, *tibia*, a rigor "flautas". *Coros de Baco*: danças das festas bacanais.

[130] O mesmo *Vênulo* que fora em embaixada a Diomedes.

[131] *Meônios*: etruscos; como *Arrunte*, citado a seguir.

qua uictrix redit illa pedemque ex hoste reportat,
hac iuuenis furtim celeres detorquet habenas. 765
Hos aditus iamque hos aditus omnemque pererrat
undique circuitum et certam quatit improbus hastam.
Forte sacer Cybelo Chloreus olimque sacerdos
insignis longe Phrygiis fulgebat in armis
spumantemque agitabat equum, quem pellis aenis 770
in plumam squamis auro conserta tegebat.
Ipse, peregrina ferrugine clarus et ostro,
spicula torquebat Lycio Gortynia cornu;
aureus ex umeris erat arcus et aurea uati
cassida; tum croceam chlamydemque sinusque crepantes 775
carbaseos fuluo in nodum collegerat auro
pictus acu tunicas et barbara tegmina crurum.
Hunc uirgo, siue ut templis praefigeret arma
Troia, captiuo siue ut se ferret in auro
uenatrix, unum ex omni certamine pugnae 780
caeca sequebatur totumque incauta per agmen
femineo praedae et spoliorum ardebat amore,
telum ex insidiis cum tandem tempore capto
concitat et superos Arruns sic uoce precatur:
"Summe deum, sancti custos Soractis Apollo, 785
quem primi colimus, cui pineus ardor aceruo
pascitur et medium freti pietate per ignem
cultores multa premimus uestigia pruna,
da, pater, hoc nostris aboleri dedecus armis,
omnipotens. Non exuuias pulsaeue tropaeum 790
uirginis aut spolia ulla peto, mihi cetera laudem
facta ferent: haec dira meo dum uulnere pestis
pulsa cadat, patrias remeabo inglorius urbes".

como também a acompanha de volta da sua investida
vitoriosa: de pronto destorce o cavalo amestrado.[132]
Por toda a parte o guerreiro a seguia sem bulha fazendo
girar na destra o venab'lo certeiro para ela votado.
De armas vistosas, Cloreu, sacerdote de Cíbele um tempo,
e ora a ela mesma sagrado, com sua vistosa armadura
longe aparece num belo corcel com jaez reluzente,
de bronze e de ouro entremeado, no jeito de bela plumagem.
Mas ele próprio brilhava com púrpura vinda de fora.
Setas gortíneas dispara de um arco provindo da Lícia,[133]
de ouro, que no ombro trazia; também de ouro é o elmo brilhante,
e mais o broche esquisito que a clâmide no alto segura[134]
de linho claro, com dobras sonantes ao longe, por tudo.
Belos bordados a túnica enfeitam e as grevas da Frígia.
A bela virgem, talvez por querer pendurar na portada
do templo as armas troianas, ou mesmo nas suas caçadas
engalanar-se com as peças cativas, em tudo excelentes,
sem nada ver nem do mais precatar-se, em desejos ardia
de apoderar-se das armas, vaidade mui própria do sexo.
Arrunte então, de emboscada, valeu-se do ensejo almejado.
Para o alto vira-se e aos numes de cima destarte se exprime:
"Apolo sumo, guardião do Soracte sagrado, ora escuta-me,
por teres sido a primeira deidade a que culto prestamos
e com fogueiras cultuamos de pinho, perpétuas, sem medo,
descalços todos, de andar desenvolto nas brasas candentes!
Dá-me, senhor, apagar a desonra que aos nossos aflige!
Não peço o espólio precioso da virgem guerreira, nem outros
de igual valia. Com o braço hei de a fama alcançar merecida.
Se com meu dardo extinguir o flagelo da pátria, resigno-me
em retornar para a minha cidade sem glória nenhuma".

---

[132] *Destorce*: volve, gira.

[133] *Gortíneas*: de Gortina, cidade de Creta, de bons arqueiros. *Lícia*: província da Ásia Menor, santuário de Apolo, deus do arco.

[134] *Esquisito*: requintado.

Audiit et uoti Phoebus succedere partem
mente dedit, partem uolucres dispersit in auras: 795
sterneret ut subita turbatam morte Camillam,
adnuit oranti; reducem ut patria alta uideret,
non dedit, inque Notos uocem uertere procellae.
Ergo ut missa manu sonitum dedit hasta per auras,
conuertere animos acres oculosque tulere   800
cuncti ad reginam Volsci. Nihil ipsa nec aurae
nec sonitus memor aut uenientis ab aethere teli,
hasta sub exsertam donec perlata papillam
haesit uirgineumque alte bibit acta cruorem.
Concurrunt trepidae comites dominamque ruentem   805
suscipiunt. Fugit ante omnes exterritus Arruns,
laetitia mixtoque metu, nec iam amplius hastae
credere nec telis occurrere uirginis audet.
Ac uelut ille, prius quam tela inimica sequantur,
continuo in montes sese auius abdidit altos   810
occiso pastore lupus magnoue iuuenco,
conscius audacis facti, caudamque remulcens
subiecit pauitantem utero siluasque petiuit:
haud secus ex oculis se turbidus abstulit Arruns
contentusque fuga mediis se immiscuit armis.   815
Illa manu moriens telum trahit, ossa sed inter
ferreus ad costas alto stat uulnere mucro.
Labitur exsanguis, labuntur frigida leto
lumina, purpureus quondam color ora reliquit.
Tum sic exspirans Accam ex aequalibus unam   820
alloquitur fidam ante alias, quae sola Camillae,
quicum partiri curas, atque haec ita fatur:

Febo o escutou, e na mente decide atender a uma parte
do seu pedido; a outra, frustra, nas auras sutis dispersou-se.
Sim, concedeu que prostrasse sem vida a Camila imprudente,
como pedira; porém não rever sua pátria longínqua:
isso, as procelas nas asas de Noto depressa arrastaram.[135]
Ressoa alfim pelas auras o dardo jogado com força.
Todos os volscos os olhos voltaram, tomados de espanto,
para a rainha indefesa. Esta nada suspeita nem ouve
no ar o estridor nem a farpa zunir no seu curso certeiro,
até não vir a encravar-se no peito direito e sem mama,[136]
e inteiramente embeber-se no sangue inocente da virgem.
Trêmulas, as companheiras da forte Camila a sustentam,
desfalecida. De medo e alegria a um só tempo tomado,
fugiu Arrunte, sem mais ter confiança na lança potente,
nem atrever-se a enfrentar a guerreira e se expor aos seus tiros.
Tal como o lobo, antes mesmo de ser perseguido por dardos,
corre a esconder-se nas brenhas por sendas e vias transversas,
por ter matado um pastor à traição ou a um touro soberbo,
cônscio da audácia do seu próprio feito, entre as pernas a cauda
colada ao ventre, na selva procura esconder-se de medo:
assim Arrunte se exime da vista de todos, e atento
no plano certo da fuga, entre os seus a tremer ocultou-se.
Já moribunda, Camila ainda tenta arrancar a hasta longa;
porém a ponta de ferro bem fundo entre os ossos ficara.
Com a grande perda de sangue, enlanguesce; seus olhos se fecham
com o letal frio; das faces o belo rosado apagou-se.
Ao ponto extremo chegada, chamou para perto a mais cara
das companheiras, aquela com quem os seus planos soía
comunicar, confidente nas horas alegres ou tristes.

---

[135] Entenda-se: o pedido de Arrunte de rever sua pátria será disperso por *Noto*, que aqui é qualquer vento.

[136] *Até não vir a encravar-se*: é regionalismo; entenda-se "até vir a encravar-se". *Sem mama*, pois Camila é amazona (ver nota ao v. 648).

"Hactenus, Acca soror, potui: nunc uulnus acerbum
conficit, et tenebris nigrescunt omnia circum.
Effuge et haec Turno mandata nouissima perfer: 825
succedat pugnae Troianosque arceat urbe.
Iamque uale". Simul his dictis linquebat habenas,
ad terram non sponte fluens. Tum frigida toto
paulatim exsoluit se corpore lentaque colla
et captum leto posuit caput, arma relinquens,   830
uitaque cum gemitu fugit indignata sub umbras.
Tum uero immensus surgens ferit aurea clamor
sidera: deiecta crudescit pugna Camilla,
incurrunt densi simul omnis copia Teucrum
Tyrrhenique duces Euandrique Arcades alae.   835
At Triuiae custos iamdudum in montibus Opis
alta sedet summis spectatque interrita pugnas.
Utque procul medio iuuenum in clamore furentum
prospexit tristi multatam morte Camillam,
ingemuitque deditque has imo pectore uoces: 840
"Heu nimium, uirgo, nimium crudele luisti
supplicium, Teucros conata lacessere bello!
Nec tibi desertae in dumis coluisse Dianam
profuit aut nostras umero gessisse pharetras.
Non tamen indecorem tua te regina reliquit   845
extrema iam in morte, neque hoc sine nomine letum
per gentes erit aut famam patieris inultae.
Nam quicumque tuum uiolauit uulnere corpus,
morte luet merita". Fuit ingens monte sub alto
regis Dercenni terreno ex aggere bustum   850

"Aca", lhe disse, "até aqui foi possível; mas esta ferida[137]
cruel me mata. Por tudo só vejo adensarem-se as trevas.
Transmite a Turno as palavras postremas do campo da luta:[138]
ele que assuma o comando, dos muros afaste o inimigo.
E agora, adeus". E ao falar solta as rédeas e ao solo desliza
sem resistência; aos pouquinhos a vida dos membros lhe escoa.
Com o próprio peso da morte a cabeça dobrou para o lado,
lânguida e inerte; dos braços sem forças as armas lhe escapam.
Foge-lhe a vida, indignada, acolhendo-se ao reino das sombras.
Grande clamor se levanta nessa hora até às áureas estrelas.
Morta Camila, o furor recrudesce no campo da luta.
Uns contra os outros, de todos os lados os fortes guerreiros
se precipitam: troianos, tirrenos, os homens de Evandro.
Ópis, no entanto, a emissária da Trívia, sentada se achava
num alto monte, a observar sem paixão os aspectos da luta.
Mas, ao notar pelos gritos e o choro das jovens guerreiras
que fora presa da morte inamável a forte Camila,
profundo geme e do peito dorido tais vozes emite:
"Ai! muito caro pagaste, donzela animosa, a ousadia
de contra os Fados bater-te com os fortes guerreiros troianos.
Não te valeu no deserto viver para o culto de Diana,
nem como nós trazer no ombro uma aljava com as setas sagradas.
Tua rainha, porém, não te esquece neste último transe,
nem ficará tua morte olvidada entre as gentes futuras
e tu com a pecha infamante de não teres sido vingada.
Quem quer que o ousio tivesse de o corpo sagrado violar-te,[139]
o merecido castigo há de ter". Bem na falda de um monte
alto elevava-se o túmulo feito de terra, sepulcro

---

[137] *Aca*: outra amazona.

[138] *A Turno*: corrigido conforme o manuscrito do tradutor; nas edições anteriores, constava "o". *Postremas*: últimas.

[139] *Ousio*: ousadia.

antiqui Laurentis opacaque ilice tectum;
hic dea se primum rapido pulcherrima nisu
sistit et Arruntem tumulo speculatur ab alto.
Ut uidit laetantem animis ac uana tumentem,
"Cur", inquit, "diuersus abis? Huc dirige gressum,   855
huc periture ueni, capias ut digna Camillae
praemia. Tune etiam telis moriere Dianae".
Dixit et aurata uolucrem Threissa sagittam
deprompsit pharetra cornuque infensa tetendit
et duxit longe, donec curuata coirent   860
inter se capita et manibus iam tangeret aequis,
laeua aciem ferri, dextra neruoque papillam.
Extemplo teli stridorem aurasque sonantes
audiit una Arruns haesitque in corpore ferrum.
Illum exspirantem socii atque extrema gementem   865
obliti ignoto camporum in puluere linquunt,
Opis ad aetherium pennis aufertur Olympum.
Prima fugit domina amissa leuis ala Camillae;
turbati fugiunt Rutuli, fugit acer Atinas
disiectique duces desolatique manipli   870
tuta petunt et equis auersi ad moenia tendunt.
Nec quisquam instantes Teucros letumque ferentes
sustentare ualet telis aut sistere contra,
sed laxos referunt umeris languentibus arcus,
quadrupedumque putrem cursu quatit ungula campum.   875
Voluitur ad muros caligine turbidus atra
puluis et e speculis percussae pectora matres
femineum clamorem ad caeli sidera tollunt.
Qui cursu portas primi irrupere patentes,
hos inimica super mixto premit agmine turba;   880

do rei Derceno, senhor dos laurentes, sob denso azinheiro.[140]
Para esse ponto num rápido voo dirige-se a deusa
de belas formas e a Arrunte se pôs a espreitar desde cima.
Vendo-o nas armas luzentes, vaidoso da fácil proeza:
"Para onde vais", lhe pergunta, "a correr? Para aqui vira os passos.
O matador de Camila já vai receber o seu prêmio;
perecedouro, sucumbes às setas sagradas de Diana".
A ninfa trácia falou. E da aljava dourada tirando
seta ligeira, o belo arco afastou e, encurvando-o, repuxa
com a força máxima a corda até unirem-se as pontas no centro,
vindo ela então a tocar com a sinistra na base do ferro[141]
e com a direita encostada no peito aprontar o disparo.
Num só momento ouve Arrunte o som do ar, o sibilo da seta
e o próprio ferro no corpo encravar-se-lhe entranhas adentro.
Ei-lo a estorcer-se nas vascas da morte, estendido na poeira
desconhecida do campo. Esqueceram-se dele os consócios.
Ópis nas asas ligeiras voltou para o Olimpo sereno.
Morta a rainha, fugiu em primeiro lugar a ligeira
cavalaria, seguida dos rútulos, do próprio Atinas.[142]
Os comandantes esparsos, sem guias as densas colunas,
as rédeas voltam em busca de abrigo na forte Laurento.
Ninguém se atreve a enfrentar outra vez os valentes troianos,
que os acutilam de rijo e perseguem ao longo da estrada.
Nos ombros fracos, mal podem com o peso dos arcos sem flechas.
Quadrupedante tropel bate os campos com os cascos ferrados.
Os torvelinhos escuros da poeira até aos muros se elevam;
nas atalaias as nobres matronas os peitos percutem
com lamentosos gemidos e gritos ao céu atirados.
Os que primeiro alcançaram a entrada patente dos muros
são pela turba de imigos lanceados, que com eles penetram,

---

[140] *Rei Derceno*: só mencionado por Virgílio, que deve tê-lo inventado; *azinheiro*: tipo de carvalho.

[141] *Base do ferro*: base da ponteira na extremidade da seta.

[142] *Do próprio Atinas*: ou seja, até mesmo o chefe fugiu.

nec miseram effugiunt mortem, sed limine in ipso,
moenibus in patriis atque inter tuta domorum
confixi exspirant animas. Pars claudere portas,
nec sociis aperire uiam nec moenibus audent
accipere orantes, oriturque miserrima caedes 885
defendentum armis aditus inque arma ruentum.
Exclusi ante oculos lacrimantumque ora parentum
pars in praecipitis fossas urgente ruina
uoluitur, immissis pars caeca et concita frenis
arietat in portas et duros obice postes. 890
Ipsae de muris summo certamine matres,
monstrat amor uerus patriae, ut uidere Camillam,
tela manu trepidae iaciunt ac robore duro
stipitibus ferrum sudibusque imitantur obustis
praecipites primaeque mori pro moenibus ardent. 895
Interea Turnum in siluis saeuissimus implet
nuntius et iuueni ingentem fert Acca tumultum:
deletas Volscorum acies, cecidisse Camillam,
ingruere infensos hostes et Marte secundo
omnia corripuisse, metum iam ad moenia ferri. 900
Ille furens (et saeua Iouis sic numina poscunt)
deserit obsessos colles, nemora aspera linquit.
Vix e conspectu exierat campumque tenebat,
cum pater Aeneas saltus ingressus apertos
exsuperatque iugum siluaque euadit opaca. 905
Sic ambo ad muros rapidi totoque feruntur
agmine nec longis inter se passibus absunt;
ac simul Aeneas fumantes puluere campos
prospexit longe Laurentiaque agmina uidit,
et saeuum Aenean agnouit Turnus in armis 910

sem escaparem da morte. No próprio limiar da cidade,
no sacro amparo dos muros, no abrigo seguro dos lares
a vida perdem. Por dentro outros trancam as sólidas portas,
sem permitirem aos sócios a entrada, apesar dos clamores
dos companheiros. Terrível matança ocorreu entre os homens
que defendiam com armas a entrada e os que nelas caíam.
Da própria pátria excluídos, à vista dos tristes parentes
caem nos fossos alguns, despenhados dos muros paternos;
despavoridos, mais outros com as rédeas aos brutos incitam,
para morrerem de encontro às paredes de pedra insensível.
As próprias mães, desde o início movidas do amor verdadeiro,
(já sabedoras do fado inditoso da forte Camila)
pedras atiram com trêmulas mãos e, na falta de ferro,
duros madeiros de roble, no fogo ali mesmo enrijados,[143]
sempre as primeiras no ardente desejo de a vida perderem.
Turno, entretanto, se achava emboscado na selva. A notícia
terrificante o alcançou, mais por Aca nervosa aumentada:
desmanteladas as turmas dos volscos, Camila sem vida,
os inimigos já dentro dos muros com a ajuda de Marte,
de roldão tudo levavam. De medo, Laurento se abate.
Cego de raiva — assim mesmo dispunha o alto juízo de Jove —,[144]
o passo estreito abandona e da mata sombria se afasta.
Mal retirou-se daqueles lugares e o campo ocupara
com suas tropas, o chefe troiano apossou-se do angusto
desfiladeiro e, transpostos os montes, saiu da floresta.
Na direção da cidade destarte os dois chefes corriam
com suas forças em ordem. Pequeno intervalo os separa.
Logo o Troiano notou ali perto uma nuvem de poeira,
que da campina subia e enxergou os esquadrões laurentinos.
Turno também nesse instante ao terrível Eneias avista

---

[143] *No fogo ali mesmo enrijados*: o calor resseca e endurece a madeira.

[144] Turno está *cego de raiva*, pois não tocaiou Eneias, nem protegeu os muros da cidade. Para efeitos de ritmo, *juízo* deve ser pronunciado em duas sílabas.

aduentumque pedum flatusque audiuit equorum.
Continuoque ineant pugnas et proelia temptent,
ni roseus fessos iam gurgite Phoebus Hibero
tinguat equos noctemque die labente reducat.
Considunt castris ante urbem et moenia uallant.   915

percebe o ruído da marcha dos peões, o nitrir dos cavalos.[145]
E certamente combate teriam travado ali mesmo,
se o róseo Febo os cansados cavalos no golfo da Ibéria[146]
não mergulhasse, e com o dia a fugir tudo a noite cobrisse.
O acampamento de pronto assentaram; de valos o cercam.

---

[145] *Nitrir*: relinchar.

[146] *O róseo Febo*: o Sol, avermelhado no poente; *golfo da Ibéria*: o extremo ocidental do mundo conhecido.

Argumento do Livro XII

Com a derrota, a Turno não resta senão bater-se em combate singular com Eneias, se quiser preservar a cidade de Laurento. Latino, o velho rei, aconselha Turno a aceitar a derrota, não enfrentar Eneias e desposar outra jovem. Turno, como bom guerreiro, responde que também sabe lutar e recusa. É a vez de Amata tentar dissuadi-lo, ao que de novo recusa e manda que o mensageiro diga a Eneias que se enfrentarão ao amanhecer: ao vencedor, a princesa Lavínia (vv. 1-80). Um e outro examinam as próprias armas (vv. 81-112).

Rompe a aurora e chegam os exércitos ao pé dos muros de Laurento: rútulos e Turno de um lado, e do outro Eneias e os troianos, mais os etruscos e árcades aliados. Demarca-se o terreno para o combate iminente, quando Juno, que apreciava do alto do monte Albano as operações, persuade Juturna, irmã de Turno, a impedir que ele meça forças contra Eneias (vv. 113-60). Quando Eneias e Latino já haviam prometido respeitar o pacto, Juturna, sob o aspecto de um guerreiro, alenta o descontentamento dos rútulos quanto ao duelo. Começam a mudar de ideia, o que é consumado com o presságio subsequente: um cisne logra libertar-se das garras de uma águia. Tolúmnio, adivinho rútulo, exorta os seus a lutar e é o primeiro a lançar o dardo, que mata um inimigo. Troianos reagem e rompe-se o pacto (vv. 161-282).

Luta-se e, enquanto tenta ainda fazer valer o pacto, Eneias é atingido por uma seta, que o faz retirar-se da batalha. Com a retirada, Turno protagoniza vera façanha, causando baixas no inimigo (vv. 283-382). Entrementes, no acampamento, o velho médico Iápix não logra extrair a seta da coxa do herói. Vênus intervém, cura a ferida, e Eneias volta ao campo de batalha (vv. 383-440). Os troianos reagem, mas Juturna leva o irmão para longe da refrega, perseguido por Eneias (vv. 441-99).

O combate é encarniçado. Vênus instiga o filho a atacar Laurento. A investida espalha terror na cidade, e Amata, a rainha, apavorada, tira a própria vida (vv. 500-614). Entretanto, Turno ouve gritos dos cidadãos. Quando partia para os muros, de novo Juturna tenta dissuadi-lo. Em seguida, um companheiro implora-lhe que auxilie a defender as muralhas. Turno, envergonhado da própria omissão, decide enfim lutar com Eneias e rejeita de vez qualquer auxílio da irmã (vv. 615-80).

De volta ao meio dos companheiros, Turno ordena que parem de lutar; finalmente o confronto é só de Turno contra Eneias. Num golpe, parte-se a espada de Turno, que se vê obrigado a fugir. Eneias, claudicante, persegue-o. Na perseguição cinco voltas dão no campo em um sentido, outras cinco no outro. Eneias então atira a lança, que se encrava numa árvore sagrada para os latinos. Por concurso de Fauno, deus campestre do lugar, Eneias não consegue soltar a arma, até que Vênus intervenha (vv. 681-787).

A cena muda para o Olimpo, onde Júpiter interpela Juno: era hora de pôr fim à guerra. A deusa anui, mas impõe condições: quando os povos se miscigenassem em sangue e leis únicos, o povo resultante não só não seria chamado "troiano" ou "teucro", como não deixaria de ser chamado "latino", estirpe romana que nunca perderia seu belo idioma nem os trajes, orgulhosa da virtude itálica. Troia e seu nome estão mortos! Júpiter aceita as condições de Juno — que de certa maneira obtém "o fim dos troianos" que sempre almejou — e decide afastar Juturna do irmão. Para tanto envia uma das Fúrias, que sob a forma de negra ave toca no escudo de Turno: a ação volta ao campo de batalha (vv. 788-866).

À presença da ave, Turno é tomado de pavor, aquele patético pavor que sentem os que estão em condição inferior, pressentindo a derrota. Juturna desespera-se e, queixando-se de Júpiter, mergulha de vez no Tibre: Turno está entregue a si mesmo. Eneias aproxima-se, provoca Turno, que tenta em vão atirar-lhe uma pedra. Eneias acerta-lhe a lança, e Turno dobra os joelhos, caindo ao solo. Humilhado, suplica clemência ao troiano. Quando o pio Eneias já lhe poupava a vida, viu brilhar o boldrié e o cinto que Turno despojara de Palante ao matá-lo. Enche-se de fúria. Dizendo-lhe que é Palante quem se vinga, enterra sem piedade a espada no peito de Turno (vv. 867-952).

Liber XII

Turnus ut infractos aduerso Marte Latinos
defecisse uidet, sua nunc promissa reposci,
se signari oculis, ultro implacabilis ardet
attollitque animos. Poenorum qualis in aruis
saucius ille graui uenantum uulnere pectus   5
tum demum mouet arma leo gaudetque comantes
excutiens ceruice toros fixumque latronis
impauidus frangit telum et fremit ore cruento:
haud secus accenso gliscit uiolentia Turno.
Tum sic affatur regem atque ita turbidus infit: 10
"Nulla mora in Turno; nihil est quod dicta retractent
ignaui Aeneadae, nec quae pepigere recusent.
Congredior. Fer sacra, pater, et concipe foedus.
Aut hac Dardanium dextra sub Tartara mittam,
desertorem Asiae (sedeant spectentque Latini),   15
et solus ferro crimen commune refellam,
aut habeat uictos, cedat Lauinia coniunx".
Olli sedato respondit corde Latinus:
"O praestans animi iuuenis, quantum ipse feroci

Livro XII

Ao perceber Turno altivo os latinos assaz quebrantados[1]
de ânimo pelas derrotas sofridas, e que reclamavam
suas promessas, para ele voltados os olhos de todos,
sente inflamar-se-lhe o brio. Tal como nos campos da Líbia
um leão ferido no peito por hábeis e fortes monteiros,[2]
já superada a surpresa, dispõe-se a lutar, quebra a lança
que o caçador astucioso deixara encravada, e das fauces
ensanguentadas emite rugidos que ao longe reboam:
não de outra forma o furor se exacerba no peito de Turno.
Desorientado, ao monarca dirige as seguintes palavras:[3]
"Turno está pronto e disposto a lutar, não havendo pretexto
para os Enéadas pávidos se retratarem dos pactos.[4]
Os sacrifícios dispõe; dita as regras do nosso duelo.
Com esta mão poderosa enviarei para o Tártaro o Teucro
desertor da Ásia — sentados, o feito os latinos contemplem —[5]
e apagarei de uma vez as censuras que todos me assacam,
ou reinará ele apenas, ao lado da esposa, Lavínia".
Com repousado conspecto lhe disse Latino o seguinte:[6]
"Ó generoso mancebo! Com quanto mais brilho te exaltes

---

[1] *Latinos*: aqui, equivalente a rútulos, por serem todos inimigos dos troianos; ver v. 40.

[2] *Monteiros*: caçadores.

[3] *Monarca*: Latino.

[4] *Enéadas pávidos*: troianos medrosos; a primeira de uma série de ofensas apotropaicas com que Turno tenta diminuir Eneias.

[5] *Ásia*: aqui, Troia. Turno diz que Eneias abandonou a pátria.

[6] *Repousado conspecto*: aspecto sereno.

uirtute exsuperas, tanto me impensius aequum est   20
consulere atque omnes metuentem expendere casus.
Sunt tibi regna patris Dauni, sunt oppida capta
multa manu, nec non aurumque animusque Latino est;
sunt aliae innuptae Latio et Laurentibus aruis,
nec genus indecores. Sine me haec haud mollia fatu   25
sublatis aperire dolis, simul hoc animo hauri:
me natam nulli ueterum sociare procorum
fas erat, idque omnes diuique hominesque canebant.
Victus amore tui, cognato sanguine uictus
coniugis et maestae lacrimis, uincla omnia rupi,   30
promissam eripui genero, arma impia sumpsi.
Ex illo qui me casus, quae, Turne, sequantur
bella, uides, quantos primus patiare labores.
Bis magna uicti pugna uix urbe tuemur
spes Italas; recalent nostro Thybrina fluenta   35
sanguine adhuc campique ingentes ossibus albent.
Quo referor totiens? Quae mentem insania mutat?
Si Turno exstincto socios sum adscire paratus,
cur non incolumi potius certamina tollo?
Quid consanguinei Rutuli, quid cetera dicet   40
Italia, ad mortem si te (Fors dicta refutet!)
prodiderim natam et conubia nostra petentem?
Respice res bello uarias; miserere parentis
longaeui, quem nunc maestum patria Ardea longe
diuidit". Haudquaquam dictis uiolentia Turni   45
flectitur; exsuperat magis aegrescitque medendo.
Ut primum fari potuit, sic institit ore:

nesta campanha, mais devo pesar com maduro conselho
tudo o que importa fazer e apreciar com justiça o que passa.
Possuis o reino paterno, de Dauno, e outras muitas cidades
ganhas na guerra, e dispões da amizade e dos bens de Latino.
Virgens sem conta há no Lácio bem como nos campos laurentes,
de boa origem. Concede-me agora falar-te com calma,
sem circunlóquios e grava no peito estas minhas palavras:
eu não podia ligar minha filha a nenhum dos seus dignos
admiradores. A isso se opunham os vates e os deuses
nas profecias. Vencido da nossa afeição, dos liames[7]
do parentesco, do pranto da esposa, por meios violentos
tomei a Eneias a noiva que eu próprio lhe dera antes disso.
E desde então, caro Turno, bem vês as fatais consequências
dessa guerra ímpia que mais do que em todos nos ombros me pesa.
Em duas grandes batalhas vencidos, a sorte da Itália[8]
só nestes muros repousa. Ainda quente do sangue dos nossos,
desliza o Tibre. Nos campos desertos os ossos branquejam.
Por que falar em tudo isso? Que insânia as ideias me embrulha?
Se extinto Turno, terei de associar-me afinal aos troianos,
por que não dar por concluída a campanha com ele ainda vivo?
Que não dirão os meus rútulos, sim, toda a Itália, se à morte[9]
eu próprio exponho — que os Fados desmintam tão feias palavras —
quem minha filha pediu para aliança firmar com os latinos?
Pesa os azares da guerra; do teu velho pai tem piedade,
que Árdea, sua pátria longínqua, separa, tão triste, de ti".[10]
O gênio forte de Turno resiste a tão sábios conselhos.
Longe de calmo mostrar-se, o remédio mais áspero o deixa.
Mal conseguiu dizer algo, expressou-se nos termos seguintes:

---

[7] *Vencido da nossa afeição*: vencido pela afeição entre ele, Latino, e Turno.

[8] *Duas batalhas*: na praia, quando Eneias chegou, e na planície, diante de Laurento.

[9] *Meus rútulos*: entenda-se, rútulos aparentados aos latinos e identificados com eles.

[10] *Árdea*: capital dos rútulos, governada por Turno.

"Quam pro me curam geris, hanc precor, optime, pro me
deponas letumque sinas pro laude pacisci.
Et nos tela, pater, ferrumque haud debile dextra   50
spargimus; et nostro sequitur de uulnere sanguis.
Longe illi dea mater erit, quae nube fugacem
feminea tegat et uanis sese occulat umbris".
At regina, noua pugnae conterrita sorte,
flebat et ardentem generum monitura tenebat: 55
"Turne, per has ego te lacrimas, per si quis Amatae
tangit honos animum (spes tu nunc una, senectae
tu requies miserae, decus imperiumque Latini
te penes, in te omnis domus inclinata recumbit),
unum oro: desiste manum committere Teucris.   60
Qui te cumque manent isto certamine casus,
et me, Turne, manent; simul haec inuisa relinquam
lumina nec generum Aenean captiua uidebo".
Accepit uocem lacrimis Lauinia matris
flagrantes perfusa genas, cui plurimus ignem   65
subiecit rubor et calefacta per ora cucurrit.
Indum sanguineo ueluti uiolauerit ostro
si quis ebur, aut mixta rubent ubi lilia multa
alba rosa: tales uirgo dabat ore colores.
Illum turbat amor, figitque in uirgine uultus;   70
ardet in arma magis paucisque affatur Amatam:
"Ne, quaeso, ne me lacrimis neue omine tanto
prosequere in duri certamina Martis euntem,

"Ótimo rei, venerando senhor! No meu próprio interesse
não me defendas; concede-me o prêmio da morte gloriosa.[11]
Eu também sei, caro pai, desferir duros golpes com a destra.
Sangue também espadana das grandes feridas que eu abro.
Uma vez ou outra sua mãe divinal não virá ocultá-lo[12]
nalguma nuvem, enquanto ela própria na sombra se esconde".
Carpe-se entanto a rainha à notícia de um novo confronto;[13]
fadada à morte, procura acalmar o seu genro impetuoso:[14]
"Por estas lágrimas, Turno, e pela honra de Amata, se em algo
ainda a distingues, me atendas. És o único amparo, a esperança
desta infeliz senectude; és o arrimo e o vigor de Latino.
Já vacilante, o palácio só conta com o teu braço forte.
Mas uma coisa te peço: não traves batalha com os teucros.
Qualquer que seja a tua sorte, será também minha, é certeza.
Junto contigo sairei desta vida de dores; cativa,
jamais a Eneias verei como esposo da minha Lavínia".[15]
A essas palavras de Amata, Lavínia enche os olhos de lágrimas,
que pelas faces lhe descem, com isso o rubor aumentando
do belo rosto, que logo abrasado se torna de todo.
Dessa maneira, de púrpura o belo marfim se colora
na Índia distante, ou o cândido lírio no meio de rosas:
do mesmo modo, afogueadas, as faces da virgem brilhavam.
Turno, de amor abalado, da jovem o olhar não desprende.
De mais ardor belicoso tomado, dirige-se a Amata:
"Mãe, não me aflijas com lágrimas e esses terríveis agouros,
para não me deprimirem no instante de entrar em combate.

---

[11] *Morte gloriosa*: no original, *letum pro laude*, a bela morte dos guerreiros.

[12] Alusão à capacidade de Vênus, mãe de Eneias, de *ocultá-lo* no meio das batalhas.

[13] *Carpe-se*: lamenta-se; *a rainha*: Amata, mãe de Lavínia.

[14] *Fadada à morte*: prestes a morrer em tal situação, como crê; *genro*: Amata sempre quis Turno por genro.

[15] *Esposo*: corrigido conforme o manuscrito do tradutor, em vez de "esposa", como consta nas edições anteriores.

o mater; neque enim Turno mora libera mortis.
Nuntius haec, Idmon, Phrygio mea dicta tyranno 75
haud placitura refer: cum primum crastina caelo
puniceis inuecta rotis Aurora rubebit,
non Teucros agat in Rutulos, Teucrum arma quiescant
et Rutuli; nostro dirimamus sanguine bellum,
illo quaeratur coniunx Lauinia campo". 80
Haec ubi dicta dedit rapidusque in tecta recessit.
Poscit equos gaudetque tuens ante ora frementes,
Pilumno quos ipsa decus dedit Orithyia,
qui candore niues anteirent, cursibus auras.
Circumstant properi aurigae manibusque lacessunt 85
pectora plausa cauis et colla comantia pectunt.
Ipse dehinc auro squalentem alboque orichalco
circumdat loricam umeris; simul aptat habendo
ensemque clipeumque et rubrae cornua cristae,
ensem, quem Dauno Ignipotens deus ipse parenti 90
fecerat et Stygia candientem tinxerat unda.
Exin quae mediis ingenti adnixa columnae
aedibus adstabat, ualidam ui corripit hastam,
Actoris Aurunci spolium, quassatque trementem
uociferans: "Nunc, o numquam frustrata uocatus 95
hasta meos, nunc tempus adest; te maximus Actor,

Turno não pode alterar um tantinho os desígnios do Fado.
Ídmone leve ao tirano da Frígia estas minhas palavras,[16]
nada agradáveis para ele: mal surja em seu carro de rodas
rubras a crástina Aurora na fímbria do mar, não conduza
seus batalhões contra os rútulos. Quietos se deixem ficar
teucros e rútulos. Vamos nós dois decidir a pendência.
O vencedor na compita marido será de Lavínia".
Tendo isso dito, ao palácio de bela feitura acolheu-se.
Pede os cavalos e folga de ver como fremem de brio,[17]
os mesmos, sim, que Oritia de mimo ofertara a Pilumno:[18]
brancos bem mais do que a neve, no curso até as auras venciam.
Os diligentes aurigas no peito os afagam com as covas[19]
mãos e, cuidosos, o pente macio nas crinas lhes passam.[20]
De ouro e oricalco alvadio a couraça ele rápido veste[21]
nos largos ombros. Ligeiro segura da espada luzente,
o elmo depõe na cabeça, encimado de rubros penachos,
a própria espada que Dauno, seu pai, recebera do nume
ignipotente e banhara três vezes nas ondas estígias.[22]
Logo se apossa de uma hasta de rija madeira que estava
de uma coluna pendente, no meio do belo palácio.
De Áctor aurunco ela fora. Vibrando-a com força e entusiasmo,[23]
alto exclamou: "Eis chegado o momento, feliz companheira
de minhas lutas, que nunca jamais te negaste a servir-me!

---

[16] *Ídmone*: embaixador; *tirano da Frígia*: Eneias, outra vez referido com menosprezo.

[17] *Fremem*: agitam-se.

[18] *Oritia*: filha de Erecteu, rei de Atenas; raptada por Bóreas, o violento vento norte, representa aqui a velocidade.

[19] *Aurigas*: condutores; *covas*: côncavas.

[20] *Lhes*, como no manuscrito do tradutor, em vez de "lhe".

[21] *Oricalco*: liga de latão misturado com ouro e prata; *alvadio*: esbranquiçado.

[22] *Nume ignipotente*: literalmente, deus poderoso pelo fogo; trata-se de Vulcano, que forjou tanto as armas de Eneias como, indiretamente, as de Turno; *ondas estígias*: águas do Estige, rio dos Infernos, que tornaram a espada incorruptível.

[23] *Áctor*: homônimo do troiano mencionado em IX, v. 501.

te Turni nunc dextra gerit. Da sternere corpus
loricamque manu ualida lacerare reuulsam
semiuiri Phrygis et foedare in puluere crines
uibratos calido ferro murraque madentes".   100
His agitur furiis; totoque ardentis ab ore
scintillae absistunt, oculis micat acribus ignis:
mugitus ueluti cum prima in proelia taurus
terrificos ciet atque irasci in cornua temptat,
arboris obnixus trunco uentosque lacessit   105
ictibus aut sparsa ad pugnam proludit harena.
Nec minus interea maternis saeuos in armis
Aeneas acuit Martem et se suscitat ira,
oblato gaudens componi foedere bellum.
Tum socios maestique metum solatur Iuli,   110
Fata docens, regique iubet responsa Latino
certa referre uiros et pacis dicere leges.
Postera uix summos spargebat lumine montes
orta dies, cum primum alto se gurgite tollunt
Solis equi lucemque elatis naribus efflant: 115
campum ad certamen magnae sub moenibus urbis
dimensi Rutulique uiri Teucrique parabant
in medioque focos et dis communibus aras
gramineas. Alii fontemque ignemque ferebant,
uelati limo et uerbena tempora uincti.   120
Procedit legio Ausonidum, pilataque plenis
agmina se fundunt portis; hinc Troius omnis

De Áctor já foste; ora Turno em ti manda. Concede-me ao corpo
privar da vida e a loriga vistosa arrancar a esse Frígio
meio mulher, e de poeira manchar seus cabelos ondeados[24]
com ferro quente e empapados de mirra de grande fragrância".
Assim se agita furioso; do rosto viril e afogueado
chispas sem conta ressaltam; os olhos em chamas rebrilham,
tal como o touro num prado que a luta primeira inicia,
terrificantes mugidos emite e, irritado, nos troncos
dos robles duros as aspas comprova, marradas nos ventos[25]
dá repetidas e o márcio prelúdio na areia exercita.[26]
Não menos fero, também, do seu lado, o Troiano, das armas[27]
da deusa-mãe revestido, o furor das batalhas reacende.
Folga à notícia de à guerra pôr fim o duelo proposto.[28]
Reanima os sócios e o medo infundado de Ascânio dissipa,
com lhe falar do destino. Depois, mensageiros envia
ao rei Latino com sua resposta e os ajustes do pacto.
Logo que a Aurora no dia seguinte espargiu pelos montes
a luz radiosa, e os cavalos do Sol assomaram do abismo
das grandes águas, soltando torrentes de luz das narinas,
teucros e rútulos sob as muralhas da forte Laurento
azafamados o palco aprestavam do encontro espantoso,
grandes fogueiras no centro às deidades comuns pelas aras
de erva rasteira forradas. Alguns, as cabeças cobertas
com véus de linho e verbena, água e o fogo sagrado dispõem.
Primeiro os fortes ausônios avançam, de pilas armados,[29]
de multidões a planície inundando; os troianos em peso,

---

[24] *Frígio meio mulher*: no original, *semiuiri Phrygis*, outra ofensa a Eneias, semelhante à lançada por Jarbas em IV, v. 215.

[25] *Aspas*: chifres (é regionalismo brasileiro); *comprovar*: experimentar, testar;
marradas: golpes com a cabeça.

[26] *Márcio prelúdio*: preparação para a luta.

[27] *Armas da deusa-mãe*: armas que Vênus pediu a Vulcano.

[28] Entenda-se: alegra-se com a ideia de que o duelo proposto ponha fim à guerra.

[29] *Pila*: dardo. Aulete abona: "O mesmo que *ponta*" (itálico do lexicógrafo).

Tyrrhenusque ruit uariis exercitus armis,
haud secus instructi ferro, quam si aspera Martis
pugna uocet; nec non mediis in milibus ipsi 125
ductores auro uolitant ostroque decori,
et genus Assaraci Mnestheus et fortis Asilas
et Messapus equum domitor, Neptunia proles.
Utque dato signo spatia in sua quisque recessit,
defigunt tellure hastas et scuta reclinant. 130
Tum studio effusae matres et uulgus inermum
inualidique senes turres ac tecta domorum
obsedere, alii portis sublimibus adstant.
At Iuno e summo, qui nunc Albanus habetur
(tum neque nomen erat nec honos aut gloria monti), 135
prospiciens tumulo campum aspectabat et ambas
Laurentum Troumque acies urbemque Latini.
Extemplo Turni sic est affata sororem
diua deam, stagnis quae fluminibusque sonoris
praesidet (hunc illi rex aetheris altus honorem 140
Iuppiter erepta pro uirginitate sacrauit):
"Nympha, decus fluuiorum, animo gratissima nostro,
scis ut te cunctis unam, quaecumque Latinae
magnanimi Iouis ingratum ascendere cubile,
praetulerim caelique lubens in parte locarim: 145
disce tuum, ne me incuses, Iuturna, dolorem.
Qua uisa est Fortuna pati Parcaeque sinebant
cedere res Latio, Turnum et tua moenia texi;
nunc iuuenem imparibus uideo concurrere Fatis,

mais os tirrenos, com armas variadas em ordem marchavam,
todos de ferro eriçados, tal como se ao brado acudissem
do fero Marte. Por entre as fileiras dos fortes guerreiros
rapidamente circulam com armas de púrpura e de ouro
Mnesteu membrudo de Assáraco vindo, o invencível Asilas[30]
e o domador de cavalos Messapo, de origem netúnia.[31]
Dado o sinal, correm logo os guerreiros e tomam seus postos,
as lanças fincam no chão e os pesados escudos reclinam.
O vulgo inerme, as matronas curiosas e os velhos sem forças
em multidão se apinhavam nos muros e pelos telhados;
outros, de cima das portas, o novo espetac'lo admiravam.
Do alto de um monte sem nome — hoje Albano por todos chamado,
mas naquela hora sem honras nem culto nem glória nenhuma —
Juno admirava as manobras dos dois contingentes famosos,
os laurentinos e teucros, e os muros do velho Latino.
Subitamente, dirige-se à irmã predileta de Turno,[32]
deusa também, presidente dos lagos e rios sonoros,
alta honraria que o rei das alturas, das zonas etéreas[33]
lhe concedera, em penhor da inocência por ele roubada:[34]
"Ninfa, ornamento dos rios, de todas as jovens latinas
que já subiram ao leito infiel do magnânimo Júpiter —
e foram tantas! — somente de ti me agradei e de grado
te reservei um lugar ao meu lado nas salas do Olimpo.
Ouve o teu grande infortúnio, Juturna, e de nada me inculpes.
Enquanto o quis a Fortuna imprecisa e as três Parcas deixaram
que o belo Lácio crescesse, amparei teu irmão e a cidade.
Porém agora vai Turno medir-se num páreo arriscado;

---

[30] *Asilas*: corrigido conforme o manuscrito do tradutor, em vez de "Anilas", como nas edições anteriores. Este Asilas é o etrusco aliado de Eneias, mencionado em X, v. 175, não o troiano de XI, v. 620, nem o rútulo de IX, v. 571.

[31] *Origem netúnia*: Messapo, aliado de Turno, é filho de Netuno (VII, vv. 691-2).

[32] *Irmã predileta de Turno*: Juturna, ninfa que preside sobre rios e lagos.

[33] *Rei das alturas*: Júpiter.

[34] *Inocência*: a virgindade, como se depreende dos versos seguintes.

Parcarumque dies et uis inimica propinquat. 150
Non pugnam aspicere hanc oculis, non foedera possum.
Tu pro germano si quid praesentius audes,
perge; decet. Forsan miseros meliora sequentur".
Vix ea, cum lacrimas oculis Iuturna profudit
terque quaterque manu pectus percussit honestum. 155
"Non lacrimis hoc tempus", ait Saturnia Iuno,
"accelera et fratrem, si quis modus, eripe morti,
aut tu bella cie conceptumque excute foedus;
auctor ego audendi". Sic exhortata reliquit
incertam et tristi turbatam uulnere mentis. 160
Interea reges, ingenti mole Latinus
quadriiugo uehitur curru, cui tempora circum
aurati bis sex radii fulgentia cingunt,
Solis aui specimen; bigis it Turnus in albis,
bina manu lato crispans hastilia ferro; 165
hinc pater Aeneas, Romanae stirpis origo,
sidereo flagrans clipeo et caelestibus armis,
et iuxta Ascanius, magnae spes altera Romae,
procedunt castris, puraque in ueste sacerdos
saetigeri fetum suis intonsamque bidentem 170
attulit admouitque pecus flagrantibus aris.
Illi ad surgentem conuersi lumina solem
dant fruges manibus salsas et tempora ferro
summa notant pecudum paterisque altaria libant.

o fatal dia das Parcas chegou com seus duros desígnios.
Não posso ver esse duelo, e ainda menos os pactos futuros.
Se algo atrevido puderes fazer a favor do teu mano,
faze-lo; deves fazê-lo; talvez seu fadário melhore".[35]
Desesperada Juturna ao ouvir tais palavras da deusa,
três quatro vezes no peito dorido com os punhos percute.
"Não é o momento de lágrimas", disse-lhe Juno satúrnia;
"corre a salvá-lo, se o podes, e livra ao teu mano da morte.
Reacende a guerra; desmancha os acordos; de tua ousadia
serei fiadora". Destarte falando, deixou-a indecisa
sobre o que urgia fazer, aturdida com aquela notícia.
Nesse entrementes os reis se aproximam. Em bela quadriga[36]
vem conduzido Latino, a cabeça adornada com doze
raios do Sol, refulgentes, imagem do avô seu paterno,[37]
de incontrastável prestígio. Num carro com alva parelha
Turno avançou, a girar dois virotes de ferro, pontudos.[38]
O pai Eneias, então, fonte e origem da estirpe latina,
resplandecente com o brilho do escudo e das armas divinas,
a *pari passu* de Ascânio, outra grande esperança de Roma,
do acampamento saíram. Nos braços, com porte solene,
o sacerdote vestido de branco um porquinho carrega,[39]
mais uma intonsa cordeira que junto das aras coloca,[40]
de fogo vivo. Voltados os reis para o sol do nascente,
o sacro bolo desparzem, com o ferro o pescoço das reses[41]
cortam e as aras com o sangue das vítimas tenras borrifam.

---

[35] *Faze-lo*: é imperativo, "faze-o".

[36] *Os reis*: genericamente Latino, Turno e Eneias.

[37] *Avô paterno*: o Sol, pois Marica, mãe de Latino, é filha do Sol.

[38] *Virotes*: dardos.

[39] As alianças são também um fato religioso, que supõe sacrifício e a presença de sacerdotes; o *porquinho* é símbolo da aliança (ver VIII, v. 641: "porca imolavam, sinal das alianças firmadas entre eles").

[40] *Intonsa*: não tosquiada.

[41] *Sacro bolo*: bolo ritual feito de grãos de trigo; *desparzem*: espalham.

Tum pius Aeneas stricto sic ense precatur: 175
"Esto nunc Sol testis et haec mihi Terra uocanti,
quam propter tantos potui perferre labores,
et pater omnipotens et tu Saturnia coniunx
(iam melior, iam, diua, precor), tuque inclute Mauors,
cuncta tuo qui bella, pater, sub numine torques; 180
fontesque fluuiosque uoco quaeque aetheris alti
religio et quae caeruleo sunt numina ponto:
cesserit Ausonio si Fors uictoria Turno,
conuenit Euandri uictos discedere ad urbem,
cedet Iulus agris, nec post arma ulla rebelles 185
Aeneadae referent ferroue haec regna lacessent.
Sin nostrum adnuerit nobis Victoria Martem
(ut potius reor et potius di numine firment),
non ego nec Teucris Italos parere iubebo
nec mihi regna peto: paribus se legibus ambae 190
inuictae gentes aeterna in foedera mittant.
Sacra deosque dabo; socer arma Latinus habeto,
imperium sollemne socer; mihi moenia Teucri
constituent urbique dabit Lauinia nomen".
Sic prior Aeneas; sequitur sic deinde Latinus 195
suspiciens caelum tenditque ad sidera dextram:
"Haec eadem, Aenea, Terram, Mare, Sidera iuro

O pio Eneias, a espada nas mãos, deste modo se exprime:
"Sol que me ouvis! E tu, terra da Itália que tantos trabalhos
já me impuseste! Ora invoco-vos nesta especial conjuntura.
Onipotente senhor! E tu, filha do grande Saturno,[42]
menos adversa a meu Fado, conforme o desejo! E tu, Marte,[43]
que a teu talento somente diriges o curso das guerras![44]
Fontes e rios invoco, deidades do céu, benfeitoras,
e as divindades, também, moradoras no ponto cerúleo![45]
Se a Turno ausônio a Fortuna impassível ceder a vitória,
para a cidade de Evandro os vencidos então se recolham.[46]
Iulo sairá desta zona, e jamais os consócios de Eneias[47]
lhe farão guerra, nem nunca este reino será molestado.
E o oposto disso: se Marte nos der a vitória ambiciada,
conforme o espero (oxalá me confirmem os deuses o voto!),
não forçarei à obediência dos teucros os povos da Itália,
nem o reinado reclamo sobre eles; num pacto perpétuo
de paz e aliança os dois povos potentes serão sempre amigos.
Nossas deidades e o culto daremos aos povos da Itália.
Fique Latino, meu sogro, com as armas e o império solene,
pois fundarão os troianos cidade de nome Lavínia".
Assim Eneias falou; depois veio a oração de Latino,
que para o céu levantou as mãos ambas e a vista, e assim disse:
"Eu juro, Eneias, também, pela Terra, as Estrelas e o Oceano,

---

[42] *E tu, filha do grande Saturno*: Juno. Aqui conforme a primeira opção do tradutor, que posteriormente alterou para "a nascida do grande Saturno", o que eliminava o vocativo.

[43] *Conforme o desejo*: entenda-se, "tal como eu desejo". Eneias dirige-se a Juno, afirmando que desejaria que ela fosse menos adversa a seu destino.

[44] *A teu talento*: como desejas.

[45] *Ponto cerúleo*: mar azul.

[46] *Cidade de Evandro*: Palanteia, situada no que será o monte Palatino na futura Roma.

[47] *Consócios de Eneias*: no original, *rebelles Aeneadae*, mais exatamente "os descendentes de Eneias que vierem a se insurgir". Eneias quer garantir o futuro de Roma.

Latonaeque genus duplex Ianumque bifrontem
uimque deum infernam et duri sacraria Ditis;
audiat haec genitor, qui foedera fulmine sancit.   200
Tango aras, medios ignes et numina testor:
nulla dies pacem hanc Italis nec foedera rumpet,
quo res cumque cadent; nec me uis ulla uolentem
auertet, non, si tellurem effundat in undas
diluuio miscens caelumque in Tartara soluat;   205
ut sceptrum hoc" (dextra sceptrum nam forte gerebat)
"numquam fronde leui fundet uirgulta nec umbras,
cum semel in siluis imo de stirpe recisum
matre caret posuitque comas et bracchia ferro,
olim arbos, nunc artificis manus aere decoro   210
inclusit patribusque dedit gesture Latinis".
Talibus inter se firmabant foedera dictis
conspectu in medio procerum. Tum rite sacratas
in flammam iugulant pecudes et uiscera uiuis
eripiunt cumulantque oneratis lancibus aras.   215
At uero Rutulis impar ea pugna uideri
iamdudum et uario misceri pectora motu;
tum magis, ut propius cernunt non uiribus aequis.
Adiuuat incessu tacito progressus et aram
suppliciter uenerans demisso lumine Turnus   220
tabentesque genae et iuuenali in corpore pallor.

Jano bifronte, os dois filhos da deusa Latona, a potência[48]
das infernais divindades, altares de Dite impiedoso!
Ouça meu voto o possante senhor que os tratados sanciona![49]
Toco nas aras, no fogo sagrado, invocando as deidades
de como em tempo nenhum estas pazes os ítalos rompem,
venha o que vier, nem do intento ora explícito façam mudar-me,
nem que o dilúvio de novo caísse na face da terra,[50]
ou que num pronto o alto céu afundasse no Tártaro escuro.
Como este cetro é a minha palavra", e o mostrava aos presentes,[51]
"que jamais há de brotar novos ramos, nem sombra há de dar-nos,
pois separado do tronco na selva já foi antes disto,
vindo a perder o contacto com a terra, os cabelos e os braços,
árvore outrora, que em bronze encerrado se viu por artista[52]
hábil, o qual o entregou ao monarca das gentes latinas".
Dessa maneira firmaram tratado de aliança, no meio
dos homens bons da cidade. Em seguida e de acordo com os ritos,[53]
no fogo as reses sagradas degolam e as vísceras quentes
no altar depõem com bandejas repletas de gratas of'rendas.
Desde algum tempo, no entanto, entre os rútulos chefes reinava
certo descontentamento a respeito do duelo emprazado,[54]
máxime se cotejavam as forças dos dois combatentes.
De muito o susto lhes cresce ante o aspecto calado de Turno,
súplice diante do altar, olhos fixos no chão todo o tempo,
rosto abatido e mui pálido o corpo do jovem guerreiro.

---

[48] *Dois filhos*: Apolo e Diana.

[49] *Possante senhor*: Júpiter; *possante*: corrigido conforme o manuscrito do tradutor, em vez de "passante", como nas edições anteriores.

[50] *Dilúvio*: o que Júpiter enviou para aniquilar os homens viciosos da Idade do Bronze. Poupou Deucalião e Pirra, que se salvaram numa arca.

[51] *Como este cetro é a minha palavra*: conforme a *Ilíada* (I, vv. 234-9).

[52] *Em bronze encerrado*: entenda-se, outrora árvore, o cetro foi esculpido em bronze por artista hábil, que o entregou ao monarca.

[53] *Homens bons da cidade*: no original, *procerum*, a elite.

[54] *Emprazado*: aprazado, combinado.

Quem simul ac Iuturna soror crebrescere uidit
sermonem et uulgi uariare labantia corda,
in medias acies formam assimulata Camerti,
cui genus a proauis ingens clarumque paternae   225
nomen erat uirtutis, et ipse acerrimus armis,
in medias dat sese acies haud nescia rerum
rumoresque serit uarios ac talia fatur:
"Non pudet, o Rutuli, pro cunctis talibus unam
obiectare animam? Numerone an uiribus aequi   230
non sumus? En omnes et Troes et Arcades hi sunt
fatalesque manus, infensa Etruria Turno.
Vix hostem, alterni si congrediamur, habemus.
Ille quidem ad superos, quorum se deuouet aris,
succedet fama uiuusque per ora feretur;   235
nos patria amissa dominis parere superbis
cogemur, qui nunc lenti consedimus aruis".
Talibus incensa est iuuenum sententia dictis
iam magis atque magis, serpitque per agmina murmur;
ipsi Laurentes mutati ipsique Latini.   240
Qui sibi iam requiem pugnae rebusque salutem
sperabant, nunc arma uolunt foedusque precantur
infectum et Turni sortem miserantur iniquam.
His aliud maius Iuturna adiungit et alto
dat signum caelo, quo non praesentius ullum   245
turbauit mentes Italas monstroque fefellit.
Namque uolans rubra fuluus Iouis ales in aethra
litoreas agitabat aues turbamque sonantem

Vendo Juturna os rumores crescerem no meio do povo,
e que os espíritos sempre volúveis mudavam de rumo,
aparentando as feições de Camertes de nobre prosápia,[55]
cujos avós se ilustraram nos fastos guerreiros da pátria,[56]
de belo nome também nas campanhas recentes mais duras,
por entre as filas meteu-se dos rútulos fortes, segura
dos seus intentos, e novos rumores destarte semeia:
"Rútulos, como aceitais que um só homem se exponha num duelo
em benefício de todos? Em número e força não somos
iguais a eles? Ali tendes árcades, tendes troianos
e toda a Etrúria, cujo ódio terrível a Turno persegue.
Num corpo a corpo feroz, a ninguém faltaria adversário.[57]
Seu nome, é certo, há de aos astros subir, por se ter devotado[58]
nas aras sacras; lembrado será para sempre por todos,
enquanto nós perderemos a pátria, no jugo estrangeiro,
só por ficarmos agora nas filas de braços cruzados".
Com tais sentenças Juturna inflamou ainda mais os rapazes.
Surdo rumor de repente se alteia nas densas fileiras.
Os laurentinos, os homens do Lácio de pronto mudaram
de parecer. Eles, que antes queriam pôr fim ao conflito
para salvar a cidade, ora pedem mais armas e alegam
a nulidade dos pactos; a sorte de Turno lamentam.
A esses ardis acrescenta Juturna mais um, suscitando
grande prodígio nos céus, cujo efeito admirável provoca
perturbação nos latinos, propensos a tais artifícios.
A águia de Jove de fulva plumagem pelo éter voava,
em seguimento das aves ruidosas das belas ribeiras.

---

[55] *Prosápia*: linhagem, descendência.

[56] *Fastos*: eventos antigos notáveis.

[57] *A ninguém faltaria adversário*: entenda-se, "a nenhum dos nossos inimigos faltaria adversário", isto é, na pior das hipóteses, seria um contra um. Intérpretes como Perret (vol. III, p. 133) e Plessis & Lejay (p. 841) entendem "a custo acharíamos um só adversário para cada dois nossos".

[58] *Seu*: de Turno.

agminis aligeri, subito cum lapsus ad undas
cycnum excellentem pedibus rapit improbus uncis.   250
Arrexere animos Itali, cunctaeque uolucres
conuertunt clamore fugam (mirabile uisu)
aetheraque obscurant pennis hostemque per auras
facta nube premunt, donec ui uictus et ipso
pondere defecit praedamque ex unguibus ales   255
proiecit fluuio penitusque in nubila fugit.
Tum uero augurium Rutuli clamore salutant
expediuntque manus; primusque Tolumnius augur
"Hoc erat, hoc, uotis", inquit, "quod saepe petiui.
Accipio agnoscoque deos; me, me duce ferrum   260
corripite, o miseri, quos improbus aduena bello
territat inualidas ut aues et litora uestra
ui populat. Petet ille fugam penitusque profundo
uela dabit. Vos unanimi densete cateruas
et regem uobis pugna defendite raptum".   265
Dixit et aduersos telum contorsit in hostes
procurrens; sonitum dat stridula cornus et auras
certa secat. Simul hoc, simul ingens clamor et omnes
turbati cunei calefactaque corda tumultu.
Hasta uolans, ut forte nouem pulcherrima fratrum   270
corpora constiterant contra, quos fida crearat
una tot Arcadio coniunx Tyrrhena Gylippo,
horum unum ad medium, teritur qua sutilis aluo
balteus et laterum iuncturas fibula mordet,
egregium forma iuuenem et fulgentibus armis   275
transadigit costas fuluaque effundit harena.
At fratres, animosa phalanx accensaque luctu,
pars gladios stringunt manibus, pars missile ferrum
corripiunt caecique ruunt. Quos agmina contra

Subitamente baixou até às ondas e um cisne soberbo
nas garras curvas segura com dolo e para o alto retorna.
Sobe a coragem dos ítalos diante do insólito quadro:
o bando alado desiste da fuga, reunindo-se em grita
de ensurdecer; escurece o éter claro, e qual nuvem funesta
cai sobre o imigo comum, que, cedendo à violência do impacto
e ao próprio peso do cisne, soltando-o das garras possantes
no rio o deixa cair e depressa fugiu para as nuvens.
Gritos de júbilo os rútulos soltam à vista do agouro;
as armas tomam; logo o áugur Tolúmnio destarte se exprime:
"Eis justamente o meu voto, o que mais de uma vez eu pedira.
Sim, vejo nele os desígnios dos deuses. Segui-me! Das armas,
rútulos, apoderai-vos! Medrosos como aves sois todos,
que um forasteiro subjuga. Ele as nossas ribeiras desola
presentemente, mas cedo há de as velas soltar pelas águas
ilimitadas. Agora agrupai-vos em densas colunas
para a defesa do rei que eles tentam roubar de surpresa".[59]
Disse; e adiantando-se joga o seu dardo pontudo na fila
dos inimigos que à frente lhe estavam; sibila o projétil,
na trajetória. Elevou-se clamor nas fileiras imigas.
Desmancha-se a ordem das filas; o peito dos moços estua.
Zune o hastil leve e em seu voo foi dar direitinho num grupo
de nove guapos irmãos, de Gilipo nascidos, da Arcádia,[60]
com mãe tirrena, legítima esposa, consórcio abençoado,
indo ferir um dos moços de bela armadura, no ventre
precisamente, onde as pontas do belo boldrié se acham presas
pela fivela; guerreiro donoso de formas perfeitas.
Com ferimento profundo nas costas, na areia se estende.[61]
Logo a falange de seus animosos irmãos se transmuda;
uns lançam mão das espadas; alguns, de virotes pontudos.
Desatinados, avançam. Contra eles opõem-se as hostes

---

[59] *Rei*: Latino.

[60] *Guapos*: valentes.

[61] *Costas*: entenda-se, costelas.

procurrunt Laurentum, hinc densi rursus inundant 280
Troes Agyllinique et pictis Arcades armis:
sic omnes amor unus habet decernere ferro.
Diripuere aras, it toto turbida caelo
tempestas telorum ac ferreus ingruit imber,
craterasque focosque ferunt. Fugit ipse Latinus 285
pulsatos referens infecto foedere diuos.
Infrenant alii currus aut corpora saltu
subiciunt in equos et strictis ensibus adsunt.
Messapus regem regisque insigne gerentem,
Tyrrhenum Aulesten, auidus confundere foedus, 290
aduerso proterret equo; ruit ille recedens
et miser oppositis a tergo inuoluitur aris
in caput inque umeros. At feruidus aduolat hasta
Messapus teloque orantem multa trabali
desuper altus equo grauiter ferit atque ita fatur: 295
"Hoc habet, haec melior magnis data uictima diuis".
Concurrunt Itali spoliantque calentia membra.
Obuius ambustum torrem Corynaeus ab ara
corripit et uenienti Ebuso plagamque ferenti
occupat os flammis; olli ingens barba reluxit 300
nidoremque ambusta dedit. Super ipse secutus
caesariem laeua turbati corripit hostis
impressoque genu nitens terrae applicat ipsum;
sic rigido latus ense ferit. Podalirius Alsum
pastorem primaque acie per tela ruentem, 305
ense sequens nudo superimminet; ille securi
aduersi frontem mediam mentumque reducta

dos laurentinos e, como torrente de curso irrefreável,
os agilinos, troianos e os árcades de armas pintadas.[62]
O furor bélico a todos arrasta na dura peleja.
Jazem por terra os altares; desaba do céu tempestade
de negros dardos e chuva de ferro nos campos opostos.
São retirados braseiros e copos, e o próprio Latino
foge com os deuses poluídos e os pactos violados dos homens.
Outros os carros aprestam ou montam de um salto a cavalo,
e se apresentam de espada na mão para a luta iminente.
Sempre inclinado a romper os contratos, Messapo se atira
de encontro a Aulestes tirreno, que um belo diadema trazia,[63]
denotador de realeza. Ao recuar, o infeliz cai de costas
sobre os altares desfeitos, os ombros ferindo nos bordos
e machucando a cabeça. Messapo, de cima do bruto,
com uma lança trabal o feriu, apesar das instantes[64]
súplicas do morituro, e lhe diz as seguintes palavras:
"Morto já estás; é a melhor oferenda que aos deuses fazemos".
Correm os ítalos para despir o cadáver recente.
Pega de cima do altar Corineu um tição ainda aceso
e ao rosto de Ébiso o chega, valente guerreiro, incendiando-lhe
a bela barba, que logo tomada se viu pelas chamas.
Cheiro acentuado de pelos queimados se espalha por tudo.
Ébiso pelos cabelos o agarra com a sestra e o derruba
no chão pedrento; de pronto o domina, montado sobre ele,
e com a espada cortante o feriu. Podalírio segura
ao pastor Also por entre um chuveiro de dardos e setas.[65]
Mas, no momento em que iria alcançá-lo, este prestes se vira,
e com a secure certeira a cabeça rachou-lhe até ao mento.

---

[62] *Agilinos*: habitantes de Agila, nome grego da cidade etrusca de Ceres; *armas pintadas*: os escudos dotados, talvez, de imagens, tal como as insculpidas no escudo de Eneias.

[63] *Aulestes*: chefe etrusco, aliado de Eneias.

[64] *Lança trabal*: lança enorme, do tamanho de uma trave.

[65] *Corineu* e *Podalírio* são troianos; *Ébiso* e *Also* são rútulos.

disicit et sparso late rigat arma cruore.
Olli dura quies oculos et ferreus urget
somnus, in aeternam conduntur lumina noctem. 310
At pius Aeneas dextram tendebat inermem
nudato capite atque suos clamore uocabat:
"Quo ruitis? Quaeue ista repens discordia surgit?
O cohibete iras! Ictum iam foedus et omnes
compositae leges; mihi ius concurrere soli; 315
me sinite atque auferte metus; ego foedera faxo
firma manu; Turnum debent haec iam mihi sacra".
Has inter uoces, media inter talia uerba
ecce uiro stridens alis allapsa sagitta est
incertum qua pulsa manu, quo turbine adacta, 320
Quis tantam Rutulis laudem, casusne deusne,
attulerit; pressa est insignis gloria facti,
nec sese Aeneae iactauit uulnere quisquam.
Turnus, ut Aenean cedentem ex agmine uidit
turbatosque duces, subita spe feruidus ardet; 325
poscit equos atque arma simul saltuque superbus
emicat in currum et manibus molitur habenas.
Multa uirum uolitans dat fortia corpora leto,
semineces uoluit multos aut agmina curru
proterit aut raptas fugientibus ingerit hastas. 330
Qualis apud gelidi cum flumina concitus Hebri
sanguineus Mauors clipeo increpat atque furentes
bella mouens immittit equos, illi aequore aperto
ante Notos Zephyrumque uolant, gemit ultima pulsu
Thraca pedum; circumque atrae Formidinis ora 335
Iraeque Insidiaeque, dei comitatus, aguntur:

Tinge-se-lhe a arma com o sangue jorrado da brecha ali feita.
Sono de ferro nessa hora e um repouso forçado pesaram
nos belos olhos do jovem, cobrindo-os de eterno negrume.
O pio Eneias, no entanto, cabelos ao vento, sem armas
na mão direita, dirige-se aos seus, concitando-os a gritos:
"Para que lado correis? Que vos causa tamanha demência?
Calma, vos peço; ajustados já estão nossos pactos e todas
as condições. Só eu tenho o direito de agora bater-me.
Não tenhais medo. Eu sozinho darei cumprimento aos contratos.
Os sacrifícios sagrados a morte asselaram de Turno".[66]
Dessa maneira falando se achava a emitir tais conceitos,
quando o sibilo se ouviu de uma seta contra ele atirada.
Quem a jogou, ninguém disse; que força a guiou pelas auras.
Feliz acaso, ou um dos deuses aos rútulos deu tanta glória?
Ninguém o soube jamais; a lembrança do feito perdeu-se;
varão nenhum se gloriou de ferir o caudilho dos teucros.
Ao perceber Turno altivo que Eneias saíra do campo,
mui conturbados seus homens, de novo fervor se reanima.
Pede os cavalos e o carro; de um salto soberbo se atira
no belo carro, das rédeas colhendo na mão poderosa.
Na sua rápida volta, sem vida prostrou muitos homens,
ou semimortos no chão atirou, desmanchadas as filas,
e nos que fogem as lanças tomadas nas costas encrava.
Tal como Marte sanguíneo percute no escudo, nas margens
gélidas do Hebro e os combates provoca lançando os cavalos[67]
irrefreáveis na pugna terrível, os quais ultrapassam
Zéfiro e Noto veloz ao varrer as extensas campinas;
geme com o baque dos cascos a Trácia e a passagem dos servos
dos deuses feros, carrancas do Medo, a Traição, Fúria insana:[68]

---

[66] *Asselaram*: selaram, decretaram.

[67] *Hebro*: rio da Trácia, e por sinédoque a própria Trácia, país consagrado a Marte.

[68] *Servos*: os deuses, segundo seus planos, enviam aos homens Medo, Traição, Fúria etc. Estes são flagelos, que visam à perdição de Turno; ver vv. 849-52.

talis equos alacer media inter proelia Turnus
fumantes sudore quatit, miserabile caesis
hostibus insultans, spargit rapida ungula rores
sanguineos mixtaque cruor calcatur harena.   340
Iamque neci Sthenelumque dedit Thamyrumque Pholumque,
hunc congressus et hunc, illum eminus; eminus ambo
Imbrasidas, Glaucum atque Laden, quos Imbrasus ipse
nutrierat Lycia paribusque ornauerat armis,
uel conferre manum uel equo praeuertere uentos.   345
Parte alia media Eumedes in proelia fertur,
antiqui proles bello praeclara Dolonis,
nomine auum referens, animo manibusque parentem,
qui quondam, castra ut Danaum speculator adiret,
ausus Pelidae pretium sibi poscere currus;   350
illum Tydides alio pro talibus ausis
affecit pretio, nec equis aspirat Achillis.
Hunc procul ut campo Turnus prospexit aperto,
ante leui iaculo longum per inane secutus
sistit equos biiugis et curru desilit atque   355
semianimi lapsoque superuenit et pede collo
impresso dextrae mucronem extorquet et alto
fulgentem tinguit iugulo atque haec insuper addit:
"En agros et quam bello, Troiane, petisti,
Hesperiam metire iacens: haec praemia, qui me   360
ferro ausi temptare, ferunt, sic moenia condunt".
Huic comitem Asbyten coniecta cuspide mittit.
Chloreaque Sybarimque Daretaque Thersilochumque

Turno impetuoso assim leva na pugna sangrenta os cavalos
de espuma branca cobertos, e insultos violentos atira
nos inimigos feridos de morte. Na areia do campo
marcas vermelhas os cascos deixavam, do orvalho sanguíneo.
Tâmiro e Folo já estavam sem vida e o audacíssimo Estênelo;
este, lanceado de longe; os dois outros, em luta corpórea.
Também de longe, os dois gêmeos Imbrásidas, Lade mais Glauco,
que o próprio pai educara na Lícia e adornara com armas
de igual modelo, nas lutas de carro ou em combates de perto.
Lança-se Eumedes no meio da pugna, a lutar corpo a corpo,
filho que o foi de Dolão, ornamento das guerras de antanho,
do mesmo nome do avô, também claro nas gestas guerreiras,
o qual ousou de uma feita adentrar-se no campo dos gregos,
sob a promessa falaz de ganhar os cavalos de Aquiles.[69]
Mas o Tidida outro prêmio lhe deu, diferente daquele,
sem que Dolão jamais viesse a possuir a parelha almejada.[70]
Logo que Turno o avistou no outro lado da extensa campina,
tenta debalde alcançá-lo algum tempo com a lança ligeira.
Por fim consegue atalhar os cavalos de curso veloce,
salta sobre ele e o derruba, pisando o pescoço delgado
do semimorto guerreiro; e, arrancando-lhe a espada da destra,
com ela mesmo o degola, ao dizer-lhe as seguintes palavras:
"Eis o terreno da Hespéria, troiano, que vieste tomar-nos,[71]
e que ora medes com o teu próprio corpo. Esse é o prêmio devido
aos que me atacam. Realmente construís muito belas cidades".
Por companheiro lhe dá logo Asbites, ferido de morte,
Cloreu, Darete, Tersíloco e Síbaris e mais Timetes,[72]

---

[69] *Falaz*: quimérica, fantasiosa. O episódio é narrado na *Ilíada* (X, vv. 314-460).
Capturado por Ulisses e Diomedes (o *Tidida*), Dolão foi morto pelo último.

[70] São troianos *Tâmiro*, *Folo*, *Estênelo*, os *Imbrásidas*, *Lade*, *Glauco*, *Eumedes*
e *Dolão*.

[71] *Hespéria*: Itália.

[72] *Asbites*: troiano. *Cloreu* e *Darete*: troianos já mencionados em XI, v. 768, e V,
v. 369, respectivamente; *Tersíloco* é troiano homônimo do conterrâneo que em VI, v.
484, Eneias encontrou nos Infernos. *Timetes* talvez o que em II, v. 32, aconselha a in-

et sternacis equi lapsum ceruice Thymoeten.
Ac uelut Edoni Boreae cum spiritus alto   365
insonat Aegaeo sequiturque ad litora fluctus,
qua uenti incubuere, fugam dant nubila caelo:
sic Turno, quacumque uiam secat, agmina cedunt
conuersaeque ruunt acies; fert impetus ipsum,
et cristam aduerso curru quatit aura uolantem.   370
Non tulit instantem Phegeus animisque frementem;
obiecit sese ad currum et spumantia frenis
ora citatorum dextra detorsit equorum.
Dum trahitur pendetque iugis, hunc lata retectum
lancea consequitur rumpitque infixa bilicem   375
loricam et summum degustat uulnere corpus.
Ille tamen clipeo obiecto conuersus in hostem
ibat et auxilium ducto mucrone petebat,
cum rota praecipitem et procursu concitus axis
impulit effunditque solo, Turnusque secutus   380
imam inter galeam summi thoracis et oras
abstulit ense caput truncumque reliquit harenae.
Atque ea dum campis uictor dat funera Turnus,
interea Aenean Mnestheus et fidus Achates
Ascaniusque comes castris statuere cruentum,   385
alternos longa nitentem cuspide gressus.
Saeuit et infracta luctatur harundine telum
eripere auxilioque uiam, quae proxima, poscit:
ense secent lato uulnus telique latebram
rescindant penitus seseque in bella remittant.   390

que pelo colo da bela alimária mui longe caíra.
Tal como o sopro de Bóreas nos montes da Trácia longínqua
no mar Egeu repercute e até às praias as ondas empurra,
em debandada enxotando dos céus os comboios de nuvens:
assim também Turno altivo desfez as colunas troianas
por onde quer que passasse. Arrebata-o o próprio ardimento.
A grande força dos ventos agita o seu belo penacho.
Não suportou por mais tempo Fegeu tanta audácia de Turno;
pôs-se na frente do carro e se agarra no freio espumante
dos velocíssimos brutos, forçando-os a um certo desvio.
Enquanto vai arrastado e suspenso, descobre um dos lados,
o que permite ao imigo alcançá-lo com a lança pontuda,
muito ao de leve ferindo-o depois de rasgada a loriga.
Rapidamente virou-se, amparado do escudo abaulado,
para enfrentar o adversário, apesar de estar sendo arrastado,
até que os múltiplos giros das rodas num pronto o apanharam
e o derrubaram no chão. Turno voa sobre ele e ferindo-o
por entre o casco e a couraça onde os bordos são livres, cortou-lhe
logo a cabeça, atirando-lhe o tronco sem vida na areia.
Enquanto Turno fazia no campo tão grandes estragos,
o fido Acates, Ascânio e Mnesteu conduziram a Eneias
para o arraial dos troianos. A cada dois passos se apoia
na forte lança de bronze; da coxa escorria-lhe sangue.
Contrariado, tentava arrancar da ferida a hasta longa[73]
que se partira; socorro reclama com a máxima urgência:
sarjar a pele e alargar a ferida, porque mais depressa[74]
se tire o ferro encravado e ele possa voltar para a luta.[75]

---

troduzir o cavalo em Troia; em X, v. 123, defende o campo troiano na ausência de
Eneias. *Fegeu*: homônimo do que foi morto por Turno em IX, v. 765, e talvez do mencionado em V, v. 262.

[73] *Hasta longa*: no original, Virgílio diz *telum*, a rigor, arma de arremesso, dardo,
seta, projétil.

[74] *Sarjar*: fazer incisão.

[75] *Ferro encravado*: no original, Virgílio diz *Ense secent lato uulnus telique late-*

Iamque aderat Phoebo ante alios dilectus Iapyx
Iasides, acri quondam cui captus amore
ipse suas artes, sua munera, laetus Apollo
augurium citharamque dabat celeresque sagittas.
Ille ut depositi proferret fata parentis,   395
scire potestates herbarum usumque medendi
maluit et mutas agitare inglorius artes.
Stabat acerba fremens, ingentem nixus in hastam
Aeneas magno iuuenum et maerentis Iuli
concursu, lacrimis immobilis. Ille retorto   400
Paeonium in morem senior succinctus amictu
multa manu medica Phoebique potentibus herbis
nequiquam trepidat, nequiquam spicula dextra
sollicitat prensatque tenaci forcipe ferrum.
Nulla uiam Fortuna regit, nihil auctor Apollo   405
subuenit; et saeuus campis magis ac magis horror
crebrescit propiusque malum est. Iam puluere caelum
stare uident: subeunt equites, et spicula castris
densa cadunt mediis. It tristis ad aethera clamor
bellantum iuuenum et duro sub Marte cadentum.   410
Hic Venus, indigno nati concussa dolore,
dictamnum genetrix Cretaea carpit ab Ida,
puberibus caulem foliis et flore comantem
purpureo (non illa feris incognita capris
gramina, cum tergo uolucres haesere sagittae):   415

Logo apresenta-se o Iásides Iápis, dileto de Apolo,[76]
que de bom grado, levado por muita afeição ao mancebo,
prontificou-se a lhe dar suas artes e os dons admiráveis
da profecia, da cítara e a seta de curso veloce.
Ele, porém, porque a vida do pai malfadada alongasse,
de preferência escolheu conhecer a virtude das ervas,
para a arte inglória e sem fala exercer, de curar os que sofrem.[77]
Estava Eneias na lança apoiado e rodeado de muitos
e meritórios guerreiros, com Iulo parado no meio
deles, em lágrimas quase desfeito. Porém nisso o velho,[78]
arregaçadas as vestes à moda de Péone antigo,[79]
tenta com a mão algo trêmula e a ajuda das ervas de Apolo
tirar o ferro ali preso. Debalde tentou deslocá-lo
com os fracos dedos, com pinça bem-feita, de mais resistência.
Seu mestre Apolo o abandona; a Fortuna falaz não o ajuda.
Cresce entretanto o terror da batalha; mais perto já estava
do acampamento o perigo; até ao céu a poeira se eleva.
Os cavaleiros de Turno aproximam-se; dentro da tenda
cai chuva grossa de dardos. O grande clamor dos guerreiros
sobe até aos astros, de quantos sucumbem na dura peleja.
Vênus, então, condoída da dor insofrível do filho,
vai ao monte Ida na Creta colher o dictamo, de flores[80]
de cor de púrpura e folhas macias, tão bem conhecidas
das belas cabras montesas, se acaso acontece atingi-las
no mole flanco uma seta ligeira atirada de longe.

---

bram/ Rescindant, literalmente, "Que com a espada alarguem a ferida e retirem da cavidade o projétil".

[76] *Iásides*: Iápis é filho de Iaso.

[77] *Arte inglória e sem fala*: a medicina, que não traz glória, como ao guerreiro, nem depende da fala, como a do orador.

[78] *O velho*: o médico Iápis.

[79] *Péone*: médico dos deuses.

[80] *Dictamo* (*dyctamnus*: de *Dycta*, montanha de Creta); *dictamo* de Creta: no original, *origanum dictamnus*, planta usada para tratar feridas; *monte Ida*: na ilha de Creta há também um monte Ida (citado novamente em v. 547).

hoc Venus, obscuro faciem circumdata nimbo,
detulit; hoc fusum labris splendentibus amnem
inficit occulte medicans spargitque salubres
ambrosiae sucos et odoriferam panaceam.
Fouit ea uulnus lympha longaeuus Iapyx 420
ignorans, subitoque omnis de corpore fugit
quippe dolor, omnis stetit imo uulnere sanguis;
iamque secuta manum nullo cogente sagitta
excidit, atque nouae rediere in pristina uires.
"Arma citi properate uiro! Quid statis?", Iapyx 425
conclamat primusque animos accendit in hostem.
"Non haec humanis opibus, non arte magistra
proueniunt neque te, Aenea, mea dextera seruat;
maior agit deus atque opera ad maiora remittit".
Ille auidus pugnae suras incluserat auro 430
hinc atque hinc oditque moras hastamque coruscat.
Postquam habilis lateri clipeus loricaque tergo est,
Ascanium fusis circum complectitur armis
summaque per galeam delibans oscula fatur:
"Disce, puer, uirtutem ex me uerumque laborem, 435
Fortunam ex aliis. Nunc te mea dextera bello
defensum dabit et magna inter praemia ducet.
Tu facito, mox cum matura adoleuerit aetas,
sis memor, et te animo repetentem exempla tuorum
et pater Aeneas et auunculus excitet Hector". 440
Haec ubi dicta dedit, portis sese extulit ingens,

Vênus, envolta em neblina impermeável lhe trouxe o dictamo,
que diluiu numa copa brilhante a que infunde precioso
medicamento, por cima esparzindo-lhe suco de ambrósia[81]
e panaceia fragrante, de efeito mui pronto em tais casos.
Sem conhecer as virtudes dessa água, o longevo esculápio[82]
lava com ela a ferida. De súbito a dor desparece[83]
de todo o corpo. Da chaga profunda estancou logo o sangue,[84]
recuperando seu prístino ardor o caudilho dos teucros.
"Trazei as armas do grande varão! Que esperais?", exclamava
Iápis, então o primeiro a incitar os troianos à guerra.
"Habilidade de médico experto não foi o que vistes,[85]
concidadãos, nem segredos sutis da arte médica, Eneias;
sim, algum deus que maiores empresas te tem reservado."
Ávido de combater, calça Eneias as grevas douradas.
Toda demora maldiz; vibra a lança brilhante na destra.
Com todo o esmero envergou a couraça; de lado suspende
seu forte escudo, vestindo com pressa a loriga bem-feita.
Logo, aproxima-se de Iulo e o abraça com força, tolhido
como se achava na sua armadura, e a cabeça beijou-lhe:
"Comigo aprende, meu filho, o valor e a constância dos fortes;
mas a Fortuna, com outros. Agora meu braço está pronto[86]
para amparar-te na guerra e o alto prêmio arrancar da vitória.
Quando alcançares a idade madura, recorda-te disto,
para à memória evocar os exemplos dos teus ascendentes,
por seres filho de Eneias e teres a Heitor como tio".
Tendo assim dito, partiu para a luta com toda a imponência,

---

[81] *Ambrósia*: outra erva medicinal.

[82] *Longevo esculápio*: médico idoso.

[83] *Desparece*: desaparece.

[84] Virgílio diz *iamque secuta manum nullo cogente sagitta*, "a seta, sem que ninguém a tomasse, seguiu sozinha a mão".

[85] *Experto*: experiente.

[86] *A Fortuna, com outros*: Eneias ensina Ascânio a contar unicamente com seu braço e sua coragem; o aprendizado da sorte será com outros.

telum immane manu quatiens; simul agmine denso
Antheusque Mnestheusque ruunt omnisque relictis
turba fluit castris. Tum caeco puluere campus
miscetur pulsuque pedum tremit excita tellus.   445
Vidit ab aduerso uenientes aggere Turnus,
uidere Ausonii, gelidusque per ima cucurrit
ossa tremor; prima ante omnes Iuturna Latinos
audiit agnouitque sonum et tremefacta refugit.
Ille uolat campoque atrum rapit agmen aperto.   450
Qualis ubi ad terras abrupto sidere nimbus
it mare per medium (miseris, heu, praescia longe
horrescunt corda agricolis: dabit ille ruinas
arboribus stragemque satis, ruet omnia late),
ante uolant sonitumque ferunt ad litora uenti: 455
talis in aduersos ductor Rhoeteius hostes
agmen agit, densi cuneis se quisque coactis
agglomerant. Ferit ense grauem Thymbraeus Osirim,
Archetium Mnestheus, Epulonem obtruncat Achates
Ufentemque Gyas; cadit ipse Tolumnius augur,   460
primus in aduersos telum qui torserat hostes.
Tollitur in caelum clamor, uersique uicissim
puluerulenta fuga Rutuli dant terga per agros.
Ipse neque auersos dignatur sternere morti
nec pede congressos aequo nec tela ferentes   465
insequitur; solum densa in caligine Turnum
uestigat lustrans, solum in certamina poscit.

lança mui forte a brandir e, com ele, os dois belos guerreiros
Mnesteu e Anteu valorosos, seguidos de todos os corpos
de infantaria e a cavalo. As campinas se cobrem de densas
nuvens de poeira. Com o baque dos pés longe a terra estrondeia.
Turno, de longe, postado num morro fronteiro os avista,
como também os ausônios. Gelado pavor se insinua
no coração dos guerreiros. Muito antes dos fortes latinos,
reconheceu-os Juturna, que foge à batida dos cascos.
Eneias voa, arrastando consigo os sombrios guerreiros.
Do mesmo modo a tormenta que as nuvens retalha se adianta
por sobre as ondas no rumo da terra, e os colonos — coitados! —
de longe mesmo os estragos já sentem de suas lavouras,
árvores desarreigadas, os campos ao longe assolados,[87]
ruge na frente o Aquilão a estrondear pelas praias, por tudo:[88]
assim conduz suas tropas o forte caudilho reteio,
travam-se em luta corpórea os guerreiros dos campos contrários.
Fere Timbreu a Osíris membrudo; Mnesteu contra Arcécio;[89]
o forte Acates imola a Epulão; contra Ufente vai Gias.
Sim, até mesmo Tolúmnio sem vida caiu, o primeiro
que disparou contra o imigo seu dardo de ponta acerada.
Sobe até os céus o clamor da batalha; aturdidos de todo,
em polvorosa corrida nos campos os rútulos voam,
o grande Eneias não cuida de pena aplicar aos que fogem,[90]
nem de enxergar os que tentam lutar corpo a corpo, ou de longe
disparam setas; somente procura naquela caligem[91]
Turno; com voz retumbante por ele somente chamava.

---

[87] *Desarreigadas*: arrancadas pela raiz.

[88] *Aquilão*: vento nordeste.

[89] São rútulos *Osíris*, *Arcécio*, *Epulão* e *Ufente*, este mencionado em VII, v. 744, e X, v. 518. *Timbreu* é troiano. Para efeitos de ritmo, há hiato antes e depois da preposição *a*.

[90] Entenda-se: Eneias não persegue os inimigos que fogem.

[91] *Caligem*: nuvem de poeira.

Hoc concussa metu mentem Iuturna uirago
aurigam Turni media inter lora Metiscum
excutit et longe lapsum temone relinquit;   470
ipsa subit manibusque undantes flectit habenas,
cuncta gerens uocemque et corpus et arma Metisci.
Nigra uelut magnas domini cum diuitis aedes
peruolat et pennis alta atria lustrat hirundo,
pabula parua legens nidisque loquacibus escas,   475
et nunc porticibus uacuis, nunc umida circum
stagna sonat: similis medios Iuturna per hostes
fertur equis rapidoque uolans obit omnia curru,
iamque hic germanum iamque hic ostentat ouantem
nec conferre manum patitur, uolat auia longe.   480
Haud minus Aeneas tortos legit obuius orbes
uestigatque uirum et disiecta per agmina magna
uoce uocat. Quotiens oculos coniecit in hostem
alipedumque fugam cursu temptauit equorum,
auersos totiens currus Iuturna retorsit.   485
Heu quid agat? Vario nequiquam fluctuat aestu,
diuersaeque uocant animum in contraria curae.
Huic Messapus, uti laeua duo forte gerebat
lenta, leuis cursu, praefixa hastilia ferro,
horum unum certo contorquens dirigit ictu.   490
Substitit Aeneas et se collegit in arma,
poplite subsidens; apicem tamen incita summum
hasta tulit summasque excussit uertice cristas.
Tum uero assurgunt irae, insidiisque subactus,
diuersos ubi sensit equos currumque referri,   495
multa Iouem et laesi testatus foederis aras,
iam tandem inuadit medios et Marte secundo

Alucinada de medo, a virago Juturna derruba[92]
o timoneiro do carro de Turno, Metisco valente,
longe atirando-o no meio do campo, largadas as rédeas,
para tomar logo logo o lugar do deposto cocheiro,
sob as feições de Metisco, a voz forte e o conspecto garboso.
Como andorinha de negra plumagem que entrara na casa
de um proprietário de muitos haveres, e as salas e os átrios
altos percorre à procura do cibo do gárrulo ninho,[93]
e ora ressoam seus gritos nos pórticos de amplo traçado,
ora no lago ali perto: Juturna assim mesmo dirige
em disparada os cavalos de Turno, no meio das filas
dos inimigos, o irmão vencedor ostentando por tudo,
mas sempre atenta em livrá-lo dos focos de mais ardimento.
Procura Eneias em vão atalhá-lo nas voltas contínuas
da veloz biga, por entre as colunas desfeitas dos teucros,
vociferando seu nome. Porém quantas vezes se achasse
na sua frente, ou tentasse deter os cavalos velozes,
mui habilmente Juturna outras tantas o carro desviava.
Como fazer nesse passo difícil? Na mente indecisa[94]
mil conjecturas sopesa, sem plano encontrar adequado.
Nisto Messapo, que acaso trazia na sestra dois dardos
de hasta flexível e rápido curso, com ponta de ferro,
rapidamente projeta o mais leve, com vista adestrada.
Detém-se Eneias e acolhe-se atrás do broquel abaulado,
dobrando o joelho; e contudo o projétil a crista alcançou-lhe
do elmo de belo penacho, que logo no chão foi jogado.
Sobe de ponto o furor do Troiano, ao se ver como objeto
das esquivanças de Turno, e notar que o seu carro fugia
de muitos modos. Chamando por Júpiter e as aras acerca
da violação dos tratados, no meio da pugna atirou-se,

---

[92] *Virago*: mulher de aspecto e trejeitos masculinos.

[93] *Cibo*: alimento; *gárrulo ninho*: ninhada ruidosa.

[94] *Como fazer nesse passo difícil?*: note-se que o pensamento de Eneias imiscui-se na narração em discurso indireto livre.

terribilis saeuam nullo discrimine caedem
suscitat irarumque omnes effundit habenas.
Quis mihi nunc tot acerba deus, quis carmine caedes 500
diuersas obitumque ducum, quos aequore toto
inque uicem nunc Turnus agit, nunc Troius heros,
expediat? Tanton placuit concurrere motu,
Iuppiter, aeterna gentes in pace futuras?
Aeneas Rutulum Sucronem (ea prima ruentes 505
pugna loco statuit Teucros) haud multa morantem
excipit in latus et, qua fata celerrima, crudum
transadigit costas et crates pectoris ensem.
Turnus equo deiectum Amycum fratremque Dioren,
congressus pedes, hunc uenientem cuspide longa, 510
hunc mucrone ferit curruque abscisa duorum
suspendit capita et rorantia sanguine portat.
Ille Talon Tanaimque neci fortemque Cethegum,
tres uno congressu, et maestum mittit Oniten,
nomen Echionium matrisque genus Peridiae; 515
hic fratres Lycia missos et Apollinis agris
et iuuenem exosum nequiquam bella Menoeten,
Arcada, piscosae cui circum flumina Lernae
ars fuerat pauperque domus nec nota potentum
munera conductaque pater tellure serebat. 520
Ac uelut immissi diuersis partibus ignes
arentem in siluam et uirgulta sonantia lauro,

tal como Marte, sem dó nem piedade, sem pôr cobro às rédeas[95]
da sua cólera grande, ao ceifar as colunas imigas.
Que deus agora me revelará tantas calamidades?[96]
Como cantá-las no verso, imolados os chefes conspícuos[97]
de um lado e do outro, por Turno valente e o caudilho troiano?
Tanto te aprouve, senhor, enlear num conflito terrível
dois grandes povos que paz duradoura há de unir algum dia?
Primeiro Eneias feriu a Sucrão, grande rútulo e forte.
Logo os troianos se afirmam. De lado o atingiu nas costelas
com sua espada cortante, onde a caixa do peito oferece
fácil entrada aos assaltos da morte na sua investida.
Turno de pé mata a Amico a cavalo, depois de puxá-lo[98]
e ao irmão Diores; aquele, com a lança comprida; o mais moço,
com sua espada brilhante. Cortadas as belas cabeças,
no carro as prende e passeia orgulhoso com o espólio sangrento.
Num só combate a três fortes guerreiros Eneias liquida:
Talo, Tanais e Cetego forçudo e após estes Onites
meditabundo, de Equíone filho e da bela Pierídia.
Turno, aos irmãos provenientes da Lícia e dos campos de Apolo,
e a ti, Menetes, que não encobrias teu ódio entranhável
aos exercícios de Marte, da Arcádia. Nas margens do Lerna
tinha a morada; arredio de gênio, fugia dos ricos,[99]
e retirado vivia num sítio do pai já caduco.
Tal como duas fogueiras acesas em pontos opostos
de árida selva ou floresta de louros de sons agradáveis,

---

[95] *Sem pôr cobro*: sem reprimir.

[96] Neste verso, um dos momentos culminantes do poema, Virgílio não invoca os deuses infernais (como em VI, v. 264), nem as Musas (como em VII, vv. 40 e 641; IX, vv. 77 e 525; X, v. 163), senão o próprio Júpiter (*senhor*, v. 503).

[97] *Conspícuos*: notáveis.

[98] *Amico*: troiano homônimo de seu conterrâneo (que aparece em I, v. 221; IX, v. 771; X, v. 703) e do rei da Bebrícia (V, v. 372).

[99] *Fugia dos ricos*: no original, *nota potentum munera*, "ignorava o ofício dos poderosos", porque vivia num "sítio arrendado" (*conducta tellure*), que o tradutor omitiu.

aut ubi decursu rapido de montibus altis
dant sonitum spumosi amnes et in aequora currunt
quisque suum populatus iter: non segnius ambo 525
Aeneas Turnusque ruunt per proelia; nunc, nunc
fluctuat ira intus, rumpuntur nescia uinci
pectora, nunc totis in uulnera uiribus itur.
Murranum hic, atauos et auorum antiqua sonantem
nomina per regesque actum genus omne Latinos, 530
praecipitem scopulo atque ingentis turbine saxi
excutit effunditque solo; hunc lora et iuga subter
prouoluere rotae, crebro super ungula pulsu
incita nec domini memorum proculcat equorum.
Ille ruenti Hyllo animisque immane frementi 535
occurrit telumque aurata ad tempora torquet:
olli per galeam fixo stetit hasta cerebro.
Dextera nec tua te, Graium fortissime Cretheu
eripuit Turno; nec di texere Cupencum
Aenea ueniente sui: dedit obuia ferro 540
pectora, nec misero clipei mora profuit aerei.
Te quoque Laurentes uiderunt, Aeole, campi
oppetere et late terram consternere tergo;
occidis, Argiuae quem non potuere phalanges
sternere nec Priami regnorum euersor Achilles; 545
hic tibi mortis erant metae; domus alta sub Ida,
Lyrnesi domus alta, solo Laurente sepulcrum.
Totae adeo conuersae acies omnesque Latini,
omnes Dardanidae, Mnestheus acerque Serestus
et Messapus equum domitor et fortis Asilas 550
Tuscorumque phalanx Euandrique Arcades alae,

ou como rios de rápido curso que descem dos montes
a espumejar turbulentos, no rumo das praias marinhas,
e tudo arrasam nos prados de em torno: não menos violentos
ruem Eneias e Turno no campo da luta; ora as iras
mal comprimindo, ora peitos teimosos rompendo com o ferro,
lançando mão nesse extremo de seus infindáveis recursos.
Um tal Murrano a toda hora gabava-se de seus ilustres
antepassados, muito ancho de vir dos latinos mais nobres[100]
da redondeza. Um penhasco a voltear atirou-lhe o Troiano,[101]
que o derrubou no chão duro. Envolvido nas rédeas flexíveis,
foi arrastado e pisado por seus desvairados cavalos
de todo em todo olvidados do dono e da sua desdita.
Turno com Hilo se encontra, que cego de fúria o acomete.
Rapidamente atirou-lhe a hasta longa no meio da testa,
que o casco de ouro atravessa, indo a ponta fixar-se nos miolos.
Nem te salvou tanta força na destra, Creteu valoroso,[102]
da arma de Turno; nem nada puderam, Cupenco, teus deuses,
para ocultar-te de Eneias; o peito o Troiano rasgou-lhe
com sua espada, sem que lhe valesse o broquel reforçado.
Éolo, a ti também viram cair os vergéis de Laurento,[103]
e grande trecho do solo ubertoso cobrir o teu corpo:
sim, pereceu aqui mesmo quem nunca os aquivos puderam
jamais domar, nem Aquiles que o reino abateu dos troianos.
Para morrer, neste ponto nasceste; o palácio, em Lirnesso;
alcáçar no Ida também; mas é cá em Laurento teu túmulo.
Engalfinharam-se logo os aliados dos povos latinos;
todos os teucros, Mnesteu e Seresto impetuoso, Messapo
o domador de cavalos, Asilas, falanges toscanas,
cavalaria dos árcades, tropas seletas de Evandro.

---

[100] *Ancho*: orgulhoso.

[101] *Penhasco*: grande pedra.

[102] *Creteu*: homônimo do citado em IX, v. 774, também morto por Turno.

[103] *Éolo*: não o deus do vento, mas talvez o herói mencionado em VI, v. 164;
vergéis: campos.

pro se quisque uiri summa nituntur opum ui;
nec mora nec requies, uasto certamine tendunt.
Hic mentem Aeneae genetrix pulcherrima misit
iret ut ad muros urbique aduerteret agmen   555
ocius et subita turbaret clade Latinos.
Ille, ut uestigans diuersa per agmina Turnum
huc atque huc acies circumtulit, aspicit urbem
immunem tanti belli atque impune quietam.
Continuo pugnae accendit maioris imago,   560
Mnesthea Sergestumque uocat fortemque Serestum
ductores tumulumque capit, quo cetera Teucrum
concurrit legio nec scuta aut spicula densi
deponunt. Celso medius stans aggere fatur:
"Ne qua meis esto dictis mora; Iuppiter hac stat,   565
neu quis ob inceptum subitum mihi segnior ito.
Urbem hodie, causam belli, regna ipsa Latini,
ni frenum accipere et uicti parere fatentur,
eruam et aequa solo fumantia culmina ponam.
Scilicet exspectem, libeat dum proelia Turno   570
nostra pati rursusque uelit concurrere uictus?
Hoc caput, o ciues, haec belli summa nefandi.
Ferte faces propere foedusque reposcite flammis".
Dixerat atque animis pariter certantibus omnes
dant cuneum densaque ad muros mole feruntur.   575
Scalae improuiso subitusque apparuit ignis.
Discurrunt alii ad portas primosque trucidant,
ferrum alii torquent et obumbrant aethera telis.
Ipse inter primos dextram sub moenia tendit

Todos se esforçam ao máximo num corpo a corpo incessante;
não há descanso nem tréguas no vasto cenário da luta.
A bela Vênus nessa hora inspirou ao seu filho valente
contra a cidade marchar com o total dos troianos e aliados,[104]
para infundir nos latinos o medo da próxima ruína.
Por isso Eneias, que as hostes em luta de longe observava,
sempre à procura de Turno, divisa à distância a cidade
impunemente tranquila e sem riscos nenhuns aparentes.
Logo o projeto ocorreu-lhe de os muros tomar de escalada.
No mesmo instante a Mnesteu e a Sergesto chamou, mais Seresto
de força ingente e outros chefes, a um cômoro perto subindo,
para onde afluem bastantes guerreiros com as armas em punho.
No meio deles postado, lhes fala nos termos seguintes:
"As minhas ordens cumpri sem tardança; está Jove conosco.
Este projeto, conquanto tardio, não deve entibiar-vos.[105]
Se hoje a cidade, cabeça do reino do velho Latino,
não aceitar nosso jugo e, vencida, aos tratados dobrar-se,
em fumegantes ruínas verá seus palácios mudados.
Ou porventura terei de esperar que esse Turno se digne
de combater corpo a corpo e, vencido, de novo me ofenda?
Aqui se encontra a cabeça, senhores, o fim desta guerra[106]
mal começada. Com ferro e com fogo o devido exijamos".[107]
Assim falou. Na mesma hora concorrem de todos os lados
os combatentes em cunhas compactas, no rumo dos muros.[108]
Num momentinho arvoraram-se escadas, o fogo aparece.
Outros às portas correram e os guardas de início massacram.
Dardos disparam; com a chuva de setas o céu ensombrou-se.
Entre os primeiros, Eneias, a destra potente elevando

---

[104] *Cidade*: entenda-se, contra Laurento.

[105] *Entibiar*: desanimar.

[106] *A cabeça*: a parte principal.

[107] *Mal começada*: no original, *nefandi*, execrável, nefanda.

[108] *Cunha*: no original, *cuneum*, formação da infantaria em forma de cunha, triangular.

Aeneas magnaque incusat uoce Latinum 580
testaturque deos, iterum se ad proelia cogi,
bis iam Italos hostes, haec altera foedera rumpi.
Exoritur trepidos inter discordia ciues:
urbem alii reserare iubent et pandere portas
Dardanidis ipsumque trahunt in moenia regem; 585
arma ferunt alii et pergunt defendere muros:
inclusas ut cum latebroso in pumice pastor
uestigauit apes fumoque impleuit amaro,
illae intus trepidae rerum per cerea castra
discurrunt magnisque acuunt stridoribus iras; 590
uoluitur ater odor tectis, tum murmure caeco
intus saxa sonant, uacuas it fumus ad auras.
Accidit haec fessis etiam fortuna Latinis,
quae totam luctu concussit funditus urbem.
Regina ut tectis uenientem prospicit hostem, 595
incessi muros, ignes ad tecta uolare,
nusquam acies contra Rutulas, nulla agmina Turni,
infelix pugnae iuuenem in certamine credit
exstinctum et, subito mentem turbata dolore,
se causam clamat crimenque caputque malorum, 600
multaque per maestum demens effata furorem
purpureos moritura manu discindit amictus
et nodum informis leti trabe nectit ab alta.
Quam cladem miserae postquam accepere Latinae,
filia prima manu flauos Lauinia crines 605

para a cidade, com voz atroadora acusava a Latino:
as divindades invocá de como outra vez foi traído,
de como os próprios nativos os novos tratados romperam.
Os moradores, sem tino e discordes às tontas corriam.
Querem alguns que os portões se descerrem às tropas troianas;
outros, à força até aos muros trouxeram o próprio monarca;[109]
poucos se armaram, dispostos a tudo em defesa dos muros:
não de outra forma o pastor, quando encontra em penhasco esponjoso[110]
bando de abelhas e o abrigo logo enche de fumo irritante,
atarantadas as pobres discorrem no bojo sem luzes
do seu baluarte de cera e com fortes zumbidos se excitam;
o negro eflúvio se espalha por dentro dos meandros da pedra,
com surdos sons, dispersando-se no éter aos poucos o fumo.
Nova desgraça no entanto aumentou a desdita já grande
dos fatigados latinos, que em luto imergiu a cidade.
Do alto palácio ao notar a rainha a avançar o inimigo,
muros galgados e fachos jogados nos tetos das casas,[111]
nenhum dos rútulos perto, as colunas possantes de Turno,
julga ter este caído sem vida no campo da luta.
E conturbada por tantos embates de dor insofrível,
a responsabilidade atribui-se daquela desgraça.
Fora de si, emitindo mil gritos de atroz desespero,
com a própria mão rasgou o manto de púrpura à morte votado,[112]
e na trave alta o passou, onde a vida exalou sem retorno.
Quando as latinas souberam da triste ocorrência, a princesa
desconsolada, Lavínia, arrepela na dor os cabelos[113]

---

[109] *Trouxeram o próprio monarca*: para renovar o tratado e acabar assim com a guerra.

[110] *Esponjoso*: aqui, poroso, cheio de cavidades.

[111] *Fachos*: tochas.

[112] *Com a* e *rasgou o*: para efeitos de ritmo, deve-se pronunciar numa única sílaba. *Manto à morte votado*: porque Amata já decidira matar-se. No original, Virgílio diz apenas *moritura*, "prestes a morrer".

[113] *Arrepela*: puxa.

et roseas laniata genas, tum cetera circum
turba furit, esonant late plangoribus aedes.
Hinc totam infelix uulgatur fama per urbem.
Demittunt mentes. It scissa ueste Latinus,
coniugis attonitus fatis urbisque ruina,   610
canitiem immundo perfusam puluere turpans.
Multaque se incusat, qui non acceperit ante
Dardanium Aenean generumque adsciuerit ultro.
Interea extremo bellator in aequore Turnus
palantes sequitur paucos iam segnior atque   615
iam minus atque minus successu laetus equorum.
Attulit hunc illi caecis terroribus aura
commixtum clamorem arrectasque impulit aures
confusae sonus urbis et illaetabile murmur.
"Hei mihi! Quid tanto turbantur moenia luctu?   620
Quisue ruit tantus diuersa clamor ab urbe?"
Sic ait adductisque amens subsistit habenis.
Atque huic, in faciem soror ut conuersa Metisci
aurigae currumque et equos et lora regebat,
talibus occurrit dictis: "Hac, Turne, sequamur   625
Troiugenas, qua prima uiam uictoria pandit;
sunt alii qui tecta manu defendere possint.
Ingruit Aeneas Italis et proelia miscet,
et nos saeua manu mittamus funera Teucris.
Nec numero inferior pugnae nec honore recedes".   630
Turnus ad haec:
"O soror, et dudum agnoui, cum prima per artem
foedera turbasti teque haec in bella dedisti,

e risca as faces rosadas. As outras, em torno da morta
se aglomeraram, de fundos gemidos o paço inundando.
A triste nova correu logo logo por toda a cidade.
Acabrunhados ficaram. Latino, rasgadas as vestes,
desconsolado com a sorte da esposa, a cidade em ruínas,
de poeira imunda cobrindo a cabeça de cãs venerandas,
somente a si inculpava por não ter aceito muito antes[114]
na qualidade de genro ao caudilho dos teucros, Eneias.
O belaz Turno entrementes seguia na borda do campo[115]
a uns poucos teucros esparsos, com bem atenuado entusiasmo
e sem prazer de admirar a elegância dos fortes ginetes.
Nisso chegou-lhe trazido nas auras sussurro impreciso,
que inquietação lhe causou sobre a sorte das altas muralhas
da inexpugnável Laurento, gemidos confusos, clamores:
"Ai! Que desgraça atingiu de repente a tranquila cidade?
Por que se elevam clamores e gritos em todas as casas?"
Assim falou. E num gesto insensato detém os cavalos.
Porém Juturna, que a forma do auriga Metisco tomara
e dirigia com senso atilado os cavalos e o carro,
lhe respondeu deste modo: "No rastro dos teucros sigamos,
Turno, que é este o caminho mais certo da nossa vitória.
Para a defesa dos muros há gente de sobra lá dentro.
Aperta Eneias aos ítalos numa renhida batalha.
A mesma coisa façamos agora no encalço dos teucros.
Com alta glória sairás da refrega e com perda de poucos".
Turno falou-lhe:
"Há muito, irmã, conheci-te; desde a hora em que os pactos rompeste
com teus ardis e vieste meter-te nesta árdua peleja.

---

[114] Estes versos são idênticos a XI, vv. 471-2, e por isso considerados interpolação de algum copista: *multaque se incusat qui non acceperit ultro/ Dardanium Aenean
generumque asciuerit urbi*, lá traduzidos por "Muito se acusa porque desde o início ao
dardânida Eneias/ não recebeu como genro, franqueando-lhe logo a cidade". Virgílio
costuma repetir fórmulas, mas não versos inteiros.

[115] *Belaz*: belicoso, aguerrido.

et nunc nequiquam fallis dea. Sed quis Olympo
demissam tantos uoluit te ferre labores? 635
An fratris miseri letum ut crudele uideres?
Nam quid ago? Aut quae iam spondet Fortuna salutem?
Vidi oculos ante ipse meos me uoce uocantem
Murranum, quo non superat mihi carior alter,
oppetere ingentem atque ingenti uulnere uictum. 640
Occidit infelix ne nostrum dedecus Ufens
aspiceret; Teucri potiuntur corpore et armis.
Exscindine domos (id rebus defuit unum)
perpetiar, dextra nec Drancis dicta refellam?
Terga dabo et Turnum fugientem haec terra uidebit? 645
Usque adeone mori miserum est? Vos o mihi, Manes,
este boni, quoniam superis auersa uoluntas!
Sancta ad uos anima atque istius nescia culpae
descendam, magnorum haud umquam indignus auorum".
Vix ea fatus erat, medios uolat ecce per hostes 650
uectus equo spumante Saces, aduersa sagitta
saucius ora, ruitque implorans nomine Turnum:
"Turne, in te suprema salus: miserere tuorum.
Fulminat Aeneas armis summasque minatur
deiecturum arces Italum excidioque daturum; 655
iamque faces ad tecta uolant. In te ora Latini,
in te oculos referunt; mussat rex ipse Latinus,
quos generos uocet aut quae sese ad foedera flectat.
Praeterea regina, tui fidissima, dextra
occidit ipsa sua lucemque exterrita fugit. 660

Em vão pretendes agora iludir-me outra vez. Que deidade
te despachou do alto Olimpo para esta tarefa improfícua?
Vens assistir ao trespasse humilhante do irmão sem ventura?
Como fazer? Que esperança a Fortuna ainda pode ensejar-me?
A poucos passos de mim vi Murrano cair há pouquinho,
e me chamar pelo nome, o mais caro dos meus companheiros.
Vítima foi do seu próprio valor e de um braço potente.
Morreu Ufente também, o infeliz, porque não presenciasse[116]
minha desonra. Os troianos ficaram com o corpo e os despojos.
Em fogo e ruínas verei a cidade — só isso faltava! —
sem refutar com esta espada os insultos pesados de Drances?[117]
Virar as costas e ver esta terra fugir quem foi Turno?[118]
A morte é um mal tão temível? Ó deuses do Inferno, amparai-me,
já que as deidades do Olimpo nesta hora de mim se afastaram.
Alma inocente, até vós baixarei sem manchar-me a esse ponto,[119]
sem deslustrar a memória dos meus valorosos ancestres".
Mal terminara, e aparece-lhe Saces num belo cavalo,
por entre as filas do imigo, a correr. Uma seta o atingira
em pleno rosto; o remédio buscava no nome de Turno:
"Turno, a suprema esperança és do povo; apiada-te deles.
Fulmina Eneias a Itália, ameaçando derruir os palácios
e monumentos dos nossos, as torres de bela estrutura.
Ardentes fachos e setas já caem nas nossas moradas.
Em ti concentra-se o olhar dos latinos; o próprio monarca
na escolha oscila do genro, a aliança melhor para todos.
Além do mais, a rainha, teu máximo esteio no caso,
por próprio alvitre matou-se, fugindo da luz benfazeja.

---

[116] *Porque*: equivale a para que.

[117] *Insultos pesados de Drances*: ver XI, vv. 362-75.

[118] *E ver esta terra fugir quem foi Turno*: entenda-se, de modo que esta terra veja
o famoso Turno fugir.

[119] *Inocente*: no original, *sanctam*, sem culpa, porque terá Turno morrido sem
fugir de Eneias.

Soli pro portis Messapus et acer Atinas
sustentant aciem. Circum hos utrimque phalanges
stant densae, strictisque seges mucronibus horret
ferrea: tu currum deserto in gramine uersas".
Obstipuit uaria confusus imagine rerum   665
Turnus et obtutu tacito stetit; aestuat ingens
uno in corde pudor mixtoque insania luctu
et Furiis agitatus amor et conscia uirtus.
Ut primum discussae umbrae et lux reddita menti,
ardentes oculorum orbes ad moenia torsit   670
turbidus eque rotis magnam respexit ad urbem.
Ecce autem flammis inter tabulata uolutus
ad caelum undabat uortex turrimque tenebat,
turrim compactis trabibus quam eduxerat ipse
subdideratque rotas pontesque instrauerat altos.   675
"Iam iam Fata, soror, superant; absiste morari;
quo deus et quo dura uocat Fortuna, sequamur.
Stat conferre manum Aeneae, stat quidquid acerbi est
morte pati; neque me indecorem, germana, uidebis
amplius. Hunc, oro, sine me furere ante furorem."   680
Dixit et e curru saltum dedit ocius aruis
perque hostes, per tela ruit maestamque sororem
deserit ac rapido cursu media agmina rumpit.
Ac ueluti montis saxum de uertice praeceps
cum ruit auulsum uento, seu turbidus imber   685
proluit aut annis soluit sublapsa uetustas;
fertur in abruptum magno mons improbus actu

Somente Atinas valente e Messapo sustentam o embate[120]
diante das portas, cercados de fortes barreiras de imigos,
messes de espadas desnudas, com frutos amargos de ferro,[121]
enquanto tu com teu carro passeias nos prados vazios?"
Confuso Turno ficou com a notícia de tantos desastres,
e conservou-se parado algum tempo; estuava-lhe no imo[122]
peito a vergonha da sua omissão, luto acerbo, a consciência
do valor próprio e a paixão exaltada até então pelas Fúrias.
Mas, dissipadas as sombras e a luz restituída à sua mente
desimpedida, lançou para os muros laurentes os olhos
afogueados e viu de onde estava a cidade gloriosa.
Em turbilhões nesse instante subiam vorazes as chamas
do madeirame da torre ali mesmo construída por ele
com tábuas bem trabalhadas e traves em tudo excelentes,
rodas possantes por baixo, munida de pontes bem-feitas.
"Basta", falou, "cara irmã, de evasivas; os Fados me chamam
para onde um deus ou a Fortuna falaz nos aponta o caminho.[123]
Vou ao encontro de Eneias sofrer o que a morte impiedosa
me destinou. Por mais tempo não há de me ver destituído
de honra e de brio. Ora deixa-me dar expansão a esta fúria".
Disse. E do carro saltou, a correr pelo campo, por entre
hostes imigas e lanças, deixando Juturna perplexa.
Rapidamente rompeu as colunas dos rútulos feros.
Tal como desce do cume de um monte penedo arrancado
por ventos fortes ou chuvas contínuas que as bases lhe roeram,
ou pela ação silenciosa do tempo minado de morte,[124]
roda aos pouquinhos primeiro e depois com violência espantosa

---

[120] *Atinas valente*: em XI, v. 869, Atinas foi o primeiro a fugir quando Camila foi morta. O guerreiro ora pode ser covarde, ora valente.

[121] *Messes de espadas*: muitas espadas, como se numa colheita (*seges*).

[122] *Estuava*: fervia.

[123] *Falaz*: enganadora (ver v. 350). Virgílio diz *dura*, "inflexível".

[124] *Pela ação silenciosa do tempo minado de morte*: entenda-se, penedo minado de morte pela ação silenciosa do tempo.

exsultatque solo, siluas armenta uirosque
inuoluens secum: disiecta per agmina Turnus
sic urbis ruit ad muros, ubi plurima fuso 690
sanguine terra madet striduntque hastilibus aurae,
significatque manu et magno simul incipit ore:
"Parcite iam, Rutuli, et uos tela inhibete, Latini!
Quaecumque est Fortuna, mea est: me uerius unum
pro uobis foedus luere et decernere ferro". 695
Discessere omnes medii spatiumque dedere.
At pater Aeneas audito nomine Turni
deserit et muros et summas deserit arces
praecipitatque moras omnes, opera omnia rumpit,
laetitia exsultans, horrendumque intonat armis: 700
quantus Athos aut quantus Eryx aut ipse coruscis
cum fremit ilicibus quantus gaudetque niuali
uertice se attollens pater Appenninus ad auras.
Iam uero et Rutuli certatim et Troes et omnes
conuertere oculos Itali quique alta tenebant 705
moenia quique imos pulsabant ariete muros,
armaque deposuere umeris. Stupet ipse Latinus
ingentes, genitos diuersis partibus orbis,
inter se coiisse uiros et cernere ferro.
Atque illi, ut uacuo patuerunt aequore campi, 710
procursu rapido, coniectis eminus hastis,
inuadunt Martem clipeis atque aere sonoro.
Dat gemitum tellus; tum crebros ensibus ictus
congeminant, fors et uirtus miscentur in unum.

leva consigo naquela arrancada até aos próprios pastores,
árvores grandes e o gado: assim Turno por entre as fileiras
dos inimigos aos muros se atira, a correr pelo solo
todo empapado de sangue e por cima o cortejo das setas.
Com a mão fez logo um sinal, principiando a falar deste modo:
"Caros latinos, detende-vos! Rútulos fortes, ouvi-me!
Seja o que for quanto a Sorte prepare, é comigo; eu sozinho
combaterei por vós todos, pois devo cumprir a palavra".
Todos do centro se afastam, a fim de lhe dar mais espaço.
Então Eneias, o nome de Turno ao ouvir, abandona
o assalto às torres bem-feitas e sai de Laurento graciosa.
Tudo é deixado no meio; a impaciência de Turno se apossa;
e de alvoroço exultante faz soar seu escudo potente,
tão majestoso e tão grande como o Atos ou mesmo o monte Érix
ou o venerando Apenino de cumes cobertos de neve,[125]
com seus altivos carvalhos que as frondes aos ventos embalam.
A um tempo os teucros valentes, os rútulos, ítalos fortes,
volvem o olhar para o campo da luta, os que no alto das torres
se entrebatiam, e os outros embaixo, nas fainas do aríete.[126]
Todos das armas se despem; o próprio Latino contempla
os dois possantes guerreiros nascidos em pontos distantes,
que ora o alto prêmio disputam num duelo de vida e de morte.[127]
Tão logo os dois viram limpo o terreno, de longe atiraram
seus fortes dardos, e pondo-se em marcha apressada investiram
de espada em punho — tinidos de ferro, entrechoque de escudos.
Gemidos fundos a terra soltou; com as brilhantes espadas
desferem golpes um no outro, unidos valor e coragem.

---

[125] *Atos, Érix, Apenino* (ou Apeninos): montanhas, uma na Macedônia, outra na Sicília, a terceira na própria Itália. Notar movimento do exterior para o interior da Itália, exatamente como o de Eneias.

[126] *Aríete*: máquina de guerra com que se derrubavam muralhas e portas.

[127] Virgílio imita a luta singular entre Aquiles e Heitor narrada no canto XXII da *Ilíada*.

Ac uelut ingenti Sila summoue Taburno 715
cum duo conuersis inimica in proelia tauri
frontibus incurrunt, pauidi cessere magistri,
stat pecus omne metu mutum mussantque iuuencae,
quis nemori imperitet, quem tota armenta sequantur;
illi inter sese multa ui uulnera miscent 720
cornuaque obnixi infigunt et sanguine largo
colla armosque lauant, gemitu nemus omne remugit:
non aliter Tros Aeneas et Daunius heros
concurrunt clipeis; ingens fragor aethera complet.
Iuppiter ipse duas aequato examine lances 725
sustinet et fata imponit diuersa duorum,
quem damnet labor et quo uergat pondere letum.
Emicat hic, impune putans, et corpore toto
alte sublatum consurgit Turnus in ensem
et ferit; exclamant Troes trepidique Latini, 730
arrectaeque amborum acies. At perfidus ensis
frangitur in medioque ardentem deserit ictu,
ni fuga subsidio subeat. Fugit ocior euro,
ut capulum ignotum dextramque aspexit inermem.
Fama est praecipitem, cum prima in proelia iunctos 735
conscendebat equos, patrio mucrone relicto,
dum trepidat, ferrum aurigae rapuisse Metisci.
Idque diu, dum terga dabant palantia Teucri,
suffecit; postquam arma dei ad Vulcania uentum est,

Como nas selvas do Sila ou no monte Taburno imponente[128]
dois belos touros se encontram, dispostos a força medirem,
cabeça baixa a investir, e os vaqueiros medrosos se afastam,
mudas de espanto as manadas, em dúvida as belas novilhas
sobre qual mande nos bosques e a quem todas sigam de grado,
e eles no entanto recíprocos golpes desferem com fúria,
rios de sangue fazendo correr pelas fortes espáduas,
dos braços presos ao chão; longe a mata remuge de medo:[129]
não de outro modo encontraram-se Eneias e o filho de Dauno;
chocam-se os belos escudos; pelo éter o estrondo reboa.
Jove no entanto suspende os dois pratos da sua balança
e neles põe o destino dos belos e nobres guerreiros,
para afinal decidir quem a sorte do duelo condena
e de que lado se inclina a balança com o peso da morte.
Dá Turno um salto, julgando a ocasião adequada para isso,
e a espada abaixa. Conclamam os teucros; trepidam latinos.
Ficam suspensas as hostes contrárias; mas quebra-se a espada
pérfida e ao dono abandona, o qual fica sem outra defesa
além da fuga, o que faz, em verdade, mais rápido que Euro,[130]
ao ver na mão desnudada um pedaço do que antes fora arma.
Contam que Turno, no afogo em que estava ao subir para o carro[131]
logo no início da guerra, em lugar de apanhar a arma forte
do próprio pai, apanhou a do auriga valente Metisco.
Enquanto via na frente somente troianos em fuga,
fora bastante esse ferro. Porém, ao cruzar-se com as armas

---

[128] *Sila*: para Sérvio, é monte da Lucânia; para comentaristas modernos, da Calábria. *Taburno*: monte da Campânia.

[129] *Braços*: aqui, os chifres dos touros. Entenda-se, fazendo correr sangue desde os chifres (*braços*) que estão entrelaçados (*presos*) até o chão.

[130] *Euro*: o vento sul.

[131] *Contam que*: no original, *fama est*; a fórmula introduz excurso sobre a espada de Turno que contradiz os vv. 90-1. É a mesma fórmula com que os historiógrafos antigos atribuem um fato à lenda (que, a rigor, seria desnecessária aqui, porque tudo é lendário) em oposição ou suplementação ao que informam os documentos. É como se Virgílio deixasse claro que as Musas já são artifício poético.

mortalis mucro glacies ceu futilis ictu   740
dissiluit; fulua resplendent fragmina harena.
Ergo amens diuersa fuga petit aequora Turnus
et nunc huc, inde huc incertos implicat orbes;
undique enim densa Teucri inclusere corona
atque hinc uasta palus, hinc ardua moenia cingunt.   745
Nec minus Aeneas, quamquam tardata sagitta
interdum genua impediunt cursumque recusant,
insequitur trepidique pedem pede feruidus urget:
inclusum ueluti si quando flumine nactus
ceruum aut puniceae saeptum formidine pinnae   750
uenator cursu canis et latratibus instat;
ille autem, insidiis et ripa territus alta,
mille fugit refugitque uias; at uiuidus Umber
haeret hians, iam iamque tenet similisque tenenti
increpuit malis morsuque elusus inani est.   755
Tum uero exoritur clamor ripaeque lacusque
responsant circa et caelum tonat omne tumultu.
Ille simul fugiens Rutulos simul increpat omnes,
nomine quemque uocans, notumque efflagitat ensem.
Aeneas mortem contra praesensque minatur   760
exitium, si quisquam adeat, terretque trementes
excisurum urbem minitans et saucius instat.
Quinque orbes explent cursu totidemque retexunt
huc illuc; neque enim leuia aut ludicra petuntur
praemia, sed Turni de uita et sanguine certant.   765
Forte sacer Fauno foliis oleaster amaris

do alto Vulcano, essa espada, obra de homem, partiu-se qual gelo
quando batido. Os pedaços refulgem na areia brilhante.
Turno procura escapar, dando voltas de um lado para o outro;
desorientado e sem tino, mil giros no campo descreve.
Porém os teucros o passo lhe embargam de todos os lados,
além dos muros da forte cidade e a palude ali perto.
O próprio Eneias, conquanto a flechada na coxa o impedisse
de caminhar desenvolto e correr como fora preciso,
segue-lhe rente as pisadas e as trêmulas marcas desmancha:
da mesma forma o lebréu caçador, quando a um veado depara[132]
numa das voltas do rio, assustado quiçá ante o aspecto
multicolor do espantalho, e com ladras instantes o atiça;[133]
despavorido, o veadinho se livra do monstro e da queda
do alto barranco e em seus giros prossegue; porém o cachorro
da Úmbria o segue de perto; pensando mordê-lo, somente[134]
mordia o vento; estralavam-lhe os dentes nas fortes maxilas.
Grande tumulto se ouviu nos dois campos, que as margens vizinhas
multiplicaram e o lago ali perto; até ao céu ia o estrondo.
Turno a fugir increpava seus homens, a todos chamando
nominalmente e pedindo atordoado seu gládio esquecido,
enquanto Eneias ameaça matar ali mesmo a pessoa
que se atrevesse a ajudá-lo e arrasar a cidade Laurento,
como castigo; apesar de ferido, cansava o inimigo.
Por cinco vezes a volta completam do palco imponente;[135]
cinco ao princípio retornam, pois não se tratava de prêmio
de reduzido valor, mas da própria existência de Turno.
Um zambujeiro de folhas amargas a Fauno dicado[136]

---

[132] *Lebréu*: cão de caça.

[133] *Multicolor*: no original, *puniceae pennae*, a rigor, de pena vermelha; *espantalho*: artifício feito de penas e cordas, que assustava o veado, fazendo-o correr e animando a caçada.

[134] *Úmbria*: região da Itália de bons "umbros", isto é, cães de caça.

[135] *Palco*: campo de batalha, que Virgílio não menciona.

[136] *Zambujeiro*: arbusto.

hic steterat, nautis olim uenerabile lignum,
seruati ex undis ubi figere dona solebant
Laurenti diuo et uotas suspendere uestes;
sed stirpem Teucri nullo discrimine sacrum   770
sustulerant, puro ut possent concurrere campo.
Hic hasta Aeneae stabat, huc impetus illam
detulerat fixam et lenta in radice tenebat.
Incubuit uoluitque manu conuellere ferrum
Dardanides teloque sequi, quem prendere cursu   775
non poterat. Tum uero amens formidine Turnus
"Faune, precor, miserere", inquit, "tuque optima ferrum
terra tene, colui uestros si semper honores,
quos contra Aeneadae bello fecere profanos".
Dixit opemque dei non cassa in uota uocauit.   780
Namque diu luctans lentoque in stirpe moratus
uiribus haud ullis ualuit discludere morsus
roboris Aeneas. Dum nititur acer et instat,
rursus in aurigae faciem mutata Metisci
procurrit fratrique ensem dea Daunia reddit.   785
Quod Venus audaci nymphae indignata licere
accessit telumque alta ab radice reuellit.
Olli sublimes armis animisque refecti,
hic gladio fidens, hic acer et arduus hasta,
adsistunt contra certamina Martis anheli.   790
Iunonem interea rex omnipotentis Olympi
alloquitur fulua pugnas de nube tuentem:

havia ali, que os marujos cultuavam de tempos remotos.
Do mar escapos, nos ramos fixavam os dons ofertados
aos deuses pátrios e as roupas com que no naufrágio se achassem.
Não sabedores do fato, os troianos haviam cortado
a árvore bela, porque mais folgados no campo lutassem.
A hasta de Eneias com força jogada cravou-se no tronco,
dado que voara mui lestes, na altura das fortes raízes.
Para arrancá-la do tronco nodoso o Dardânida forte
ficou de agacho, pensando em jogá-la no encalço do imigo,
que ele alcançar não pudera. Então, cego de medo, diz Turno:
"Fauno!", exclamou, "tem piedade de mim! E tu, terra excelente,[137]
guarda essa lança, se é certo que eu sempre vos dei o devido
culto que os ímpios sequazes de Eneias agora mancharam!"
Não foi em vão seu apelo às deidades locais nesse transe,
pois toda a força do chefe dos teucros não era bastante
para arrancar das raízes possantes a lança encravada.
Enquanto Eneias se esforça debalde no empenho falace[138]
de soltar a arma, mudada de novo na forma do auriga
a diva Dáunia acorreu para a Turno entregar o seu gládio.[139]
Vênus, também, indignada de que tanto ousasse uma ninfa,
rapidamente soltou das raízes a lança do Teucro.[140]
Os dois rivais gigantescos, de brio refeitos e de armas —
confiado um deles na lança, o outro apenas na espada cortante —,
voltam de novo a lutar, inflamados da fúria de Marte.
O onipotente senhor ao notar que a consorte se achava[141]
numa das nuvens a olhar para a grande batalha, lhe disse:

---

[137] *Fauno*: divindade campestre, avô de Turno.

[138] *Falace*: falaz, inútil.

[139] *A diva Dáunia*: Juturna, filha de Dauno e irmã de Turno.

[140] Por lapso do tradutor, no seu manuscrito e nas edições anteriores constava "espada", quando o original diz *telum*, "lança".

[141] *Onipotente senhor*: Júpiter; *consorte*: Juno.

"Qua iam finis erit, coniunx? Quid denique restat?
Indigetem Aenean scis ipsa et scire fateris
deberi caelo Fatisque ad sidera tolli.   795
Quid struis? Aut qua spe gelidis in nubibus haeres?
Mortalin decuit uiolari uulnere diuum,
aut ensem (quid enim sine te Iuturna ualeret?)
ereptum reddi Turno et uim crescere uictis?
Desine iam tandem precibusque inflectere nostris,   800
ni te tantus edit tacitam dolor et mihi curae
saepe tuo dulci tristes ex ore recursent.
Ventum ad supremum est. Terris agitare uel undis
Troianos potuisti, infandum accendere bellum,
deformare domum et luctu miscere hymenaeos: 805
ulterius temptare ueto". Sic Iuppiter orsus;
sic dea submisso contra Saturnia uultu:
"Ista quidem quia nota mihi tua, magne, uoluntas,
Iuppiter, et Turnum et terras inuita reliqui;
nec tu me aeria solam nunc sede uideres   810
digna indigna pati, sed flammis cincta sub ipsa
starem acie traheremque inimica in proelia Teucros.
Iuturnam misero, fateor, succurrere fratri
suasi et pro uita maiora audere probaui,
non ut tela tamen, non ut contenderet arcum;   815
adiuro Stygii caput implacabile fontis,
una superstitio superis quae reddita diuis.

"Juno, que fim terá isto? Quando há de acabar esta guerra?[142]
Como tu própria admitiste e o confessas, Eneias um dia
terá de vir assentar-se nos céus por desígnios dos Fados.
Que te detém? Que esperança te anima em tão gélida nuvem?
Ficou bonito ferir um mortal a um dos deuses do Olimpo?[143]
Ou que Juturna — sozinho jamais tanta força teria —[144]
desse ao irmão sua espada e mais ânimo aos rútulos fracos?
Desiste disso e te deixes vencer dos meus rogos instantes.[145]
Não te amofines com tantos desgostos nem deixes que a tua
boca de rosa me venha afligir com frequentes queixumes.
A hora suprema chegou. Foi-te fácil por terra e não ondas
cansar os teucros, mover esta guerra, levar a desgraça
à casa real e no luto afogar a alegria das bodas.
Basta! Não sigas adiante!" Assim disse o senhor poderoso.
Com rosto humilde lhe fala em resposta a satúrnia deidade:
"Porque sabia, Senhor poderoso, o que tinhas em mente,
contra meu próprio querer afastei-me de Turno e da Terra.
De outra maneira, jamais me verias sozinha entre as nuvens
tantas afrontas sofrer; mas, cercada de flamas, à frente
de batalhões aguerridos, daria trabalho aos troianos.
Confesso, sim; permiti a Juturna que ao irmão socorresse,
desamparado, e que tudo fizesse com o fim de salvá-lo,
mas sem valer-se de flechas e do arco nas lides sangrentas.
Pela implacável nascente das águas estígias eu juro,
culto exclusivo com que se comprazem os deuses eternos:[146]

---

[142] *Juno*: constava "Vênus" no manuscrito do tradutor e nas edições anteriores. A emenda não fere o metro. Virgílio diz *coniunx*, "esposa".

[143] *Bonito*: honroso, decente; *um dos deuses do Olimpo*: é Eneias, que se tornará deus, como se lê nos vv. 794-5. Sendo assim, já não cabe que seja ferido, como no v. 320. Entenda-se: os mortais são joguetes dos deuses; embora não se saiba de quem partiu o disparo, Júpiter o atribui a Juno, porque esta encorajara Juturna a romper o pacto.

[144] *Sozinho jamais tanta força teria*: refere-se a Turno.

[145] *Rogos instantes*: pedidos insistentes.

[146] *Culto exclusivo*: os deuses juram pelas divindades infernais.

Et nunc cedo equidem pugnasque exosa relinquo.
Illud te, nulla Fati quod lege tenetur,
pro Latio obtestor, pro maiestate tuorum: 820
cum iam conubis pacem felicibus (esto)
component, cum iam leges et foedera iungent,
ne uetus indigenas nomen mutare Latinos
neu Troas fieri iubeas Teucrosque uocari
aut uocem mutare uiros aut uertere uestes.   825
Sit Latium, sint Albani per saecula reges,
sit Romana potens Itala uirtute propago
occidit occideritque sinas cum nomine Troia".
Olli subridens hominum rerumque repertor:
"Es germana Iouis Saturnique altera proles: 830
irarum tantos uoluis sub pectore fluctus?
Verum age et inceptum frustra submitte furorem
do quod uis, et me uictusque uolensque remitto.
Sermonem Ausonii patrium moresque tenebunt,
utque est nomen erit; commixti corpore tantum   835
subsident Teucri. Morem ritusque sacrorum
adiciam faciamque omnes uno ore Latinos.
Hinc genus Ausonio mixtum quod sanguine surget,
supra homines, supra ire deos pietate uidebis,
nec gens ulla tuos aeque celebrabit honores".   840
Adnuit his Iuno et mentem laetata retorsit.
Interea excedit caelo nubemque relinquit.
His actis aliud genitor secum ipse uolutat
Iuturnamque parat fratris dimittere ab armis.
Dicuntur geminae pestes cognomine Dirae,   845

cedo, afinal, e abandono as batalhas de tantos horrores.
Só uma coisa te peço, que escapa aos decretos do Fado,
para prestígio dos teus e vantagem dos próprios latinos:[147]
quando os dois povos — que seja! — se unirem em doces alianças,
unificados passando a viver com os mesmos costumes,
e leis iguais, não permitas que a gente latina se torne
na sua terra troianos, nem teucros se chamem, nem percam
nunca sua fala sonora, os costumes, as vestes nativas.
Eternamente subsistam latinos e reis de Alba Longa.
Cresça a potência romana com base nos ítalos fortes.
Troia acabou; deixa então que com ela seu nome pereça".
O soberano do mundo e dos homens sorrindo lhe disse:
"Irmã de Jove, nascida do velho Saturno, alimentas
tanto rancor no imo peito, estes estos de indômita fúria?[148]
Pois vá que seja! Domina os arroubos de inúteis vinganças,
que eu me submeto de grado aos caprichos de quanto pedires.
Conservarão os ausônios a língua e os costumes paternos;
o nome antigo também ficará; os troianos no sangue
mergulharão dos latinos. Costumes e ritos sagrados
todos terão em comum; um só povo, de nome 'latino'.
Dessa mistura de sangue da Ausônia verás uma estirpe
de homens piedosos sair, mais devotos que os homens e os deuses.
Povo nenhum acharás que mais honras no culto te prestem".
Juno se mostra de acordo, com um gesto de alegre anuência.
Logo, saindo da nuvem, voltou para o céu resplendente.
O pai dos deuses, então, novo plano na mente excogita:
tirar Juturna de junto das armas de Turno potente.
Há duas pestes que atendem também pelo nome de Fúrias,[149]

---

[147] *Teus*: os latinos, porque Latino, assim como Júpiter, descende de Saturno.

[148] *Estos*: ímpetos.

[149] *Fúrias*: Virgílio adota aqui tradição diferente da que tem seguido. As Fúrias já não estão todas nos Infernos (como em VI, v. 279), mas apenas *Megera*, nomeada aqui pela primeira vez, enquanto Alecto e Tisífone são servidoras de Júpiter: *Perto de Jove terrível* (v. 849).

quas et Tartaream Nox intempesta Megaeram
uno eodemque tulit partu paribusque reuinxit
serpentum spiris uentosasque addidit alas.
Hae Iouis ad solium saeuique in limine regis
apparent acuuntque metum mortalibus aegris,   850
si quando letum horrificum morbosque deum rex
molitur meritas aut bello territat urbes.
Harum unam celerem demisit ab aethere summo
Iuppiter inque omen Iuturnae occurrere iussit.
Illa uolat celerique ad terram turbine fertur.   855
Non secus ac neruo per nubem impulsa sagitta,
armatam saeui Parthus quam felle ueneni,
Parthus siue Cydon, telum immedicabile, torsit,
stridens et celeres incognita transilit umbras:
talis se sata Nocte tulit terrasque petiuit.   860
Postquam acies uidet Iliacas atque agmina Turni,
alitis in paruae subitam collecta figuram,
quae quondam in bustis aut culminibus desertis
nocte sedens serum canit importuna per umbras;
hanc uersa in faciem Turni se pestis ob ora   865
fertque refertque sonans clipeumque euerberat alis.
Illi membra nouus soluit formidine torpor,
arrectaeque horrore comae et uox faucibus haesit.
At procul ut Dirae stridorem agnouit et alas,
infelix crines scindit Iuturna solutos,   870
unguibus ora soror foedans et pectora pugnis:
"Quid nunc te tua, Turne, potest germana iuuare?
Aut quid iam durae superat mihi? Qua tibi lucem
arte morer? Talin possum me opponere monstro?
Iam iam linquo acies. Ne me terrete timentem,   875

que a Noite feia engendrou juntamente com a negra Megera
num parto apenas, e as duas cabeças ornou com serpentes
sujas, encaracoladas e de asas mais lestes que o vento.
Perto de Jove terrível, no cimo do Olimpo altanado
as duas Fúrias se encontram, terror dos mortais infelizes,
sempre que o rei poderoso cogita em mandar para os homens
doenças e morte, ou castigo infligir nas cidades faltosas.[150]
Uma das Fúrias, então, enviou Jove do Olimpo altanado,
como presságio agourento a Juturna no campo da luta.
Em turbilhões velocíssimos voa do céu para a terra,
tal como seta impelida pelo arco que as nuvens perfura,
em atro fel mergulhada que o parto ou frecheiro cretense[151]
de muito longe dispare, ferida mortal conduzindo,
sem ser notada do incauto guerreiro no longo percurso.
Assim, a filha da Noite, veloz para a terra se atira.
Ao ver as forças troianas e as hostes temíveis de Turno,
de pronto a forma mudou na figura de uma ave pequena
pousada em túmulos frios ou mesmo no teto de casas
abandonadas, que a noite atormenta com suas lamúrias.
Dessa maneira a ave negra dá voltas em torno do jovem,
numa sinistra advertência; com as asas lhe bate no escudo;
pavor estranho embotou logo logo a destreza de Turno;
ficam-lhe em pé os cabelos, nas fauces a voz se lhe extingue.
Desde que a ninfa Juturna o estridor percebeu das inquietas
asas da Fúria, a infeliz arrepela os cabelos esparsos,
arranha o rosto com as unhas, o peito golpeia, e assim fala:
"Turno, em que pode tua irmã ajudar-te nesta hora aflitiva?
Que mais me resta em tamanho infortúnio? A maneira de a vida
te prolongar um pouquinho? Enfrentar esse monstro? Impossível.
Já me retiro do campo da luta. Deixai de aterrar-me,

---

[150] *E morte*: corrigido conforme o manuscrito do tradutor, em vez de "a morte", como nas edições anteriores.

[151] *Parto*: povo da Pérsia, assimilado aos próprios persas. Partos e cretenses eram exímios arqueiros.

obscenae uolucres: alarum uerbera nosco
letalemque sonum, nec fallunt iussa superba
magnanimi Iouis. Haec pro uirginitate reponit?
Quo uitam dedit aeternam? Cur mortis adempta est
condicio? Possem tantos finire dolores 880
nunc certe et misero fratri comes ire per umbras!
Immortalis ego? Aut quicquam mihi dulce meorum
te sine, frater, erit? O quae satis ima dehiscat
terra mihi Manesque deam demittet ad imos?"
Tantum effata caput glauco contexit amictu 885
multa gemens et se fluuio dea condidit alto.
Aeneas instat contra telumque coruscat
ingens arboreum et saeuo sic pectore fatur:
"Quae nunc deinde mora est? Aut quid iam, Turne, retractas?
Non cursu, saeuis certandum est comminus armis. 890
Verte omnes tete in facies et contrahe quidquid
siue animis siue arte uales; opta ardua pennis
astra sequi clausumue caua te condere terra".
Ille caput quassans: "Non me tua feruida terrent
dicta, ferox; di me terrent et Iuppiter hostis". 895
Nec plura effatus, saxum circumspicit ingens,
saxum antiquum ingens, campo quod forte iacebat,
limes agro positus, litem ut discerneret aruis.
Vix illud lecti bis sex ceruice subirent,
qualia nunc hominum producit corpora tellus: 900
ille manu raptum trepida torquebat in hostem
altior insurgens et cursu concitus heros.
Sed neque currentem se nec cognoscit euntem
tollentemue manus saxumue immane mouentem;
genua labant, gelidus concreuit frigore sanguis. 905
Tum lapis ipse uiri, uacuum per inane uolutus,

aves impuras! Já ouvi o bater dessas asas terríveis,
núncias da morte, nas quais reconheço os mandados de Júpiter,
irrecusáveis. A paga foi essa da minha inocência?
Por que me deu vida eterna e livrou-me da morte insanável?
Fora o momento por certo de as dores cortar de um só golpe,
e em companhia do mano querido vagar pelas sombras.
Eu imortal? Que prazer, caro irmão, poderei ter na vida,
longe de ti? Se eu achasse uma terra capaz de afundar-me,
conquanto ninfa imortal, na tristonha morada dos Manes!"
Assim falando, a cabeça cobriu com seu manto cerúleo,
sempre a chorar, e imergiu de repente no leito do rio.
O grande Eneias, no entanto, a vibrar sua lança de uma árvore
bem desbastada, sanhoso profere as seguintes palavras:
"Turno, por que te esquivares assim? Por que evitas o duelo?
Hora não é de correr, mas de luta corpórea, implacável.
Assume as formas que bem entenderes, esgota os recursos
de que disponhas, ou as artes dolosas; com asas te adornes
e sobe aos céus ou afunda de vez nas entranhas da terra".
E ele, movendo a cabeça: "Não temo essas tuas palavras;
sim, as ameaças dos deuses, de Jove, meu grande inimigo".
Não mais falou Turno altivo; mas, vendo uma pedra no campo,
pedra enormíssima, que por acaso se achava ali mesmo,
marco de antigos limites a fim de evitar mais demandas,[152]
e que seis homens em dobro jamais levantar poderiam,[153]
homens de força invulgar, como os de hoje, nascidos da terra;[154]
com braços trêmulos Turno a levanta, e empinando-se ao máximo,
corre com ela tentando atirá-la no seu adversário.
Dobram-lhe os joelhos; o sangue gelado parou-lhe nas fontes.
Mas perturbado a tal ponto se achava, que nem saberia
como fazer para a pedra veloz atirar no inimigo.
Por isso tudo, girando no espaço vazio, o penedo

---

[152] *Marco*: o marco de pedra, que evita litígios (*demandas*) territoriais.

[153] *Seis homens em dobro*: no original, *bix sex*, "duas vezes seis", doze homens.

[154] *De força invulgar*: no original, *lecti*, literalmente, "seletos".

nec spatium euasit totum neque pertulit ictum.
Ac uelut in somnis, oculos ubi languida pressit
nocte quies, nequiquam auidos extendere cursus
uelle uidemur et in mediis conatibus aegri   910
succidimus, non lingua ualet, non corpore notae
sufficiunt uires, nec uox aut uerba sequuntur:
sic Turno, quacumque uiam uirtute petiuit,
successum dea dira negat. Tum pectore sensus
uertuntur uarii; Rutulos aspectat et urbem   915
cunctaturque metu letumque instare tremescit,
nec quo se eripiat, nec qua ui tendat in hostem,
nec currus usquam uidet aurigamue sororem.
Cunctanti telum Aeneas fatale coruscat,
sortitus fortunam oculis, et corpore toto   920
eminus intorquet. Murali concita numquam
tormento sic saxa fremunt, nec fulmine tanti
dissultant crepitus. Volat atri turbinis instar
exitium dirum hasta ferens orasque recludit
loricae et clipei extremos septemplicis orbes.   925
Per medium stridens transit femur. Incidit ictus
ingens ad terram duplicato poplite Turnus.
Consurgunt gemitu Rutuli totusque remugit
mons circum et uocem late nemora alta remittunt.
Ille humilis supplexque oculos dextramque precantem   930
protendens, "Equidem merui nec deprecor", inquit;
"utere sorte tua. Miseri te si qua parentis
tangere cura potest, oro (fuit et tibi talis
Anchises genitor), Dauni miserere senectae
et me seu corpus spoliatum lumine mauis   935
redde meis. Vicisti et uictum tendere palmas

nem percorreu toda a rota nem no alvo bateu almejado.
Como nos sonhos se dá no silêncio da noite, ao tolher-nos
os movimentos o sono, sem força mostrar-nos nem mesmo
para correr um pouquinho, e no meio do curso paramos
desfalecidos; a língua emudece; o vigor costumado
nos desampara, sem vozes nem gritos em tanta apertura:
da mesma forma a cruel Fúria desgasta a coragem de Turno,
sempre que um plano lhe ocorre. No peito angustiado ele volve
mil e variadas ideias; os rútulos vê e a cidade,
porém o medo o retém e o pavor da arma forte de Eneias.
Fugir agora é impossível; medir-se com o Teucro, loucura.
Não vê seu carro nem mesmo Juturna no posto do auriga.
Enquanto Turno vacila indeciso, o Troiano sua lança
com pontaria certeira e vigor lhe desfere de longe,
no momentinho preciso. Muralha nenhuma tão duro
baque sofreu com projétil jogado por forte carneiro,[155]
nem raio horríssono algum estalou com tamanho estampido.
Qual turbilhão borrascoso a mortífera lança avançava,
corta o septêmplice forro do escudo, a loriga transpassa,[156]
indo encravar-se na carne da coxa de Turno extremado.
Dobram-lhe os joelhos; no solo se estende o gigante ferido.
Soam de todos os lados gemidos dos rútulos fortes;
o monte perto estremece, e nos bosques os ecos regougam.[157]
Súplice, então, e humilhado, ele as mãos estendeu para Eneias:
"Nada te peço", falou; "faze como entenderes; venceste.
Mas, se te move o respeito às desgraças de um pai sem ventura
como também foi Anquises há muito, de Dauno te apiades,
da sua triste velhice, sem outro consolo na vida.
Aos meus devolve-me agora; o cadáver ao menos, mais nada.
Venceste, sim, e os ausônios me viram as mãos estender-te,

---

[155] *Carneiro*: o aríete, cuja ponta tinha a forma da cabeça de carneiro, em latim, *aries, arietis*.

[156] *Septêmplice forro*: forro que contém sete camadas.

[157] *Regougam*: aqui, retumbam, estrondeiam.

Ausonii uidere; tua est Lauinia coniunx,
ulterius ne tende odiis". Stetit acer in armis
Aeneas, uoluens oculos, dextramque repressit;
et iam iamque magis cunctantem flectere sermo   940
coeperat, infelix umero cum apparuit alto
balteus et notis fulserunt cingula bullis
Pallantis pueri, uictum quem uulnere Turnus
strauerat atque umeris inimicum insigne gerebat.
Ille, oculis postquam saeui monimenta doloris   945
exuuiasque hausit, furiis accensus et ira
terribilis: "Tune hinc spoliis indute meorum
eripiare mihi? Pallas te hoc uulnere, Pallas
immolat et poenam scelerato ex sanguine sumit".
Hoc dicens ferrum aduerso sub pectore condit   950
feruidus. Ast illi soluuntur frigore membra
uitaque cum gemitu fugit indignata sub umbras.

súplice e humilde. Lavínia pertence-te; é tua. Não queiras
levar avante tanto ódio". Deteve-se Eneias um pouco;
os olhos volve para o alto; a direita reprime, indeciso.
E já se achava algum tanto abalado com aquelas palavras
do morituro guerreiro. Mas nisso conteve-se. No alto
do ombro fulgiu o talim conhecido, do jovem Palante,[158]
bem como o cinto bordado que Turno lhe havia tirado,
quando acabou de matá-lo, no chão, já vencido e indefeso.
Nem bem Eneias a vista pousara naqueles despojos,
ocasião de tormento indizível, explode em terrível
acusação: "Como? Falas em vivo escapar, quando vejo
que te enfeitaste com as armas dos meus? Quem te imola é Palante,
pelo meu braço. Palante! E em teu sangue se banha execrável".[159]
Assim falando, enterrou sua espada no peito de Turno,
sempre ardoroso. Desata-lhe os membros o frio da morte.[160]
A alma indignada a gemer fundamente fugiu para as sombras.

[158] *Talim*: o boldrié que sustenta aljava e espada, e de que Turno se apoderou no livro X, vv. 495-500.

[159] *Execrável*: refere-se a *sangue*.

[160] *Ardoroso*: refere-se a Eneias.

Índice dos principais nomes

Abante: troiano, capitão de uma das naus da frota de Eneias (I, 120); homônimo de um guerreiro grego (III, 287) e de um etrusco (X, 170).

Acates: guerreiro troiano que, durante a primeira metade da *Eneida*, é o mais importante companheiro de Eneias. — I, 121, 174, 188, 312, 459, 513, 579, 581, 644, 656, 696; III, 523; VI, 34, 158; VIII, 466, 521, 586; X, 344; XII, 384, 459.

Áccio: cidade e monte litorâneos da Acarnânia, na Grécia, onde Otaviano venceu a batalha naval contra Marco Antônio em 31 a.C. — III, 280; VIII, 676, 704.

Acesta: outro nome de Segesta, cidade da Sicília. — V, 718.

Acestes: rei da Sicília que lutou por Troia e depois voltou à pátria; fundador da cidade de Segesta é também chamado Segestes. — I, 195, 550, 558, 570; V, 30, 35, 60, 62, 72, 105, 300, 387, 418, 451, 498, 519, 573, 630, 711, 718, 746, 749, 757, 771; IX, 218, 286.

Acetes: guerreiro árcade, aliado de Eneias. — XI, 29, 85.

Áfrico: vento que sopra do sudoeste. — I, 86.

Agila: cidade etrusca, também chamada Ceres. — VII, 652; VIII, 478.

Alba Longa: cidade do Lácio fundada por Ascânio, filho de Eneias. — I, 271; V, 597; VI, 766; VIII, 48; XII, 826.

Alcides: outro nome de Hércules. — V, 414; VI, 123, 393, 801; VIII, 203, 219, 256; X, 320, 464.

Alecto: uma das Fúrias. — VII, 325, 341, 405, 415, 445, 476, 541; X, 40.

Aletes: troiano, capitão de uma das naus da frota de Eneias. — I, 120; IX, 246, 307.

Amico: troiano, capitão de uma das naus da frota de Eneias; homônimo do rei da Bebrícia (V, 372). — I, 221; IX, 771; X, 703; XII, 509.

Amor: também chamado Cupido, corresponde ao Eros grego, divindade que, segundo as mais antigas teogonias, como a de Hesíodo, surgiu ao mesmo tempo em que a Terra. A partir do período helenístico, costuma ser representado como criança, geralmente alada, que se compraz em perturbar corações. — I, 663; IV, 412.

Anquises: troiano, pai de Eneias. — I, 618; II, 299, 560, 597, 687, 747; III, 82, 178, 263, 472, 475, 523, 525, 539, 558, 610, 709; IV, 351, 358, 427; V, 31, 48, 75, 97, 314, 407, 424, 535, 537, 605, 614, 652, 664, 722, 747, 760; VI, 126, 323, 332, 670, 679, 713, 723, 854, 867, 888, 897; VII, 140, 152, 245; VIII, 156, 521; IX, 255, 647; X, 250, 534; XII, 933.

Anquisíada: Eneias, filho de Anquises. — V, 243, 412; VI, 349; X, 637, 896.

Apolo: filho de Júpiter e Latona, é deus relacionado com a distância, como revela sua arma típica, o arco, que fere de longe. É representado como um jovem alto e belo, de longos cabelos negros. Também chamado de Febo (do grego *phóibos*, "luminoso"), é às vezes identificado ao Sol. — II, 114, 121, 247; III, 79, 84, 119, 144, 154, 251, 275, 372, 395, 434, 479; IV, 143, 345, 377; VI, 10, 13, 18, 56, 77, 344, 399, 656, 662; VII, 241, 269; VIII, 336, 704, 721; IX, 638, 651, 654, 662; X, 171, 316, 538, 875; XI, 785; XII, 391, 402, 405, 516.

Aqueronte: rio dos Infernos. — V, 98; VI, 107, 296; VII, 91, 570; XI, 23.

Aquilão: vento nordeste. — I, 102; V, 2; XII, 455.

Aquiles: rei dos mirmídones, povo do sul da Tessália, que lutou contra Troia. Era o mais forte dos gregos. — I, 31, 99, 458, 468, 475, 752; II, 9, 198, 263, 275, 476, 499, 540; III, 87, 327, 332; V, 804; VI, 89, 168, 839; IX, 742; X, 581; XI, 403, 438; XII, 350, 545.

Argos: cidade da Argólida. — II, 78, 178; VI, 838; VII, 286; VIII, 374; X, 779, 782; XI, 270. — É também o nome do hóspede de Evandro (VIII, 346), homônimo do guardião de Io (VII, 791).

Arpo: outro nome de Argiripa, cidade da Apúlia, fundada por Diomedes. — X, 28; XI, 250, 428.

Ascânio: outro nome de Iulo; é filho de Eneias e Creúsa. — I, 267, 645, 646, 659, 683, 691, 710; II, 652, 667, 681, 710, 747; III, 339, 484; IV, 84, 156, 233, 274, 354, 358, 601; V, 73, 546, 548, 569, 596, 667, 673; VI, 365; VII, 116, 496; VIII, 47, 550, 628; IX, 223, 256, 257, 310, 500, 590, 621, 636, 646, 649; X, 47, 50, 236, 524, 534; XII, 110, 168, 384.

Asilas: guerreiro etrusco (X, 175; XII, 127), homônimo de um rútulo (IX, 571) e de um troiano (XI, 620).

Assáraco: antigo rei de Troia, avô de Anquises e bisavô de Eneias. — I, 284; VI, 650, 778; IX, 259, 643; XII, 127. Há dois guerreiros troianos homônimos dele em X, 124.

Atlante: um dos Gigantes que lutaram contra os deuses; vencido, foi condenado a suster nos ombros o céu, cujas leis aprendeu. — I, 741; IV, 247, 248, 481; VI, 796; VIII, 136, 140, 141.

Atridas: Agamêmnon e Menelau, guerreiros argivos, filhos de Atreu, que lutaram contra Troia. — I, 458; II, 104, 414, 500; IV, 471; VI, 839; VIII, 130; IX, 138, 602; XI, 262, 268.

Aurora: a deusa da manhã. — I, 751; II, 418; III, 521, 589; IV, 129, 568, 584; V, 63, 104; VI, 535; VII, 25, 605; VIII, 170, 456, 686; IX, 111, 355, 459; X, 242; XI, 1, 182, 210; XII, 77, 113.

Ausônia: a Itália. — III, 171, 379, 385, 477, 496; IV, 349; V, 82; VI, 346, 806; VII, 39, 54, 105, 198, 537, 547, 623; VIII, 328; IX, 99, 136; X, 54, 355; XI, 58; XII, 838.

Austro: vento forte, que sopra do sudeste. — I, 52, 536; II, 304; III, 70, 357; V, 696, 764; VI, 337; IX, 670.

Baco: o Dioniso grego, divindade da embriaguez orgiástica, é filho de Júpiter e da mortal Sêmele. Baco, assim como as bacantes de seu cortejo, carrega o tirso, haste enfeitada com hera e tenras folhas de videira, que termina em forma de pinho. — I, 734; III, 354; IV, 302; VI, 804; VII, 389, 580; VIII, 181; XI, 737.

Belo: fenício, pai de Dido (I, 621, 729), homônimo de um guerreiro argivo (II, 82).

Butes: gigante, filho de Érix, que desafiava todos os estrangeiros a lutar com o cesto, até ser morto por Hércules (V, 371). É homônimo de um guerreiro troiano (IX, 647; XI, 690, 691).

Caco: filho de Vulcano, monstro metade homem, metade fera, que vomitava chamas e devorava pessoas; atormentava os árcades de Palanteia até ser morto por Hércules. — VIII, 194, 205, 218, 222, 241, 248, 251, 304.

Calcante (ou **Calcas**): o adivinho dos gregos que lutaram em Troia. — II, 100, 123, 126, 176, 182, 185.

Camila: rainha dos volscos, aliada dos rútulos e inimiga de Eneias. — VII, 803; XI, 432, 498, 535, 543, 563, 604, 648, 657, 684, 689, 760, 796, 805, 816, 833, 839, 856, 892, 898.

Campos Elísios: a região aprazível dos Infernos, morada das almas virtuosas. — V, 735; VI, 542, 744.

Celeno: também chamada "Sombria", é uma das Harpias. — III, 211, 245, 365, 713.

Ceres (**Caere**): cidade etrusca, outro nome de Agila. — VIII, 597; X, 183.

Ceres (**Ceres**): antiga divindade romana, que preside a capacidade de brotar da terra (a raiz *cer* é ligada a "*cre*scer" e a "*cere*al"); é identificada à Deméter grega, deusa da agricultura. — I, 178, 702; II, 713, 742; IV, 59; VI, 484; VII, 110; VIII, 181.

Cibele: a Grande Mãe dos deuses, protetora de Troia, adorada no monte Ida e no Berecinto. — III, 111; VII, 139; IX, 117, 619; X, 220; XI, 768.

Ciclope: monstro gigantesco de um só olho, que Ulisses cegou na *Odisseia*. — III, 569, 616, 643, 676; VI, 631; VIII, 418, 424, 439; XI, 263.

Cila: monstro marinho com corpo de mulher e seis cabeças de cães nas virilhas; habitava a margem continental do estreito de Messina, que separa a península itálica da Sicília. — I, 200; III, 420, 424, 431, 685; VI, 285; VII, 302.

Cisseu: rei da Trácia (X, 704), homônimo de um guerreiro rútulo (X, 318).

Citereia: outro nome de Vênus, cultuada na ilha de Citera, no Mediterrâneo. — I, 222, 510, 612; V, 121, 151, 167, 224, 232, 245.

Clício: na *Eneida* há três guerreiros distintos com esse nome; dois troianos (referidos em IX, 774, e X, 129) e um rútulo (X, 325).

Cloanto: troiano, capitão de uma das naus da frota de Eneias. — I, 222, 510, 612; V, 121, 151, 167, 224, 232, 245.

Córito: cidade etrusca (atual Cortona), fundada pelo grego Córito. — III, 170; VII, 209; IX, 10; X, 719.

Creúsa: filha de Príamo, rei de Troia, e esposa de Eneias. — II, 562, 597, 651, 666, 738, 770 (bis), 773, 778, 784; IX, 298.

Dardânia: outro nome de Troia. — II, 618, 787; III, 156; V, 38; VI, 169.

Darete: guerreiro troiano. — V, 369, 375, 406, 417, 443, 456, 460, 463, 476, 483; XII, 363.

Dauno: pai de Turno. — X, 616, 688; XII, 22, 90, 723, 933.

Destino (personificado): I, 2, 610; II, 121, 433, 739; III, 701; IV, 340; VI, 429, 511; VII, 123, 271, 313; VIII, 398; X, 32, 67, 112, 472; XI, 234, 587, 701; XII, 111.

Diana: a Ártemis grega, filha de Latona e Júpiter, irmã gêmea de Apolo. Deusa da caça, é divindade que preside a natureza selvagem, ainda não tocada pelo homem — o que é simbolizado por ser virgem e por comprazer-se com os locais ermos, agrestes e sombrios. Diana é representada como jovem caçadora, alta e esbelta, com cabelos presos por uma faixa. Na *Eneida* é associada à Lua e a Hécate, recebendo por isso o epíteto "Trívia", por ser adorada nas encruzilhadas (*trivium*). — I, 499; III, 680; IV, 511; VII, 306, 764.

Dido: fenícia, rainha de Cartago, viúva de Siqueu. É também chamada Elisa. — I, 300, 303, 340, 390, 496, 503, 600, 660, 670, 685, 697, 717; IV, 60, 101, 103, 117, 124, 165, 170, 192, 263, 292, 308, 362, 383, 408, 450, 517, 554, 586, 596, 642, 674, 702; V, 4, 572; VI, 451, 456; IX, 266; XI, 73.

Diomedes: figura de destaque na *Ilíada*, foi um dos mais potentes guerreiros gregos na luta contra Troia. Era rei de Argos e, deposto, foi para a Apúlia, no sul da Itália, e fixou-se em Argiripa, uma das cidades que lá fundou. — I, 752; VIII, 9, 17; X, 581; XI, 226, 243, 251, 294, 404.

Dite: outro nome de Orco. — V, 732; VI, 127, 269, 397; VIII, 667; XII, 199.

Elisa: outro nome de Dido. — IV, 335, 610.

Eneias: filho de Vênus e do mortal Anquises, marido de Creúsa e pai de Ascânio, é o herói da *Eneida*. — I, 92, 113, 128, 157, 220, 231, 306, 370, 378, 421, 438, 450, 494, 509, 565, 576, 580, 581, 588, 596, 617, 633, 643, 675, 699, 709, 715; II, 2; III, 41, 97, 288, 342, 716; IV, 117, 141, 149, 191, 214, 260, 278, 279, 304, 329, 362, 393, 508, 571; V, 1, 11, 17, 26, 44, 74, 93, 129, 259, 281, 285, 302, 348, 381, 461, 530, 545, 603, 675, 685, 722, 741, 770, 794, 802, 808, 827, 850; VI, 1, 9, 40, 52, 156, 169, 176, 183, 210, 232, 249, 260, 404, 445, 452, 470, 486, 498, 539, 548, 559, 635, 684, 711, 769, 860, 899; VII, 1, 5, 35, 107, 118, 157, 220, 234, 243, 263, 280, 310; VIII, 11, 13, 28, 67, 73, 115, 126, 152, 178, 182, 308, 310, 340, 366, 380, 463, 496, 521, 552, 586, 618, 729; IX, 8, 80, 96, 171, 178, 180, 192, 204, 228, 241, 255, 293, 312, 448, 649, 653, 787; X, 25, 48, 65, 81, 85, 147, 154, 157, 159, 164, 217, 228, 270, 310, 343, 495, 510, 523, 530, 551, 555, 569, 578, 599, 647, 649, 661, 769, 777, 783, 795, 801, 809, 816, 821, 830, 862, 873, 874, 884, 887, 889; XI, 2, 36, 41, 72, 120, 184, 221, 233, 281, 290, 442, 471, 512, 910; XII, 31, 63, 166, 175, 185, 195, 197, 311, 324, 384, 398, 427, 429, 440, 450, 464, 481, 491, 505, 513, 526, 540, 557, 579, 613, 628, 654, 678, 697, 723, 746, 760, 772, 779, 783, 794, 887, 916, 930, 938, 945.

Éolo: deus dos ventos, é homônimo de um ancestral de Ulisses (VI, 529) e de um guerreiro troiano (XII, 542). — I, 52, 57, 65, 76, 141; V, 791.

Erínias: as Fúrias. — II, 337; IV, 473.

Érix: filho de Vênus e do gigante Butes, deu nome a uma montanha na Sicília, a atual Érice. — I, 570; V, 24, 391, 402, 412, 483, 630, 772; XII, 701.

Estige: o rio dos Infernos, pelo qual os deuses costumavam jurar. — III, 214; VI, 134, 252, 324, 370, 375, 386, 438; IX, 104.

Eumênidas: outro nome das Fúrias. — IV, 469; VI, 250.

Euríalo: companheiro de Niso. — V, 293, 322, 323, 334, 337, 343; IX, 179, 184, 197, 219, 230, 280, 320, 342, 359, 364, 373, 385, 396, 424, 432, 467, 475.

Euro: vento brando que sopra do leste. — I, 85, 111, 131, 140, 317, 383; II, 417; XII, 733.

Evandro: rei de Palanteia, cidade que fundou no monte Palatino, na Itália. — VIII, 52, 100, 119, 184, 313, 351, 360, 362, 455, 545, 551, 558; IX, 9; X, 148, 371, 394, 420, 491, 516, 779; XI, 26, 31, 45, 56, 62, 141, 148, 394, 835; XII, 184, 551.

Fado: deus dos destinos humanos. O termo se liga ao verbo *fari*, "falar", que designa a palavra decisiva e irrevogável da divindade. — I, 18, 31, 39, 239, 257, 262, 300, 546, 615; II, 13, 34, 388, 656; III, 8, 53, 189, 337, 395, 501, 609, 717; IV, 14, 110, 225, 440, 450, 612, 651, 653, 696; V, 656, 710, 737, 784; VI, 66, 72, 146, 158, 377, 438, 449, 466, 745, 759, 869; VII, 120, 128, 223, 255, 294, 594; VIII, 12, 334, 375, 476, 522; IX, 94, 136, 267; X, 109, 155; XI, 96, 112, 253, 842; XII, 41, 74, 179, 676, 795, 819. — Há um guerreiro rútulo homônimo em IX, 344.

Fauno: pai de Latino. — VII, 47, 48, 82, 102, 213, 254, 368; IX, 473; X, 550; XII, 766, 777.

Faunos: antigas divindades romanas que protegem pastores, campos e rebanhos; foram identificados ao deus grego Pã, da Arcádia. — VIII, 314.

Fé: deusa anciã que personifica a palavra dada; é também chamada Fides. — I, 292.

Febo: outro nome de Apolo. — I, 329; II, 318; III, 80, 144, 161, 188, 360, 372, 474; IV, 6, 58; VI, 56, 69, 70, 344, 348, 627; VII, 62, 773; VIII, 721; X, 316; XI, 794, 913.

Fortuna: divindade que preside o acaso, aquilo que é fortuito. — I, 240, 629; II, 79, 350, 385, 402; III, 17; IV, 109; V, 22, 357, 604, 625, 709; VI, 96; VII, 413; VIII, 15, 127, 334, 578; IX, 214, 282, 723; X, 49, 284, 422, 435, 458; XI, 42, 108, 128, 180, 413, 426; XII, 147, 183, 405, 436, 637, 677.

Frígia: região da Ásia Menor. — I, 381; II, 344, 581; III, 7, 545; IV, 103; VI, 786; VII, 207, 293, 430; IX, 81; XI, 170, 777; XII, 75.

Fúrias: as Erínias gregas, deusas da vingança, filhas de Noite e Saturno. São em geral três: Alecto, Tisífone e Megera (ou Erínis). Eufemisticamente são também chamadas Eumênides ou Eumênidas. — I, 348; III, 252, 331; IV, 376, 610; V, 659; VI, 279, 376, 605; VII, 375, 392, 416, 448, 454, 498, 561, 570; VIII, 205, 669, 701; XII, 336, 668, 845, 850, 853, 870, 913.

Gias: troiano, capitão de uma das naus da frota de Eneias; homônimo de um guerreiro latino (X, 317). — I, 222, 612; V, 117, 151, 159, 166, 168, 169, 183, 222.

Górgonas: monstros femininos cuja cabeleira era formada por serpentes. — II, 616; VI, 289; VII, 341; VIII, 438.

Grécia: I, 624; II, 4, 109, 393; VI, 588; X, 719; XI, 287.

Harpias: gênios maléficos, em forma de ave de rapina, que habitam as ilhas Estrófades no mar Jônio. — III, 212, 226, 249; VI, 289.

Hécate: deusa feiticeira do mundo sombrio. Na *Eneida*, Hécate, Diana e a Lua são uma só divindade a reinar, respectivamente, nos Infernos, na terra e no céu. — IV, 511, 609; VI, 118, 247, 564.

Heitor: filho de Príamo e marido de Andrômaca, era o mais forte guerreiro troiano, figura central na *Ilíada*. — I, 99, 272, 484, 750; II, 270, 274, 282, 522, 543; III, 303, 311, 319, 342, 487; V, 189, 372, 634; VI, 166; IX, 155; XI, 290; XII, 440.

Helena: esposa de Menelau, filha de Tíndaro, por isso também chamada Tindárida. Foi arrebatada por Páris e levada a Troia, o que deu origem à guerra. — I, 650; VI, 511; XI, 262.

Helicão: monte da Beócia consagrado às Musas. — VII, 641; X, 163.

Hércules: o semideus grego Héracles, filho de Júpiter e da mortal Alcmena, realizou doze trabalhos que lhe foram impostos por Euristeu. Por livrar o mundo dos monstros, Hércules é considerado salvador dos homens. É também chamado Alcides, "descendente de Alceu", pai de Alcmena. A clava é sua arma característica. — III, 552; V, 411; VII, 657; VIII, 237, 249, 268, 276, 288, 363, 542; X, 460, 778.

Hespéria: "a terra do ocidente". Na *Eneida* é o nome antigo da Itália, já habitada pelos enótrios, de cujo rei, Ítalo, proveio o nome da península. — I, 530, 569; II, 781; III, 163, 185, 186, 417, 419, 503; IV, 355; VI, 6; VII, 4, 43, 543, 601; VIII, 77, 149; XII, 359.

Ida: o monte próximo de Troia, santuário de Cibele. — II, 801; III, 7, 105; V, 252; VII, 139, 223; IX, 81, 86, 178; X, 158, 252; XI, 285; XII, 547.

Ílio: outro nome de Troia. — I, 248, 268; II, 241, 325, 624; III, 3, 109, 183; V, 756; VI, 64; XI, 245.

Ilioneu: troiano, capitão de uma das naus da frota de Eneias. — I, 121, 521, 559, 611; VII, 212, 249; IX, 500, 569.

Inferno: o mundo subterrâneo, morada dos mortos e das almas. — III, 386; IV, 699; VI, 106, 119, 395, 405, 459, 550; VII, 312; VIII, 244; XII, 646.

Íris: mensageira dos deuses; uma de suas manifestações é o arco-íris, que une o céu à terra. — IV, 694, 700; V, 607, 609; IX, 3, 18, 803; X, 38, 73.

Itália: I, 38, 68, 233, 252, 380, 532, 553; III, 166, 185, 253, 254, 363, 381, 396, 440, 458, 479, 507, 522, 523, 524; IV, 106, 229, 275, 346, 361, 381, 615; V, 18, 81, 116, 629, 703, 730; VI, 61, 92, 718, 757; VII, 85, 334, 469, 563, 644, 649; VIII, 502, 627, 716; IX, 268, 601; X, 8, 31, 780; XI, 116, 219, 420, 508; XII, 34, 40, 176, 189, 192, 654.

Iulo: outro nome de Ascânio, filho de Eneias e Creúsa. — I, 267, 288, 555; II, 563, 677; IV, 140, 275, 616; V, 570; VI, 789; VII, 107, 478, 495, 522; IX, 232; X, 605; XII, 433.

Jano: rei itálico que acolheu Saturno quando expulso do céu e se tornou o deus principiador de tudo, até do ano (o mês de janeiro lhe é dedicado). Era representado com dois rostos voltados para direções opostas, a olhar para o passado e para o futuro. — VII, 180, 610; VIII, 357; XII, 198.

Jarbas: rei da Getúlia e pretendente rejeitado por Dido. — IV, 36, 196, 198, 326.

Jove: outro nome de Júpiter. — I, 78, 224, 380; II, 617; III, 104, 171, 222, 279, 680; IV, 90, 110, 331, 356, 638; V, 726, 747; VI, 123, 130; VII, 109, 287, 558; VIII, 302, 320, 353, 560; IX, 564, 624, 673, 803; X, 16, 112, 116, 437, 568, 606, 689, 758; XI, 901; XII, 247, 565, 725, 849, 853, 895.

Juno: a Hera grega. Como esposa de Júpiter, representa a legitimidade da união conjugal e preside o universo feminino do matrimônio. Assim como protege as mulheres casadas e as puérperas, Juno ira-se por causa das infidelidades de Júpiter e pune severamente suas amantes e os filhos de tais uniões. É caracterizada como uma mulher ciumenta, feroz e vingativa. Persegue Eneias pelo ódio que nutria a todos os troianos, desde que Páris, tendo de decidir quem era a mais bela entre Minerva, Juno e Vênus, escolheu a última. — I, 15, 36, 48, 64, 131, 279, 444, 447, 662, 672; II, 611, 761; III, 380, 437, 547, 552; IV, 46, 60, 114, 166, 371, 608, 693; V, 606, 679, 781; VI, 90, 138; VII, 330, 419, 438, 543, 552, 592, 683; VIII, 60, 85; IX, 2, 745, 764, 803; X, 63, 73, 96, 606, 611, 628, 760; XII, 136, 156, 793, 841.

Júpiter: o Zeus grego, filho de Reia e de Saturno, matou o pai, porque este impedia os filhos de nascer. Júpiter é manifestação do poder e da soberania. — I, 47, 394; II, 326, 689; III, 116; IV, 206, 591, 614; V, 17, 534, 687; VI, 271, 584; VII, 133, 139, 219, 220, 221, 308, 799; VIII, 427, 572; IX, 83, 625, 670, 716; X, 466; XII, 143, 496, 877.

Juturna: ninfa, irmã de Turno. — X, 439; XII, 146, 154, 222, 238, 449, 468, 477, 485, 623, 682, 798, 844, 854, 869, 918.

Lácio: região da Itália onde está Roma. — I, 6, 29, 205, 266, 554, 744; IV, 432; V, 731; VI, 67, 89; VII, 38, 54, 271, 313, 342, 482, 601, 708; VIII, 4, 10, 18, 322; IX, 486; X, 58, 77, 365; XI, 168, 431; XII, 24, 148, 240.

Latino: rei de Laurento, capital dos latinos. — VI, 891; VII, 46, 62, 72, 81, 92, 192, 249, 261, 284, 333, 342, 373, 407, 423, 432, 467, 486, 556, 585, 616, 618; VIII, 17; IX, 274, 388; X, 66; XI, 128, 213, 231, 237, 300, 441; XII, 18, 23, 58, 112, 137, 162, 193, 195, 285, 567, 580, 609, 707.

Latona: deusa que, de Júpiter, gerou Diana e Apolo. — I, 502; XI, 532, 557; XII, 198.

Laurento: cidade do Lácio, governada pelo rei Latino. — VI, 891; VII, 47; XI, 871.

Lavínia: filha de Latino e Amata, prometida primeiramente a Turno e depois a Eneias. — VI, 764; VII, 71, 79, 97, 314, 359; XI, 218, 479; XII, 17, 63, 64, 80, 194, 605, 937.

Lico: troiano, capitão de uma das naus da frota de Eneias. — I, 221; IX, 545, 556.

Lieu: outro nome de Baco. — IV, 58, 207.

Lua: a deusa Selene grega, personificação da Lua. Na *Eneida* é associada a Diana e Hécate. — VI, 270; VII, 8; IX, 403.

Manes: o espírito dos mortos. — II, 587; III, 63, 638; IV, 34, 387, 427, 490; V, 80, 98; VI, 119, 380, 506, 743, 885, 895; VII, 91; VIII, 246; X, 40, 519, 524, 534, 820, 828; XI, 181, 689; XII, 884.

Marte: o Ares grego, filho de Júpiter e de Juno, é o deus do combate, da prática *marcial*. Distingue-se de outros deuses que também se fazem presentes nas guerras, como Minerva, por representar não o que há de engenhoso na batalha, mas o espírito primário de luta e carnificina sanguinolenta. É representado com elmo e couraça, portando na mão esquerda o escudo e, na direita, a lança. — I, 274; II, 335, 440; VI, 778, 872; VII, 304, 550, 603; VIII, 433, 516, 630, 677; IX, 583, 685, 717, 721; X, 21, 755; XI, 125, 153, 899; XII, 125, 179, 187, 331, 498, 518, 790.

Mavorte: outro nome de Marte. — III, 14; VI, 170; VIII, 700; XI, 7, 721.

Mercúrio: o deus Hermes dos gregos; filho de Júpiter e Maia, é divindade associada à condução e ao transporte. Representavam-no calçado de sandálias aladas, tendo na cabeça o pétaso (um chapéu de abas largas) e na mão o caduceu, insígnia da função de arauto dos deuses. — I, 301; IV, 222, 238, 252, 257, 277, 559; VIII, 138.

Messapo: filho de Netuno, é guerreiro itálico, inimigo de Eneias. — VII, 691; VIII, 6;

875

IX, 27, 123, 159, 351, 365, 457, 523; X, 353, 749; XI, 429, 464, 518, 520, 603; XII, 128, 289, 293, 488, 549, 661.

Mezêncio: cruel tirano etrusco, inimigo de Eneias; com o filho Lauso, foi deposto de Agila. — VII, 647, 654; VIII, 7, 481, 501, 569; IX, 521, 586; X, 150, 204, 689, 696, 716, 721, 732, 742, 762, 768, 770, 784, 789, 796, 833, 843, 878, 897, 898; XI, 7, 16.

Micenas: cidade da Argólida. — I, 284, 650; II, 25, 180, 331, 577; V, 53; VI, 838; VII, 222, 372; IX, 139; XI, 266.

Minerva: a deusa Palas Atena dos gregos, filha de Métis (a Prudência) e Júpiter; tem como insígnias a lança, o capacete e a égide, que dividia com Júpiter; sobre seu escudo fixou a cabeça da Górgona. Seu animal predileto era a coruja; sua planta, a oliveira. — II, 170, 189, 426; III, 531, 544; V, 284; VII, 805; VIII, 699, 410; XI, 259.

Netuno: o Posídon dos gregos, senhor de todas as águas, representado com o tridente, sobre um carro que se desloca puxado por animais monstruosos. — I, 124; II, 201, 609; III, 74, 119; V, 14, 194, 360, 779, 781, 816, 863; VII, 23, 692; VIII, 699; IX, 145; X, 353.

Niso: experiente guerreiro troiano que, com o jovem companheiro e amante Euríalo, desempenha malfadada missão no campo inimigo. — V, 293, 318, 328, 338, 353, 356; IX, 176, 184, 199, 207, 230, 233, 258, 272, 306, 339, 353, 386, 417, 424, 444, 467.

Noto: vento que sopra do sul. — I, 108; II, 417; III, 268; VII, 411; X, 266; XI, 798; XII, 334.

Oceano: senhor do mar. — I, 286, 745; II, 176, 250; IV, 129, 480; VI, 312; VII, 226; VIII, 589; XI, 1; XII, 197.

Olimpo: morada dos deuses, situada no monte de mesmo nome entre a Tessália e a Macedônia. — I, 226, 250, 289, 374; II, 779, 788; IV, 269, 694; V, 727; VI, 579, 834; VII, 140, 141, 218, 558, 620, 648; VIII, 319, 428, 533; IX, 84, 106, 495; X, 1, 6, 115, 216, 621; XI, 351, 726, 867; XII, 145, 635, 647, 797, 849, 853.

Orco: o Hades grego, deus do mundo infernal, designa, por extensão, os próprios Infernos; deus originariamente agrário, é também chamado Dite, "riqueza", e Plutão, do grego *Plóuton*, a que se liga o substantivo *plóutos*, que também significa "riqueza": assim como da terra provém toda riqueza, Plutão é também aquele que entesoura os mortos. — II, 398; IV, 242; VI, 273; VIII, 297; IX, 527, 785; X, 662.

Orião: gigante caçador, representado com espada e boldrié, é filho de Netuno, que lhe deu o poder de andar sobre as águas. No feminino o termo designa a constelação cuja aparição traz tempestades. — I, 535; III, 517; IV, 52; VII, 719; X, 763.

Oronte: companheiro de Eneias, capitão de uma das naus que naufraga. — I, 114, 220; VI, 335.

Paládio: estátua da deusa Palas, isto é, Minerva (a Atena grega), que os troianos adoravam como protetora da cidade. — II, 165, 183; IX, 151.

Palante: jovem árcade, filho do rei Evandro, aliado de Eneias; homônimo do herói que fundou na Arcádia a cidade de Palanteia (VIII, 51), de onde Evandro, seu descendente, partiu para a Itália, onde fundou no Palatino outra Palanteia. — VIII, 104,

110, 121, 168, 308, 466, 514, 519, 575, 587; X, 160, 364, 374, 382, 385, 393, 398, 410, 420, 433, 441, 457, 474, 480, 486, 505, 516, 519, 533; XI, 27, 30, 39, 88, 97, 140, 152, 163, 167, 178; XII, 942, 948, 949.

Palanteia: cidade do monte Palatino, fundada pelo árcade Evandro. É também cidade da Arcádia, na Grécia, fundada por Palante, o velho. — VIII, 54, 341; IX, 197, 242; XI, 27, 30, 39, 88, 97, 140, 152, 163, 167, 178.

Palas: outro nome de Minerva (Atena). — I, 39, 479; II, 5, 163, 212, 226; V, 704; VIII, 436; XI, 478.

Parcas: as Moiras gregas, três deusas irmãs que, fiandeiras, controlavam a duração da vida humana. — I, 22; III, 380; V, 798; IX, 107; X, 419, 814; XII, 147, 150.

Páris: príncipe troiano, filho de Príamo e raptor de Helena. — I, 27; II, 601; IV, 215; V, 370; VI, 57; VII, 321; X, 703, 705, 706.

Penates: divindades romanas protetoras do lar e da pátria. Empregado como substantivo comum, o termo designa também as pequenas imagens que Eneias levava consigo. — I, 68; III, 148, 603; V, 61; VII, 121; VIII, 123, 544, 679; IX, 259; XI, 265.

Pérgamo: outro nome de Troia. — I, 467; II, 177, 291, 374, 555; III, 86, 109, 133, 336, 350, 476; IV, 344, 426; VI, 64, 515; VIII, 37; IX, 247; X, 58, 89; XI, 279.

Pigmalião: fenício, rei de Tiro e irmão da rainha Dido. — I, 347, 364; IV, 325.

Plutão: outro nome de Orco. — IV, 703; VI, 541; VII, 327, 569.

Príamo: rei de Troia, pai de Heitor, Páris e Creúsa, entre outros. — I, 458, 461, 487, 654, 750; II, 22, 56, 146, 191, 291, 344, 402, 437, 453, 484, 506, 527, 531, 533, 541, 554, 582, 662, 760; III, 2, 49, 295, 321, 335, 346; IV, 343; V, 296, 645; VI, 494, 509; VII, 246, 252; VIII, 157, 379, 399; IX, 742; XI, 259.

Prosérpina: a Perséfone grega, esposa de Orco e, portanto, senhora dos Infernos. — IV, 698; VI, 142, 251, 403, 630.

Sibila de Cumas: sacerdotisa que em transe, na cidade de Cumas, na Campânia, proferia os oráculos de Apolo. — III, 450, 452, 456; V, 735; VI, 11, 41, 82, 98, 161, 176, 188, 211, 293, 318, 322, 373, 409, 420, 538, 666, 752, 897.

Sílvio: filho de Eneias e Lavínia. — VI, 769.

Simoente: rio da planície de Troia. — I, 101, 618; III, 302; V, 260, 634, 803; VI, 88; X, 60; XI, 257.

Sinão: grego que, fingindo trair seus compatriotas, ajuda a convencer os troianos de que o cavalo de madeira não era armadilha. — II, 79, 152, 195, 258, 329.

Siqueu: fenício, marido de Dido, assassinado pelo irmão dela, Pigmalião. — I, 343, 349, 720; IV, 20, 502, 552, 632; VI, 473.

Tarconte: rei etrusco, que, inimigo do também etrusco Mezêncio, se aliara ao árcade Evandro e depois a Eneias. — VIII, 505, 603; X, 153, 290, 302; XI, 184, 727, 729, 746, 757.

Teucro: em maiúscula e no singular, designa Eneias. — VII, 10, 388; XI, 414; XII, 14, 787, 917. — Há um guerreiro grego homônimo em I, 619, 625.

Tiro: cidade da Fenícia, no norte da África, cujos habitantes, segundo Virgílio, fundaram Cartago. — I, 12, 340, 346, 619; IV, 36, 43, 104, 111, 669.

Titono: príncipe troiano, esposo de Aurora. — IV, 584; IX, 460.

Tolúmnio: adivinho etrusco, inimigo de Eneias. — XI, 429; XII, 258, 460.

Trinácria: outro nome da Sicília. — I, 195; III, 554, 582, 673.

Trívia: outro nome de Diana. — VI, 13, 69; VII, 516, 774, 779; X, 538; XI, 566, 836.

Troia: cidade governada pelo rei Príamo, pai de Creúsa, esposa de Eneias; é a derrota dos troianos diante dos gregos, narrada por Homero na *Ilíada*, que leva Eneias a iniciar o périplo descrito na *Eneida*. Troia situa-se no nordeste da Anatólia, na atual Turquia. — I, 1, 24, 95, 97, 206, 375, 376, 457, 459, 473, 480, 484, 565, 597, 624, 648; II, 11, 21, 56, 117, 160, 192, 237, 245, 281, 290, 293, 325, 342, 360, 455, 543, 555, 572, 582, 603, 610, 623, 625, 637, 659, 703, 746, 750, 763, 778; III, 3, 12, 13, 51, 149, 323, 340, 349, 359, 462, 497, 504, 595, 603, 614, 651; IV, 78, 111, 162, 312, 313, 425; V, 31, 39, 80, 190, 260, 497, 624, 626, 633, 637, 692, 725, 745, 756, 787, 806, 811; VI, 52, 56, 62, 336, 651; VII, 121, 244, 248, 262, 295, 322, 364; VIII, 36, 134, 290, 374, 399, 471; IX, 144, 202, 285, 546, 644; X, 27, 45, 60, 62, 74, 109, 214, 333, 378, 470, 706; XI, 131, 255, 289, 351; XII, 828.

Troiano: em maiúscula e no singular, designa Eneias. — I, 170, 192, 594, 631; IV, 438, 465; V, 89, 288, 485, 867; VI, 54, 124, 126, 342, 414, 426, 467, 494, 703; VII, 260, 289; VIII, 465, 606; X, 249, 287, 332, 540, 552, 584, 798, 885; XI, 170, 446, 908; XII, 107, 494, 531, 540, 919.

Turno: guerreiro rútulo, principal inimigo de Eneias. — VII, 56, 345, 366, 371, 398, 414, 421, 434, 456, 467, 475, 576, 596, 650, 724, 783; VIII, 1, 17, 493, 538, 614; IX, 2, 6, 28, 47, 55, 108, 115, 126, 269, 327, 369, 462, 526, 535, 549, 559, 573, 574, 593, 691, 702, 731, 740, 744, 748, 790, 797, 805; X, 21, 75, 144, 151, 240, 241, 308, 440, 446, 453, 456, 462, 471, 479, 490, 500, 503, 514, 533, 562, 615, 618, 624, 629, 644, 658, 667, 690; XI, 41, 92, 114, 115, 123, 129, 173, 178, 217, 336, 363, 371, 377, 440, 459, 486, 502, 507, 825, 896, 910; XII, 1, 9, 11, 32, 38, 45, 56, 70, 74, 97, 138, 149, 165, 183, 219, 232, 243, 317, 324, 337, 353, 368, 371, 380, 383, 408, 446, 467, 469, 478, 495, 502, 509, 516, 526, 535, 539, 558, 570, 597, 614, 626, 631, 645, 652, 653, 665, 689, 697, 699, 729, 735, 742, 758, 765, 776, 785, 809, 844, 861, 867, 872, 889, 896, 901, 913, 919, 926, 943, 950.

Ulisses: rei de Ítaca, que lutou contra Troia, famoso por sua esperteza e artimanhas. — II, 7, 44, 90, 98, 128, 163, 261, 436; III, 273, 613, 629, 691; VI, 529; IX, 602; XI, 263.

Vênus: a Afrodite grega, nascida, conforme a *Teogonia* de Hesíodo, do sangue do falo decepado de Saturno e da espuma do mar (*áphros*, em grego). É a deusa do encanto e da relação amorosa. Da união com o mortal Anquises nasceu Eneias; em mitos tardios, é mãe de Cupido ou Amor (o Eros grego). — I, 228, 325, 335, 385, 411, 589, 615, 617, 719, 734; II, 787; III, 436, 475; IV, 33, 92, 105, 163; V, 760, 779; VII, 321, 556; VIII, 370, 393, 590, 608, 699; IX, 135; X, 17, 133, 331, 608, 760; XI, 277, 736; XII, 411, 416, 554, 786.

Vesta: a Héstia grega, deusa que velava o fogo do lar, eternamente aceso. Apesar de ter sido cortejada por Apolo e Netuno, preservou a virgindade; suas sacerdotisas eram as Vestais, de notória pureza. — I, 292; II, 296; V, 745; IX, 259.

Volscente: guerreiro volsco, inimigo de Eneias; matou Euríalo e foi morto por Niso (IX, 370). — IX, 370, 375, 420, 431, 439, 451; X, 563.

Vulcano: o Hefesto grego. Filho de Júpiter e Juno, ou só de Juno, segundo outras versões, Vulcano era deus do fogo, deus artífice, que ironicamente era coxo. — II, 311; V, 662; VIII, 198, 372, 394, 535, 724; X, 543; XI, 439; XII, 740.

Xanto: rio da planície de Troia. — I, 473; III, 350, 497; IV, 143; V, 634, 803, 807; VI, 88; X, 60.

Zéfiro: vento que sopra do oeste. — I, 131; II, 417; IV, 223; V, 32; XII, 334.

Genealogia de Eneias

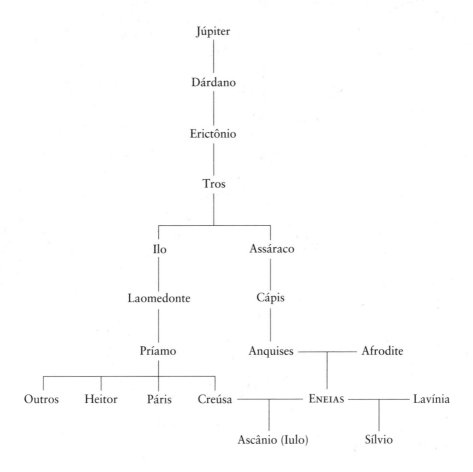

As duas linhagens dos troianos na mitologia romana: o ramo de Ilo, de que descendem Príamo, Creúsa, Heitor e Páris, entre outros, malquisto pelos deuses, perece na guerra de Troia; o ramo de Assáraco, de que descende Eneias, contando com proteção divina, sobrevive. À linhagem de Eneias pertencem Rômulo e Remo; o primeiro, mais de trezentos anos depois dos eventos narrados na *Eneida*, será o fundador de Roma e seu primeiro rei.

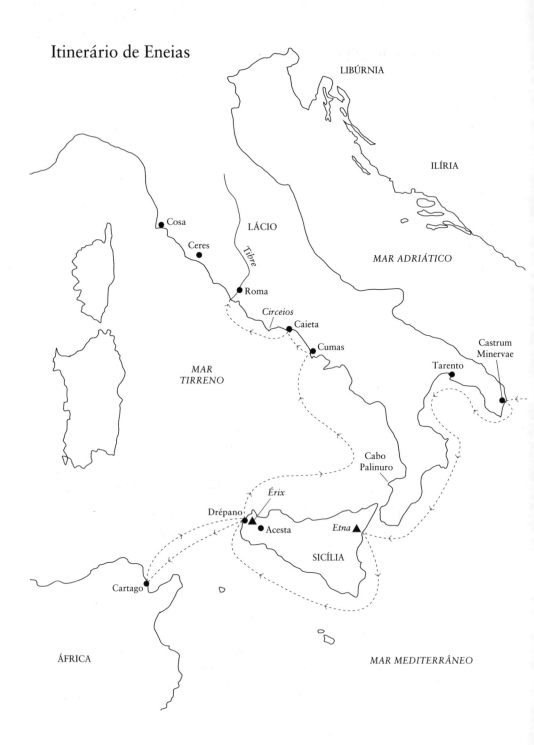

Referências bibliográficas

Autores antigos

ARISTÓTELES. *Poética*. Tradução, comentários e apêndices de Eudoro de Souza. Porto Alegre: Editora Globo, 1966.

HESÍODO. *Os trabalhos e os dias (Primeira parte)*. Introdução, tradução e comentário de Mary de Camargo Neves Lafer. São Paulo: Iluminuras, 1990.

HOMERO. *Hinos homéricos*. Tradução e introdução de Jair Gramacho. Brasília: Editora Universidade de Brasília, Coleção Antiquitas, 2003.

_____. *Ilíada de Homero*. 2 volumes. Tradução de Haroldo de Campos. Introdução e organização de Trajano Vieira. 4ª ed., São Paulo: Arx, volume I, 2003, volume II, 2002.

_____. *Ilíada*. Tradução de Frederico Lourenço. Lisboa: Livros Cotovia, 2005.

_____. *Ilíada*. Tradução de Carlos Alberto Nunes. 5ª ed., Rio de Janeiro: Ediouro, 2005. (Passagens citadas pelo organizador foram conferidas com a edição da Ediouro/Tecnoprint, Rio de Janeiro, s/d, Coleção Universidade, e com a da Atena Editora, de São Paulo, publicada no início da década de 1940.)

_____. *Odisseia*. Tradução de Carlos Alberto Nunes. 6ª ed., Rio de Janeiro: Ediouro, 2004. (Passagens citadas pelo organizador foram conferidas com a edição da Ediouro/Tecnoprint, Rio de Janeiro, s/d, Coleção Universidade, e com a da Atena Editora, de São Paulo, publicada no início da década de 1940.)

_____. *Odisseia*. Tradução de Donaldo Schüler. 3 volumes. Porto Alegre: L&PM, 2007.

_____. *Odisseia*. Tradução de Frederico Lourenço. Lisboa: Livros Cotovia, 2003.

_____. *Odisseia*. Tradução de Trajano Vieira. São Paulo: Editora 34, 2011.

Traduções hexamétricas recentes de Homero

L'Iliade. Tradução de Philippe Brunet. Paris: Éditions du Seuil, 2010.

Odyssée. Tradução de Philippe Brunet. Paris: Gallimard, 1999.

Iliada. Tradução de Agustín García Calvo. Zamora: Lucina, 1995.

The Iliad. Tradução de Rodney Merrill. Ann Arbor, MI: University of Michigan Press, 2007.

The Odyssey. Tradução de Rodney Merrill. Ann Arbor, MI: University of Michigan Press, 2002.

Iliade. Tradução de Daniele Ventre. Messina: Mesogea, 2010.

Traduções hexamétricas da *Eneida*

Aeneid. Tradução de Frederick Ahl. Oxford: Oxford University Press, 2007.

Aeneid. Tradução de Oliver Crane (1888). Ithaca: Cornell University Library, 2009.

Comentários e edições da *Eneida*

DUVAUX, Jules. *Publii Virgilii Opera*. Paris: Delagrave, s/d.

GRANSDEN, Karl Watts. *Aeneid: Book VIII*. Cambridge/Nova York: Cambridge University Press, 2005.

HARDIE, Philip. *Aeneid: Book IX*. Cambridge: Cambridge University Press, 1995.

HENRY, James. *Aeneidea, or Critical, Exegetical, and Aesthetical Remarks on the Aeneis* (1873). 4 volumes. Hildesheim: Georg Olms Verlagsbuchhandlung, 1969.

HORSFALL, Nicholas. *Virgil, Aeneid: A Commentary*. Leiden/Boston: Brill, livro 3 (2006), livro 7 (2000), livro 11 (2003).

PERRET, Jacques. *Virgile, Énéide*. Texto estabelecido e traduzido por Jacques Perret. 3 volumes. 2ª ed. revista e corrigida. Paris: "Les Belles Lettres", 1981.

PLESSIS, Frédéric; LEJAY, Paul. *Oeuvres de Virgile*. Paris: Hachette, 1918.

Dicionários

CALDAS AULETE, Francisco Júlio de. *Dicionário contemporâneo da língua portuguesa*. 5 volumes. 5ª ed., 2ª ed. brasileira. Rio de Janeiro: Editora Delta, 1964.

FIGUEIREDO, Candido de. *Novo diccionário da língua portuguesa*. 2 volumes. Lisboa: Portugal-Brasil Sociedade Editora Arthur Brandão & Cia., 1925.

FREIRE, Laudelino. *Grande e novíssimo dicionário da língua portuguesa*. 5 volumes. 2ª ed. Rio de Janeiro/São Paulo/Belo Horizonte/Recife/Porto Alegre: Livraria José Olympio Editora, 1954.

MORAES SILVA, Antonio. *Diccionario da lingua portugueza*. Lisboa: Typographia Lacerdina, 1813.

REBELO GONÇALVES, F. *Vocabulário da língua portuguesa*. Coimbra: Coimbra Editora, 1966.

SILVA, Inocêncio Francisco da. *Diccionario bibliographico portuguez*. "Estudos de Innocencio Francisco da Silva applicaveis a Portugal e ao Brazil, continuados e ampliados por Brito Aranha em virtude de contrato celebrado com o governo portuguez". Tomo décimo (terceiro do suplemento), H-J. Lisboa: Imprensa Nacional, 1883.

Vocabulário ortográfico da língua portuguesa. Academia das Ciências de Lisboa. Lisboa: Imprensa Nacional, 1940.

Grécia e Roma

AUERBACH, Erich. "Dante e Virgílio". In *Ensaios de literatura ocidental*. Tradução de Samuel Titan Jr. e José Marcos Mariani de Macedo. Organização de Davi Arrigucci Jr. e Samuel Titan Jr. São Paulo: Duas Cidades/Editora 34, 2007.

_____. *Figura*. Tradução de Duda Machado. São Paulo: Ática, 1997.

BONNARD, André. *A civilização grega*. Tradução de José Saramago. São Paulo: Martins Fontes, 1984.

CASALI, Sergio. "The Development of the Aeneas Legend". In FARRELL, Joseph e PUTNAM, Michael. *A Companion to Vergil's Aeneid and its Tradition*. Oxford: Blackwell Publishing/John Wiley & Sons, 2010.

CONTE, Gian Biagio. "Virgil's *Aeneid*: Towards an Interpretation". In *The Rhetoric of Imitation: Genre and Poetic Memory in Virgil and Other Latin Poets*. Ithaca: Cornell University Press, 1986.

CURTIUS, Ernest Robert. *Literatura europeia e Idade Média latina*. Tradução de Paulo Rónai e Teodoro Cabral. São Paulo: Hucitec/Edusp, 1996.

FRANKLIN JR., James L. "Vergil at Pompeii: A Teacher's Aid", *The Classical Journal*, 92, 2 (1996-97), pp. 175-84.

GRANT, Michael. *History of Rome*. Nova York: Charles Scribner's Sons, 1978.

KREVANS, Nita; SENS, Alexander. "Language and Literature". In BUGH, Glenn R. (org.). *The Cambridge Companion to The Hellenistic World*. Cambridge: Cambridge University Press, 2007.

MARROU, Henri-Irénée. *História da educação na Antiguidade*. Tradução de Mário Leônidas Casanova. São Paulo: EPU, 1990.

ROCHA PEREIRA, Maria Helena. *Estudos de história da cultura clássica*. Volume II: Cultura Romana. Lisboa: Fundação Calouste Gulbenkian, 1984 (1ª ed. 1970).

Tradução, métrica, teoria e crítica poética

ANTUNES, C. Leonardo B. *Ritmo e sonoridade na poesia grega antiga: uma tradução comentada de 23 poemas*. São Paulo: Humanitas, 2011.

BAKHTIN, Mikhail. *Questões de literatura e de estética: a teoria do romance*. Tradução de Aurora Fornoni Bernardini *et al.* São Paulo: Hucitec, 2010.

BORNSTEIN, George. "Pound and the Making of Modernism". In NADEL, Ira B. (org.). *The Cambridge Companion to Ezra Pound*. Cambridge: Cambridge University Press, 1999.

CAMPOS, Haroldo de. "Da tradução como criação e como crítica". In *Metalinguagem*. São Paulo: Cultrix, 1976.

_____. "Para transcriar a *Ilíada*". *Revista USP*, 12 (dez.-jan.-fev. 1991-92), pp. 143-61.

CASTILHO, Antônio Feliciano. *Tratado de metrificação portuguesa seguido de considerações sobre a declamação e a poética*. 4ª ed. revista e aumentada. Porto: Livraria Moré-Editora, 1874.

Eliot, T. S. "What is a Classic". In *On Poetry and Poets*. Londres: Faber & Faber, 1957.

Faustino, Mário. "Victor Hugo brasileiro". In Boaventura, Maria Eugênia (org.), *De Anchieta aos concretos*. São Paulo: Companhia das Letras, 2003.

Gonçalves, Rodrigo Tadeu (coord.) *et al.* "Uma tradução coletiva das *Metamorfoses* X, 1-297 com versos hexamétricos de Carlos Alberto Nunes". *Scientia Traductionis*, 10 (2011), pp. 110-32.

Hansen, João Adolfo. "Notas sobre o gênero épico". In Teixeira, Ivan (org.). *Prosopopeia. O Uraguai. Caramuru. Vila Rica. A Confederação dos Tamoios. I-Juca Pirama*. São Paulo: Edusp/Imprensa Oficial do Estado, 2008.

Mattoso Câmara Jr., Joaquim. "Machado de Assis e o 'Corvo' de Edgar Allan Poe". *Revista do Livro*, III, 11 (setembro de 1958). Rio de Janeiro: Instituto Nacional do Livro, pp. 101-9.

Medina Rodrigues, Antonio. *Introdução a Odorico Mendes: poética da Eneida brasileira*. Dissertação de mestrado orientada por José Carlos Garbuglio na FFLCH da Universidade de São Paulo, 1977, inédita.

_____. *Odorico Mendes: tradução da épica de Virgílio e Homero*. Tese de doutoramento orientada por José Carlos Garbuglio na FFLCH da Universidade de São Paulo, 1980, inédita.

Mendes de Almeida, Justino. "Traduções portuguesas da *Eneida*". Lisboa: Imprensa Nacional/Casa da Moeda, 1986.

Nadel, Ira B. "Introduction: Understanding Pound". In Nadel, Ira B. (org.), *The Cambridge Companion to Ezra Pound*. Cambridge: Cambridge University Press, 1999.

Nascimento, Aires Augusto. "A primeira tradução portuguesa da *Eneida*". In *No Bimilenário da Morte de Virgílio*, separata da *Revista da Biblioteca Nacional*, nº 2, 1981, pp. 199-221.

_____. *Manuscritos virgilianos de bibliotecas portuguesas: traduções portuguesas da Eneida em manuscritos*. Lisboa: Imprensa Nacional/Casa da Moeda, 1986.

Nogueira, Érico. *Verdade, contenda e poesia nos* Idílios *de Teócrito*. São Paulo: Humanitas, 2013.

Oliva Neto, João Angelo. "A *Eneida* em bom português: considerações sobre teoria e prática da tradução poética". In Martinho dos Santos *et al.* (orgs.). *II Simpósio de Estudos Clássicos*, São Paulo: Humanitas, 2007, pp. 65-88.

Pejenauote, Francisco. "La adaptación de los metros clásicos en castellano". *Estudios Clásicos*, 63 (1971), pp. 213-34.

Pound, Ezra. *ABC da literatura*. Tradução de Augusto de Campos e José Paulo Paes. São Paulo: Cultrix, 1986.

Ricardo, Cassiano. "Eu no barco de Ulisses: rapsódia em dez fragmentos". In *Melhores poemas*. Seleção de Luiza Franco Moreira. São Paulo: Global, 2003.

Sobre o autor

Públio Virgílio Maro (em latim, *Publius Vergilius Maro*) nasceu nas vizinhanças de Mântua em 15 de outubro de 70 a.C., de família proprietária de terras, e faleceu em Bríndisi, aos 51 anos, em 21 de setembro de 19 a.C. Estudou nas cidades de Cremona, Milão, Roma — onde teria acompanhado cursos de retórica para seguir a carreira jurídica, o que acaba não ocorrendo — e, mais tarde, filosofia epicurista em Nápoles na escola de Sirão. Já entre os antigos difundira-se a história, que pode ser verdadeira, de que Virgílio teria sido expropriado de suas terras em 40 a.C. para que Otaviano assentasse os veteranos da batalha de Filipos, ocorrida no ano anterior, e que mais tarde as teria reavido por intercessão de algum poderoso ou do próprio Otaviano. Este seria o pano de fundo biográfico da primeira écloga das *Bucólicas*, livro composto entre 42 e 39 a.C. Durante a estada em Nápoles e Roma, o poeta deve ter travado conhecimento com o amigo de Otaviano, Mecenas, que viria a ser patrocinador de sua poesia: sabe-se que por volta de 38 a.C. já era amigo dele e de Horácio, que assim informa nas *Sátiras*.

Além de três epigramas reconhecidos como obra de juventude, o mantuano é autor das *Bucólicas*, que retoma os temas pastorais do poeta grego Teócrito (*c.* 310-250 a.C.); das *Geórgicas*, que celebra a agricultura e os trabalhos da terra, publicada em 29 a.C.; e da *Eneida*, "a gesta de Eneias", de que teria lido excertos ao imperador Otaviano mesmo antes de concluí-la. No ano de 19 a.C., faltando apenas os retoques finais nesse grande poema, Virgílio parte para a Grécia com a intenção de conhecer de perto alguns dos cenários mencionados em sua obra, mas, com a saúde sempre precária, adoece em Mégara, é levado de volta para Bríndisi (denominada Calábria naquele tempo) e lá morre pouco depois de desembarcar. Acredita-se que, no leito de morte, expressou ao amigo Vário o desejo de que a *Eneida*, a seu ver inconclusa, fosse queimada — o que teria sido impedido pelo imperador, que encarrega Vário e Tuca da publicação do manuscrito no estado em que se encontra.

Clássico por excelência, chamado na Idade Média de "pai do Ocidente" pela maneira que seu legado permeia a cultura romana e, posteriormente, a judaico-cristã, é Virgílio que, na *Divina Comédia*, guia Dante em sua peregrinação pelo Inferno e o Purgatório. Seu corpo foi sepultado em Nápoles (que os antigos chamavam também de Parténope), numa gruta até hoje visitada. Reza a lenda que ele mesmo seria o autor do epitáfio em verso que ali se encontra — lenda que, não sendo verídica, não deixa de dizer a verdade:

> *Mantua me genuit, Calabri rapuere, tenet nunc*
> *Parthenope. Cecini pascua, rura, duces.*

> Mântua gerou-me, a Calábria levou-me, Parténope agora
> possui-me. Cantei pastos, campos, chefes.

Sobre o tradutor

Carlos Alberto da Costa Nunes nasceu na cidade de São Luís do Maranhão, em 19 de janeiro de 1897. Formou-se médico em 1920 pela Faculdade de Medicina da Bahia, exercendo a profissão em cidades do interior paulista até que em meados da década de 1950 transferiu-se para a capital, onde trabalhou como médico-legista. Compôs em decassílabos a epopeia *Os Brasileidas* (1938), os dramas *Moema* (1950), *Estácio* (1971) e *Beckmann ou A tragédia do general Gomes Freire de Andrade* (1975), e a comédia *Adamastor ou O naufrágio de Sepúlveda* (1972). Do alemão traduziu as tragédias *Estela* (1949) e *Ifigênia em Táuride* (1964), de Goethe, e, de Friedrich Hebbel, *Giges e o seu Anel*, *Judite* e *Os Nibelungos* (publicadas num único volume em 1964); do espanhol verteu *A Amazônia: tragiepopeia em quatro jornadas*, do uruguaio Edgardo Ubaldo Genta (1968). Além desta *Eneida*, publicada pela primeira vez em 1981, bimilenário da morte de Virgílio, traduziu ainda o teatro completo de Shakespeare em 21 volumes (1955); a *Odisseia* (1941) e a *Ilíada* (após 1945), de Homero; e, proeza absolutamente notável, a íntegra dos *Diálogos* de Platão, publicados originalmente entre 1973 e 1980, e reeditados a partir de 2000 pela editora da Universidade Federal do Pará em edição bilíngue, num projeto coordenado por Victor Pinheiro e pelo professor e filósofo Benedito Nunes, sobrinho do tradutor. Casado com a professora Filomena Turelli (1897-1983), que o teria incentivado a realizar suas primeiras traduções, Carlos Alberto Nunes foi membro da Academia Paulista de Letras e faleceu na cidade de Sorocaba, São Paulo, em 9 de outubro de 1990.

Sobre o organizador

João Angelo Oliva Neto nasceu em São Paulo no ano de 1957. É bacharel, mestre, doutor e livre-docente em Letras Clássicas pela Universidade de São Paulo, onde leciona desde 1989. Na pós-graduação da USP desde 2001, dedica-se ao estudo dos gêneros da poesia antiga e sua tradução poética para o português. Verteu, entre outros, a obra do poeta latino Caio Valério Catulo — em *O livro de Catulo* (Edusp, 1996), que recebeu o Prêmio APCA de Melhor Tradução — e o conjunto de poemas fálicos antigos, *Falo no jardim* (Ateliê Editorial/Editora da Unicamp, 2006), indicado ao Prêmio Jabuti também na categoria de melhor tradução. Organizou, com estudo introdutório, a edição das *Metamorfoses*, de Ovídio, traduzidas por Bocage (Hedra, 2000 e 2007), além de ter vertido do latim as "Quatro navegações", de Américo Vespúcio, incluídas no livro *Novo Mundo: as cartas que batizaram a América* (organização de Eduardo Bueno, Planeta, 2003). Lidera grupo de pesquisa cadastrado no CNPq (VerVe: Verbum Vertere: Estudos de Poética, Tradução e História da Tradução de Textos Latinos e Gregos), ocupando-se no presente da história da tradução dos poetas épicos gregos e latinos para o português. Pesquisador bolsista do CNPq desde 2009, reside e trabalha em São Paulo.

ESTE LIVRO FOI COMPOSTO EM SABON
PELA BRACHER & MALTA COM CTP E
IMPRESSÃO DA EDIÇÕES LOYOLA EM
PAPEL PÓLEN SOFT 70 G/M² DA CIA.
SUZANO DE PAPEL E CELULOSE PARA A
EDITORA 34, EM OUTUBRO DE 2021.